CW00801551

Charles Frazier

TREIZE LUNES

ROMAN

Traduit de l'anglais (États-Unis)
par Bernard Cohen

Éditions de l'Olivier

TEXTE INTÉGRAL

TITRE ORIGINAL
Thirteen Moons
ÉDITEUR ORIGINAL
Random House, 2006
© Charles Frazier, 2006

ISBN 978-2-7578-1302-7
(ISBN 978-2-87929-580-0, 1re publication)

© Éditions de l'Olivier , 2008, pour l'édition en langue française

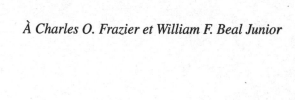

À Charles O. Frazier et William F. Beal Junior

I
Lune des os

1

Il n'est point d'extase qui nous laisse inaltérés : c'est l'amour, et la vie, qui m'ont conduit à l'état où je me trouve. Bientôt je gagnerai le Pays de la Nuit, où les spectres de tout homme et de toute bête aspirent à se rendre. Nous y sommes tous appelés. Son attraction opère sur moi comme sur chacun de nous. C'est l'ultime territoire resté inexploré. Hasardeuse et sombre est la route qui y mène, jalonnée de souffrances et avec sans doute autre chose que le Paradis à la fin. La conviction acquise de la période substantielle et cependant insuffisante qu'il m'a été donné de vivre, c'est que nous arrivons dans l'au-delà aussi brisés que nous le sommes en quittant ce monde. Mais il est vrai aussi que j'ai toujours aimé les voyages.

Les jours de grisaille, je reste assis près du feu et ne parle que cherokee. Ou bien je demeure silencieux et, muni de papier et d'un crayon, je transcris ces paroles grâce au syllabaire de Sequoyah [1], les caractères apparaissant sous ma main en une volée de hiéroglyphes, qui sont comme du grain à volaille. Quand le soleil brille, je me balance souvent sur le fauteuil de la véranda, enveloppé dans une couverture, et je lis ou j'admire la vue. Il

1. Sequoyah, également appelé George Guess (1770 ?-1843), est le savant d'origine cherokee qui a inventé un système de transcription pour cette langue indienne. (Toutes les notes sont du traducteur.)

y a des dizaines d'années, lorsque j'ai bâti ma ferme sur cette terre vierge, j'ai orienté la façade vers l'ouest et la plus haute chaîne de montagnes. C'est un paysage grandiose et sans fin, le fleuve et la vallée, puis la houle des combes et des pics bleus moutonnant à perte de vue.

Il fut un temps où Bear et moi possédions toute la terre que l'on aperçoit d'ici, et bien plus encore. Les gens disaient que notre patrimoine aurait été, dans le Vieux Monde, assez grand pour accueillir un pays de taille modeste. Désormais, il ne me reste plus que la petite anse ouvrant sur le fleuve. La nouvelle voie ferrée – dont j'ai acquis un bon nombre d'actions – impose sa laideur à travers mon jardin ; les trains noirs passent en crachant leur fumée deux fois par jour et en été, quand les fenêtres de la maison sont ouvertes, la servante doit essuyer la suie sur la surface des meubles à trois ou quatre reprises chaque semaine. De l'autre côté du cours d'eau, il y a une route qui existait déjà sous forme de piste naturelle au temps des bisons et des élans, espèces disparues de nos contrées depuis des lustres. De nos jours, les mules attelées à des chariots se prennent les pattes dans les sillons laissés par les automobiles. Il n'y a pas longtemps, j'en ai vu une très agréable à l'œil : jaune comme un canari et tout enjolivée de laiton, son pare-brise tel un monocle démesuré, elle filait à une vitesse qui devait approcher un quart de lieue par minute, l'écharpe rouge du conducteur tendue dans l'air derrière lui sur trois pieds de long. J'ai détesté son tintamarre, et la poussière restée en suspension dans l'air bien après son passage, mais je me suis dit que si j'avais vingt ans j'essaierais probablement de découvrir où l'on peut acheter l'un de ces horribles engins.

L'électricité a envahi la nuit. En milieu de soirée, May vient à ma chambre. Le bouton de porte tourne, le loquet cliquette et un triangle lumineux saute sur le mur. La main brune et mince lève l'interrupteur et referme la porte.

Pas un mot échangé : ce flot brutal de lumière venue du couloir est un message suffisant. Au centre de la pièce, une ampoule nue en verre transparent pend à un cordon brun tressé. Les fils récemment installés courent le long du mur dans une vilaine gaine en métal. Le filament de l'ampoule imprime une brûlante feuille de trèfle sur mes pupilles, stigmate qui s'imposera jusqu'à l'aube. J'ai le choix entre me lever, aller éteindre et prendre une bougie pour lire, ou devenir aveugle.

Je quitte le lit et je vais tourner l'interrupteur.

May est assez inconsciente pour me laisser des allumettes. J'allume deux chandelles, derrière lesquelles je place à la verticale un plat à tarte en étain poli qui reflète la lueur jaune de leurs flammes. C'est ainsi que j'ai éclairé les pages de livres ou de carnets de notes auprès de centaines de feux de camp, au siècle précédent.

Je suis en train de relire *Le Chevalier de la charrette*, une histoire que je connais depuis ma prime jeunesse. Lancelot attend là où je l'ai laissé la dernière fois, toujours aussi déchiré entre le besoin de préserver son sacrosaint honneur et la résignation à grimper dans la charrette infamante conduite par un nain maléfique, car dans ce cas il sauvera peut-être Guenièvre et pourra lui donner son amour éternel. Un choix erroné et il perdrait tout. Je continue à tourner les pages, espérant qu'il sera plus avisé, s'il en a encore l'opportunité. J'attends de lui qu'il donne la primeur à l'amour sur tout le reste mais il en a été incapable, jusque-là. Combien de chances encore suis-je en mesure de lui accorder ?

L'essence de ce récit, c'est que même lorsque tout a été épuisé, dissipé à jamais, le désir demeure. Et l'une des rares leçons acceptables que l'âge nous enseigne est que seul le désir sait se jouer du temps.

Une libation nocturne ne serait pas de refus. Il arrive un stade dans la vie où chacun a besoin d'une médication quelconque pour soulager la douleur, aplanir le chemin qui reste devant soi. Malheureusement mon médecin m'a interdit l'alcool, de sorte que ma maison est devenue aussi stricte que si elle était tenue par des baptistes observants. La mémoire est ma dernière ivresse.

Je continue à lire dans la nuit jusqu'à ce que le silence s'empare de la maison. Lancelot est une cause perdue. Quel rêveur impénitent je suis, de croire qu'il fera enfin le meilleur choix…

À un moment, je pose mon livre et tends ma paume droite devant les bougies. La cicatrice argentée qui court en diagonale sur toutes ces rides profondes semble me démanger mais la gratter ne sert à rien.

Plus tard, la porte s'ouvre à nouveau. Un flot de lumière métallique, brûlante, se déverse dans la chambre. May entre, s'approche de mon lit. Sa peau a la couleur du daim tanné, résultat d'un métissage de sangs – blanc, rouge et noir – assez complexe pour dérouter tous ces législateurs qui prétendent étiqueter chaque nuance d'épiderme à la trente-deuxième fraction sanguine près. Quel que soit le dosage à l'œuvre chez elle, le résultat est splendide. Elle est trop jolie pour être vraie.

J'ai connu son grand-père. C'était encore au temps de l'esclavage. Plus que connu, pour être tout à fait franc : j'ai été son maître. Je me demande toujours pourquoi il ne m'a pas coupé la gorge une nuit, dans mon sommeil. Je ne l'aurais pas volé. Nous tous, les hommes de pouvoir, l'aurions mérité. Par une inexplicable géné-rosité, cependant, May s'est révélée aussi attentionnée et bienveillante que son aïeul l'avait été.

Elle me retire le livre comme si j'étais un enfant assoupi, le pose ouvert sur la table de nuit, éteint les chandelles de son souffle humide, ses lèvres pleines courbées en arc. Je capte un bruit rauque et ténu dans ses poumons quand l'air finit de les quitter. Je m'inquiète pour elle. Mon médecin affirme qu'elle va très bien mais la tuberculose prend tout son temps pour tuer, ainsi que je l'ai vu plus

14

d'une fois. Puis elle recule jusqu'à la porte, devient une sombre apparition découpée par la lumière du couloir, tel le messager d'un rêve prémonitoire.

– Dormez, colonel. Vous avez lu tard.

Le plus drôle, c'est que j'essaie. Les bras croisés sur la poitrine, je reste étendu dans l'obscurité mais le sommeil ne vient pas. C'est une nuit glaciale, le feu n'a laissé dans le poêle que quelques charbons qui sifflent doucement. Je n'arrive même plus à dormir correctement : allongé sur mon lit, je laisse le passé déferler sur moi comme des rideaux de pluie que les rafales de vent rendraient plus brutale. Mon avenir est derrière moi. Je m'abandonne à la force de gravité qui me plaque sur le matelas et bientôt je respire à peine. Je me prépare au Pays de la Nuit.

Dans une longue vie, il est un certain point à partir duquel rien d'intéressant ne peut plus arriver. À partir de là, si l'on n'y prend pas garde, on peut passer tout son temps à ordonner ses pertes et ses gains en un interminable récit. Tout ce que vous aimez s'est enfui ou vous a été retiré. Il ne reste rien d'autre que l'éventualité d'un souvenir fulgurant qui bondit de l'obscurité sans préavis et fond sur vous à la vitesse d'un crève-cœur. May passant dans le couloir en fredonnant une vieille ritournelle – *La fille que j'ai laissée derrière moi* – ou le parfum de girofle dans une tasse de thé épicé peuvent vous arracher des sanglots et des plaintes quand vous étiez resté insensible à tout pendant des semaines.

Celui-là a une explication, au moins. Dans notre verte jeunesse, Claire s'était découvert un talent pour les baisers parfumés. Elle cassait le bout d'une jeune pousse printanière de bouleau, retirait l'écorce sombre pour révéler la pulpe émeraude dont elle séparait les fibres avec l'ongle du pouce, puis le plaçait entre ses lèvres comme un mince cigarillo. Au bout d'une minute, elle le jetait, disait : « Embrasse-moi, maintenant », et sa bouche avait alors la douce amertume du bouleau. En été, elle faisait de même avec le liquide transparent qui perlait sur le pistil des fleurs de chèvrefeuille, à l'automne avec la chair blanche des gousses de févier. Et en hiver, c'était un clou de girofle ou un bâton de cannelle. Embrasse-moi, maintenant.

Sur les injonctions de May, j'ai fini par accepter d'acheter un phonographe Edison. Le modèle, qui s'appelle « Au coin du feu », m'a coûté la somme invraisemblable de vingt-deux dollars. Elle m'explique qu'il fonctionne ainsi : là-haut, dans le Nord, des chanteurs braillent leur musique dans un énorme cornet en fer qui transforme leur voix en infimes cercles concentriques sur un cylindre en cire pas plus gros qu'une boîte de haricots. Dans mon imagination, c'est comme s'ils étaient engloutis par un ours et réapparaissaient après digestion à travers le cornet de mon appareil, sous une taille bien plus modeste et avec une nuance métallique, insistante et très, très lointaine.

May est une moderne acharnée, ce qui m'amène à me demander pourquoi elle s'occupe d'une antiquité comme moi. Elle voue une passion sans borne au cinématographe, bien que la salle la plus proche soit encore à une demi-journée de train d'ici. Parfois, je lui donne quelques dollars pour sa course, son billet d'entrée et quelque collation en chemin. Elle en revient émerveillée et sans pouvoir tarir d'éloges sur ces intrigues captivantes, la beauté surnaturelle de certaines actrices ou certains acteurs, la force bouleversante des images. Je n'ai pour ma part tenté de voir l'un de ces films qu'une seule fois, à Charleston. Après avoir laissé tomber un *nickel* dans la fente d'un kinétoscope, j'ai tourné la manivelle jusqu'à ce qu'une sonnerie retentisse, ajusté les conduits auditifs sur mes oreilles comme un médecin ferait d'un stéthoscope et rapproché mes yeux des oculaires, mais tout ce que j'ai pu capter a été un brouillard de formes absurdes et minuscules qui passaient en trombe à travers mon esprit. Je ne suis pas arrivé à ajuster ma vue aux images défilantes. J'ai cru discerner un homme, certes, mais il paraissait avoir une dizaine de bras et de jambes tout en flottant dans une brume grisâtre aux contours changeants, au lieu d'évoluer dans un espace réel. Dans ce contexte indéfini, il pouvait aussi bien être en train de jouer au base-ball, ou de labourer un champ de maïs, ou d'évoluer sur un ring de boxe. Après cette expérience, le cinématographe a perdu tout intérêt pour moi.

J'ai cependant compris que mon ancienne vie a inspiré un film que May m'a raconté avec un luxe de détails enthousiastes après l'avoir vu à la ville la plus proche. *Le Chef blanc*, a-t-il pour titre. Je n'ai aucun désir de le regarder : qui aimerait que de longues années appartenant à son histoire personnelle soient grossièrement résumées en quelques minutes ? Je n'ai pas besoin de ce genre d'incitation, car les souvenirs jaillissent en moi sans effort, et avec la plus grande précision. Même certains arbres, morts déjà bien avant la guerre, continuent à s'élever dans ma mémoire, chaque feuille gravée distinctement jusqu'à son pâle réseau de veines, leur réalité chargée de sens et de couleur. Pourquoi alors choisir de s'engager dans le brouillard gris et déprimant du cinéma, où l'on ne croisera que des fantômes méconnaissables de soi-même errant dans un monde aussi flou qu'improbable ?

En été, il m'arrive encore de me convaincre d'aller au Warm Springs Hotel, un établissement que j'ai fréquenté pendant plus d'un demi-siècle. Parfois, on me présente à des gens qui reconnaissent mon nom et sur le visage desquels je vois alors l'incrédulité apparaître. Le cas que je rapporte maintenant s'est produit à la saison dernière. Il est assez représentatif d'autres situations similaires, je crois.

Une famille influente du sud de l'État avait échappé à

la fournaise de ces contrées pour venir se réfugier dans la fraîcheur de nos montagnes. Je connaissais vaguement le père, assez jeune pour avoir pu être mon fils ; le sien avait été récemment élu à la législature de l'État. Ils m'avaient trouvé sur la galerie, où j'étais en train de lire le dernier numéro d'un périodique : la *North American Review*, pour être précis, à laquelle je suis abonné depuis un temps considérable, presque huit décennies… Le père m'a serré la main et, se tournant vers son garçon, a déclaré : « Je veux te présenter quelqu'un, mon fils. Je suis certain qu'il va beaucoup t'intéresser. Il a été sénateur, colonel pendant la guerre [1] et, plus fascinant encore, chef indien blanc. Il a amassé, perdu, encore amassé des fortunes grâce à ses affaires, à la spéculation foncière et à ses investissements dans les chemins de fer. Adolescent, c'était mon héros. Je rêvais de pouvoir devenir ne fût-ce que la moitié de l'homme qu'il était. »

Une nuance dans sa voix lorsqu'il avait prononcé les mots de « sénateur », de « colonel » et de « chef » m'a pris à rebrousse-poil. Elle teintait ces titres honorifiques d'une goguenardise qui, au-delà de l'ironie fondamentale de toute chose, n'avait pas lieu d'être. J'ai failli rétorquer : « Que diable, je suis encore le double de ce que vous êtes, malgré notre différence d'âge, donc vos espoirs condescendants ne se sont pas réalisés, me semble-t-il ! Et du reste, qu'est-ce qui vous autorise à parler de moi comme si je n'étais même pas là, à part le fait que vous soyez moins âgé que moi ? » Mais j'ai tenu ma langue. Je m'en moque. Les gens pourront dire tout ce qu'ils veulent sur mon compte, quand je ne serai plus là. Et peu me chaut l'inflexion qu'ils décident de donner à leurs remarques.

Le fils s'est exclamé : « Ce n'est pas Cooper, si ? » Il

---

1. Sauf mention contraire, « la guerre » désigne ici la guerre de Sécession qui ravage ces régions de l'Amérique du Nord entre 1861 et 1865.

avait parlé sans réfléchir et s'est montré aussitôt embarrassé par le ridicule de sa réaction. Même pour moi, elle semblait stupide. C'était presque comme si ce gamin avait prétendu que Daniel Boone ou David Crockett étaient encore de ce monde. Ou Natty Bumppo, peut-être[1] ? Quelque relique mythifiée du temps où la Frontière s'établissait sur les cimes des Montagnes bleues et où la majeure partie du pays était encore un océan de forêts, de savanes et de reliefs hanté par des Indiens sauvages. L'ère des fusils à pierre et des ours aussi massifs que des wagons de train, des loups assoiffés de sang et des couguars. Le temps jadis, quand l'Amérique n'était rien de plus qu'un ruban de terre d'à peine cent lieues de large le long de l'Atlantique, et le reste du continent à peine plus qu'un mirage obsédant. Moi, je représentais l'Amérique ancienne des trappeurs en bonnet de castor surgissant dans l'ici et maintenant du téléphone, des automobiles parcourant une demi-lieue à la minute, de la lumière électrique, des images animées et des locomotives.

Qui sait, je dégage peut-être un relent de moisi et de camphre ? Et cependant je continue à vivre. Mes yeux sont bleus et vifs derrière des paupières aux plis grisâtres. À chaque fois que je trouve le courage de me regarder dans une glace – et c'est rare –, je suis surpris par leur éclat. Comment est-il possible qu'un être, quel qu'il soit, ait survécu à un temps aussi reculé ?

J'ai vu sur les traits du fils qu'il faisait l'addition dans sa tête, se battait avec les chiffres. Soudain, son visage s'est éclairé. Il venait de se rendre compte que le résultat se tenait : je n'étais pas une impossibilité, mais juste un très vieil homme.

Je lui ai tendu ma main : « Will Cooper, en personne et en vie. »

1. Personnage de James Fenimore Cooper, archétype du Blanc de la Frontière capable de vivre en symbiose avec les Indiens.

Il l'a serrée en bredouillant quelques mots élogieux sur mon incroyable longévité et l'étonnante richesse de mon existence.

À ce stade, j'aurais pu me carrer dans mon fauteuil ainsi que les hommes riches et âgés se sentent trop souvent obligés de le faire et me lancer dans un monologue édifiant, décrivant comment j'avais saisi à bras-le-corps un monde hostile, armé seulement d'un cœur résolu, d'un esprit vif et d'une opiniâtreté à toute épreuve. À entendre ces fanfarons, la chance ne compte pour rien : leur supériorité congénitale, seule, fait de leur ascension une preuve que les lois de la nature fonctionnent correctement. Pour ma part, j'ai plutôt tendance à penser que j'ai avancé dans la vie tel un bandit de grand chemin, prêt à braquer mon pistolet sur le reste du monde – filons la métaphore – à chaque fois que j'en avais besoin.

Avoir le téléphone à la maison. Encore une idée de May. Mon argument en sa défaveur était simple : à quoi me servirait-il ? Quand les rares survivants parmi mes connaissances veulent communiquer avec moi, ils ont recours à la poste.

May a protesté :

– Savez-vous au moins comment ça marche, le téléphone ?

Évidemment que je sais ! Vous écoutez, vous parlez, et ce dialogue parcourt aussitôt des distances immenses. Le long de cet affreux méli-mélo de fils qui pendent de ces crucifix qui ont poussé au bord de chaque route avec la soudaineté de champignons vénéneux après une averse. Comme je demandais à May pourquoi nous en aurions besoin, elle a dit : « Et si vous tombez d'un coup avec une crise cardiaque ? » J'ai répondu que dans ce cas je pourrais mourir, très certainement. May a affirmé qu'elle ne voulait pas avoir à aller chercher le médecin pour s'assurer que j'avais quitté ce monde ; il serait bien plus facile de lui téléphoner. Peu après, un homme est apparu et a tendu encore d'autres câbles disgracieux à travers la maison.

L'appareil est resté silencieux sur le mur des jours durant et puis, un après-midi où j'étais en train de lire dehors, il s'est mis à sonner. Avec l'urgence d'une alerte à l'incendie déclenchée par un gardien de nuit, mais aussi l'insistance fallacieuse et horripilante du minuscule marteau s'agitant hystériquement entre les deux cupules de bronze. Quel message, sinon celui d'une catastrophe, pouvait être assez pressant pour justifier cet affreux potin ? Servez-vous donc d'une enveloppe et d'un timbre ! Cela vous apprendra les vertus de la patience et du silence.

J'ai attendu que quelqu'un se charge de ce tracas. Personne n'est intervenu. La machine a continué son vacarme. Finalement, j'ai fermé mon livre et je suis allé au boîtier en chêne dans le couloir. On aurait dit un moulin à café, avec sa manivelle que j'ai tournée tout en posant l'écouteur noir et froid contre mon oreille. Une voix infime, qui faisait plus penser aux stridulations d'un criquet qu'à des sons humains, a répété plusieurs fois ce qui, à l'intonation, paraissait être une question.

Il m'a fallu un moment pour comprendre qu'il s'agissait de mon prénom.

– Will ? Will ?

Je me suis penché sur le microphone qui émergeait du boîtier, approchant mes lèvres de sa circonférence qui frémissait comme le naseau d'un cheval. Quelle était l'étiquette à suivre dans l'usage de cet appareil ? Quelles formules de salutation ou de présentation étaient requises lorsqu'on vous forçait à parler dedans ?

– Will ? a continué la petite voix.

– Présent, ai-je chuchoté.

Il y a eu un silence à peine troublé par un bruissement ténu, comme du bacon en train de frire dans une poêle invisible.

– Will ?

– Oui. Oui, Will Cooper. Je suis là.

L'écouteur a crachoté quelque chose. Deux syllabes. J'ai cru entendre : « C'est Claire. »

Rien de plus.

– Oui ? ai-je poursuivi. Oui ?

Je n'ai eu que ce grésillement pour réponse.

– Claire ? Claire ?

Je l'ai dit assez fort pour que ma voix ne se perde pas dans les fils.

J'ai gardé l'écouteur sur mon oreille un long moment mais il n'en est plus rien sorti d'autre qu'un son creux et chuintant, celui d'un spectre qui s'éloigne.

May est apparue dans le couloir.

– Comment met-on fin à cela ? ai-je murmuré.

Elle a donné un demi-tour de manivelle, posé l'écouteur sur son support fourchu. Son cordon brun tressé a formé une boucle lâche qui atteignait presque le sol et qui s'est balancée un instant, de plus en plus lentement, tel le pendule d'une horloge que l'on aurait oublié de remonter.

– Qui est-ce, colonel ? Qui est Claire ?

– Quelqu'un que j'ai perdu il y a très longtemps.

2

Malgré quelques combats victorieux ici et là, l'histoire de la résistance indienne sur ce continent est le récit accablant d'un échec. En tant qu'exemples principaux, je citerai Little Big Horn à une époque relativement récente et, bien avant mais dans la même zone, l'affrontement contre les Anglais à Echoee : les Indiens ont certes remporté ces deux batailles, et quelques autres, mais ils ont irrémédiablement perdu leurs guerres. Pour confirmer mes dires, voyez les photographies, abondamment diffusées il y a peu de temps, du redoutable Geronimo enflé comme une truie de reproduction et exhibé dans une Cadillac.

En ce sens, ce que Bear a accompli reste remarquable. S'il n'a pas vaincu l'Amérique, je pense qu'il est honnête de dire qu'il est parvenu à un match nul, à tout le moins. Dans sa lutte, il s'est servi de toutes les armes à sa disposition, y compris moi. Mais les seules balles mortelles que l'un et l'autre d'entre nous avons jamais tirées étaient dirigées contre les nôtres. Charley et ses garçons.

Bear n'était pas l'un de ces Indiens mystiques qui fascinent tant les Occidentaux. Il s'intéressait seulement à ce monde éphémère qui est le nôtre, non à un hypothétique au-delà. Il chérissait toutes les manifestations tangibles de la Création avec la même ferveur que les baptistes adorent le Roi Jésus. Ce n'était pas l'esprit du vent, des rivières, des montagnes ou des arbres qu'il vénérait mais

23

le vent lui-même, et les rivières, et les montagnes, et les arbres, tout ce qui était vivant.

Bear – «Ours», un nom dont j'expliquerai plus tard l'origine – possédait l'esprit le plus profond et le plus aiguisé que j'aie connu, et il m'a pourtant été donné de rencontrer des présidents – même s'il s'agissait seulement de ce monstre de Jackson et de ce niais de Johnson, pour être franc. Et sans compter le «président» Davis, qui avait de l'intelligence à revendre mais dont la volonté était aussi fragile qu'un cracker [1]. Bear, qui ne savait ni lire ni écrire – que ce fût en anglais ou en syllabaire –, n'avait pourtant de leçon à recevoir de personne. À mes yeux, nous avons tous «commencé» par être illettrés. Rares sont ceux d'entre nous qui le restent, généralement pour les pires raisons : pauvreté dans certains cas, lois discriminatoires dans d'autres, du moins au temps de l'esclavage. Bear, quant à lui, avait suivi une philosophie personnelle en le demeurant. Mais il adorait les histoires, même celles rapportées dans des livres. Je me souviens de lui avoir lu quand j'étais jeune de longs passages du *Morte d'Arthur* et d'*El Quijote,* je lui traduisais au pied levé en langue cherokee et il écoutait aussi longtemps que je voulais continuer, tard dans les nuits interminables de janvier où l'univers se résumait au cercle de lumière projeté par le feu au milieu de son abri d'hiver.

Mais Bear n'était pas un reclus évoluant dans l'étroite circonférence de son passé. Il avait vu beaucoup de ce qui était alors l'Amérique, déjà. Encore jeune, une dette de sang l'avait conduit à jurer de tuer un homme, un Blanc

---

1. Andrew Jackson (1767-1845), premier président démocrate américain et héros de la guerre de 1812. Andrew Johnson (1808-1875) eut la lourde charge de succéder à Abraham Lincoln après l'assassinat de celui-ci. Jefferson Davis (1808-1889) fut le seul président des États confédérés d'Amérique pendant la guerre civile, de 1861 à 1865.

qu'il avait poursuivi pendant un an et demi à travers la Virginie, le Kentucky, le Tennessee, puis encore au sud dans les landes d'Alabama et de Géorgie. Les conditions étaient pénibles mais il était heureux de savoir l'homme aux abois devant lui, tel un chevreuil affolé de sentir les rabatteurs s'approcher. Après avoir suivi une vaste boucle qui les avait ramenés près de leur point de départ, le Blanc avait finalement renoncé à fuir et s'était retranché dans une grange pour la confrontation finale. Bear était allé à lui sans rien d'autre qu'un couteau à lame courbe.

– J'avais comme l'idée de l'étriper, m'a-t-il dit lorsqu'il m'a raconté cette aventure.

Pourtant, après avoir acculé sa proie dans le grenier à foin, il s'était contenté de le toucher avec le plat de sa lame et avait tourné les talons. Subtilité du point d'honneur.

À l'âge mûr, il avait vu encore plus de pays lorsqu'il avait écumé toutes les plantations de la côte à la recherche d'une fillette cherokee de neuf ou dix ans que des trafiquants d'esclaves avaient enlevée en traversant les montagnes. La petite, du nom de Blossom (Fleur), n'appartenait même pas à son clan mais toute l'affaire l'avait mis hors de lui : quoi, ces crapules volant impunément des enfants sur sa terre ? Il était parti des mois durant, cherchant Blossom de ville en ville, d'un marché d'esclaves à l'autre. Hillsborough, Fayetteville, puis la côte, droit au sud jusqu'à Charleston, le grand centre du commerce des humains, puis la campagne alentour jusqu'à retrouver les propriétaires terriens qui avaient acheté la fille.

En ce temps-là, donc bien avant que je ne le connaisse, il devait avoir été encore plus grand que dans mes souvenirs, pas encore tassé par l'âge, les épaules larges, le front bien garni, son long nez effilé comme une lame de hachette, sa chevelure sombre laissée flottante à l'exception de la petite natte qu'il aimait porter sur la nuque. Je le vois encore s'engager sous les arbres de l'imposante allée conduisant à une plantation des environs de

Charleston, sa chemise de chasseur en lin et ses jambières en daim couvertes de la poussière de jours entiers sur la route ; son expression détachée, d'un calme absolu, ne démentant pas sa détermination à réclamer la fillette enlevée ; et sans doute quelques verres d'alcool dans les veines, à l'époque, car il n'était arrivé à atteindre – occasionnellement – la sobriété que dans son vieil âge.

Il s'était adressé au premier Blanc qu'il avait croisé, un répétiteur de musique râblé qui, juché sur un cheval, observait deux hommes cercler une roue devant l'atelier de ferronnerie. Celui-ci l'avait adressé à l'autorité supérieure, le contremaître, qui l'avait finalement mis en présence du propriétaire et de son épouse, une femme mince et pâle. Ils étaient sortis de leur demeure pour s'entretenir avec cet Indien de belle prestance, amusés par la distraction qu'il leur fournissait, mais ils n'avaient pas accepté sa version des faits. Bear, qui aurait voulu dégainer son couteau et tuer son interlocuteur sur place, s'était cependant résigné à retourner en ville et à trouver un avocat. Non un honnête professionnel mais quelqu'un encore mieux adapté à son objectif, un petit intrigant venimeux et malin comme tout, qui nourrissait de vieilles rancœurs contre le planteur et ne demandait qu'à le traîner en justice.

Pendant un mois, Bear avait passé ses nuits au bord de l'eau, dans un hamac tendu entre deux palmiers sabal, et ses journées à explorer avec son avocat tous les arguments qui pourraient leur servir, ce qui comprenait une analyse au microscope réalisée par un expert et prouvant que les cheveux de la fillette ne présentaient aucune caractéristique de la race nègre. Bref, ils avaient remporté le procès. Bear était rentré au village avec Blossom à ses côtés et l'avait solennellement remise à sa famille.

Un jour, je lui ai demandé comment il avait appris à se servir de la loi à son avantage. La loi est une hache, m'a-t-il répondu, qui coupe là où elle tombe. Pour gagner, il faut juste savoir détourner le tranchant loin de soi.

Si le souvenir des arguties juridiques à Charleston le lassait vite, il se rappelait toujours avec grand plaisir un poisson particulièrement savoureux, et de taille considérable, qu'il avait pêché sur la plage devenue son campement. L'eau, par contre, était là-bas imbuvable. Et lorsque j'ai voulu savoir comment il avait mené à bien toute cette délicate affaire sans parler l'anglais, il a concédé qu'il avait peut-être connu deux ou trois mots dans cette langue, en ce temps-là, mais qu'il les avait oubliés depuis.

Je ne serais pas équitable si je ne proposais pas ici une anecdote décrivant bien la personnalité de Featherstone, qui fut lui aussi une figure paternelle pour moi. Dans son cas, toutefois, c'était plutôt le genre de père que l'on veut tuer, ou qui cherche à tuer ses enfants. Quand je repense à l'unique occasion où nous avons réellement échangé des tirs de pistolet, il m'arrive encore de regretter de ne pas l'avoir atteint et cependant il me manque, jusqu'à ce jour, et le monde semble plus pauvre en son absence. À vrai dire, Featherstone présentait à l'enfant puis au jeune homme que j'étais un modèle masculin radicalement différent de celui de Bear. De ces deux pères imparfaits, c'est certainement l'exemple de Featherstone que j'ai le plus fidèlement imité, ce qui constitue sans nul doute l'un des pires échecs de ma vie. Je tiens le récit suivant de différents témoins plus âgés qui me l'ont rapporté quand j'étais gamin ; si cela n'avait été que la parole de l'intéressé, en effet, je ne lui aurais pas fait l'honneur de le répéter.

Quelques années après la Révolution, l'exercice de la justice chez les Cherokees demeurait des plus directs, sans aucune interférence de juges, de jurys ou d'avocats. La punition d'un meurtre consistait à permettre au clan de la victime de mettre à mort l'assassin. Nous pouvons tous, je crois, reconnaître le bien-fondé d'un tel principe, mais des complications inopinées surgissaient parfois et c'est dans l'une d'elles que Featherstone, encore très jeune, s'était retrouvé impliqué. Son oncle maternel, Slow Water, un élément fort influent et prospère de sa communauté, en était arrivé à tuer un membre du clan Ah-ni-go-te-ge-wi – ou de la Pomme de terre sauvage, comme on le désigne souvent – sous l'influence du whisky trafiqué et de l'émotion suscitée par ses pertes considérables lors d'un jeu de balle. Slow Water avait parié plusieurs chevaux, une quantité considérable de boisseaux de maïs en grain et une maison. La partie s'étant terminée dans une brutale échauffourée au cours de laquelle l'équipe adverse avait placé deux buts coup sur coup, l'homme du clan de la Pomme de terre sauvage s'était contenté de regarder Slow Water avec un rictus ironique. Pas un mot n'avait été échangé mais ce seul mouvement dédaigneux des lèvres avait suffi : l'hiver venu, il mangerait le maïs du perdant sous ce qui avait été son toit. Slow Water avait passé la main sous sa pelisse, en avait sorti le long couteau dont il se servait pour équarrir ses prises à la chasse et l'avait enfoncé dans le cou de l'autre jusqu'à ce que la pointe ressorte de l'autre côté. Puis il avait regardé l'homme se vider de son sang sur l'herbe malmenée du champ où le jeu de balle venait d'avoir lieu.

La justice aurait dû alors s'exercer normalement, le clan de la victime pourchassant et exécutant Slow Water afin que la vie puisse retrouver son équilibre et suivre à nouveau son cours ordinaire. C'était ainsi que cela se passait, d'habitude ; au pire, il y aurait eu une ou deux batailles rangées avant que le différend ne soit réglé. Mais le clan de Slow Water, les Ah-ni-gi-lo-hi (Longs-Cheveux), avait tenu conseil et conclu unanimement que cet homme était trop précieux pour être livré. Ils s'étaient accordés à offrir Featherstone à la place de Slow Water et même sa mère n'aurait eu l'idée de s'élever contre la décision collective du clan. À l'époque, Featherstone était un jeune Indien aux cheveux roux et au visage constellé de taches de rousseur, âgé de seize ans, son père biologique étant un trappeur venu des plaines d'Écosse et son grand-père maternel un Highlander. En ce temps-là, toutefois, la filiation continuait à se passer par les femmes : si votre mère appartenait à un clan, vous en étiez membre également ; peu importait le mélange de sang qui coulait dans vos veines.

Featherstone n'avait même pas assisté au funeste jeu de balle. Il était alors en expédition de « poney-club », une bande de jeunes menant une horde de chevaux volés à travers le pays cherokee, à partir des contreforts montagneux de Caroline du Nord. Ils les avaient vendus aux abords de Nashville. Au total, cela avait été un mois trépidant de méchantes éraflures et de crises de fou rire, de campements bien arrosés de rhum et de longues journées en selle qui vous laissaient les fesses à vif. Aucun des six participants à l'équipée n'avait plus de dix-huit ans. Ils étaient revenus à Valley River splendidement montés, chaque bête portant deux étuis à pistolet au licol, leurs bourses remplies de billets de banque, vêtus d'habits neufs et pleins d'histoires enjolivées à raconter.

À son retour, Slow Water attendait le garçon, la mine longue. L'ayant pris à part, il avait expliqué sans détour à son neveu le sacrifice que le clan demandait de lui. Featherstone était un peu ivre, à l'évidence. Il avait dit : « Je te dis merde et à ces imbéciles de Pommes de terre sauvages, qu'ils aillent se faire voir, ont-ils seulement pensé que je pourrais en tuer quelques-uns, pour commencer, comme ça ils viendront te chercher noise quand j'en aurai terminé ? »

Tout le village était au courant de l'importance du moment, bien entendu, et traînait dehors en guettant la réaction du gaillard. Il était passé devant eux sur sa jument, le dos aussi raide que si un tisonnier avait été enfilé dans sa moelle épinière. Il éperonnait sa monture tout en tirant sur la bride, de sorte qu'elle était ramassée sur elle-même, l'encolure arquée, les pattes groupées, et qu'elle trottait de côté en réponse aux demandes contradictoires du cavalier.

Featherstone avait mis pied à terre devant la maison de sa mère. Celle-ci s'était contentée de confirmer les dires de Slow Water et de suggérer qu'il devrait peut-être s'éloigner à jamais de la Nation, trouver salut au Texas, qui sait ? Elle lui avait donné quelques petits *tamales* aux haricots enveloppés dans des feuilles de maïs bouillies et lui avait dit qu'elle ne pouvait guère plus pour lui.

Revenu dehors, le garçon avait posé la tête sur l'épaule moite de la jument et inhalé le doux parfum de sa robe tout en réfléchissant un moment. Sortant l'une des nombreuses bouteilles de rhum des Barbades qu'il avait dans ses fontes, il avait bu plusieurs rasades en contemplant son armement. Celui-ci était plus que conséquent : outre la paire de pistolets sur l'encolure de la jument, il avait un fusil à la crosse en bois de noyer huilé, dont les deux canons noirs semblaient encore plus gros tant ils étaient courts et les deux chiens, terminés par un long appuie-doigts, faisaient penser à un cheval aux oreilles pointées en l'air lorsqu'ils étaient relevés, un dispositif innovateur à l'époque ; une hache de guerre soigneusement affilée, son manche en noisetier orné de plumes de geai ; et plusieurs coutelas, parmi lesquels une pièce en fer damassé dont la lame, aussi large que la main, présentait au bout la sinistre courbure d'un kriss malais, un genre qui serait plus tard connu en Amérique sous le nom de « Bowie ».

Il s'est remis en selle pour traverser le village, son public guettant toujours du nouveau. En anglais, puis en cherokee, il a annoncé à la cantonade que quiconque essaierait de le suivre devrait mourir. C'était triste à dire mais il n'avait pas le choix. « Il ne me faudra pas plus qu'une badine de saule, a-t-il clamé, et mes poursuivants ne seront qu'un tas de lambeaux sanglants quand j'en aurai fini avec eux. De la viande pour la soupe.»

Ensuite, il leur a dit où le trouver. À l'embranchement de trois pistes non loin du fleuve, le lendemain matin. «Mais seulement après le petit déjeuner, compris ? Je ne vais pas manquer un repas pour vous, bande de crapules !»

Après s'être rendu directement à l'endroit qu'il leur avait désigné, il a patienté toute la nuit dans un buisson de laurier qui dominait le terrain où l'affrontement devrait avoir lieu. S'attendant sans cesse à être l'objet d'une attaque qui marquerait sa fin, il est resté dans l'obscurité, sans allumer de feu mais en vidant une série de bouteilles. Peu avant l'aube, alors que les gouttes de rosée commençaient à glisser sur les feuilles de laurier luisantes, le rhum noir des Barbades lui a inspiré le désir pressant que ses ennemis se présentent enfin à lui.

Et ils sont en effet arrivés, au petit matin, quand le brouillard pesait encore sur la surface du fleuve. Trois garçons de son âge et deux hommes d'âge mûr poussant leurs chevaux à travers les flaques de brume. Vêtus de leurs meilleurs atours comme s'ils se rendaient à une célébration, ils comptaient le surprendre en venant aussi tôt. Les hommes, d'authentiques Indiens, portaient la tenue traditionnelle : longue tunique de chasseur, gilet, coiffe bleue et rouge, jambières en daim retenues par des cordons en soie. Les jeunes, tous sang-mêlé, arboraient un mélange de vêtements indiens et occidentaux qui semblait symboliser la complexité de leurs allégeances. Assis au bord de l'une des pistes, ils ont discuté à voix basse du meilleur plan d'embuscade à déployer, se disputant entre eux le privilège de porter le premier coup et celui de revendiquer sa mort.

Avant qu'ils ne parviennent à s'entendre, Featherstone a surgi de son buisson dans une explosion de rosée et poussé sa monture sur eux, la hache dans une main, le grand couteau de Damas dans l'autre, la bride entre ses dents, tel un Celte rendu fou par l'ivresse du combat – et celte il était en effet, aux trois quarts. Il s'est jeté au milieu du groupe en taillant et lacérant à tour de bras. Sa jument a tourné sur elle-même à deux reprises pendant qu'il moulinait de part et d'autre puis, prenant son élan sur ses jarrets de derrière, elle s'est élancée au galop sur la piste.

Les assaillants, qui n'avaient même pas eu le temps de penser à se défendre, avaient pâti gravement de ce tourbillon. L'un des deux hommes, dont une épaule avait été entaillée jusqu'à l'os, peignait de stries rouges l'encolure de son cheval avec le sang qui dégoulinait le long de son bras et de ses doigts. L'autre, qui avait perdu un morceau de cuisse aussi gros qu'une motte de terre, contemplait la plaie béante comme s'il allait y trouver une révélation. Ces deux blessures avaient été l'œuvre de la hache. Les garçons, eux, pressaient diverses parties de leur anatomie en poussant des piaillements plus aigus que ceux de chiens de meute, et sous leurs paumes le sang jaillissait des coupures de couteau qui parsemaient leurs avant-bras ou leurs flancs.

Featherstone, lui, n'était plus qu'une galopade étouffée de sabots sur la terre battue, depuis longtemps engloutie par le brouillard monté des eaux.

Au cours de la semaine suivante, les mâles du clan offensé avaient chevauché comme autant de Perceval et de Gauvain. À cheval et à pied, ils avaient traqué Featherstone nuit et jour, eu recours à toute leur expérience de chasseurs et de pisteurs pour le retrouver et le tuer. Et cependant, ils avaient échoué.

Featherstone avançait sans relâche, la distance entre ses poursuivants et lui constituant sa meilleure chance de salut. La nuit, il restait éveillé, accroupi dans les ténèbres et le crachin. Le clan de la Pomme de terre sauvage l'avait poursuivi à travers les peuplements de la vallée, des coteaux et des hauteurs, à travers les champs de maïs où les vrilles de haricots s'accrochaient aux plants et où les citrouilles parsemaient d'orange vif les sillons à leurs pieds. Ils l'avaient poussé loin dans les contrées sauvages seulement marquées par les traces des bisons détalant dans les herbes hautes, tels des cours d'eau soudain asséchés au flanc des collines. Featherstone les leurrait, leur échappait et se battait à mort avec eux quand l'affrontement était inévitable. Autour de leurs maigres feux de camp, les jeunes du clan de la Pomme de terre, enragés par la traque, se servaient de piquants de porc-épic pour extraire les volées de petit plomb qui s'incrustaient comme des essaims de furoncles bleutés sous la peau de leur dos, de leur poitrine ou de leur visage, ou posaient des cataplasmes d'achillée sur les blessures de couteau. L'un d'eux avait tremblé de fièvre des jours durant à cause d'un impact de balle infecté, jusqu'à ce que Sixkiller trouve un point d'eau et chasse la chaleur de la plaie, lui sauvant ainsi la vie.

Lors de l'une de ces échauffourées qui les avaient entraînés sur des lieues et des lieues de vallées et de plateaux, Featherstone avait atteint plus d'une douzaine de ses ennemis, surtout avec son fusil qu'il était capable de vider et de recharger avec une assez grande précision tout en galopant. Ils étaient tombés l'un après l'autre derrière lui, jusqu'à ce qu'il soit enfin seul, chevauchant dans la nuit qui était tombée entre-temps. Cette fois encore, il avait bivouaqué sans allumer de feu, mangé quelques pommes de terre froides et rêvé qu'il supprimait tous ses poursuivants d'un revers de sa lame. La peur incessante qui le tenaillait lui avait fait jurer de laisser une rivière de sang dans son sillage, une ligne de mort derrière son bref passage à travers ce monde.

Le dénouement de toute la crise avait été quelque peu décevant à la fois pour Featherstone et pour la communauté, qui avait espéré une issue plus tragique et donc plus définitive. Avec l'argent que l'expédition des chevaux volés lui avait rapporté, le jeune Longs-Cheveux avait quitté les montagnes pour descendre au pays du coton, où il avait fait l'acquisition d'une petite mulâtresse de quatorze ans toute maigrichonne, arrivée de Jamaïque depuis peu et s'exprimant dans un anglais indéfinissable, le seul achat dont il ait eu les moyens bien qu'il ait marchandé avec opiniâtreté. Durant les cinq jours de route qui les séparaient de Valley River, elle avait voyagé derrière lui, sans cesse de l'agripper par la taille de ses bras osseux car les chevaux, avec leurs yeux cerclés de rouge, leurs dents jaunes et leurs naseaux frémissants qui lui rappelaient les contremaîtres écumant les champs sur le dos de leur monture, lui inspiraient une sainte terreur.

C'est elle que Featherstone proposa au clan adverse en échange de l'homme que Slow Water avait tué. Une vie contre une autre vie, et même si elle n'était guère impressionnante les hommes de la Pomme de terre sauvage résolurent qu'elle suffirait, l'arrangement étant de toute façon préférable à cette lutte sans fin avec Featherstone. Accueillie chaleureusement par le clan, la fille reçut le nom de Martha bien qu'elle ait déjà disposé de celui, parfaitement utilisable, de Dolly, mais elle allait surtout être connue toute sa vie par le sobriquet de Mords-le, parce qu'à son arrivée au village Featherstone portait les deux demi-cercles très nets que ses petites dents avaient laissés sur sa nuque. Dans quelles circonstances lui avait-elle infligé cette blessure ? Si la question allait être l'objet d'intenses spéculations au sein de sa nouvelle communauté, celle-ci résolut avant tout de l'honorer comme l'unique membre du clan de la Pomme de terre sauvage à avoir réussi à verser le sang de l'invincible Featherstone.

Et, autant que je sache, le seul Blanc à avoir pu en faire autant est votre serviteur.

3

Est-ce une infirmité ou un péché, ce besoin de fixer la vie sur le papier, de donner une forme arrêtée au mouvement du monde ? Je ne sais. Bear pensait qu'écrire une pensée l'atrophiait, dissipait un souffle sacré, l'étouffait même. Lorsqu'ils sont capturés, emprisonnés, les mots deviennent une barrière face à la réalité, une barrière qu'il vaut mieux ne pas édifier. Tout passe, tout change. Une fois qu'il s'est produit, un événement n'est plus que ce que la mémoire veut bien en faire, et sa forme se transforme avec le temps. L'écrire, c'est le fixer sur place aussi définitivement qu'une peau de serpent à sonnettes que l'on a tannée, étirée et clouée au mur d'une grange. Une réplique satisfaisante, mais fort trompeuse, de l'original : plate, sans vie, inoffensive. Bear avait compris que l'écriture enregistre une succession de pensées éphémères comme si elle était définitive.

J'ai toujours été fasciné par les mots, cependant. Sans cesse à lire un livre, à tenir un journal. Quand j'avais quinze ans, les proches de Bear me surnommaient Turkey Wing (Aile de dinde) à cause des plumes toujours plantées dans la pochette de ma veste ou sur mon oreille, et qui provenaient invariablement de ce volatile. Et, comme j'étais droitier, celles de l'aile droite offraient la courbure la plus adéquate, de sorte qu'ils n'oubliaient jamais d'en rapporter quelques-unes après une partie de chasse.

Là-haut, au grenier, les caisses qui renferment les

multiples carnets de mon journal s'empilent jusqu'aux poutres. Ils descendent aussi loin dans le passé que le gouvernement Monroe, me rappellent avec précision tout ce qui m'est arrivé depuis mon enfance. Toutes les dates sont là, et les faits les plus anodins. Assez d'encre pour remplir une baignoire, étalée avec des plumes d'oiseau et des pointes d'acier de toutes sortes jusqu'à former une seule ligne, une boucle à l'échelle d'une vie entière. Certaines pages de l'automne 1838 ont été rédigées avec un bout de branche taillé et trempé dans du jus de myrtille car je venais de perdre mon plumier et mon encrier dans les montagnes. Quelques années plus tard, un carnet entier est tout déformé, déteint, presque illisible, pour être tombé dans l'eau alors que je traversais une rivière à la saison des crues. Certains passages sont écrits avec une plume venue de la queue d'un aigle, ce qui devait se révéler moins stimulant pour l'inspiration que je ne l'avais escompté. Les premiers volumes sont de simples assemblages de feuilles pliées, sans couverture, dont la maladresse révèle la main d'un enfant ; puis leur qualité technique progresse peu à peu pour arriver aux albums reliés en cuir souple, dont le papier rayé porte le filigrane d'un papetier de Washington, que je me suis mis à utiliser à partir d'un certain moment et jusqu'à aujourd'hui. Voilà des lustres que ce fabricant honore toujours la même commande : six albums par an, qui me parviennent toujours par la poste au mois d'avril, un paquet parfaitement emballé de papier kraft et lié par une ficelle de jute, à chaque fois accompagné d'un mot aimable du directeur, lequel n'est autre que le petit-fils de celui avec qui j'ai jadis noué cette habitude. Et je continue à les remplir, par la force de cette même habitude, quand bien même il ne m'arrive plus rien de nouveau. Je reviens au siècle précédent en labourant encore et encore les mêmes clairières anciennes, en amendant, en ajoutant, en condensant, en inventant.

Il y a des périodes où tout ce que je trouve devant moi, l'herbe et les arbres, la musique, le goût d'un plat, la démarche des gens autour de moi, le miracle des couleurs, tout, même mes pensées rabâchées, me semble lumineux, ciselé avec une précision infinie, exactement comme le monde m'apparaissait quand j'avais dix-sept ans. Quel don, à un si grand âge ! Des souvenirs arrivés de très loin dans l'autre siècle me balaient soudain avec une force qui me jetterait presque à terre. Nous parvenons tous à un stade où nous aimerions tracer une ligne dans le temps et déclarer nul et non avenu tout ce qui la précède. Nous dépouiller de notre passé comme d'un pantalon trempé de boue, laisser le tissu alourdi et collant glisser le long des jambes et faire un pas de côté pour nous en écarter. Il y a aussi un point à partir duquel nous donnerions volontiers le reste de nos jours fanés pour le seul mois de juillet de nos dix-sept ans. Mais il n'est aucun fil d'Ariane qui puisse nous y reconduire.

Quoi qu'il en soit, commençons. Mais non par un sénateur, un colonel ou un chef de tribu : commençons par un enfant-serf.

II
Arrivée

1

Par un après-midi au début du printemps, un orphelin de douze ans empruntait une piste étroite dans l'immensité des montagnes. Il était seul. Le vent couchait les rafales de pluie presque à l'horizontale. Avec son couteau de chasse à la ceinture et son pantalon rentré dans ses bottes, le garçon affectait l'allure d'un voyageur chevronné avançant vers une destination aussi lointaine qu'incertaine.

Cet orphelin connaissait des histoires, dont celle de Jack, un enfant abandonné comme lui. Plus jeune encore, il avait souvent entendu quelqu'un dans une veillée, un baladin, un grand-père à barbe grise dans une ferme du bord de route, narrer le Conte de Jack d'une voix délibérément neutre à une kyrielle de mouflets assis autour du feu. Il se souvenait encore de certains passages et il les déclamait maintenant, comme un poème ou une prière adressés au paysage alentour, réconforté par l'idée que Jack, lui aussi, avait été un vagabond :

> *Alors l'a mis sa musette à l'épaule*
> *Et l'est parti.*
> *Les jours ont passé,*
> *Les nuits ont passé,*
> *Les semaines ont passé,*
> *Les mois ont passé,*
> *Et sur les routes Jack s'en allait...*

41

La voix enfantine s'est perdue dans les bois verdoyants sans obtenir de réponse, pas même un écho.

Ce garçon dont je parle était une version de moi, une première ébauche incomplète. J'ai encore certaines de ses dents et nous partageons une cicatrice d'un pouce de long juste au-dessous de l'astragale droit, vestige d'une entaille laissée par un clou de fer à cheval.

La piste faisait une fourche devant un grand tulipier, offrant un choix simple en apparence – à droite, ou à gauche ? Et j'avais la simplicité de mon âge, certes, mais je savais déjà qu'il ne suffisait pas de prendre une direction pour arriver quelque part. Vivre dans ces montagnes, c'était comme d'être pris dans un puzzle de sommets bleus infranchissables et de ravins noirs impossibles à traverser. Se déplacer ici, cela voulait dire non seulement savoir où l'on voulait aller mais aussi avoir conscience que le seul moyen d'y parvenir était bien souvent un grand détour.

J'ai réfléchi à mes options. Chaque voyage a deux issues possibles, deux orientations : vers la vie, vers la mort. Du moins était-ce ainsi pour moi, ou était-ce ce que je croyais alors.

J'ai lâché les rênes. Le poulain, que j'avais récemment nommé Waverley en hommage à mon roman préféré de Walter Scott, s'est arrêté tout seul, ses sabots s'enfonçant peu à peu dans la boue. La piste était bordée des deux côtés par des rhododendrons touffus dont les feuilles vernies par la pluie se rejoignaient presque au-dessus de moi. Quand j'ai levé la tête vers elles, l'eau qui s'était accumulée sur les rebords de mon chapeau s'est déversée dans ma nuque et dans le col du manteau en laine, trop grand pour moi, qui me venait de mon oncle. Sortant la carte de ma poche, je l'ai étalée sur le garrot de Waverley pour l'étudier. Comme des gouttes maculaient déjà le papier, je l'ai protégée en me voûtant sur elle. De l'index, j'ai suivi la route que je pensais avoir parcourue, m'arrêtant à l'endroit où je présumais me trouver maintenant. C'était une vraie carte, imprimée et non dessinée, le résultat d'une enquête géographique commanditée par quelque organisme officiel revendiquant sa souveraineté sur ces parages. Ce qui me plaisait le plus était le petit encart dans un coin, intitulé «Légende», où la fonction symbolique de chaque élément était révélée par des pictogrammes. Au cours des trois derniers jours, je l'avais ouverte et refermée sous la pluie si souvent que les plis commençaient à se déchirer. J'ai passé mon pouce sur les endroits les plus abîmés comme si c'était un contact magique qui pouvait les réparer.

Si la contrée que j'avais déjà parcourue apparaissait abondamment détaillée, avec ses frontières d'État et de comtés, ses agglomérations et ses carrefours, ses montagnes et ses cours d'eau, plus à l'ouest – et c'était à peu près là où je calculais me trouver – elle virait brusquement au blanc, n'offrant pour seule indication géographique que la mention laconique, en lettres assez imposantes : «TERRITOIRE INDIEN». La transition entre les deux espaces était brutale : la leçon que cette carte donnait, c'est que la connaissance a des limites très précises, et qu'au-delà de celles-ci l'univers lui-même peut devenir pure spéculation. Dans mon esprit, il était impossible que cette région laissée en blanc soit contenue dans un État quelconque, ni qu'elle contienne des comtés ou des villes ; quant à ses montagnes et à ses fleuves, qui ne disposaient d'aucune dénomination officielle, ils devaient seulement être ce que les rares habitants décidaient de les appeler au jour le jour. La rivière Jaune devenait la rivière Verte en fonction de la saison à laquelle on la traversait. Ou même la rivière Will, si chacun se mettait en tête de lui donner son nom. Apposer son empreinte sur la terre et attendre de voir si l'on est capable de la forcer à demeurer telle qu'on l'a nommée. Décidément, cet espace vacant qui s'ouvrait devant moi semblait offrir une infinité de propositions.

J'avais craint ce moment de mon équipée depuis la première fois où mes yeux s'étaient posés sur la carte cinq jours auparavant. Mais pendant tout le mois précédent j'avais été convaincu que quelque chose qui valait la peine d'être redouté allait bientôt se produire.

Ma tante avait commencé à se montrer froide et distante envers moi, et mon oncle, le frère de mon père disparu, avait cessé de retenir les jurons en ma présence, comme si j'étais soudain devenu un adulte. Ils avaient acheté un jeune cheval d'assez belle prestance, encore peu habitué à la selle. Bai, avec une tête étroite, très élégante, et de grands yeux vifs. Il faisait merveille au trot, grâce à une admirable suspension et à un poser diagonal pratiquement impeccable, mais il était si peu habitué à être monté qu'il lui arrivait d'oublier ses bonnes manières et de se laisser aller à un écart si une feuille morte passait devant lui ou si un oiseau s'envolait d'un arbre. Très sûr de ses opinions, il n'accordait guère de crédit aux suggestions d'autrui, à commencer par celles de son cavalier. L'équipement avec lequel il avait été vendu était de piètre qualité ; la selle, toute craquelée, n'était guère plus grande ou plus confortable que la carapace d'une tortue happante ; il y avait aussi une paire de sacoches et une musette en cuir, comme si un long voyage avait été prévu.

Et puis, par une journée exceptionnellement chaude pour la saison, un homme que je n'avais jamais vu est passé rendre visite dans un chariot tiré par deux chevaux. Il est resté longtemps à parler avec mon oncle au salon. Ensuite, il est venu vers le pommier en fleur sous lequel j'étais assis, essayant de lire un livre en latin. Virgile, pour être précis, et j'en étais arrivé au passage particulièrement sublime où le poète décrit le soleil bannissant l'hiver sous la terre. Il n'était pas de prime jeunesse, cet inconnu. On aurait pu croire qu'il avait combattu à King's Mountain pendant la Révolution et sa tenue vestimentaire était tout aussi datée, avec ses braies et ses bas crasseux. Certes, il n'avait pas de perruque poudrée sur ses cheveux blancs très fins, arborait un chapeau à bords mous au lieu d'un tricorne, portait des bottines communes et non ces souliers carrés à boucles que j'avais vus sur les images des Pères fondateurs, mais son allure évoquait tout de même beaucoup les jours d'antan, l'époque de Washington et de Franklin.

Il m'a serré la main comme il l'aurait fait avec un adulte, m'a posé des questions sur mes études. Il avait entendu dire que j'étais à l'aise avec les mots, m'a-t-il informé. J'ai confirmé poliment, car à quoi bon le nier ? Soudain, de but en blanc, il a remarqué que « certains, s'ils voyaient un Indien dans la forêt, auraient une frousse terrible ». « Pas moi », ai-je répondu. Toujours sans explication, il s'est alors mis à discourir sur le pays indien. Là où la Nation cherokee avait maintenu son pouvoir. Une sorte de trou au milieu de l'Amérique, plus grand que la plupart des États, mais de taille modeste en comparaison de leurs anciens territoires.

« On trouve là-bas tous les genres d'Indiens qui existent, a-t-il poursuivi. Les plus retardés, les plus ignorants, les plus isolés du reste du monde sont surtout ceux de pure race, dont la peau est pratiquement aussi sombre que la cosse d'un marron. La langue anglaise leur parle autant que les glouglous d'une dinde, et même s'ils la maîtrisaient, ils ne condescendraient pas à l'employer avec vous. Ils dansent leurs vieilles danses, jettent leurs vieux sorts, se comportent comme si l'univers était encore à eux. Au plus fort de l'hiver, ils se glissent dans de minuscules huttes en boue séchée à peine plus hautes qu'un four de potier et n'en sortent qu'au printemps, quand les ours finissent eux aussi d'hiberner. Jésus n'est rien pour eux. À part la chasse et la guerre, ce sont les femmes qui contrôlent tout. La seule loi qu'ils connaissent : œil pour œil, dent pour dent. Ils se reproduisent avec une telle désinvolture qu'ils sont seulement capables de dire qui est leur mère. Ils ignorent même qu'il y a sept jours dans une semaine et douze mois dans une année. Pour eux, ainsi, on ne serait pas en mars mais dans leur satanée "lune du vent".

«Par ailleurs, a continué le désuet gentleman, il existe à côté de ces durs à cuire toute une gamme d'Indiens allant jusqu'à ceux que l'on ne pourrait distinguer des Blancs. Certains d'entre eux ont neuf dixièmes de sang écossais en eux, oui, au point qu'on s'attendrait à les voir porter des kilts et à souffler dans des cornemuses ! Ces Indiens-là possèdent des plantations et des esclaves, revêtent la queue-de-pie, dînent dans de la porcelaine et de l'argenterie, d'immenses lustres en cristal oscillant au-dessus de leur table en acajou. Ces richards parlent anglais aussi bien que nous tous, voire mieux que la plupart d'entre nous. Nombreux sont ceux qui ne connaissent même plus le jargon de leurs ancêtres.»

Il a marqué un temps d'arrêt, puis :

– Tu comprends ce que je veux dire ?

J'ai répondu que oui, ce qui était entièrement faux. Ayant apparemment achevé sa description des mœurs et coutumes cherokees, il a laissé son regard dériver au-delà du jardin, jusqu'à l'enclos au coin de la grange où se tenait le jeune cheval bai.

– Il est à toi ? s'est-il enquis.

– Non, sir. Pas que je sache. Ils viennent juste de l'acheter.

– Quel âge ?

– Trois ou quatre ans.

– Eh bien ?

– Trois, je crois.

– Et entier ?

– Oui, sir.

– Donc encore un poulain ?

– Oui, sir. La limite est quatre ans.

– Et à quatre ans, ce sera un étalon. Et peut-être un bon, vu comment il est formé.

Nous avons contemplé ensemble le cheval un moment. Brusquement, il a dit quelque chose de très étrange.

– Vois-tu, Will, le fond de l'affaire, c'est que peu d'hommes peuvent se permettre de contrarier la femme avec laquelle ils vont au lit. Pas s'ils veulent avoir la paix. J'espère que tu ne penses pas trop de mal de ton oncle.

J'ai réfléchi à ses paroles un moment, avant de me contenter d'acquiescer encore. Bien que très jeune, je savais déjà qu'il est souvent préférable d'attendre que les événements s'enchaînent autour de soi.

Il a rebroussé chemin vers la véranda où mon oncle et ma tante se balançaient sur leur fauteuil sans échanger un seul mot et en évitant soigneusement de regarder dans ma direction. J'ai tenté de revenir à Virgile mais j'étais trop distrait. J'ai observé cet homme venu d'un autre âge grimper souplement les marches du perron et prendre un siège à côté d'eux. Sortant une liasse de papiers de la poche intérieure de son manteau, il a commencé à leur parler. Ils l'ont écouté attentivement tandis qu'il commentait les feuilles une par une, montrant du doigt tel ou tel point particulier. Puis ils se sont levés tous les trois et sont rentrés à l'intérieur ; pour y prendre une plume et un encrier, ai-je déduit, afin d'invoquer la loi et, comme par quelque sortilège, de prédire ce qu'allait être ma vie.

Ce soir-là, mon oncle et ma tante m'ont demandé de rester à ma place après le souper, tout en envoyant leurs propres enfants au lit. Mes cousins étaient de petites créatures ignorantes et coléreuses, un garnement de trois ans qui n'avait pas encore prononcé un seul mot dans une langue humaine et une fille un peu plus grande mais à peine plus capable de soutenir un début de conversation.

En général, je ne leur accordais guère plus d'attention qu'aux poulets dans la cour.

Quand ils eurent fini de monter bruyamment l'étroit escalier, ma tante a posé devant moi, en guise de dessert, une assiette de pain de maïs froid, un verre de lait caillé et un bol de sucre. Après avoir émietté le pain dans le lait et l'avoir saupoudré de sucre, j'ai remué cette bouillie avec une cuillère et j'ai commencé à manger. Dans la pénombre de la cuisine, nous sommes restés sans parler, le silence seulement troublé par le bruit de ma cuillère contre le verre. Les flammes mouraient peu à peu dans l'âtre, les braises soupiraient et disparaissaient parmi les cendres. Les deux bougies sur la table étaient auréolées d'une sphère vibrante de particules de poussière et d'infimes insectes. Repoussant le verre d'un doigt, j'ai adopté une mine impassible et fait le vide dans mon esprit.

C'est maintenant qu'ils vont mettre ma vie à plat, me suis-je dit.

– Je n'arrive pas à m'y faire ! a soudain lancé ma tante. Envoyer ainsi dans le monde ce qui n'est encore qu'un gamin !

Elle a tapoté ses yeux tout à fait secs avec un mouchoir roulé en boule.

– Il a douze ans, a objecté mon oncle.

Elle a réfléchi un instant.

– Bientôt treize, a-t-elle complété, et c'était comme si ce chiffre plus élevé réglait définitivement la question.

Mon oncle s'est levé en remettant sa chaise en place. Il est revenu du salon avec une grosse clé qu'il a posée devant moi et une carte qu'il a déroulée sur la table.

– Tu entreras avec elle, a-t-il déclaré en effleurant la clé. Et tu arriveras là-bas grâce à elle.

De ses deux mains, il a lissé la carte sur la nappe avant de poser les bougeoirs en étain à chaque extrémité pour empêcher le rouleau de se refermer.

Si l'anneau de la clé était joliment forgé en forme de nœud d'amoureux, le panneton formé de deux dents rudimentaires paraissait plus que sommaire : n'importe qui armé d'un clou ou d'une lime et d'un peu de jugeote serait venu à bout de la serrure à laquelle il correspondait en deux secondes. Je l'ai contemplée attentivement, car elle semblait devoir occuper une place importante dans mon avenir, mais sans la toucher. Et je n'ai pas demandé où se trouvait la porte qu'elle était censée ouvrir. Je suis resté à ma place, replié en moi-même, attendant que l'on m'expose les termes de mon exil.

Tout en le décrivant, mon oncle a suivi d'un doigt l'itinéraire sur la carte, traversé des rivières méandreuses, remonté ce qu'il présentait comme des vallées encaissées jusqu'à des cols de montagne. Il a cité des repères naturels, énuméré les changements de direction, ici à gauche, là à droite... Il y en avait beaucoup, ce qui semblait indiquer que j'avais devant moi un nombre égal d'occasions de me tromper. Bientôt, toutes ses indications se sont embrouillées dans ma tête.

Lorsque la carte n'a plus été qu'une étendue de blanc, il a continué à parler, mais sans plus s'aider de son doigt. Les yeux sur ce vide, l'enfant qui était encore en moi a pensé un instant que le traverser serait comme de se déplacer dans un épais brouillard où les objets proches perdraient leur forme définie et leurs couleurs, et les lointains peut-être jusqu'à leur existence. Mais je comprenais aussi que ce blanc n'était que la métaphore d'un monde bien réel, la simple indication que les cartographes n'avaient pas avancé aussi loin dans leurs pensées. Il n'empêche que cette région était ce qu'il y avait de plus proche d'une terre inexplorée, me suis-je dit, et que les rares humains à y vivre étaient certainement très seuls parmi les animaux et les contours indifférents de la terre.

Quand il a terminé, mon oncle a lancé un coup d'œil à sa femme en rapprochant très légèrement les mains comme pour dire qu'il s'agissait maintenant de clore quelque chose. Ma tante m'a regardé.

– Alors ?

– J'ai deux questions.

– Pose-les, a-t-elle ordonné.

– Est-ce que j'ai été vendu ?

– Je n'appellerais pas cela ainsi, a protesté mon oncle.

– Mais il y a des papiers, a objecté ma tante. Nous les avons signés.

– Ce n'est que pour sept ans, allons ! Tu pars en apprentissage. Et tu recevras un salaire pour ton service.

La question suivante, donc. Elle avait trait à un magnifique pistolet à mèche qui avait appartenu à mon père. Jadis, ma mère le plaçait souvent devant une fenêtre pour me le montrer. Elle ouvrait les verrous du boîtier en bois et soulevait le couvercle avec la même lenteur solennelle que s'il avait contenu un trésor. La lumière du jour tombait sur une œuvre d'art étincelante, nichée dans du velours bleu. Le cran de sûreté était tout orné de volutes, le levier du marteau me paraissait aussi long qu'une feuille de cornouiller. Si je devais parcourir le monde seul, unique vestige d'une famille disparue, cette pièce me ferait un joli passeport, avec juste le bel arrondi de la crosse en ivoire émergeant de ma ceinture…

Pouvais-je emporter une arme pour la route, ai-je demandé. Le pistolet de mon père ? Ma tante m'a regardé comme si j'étais un demeuré mental. Elle a affirmé qu'à son avis porter une arme sur moi m'attirerait les ennuis plutôt que de m'en tenir éloigné.

– Tu vas là-bas pour devenir boutiquier, non pas bandit de grand chemin.

Quel gamin de douze ans a envie d'apprendre pareille nouvelle ? Boutiquier !

Bien que j'aie réussi à conserver une expression indéchiffrable, j'ai entrevu avec angoisse d'interminables années passées derrière un boulier, enfermé jusqu'à la mort.

– Un couteau ? ai-je suggéré.

– Oui, bien sûr, a approuvé mon oncle. C'est plus un instrument utile qu'autre chose. J'ai toujours un grand coutelas à la lame bien épaisse qui était à ton père. Tu peux l'emporter.

Mis à part ces quelques objets personnels, je n'avais aucun souvenir précis de mon père. Parfois, je croyais me rappeler une sombre présence, une ombre incomplète penchée sur moi, sans visage, peut-être un peu taquine à en juger par l'angle sur lequel la tête était inclinée, une incarnation qui n'était qu'une silhouette. Ma mère m'avait très souvent raconté qu'encore tout bébé je parcourais notre ferme en tous sens, juché sur ses épaules. Et je n'étais guère plus âgé lorsqu'il s'était noyé en traversant la Pigeon River sur un chariot qui s'était soudain retourné dans le fort courant printanier, l'écrasant contre les pierres polies du fond et provoquant la mort du cheval resté prisonnier de l'attelage.

Ma mère lui avait survécu une dizaine d'années, pendant lesquelles elle n'avait été encore guère plus qu'une enfant. J'ai compté, comparé les dates, et c'est ce qu'elle a été lorsque j'étais petit : une fille triste et solitaire, déjà veuve et toujours dépendante, qui vivait parmi les proches de mon père. D'elle, je me souviens surtout de longues et successives journées passées dehors à nous épuiser en courses aberrantes, du matin au soir : marcher jusqu'à la ville et retour pour acheter un journal, traverser la moitié du comté dans le seul but d'apporter un gâteau à quelqu'un qu'elle connaissait à peine et qui venait d'avoir un décès à la maison… À partir d'un moment, cependant, ma mémoire ne la voit que confinée dans sa chambre pendant des mois, des semestres. Pour lui permettre de garder la notion du temps, je lui amenais des brassées de fleurs pâles de tulipier, puis de feuilles charnues et très vertes du même arbre, puis celles-ci ramassées sur la pelouse, désormais jaunes et brunes. Elle avait été emportée par quelque maladie consumant ses forces. Je me rappelle une interminable période de dépérissement, de chuchotements dans des pièces aux rideaux toujours tirés, de quintes de toux rauque cascadant dans les escaliers, et aussi un chaudron plein de linge moucheté de sang qui bouillait dans une eau couleur de rouille près de la cabane où l'on fumait les viandes.

Tout de suite après le décès de ma mère, des manigances financières échappant à mon entendement ont permis à mon oncle et ma tante d'annexer notre ferme à la leur – elles étaient limitrophes –, si bien que je me suis retrouvé à la fois orphelin et dépossédé. Pendant les presque trois ans qui ont précédé mon exil, ils ont continué – parce qu'ils se sentaient coupables, je pense – à m'envoyer à l'école que ma mère m'avait choisie en ville. Son unique professeur était un homme de l'île de Man, aussi lettré qu'enjoué, qui avait dénommé l'établissement «l'Académie du latin», une appellation certes grandiose pour ce qui n'était qu'une pièce vacante de sa maison, mais sans doute justifiée à ses yeux par un buste d'Horace trônant sur le manteau de la cheminée et par un imposant dictionnaire latin laissé ouvert sur un pupitre en chêne. Sous sa tutelle, j'ai vite été capable de lire tout ce que l'on plaçait devant moi, et ce avec le plus grand plaisir. Je discernais la logique des règles grammaticales, latines comme anglaises, et j'ai pu bientôt décomposer avec pertinence la plupart des phrases, y compris les majestueuses périodes que le siècle antérieur avait affectionnées. Je me plongeais dans la lecture d'exemplaires jaunis du *Spectator* avec le même intérêt que s'ils avaient contenu des idées d'une brûlante actualité. J'ai aussi appris à mémoriser les mythes et les faits historiques de la Grèce, de la Rome antique et de l'Angleterre, dont l'addition prouvait surtout avec quelle constance les rois ont pu se laisser emporter par une démence sanguinaire. Tout cela sans effort notable et avec une considérable satisfaction. Ainsi, l'homme de Man m'avait mis au latin dans ma deuxième année mais j'étais déjà en mesure de capter l'essence des poèmes du même Horace. Encore aujourd'hui, je me rappelle celui où il est question de cailloux lancés à la fenêtre d'une amante pendant la nuit.

Si ses quelques petits académiciens avaient bien travaillé et s'étaient comportés correctement, notre maître sortait un jeu de cartes l'après-midi venu et nous disputions alors de féroces parties contre lui en misant des sucres d'orge à la menthe. Il prenait son rôle de pédagogue autant au sérieux lorsqu'il s'agissait de nous expliquer les règles des jeux les plus répandus que celles de la grammaire latine.

Mais l'Académie avait été jugée trop coûteuse pour que je continue de la fréquenter, visiblement, et j'avais soudain été proclamé adulte à l'âge de douze ans – que dis-je, « presque treize »… Il m'appartenait désormais de voler de mes propres ailes. Mon oncle et ma tante m'avaient transféré sous la coupe du désuet gentleman, ou plutôt à son service. Pour lui, j'allais devoir tenir un comptoir de traite à la limite du territoire indien. Celui qui s'était occupé des livres de compte là-bas avait récemment pris la poudre d'escampette, attiré sans doute par la Louisiane, ou par les nouvelles colonies à l'ouest, voire par le Texas et ses terres vierges, peut-être… Il avait fallu lui trouver un remplaçant sans attendre. Dans leur esprit – mais pas dans le mien –, ma voie était toute tracée.

Le matin où j'ai enfourché le poulain qui devait m'emporter en exil, ma tante est restée debout près de l'épaule de la bête en essayant de s'arracher quelques larmes. Le soleil n'avait pas encore dépassé les cimes de montagne. Tout était gris et brumeux. Elle m'a donné cinq dollars en pièces d'argent, dix en papier-monnaie de Géorgie, une petite poêle en fer et un bout de papier plié en quatre sur lequel elle avait inscrit sa recette de poulet frit et de biscuits. Les derniers mots qu'elle m'ait adressés ont été : « N'oublie pas de lire la Bible, de prier et d'aimer Jésus, et de te tenir loin des païens. »

J'ai quitté la ferme. Le soleil s'était levé quand je suis parvenu à la grand-rue de la ville. L'odeur du bacon rissolé venu de la cuisine de l'hôtel m'a chatouillé le nez. Le forgeron tisonnait son feu et y ajoutait des bûches de chêne. Une jeune Noire portant un pot de chambre à fermoir s'est dirigée vers les latrines. J'étais parti. Je mourais de peur.

Tout en repliant la carte en un rectangle adapté à ma poche, j'ai cherché à me rappeler tous les changements de direction mentionnés par mon oncle, puis j'ai craché vaillamment sur le côté et pressé les talons dans les flancs de Waverley, que j'ai guidé à la gauche du tulipier, sur la voie qui m'avait l'air la plus encourageante des deux.

Le poids de l'inquiétude accablait mes épaules tandis que j'ai continué à m'enfoncer dans les montagnes. Les premières nuits du voyage, j'avais dormi sous le toit de gens auxquels le désuet gentleman m'avait recommandé, j'arrivais chez eux chargé de ces lettres où il les priait de me donner quelque pitance et de me permettre de dormir là où ils auraient de la place, c'est-à-dire dans la grange la plupart des fois et, dans un seul cas, un grenier vide. Cette nuit allait être la première que je passerais dehors. L'obscurité me terrifiait et je faisais de mon mieux pour ne pas penser à la rapidité avec laquelle elle arrivait.

J'ai fait halte en milieu d'après-midi, décidé à me laisser tout le temps possible pour établir mon camp. La pluie avait cessé mais les arbres et les buissons continuaient à s'égoutter lorsque j'ai trouvé un bout de terrain plat surmonté par un promontoire rocheux. Sous cet abri naturel, le sol était sec et poudreux comme de la farine tamisée. Il y avait le murmure d'un cours d'eau plus loin dans la forêt. Au bord de la piste, l'herbe nouvelle commençait juste à pousser après l'hiver. Face au promontoire, un grand arbre déraciné avait ouvert un coin de vue dégagée. À l'ouest, sept rangées de pics s'estompaient dans des tons de bleu toujours plus sombres. J'ai observé l'endroit en l'imaginant plongé dans la nuit, ce qui m'a terrifié; mais la même scène semblait plus supportable avec de hautes flammes me baignant de leur lumière jaune pendant que, dos au rocher, j'attendrais le matin. J'étais en bonne posture. Il le fallait.

J'ai déharnaché Waverley, lui ai donné de l'eau et du grain avant de le conduire là où il pourrait brouter à sa guise. Puisant dans le même sac de picotin, je me suis préparé un dîner d'avoine bouillie et de sucre brun.

Dans mon équipement, je disposais d'un bout de corde de chanvre que mon oncle avait brandi devant moi avec une pompeuse insistance en me disant: « Surtout, surtout, n'oublie jamais de suspendre tes provisions hors de portée des bêtes sauvages. »

Les temps étaient différents, alors. Si les bisons et les élans étaient systématiquement massacrés depuis peu, on voyait en revanche beaucoup plus d'ours, de panthères et de loups que de nos jours, de sorte que je prenais l'avertissement avunculaire au sérieux. La corde à la main, je suis allé sous un pin élancé et j'ai repéré une branche qui devrait convenir, solide, tendue à l'horizontale à près de quinze pieds du sol. Comment y loger la corde, cependant? J'ai d'abord essayé de la lancer en reculant de deux pas pour prendre mon élan, mais elle s'est élevée à peine plus haut que ma tête. J'ai inspecté les alentours; mes yeux sont tombés sur un fragment d'ardoise grand comme une assiette, dont les bords déchiquetés auraient été assez coupants pour écorcher un chevreuil. Après avoir noué le bout de la corde autour, je l'ai prise dans ma main et je l'ai projetée de toutes mes forces vers la branche à l'instar d'un disque olympique. Hélas, je n'avais pas remarqué que l'un de mes pieds était posé sur l'autre extrémité de la corde, qui s'est soudain tendue dans les airs et a bondi en arrière comme un ressort. L'ardoise est passée en un éclair tout près de moi, m'emplissant l'oreille d'un sinistre chuintement, puis s'est plantée dans le sol meuble avec la force d'une lame de hache. Je me suis frotté le front à l'endroit où elle m'aurait atteint si elle avait viré quelques pouces plus au sud.

– Je suppose qu'il ne te reste plus qu'à recommencer sans délai, ai-je observé tout haut.

C'est ce que j'ai fait, cette fois en prenant garde à la position de mes pieds. Bientôt, mes sacoches et ma musette pendaient à la branche. Les ours pouvaient griffer l'air de leurs pattes jusqu'à l'aube s'ils voulaient.

Je me suis mis en quête de bois à brûler. Il m'en fallait toute une réserve pour tenir la nuit à distance et j'ai donc ramassé brassée après brassée. Alors que je saisissais un dernier bout de chêne à terre, un serpent à tête cuivrée récemment sorti de son hibernation, sa robe tachetée de roux et de brun comme de vieilles feuilles mortes, s'est dressé d'un coup en visant ma main. Ses mâchoires se sont ouvertes comme si elles étaient montées sur char-nières, telle une valise à l'intérieur capitonné de satin rose pâle. Son attaque a été moins précise et fulgurante que je l'aurais cru, cependant. Il y avait une certaine maladresse dans sa détente et, constatant qu'il avait raté sa cible, le serpent s'est retourné sur lui-même avant de battre précipitamment en retraite dans la forêt.

Par un réflexe imbécile, sans aucune raison précise, j'ai imité ce que j'avais vu un garçon plus âgé faire avec un serpent ratier, pourtant inoffensif : j'ai attrapé le reptile par la queue et je l'ai projeté comme une lanière de fouet. Sa tête est allée frapper le tronc d'un arbre de Judée à vingt pieds de là, produisant le son de phalanges cognées contre une porte. Je suis resté interdit, un moment. Quand j'ai ramené le serpent à mon campement en le tenant par le bout à moitié décapité, le corps a continué à s'enrouler autour de mon poignet.

La bouillie d'avoine ne constituant qu'un maigre souper, j'ai éviscéré le serpent, je l'ai dépiauté et enfilé sur une branche de bois vert que j'ai tenue au-dessus du feu. Même là, il a continué un instant à faire des soubre-sauts et à se tordre. Lorsque la viande a été à point – et enfin immobile –, je l'ai découpée en tranches de la lon-gueur d'un épi de maïs. En mordant dans la chair blanche attachée à l'épine dorsale et aux côtes fines comme des arêtes, je me suis dit : les gens qui affirment que le serpent a le goût du poulet ont sacrément raison !

Juste avant que l'obscurité ne devienne complète, alors que le froid de la nuit m'avait obligé à renfiler le manteau de mon oncle, je suis allé uriner devant un épais taillis de myrtilliers. Très à l'aise maintenant, débraguetté, mon appendice dans la main, je contemplais distraitement les alentours lorsqu'un jeune ours noir a subitement surgi des buissons à quelques pas de moi. Il était encore maigre d'avoir dormi tout l'hiver, n'avait sans doute cessé de suivre sa mère que quelques mois auparavant et paraissait aussi effrayé que moi, mais il ne s'est pas moins jeté en avant. Dans sa course agitée, soufflant et grondant, il m'a semblé beaucoup plus massif que l'espace qu'il occupait en réalité. Comme j'étais toujours en train de me soulager, je n'ai eu d'autre recours que de lever ma main gauche en l'air, paume ouverte, et de lancer d'une voix que j'espérais assez ferme : « Attends ! »

Très curieusement, l'ours m'a obéi. Pilant sur place, il est resté immobile, avec la mine perplexe d'un chien qui vient d'être rabroué après avoir commis une bêtise. J'ai terminé en quelques gouttes malaisées, je me suis retourné et j'ai détalé vers le feu de camp en me battant avec les boutons de ma culotte, les pans du manteau traînant derrière moi. L'ours a fait quelques bonds pour me poursuivre puis, se désintéressant de toute l'affaire, il a rebroussé chemin et disparu dans les fourrés d'où il était sorti.

À ce stade, dormir n'était plus une perspective envisageable. Je supposais que les menaces variées que ces contrées abritaient dépassaient le champ de la raison, c'est-à-dire les rochers, les serpents et les ours. Comme j'avais sorti du café en grain et une casserole en ferblanc avant de suspendre les sacoches, j'ai passé la nuit à siroter le breuvage, à entretenir le feu, à guetter un mouvement à l'orée des ténèbres et à tendre l'oreille pour ne pas manquer l'approche de brigands, d'animaux sauvages ou de ces forces surnaturelles malveillantes qui, d'après maintes cultures, hantent les espaces inhabités. J'ai certes capté des bruits divers dans le sous-bois, mais il s'agissait essentiellement du poulain qui allait de-ci de-là et respirait en profonds soupirs. À chaque fois qu'il bougeait, je sursautais, m'attendant à voir une forme se densifier dans la pénombre avant de se jeter sur moi, et le moins effrayant de ces dangers imaginés était encore le retour du jeune ours. Posant le couteau de mon père sur le sol près de moi, je me suis entraîné à attraper son manche en corne d'élan sans regarder. Plus d'une fois, c'est une poignée de terre que j'ai brandie, si bien que j'ai fini par le prendre dans mes deux mains et par garder sa lame incurvée pointée sur les ténèbres.

«Boutiquier!» ai-je pensé, ou peut-être l'ai-je dit tout haut.

À cet instant, des tas de garçons de mon âge dormaient sous un toit, enfouis sous de moelleux édredons, père et mère couchés non loin d'eux. La vaste majorité de mes semblables n'étaient pas accroupis dans le noir coutelas au poing, sans qu'une seule âme humaine se soucie de savoir s'ils verraient le jour enfin pointer à l'est.

J'ai résolu que je planterais la lame dans tout ce qui franchirait le cercle de lumière de mon feu. «Il n'y aura plus jamais d'"Attends !" pour quiconque », ai-je annoncé à la nuit.

Au petit matin, une pluie drue s'est mise à tomber. Elle était poussée par un vent têtu mais qui, heureusement, soufflait dans une direction favorable, de sorte que le promontoire rocheux me tenait à l'abri. Après la première lueur grisâtre, j'ai dormi plusieurs heures. Quand je me suis étiré en frissonnant sous ma couverture, j'ai découvert un grand pan de ciel bleu et aussi que Waverley était parti. Mes sacoches n'étaient plus là. Toujours accrochée à la corde, ma musette gisait dans la boue, couverte de pétales de fleurs de cornouillers dispersés par la bise.

Pris de panique, j'ai couru en tous sens à travers les buissons, cherchant le poulain ou l'amas de chair déchiquetée que les loups auraient laissé. Mais rien.

Ensuite, j'ai remonté la piste en quête de traces, du larcin ou de la fuite qu'elles pourraient me raconter. Là encore, rien. S'il y en avait jamais eu, les marques de sabots, de pattes ou de pieds avaient été effacées par l'averse. Je me souviens du très grand désir de hurler à pleins poumons qui m'a alors envahi.

« Au secours » aurait sans doute été ce qui me serait venu. Mais j'ai ravalé cette impulsion ; à la place, j'ai porté deux doigts à ma bouche pour siffler bruyamment, dans l'espoir que le cheval me réponde par un hennissement et apparaisse sur la piste en trottant. J'ai recommencé jusqu'à ce que mes lèvres et mes joues s'engourdissent. Tête basse, je suis retourné m'asseoir devant les cendres blanches et encore fumantes du feu de camp.

Je suis resté ainsi prostré le plus clair de l'après-midi. En pleurant parfois, et en me disant que si les relations et les ressources essentielles à toute vie humaine normale continuaient à m'être retirées au rythme où cela s'était produit dernièrement, je serais bientôt l'égal du petit ours errant seul dans les bois que j'avais croisé la veille. J'ai néanmoins conclu que j'étais trop vieux pour m'abandonner à la protection de la nature et devenir un enfant-loup. Il est un temps de la prime enfance où ils sont encore disposés à vous recueillir, à offrir un sombre téton à vos lèvres humaines et à vous élever dans leur savoir, une expérience que j'imaginais à la fois fascinante et pénible. Mais j'avais dépassé ce stade depuis longtemps : désormais, les loups me regarderaient fixement, me laisseraient quelques secondes pour tourner les talons et m'enfuir, puis se lanceraient à ma poursuite sans merci.

Par les espaces entre les arbres, j'ai considéré le paysage que j'avais à l'ouest. Quelques lambeaux de brouillard s'accrochaient toujours aux flancs des montagnes. L'air était frais, humide. C'était un monde vaste et vert, égayé par l'arrivée du printemps. Devant moi, un autre pays s'étendait, intensément vierge.

J'ai disposé autour de moi les rares possessions qui me restaient. J'avais encore ma sacoche, la carte et la clé, le manteau en laine trop grand pour moi, ma couverture, la casserole et près d'une livre de café que j'avais retirés des sacoches avant leur disparition. Un peu d'avoine, aussi, et deux livres que j'avais moi-même recouverts de toile cirée : un recueil des contes du roi Arthur et l'*Énéide*.

J'ai lancé un regard circulaire. À ce pitoyable bric-à-brac, je ne pouvais ajouter que la petite selle-tortue, encore plus misérable. Je suis allé la ramasser et je l'ai jetée dans les fourrés. Que les porcs-épics la grignotent pour le sel de la sueur de cheval dont elle était imprégnée, s'ils en avaient envie...

C'était un moment où il aurait été bienvenu de rencontrer l'un de ces mendiants magiciens dont le Conte de Jack abonde. De petits hommes flétris qui, si vous leur donnez un penny ou une croûte de pain au lieu d'une chiquenaude sur la tête, vous offrent en retour un panier, une nappe ou un bol qui ont le pouvoir de faire apparaître une succession de mets succulents à la demande, comme un énorme déjeuner du dimanche transportable et qui ne se termine jamais. « Bol, emplis-toi, emplis-toi ! » Mais aucun d'eux ne s'est montré à moi.

Ainsi que je l'ai déjà dit, la vie abonde d'occasions où l'on n'a que deux choix devant soi. Du moins, c'est souvent tout ce que j'ai été capable de discerner. Ce jour-là aussi, mes options se sont résumées à un doublon : continuer en espérant atteindre le comptoir de traite avant de mourir de faim, rebrousser chemin et rentrer à la ferme. Celle-ci était à plusieurs jours de marche derrière moi, après lesquels je finirais par échouer sur le perron de ma tante. Mais ce n'était pas comme s'il m'était possible de reprendre ma vie passée. Elle n'existait plus. Ma tante s'empresserait de me faire déguerpir à nouveau. Alors, j'ai passé encore une nuit dos au rocher, couteau au poing, et le lendemain j'ai continué ma route à l'ouest, musette à l'épaule, avec pour seul espoir de ne pas me perdre dans la forêt.

2

– Je cherche un jeune poulain, ai-je dit. Il a un crampon intérieur cassé au fer droit. Je suis après lui depuis un bout de temps mais je ne le vois pas ici. J'ai montré d'un geste la route défoncée. Tu aurais aperçu des hommes avec plusieurs chevaux ?

– P't'êt bien, a répondu la fille. Y a un jour ou deux de ça. P't'êt bien que j'les ai vus aller vers le fleuve où qu'ils mènent toujours leurs chevaux.

Lorsqu'elle s'est accroupie et s'est mise à tracer des lignes dans la poussière de la route avec un bout de bois pointu, sa robe crasseuse s'est étalée sur ses pieds. Comme elle ne prenait même pas la peine de lever la tête pour me regarder, tout ce que je voyais d'elle était une masse de cheveux noirs qui tombaient de part et d'autre de son visage, séparés par une raie nette et blanche. Bientôt, il y a eu autour d'elle, dessinées dans la poussière, une série de têtes de chevaux avec leurs crinières flottantes, leurs naseaux dilatés et leur encolure gonflée de muscles saillants.

– Je vais pas là-bas, a-t-elle annoncé. Tu vas devoir trouver tout seul.

– Je ne t'ai pas demandé de me guider. Que tu m'expliques, seulement.

– C'est rien que de la vermine à poney-club, là-bas.

À l'est du pays indien, tout le monde détestait les « poney-clubs », une pratique apparue peu après la

Révolution et à laquelle les jeunes Indiens s'adonnaient depuis qu'ils n'avaient plus le droit de mesurer leurs forces dans la guerre. Ils volaient des chevaux de l'autre côté de la frontière, leur faisaient traverser la Nation, où seules leurs lois s'appliquaient, puis allaient les revendre en Alabama, au Tennessee ou au Mississippi, et les acheteurs blancs n'étaient pas pressés de poser des questions quant à l'origine d'une excellente monture proposée à un prix imbattable. Là, les jeunes des poney-clubs volaient encore des chevaux et repartaient à bride abattue dans l'autre sens.

– Comment j'y arrive, alors ? ai-je insisté.

– D'ici, faut tourner trois fois. À gauche quand la route fait une fourche, à droite en arrivant à la boucle du fleuve. Là, tu cherches une ancienne piste, elle commence à un grand tsuga et elle grimpe très dur.

Tout entourée de boue et de souches, la cabane avait une vue spectaculaire sur le fleuve en contrebas et une chaîne de montagnes en contrefond. Pour le reste, ce n'était qu'une cahute d'une seule pièce en rondins grisâtres et mal équarris. À un bout, un conduit en pierres montait directement du cours d'eau.

Un homme était en train de creuser un trou devant la maison. Il avait dû commencer depuis un moment car je n'apercevais que le sommet de son crâne chauve et, à intervalles réguliers, le fer d'une pelle qui envoyait des volées de terre rouge sur un monticule conique. Des voix fortes et de gros rires me parvenaient de la cabane. M'approchant de la fosse, je me suis penché au-dessus. L'homme avait une échelle à côté de lui, un assemblage de perches réunies par des lanières de cuir brut.

– Sir ?

S'arrêtant de creuser, il a levé la tête vers moi mais n'a pas répondu. Un visage rond, blanc et muet dans la pénombre du trou.

– J'essaie de retrouver un poulain qui m'a échappé, ai-je continué. Couleur bai. Son nom est Waverley. Est-ce que l'un d'entre vous ici peut m'aider ?

– Il y a un poulain bai là-bas derrière, mais je crois pas me rappeler qu'il m'ait jamais dit comment il s'appelait.

J'ai contourné la cabane. Dans un enclos, une douzaine de chevaux dépareillés pataugeaient dans la boue noire jusqu'aux jarrets. Il n'y avait pas la moindre trace de fourrage et les bêtes semblaient avoir renoncé à l'espoir d'être nourries. La tête passée par-dessus la barrière, Waverley me regardait. Je suis allé à lui. J'ai commencé à lui gratter les oreilles mais il les a repliées en arrière, sans du tout manifester de reconnaissance. Je suis resté un moment à me demander que faire. Mon regard indécis s'est arrêté sur le cellier en lattes qui se dressait au-delà de l'enclos, a dérivé vers la vallée et les montagnes. Je suis retourné à la fosse.

L'homme s'était remis à pelleter la terre. Je suis venu tout au bord.

– C'est lui. À qui dois-je parler ?

Cette fois, il s'est engagé sur l'échelle et c'est seulement alors que j'ai remarqué que l'une de ses jambes était coupée après le genou, le pied et le tibia remplacés par un bout de bois qu'une coupelle en cuir sommairement ficelée ajustait au membre tronqué. Il avait roulé son pantalon au-dessus des éclaboussures d'argile mais il était torse nu, son torse creux et ses épaules blancs comme du saindoux, ses mains et ses avant-bras très hâlés. Bien que très mince, il avait une bedaine qui pendait sur sa ceinture tel un melon. Appuyé sur le manche de sa pelle, il m'a jaugé un instant.

– Va, entre. Il faut que tu t'adresses à Featherstone. Mais je parie qu'il y a tout plein de poulains bais dans ce monde qui sont pas le tien.

– Il y a de quoi déjeuner, ici ? me suis-je enquis. Je suis

en route pour aller tenir un comptoir dans un endroit qu'on appelle Wayah et je n'ai rien mangé de la journée.

– Nous avons déjeuné depuis belle lurette, nous autres. Je saurais pas s'ils ont laissé quelque chose.

Laissant tomber la pelle au sol, il frottait ses paumes l'une contre l'autre afin d'en retirer la terre.

– Je ne demande pas la charité. Je suis prêt à payer mon repas.

– Oh, pour payer, tu paieras…

J'ai encore jeté un coup d'œil dans le trou. Une eau rougeâtre s'accumulait au fond. Un puits, une tombe, ou quoi d'autre ?

Nous nous sommes rendus à une porte latérale. Devant l'entrée, l'homme s'est arrêté, a pointé son doigt vers le bas :

– Regarde ça. Voilà qui est pratique !

J'avais déjà vu un pareil exemple de l'ingéniosité humaine. Le perron était une pièce de bois marquée d'une entaille grossière. Encore plus primitif qu'un cadran solaire, cela fonctionnait ainsi : lorsque l'ombre projetée par le montant de la porte tombait sur la marque, il était midi à l'heure solaire, le reste n'était que spéculation. Tout ce que ce dispositif indiquait, c'était qu'il n'était *pas* midi, présentement, constat qu'il était facile de faire rien qu'en regardant en l'air. Je discernais donc assez mal ce qu'il avait de si pratique.

Son pilon résonnant comme un marteau sur le seuil, l'homme est entré, aussitôt happé par l'obscurité qui régnait à l'intérieur. Alors que j'attendais un instant que mes yeux s'ajustent à la pénombre, quelqu'un m'a crié : « Qu'est-ce que tu fais planté là ? » J'ai répondu que j'attendais que mes yeux s'ajustent à la pénombre. Une autre voix, avec un accent marqué que je n'ai pas été capable d'identifier, a lancé : « Qu'est-ce que ça veut dire, "s'ajustent" ? »

Préférant laisser cette question de rhétorique à plus tard, je suis resté à ma place jusqu'à ce que je puisse distinguer une demi-douzaine d'hommes assis autour d'une table et occupés à jouer aux cartes. Deux femmes en calicot, les cheveux lâchés, étaient allongées sur un grabat devant le feu, membres emmêlés, et feuilletaient un livre démantibulé en riant aux éclats. L'infirme est allé s'asseoir près d'elles, au bord de la couchette.

Je n'aurais su dire ce qu'ils étaient, tous. Africains ? Indiens ? Blancs ? Espagnols ? S'ils portaient presque tous des mocassins, aucun d'eux ne présentait des traits ou une couleur de peau qui auraient indiqué indubitablement du sang indien. Et cependant la plupart d'entre eux avaient le teint basané et des cheveux foncés, certains raides et lisses, d'autres bouclés, arboraient des tuniques de chasse et des jambières fendues. Deux des hommes avaient les oreilles fendues. Certains s'exprimaient en anglais, quelques-uns dans une langue indienne, et l'un d'eux, qui venait de perdre aux cartes, lâchait des jurons qui auraient pu être ouest-africains car j'avais entendu une fois un vieil homme jurer pareillement et il avait dit que c'était en Afrique de l'Ouest qu'il était né et qu'il avait été enlevé tout jeune. Un autre, dont la peau était aussi blanche que la mienne, était coiffé étrangement : le crâne rasé sur une large partie au-dessus des oreilles, et au milieu de longues mèches graissées se hérissant en ondulations qui faisaient penser à de la meringue, des mèches grises dont la crête restait toutefois rousse comme l'échine d'un sanglier et qui allaient du front jusqu'à la courte natte tressée sur sa nuque. Un anneau en argent martelé pendait à l'un de ses lobes.

Ma première impression a été que cette pittoresque compagnie ignorait à quelle race elle était censée prêter allégeance, ou n'en avait cure. Ici, la pureté du sang était visiblement traitée bien plus à la légère que dans le reste du monde, et j'ai eu l'intuition que ma condition de Blanc ne serait peut-être pas le grand avantage que j'étais habitué à escompter ailleurs.

Les yeux fixés sur moi, l'unijambiste me montrait la table du menton en disant : « Le voilà, Featherstone. »

Il parlait de celui qui était de toute évidence leur meneur, l'homme à la saisissante coiffure. Comme il était parvenu à l'âge mûr, son coffre puissant commençait à s'empâter ; ses avant-bras épais étaient parsemés de taches de son et de poils roux ; ses mains carrées se terminaient par des doigts courts, aux articulations renflées. Chaque élément de son visage, des sourcils aux paupières, des pommettes aux lèvres, s'incurvait vers le bas. Il avait le nez mince et hardi, le front haut. Une chique de tabac roulait dans sa joue et il crachait fréquemment une giclée de jus à même le sol. Sa tenue ne donnait guère d'indications sur son compte : une tunique en lin blanc boutonnée jusqu'en haut, sans col, les manches roulées au-dessus des coudes, un foulard rouge, un collier de griffes d'ours noir qui luisaient doucement sur son torse...

– Je dois parler à quelqu'un de mon poulain, ai-je dit. Il est dans votre enclos.

Aucun d'eux n'a relevé les yeux du jeu. Ils étaient très occupés à se défausser, à tirer de nouvelles cartes, à les arranger en parfaits petits éventails et à conserver une expression impassible.

J'ai insisté : « Ce cheval bai, Waverley. C'est le mien. Dehors, dans l'enclos. »

J'ai attendu. La manche terminée, Featherstone a posé ses cartes sur la table et pris la parole. « Petit, a-t-il dit, le droit de propriété sur un cheval est quelque chose d'épineux à établir où que ce soit. Ici, c'est comme qui dirait impossible. Par ailleurs, nous ne sommes pas en train de parler chevaux, à cette heure. Pour aujourd'hui, la question ne se pose plus. Nous jouons aux cartes. »

J'ai demandé : « Quand pourrions-nous en parler, alors ? »

Featherstone : « Aux heures où l'on traite les affaires. »

Un autre joueur a complété : « C'est-à-dire entre midi

et une heure de l'après-midi, sans compter la pause du déjeuner. Mais tu nous épaterais en venant t'asseoir à cette table. Si tu as de l'argent, bien sûr. Pour qu'on puisse te le prendre. »

Il y a eu quelques rires. L'un d'eux s'est emparé des cartes, les a battues avec un soin virtuose et les a distribuées. Elles volaient et se posaient avec une régularité renversante, chacune atterrissant sur la précédente jusqu'à former un petit tas impeccable devant chaque joueur. Il lui a fallu moins de temps pour accomplir cet exploit que je ne viens d'en mettre à le décrire.

Je me suis approché pour observer le jeu. Ils avaient débuté une partie de lanturlu mais ils étaient vite arrivés à la conclusion que doubler la mise à chaque tour de table risquait de leur faire perdre rapidement de grosses sommes plus que de les distraire, et Featherstone avait décrété que toutes ces complexes manipulations des jetons d'ivoire étaient des minauderies de bonne femme. En conséquence, ils sont passés au trut. Aussitôt, le jeu s'est ralenti et chacun s'est concentré encore plus.

Après un moment, j'ai interrogé à la cantonade : « Est-ce qu'il y aurait à manger ? Haricots, pain de maïs, peu importe… »

L'une des femmes étendues sur le grabat a levé la tête du livre : « Regarde donc ce qu'il y a dans le garde-manger. »

Ouvrant la porte en fer piquetée de trous d'aération, j'ai vu un bol rempli d'une substance grise, grasse et froide qui avait coagulé. Une cuillère en étain à manche carré était plantée au milieu.

J'ai lancé un coup d'œil à l'élément féminin de l'assemblée.

– Qu'est-ce que c'est ?

Je croyais que Featherstone ne s'intéressait qu'aux cartes mais c'est lui qui a répondu :

– Viande de marmotte et chou vert, lait de vache et

graisse de marmotte liés avec de la farine et la toute petite cervelle de la marmotte réduite en purée.

J'ai tenté de remuer le contenu avec la cuillère. C'est un bloc solide qui a tourné dans le bol.

– Il n'y a rien d'autre ?

– Pose ce bol près du feu, a recommandé Featherstone. Il ne lui faudra pas longtemps pour fondre un peu.

– Rien d'autre, vraiment ?

– Y a de la gnôle dans ce seau, m'a informé l'unijambiste.

C'était plutôt une bassine, à moitié pleine d'alcool de maïs verdâtre. Un pochon en fer-blanc, au manche terminé par un crochet, y était plongé. Une cruche en terre cuite remplie d'eau de source était posée à côté. Je comprenais qu'elle devait servir à couper l'alcool ; il était donc quelque peu préoccupant de constater qu'elle était pleine à ras bord et ne semblait pas avoir été utilisée depuis fort longtemps.

– De combien de cruches avez-vous besoin, généralement ? ai-je interrogé.

Personne ne m'a gratifié d'un regard. Featherstone a soulevé un coin de sa bouche, le reste de ses traits toujours aussi tombants, et j'ai interprété ce frémissement comme sa version d'un sourire sardonique. J'ai saisi le pochon, avalé ma toute première gorgée de spiritueux. On aurait cru de la braise liquide.

J'ai demandé à l'une des femmes ce qu'elle était en train de lire. Elle a dit que le livre n'était pas à elle mais à Featherstone, et qu'elle n'y comprenait à peu près rien. Elle me l'a jeté, je l'ai rattrapé au vol. Dans les premières lignes qui ont attiré mes yeux, il était question de bile blanche, de bile noire et d'autres fluides internes. Je suis allé à la page de garde pour consulter le titre. L'*Anatomie de la mélancolie*. Je l'ai posé et je suis retourné à la table de jeu.

Un homme en redingote noire et jambières à franges,

la tête enturbannée, s'est levé pour me laisser sa chaise. «Tiens, petit. Qu'ils raflent ton argent au lieu du mien, pour changer…»

Je me suis assis. Un joueur qui n'était qu'une silhouette de papier noir car il tournait le dos à la fenêtre donnant à l'ouest a dit d'un ton neutre : «Tu n'as pas l'intention de jouer à crédit, si ? » Tout ce que j'apercevais de lui, c'était que sa main gauche manquait, seul un moignon épointé sortant de sa manche. Je suis au pays des êtres incomplets, ai-je pensé. Mais j'ai répondu poliment que non, j'avais des espèces sonnantes et trébuchantes sur moi, et quel jeu allions-nous jouer ?

– On passe au blind-and-straddle.

C'était une forme de poker que je connaissais et appréciais. Elle m'avait fait gagner une quantité de sucres d'orge à la menthe. Featherstone, qui devait être le premier servi, a placé une mise forcée. Elle consistait en une petite pièce de monnaie que je n'ai pas reconnue. Côté pile, elle présentait un rond encerclé de multiples traits, comme le soleil sur un dessin d'enfant. Le donneur a commencé à distribuer et je me suis retrouvé avec des cartes graisseuses mais à la combinaison plutôt satisfaisante.

Les straddles, ou mises additionnelles, qui ont suivi ont provoqué de multiples controverses et des négociations complexes sur les taux de change à respecter, puisque le pot se constituait peu à peu de pièces d'or et d'argent provenant de divers États et de différentes nations. Il y avait là des doublons, des guinées, des livres, des pistareens, des florins, des ducats, des daalders hollandais, des marks écossais, des «demi-Joes» portugais, des piastres péruviennes, et même un vieux besant poli par le temps. Ce condensé numismatique du monde était arrivé sur une table de la Frontière américaine par la grâce du Commerce, une force impalpable mais toute-puissante qui avait voyagé tout au long de pistes traîtresses. Nombre des pièces d'or avaient été délibérément écornées au cours de leur histoire, ce qui a provoqué de nouvelles discussions quant à la valeur des fragments prélevés. Mais comme certains pariaient avec ces mêmes éclats de monnaie, la controverse a évolué sur la fraction de valeur qu'ils représentaient, huitième ou quart. Featherstone était l'arbitre ultime de toutes ces conversions, que personne ne songerait à contester même quand elles paraissaient outrageusement jouer en sa faveur.

Quand mon tour est venu de parier, j'ai eu du mal à décider d'un équivalent convenable au montant demandé. J'ai pris ma bourse, séparé les titres provisoires de Géorgie du papier qui portait la recette du poulet frit, et déposé sur la table deux dollars en papier-monnaie. Quelqu'un a ri, deux ou trois autres ont grommelé des commentaires désobligeants. L'homme-silhouette a déclaré que tout le monde savait que la devise de Géorgie était l'aune à laquelle se mesurait désormais tout ce qui était sans valeur et que je ne serais guère allé plus loin dans la partie si j'avais en effet essayé de jouer à crédit. Ramassant mes billets, j'ai secoué ma bourse, dans laquelle les cinq pièces d'argent de ma tante se sont entrechoquées, ce qui a ramené le calme. Lorsque j'en ai misé une, l'un des joueurs a certes encore protesté mais Featherstone l'a saisie, examinée et jetée sur le pot, où elle a joyeusement tinté contre ses comparses.

Son verdict ainsi rendu, la partie a pu continuer.

Vers la fin de la manche, quatre de mes cinq dollars argent se trouvaient sur la table et je me disais que j'allais devoir me retirer, mais nous avons montré nos cartes, j'ai emporté le pot et ils ont tous éclaté de rire.

Les leçons de mon ancien maître d'école faisant merveille, j'ai continué à gagner alors que l'après-midi s'écoulait. Bientôt, ils ne riaient plus du tout. Featherstone et le manchot étaient ceux qui perdaient le plus régulièrement. En voyant les tas de pièces d'une variété confondante s'élever devant moi, j'ai commencé à craindre que mes compagnons de jeu résolvent de me tuer, de reprendre mes gains et de jeter mon cadavre par-dessus la falaise pour que les rémoras du fleuve s'en repaissent. Sur mes gardes maintenant, j'ai rejeté toute provocation et évité d'en inspirer. Lorsque les piles d'argent ont paru atteindre une hauteur exorbitante, j'ai fourré des poignées de pièces dans mes poches afin d'épargner aux autres la vue irritante de ma bonne fortune.

Au crépuscule, la pièce est devenue tellement sombre que nous ne pouvions plus distinguer nos cartes. Les premiers moustiques du printemps bourdonnaient en masse autour de nos têtes. L'une des femmes s'est enfin décidée à quitter le grabat pour aller prendre une pelletée de braises dans l'âtre, la verser dans une casserole qu'elle a posée sous la table et sur laquelle elle a posé du petit bois pourri pour enfumer la salle. Ensuite, elle a pris ses dispositions pour que la lumière soit : plantant une longue perche dans l'interstice entre deux lames du plancher, elle l'a inclinée au-dessus de la table, a enroulé plusieurs bandes de gras de porc autour de l'extrémité, sans trop les serrer, soufflé sur les braises de la cheminée, enfoncé une paille de balai dedans et s'en est servie pour enflammer les lanières de porc. Un parfum de petit déjeuner flottait dans l'air alourdi par la fumée âcre montée de la casserole, que la flamme de cette torchère odorante perçait d'un halo timide. Les ombres se sont épaissies de ce brouillard fuligineux. Toute son entreprise n'avait servi qu'à créer autant d'obscurité que de lumière. J'avais toujours du mal à deviner lesquelles de mes cartes étaient de couleur rouge, lesquelles de couleur noire, mais au moins les moustiques étaient-ils chassés au-dehors, dans la nuit.

La table était maintenant entourée de Featherstone, le manchot, trois bateliers et moi. Les trois nouveaux avaient surgi juste avant la tombée de la nuit, passant la porte en se bousculant, hilares et tout essoufflés par l'ascension de la côte. Leurs pantalons trempés et huileux puaient le poisson et la vase. Installés sur des chaises raides devant le feu, l'unijambiste et l'une des femmes buvaient en gloussant. La deuxième s'était endormie le visage tourné vers le mur, la plante boueuse de ses pieds nus pointée à l'extérieur du grabat.

Pendant que nous poursuivions la partie, j'ai remarqué que tous les hommes présents, sans doute pour des raisons propres à une histoire singulière et aux coutumes locales, manifestaient à Featherstone une déférence que je trouvais irritante. La crainte physique y était pour beaucoup car, s'il fallait en croire les allusions et anecdotes échangées autour de la table, il avait laissé derrière lui une trace sanglante depuis son adolescence. Mais ils se comportaient aussi à son égard comme j'avais vu mon oncle le faire devant les deux ou trois nantis qui vivaient dans notre comté, allant jusqu'à lui donner du «Maître Featherstone» et du «Messire Featherstone». Une telle obséquiosité cadrait peu avec la pauvre cabane où je me trouvais.

– C'est votre maison ? ai-je fini par lui demander.

Il n'a pas répondu mais le manchot, avec un reniflement méprisant, m'a repris :

– Ce n'est pas une maison qu'il a, mais trois ou quatre ! Ici, c'est seulement un relais de chasse. Il y vient pour jouer à l'Indien. Là-bas, en pays cherokee, il a créé une plantation mieux que celle de n'importe quel Blanc de Géorgie. Résidence, esclaves, champs à grand rendement, tout ce que tu veux !

La réponse n'a pas entièrement satisfait ma curiosité mais j'ai préféré continuer à jouer en silence, tandis que les autres continuaient à multiplier les signes de révérence. À un moment, l'un des bateliers l'a même appelé «Seigneur Featherstone». J'ai laissé échapper un rire ; en observant les contenances autour de moi, cependant, je me suis aperçu que personne ne jugeait ce titre amusant.

Alors c'est un roi ici, ai-je conclu. Et plus je m'interrogeais sur cette sommité qu'était Featherstone, plus mes pensées s'assombrissaient. Parce que tous les hommes plus âgés que j'avais connus s'étaient battus, et rudement, pour se débarrasser à jamais des rois. Et ils avaient manifesté une véhémence plutôt convaincante lorsqu'ils avaient soutenu que si les Anglais voulaient couper la tête à leur souverain puis faire volte-face et en mettre d'autres sur le trône, c'était leur triste affaire : dans ce pays, nous n'avions pas de place pour des rois, et avec l'aide de Dieu il en serait toujours ainsi.

Je n'étais qu'un gamin, certes, mais d'après moi, Featherstone et moi étions les figures dominantes à cette table. Les bateliers et le manchot ne comptaient pour rien, à vrai dire. De simples spectateurs. Ici, peut-être faut-il préciser que j'étais parvenu au bout des ténèbres du désespoir et de la solitude, que j'étais allé puiser plus d'une fois dans la bassine de breuvage vert et que ce dernier avait commencé à modeler mes opinions à sa guise.

Comme tous les autres s'étaient également abreuvés à la même source, ils avaient l'esprit aussi brouillé que moi. Featherstone, lui, avait atteint un stade de l'ivresse où l'hébétude fait place à une étrange lucidité. Et quand il en était là, manifestement, il commençait à chercher la bagarre. Cela transparaissait dans les regards menaçants qu'il lançait sans cesse à ses compagnons de jeu, ou dans la manière dont il abattait ses cartes comme s'il avait voulu les jeter à la figure de ses adversaires. Très visible à sa ceinture, un long pistolet à platine se terminait par une crosse ouvragée usée en quelques endroits par la pression de la main, à d'autres maculée d'un brun sale. C'était une jolie pièce, avec son canon en métal argenté ciselé, mais les jolies vous tuent aussi sûrement que les vilaines. De plus, il affectait très souvent de rectifier la position de l'arme contre son ventre. À un moment, il a aussi annoncé qu'il avait probablement abattu dix ou quinze hommes plus acceptables que n'importe lequel d'entre nous, et qu'un de plus ne compterait pas.

Tard dans la nuit, l'un des bateliers s'est endormi la tête sur le bras, mais sans lâcher ses cartes. Rapidement, Featherstone les a remplacées par quatre rois et un trois qu'il avait pris dans le jeu, s'est servi un carré d'as et un valet, puis a décoché un coup de pied dans les jambes du dormeur et s'est exclamé : « Ou tu es au jeu, ou tu quittes la table ! » L'homme s'est redressé un peu, s'est frotté les cheveux et a regardé sa main. Aussitôt, il s'est montré très animé et s'est mis à parier gros. Bientôt, il n'est resté face à lui que Featherstone, lequel a fini par remporter un pot conséquent, évidemment. Le joueur abusé est resté immobile une minute ; soudain, il a brandi un pistolet et déclaré :

– C'est tout l'argent que je possède au monde. Je serais encore mieux mort, maintenant. Je regrette beaucoup, mais si vous ne me le rendez pas je vais devoir vous tuer.

– Du calme, a répondu Featherstone. Point n'est besoin de faire parler la poudre parce que le sort se rit de toi. Mais je veux bien te concéder ceci : au prochain pot, je mets tout ce que je t'ai gagné contre cette vieille pétoire dont tu me menaces.

– Par le diable ! a crié le batelier. Voilà qui me paraît plus qu'équitable !

Les cartes ont été distribuées. Featherstone a avancé sa mise, une pile de pièces qui luisaient dans la faible lumière. L'homme a cligné des yeux, hésitant. « Eh bien, à ton tour », l'a sommé Featherstone. Il a posé le pistolet sur le maudit tas d'argent et il allait ramasser ses cartes quand son adversaire s'est saisi de l'arme, l'a braquée sur lui et lui a ordonné de partir s'il voulait rester en vie.

– Oui, messire, a murmuré le batelier. Et je vous prie d'excuser ma conduite.

L'instant d'après, il avait quitté la cabane.

Nous avons joué et encore joué. Les femmes dormaient en boule sur la paille du grabat, tels deux chiots dans la nuit. À la table, l'argent n'a cessé de changer de main mais j'ai continué à gagner le plus souvent, et Featherstone à perdre. Il était toujours plus agité, au point de se lever et de frapper du plat de son pistolet l'un des bateliers qui venait de remporter une manche très disputée.

Peu avant l'aurore, en un straddle de dernière minute, il a lancé une grosse guinée d'or sur le tas de pièces en argent espagnoles et françaises, annonçant : « Celui qui ramassera celle-là, je lui ferai sauter sa damnée cervelle. » Puis il a posé son admirable pistolet devant lui et, d'une chiquenaude sur le canon, lui a fait exécuter une dizaine de révolutions.

– Qui veut défier la roue de la fortune ?

Tous les joueurs sont soudain devenus très calmes et très graves. Tous, y compris Featherstone, contemplaient l'arme comme si elle recélait un pouvoir magique encore plus extraordinaire que celui du gourdin légendaire auquel il suffit de dire « Frappe, bâton, frappe ! » pour qu'il assomme tous les ennemis.

– Il tient remarquablement l'alcool mais cela ne veut pas dire qu'il ne le fera pas, a constaté le manchot en couchant ses cartes.

Il s'est levé, s'est rendu à la bassine d'alcool et a pris un pochon. Après s'être consultés du regard, les deux bateliers l'ont imité. Leur intention était de laisser le pot en tribut d'honneur à Featherstone et j'ai déduit que c'était un stratagème déjà utilisé auquel ce dernier avait recours quand il avait trop perdu. Il ne restait que nous deux à la table, observés par les autres.

– Alors, tu restes en jeu ? a demandé Featherstone.

Ma raison me disait d'abandonner, seulement, pour la première fois de ma vie, j'étais à moitié soûl, épuisé aussi, et puis j'avais sous les yeux trois dames, un roi et un deux, une combinaison qui, j'en étais persuadé, constituait une excellente main dans presque tous les cas de figure. De plus, j'étais las de Featherstone et de ses manœuvres d'intimidation. Bref, je me suis machinalement défaussé du deux et j'ai tiré une carte.

– Quel genre de fou es-tu donc ? a sifflé Featherstone entre ses dents.

J'avais devant moi un second roi. J'ai étalé mes cartes sur la table, retournées. Autour de moi, toutes les mâchoires sont tombées.

– Et maintenant, à vous de montrer votre main.

Featherstone a posé les siennes sur la table. Une paire de quatre. Ses yeux allaient de son jeu au mien. Il s'est mis à rire.

– Eh bien, que je rôtisse en enfer ! Tu es le premier de toutes ces poules mouillées à avoir osé suivre !

Avec le creux de mon avant-bras, j'ai attiré à moi toutes ces espèces scintillantes. Une belle prise, assurément. Mais déjà Featherstone continuait :

– Tu dois m'accorder une chance de me refaire. C'est la règle du jeu.

– Bien.

– On pourrait jouer à si je gagne, je te tue, si tu gagnes, tu me tues.

– Je croyais que c'était ce que nous venions de faire, ai-je remarqué. Et si je comprends bien ce jeu, l'objectif est de remporter quelque chose que l'on veut. Je ne veux pas vous tuer.

– D'accord. Que penses-tu de celui-là ? Si je gagne, tu perds tout ce que tu as, tes gains, ce cheval que tu prétends être à toi, les hardes que tu portes même, si je songeais seulement à y toucher. Si tu l'emportes, tu reçois l'une de mes jeunettes. J'en ai suffisamment, je peux me passer d'une. Elle est là-bas, dans le cellier près de l'enclos, parce qu'elle n'aurait pas daigné se montrer devant tous ces vauriens.

Je n'ai pas hésité un instant :
– Envoyez les cartes.

Une heure plus tard, j'étais devant le cellier, une structure rectangulaire édifiée au-dessus de la source et des dix premiers pieds de son ruisseau, en lattes espacées afin de laisser l'air circuler à l'intérieur. La lumière jaune d'une bougie que j'avais vue de loin s'est éteinte dès que j'ai été assez près pour que l'on entende le bruit de mes pas, et c'est donc sous le seul clair de lune que j'ai ouvert la porte et que je suis entré. L'un des murs était couvert d'étagères supportant des rangées de pots en argile. Des jarres de lait étaient immergées aux trois quarts dans l'eau fraîche. La source murmurait doucement, répandant une odeur de terre et de pierres venue du centre du monde. Quels que soient les croyances de chacun et le dieu qu'il prie, l'endroit où une eau limpide jaillit du sol a toujours une aura de sacré.

À ce parfum sublime se mêlaient toutefois, très prosaïques celles-ci, les exhalaisons de lait caillé et de fromage. La lune qui filtrait à travers les lattes m'a permis de distinguer la silhouette d'une fille en robe floue, une table, une chaise, un livre et une chandelle encore fumante. Aucune couleur, sinon le bleu lunaire et le noir de l'ombre. La fille a reculé d'un pas et les traits de cette faible lumière ont bougé sur elle. J'ai aperçu ses pieds nus sous l'ourlet de la robe, puis ses mains et ses poignets, mais non son visage. Elle avait la tête baissée, ses cheveux longs formant un rideau devant elle.

Je ne savais comment me présenter. «Je viens de te gagner à ton père dans une partie de cartes», semblait une entrée en matière peu satisfaisante.

Les barres lumineuses ont fait miroiter des bracelets d'argent sur ses avant-bras fluets. Le silence n'était troublé que par le bruit de l'eau parvenant au bord du monde et par le tintement de ces bijoux lorsqu'elle a encore reculé d'un pas.

Je n'étais pas très grand, et le bas de mon manteau frôlait le sol. Il était chaud, épais, muni d'un grand col et de larges revers qui me couvraient presque tout le visage quand je le boutonnais jusqu'en haut. Encore imprégnée de suint, sa laine pouvait repousser une pluie légère mais dégageait une forte odeur de chèvre au soleil.

«J'ai froid», a dit la fille. Elle a frissonné. Ses bracelets ont tinté discrètement. J'ai dégrafé mon manteau, écarté ses pans. Mes gains ont sonné dans les poches. «Viens», ai-je soufflé.

Elle s'est approchée et j'ai refermé le manteau sur nous. Passant mes bras autour d'elle, j'ai posé mes mains sur ses épaules osseuses, puis sur sa taille mince, mais il était difficile de sentir son corps à travers la laine épaisse. Elle était debout juste devant moi, les bras ballants. Elle a posé son front glacé contre le mien, car nous étions de la même taille, et nous sommes restés ainsi, frémissants. Un léger parfum montait d'elle, une eau aromatique, quelque extrait de fleurs… Lavande, oui. Je l'ai serrée contre moi et c'était comme tomber dans un puits.

J'ai dit : «Il y a longtemps que je voulais faire cela.»

Les mots étaient à peine sortis de ma bouche que j'ai perçu à quel point ils étaient à la fois ridicules et sincères, mais la sincérité ne justifiait pas l'idiotie, ni celle-ci celle-là. Sa réponse a été l'évidence : «Tu viens juste de me rencontrer.»

– Il n'empêche, ai-je chuchoté.

– Il n'empêche, a-t-elle répété.

J'ai dit : «Tu es mienne.»

Cette fille, bien entendu, c'était Claire. Je n'ai cependant appris son nom que bien plus tard, des années après. J'aurais pu rester là et la garder dans mes bras à jamais.

Mis à part avec ma pauvre petite mère, je n'avais encore aucune expérience de l'amour, ni donné, ni reçu. Comme il m'avait paru impossible, tous ces derniers temps, j'avais fermé mon cœur à son éventualité. Mais voilà que je tenais Claire contre moi et il en serait ainsi pour toujours. Quelque chose s'était scellé. Le désir persiste. C'est tout ce que les humains ont qui puisse surmonter l'épreuve du temps. Tout le reste pourrit.

Elle a détourné la tête. À travers les lattes, elle regardait l'astre rond et clair. «La lune du vent», a-t-elle dit.

Dehors, un bruit. Des pas furtifs dans la nuit. Ils étaient plusieurs à épier.

«Va-t'en, vite», a-t-elle soufflé.

Je n'étais pas du tout disposé à partir mais elle s'est dégagée et m'a poussé d'une bourrade vers l'ouverture dans la paroi du cellier par laquelle le ruisseau s'échappait. Au moment où la porte s'est ouverte à la volée, je passais la trappe à quatre pattes, faisant jaillir le gravier du cours d'eau sous mes paumes.

Une main s'est abattue sur ma nuque. Déjà à moitié dehors, je me suis débattu et le manteau de laine grise s'est détaché de moi comme la chair tombe d'un squelette. J'ai couru, zigzagué entre des ombres qui fondaient sur moi, attrapé ma musette par sa lanière tel un cavalier saisissant au galop une oie pendue à un arbre dans le jeu de «gander pull». Des cris excités, des appels incompréhensibles, la confusion d'une poursuite désordonnée, tout s'est éteint derrière moi lorsque je me suis jeté par-dessus la falaise, tombant plutôt que dévalant l'escarpement, une chute chaotique qui m'a fait rebondir d'arbrisseaux en buissons, à travers les fleurs sauvages et les herbes folles. Arrivé en bas, j'ai détalé sur le chemin qui suivait la rive du fleuve, le dos tourné à l'aube grisâtre, avec le cœur d'un amoureux transi.

3

J'errais dans les montagnes, au hasard des pistes vers l'ouest, essayant de me souvenir des indications données par mon oncle. Je suivais les traces de chevaux, les empreintes de pas, les sentes remontées par les chevreuils et celles, désormais aussi ténues que le sillage laissé par les fantômes dans l'air de la nuit, qu'avaient jadis empruntées les bisons. Comme je ne savais même pas exactement où j'allais, j'ai cessé de guetter le moment d'une hypothétique arrivée.

Je m'affligeais de la perte de la fille, de mon cheval, de mon manteau et de mon argent. Je dormais mal et je souffrais de crampes d'estomac qui m'obligeaient souvent à m'accroupir dans le sous-bois et à déposer ma crotte tout en admirant le paysage. Au troisième jour, j'étais harassé, réduit à presque rien. Pensant que j'étais irrémédiablement perdu, j'ai continué néanmoins à marcher sur un layon envahi par les ronces, tellement difficile à discerner qu'il finissait par sembler imaginaire. Il montait le long d'une faille accidentée où un torrent bondissait entre de gros rochers moussus. Un chien au maintien sévère est sorti des fourrés, a traversé le cours d'eau et s'est arrêté en me regardant. Un lévrier irlandais, sans doute, ou d'une race dérivée, le poil raide et couleur fumée, très haut sur pattes. Haletant au milieu de la piste, il avait encore au cou un lambeau de corde grise qui prouvait qu'il n'avait pas toujours été sauvage. Ceci est une voie publique, lui ai-je dit. Tu es libre de choisir ta direction. À ses yeux, j'ai vu que mes paroles n'avaient aucun effet sur lui : il avait sans doute appartenu à un Indien et ne comprenait pas la langue anglaise. Mais dès que j'ai repris ma marche il m'a emboîté le pas comme si nous avions été des compagnons de route.

Deux jours plus tard, je n'aurais pas eu besoin de demander à quiconque si j'étais parvenu à ma destination. Cela sautait aux yeux : une bâtisse juste en bordure de la route des chariots, et puis cet écriteau en grosses lettres peintes d'un rouge maintenant passé sur un simple bout de bardeau détrempé, cloué au sommet d'une branche morte plantée de guingois : STORE, magasin. Si le panneau suggérait l'existence d'une clientèle, rien ne donnait à penser qu'il y avait dans les parages un village, un hameau, un campement. Ce n'était rien de plus qu'un avant-poste édifié en pleine nature, une balise au milieu de nulle part.

Le comptoir de traite s'élevait sur une petite esplanade naturelle bordée d'un côté par un torrent impétueux et environnée de toutes parts par d'imposants tsugas à la ramure d'un vert presque noir, sereins et mélancoliques. Il avait été fermé peu après la Noël. Ses fenêtres restaient aveuglées par des planches et un cadenas rouillé, gros comme un cœur de bœuf, pendait à une chaîne sur le loquet. Le chemin en terre battue qui conduisait aux trois marches du perron commençait à être envahi par l'herbe à poux.

Et pourtant, malgré tous ces signes d'abandon, les deux hommes âgés assis sur la galerie donnaient l'impression de s'attendre à ce que les affaires reprennent d'un moment à l'autre. L'un d'eux, de toute évidence un Cherokee sans mélange, se tenait en équilibre sur sa chaise dont il avait rejeté le dossier contre le mur en rondins, l'une de ses jambes interminables servait d'appui sur le plancher tandis que l'autre était pliée devant lui, le talon de sa botte passé sur la traverse de son siège. Ses yeux étaient fixés sur moi, les miens se posaient sur Bear pour la première fois. L'autre, un Blanc, s'était assoupi ; le menton reposant contre la poitrine, il laissait le soleil déclinant reluire sur son crâne chauve. Le manteau en laine grise aussi épais qu'un tapis de selle dans lequel il était enveloppé était sans nul doute possible le mien, et tombait autour de la chaise comme une ombre brouillonne. Il était en train de rêver comme un chien, avec de petits jappements, des grognements mourant en soupirs, de brusques sursauts des paupières qui révélaient le blanc des yeux, et l'un de ses pieds tressautait de temps à autre sur les lames de bois.

Et là, dans un corral désaffecté qui se terminait par un auvent en lattis, Waverley broutait l'herbe nouvelle, tête baissée. Je l'ai contemplé interdit. Comment avait-il pu trouver son chemin jusqu'ici et arriver avant moi ?

Bear me regardait sans bouger et sans trahir la moindre de ses pensées. Apparemment, une vingtaine de garçons égarés pouvaient passer par ici chaque jour et il n'aurait même pas levé un sourcil. À l'époque, ses cheveux, taillés plus ou moins droit sur ses épaules, n'avaient pas tous viré au gris et restaient fournis sur les tempes. Il était vêtu pour la chasse : tunique en lin, jambières en daim, mocassins lacés avec des crins de cheval passés dans des hampes de plumes d'oiseau faisant office d'œillets, bracelets à boules, grandes boucles d'oreilles. Il avait étalé sur la balustrade sa carabine, un cornet à poudre et un sac de balles en cuir.

Sans hésiter, le chien a sauté sur la galerie et s'est laissé tomber près de la chaise de Bear. Il a suffi à celui-ci de poser brièvement ses doigts entre les oreilles de l'animal pour qu'il se mette à frapper le sol de sa queue musclée avec la régularité d'une baguette de tambour. Réveillé en sursaut, le chauve a levé la tête et s'est mis à déverser ce qui m'a paru être une bordée d'imprécations et de menaces en gaélique jusqu'à ce que sa barbiche jaunâtre soit couverte de bave. J'avais entendu cette langue ancienne toute ma vie car notre comté abondait de vieux émigrés écossais qui la parlaient encore et continuaient même à penser et à rêver en gaélique, pour certains d'entre eux. Il arrivait tellement de lettres d'outre-mer, là-bas, qu'un receveur des postes sans aucune notion de cet idiome n'aurait pu être nommé ; il aurait été incapable de déchiffrer l'adresse sur les enveloppes.

Ne voulant pas avoir l'impolitesse d'interrompre cette tirade exaltée, je me suis contenté de saluer le solide Cherokee d'un signe de tête avant de m'asseoir sur les marches, prêt à observer et à écouter avant de révéler la raison de ma présence.

L'Écossais, qui s'exprimait maintenant en anglais, a entrepris de discourir sur la bataille de Culloden, un sujet que j'avais entendu traiter selon des versions très diverses depuis ma prime enfance. Sa voix a adopté une tonalité en mode mineur, aussi emphatique que s'il racontait quelque mythe fondateur, une histoire qui expliquait la trajectoire entière de sa vie. C'est ce même ton que le Cherokee adopterait plus tard en me racontant comment le Gyrin primordial était allé collecter de la vase au fond de la mer pour créer la Terre, et que la Foudre avait allumé le premier feu de la création en tombant dans le tronc creux d'un sycomore. Là, l'Écossais a dépeint avec un luxe de détails les clans alignés sur le champ de bataille et leurs couleurs distinctives, s'attardant sur les kilts particuliers portés par la première ligne des Highlanders que formaient les Cameron, les Stuart et les Frazer. Avec maints braiments et chuintements, il a imité la plainte des cornemusiers, puis cité toutes les marches qu'ils avaient jouées ce jour-là et repris les cris de guerre poussés par les braves, submergés par un ennemi plus nombreux mais habités par la volonté farouche de combattre. Ensuite, il a décrit les guerriers jacobites enfonçant leur bonnet sur la tête avant de charger furieusement les Angles et les Saxons, ce qui avait été point pour point la conduite des Celtes défiant les Romains à Télamon deux mille ans plus tôt. Et avec le même résultat : d'innombrables héros lâchement décimés par des sabres étrangers et, à l'issue de la journée, leur tête brandie sur des piques, puis la débâcle des années qui suivirent, leur culture bafouée, leurs gens forcés à un exode encore plus poignant que celui de Moïse et des Israélites… Le narrateur, qui marquait de nombreuses pauses, a failli manquer de souffle pour terminer. Comme si recourir au langage de l'ennemi lui avait enlevé ses forces, il faisait penser à quelqu'un qui tente de traverser une rivière en crue tout en se cramponnant au filin pour ne pas être emporté par les flots.

Bear avait passé ce moment les yeux perdus sur l'ouverture entre les plis montagneux où une vallée encaissée, noyée de bleu, se laissait entrevoir. Il avait parfois opiné gravement de la tête comme s'il approuvait ce récit de résistance infructueuse, mais sans rien dire. L'Écossais s'est vigoureusement frotté le visage des deux mains. Une minute après, il avait à nouveau basculé dans le sommeil.

J'ai dit : « Pour que personne ne s'équivoque, ce poulain est à moi. Et le manteau aussi. »

Cela a été l'une des rares fois où je me souviens de Bear parlant anglais. Par la suite, il a prétendu que j'avais dû me tromper mais dans ma mémoire sa réponse résonne encore aujourd'hui :

– Et ce chien est à moi.

– Je n'y vois aucun inconvénient, ai-je répliqué.

J'ai fouillé ma musette à la recherche de la clé à l'anneau en forme de cœur. Quand je l'ai enfoncée dans la serrure du cadenas, celui-ci s'est ouvert en bondissant comme s'il était animé de vie. J'ai tiré le loquet et je suis entré. Toutes les fenêtres étant bouchées, la seule source de lumière était le rectangle laissé par la porte ouverte. La pièce était aussi sombre qu'un repaire de brigands dans une ballade populaire. Les lames du plancher étaient disjointes au point de laisser les serpents se glisser à travers sans le moindre mal. Après avoir cligné des paupières un moment, je me suis avancé prudemment, une main tendue à hauteur de taille afin de prévenir d'éventuels obstacles. Dans l'air se mêlaient des effluves de cendre de bûches, de viande séchée, de lait caillé, de vinaigre à condiments, de vieux fromage, de corde de chanvre, de harnais au cuir moisi et de peaux de bêtes grossièrement tannées. Une odeur de mort, me suis-je dit. Avant même que mes yeux ne se soient accoutumés à la pénombre, j'étais dévasté par ce que je découvrais. Ce n'était pas un comptoir de traite mais une fantasmagorique combinaison de souillarde, de poulailler et de cellier. Et de latrines, également, à en juger par certaine pestilence.

Bear est entré avec une brassée de branches sèches. Bientôt, une flamme jaune s'est élevée dans l'âtre noirci. Il a disparu dans les ombres, où je l'ai entendu farfouiller sur les rayons, puis il est revenu à la lueur du feu avec une bouteille de whisky du Tennessee couleur d'ambre sombre et un petit verre. Il a sorti de la bourse accrochée à sa ceinture une poignée de pierres à feu et de pièces de monnaie parmi lesquelles j'ai aperçu un liard de l'époque de George II et un demi-penny en cuivre orné d'un éléphant du temps des colonies de Caroline. Il en a posé une sur la table et levé la main avec les doigts écartés pour indiquer le chiffre cinq. Ensuite, il a rempli le verre à ras bord, l'a placé devant la flamme, a admiré un instant ses reflets ambrés et l'a vidé cul sec. Une fois cette opération répétée à quatre reprises, il s'est assis près de la cheminée et s'est plongé dans la contemplation du feu, où il semblait voir quelque fascinante représentation théâtrale. Qui n'était pas une comédie, s'il fallait en croire son expression.

Ainsi je suis censé faire office de tenancier de bar, également, ai-je pensé.

Bear a commencé à parler. Il racontait une histoire, apparemment, mais bien entendu je n'y comprenais goutte. Ayant achevé son récit, il s'est levé, m'a adressé un vague signe de la main. Revenu sur la galerie, il a secoué l'Écossais par l'épaule, lui a retiré mon manteau et me l'a tendu. Puis il a rassemblé son équipement de chasse tandis que l'Écossais errant passait son bissac à l'épaule. Le chien a poussé un bâillement, s'est mis sur ses pattes. Ils sont partis tous les trois sur la piste ; le lévrier a fusé en avant comme s'il suivait le fil brillant d'une odeur de gibier. J'ai agité le manteau, n'obtenant que le maigre tintement de quelques piécettes, seul vestige de mes gains fabuleux. Plongeant la main dans la poche, j'en ai sorti un papier plié en quatre. Une cursive fluide et décidée : « Nous sommes quittes. Featherstone. »

Il ne m'a pas fallu longtemps pour inspecter le stock puisque le magasin était à peine plus grand que le salon de ma tante. Ce que j'ai vu m'a laissé perplexe, habitué comme je l'étais aux commerces de la ville, avec leurs produits manufacturés, leurs rangées de conserves, de bouteilles et de boîtes enveloppées de papier ciré, certains de ces articles arrivés d'aussi loin que l'Angleterre ou la France, tous munis d'étiquettes imprimées en vives couleurs qui indiquaient leur dénomination, le nom de leur fabricant, la raison pour laquelle ils étaient supérieurs à d'autres et une multitude de labels et de symboles permettant d'être identifiés même par ceux qui ne savaient pas lire, emballages de savon ou de sucreries proclamant que la famille royale leur accordait sa préférence…

Ici, au contraire, l'assortiment était très rudimentaire et ne reflétait pratiquement aucune influence du monde extérieur. C'était un amas de rouleaux de coton rayé et de calicot, de socs de charrue, d'encriers, de cordes de violon et d'hameçons, de paquets d'aiguilles, de poudre à fusil et de silex, de plomb en barres et de moules à balles, de fers de hache, de carnets et de couvertures en laine, de laudanum et de café en grains, de pistolets, de chapeaux tressés et de scalpels pour saigner les chevaux. Tranchant sur cette masse hétéroclite, certains articles inattendus dans un pareil contexte révélaient le manque de discernement commercial de quelque responsable de comptoir m'ayant précédé ici : un élégant service à thé en porcelaine accompagné de plusieurs boîtes d'un thé noir odorant, une trompette en cuivre terni dont je n'ai pu sortir qu'un son plaintif proche du pet ou, encore plus inexplicable, une caisse entière de Château-Latour dont la cuvée datait presque du siècle antérieur, un détail dont je me souviens encore car il est devenu mon vin rouge de prédilection, plus tard dans ma vie. Et puis il y avait l'aubaine d'une petite étagère de livres qui avaient été vainement présentés à la clientèle pendant une longue période puisque leurs reliures de cuir s'étaient mouchetées de moisissures vertes dans l'air humide.

La majeure partie de ces réserves restaient non identifiables, impossibles à étiqueter. Elles étaient ce qu'elles étaient, et tant pis pour celui qui ne les connaissait pas. Paniers en jonc remplis d'œufs boueux qui avaient pourri. Sacs de haricots rouges. Pots en terre cuite remplis d'un vinaigre trouble dans lequel des œufs durs avaient jadis flotté. Tommes de fromage pelucheuses. Vessies de porc suspendues aux poutres et pleines de saindoux, de suif ou de quelque substance graisseuse et puante. Bourriches de racines de ginseng fourchues, au pouvoir magique. Dans un coin, une pile de peaux de daim gondolaient comme un tas de cartes à jouer laissées sous la pluie. Chaque objet avait viré au gris ou au brun, et presque tout dégageait une odeur suspecte. L'impression était celle d'un monde ancien faisant soudain irruption dans celui qui m'était familier.

Ayant fini par trouver un sac d'avoine, je suis sorti nourrir et abreuver Waverley. Aussi mouvementées ces dernières journées avaient-elles pu être pour lui, il n'en paraissait aucunement affecté. J'ai porté les livres sur la galerie, les ai essuyés avec un chiffon et passés à la cire d'abeille jusqu'à ce qu'ils aient encore meilleure allure que s'ils avaient été neufs, le cuir dense et sombre comme l'acajou, les titres embossés à la feuille d'or scintillant telles des braises.

Le Morte d'Arthur ; *Tristan et Iseut* ; *Le Songe d'une nuit d'été, La Tempête* et toutes les tragédies dans un troisième volume très épais ; *Les Voyages de Gulliver* ; *Don Quijote* dans la version anglaise abrégée de M. Smollett ; le *Dictionnaire abrégé* de Samuel Johnson, avec en appendice une liste alphabétique de toutes les divinités païennes…

En remettant les tomes lustrés à leur place, je me suis dit qu'ils allaient sans doute être mes seuls compagnons, pour un moment.

Mon repas a consisté en quelques tranches découpées dans le cœur d'un fromage dont j'avais retiré les parties moisies et de fruits secs tellement desséchés que je n'ai pu décider s'il s'agissait à l'origine de prunes ou de très vieilles pêches. Longtemps avant le crépuscule, je suis allé inspecter la minuscule chambre à coucher ménagée dans l'arrière-boutique. Un homme adulte debout en son centre aurait pu toucher les murs en écartant les bras ; sur l'étroit lit de sangle, un matelas en coutil constellé de taches brunâtres était rembourré d'une matière qui a exhalé une puanteur animale lorsque j'ai appuyé ma main dessus. Jugeant qu'il me serait impossible de fermer l'œil dans cet épouvantable réduit, je suis retourné dans la pièce principale et j'ai confectionné une litière solitaire devant la cheminée avec quelques couvertures et un coussin. Les bougies de suif ou de cire étant décidément trop coûteuses mais la réserve de bûches conséquente, je me suis dit que j'allais devoir me contenter de la lueur du feu de bois pour lire.

Assis sur la galerie, j'ai observé avec appréhension le déclin du jour. Le soir venu, je me suis allongé devant le feu avec le dictionnaire que j'ai feuilleté très lentement afin de mémoriser chacun des mots rencontrés mais aussi d'économiser mes quelques livres pour un avenir qui s'annonçait incertain. Je lisais en suivant l'ordre des pages, comme si la rigide succession des définitions contenait une intrigue difficile à démêler et cependant captivante. Les flammes baignaient ma lecture d'une agréable lumière dorée. La nuit était froide mais la chaleur montée des pierres de l'âtre arrivait à me protéger de l'humidité glaciale qui m'environnait. Le crépitement des bûches, la rumeur du torrent entre les roches, les appels des oiseaux nocturnes et des premières grenouilles du printemps rendaient ma solitude plus supportable. Et puis quelle meilleure compagnie dans les ténèbres que celle d'un sage anglais du temps jadis ? Tandis que les flammes s'amenuisaient, m'obligeant à rapprocher toujours plus le dictionnaire d'elles, je devais seulement prendre garde de ne pas m'assoupir et laisser échapper tous ces mots précieux, qui s'enfuiraient en une colonne de fumée pâle par la cheminée. Au point du jour, j'étais parvenu à l'entrée « bandit ». C'est là que je me suis endormi, pour ne me réveiller qu'en milieu de matinée.

4

Deux jeunes Indiens, un homme et une femme qui avaient l'air de jeunes mariés, sont entrés dans le magasin sans un mot. S'ils ne m'avaient pas regardé droit dans les yeux, je n'aurais pu dire qu'ils se montraient craintifs ou empruntés. Ils attendaient quelque chose de moi, visiblement, et se tenaient là comme des passagers au relais de poste quand la diligence est en retard. J'ai tenté de leur parler mais ils ne comprenaient pas l'anglais. Ni le latin, ai-je également constaté. J'ai agité les bras dans des gesticulations qui se voulaient commerçantes, montré du doigt diverses denrées, enchaîné les grimaces expressives, annoncé le prix de tel ou tel article en vantant ses qualités. Malgré tous mes efforts, ces gens restaient inatteignables. Je n'aurais pas eu plus de difficultés si nous avions occupé des espaces temporels différents. Soudain, ils ont tourné les talons et sont repartis.

J'ai guetté leur retour un moment. Comme ils ne réapparaissaient pas, je suis allé au torrent, j'ai pataugé dans l'eau glaciale, retourné les rochers à la recherche d'écrevisses aux pinces agressives et de placides salamandres. Ensuite, j'ai construit un petit barrage de pierres, formant une anse sur laquelle j'ai fait flotter des feuilles que j'avais pliées en forme de barque. J'ai regardé le courant les entraîner peu à peu vers la digue improvisée, les pousser en dehors et les précipiter dans un naufrage irrémédiable. Ce monde est un tourbillon insondable, me suis-je dit.

Je ne savais pas par où commencer. En étudiant les livres de compte du préposé au comptoir auquel je succédais, toutefois, j'ai pensé que tenir un relevé détaillé de toutes les transactions serait un bon début. Cela consistait essentiellement à noter qui avait échangé quoi contre quelle quantité d'autre chose, car pratiquement personne n'entrait dans le magasin avec de l'argent en poche. Le commerce, ici, se résumait au troc de produits naturels comme le ginseng ou les peaux de bêtes contre des articles manufacturés, tissus, ustensiles de cuisine, outils… Plus avant dans le processus commercial, ginseng et peaux se transformaient en dollars mais pour ma part je ne voyais les relations commerciales qu'à leur stade le plus fruste, leurs premiers soubresauts à peine sortis du sol.

Une fois par mois environ, deux gaillards juchés sur un chariot à bœufs arrivaient de la plaine avec un nouveau stock de marchandises finies. Je les ai aidés à décharger, puis à hisser dans leur véhicule les tas de peaux à l'odeur musquée et les bourriches de racines. Ils m'ont dit qu'une bonne partie du ginseng faisait le tour du monde sur des goélettes avant d'être vendu aux Chinois, qui en consommaient de grandes quantités car ils étaient persuadés que cela aidait leur tige à se tenir plus droite. Ainsi, je n'étais que le deuxième maillon d'une longue chaîne qui œuvrait à conserver certains Chinois dans toute leur verdeur…

J'inscrivais donc dans les livres chaque denrée qui entrait ou sortait du magasin, ajoutant parfois une notation sur la tenue vestimentaire des gens avec qui je traitais, ou le temps qu'il faisait ce jour-là, ou leur humeur apparente. Par exemple la façon dont leurs espoirs se muaient en résignation quand ils découvraient le peu que représentaient ces amas de ginseng et de peaux lorsqu'ils étaient convertis en fers de hache ou en caleçons.

Les rares Blancs à habiter dans ces montagnes reculées étaient en grande majorité des marginaux qui s'étaient exilés d'eux-mêmes au milieu de nulle part et se rangeaient en deux grandes catégories : ivrognes et prêtres. Parmi ces derniers, il y avait d'authentiques pasteurs ou missionnaires, mais aussi toute une faune d'idéalistes illuminés, de philosophes et de théoriciens en chambre. Ce genre d'individus avaient à peine franchi le seuil du magasin, la pupille dilatée par la véhémence de leurs loufoques convictions, et s'étaient à peine nommés en vous serrant furieusement la main qu'ils entreprenaient déjà de vous réformer quant à vos opinions sur la sainte Trinité, les Apocryphes, le parti des whigs ou le papier-monnaie.

Tout compte fait, je préférais les pochards. Parvenus à la même conclusion, un grand nombre d'Indiens étaient devenus eux aussi des alcooliques et Bear se comptait parmi eux. Quand il ne chassait pas, il venait presque chaque jour lever le coude au magasin. À près de soixante ans, il restait droit comme un I du haut de son mètre quatre-vingts. Pas différent des autres, il payait surtout en peaux de bêtes, en ginseng et à crédit, mais il se distinguait par son inépuisable loquacité : en poussant la porte pour entrer, il était déjà à mi-chemin d'un récit. Même si je ne saisissais pas un seul mot, au début, je n'avais d'autre choix que d'écouter ce déluge verbal.

Bear avait coutume d'apporter avec lui de quoi préparer un repas. Assis en tailleur devant l'âtre, il se mettait à faire la popote comme s'il campait sur les hauts plateaux. Des soupes, surtout, qu'il touillait dans le chaudron suspendu au-dessus des flammes. L'une d'elles consistait à casser dans du bouillon brûlant des œufs de perdrix qui se répandaient en lambeaux jaunâtres, tel du papier déchiré. Une autre, ma préférée, était un brouet de semoule de maïs qu'il cuisait longuement avec de la couenne rôtie. Ce que j'appréciais beaucoup moins, mais qu'il tenait pour un régal, était sa soupe de guêpes. Si la partie la plus difficile de la préparation était de s'emparer du nid, il avait une méthode à lui et ne se faisait que rarement piquer ; ensuite, il le posait près du feu afin d'amollir les alvéoles contenant les larves, qu'il attrapait quand elles commençaient à se traîner dehors, mettait à rissoler dans une poêlée de graisse d'ours, puis à bouillir. Le résultat n'était certes pas un spectacle appétissant. En terme d'élégance et de simplicité, c'était sa soupe de crêtes de coq qui remportait le pompon, les crêtes flottant tels des pétales de rose sur un bouillon de poulet doré. Après avoir avalé un ou deux bols de sa préparation, il poursuivait sa route en me laissant le reste, qui me permettait de me sustenter au cours des deux, trois jours suivants.

Je me rappelle avoir voulu une fois le remercier de ses largesses en lui offrant l'une des deux oranges que les charretiers m'avaient laissées en cadeau. Bear, qui n'avait jamais eu entre les mains une friandise aussi rare, m'avait observé manger la mienne avant de toucher son fruit. Il lui avait fallu une bonne heure pour le terminer. Il l'avait pelé précautionneusement, s'arrêtant pour étudier les deux faces de l'écorce, reniflant les pelures, puis ses doigts ; il dégustait chaque quartier, là encore en les humant un par un avant de les prendre dans sa bouche. Bref, cela avait été une expérience dont il avait savouré intensément chaque instant. Ensuite, il avait recueilli les morceaux d'écorce, jusqu'au dernier, et les avait mis à sécher au soleil comme des copeaux de viande de bœuf. Un mois après, ils avaient perdu leur couleur mais ils conservaient une ombre d'arôme. Bear les avait placés dans une gourde fermée par un bouchon en bois, et s'était contenté du parfum fugace qu'ils dégageaient en attendant qu'une autre orange parvienne jusque dans ces contrées.

Par ici, Bear était un chef. Sa vêture, sa passion pour la chasse, la lucidité avec laquelle il sentait combien le monde en devenir s'éloignait des simples principes d'harmonie, de justice et de beauté, même son nez taillé en lame de hachette : tout en lui suggérait le siècle passé. Un peu en aval du comptoir de traite le long du torrent, il possédait une ferme à l'ancienne avec ses cabanes en bois, son abri d'hiver, sa hutte où les femmes s'isolaient chaque mois durant leur menstruation, ses champs et ses séchoirs à maïs, ses corrals et ses abris à chevaux. Et parce qu'il était un chef, il avait bâti une maison communale qui accueillait les assemblées, les danses, les cérémonies d'ordre spirituel, et plus généralement tous ceux qui étaient d'humeur à traîner ensemble, à échanger des ragots et à raconter des histoires. Celle-ci se trouvait au village même, Wayah, à environ une demi-lieue en contrebas, non loin de là où le torrent se jetait dans la rivière.

À en croire les fragments d'informations que j'ai peu à peu recueillis et recoupés, l'histoire de la tribu de Bear était plus ou moins la suivante : un siècle plus tôt, si vous aviez eu le malheur de vous aventurer par mégarde sur leur territoire, ils avaient été le genre de peuplade à transformer la peau de votre dos en mocassins, à utiliser vos tibias comme baguettes de tambour et à danser au son de vos dents secouées dans une carapace de tortue séchée. Tous des guerriers, hommes et femmes. Si les premiers ne vous trucidaient pas à la hache ou au couteau, ils vous ramenaient en trophée au campement et il appartenait alors aux deuxièmes de vous torturer et de vous enflammer. Et ce n'est pas là quelque métaphore délicieusement libidinale : ces femmes vous écorchaient et vous brûlaient vivant.

Mais c'était avant. Avant deux cents ans de défaites quasiment ininterrompues face à l'homme blanc. Trop épuisés pour continuer à combattre, les guerriers s'étaient mués en paysans.

En regardant la tribu de Bear avec le recul de la

modernité, il est tentant de trouver en eux une pureté, une immanence, une authenticité que l'on ne pourrait désormais déceler chez quiconque. Nous avons besoin de bons sauvages pour satisfaire notre imaginaire. Quel soulagement nous apporte l'univers idyllique dans lequel nous les projetons, quand nous n'arrivons plus à faire face aux changements dont l'incohérence nous accable ! Mais, alors que j'apprenais seulement à connaître Bear et ses gens, je percevais déjà que les transformations brutales et la disparition de leur ancien mode de vie étaient tout ce qu'ils avaient connu au cours des deux derniers siècles.

Nombre d'entre eux étaient anxieux d'embrasser des comportements de Blancs qui continuaient à les dérouter. À chaque retraite de la Nation devant une nouvelle incursion de l'Amérique, les anciennes coutumes reculaient d'un pas dans les montagnes, plus loin dans les combes privées de soleil et les tunnels d'arbres ménagés par les cascades. Ce n'était plus les mêmes êtres, à tout dire ; disparus les sauvages, et la terre sur laquelle ils survivaient était toujours plus domptée. Ils étaient abîmés, happés avec tous les autres par un univers discordant.

Le gibier devenait plus difficile à chasser chaque année, tout simplement parce qu'il avait été décimé au point que certaines espèces, bisons, élans, avaient entièrement disparu tandis que d'autres, chevreuils, ours, pumas, s'étaient raréfiées. Les hommes n'établissaient pas de relation entre les grosses piles de peaux qui s'en allaient par chariots entiers en direction de Charleston ou de Philadelphie et l'immobilité qui avait soudain étreint la forêt. On voulait croire à la fin d'une ère, à un renouvellement mythifié. Mais les créatures du temps jadis s'éteignaient, toutes ces créatures magnifiques que l'histoire avait entrepris d'effacer et qui devaient céder la place aux cochons, aux bovins et aux moutons bêlants dont les yeux étroits et hébétés révélaient une telle couardise qu'il leur arrivait de mourir de peur quand on leur tondait la laine. Essayez de tondre ne serait-ce qu'un chevreuil et il vous réduira en chair à saucisse de ses sabots délicats ; essayez avec un ours ou un lynx et leur réaction n'est sujette à aucune spéculation : vous mourrez à l'instant de les approcher.

Le gibier pratiquement disparu et la guerre désormais impossible, ces hommes défaits et aigris s'étaient rabattus sur le travail de la terre, une occupation qui était revenue de tout temps aux femmes. Et celles-ci, privées de leur activité traditionnelle, étaient devenues à peu près aussi marginales que les Blanches. Elles avaient jadis assuré l'autorité du clan mais la vie clanique s'était étiolée, pour tomber peu à peu en désuétude, alors que les lois ancestrales elles-mêmes avaient été décrétées illégales. L'ancienne cérémonie du mariage avait vu l'homme apporter de la viande et la femme des légumes, en une union dont la résonance dépassait de très loin l'alliance entre deux individus. Tout cela avait perdu son sens.

Bear et les siens étaient profondément déconcertés par le monde étrange en train de se constituer autour d'eux. C'était un autre pays qu'ils habitaient maintenant, où il fallait montrer un titre de propriété pour seulement avoir le droit de dormir quelque part ; sinon, il ne vous restait plus qu'à rejoindre les élans et les bisons là où ils étaient partis. Tous ensemble dans le grand troupeau en marche vers le Pays de la Nuit…

La pression constante de cette nouvelle existence exigeait d'eux qu'ils se dispersent comme les Blancs, chacun isolé sur son petit lopin de terre, privé de la vie sociale du village avec sa maison communale enfumée, ses intrigues et ses ragots incessants, ses amitiés, ses querelles, ses histoires d'amour. Tout changeait, jusqu'à la manière de s'habiller ; nombre d'entre eux, hommes et femmes, avaient délaissé les habits en peau pour les cotonnades de mauvaise qualité portées par les Blancs pauvres, qu'ils aimaient compléter par un bandeau rouge ou bleu sur le front. Certains avaient même renié leur ancien nom et affectaient une identité de Blanc, par exemple Sam Johnson ou John Samson ; d'autres choisissaient un curieux mélange des deux, comme Walter Onion-in-the-Pot ; quelques-uns, les plus âgés, s'en tenaient à leur nom totémique à l'instar de Bear.

Pour être honnête, il faut noter que certains noms traditionnels ne supportaient guère la traduction en anglais. Si Onion-in-the-Pot, pour revenir à cet exemple, était un nom parfaitement acceptable en langue indienne, il ne suggérait plus dans la nôtre qu'un oignon flottant au milieu d'une marmite et devenait plutôt ridicule. En tant que vainqueurs, nous avions pris le pouvoir sur les mots aussi, ceux désignant les êtres comme ceux spécifiant les lieux. Par chance, cependant, il est des fleuves, des rivières ou des vallons qui ont résisté à notre omnipotence et qui jusqu'à aujourd'hui conservent leur ancien nom, Cataloochee, Tusquitte, Coweta, Cartoogecha… Ce n'est guère le cas des montagnes, hélas, mais j'imagine qu'il fallait s'y attendre puisqu'elles offraient un majestueux moyen de perpétuer la mémoire de nos Pères fondateurs.

Environ dix ans avant mon arrivée, un traité peu équitable avait fait passer la ligne frontalière entre la Nation indienne et l'Amérique au-dessus de la tribu de Bear telle l'ombre d'un nuage menaçant, l'établissant à une demi-journée de route plus à l'ouest. Selon ledit traité, Bear et les siens avaient eu le choix de rejoindre le territoire indien à l'occident ou d'accepter quelques centaines d'acres plus en aval du fleuve en échange des immensités qu'ils avaient pu jadis parcourir librement. Ils n'avaient pas eu à réfléchir longtemps, un attachement viscéral à ces flancs de montagne solitaires leur commandant de rester. Ils étaient partis vivre quelques années à l'endroit qui leur avait été attribué, à une dizaine de lieues en contrebas, puis étaient revenus lorsque Bear avait échangé cette propriété contre des terrains plus étendus mais aussi plus escarpés. Ces migrations ne leur avaient pas demandé de grands efforts, car ils ne possédaient presque rien, se logeaient dans des cabanes en rondins pas plus grandes que des étables et faciles à bâtir en un ou deux jours, avec pour seul mobilier un lit de sangle, quelques chaises, parfois une table, et n'avaient besoin que d'un outillage agricole des plus sommaires. Et aussi quelques poulets, une vache, des cochons marqués aux oreilles mais laissés libres dans les taillis.

Au cours de ces années d'incertitude, Bear en était venu à apprécier le concept de propriété foncière, une idée entièrement nouvelle qui continuait à désorienter une grande majorité d'Indiens. Il avait discerné son utilité, les opportunités qu'elle présentait en dépit de ses défauts et de ce qu'elle avait d'intrinsèquement erroné puisque la nature éphémère de la vie humaine voudrait que nous passions sur terre presque aussi rapidement que l'eau passe à travers notre organisme, et sans prétendre au moindre droit sur elle. Il avait donc entrepris d'acheter, d'échanger, de négocier jusqu'à devenir propriétaire en titre d'un millier d'hectares perchés si haut dans les montagnes qu'ils étaient pratiquement sans valeur pour les Blancs. Il y avait certes quelques acres de bonne terre d'alluvions, propice aux champs de maïs, aux potagers et aux vergers, mais ce n'était pour le reste que ravines, torrents et denses forêts. C'est là qu'il avait conduit sa tribu, à l'époque une centaine d'âmes, et édifié une maison communale en torchis qui, escomptait-il, leur permettrait de perpétuer les anciennes coutumes et de concentrer leurs énergies dans le sens qu'il voulait pour eux. Bientôt, chacun avait construit sa cabane en bordure de fleuve, retrouvé le cours de la vie d'antan, s'était joint aux danses traditionnelles et avait continué à croire en tout ce que leurs ancêtres avaient cru quant à la force qui animait les fleuves et soulevait les plus hautes montagnes.

Et Bear s'était employé à faire en sorte que le monde dans lequel ils vivaient demeure reconnaissable.

Chevauchant Waverley, je suis passé devant la ferme de Bear et j'ai continué en aval jusqu'à Wayah. Comme j'allais face au vent, j'ai perçu les effluves du village avant de le voir. Feu de bois, haricots et choux en train de cuire, peaux de bêtes dans leur bain de tannage, odeurs d'hommes et d'animaux, le tout se fondant dans un parfum collectif accueillant, rassurant, qui me rappelait mon appartenance à la communauté des humains avec une note de tristesse distanciée.

À mon approche, j'ai entendu le craquement de bûches fendues à la hache, des rires, le son de marmites entre-choquées, le piaillement des poules, des pleurs de nourrissons, des aboiements de chiens, mais il y avait ici une nuance qui les différenciait de toutes les volailles, de tous les bébés et de tous les chiens que j'avais connus. De la fumée grise glissait entre les arbres et s'attardait sur le fleuve où les derniers rayons du soleil la découpaient en longues virgules. Autour des cabanes blotties sur l'étroite anse boisée, les gens se livraient aux activités d'un soir comme un autre. Deux filles sont apparues sur le chemin, traînant derrière elles une grande branche morte de hickory pour le feu du foyer, les pointes des rameaux dénudés laissaient des traits rapides dans la poussière, comme s'ils écrivaient quelque chose.

Une pluie hésitante est tombée un instant mais s'est vite lassée. Le lévrier aux poils raides couleur de cendre de Bear a surgi devant moi. Sans me reconnaître, visiblement, il a continué en contournant un champ de maïs clôturé et s'est hâté dans les bois comme si des affaires pressantes l'attendaient quelque part et qu'il était déjà en retard. Deux garçons soufflaient dans des sarbacanes devant une cible constituée par un éclat de bûche posé contre un abri à fourrage, les projectiles continuant à trembler bien après s'être plantés dedans. Trois autres, bruns et maigres, étaient entrés dans le fleuve et, enfoncés à mi-cuisse, oscillaient comme si leurs pieds ne cessaient de glisser sur les cailloux ronds et couverts de vase. Bien que prétendant pêcher à l'arc, ils étaient surtout occupés à chahuter et pouvaient s'estimer heureux de ne pas encore s'être déchiré leurs jambes nues avec la pointe acérée de leurs flèches. J'ai vu qu'ils frissonnaient dans l'eau glacée. Ils étaient à peu près de mon âge, un an ou deux plus jeunes peut-être.

Certains Indiens m'ont regardé, d'autres non. Aucun d'eux ne m'a adressé la parole.

À chaque son et chaque mouvement autour de nous, Waverley couchait les oreilles et faisait un écart. Pour nous rassurer l'un et l'autre, je lui parlais sans cesse à voix basse. Ayant traversé le village, nous avons continué très longtemps, jusqu'à ce que le chemin se transforme en piste de montagne qui montait abruptement le long d'une cascade. Il faisait presque nuit lorsque nous sommes revenus sur nos pas.

Le soleil couché, Wayah avait la couleur de la fumée. Les troncs des tulipiers, droits et pâles, ressemblaient à des cordes tendues dans le ciel obscur. La lumière ambrée des feux de bois filtrait entre les rondins non calfeutrés des cabanes groupées au bord de l'eau noire. Un froid vide tombait rapidement et il n'y avait pratiquement plus personne dehors. Derrière sa maison, un homme empilait sur son bras gauche des bûchettes prises dans sa réserve de bois, leur face anguleuse et ridée luisant dans les ultimes lueurs du soir. À mon passage, une femme en train d'uriner près du chemin a sursauté ; accroupie au sol avec ses jupes en pudique éventail autour d'elle, elle a levé son large visage vers moi et m'a souri sans la moindre gêne. Un murmure humain s'élevait du village, régulier et discret tel le bourdonnement d'une ruche en train de s'assoupir, si ténu qu'il ne couvrait pas le bruissement de l'eau, ni même le bruit chuintant que la femme produisait en se soulageant. Un chien a aboyé, un autre lui a répondu à l'autre bout de l'anse puis ils se sont tus tous les deux comme s'ils n'avaient eu rien d'autre à échanger que ce bref salut. La surface du fleuve était un puzzle de plaques de verre noir arrondies qui dérivaient imperceptiblement. Plus loin, un pêcheur attardé gardait sa lance en roseau prête au-dessus de sa tête, immobile, pris au milieu du halo jaune projeté par une branche de pin enflammée qu'il avait plantée dans le sol meuble de la rive. Un mouvement du bras, brusque et précis, et une truite transpercée jusqu'à la racine de ses entrailles a produit un éclair argenté dans la lumière de la torche.

Tout près de là où j'allais puiser mon eau au torrent, un long serpent ratier vivait au creux d'un vieux chêne. Mon oncle disait souvent qu'il ne fallait pas trop s'inquiéter des serpents, venimeux ou non, car ils ont plus peur de nous que nous d'eux. Cette opinion n'avait pas été confirmée par mes multiples face-à-face avec les reptiles, qui s'étaient montrés généralement enclins à m'attaquer plutôt qu'à céder un seul pouce de terrain. Dès que je m'approchais, celui-ci se dressait hors de son nid très haut dans l'arbre, là où le tronc se séparait en deux grosses branches, et gonflait son cou jaune comme une capuche en sifflant, prêt à combattre. Je lui lançais des pierres tout en espérant qu'il ne décide pas de se jeter sur moi. Et dans une autre manifestation de mépris que la faune locale voulait me réserver, un ragondin avait choisi de venir chaque nuit de mon premier été au comptoir déposer sa crotte sur la deuxième marche du perron, un gros étron huileux et noir, hérissé de graines et de baies.
Je serais toutefois malhonnête si je n'ajoutais pas que l'ensemble du règne animal n'était pas aussi mal disposé à mon égard. Quand je travaillais dehors, il suffisait que je libère Waverley de son enclos pour qu'il me suive

partout, ses naseaux tout contre mes reins. Je lui préparais des biscuits dans l'âtre en suivant la recette de ma tante destinée aux humains, avec la seule différence que j'y mettais beaucoup plus de sel et que j'omettais de me laver les mains avant de rouler la pâte.

La maîtrise de la langue m'est venue assez soudainement et c'était fort bien ainsi car les passeurs de mots étaient rares : dans tout ce territoire laissé en blanc sur la carte, il ne devait pas y avoir plus de cinq personnes capables de traduire d'un idiome à l'autre. En écoutant de toutes mes oreilles Bear et les Indiens qui venaient commercer au comptoir, j'ai senti au bout de quelques mois que les termes et leur organisation commençaient à se déposer doucement dans ma mémoire, à trouver leur place dans mon esprit. Ils s'y sont multipliés sans que j'y prête vraiment attention. Je ne sais pas quand ni comment je suis passé ainsi de *tsis-kun*, le mot désignant un oiseau en général, à *ka-gu'*, la corneille, de *ani-tsila'-ski*, fleur, à *awi-akta*, le rudbeckia… Puis la prolifération des temps verbaux, beaucoup plus nombreux et fastidieux qu'en anglais, m'a enfin révélé sa logique, de sorte que j'ai bientôt été en mesure de m'exprimer en tenant compte des gradations dans le flux du temps, sans plus me cantonner au seul présent.

C'est à peu près à ce moment que les plaisanteries de Bear sont devenues accessibles à ma compréhension. Auparavant, c'était uniquement au ton de sa voix et à certains rythmes dans son élocution que je devinais qu'il en racontait une, et en l'entendant rire que je déduisais qu'il avait terminé. Mais même lorsque j'ai été en mesure d'en saisir le sens je n'ai jamais trouvé ses traits d'esprit particulièrement drôles. Il s'agissait en général d'animaux et l'élément comique était visiblement constitué par le fait qu'ils se comportaient exactement comme on l'attendait d'eux, le daim craintif et prudent, l'ours pataud et irritable… J'ai essayé de lui raconter ma blague préférée, celle d'Old Blue, un chien de chasse réputé pour foutre les ratons laveurs jusqu'à ce que mort s'ensuive, une fois qu'on les avait fait tomber de leur arbre. N'importe quel vieux échangeant des couteaux ou des montres de gousset sur un banc devant la salle de justice du comté la connaît, et n'importe quel gamin de douze ans. Comme un trait de caractère, une couleur des yeux ou telle forme des doigts, c'est une plaisanterie qui saute les générations, passant des vieux aux garçons en évitant les pères. Elle se développe selon une structure très élaborée qui requiert notamment la division magique en trois chasses successives, et la description de son maître vantant inlassablement les prouesses de son chien à ses amis ne doit jamais être trop abrégée. Les deux premières chasses, rapportées avec diverses notations sur les traditions locales, les conditions climatiques, le paysage, l'habillement de chacun, se terminent par le propriétaire du chien grimpant dans un arbre et secouant la branche du raton laveur jusqu'à ce que ce dernier tombe au sol, puis par Old Blue exerçant ses talents sur l'infortunée bestiole, laquelle rend évidemment son dernier soupir. Dans la troisième, décrite avec encore plus de détails liminaires, le maître monte à nouveau dans l'arbre, agite la branche mais voilà que ce raton laveur, d'une taille et d'une force exceptionnelles, se raccroche fermement à son perchoir et réplique en secouant lui aussi la branche, provoquant la chute du fier propriétaire dont le cri laconique avant de s'affaler par terre me plonge à chaque fois dans l'hilarité : « Hold Old Blue ! », retenez Old Blue…

À la fin, pourtant, Bear n'a pas ri. Il paraissait plus perplexe qu'amusé. Quelle race de chien était ce Blue, a-t-il demandé. Un Plott hound ? Quoi ? Ce n'était pas important ? Il était interloqué par son nom, également. Pour son peuple, la couleur bleue suggérait la solitude, la défaite, le désespoir, l'échec, la perte. Pourquoi cet homme avait-il appelé ainsi un chien de chasse aussi prisé ? C'était un mauvais choix, c'était absurde.

Bref, sa langue et la mienne ne se transposent pas heureusement l'une dans l'autre. Et si l'on s'essaie à une traduction très littérale, le résultat est souvent grotesque : « Grand maître blanc », « de nombreuses lunes auparavant », « langue fourchue », « eau de feu », des formules qui semblent sortir de la bouche d'un enfant intelligent mais fort prétentieux. Et nos expressions deviennent tout aussi stupides dans leur dialecte. Toute traduction perd quelque chose en route mais certaines perdent presque tout. L'ironie. L'allusion. Les métaphores élaborées. L'humour pince-sans-rire. La colère rentrée. La touche humaine.

Une fois que j'ai su parler et comprendre, Bear a eu beaucoup à me dire. Les histoires jaillissaient de sa bouche, reflets de sa vie et de ses convictions. Il conservait un certain dédain envers l'agriculture, demeurant l'un de ces Indiens de l'ancien temps qui trouvaient la chasse et la cueillette plus honorables, plus propices à la liberté et à l'élévation que de se rendre prisonnier d'un arpent de terre arable. Il était fier de sa connaissance de la vie des prédateurs et se comptait lui-même parmi ces derniers. Rien ne lui convenait mieux qu'une pièce de viande passée sur une baguette et tenue au-dessus d'un feu de bois de hickory.

Mais de grands bouleversements étaient à l'œuvre dans le règne animal aussi. Tandis que les vieilles espèces disparaissaient, des nouvelles prenaient leur place et elles étaient déroutantes. Les poulets, par exemple, ne valaient même pas la peine qu'on en parle. Bear continuait à les considérer comme une nouveauté qui attendait encore une plus ample évaluation. Quand il mangeait de leur chair, il exprimait toujours une approbation réservée sur un ton marqué par l'étonnement. Les bovins ? Ils n'étaient pas hors contexte, au moins, puisqu'ils correspondaient au dépérissement général de l'univers et pouvaient se comprendre en tant que version tristement et terriblement amoindrie du bison. Leur viande était mangeable, certes, mais ne procurait pas d'intense satisfaction. Quant au lait, Bear le jugeait repoussant et ne s'était jamais accoutumé à en boire. Et le bœuf était un gibier sans aucun intérêt. Il restait là, devant la barrière, et se laissait abattre d'une balle tirée de son perron : quel genre de chasse était-ce donc ?

Il était en revanche intarissable au sujet du porc, qui n'avait pas de prédécesseur local mais auquel, soutenait-il, l'homme blanc était apparenté de la même façon que l'Indien et le loup étaient parents. La preuve irréfutable de cette théorie, selon lui, était que les Blancs et les cochons avaient fait irruption dans le monde presque simultanément, et de façon tout aussi inattendue. Il disait que les premiers Blancs à avoir traversé ces montagnes avaient été des Espagnols aux casques surmontés d'une crête et juchés sur des chevaux, une créature jusqu'alors inconnue dans ces parages. Malgré ces fringantes montures, cependant, ils cheminaient avec une lenteur remarquable et au prix d'efforts considérables, tellement occupés à tenter de maintenir leurs vastes troupeaux de porcs et d'esclaves dans la même direction qu'ils avançaient à peine. Quelques cochons avaient échappé à leur surveillance mais les gens du pays les avaient tous tués et mangés. Et puis, plusieurs générations après, Écossais et Irlandais étaient apparus avec un grand nombre de ces animaux.

En matière d'élevage, la plus brillante trouvaille de ces nouveaux venus celtes avait été de laisser les porcs errer librement dans le sous-bois au printemps et en été avant de les chasser comme du gibier sauvage à l'automne. Ils s'épargnaient du travail, d'un côté, et s'offraient une distraction de l'autre. Tout avait paru facile, au début :

il suffisait de laisser aller quelques jeunes cochons dans les montagnes, où ils se nourrissaient de glands pendant la belle saison, et d'espérer les retrouver à l'automne, lorsque les hommes seraient affamés et les bêtes grasses à souhait. Le problème était que malgré toutes les marques distinctives que l'on pouvait leur tailler à l'oreille – en biseau, en fourche, en demi-fourche, en pointe coupée, en dents de peigne –, un certain nombre de récalcitrants parvenaient chaque année à échapper à la tuerie automnale. Ceux qui étaient assez robustes et rusés pour survivre à l'hiver se multipliaient sans l'intervention de l'homme et retournaient à leur état ancestral d'animaux poilus et agressifs. En l'espace de quelques générations, leur morphologie s'adaptait à la vie sauvage, leur tête s'allongeait, leur dos se couvrait de soies rougeâtres et des défenses jaunes pointaient de leurs mâchoires. Ils devenaient dangereux, sanguinaires. Et ainsi, après quelques années, au lieu d'aller dans l'enclos par un froid matin de novembre, de choisir un cochon rose et mou sous sa croûte de boue et de planter une hache dans son crâne passif, il fallait maintenant traquer des sangliers hargneux qui n'hésitaient pas à se retourner et à éventrer leur poursuivant tandis qu'ils s'enfuyaient dans les hauteurs. C'était une chasse que l'on entreprenait à ses risques et périls, comme celle à l'ours ou au lynx.

Livrées à elles-mêmes en pleine nature, ces bêtes développaient une grande intelligence. Bear, qui affirmait que certaines avaient même appris à pêcher, jurait en avoir vu labourer de leur groin le fond d'une rivière pour débusquer les écrevisses. Au printemps, à l'époque des carpes rouges, il disait avoir observé des sangliers entrer dans l'eau jusqu'au poitrail, traîner des carpes sur la rive et les avaler tout entières, de la tête à la queue, alors qu'elles frétillaient encore.

Ils constituaient donc à ses yeux un gibier de choix. Les hommes les chassaient avec des chiens et chacune des trois espèces impliquées comptait des blessés ou des morts à toutes les battues. Dès l'automne venu, Bear ne s'en lassait pas. Il avait dressé plusieurs générations de chiens courants à cet effet et se souvenait encore du meilleur d'entre eux avec une émotion que les années n'avaient pas entamée, le genre d'amour qui fait perler deux larmes aux coins des yeux, où elles restent en suspens, sans tomber. C'était le seul auquel il avait pris la peine de donner un nom, et encore il ne s'était guère creusé la tête pour ce faire : il l'avait appelé Sir, un mot étranger qu'il avait appris pendant la guerre Creek, alors qu'il se battait sous le commandement de Jackson, et, même si les Blancs lui avaient paru tenir ce terme en haute estime, il ne s'était pour sa part jamais vraiment résolu à l'utiliser.

Sir, le chien, avait été un animal robuste au pelage d'un marron jaunâtre et aux yeux brillants, sans cesse sur le qui-vive. De tempérament posé et réfléchi, il avait toujours exercé une bonne influence sur le reste de la meute. Et il était infaillible quand il s'agissait de retrouver le chemin de la maison, alors que tant d'autres se laissaient distraire par telle ou telle piste et se perdaient à jamais, sans même avoir assez de jugeote pour suivre la trace de leur odeur en sens inverse.

Au cours d'une brutale rencontre pendant une longue expédition de chasse qui les avait conduits non loin du Grand Choga, Sir avait été blessé par un sanglier dont la tête avait la forme, la taille et la couleur d'une enclume de forgeron. Un coup de défense longue et acérée comme une lame de couteau lui avait ouvert le ventre, de la cage thoracique jusqu'à la région testiculaire. Au lieu de l'abattre pour lui épargner ses souffrances, Bear avait recueilli les entrailles bleues et roses dans ses mains, les avait repoussées à l'intérieur et avait recousu la déchirure ensanglantée avec l'épaisse aiguille rouillée et les fines lanières de peau de marmotte dont il se servait pour rafistoler ses mocassins. Après quoi, il l'avait allongé à l'abri d'un sapin, certain qu'il allait bientôt mourir, et s'était lancé à la poursuite de ses chiens sans nom et des sangliers meurtriers.

Trois jours plus tard, il était repassé sur cette même crête en traînant une luge de fortune, deux perches en bois sur lesquelles était posé le sanglier taillé en pièces. Sir était toujours là, toujours en vie, le regard torve, un grondement sourd faisant ondoyer ses babines noircies comme des rideaux dans le vent. Bear l'avait soulevé dans ses bras, posé sur le tas de viande et ramené à la maison. Non seulement Sir s'était rétabli suffisamment pour repartir en chasse mais il avait manifesté encore plus de passion dans sa traque des sangliers, comme si chacune de ces créatures abattues par le fusil de Bear représentait la vengeance que le chien leur réservait pour avoir été à jamais privé du privilège de déféquer sans effort.

Par les nuits sans lune, allongé sur ma litière en guettant les bruits qui venaient du dehors, j'essayais de faire correspondre à tous ces appels et ces signaux les noms d'animaux que Bear m'avait appris. Stridulations d'insectes, coassements de batraciens, un sconse ou une sarigue solitaire qui, dans son errance nocturne à travers les fourrés, faisait autant de tapage qu'une famille entière d'ours ou de panthères. Hiboux et chouettes dans les arbres. Martres, visons et autres créatures de l'ombre furetant dans un froissement de feuilles mortes. Un terme me tracassait particulièrement, celui de *yunwi-giski'*, qui selon Bear désignait un esprit cannibale. Un mangeur d'hommes. La tribu de Bear avait vécu ici depuis des temps immémoriaux et connaissait intimement et profondément cette contrée, donc pourquoi auraient-ils fait l'effort de concevoir ce mot s'il n'y avait pas eu en effet des cannibales dans leur immédiate vicinité ? Par exemple, ils avaient un terme pour « morsure de porc ». Non une locution mais un seul mot : *satawa*. Mon raisonnement était que si les cochons vous mordent si souvent que vous en arrivez à forger un mot à cet effet, c'est sans doute que vous ne manquez pas de vocabulaire pour décrire les réalités de l'existence. Ce qui me frappait, également, c'était que leur langue ne laissait guère de place aux abstractions mais s'avérait d'une extrême précision quand il s'agissait de décrire le monde physique qui les entourait. Puisqu'ils avaient ce mot de *yunwi-giski'*, c'était forcément que son équivalent bien réel écumait chaque nuit les environs en quête de chair humaine…

En de pareils moments, j'arrivais toujours à m'apaiser avec le souvenir de la fille aux bracelets d'argent, de son parfum, de l'instant où elle m'avait rejoint sous mon grand manteau de laine et avait frissonné contre moi. Deux pauvres enfants s'apportant un réconfort mutuel. Souvent, je m'étais levé pour aller enfoncer mon visage dans la doublure du manteau et à chaque fois l'odeur de lavande devenait plus ténue, comme si la fille qui avait été à son contact était en train de disparaître peu à peu de ce monde.

Parvenu au bout de ma réserve de livres invendables, j'ai pris l'habitude de glisser quelques titres supplémentaires dans mes commandes. Trente livres de bicarbonate de soude, six bouilloires en fonte, une douzaine de courte-pointes rouges, bleues et grises, de la poudre et des balles, cinq têtes de bêche, deux fers de charrue avec les courroies et les chaînes correspondantes, un tonnelet de cornichons aigres et un de doux, un exemplaire des *Souffrances du jeune Werther* dans la traduction de Malthus…

J'opérais avec prudence. Une grammaire et un dictionnaire de français dans une commande, *Manon Lescaut* dans la suivante. Si le désuet gentleman avait remarqué ces articles peu courants, il devait certainement se dire qu'un livre par-ci, par-là ne valait pas la peine de me chercher noise.

Le premier hiver a été épouvantable. Il y avait encore des feuilles sur les arbres quand la première neige est tombée. La majeure partie du mois précédant Noël, c'est un froid cinglant qui s'est imposé. Je me rappelle surtout les nuits les plus glaciales où, alors que tout être raisonnable aurait dû dormir, je mettais de l'eau à bouillir dans l'âtre avant de la verser sur un mélange d'avoine et de son que j'arrosais de mélasse, puis je portais ce seau d'un porridge que je n'aurais moi-même pas dédaigné à Waverley sous son auvent. Le sol fissuré de la cour luisait de paillettes de glace, le sous-bois était étouffé par un manteau de poudreuse, les étoiles semblaient figées dans l'air nocturne, la neige produisait des couinements de souris sous mes semelles. Ces nuits-là, je devais libérer son seau d'eau d'une loupe de glace argentée que je levais en l'air pour la regarder diffracter les rayons de lune, puis projetais sur un tronc d'arbre contre lequel elle se fracassait. Plongeant son museau dans la bouillie jusqu'aux naseaux, Waverley s'en repaissait avec de grands bruits de succion jusqu'à ce qu'il soit forcé de lever la tête pour reprendre souffle. Les cils maculés d'avoine, il avalait une profonde goulée d'air et se remettait à l'ouvrage, sans que ses yeux lents et bruns ne cessent de me couver d'un regard joyeusement reconnaissant. Alors, je passais une main sous sa couverture de laine et de toile cirée ; même par les nuits les plus glaciales, son épaule sous ma paume était comme une miche de pain tout juste sortie du four.

Comme il n'y avait encore guère de chrétiens parmi eux, en ce temps-là, et qu'aucun n'était particulièrement tenté par une célébration druidique du solstice d'hiver, Noël est passé largement inaperçu chez mes voisins. Même les quelques familles converties ne s'accordaient pas sur la date, certaines respectant le 25 décembre tandis que d'autres s'en tenaient au calendrier julien suivi par les protestants les plus traditionalistes. Pour cette raison, j'ai tenté un compromis en choisissant le premier jour de janvier pour offrir des cadeaux à tous ceux qui venaient au magasin, quelques pincées de thé épicé enveloppées dans du papier ou des morceaux de sucre d'orge à la menthe. Mon présent à Bear était une petite bouteille de bon whisky écossais qu'il a aussitôt bue au coin du feu. Au début, il a procédé à sa manière coutumière, en avalant d'un trait le fond de tasse que je lui avais versé, mais il a marqué une pause en me fixant d'un regard stupéfait, plongé son nez dans la tasse, reniflé longuement, puis laissé échapper un long soupir de satisfaction. Avant d'annoncer qu'il ne refuserait pas une nouvelle rasade.

Si je tenais mes livres de compte selon le nouveau calendrier, en nommant les jours de la semaine et en les numérotant dans le mois, ces notions commençaient à ne plus rien signifier pour moi. Seules les quatre saisons, et les treize lunes parcourant le ciel de la nuit, marquaient désormais le temps réel. Quand ils désignaient la lune, Bear et les siens employaient un mot masculin, ce qui m'avait d'abord paru absurde car n'importe qui trouve naturel que le soleil soit mâle et la lune femelle. Mais Bear disait : Le lune, il est comme les hommes, il se faufile dehors quand il fait sombre. Et c'est en effet ce que les anciennes coutumes du clan obligeaient même les hommes mariés à faire s'ils voulaient passer la nuit au côté d'une femme et non à la maison communale, au milieu d'une escouade de célibataires ronfleurs et péteurs. Les hommes avaient la charge de la guerre, des vastes forêts et des animaux mais les femmes avaient la haute main sur la vie de la tribu, du foyer et des cultures, et c'étaient elles qui décidaient de laisser entrer ou non les hommes dans leur domaine. Il y en avait ainsi qui ne mettaient jamais les pieds dans la maison de leur épouse à part la nuit ; ils se glissaient furtivement sous les couvertures et ils étaient repartis au lever du jour.

Il a continué à neiger plus que de raison. Un après-midi peu après le Nouvel An, Bear est apparu en haut de la pente sur son petit cheval de bât, ses longues jambes traînant dans la neige. Affirmant que le mauvais temps allait encore empirer, il m'a pressé de venir chez lui et malgré mes objections je l'ai suivi dans la vallée avec Waverley. Pour finir, j'ai passé le plus clair des deux mois suivants dans l'abri d'hiver à sa ferme. Je ne sais pas ce qu'il serait advenu de moi si j'étais resté seul là-haut tandis que les blizzards venus du nord se succédaient sans relâche, franchissaient les sommets et s'abattaient sur les flancs de montagne. Hurlements du vent, branches énormes se brisant sous le poids de la glace, neige jusqu'aux genoux des semaines durant...

L'abri hivernal de Bear était un petit cube en planches calfeutrées d'une épaisse couche de boue, elle-même protégée par des bardeaux. Bâtie exactement à l'aplomb des points cardinaux de la rosace, elle avait la taille d'une niche qui aurait pu abriter quelques gros chiens et le toit tellement bas qu'il était impossible à un humain de s'y tenir debout et qu'il fallait se tortiller sur le sol lorsqu'on voulait changer de caleçon. On y entrait à croupetons, ou en rampant, par une porte exiguë qui faisait face à un foyer creusé dans la terre à l'autre extrémité, avec une pierre posée contre le mur en guise de contrecœur. Plus exigeant que la plupart de ses semblables, Bear avait percé dans le toit un trou à peu près aussi gros qu'un kaki pour que la fumée puisse s'échapper plus rapidement. Les pans principaux du cube étaient bordés de couchettes en branches équarries et en roseaux sur lesquelles étaient entassés des plaids enfumés et des peaux de chevreuil, ou même d'un bison du temps jadis.

Quand on se glisse pour la première fois dans l'une de

ces «maisons d'hiver», on a le tournis. L'air est lourd de fumée, d'odeurs de viande grillée et d'effluves humains, les bonnes comme les mauvaises. On finit pourtant par s'y habituer. Pendant tout le mois de février, nous n'avons mis le nez dehors que pour satisfaire nos besoins naturels et claudiquer dans la neige fraîchement tombée afin d'aller abreuver les chevaux sous leur auvent. Waverley, dont le pelage était devenu hirsute sous sa couverture, avait des glaçons dans la crinière et les poils de sa queue étaient comme des colliers de perles translucides.

«Jour» et «nuit» étaient devenus des notions imprécises. Notre seule lumière était le feu. La fumée s'accumulait en un nuage épais au-dessus de nous avant de s'en aller peu à peu par la petite ouverture. Tels des chats domestiques, nous dormions pendant les trois quarts du temps, le reste étant consacré à cuisiner, manger et parler. Même s'il n'était pas aussi insouciant que la cigale d'Ésope, Bear n'était pas trop convaincu du bien-fondé d'amasser des provisions avant que la bise ne soit venue, préférant généralement s'en remettre à la bienveillance du Créateur pour survivre à la mauvaise saison. Mais nous avions quelques denrées essentielles, des pommes de terre que nous rôtissions dans les braises, de la semoule de maïs que nous relevions de bouts de viande d'ours séchée une fois bouillie, des citrouilles et des patates douces que nous hachions pour confectionner des crêpes que nous arrosions de miel liquéfié devant le feu après les avoir frites dans du beurre de noix. Nous buvions des infusions d'herbes séchées en croquant des grains de maïs rôtis sous nos dents. Certaines nuits, nous avions des rêves étonnamment ressemblants. Par exemple, j'ai rêvé une fois d'un cirque ambulant et le lendemain, au petit déjeuner, Bear a décrit l'animal fantasmagorique qui lui était apparu en songe, avec un serpent en guise de nez et de grandes ailes de papillon pour oreilles.

Bear m'a assuré qu'il avait connu dans son enfance des anciens, hommes et femmes, capables d'atteindre un état d'hibernation presque aussi profond que celui des ours ou des marmottes, un niveau d'activité de la conscience proche de la mort. Pendant près de trois mois, ces sages ne sortaient de leur sommeil ni pour manger ou boire, ni pour rêver, ni même pour pisser. Mais cet art si particulier s'était perdu, déplorait-il, tout comme celui de tailler les silex en lames si fines que l'on pouvait s'en servir pour se raser les poils des bras.

Bien que ne pouvant rivaliser avec ces maîtres de l'engourdissement hivernal, nos incursions dans le monde du dehors étaient tellement rares, et brèves, qu'il nous était difficile de suivre les changements de lune. Et puisque nous n'arrivions pas à faire hiberner notre conscience il nous restait beaucoup de temps à occuper entre deux sommes, alors nous échangions des histoires. U'tlanta, la vieille femme qui mange le foie des enfants. « Comment l'opossum a perdu sa queue ». « Jack et la peau de génisse ». Perceval. Uktena. Et Don Quichotte, que Bear en était venu à réclamer souvent. Lorsque la fonte des neiges a enfin débuté, nous avions épuisé le stock des contes et commencé à en inventer d'autres de notre cru. « Le vieil homme aux treize jeunes épouses ». « La fille aux bracelets d'argent ».

Quand il fallait laisser notre imagination se ressourcer, nous restions pendant des heures à regarder et à écouter le feu. Entre deux longs silences, Bear reprenait soudain la parole et formulait une question qui était aussi une affirmation. Par exemple : « Si tu savais que demain après-midi le soleil allait s'enflammer et consumer tout l'univers, est-ce que tu passerais le temps qui reste à t'émerveiller de la beauté de la Création ou est-ce que tu t'enfermerais dans une pièce obscure pour maudire Dieu dans ton dernier souffle ? » Ou bien : « Si tu es frappé demain d'une maladie que tu sais assurément mortelle, combien d'idées et de sensations te traverseront ? Est-ce que le soulagement pourrait être la plus importante de toutes ? »

Alors que j'ouvrais la bouche pour proposer une réponse à cette dernière interrogation, Bear a levé une main devant lui et déclaré : « Se hâter de répondre est toujours une erreur. » Un temps d'arrêt, puis : « La maladie est la revanche que la nature prend sur notre instinct de destruction. »

Je me rappelle une autre de ses remarques. « Un aspect intéressant de la création : le chevreuil a juste assez de cervelle pour que l'on puisse tanner sa peau. Rien de plus, rien de moins. » Ce n'était certes pas un grand secret, car presque tout le monde savait en effet que, lors du tannage à la cervelle, celle de l'un de ces animaux suffit exactement à imprégner la peau écorchée. Mais c'est la manière dont il l'avait dit qui m'avait impressionné ; on comprenait qu'il avait médité ce sujet et qu'il avait discerné dans cette relation plus qu'une coïncidence fort pratique.

Avec la neige empilée presque jusqu'aux chevrons du toit et le silence de mort dans lequel le monde était plongé, seulement troublé par le crépitement hypnotisant du feu, on avait tout le temps de réfléchir, dans l'abri d'hiver. J'en suis venu à penser que nombre des anecdotes et des notations de Bear allaient dans une direction précise : elles dissuadaient de n'éprouver que de la crainte face à la nature. Non parce qu'elle serait toujours bienveillante, car elle ne l'est pas ; elle finira par tous nous dévorer, c'est une certitude. Nous sommes conçus pour être détruits. Nous sommes le petit bois jeté dans le feu et nos vies se résument à un fétu sur le torrent du temps. Le présupposé de Bear, si j'avais bien compris, était que refuser d'être apeuré par ces conditions essentielles de l'existence constituait un acte de défi louable.

Lorsque j'ai essayé de présenter ce que j'avais retiré de ses histoires comme une théorie générale de l'audace, cependant, Bear n'a été nullement tenté de s'engager dans des considérations abstraites sur les vérités existentielles. Au contraire, sa réaction a été de me raconter un autre conte, celui des «Origines de la fraise». Un homme et une femme tombent amoureux l'un de l'autre, ce qui est toujours un bon début dans un récit. Puis, bien entendu, ils commencent à se disputer âprement, et la femme s'enfuit. L'homme lui court après, donnant prétexte à ces descriptions d'errances et de chasse qui sont elles aussi un élément indispensable à toute narration captivante. Plein de choses leur arrivent en route, donc, mais l'essentiel est qu'il ne parvient pas à rattraper l'avance qu'elle a prise dans sa fuite. Prenant pitié de cet homme aux abois et désespéré, le Soleil crée alors de petites plantes aux feuilles découpées en forme de cœur, couvertes de baies qui ressemblent également à de minuscules cœurs couleur vermeille, et les place sur la trajectoire de la femme. Elle cueille quelques fruits, les mange ; leur douceur, et les traces laissées par leur jus sur ses doigts et ses lèvres, évoquent en elle l'amour et le désir. Elle ramasse autant de fraises qu'elle peut, les baies saignant dans ses paumes réunies en coupe, fait demi-tour et entreprend de remonter le chemin de sa colère. Elle se retrouve face à l'homme, lui tend les fruits rouges. Il en goûte un et ils retournent ensemble chez eux.

Et puis, parce qu'une histoire en appelle toujours une autre, Bear s'est mis à parler de sa première femme, Wild Hemp (Chanvre sauvage). Elle était morte seulement une année après leur mariage, quand ils n'avaient tous deux que dix-sept ans, et sa perte restait une souffrance aiguë même si elle remontait à la sombre période de l'après-Révolution, quand la milice de John Sevier, ayant franchi les montagnes après avoir abandonné l'éphémère État de Franklin, avait brûlé les villages et les champs de maïs, obligeant les habitants à quitter les vallées et à se réfugier sur les contreforts ombreux. C'était l'un des hommes de

Sevier qui avait abattu Wild Hemp alors qu'elle s'enfuyait. Bear n'avait jamais entièrement retrouvé la paix dans son cœur ; trois décennies plus tard, une étincelle de guerre s'y allumait toujours.

– Le deuil vous hante, a-t-il dit.

La première année après sa mort, il avait été tourmenté par son fantôme. Comme les esprits des êtres aimés le font souvent, celui-ci se manifestait sous la forme d'un désespoir violent qui ressemblait moins à une mélancolie poétique qu'aux contrecoups d'une bastonnade sans merci dont il semblait impossible d'échapper vivant.

Les morts récents sont connus pour leur manque total de commisération envers les vivants. Wild Hemp, qui désirait ardemment que Bear la rejoigne, avait tout entrepris pour hâter son départ. À un certain stade, il s'était senti prêt à franchir le pas, à renoncer et à la suivre au Pays de la Nuit. Mais il s'était accroché, faisant tout ce qui était en son pouvoir pour résister à son attraction. Il avait payé largement nombre de guérisseurs et de chamans, dont le meilleur de tous, une vieille appelée Granny Squirrel (Grand-Mère Écureuil) qui vivait à une journée de route à l'ouest. Néanmoins, le remède le plus efficace avait été de descendre à la rivière et de s'y plonger chaque matin au lever du soleil, et ce pendant toute une année. Il y allait, même quand de gros flocons de neige tombaient autour de lui et se faisaient happer par l'eau noire sans que la moindre ride apparaisse sur la surface. Au printemps, quand l'aube soulevait des fumerolles de brume au-dessus d'elle, la rivière se couvrait d'une fine pellicule de pollen jaune parsemée de fleurs de tulipier d'un rose délicat et de chatons de chêne se tortillant comme des vers, à travers laquelle le dos des truites arrêtées en suspension contre le courant pour guetter leur repas émergeait rond et vert comme les pierres moussues de la rive. Et à la fin de l'été, le ciel du petit matin s'assombrissait d'un orage soudain, des rafales d'un vent hurlant faisaient tomber les rideaux de pluie à l'oblique, les érables présentaient à la bourrasque l'intérieur plus pâle de leurs feuilles, la foudre illuminait la forêt de brefs éclairs d'une lumière si vive que Bear avait l'impression de voir le tronc des arbres en transparence, toutes les veines et les fibres surgies de la terre pour monter vers le soleil. Et il était revenu chaque jour d'automne, à la saison où les bigarrures des feuilles mortes couvraient la rivière presque d'un bord à l'autre et où il regardait celles encore accrochées aux branches se faire peu à peu emporter tandis que les extrémités de ses mains et de ses pieds viraient au bleu dans l'eau glaciale. Et il y allait parfois le soir aussi, pour faire bonne mesure, lorsque la journée n'était plus qu'un mince filet jaune au-dessus de la montagne de Sunkota et que les étoiles s'allumaient l'une après l'autre dans la travée de ciel indigo que le cours d'eau ouvrait entre les frondaisons.

Toute cette année-là, alors que les lunes ascendantes et décroissantes étaient son seul moyen de suivre la marche du temps, il avait pleuré tour à tour la mort de chacune des quatre âmes de Wild Hemp. Et lorsque la dernière d'entre elles, celle qui avait habité ses os, s'était éteinte au bout de cette année, alors Wild Hemp avait renoncé à son désir de le voir la rejoindre. Ayant senti son emprise sur lui se relâcher, il avait pris le parti d'abandonner ses lamentations les plus déchirantes et de recommencer à vivre, pour l'instant, tout en sachant qu'une part de lui manquait désormais et qu'il ne la récupérerait jamais.

À la fin de l'hiver, au printemps et à l'été, j'avais pris l'habitude d'aller marcher par les nuits de nouvelle lune afin d'essayer de mettre en pratique le défi à la peur que semblait préconiser Bear. Je m'enfonçais dans les bois, les yeux bâillonnés par l'obscurité, offrant mon corps à tous les dangers que ces lieux pouvaient me réserver. La tentative de survivre à ces heures de ténèbres n'était pas conçue comme un suicide évité ou bâclé mais comme la preuve que j'étais capable de m'arranger de la malignité ou de l'indifférence de l'univers, de refuser de craindre le monde dans lequel j'évoluais. Un moyen de l'intégrer à ma mémoire physique. Les dernières semaines d'hiver, j'avais pu encore apercevoir les étoiles à travers la toile des branches dénudées, mais l'été venu le feuillage des arbres formait au-dessus de moi une couche aussi épaisse et pesante qu'un couvercle de marmite. Au début, j'avançais les bras tendus en avant et les paumes ouvertes, la démarche qu'il est convenu d'attribuer aux somnambules lancés dans leur inconscient pèlerinage. Mes doigts touchaient des feuilles, des rameaux, l'écorce de troncs, le plat de rochers ; une fois, ils ont atteint une gélinotte qui s'est ébrouée sur le buisson où elle se tenait avant de fuser dans les airs en me laissant le souffle coupé, le cœur battant dans ma poitrine comme une cloche de vache, avec le souvenir du frôlement subtil de ses ailes sur mes mains.

Le moment est venu où j'ai marché normalement, les bras aux côtés. En me penchant lorsque je sentais qu'une branche allait revenir me cingler la nuque, en levant les pieds par-dessus de grosses racines ou des pierres, en contournant le vaste tronc d'un tsuga contre lequel j'avais manqué de me cogner, en m'écartant d'un frémissement sur le sol qui pourrait être un serpent, et en me persuadant que ces grognements et ces piétinements et ces feulements signifiaient tout sauf la présence d'un loup, d'un ours ou d'une panthère. Sans doute étaient-ils produits par les esprits des bisons et des élans exilés, revenus de là où ils étaient partis après avoir été tous massacrés. J'avançais de mille pas sur une ligne aussi droite que possible, puis je pivotais sur mes talons, j'en comptais encore mille et je regardais si j'étais de retour au comptoir. Je réussissais rarement. En maintes occasions, je m'asseyais dans le sous-bois, perdu, et j'attendais que l'aurore m'éclaire le chemin du retour, mais j'avais la sensation que Bear serait fier de moi en apprenant que j'avais tenu tête à l'univers et que je lui avais imposé un match nul.

La plupart des Cherokees qui venaient au magasin auraient trouvé indigne de marchander sur les denrées ou sur la valeur fixée aux peaux et au ginseng qui servaient de monnaie d'échange. J'annonçais le prix et ils l'acceptaient, ou bien ils hochaient la tête d'une façon énigmatique et s'en allaient. Mes rares clients blancs, en général de vieux Écossais fiers et réservés, se comportaient pareillement ou presque. Les gens du Nord de passage dans la région, en revanche, étaient à chaque fois reconnaissables à ce qu'ils n'auraient pas été satisfaits s'ils ne vous contraignaient pas à d'interminables barguignages avant de repartir avec la conviction qu'ils vous avaient roulé. Si vous aviez commencé en leur proposant l'article qui les intéressait gratis, ils auraient très certainement essayé de vous convaincre d'en ajouter un autre pour faire bon poids. Ils sont ainsi faits, ils n'en démordront pas, mais ce constat ne rend guère le moment moins pénible lorsqu'ils viennent vous crier sous le nez comme si vous étiez sourd, avec leur accent aussi peu agréable que compréhensible.

Voici un exemple parlant. Un jour, vers midi, alors que Bear assis près du poêle sirotait son troisième whisky, un Yankee court sur pattes et corpulent, joues rubicondes, cheveux jaunes bouclant sur ses oreilles rouges, a fait son entrée au comptoir avec un air de propriétaire. Se déplaçant en chariot de louage conduit par un postillon, il vivait l'aventure de sa vie dans nos contrées sauvages. Son costume gris était moucheté de la boue rouge que projetaient les grandes roues de son équipage. Presque de but en blanc, il a entrepris de contester le prix des cigares cubains et du rhum jamaïcain, proclamant qu'ils étaient de loin meilleur marché à New York. Son idée était de payer ce qu'ils lui auraient coûté là-bas. J'ai objecté une évidence, à savoir que nous n'étions pas à New York. Qu'il s'en fallait de beaucoup, même. Comme il s'entêtait à invoquer sa lointaine et dérisoire référence, je lui ai dit qu'au lieu d'effectuer un achat aussi désavantageux il serait sans doute préférable, pour lui comme pour moi, qu'il instruise son conducteur de tourner bride et de le ramener dare-dare à sa patrie septentrionale. Ou du moins loin d'ici.

Dans mon dos, j'ai entendu Bear toussoter en refoulant un rire. Mais ne voilà-t-il pas que le satané Yankee, au lieu de se sentir justement insulté, m'offre d'acheter cigares et rhum au tarif que je lui avais indiqué ? Et comme je refusais de les lui vendre à n'importe quel prix, le bonhomme de s'exclamer : « Tu ne réussiras jamais en affaires, mon gars ! Plus tôt je quitterai cette terre de rustres et je me retrouverai au nord de la ligne Mason-Dixon, mieux je me porterai ! »

« Bon vent et bonne route », ai-je répondu.

Il est parti en claquant la porte et sans avoir dépensé un penny.

Après avoir avalé le fond de son verre, Bear n'a prononcé qu'un seul mot : *Ayastigi*. Guerrier.

« Je croyais que tu ne parlais pas l'anglais », me suis-je étonné.

« Parler et comprendre sont deux choses bien distinctes », a-t-il répliqué.

Les baptistes ont émis une proposition : traduire la Bible, ou au moins quelques-uns de ses passages les plus frappants, en syllabaire cherokee et en distribuer des exemplaires dans la région. Avant de donner sa réponse, Bear a voulu que je lui lise des extraits, que j'ai condensés plutôt que traduits. Il a beaucoup aimé l'histoire de Job et en particulier la satisfaction de Dieu devant ses prouesses de Créateur. Tous les animaux, la diversité des paysages et des climats, étaient en effet une œuvre digne d'admiration, et Bear pouvait trouver un certain sens à la Création dans la manière dont Dieu se vantait d'avoir si bien réussi les naseaux des chevaux. Il a affirmé que chaque être détient au moins un élément de cette particulière beauté, et que sa première femme en avait reçu plusieurs. Pour ce qui était du livre de Job lui-même, il a estimé qu'assurément le pouvoir qui gouverne ce monde, quel qu'il soit, est certes capable de s'acharner sur un individu sans autre raison qu'un caprice ou un accès de malveillance, mais il pensait qu'un guérisseur aussi doué que Granny Squirrel saurait trouver un remède susceptible d'atténuer les coups, à tout le moins. Le récit de l'expulsion du jardin d'Éden a retenu toute son attention, également, même si sa question la plus insistante a été quelle taille pouvait avoir eu ce serpent, selon moi. Au final, il a jugé que la Bible était un ouvrage pertinent tout en se demandant pourquoi les Blancs n'étaient pas meilleurs qu'ils l'étaient, eux qui l'avaient à leur disposition depuis si longtemps. Dès qu'ils mettraient réellement en pratique ce christianisme, a-t-il promis, il le recommanderait aux siens. C'est cette conclusion que j'ai rapportée aux baptistes ; ils ont choisi de la considérer comme un oui.

Je tenais le comptoir depuis un an ou deux le jour où Bear est entré après avoir laissé son cheval de bât cagneux paître sur le terrain. Il portait une tenue de chasseur évocatrice de l'ancien temps avec sa tunique qui lui arrivait aux genoux, ses jambières en daim et ses mocassins dont il gardait les rabats levés contrairement à l'usage plus récent. Harnaché de son cornet à poudre, de sa gibecière et de son sac de balles, un long fusil posé négligemment sur l'avant-bras, il avait attaché ses cheveux sur la nuque avec une lanière de cuir. Je lui ai dit qu'il ne lui manquait plus que la peau blanche et un chapeau à larges bords pour ressembler à Daniel Boone. Comme c'était parfois le cas, cette piètre plaisanterie a suffi à l'engager sur un terrain de discussion des plus sérieux.

Les trappeurs de l'époque de Boone étaient maintenant des vieillards, s'ils étaient encore en vie, a-t-il d'abord constaté. Tout ce qu'ils étaient encore en mesure de faire, c'était raconter des histoires au coin du feu dont le thème était toujours le Kentucky d'antan, la nature la plus sauvage et le sang coulant à flots. Quand le bison et l'élan abondaient, et les chevreuils étaient si nombreux dans les bois qu'une seule balle de tromblon pouvait en abattre deux d'un coup lorsqu'ils se déplaçaient en groupes. Ces récits présentaient de notables ressemblances ; il y était souvent question d'un chasseur solitaire affrontant et tuant un ours blessé dans un corps à corps qui faisait plus penser à une rixe de bar entre deux ivrognes. Lorsque le conteur avait eu un couteau avec lui, on pouvait s'attendre à ce qu'il le plonge jusqu'à la garde dans la poitrine de la bête au moment où elle s'apprêtait à l'ouvrir en deux de ses redoutables griffes, comme un vulgaire poulet bouilli, et alors elle expirait tout en le retenant encore dans son étreinte passionnée. Si c'était un pistolet dont il avait été armé, il l'enfonçait à chaque fois dans la gueule rugissante du monstre, le barillet passé entre ses dents jaunâtres, la pointe du canon contre son palais mou, là où le Blanc a coutume de se tirer une balle quand il se suicide, et il pressait la détente. Afin de prouver la véracité de ses dires, le vieux narrateur montrait volontiers des marques protubérantes sur le dos de sa main droite, qu'il avait retirée *in extremis* des mâchoires en train de se refermer. Mais tout cela appartenait à un univers disparu de vrais hommes, d'animaux insoumis, de liberté et de mort, à une ère que l'on ne reverrait plus jamais.

Pour ma part, je me suis dit que ces nostalgiques valétudinaires dépeignaient sous un jour romantique ce qui n'avait été rien d'autre qu'une forme de commerce. Peaux de bêtes, fourrures, plumes étaient parties sur des marchés aussi lointains que New York, Londres ou Paris, et désormais les forêts étaient aussi vides qu'une église un lundi matin.

Après m'avoir entendu exprimer tant bien que mal ces réflexions dans sa langue, Bear m'a fixé longuement d'un regard incisif. Il réfléchissait intensément. Je me suis demandé si je n'avais pas commis trop d'erreurs grammaticales, si j'avais été capable de trouver un équivalent linguistique au concept de «romantique», s'il avait jamais entendu parler de Londres ou de Paris. Mais il n'a fait aucun commentaire. Il s'est contenté de hocher la tête à deux ou trois reprises, de vider ses verres de whisky et de poursuivre sa route vers les hauteurs.

Environ une semaine plus tard, cependant, il est revenu de chasse avec un lamentable petit tas de peaux verdâtres à l'arrière de sa selle, s'est assis sur la galerie et, sans le moindre préambule, a remarqué que ne pas avoir sa place dans le monde était certainement une très mauvaise chose. Si vous n'êtes de nulle part, vous avez trop de choix devant vous et vous ne pouvez donc prendre aucune direction déterminée. Entre trop d'options et pas assez, la séparation est ténue. Bref, son opinion était que ma liberté était excessive.

– Trop de liberté? me suis-je récrié. Je suis lié à cet endroit pour sept longues années, par contrat! Juste un peu moins de liberté et ils me jetteraient aussi bien en prison en me verrouillant à double tour! Et c'est ce qu'ils feront sans doute si jamais je m'esquive d'ici…

Bear s'est expliqué. Ce qu'il avait voulu dire, c'est que vivre quelque part signifie tisser un type de liens avec cet endroit que je n'avais pas établis. Y être attaché par des relations spécifiques avec la terre, les animaux, les hommes. En comprendre la portée, même s'agissant des noms de lieux. Cette intimité est à la fois rassurante et dérangeante. Par bien des aspects, il est plus facile d'être un exilé que d'assumer ces responsabilités. Mais plus triste, aussi. Je n'avais pas d'attache et par conséquent j'étais perdu dans le monde.

Pas du tout, ai-je rétorqué. Je savais pertinemment où je me trouvais, bon sang : j'étais devenu orphelin, puis j'avais été banni par ma propre famille. Et d'ailleurs ils pouvaient crever, s'ils avaient voulu m'envoyer au diable vauvert et se faire de l'argent sur mon dos ! Je savais où j'étais, je m'y plaisais suffisamment et j'étais capable de me débrouiller sans eux.

« Sois en colère contre tes proches tant que tu veux, a dit Bear, et quand tu seras fatigué de ta colère réfléchis à ceci : je propose de te servir de père. »

Ensuite, il est allé dans le magasin, a estimé par lui-même la valeur de ses peaux et en a déduit le prix de cinq rasades de whisky, qu'il a bues sans prononcer un mot de plus, ne s'entretenant plus qu'avec le feu de bois pendant une heure. Puis il est parti.

À vrai dire, ma première idée a été que Bear ferait un père tout à fait exécrable, avec ses fréquentes soûleries et tout le reste, sans parler de sa tendance à disparaître dans les montagnes des semaines durant. Mais on ne s'était pas exactement bousculé pour me manifester quelque intérêt, qu'il soit paternel ou maternel. Et je savais que non seulement l'adoption n'était pas une peccadille pour lui mais aussi qu'elle ne se limitait pas à me prendre pour fils, qu'elle avait une portée et une signification bien plus larges. Sur ce plan, les Cherokees étaient comme tous les autres : ils se jugeaient le seul peuple réellement conscient. Or, la seule et unique manière d'être l'un d'eux était d'appartenir à un clan. La couleur de peau ou la quantité de sang mêlé n'entraient pas en considération, en ce temps-là : l'appartenance au clan était le début et la fin de tout. Si vous étiez né dans un clan, ou si l'un d'eux vous adoptait, alors vous étiez cherokee.

Autrement, vous étiez en dehors. Et donc l'offre de Bear n'était pas seulement un accord entre lui et moi ; elle engageait tout son peuple et devenait ainsi une question d'identité. Pour eux, et pour moi, et pour lui.

Malgré toute la gravité de sa proposition, pourtant, il n'y avait mis aucune cérémonie. Mais à quoi aurais-je dû m'attendre ? Passer un couteau sur nos paumes respectives et échanger une poignée de main sanguinolente qui aurait fait de chacun de nous une partie indissociable de l'autre ? Père et fils…

Lorsqu'il est repassé au comptoir une semaine plus tard pour échanger quelques peaux de martre tendues sur des arceaux contre un fer de hache, il n'a pas fait allusion à son offre. L'affaire conclue, il a bu plusieurs verres en parlant de sa dernière sortie de chasse, dont le seul élément notable avait été constitué par un couguar qui l'avait suivi pendant trois jours de marche ; chaque nuit, il avait dû se lever toutes les heures pour alimenter le feu et tenir ainsi l'animal à distance dans les ténèbres car il avait eu du mal à dormir avec ces deux yeux jaunes sans cesse fixés sur lui. C'est moi qui ai dû l'interrompre pour lui dire que je serais honoré de l'avoir pour père.

Bear a hoché la tête et s'est borné à répondre : « Nous avons une danse au village, ce soir. Tu viens aussi. »

5

Je n'avais jamais assisté à l'une de leurs danses, n'y ayant jamais été convié, mais par les nuits sans vent j'avais souvent entendu le son étouffé des tambours monter jusqu'au comptoir, pour ne s'arrêter que peu avant le lever du jour. Des nuits de grande solitude où la compagnie du *Quijote* de Smollett était particulièrement bienvenue, les aventures de ses héros détournant mon esprit des douloureuses pensées d'amour et de deuil que m'inspiraient ma pauvre petite mère et la fille aux bracelets d'argent, mais également de la haine tout aussi cuisante que je nourrissais envers mon oncle et ma tante.

Comme ma première danse devait avoir lieu à la maison commune, tout le monde a compris que Bear était à l'initiative de la fête. Quelques femmes avaient apporté de la viande de canard fumée, du chevreuil rôti et de petits rouleaux de pâte de haricots cuite dans des feuilles de maïs qui avaient laissé leur empreinte sur ces friandises spongieuses. Renversant leurs tambours de toutes tailles, les percussionnistes ont versé de l'eau à l'intérieur afin de tendre la peau sur les rebords. Au centre de la pièce, le feu s'élevait haut et clair, projetant des myriades d'étincelles par le trou d'évacuation de la fumée comme autant de lucioles dans le ciel noir, dessinant de sa lumière ambrée l'ombre des danseurs sur les murs.

Je m'étais à moitié attendu à ce que Bear annonce notre accord à l'assemblée mais, s'il n'en a rien fait, tous les présents semblaient déjà être au courant et avoir modifié en conséquence l'opinion qu'ils avaient de moi.

Ici, je me permets une courte digression à propos de la maison communale proprement dite. J'ai voyagé à travers l'Europe, j'ai vu Chartres, le Mont-Saint-Michel, Notre-Dame et d'autres constructions similaires, c'est-à-dire des exemples d'une architecture qui vise à délimiter un espace sur terre, à l'élancer dans les airs et à proclamer la sainteté du volume ainsi créé. Toutes ces structures remplissent parfaitement leur objectif d'inspirer respect et admiration, du moins envers l'habileté humaine poussée jusqu'à ses limites, ce qui n'est encore pas grand-chose, et il pourrait donc paraître ridicule d'ajouter à cette liste une bâtisse de montagne en bois et torchis, au toit bas en écorce grise et au sol en simple terre battue. Et pourtant c'était indéniablement un lieu chargé de spiritualité.

Dans l'ancien temps, elle aurait certes été édifiée sur une butte herbeuse en forme de tétraèdre tronqué, ce qui lui aurait conféré une majesté un peu plus évidente, d'autant que le toit pointu aurait alors complété heureusement ces lignes géométriques. Mais les gens avaient depuis longtemps perdu la capacité – ou l'envie – d'édifier de nouvelles pyramides et ces vestiges du passé avaient rapidement perdu leurs angles définis, réduits par le vent et la pluie à des monticules informes.

Malgré tout, et bien que construite en terrain plat, la maison communale de Bear était une curiosité architecturale. Après l'entrée tellement surbaissée que l'on devait se courber en une sorte de révérence forcée, une marque de respect imposée par la configuration des lieux, on empruntait un couloir sans fenêtre, bref boyau qui débouchait dans une salle dont il était impossible d'évaluer les dimensions car elle était plongée dans une pénombre constante, seulement percée par les flammes du feu et le cylindre de lumière du jour qui tombait de l'orifice de la cheminée, telle une échelle de Jacob qui se déplaçait autour de la pièce au fur et à mesure que le soleil accomplissait sa course. L'encens de hickory, de chêne, de marronnier, de cèdre, de tsuga, de tulipier rendait l'air lourd et dense. Une fois que les yeux s'accoutumaient, ils découvraient un vaste espace voûté qui attirait les pensées vers le haut. La nuit, bien sûr, il n'y avait que la lueur dansante du feu, qui oscillait en caressant les murs de boue séchée et le faisceau conique que formaient les poutres. Oui, cet endroit exerçait un pouvoir incontestable ; le sol en terre brute, le cercle enflammé, le carré des murs orientés aux quatre points cardinaux du monde, le mouvement de la lumière et des ombres, le toit en écorce montant en cône jusqu'au petit judas donnant sur le ciel infini… Sur moi, en tout cas, il produisait le même effet que produiraient plus tard les escaliers de la chapelle Médicis ou le dôme du Panthéon : une réaction de l'âme aussi involontaire et incontrôlable que le réflexe produit par le maillet du médecin sur l'articulation en dessous du genou. Ou bien prêtons-nous d'habitude si peu d'attention à ce qui nous entoure qu'il suffise qu'une géométrie simple mais inattendue nous attrape par l'épaule et secoue notre conscience pour que nous appelions « révélation » ce soudain retour aux réalités ?

Cette soirée a commencé par des danses sociales, autour d'un feu vif et haut. Encerclant le brasier en balançant leur derrière osseux au rythme des tambours et des calebasses ou des carapaces de tortue transformées en hochets, des anciens se sont mis à exécuter la danse dite du gésier. Pendant les pauses, on s'asseyait sur les bancs qui suivaient le tour de la salle pour manger. Plus tard, certaines des femmes se sont lancées dans la danse de la collecte du bois et, vers la fin, quelques hommes se sont levés et sont sortis.

Le feu n'ayant pas été alimenté, la salle est devenue

encore plus sombre. Suivant la coutume, les participants faisaient comme s'ils ignoraient ce qui allait se passer. Des femmes ont commencé à secouer leurs crécelles tandis que les tambours se lançaient dans un roulement rapide et syncopé. Soudain, une troupe de Boogers (croquemitaines) a fait irruption. Monstres et fantômes. Ils étaient déguisés, grimés et masqués, formant une caricature d'éléments allochtones dont la couleur de peau allait du blanc au noir en passant par le brun. La « Booger Dance » servait à exprimer la peur et les défaites que le peuple avait subies depuis l'arrivée de ces redoutables nouveaux venus. Si ces croquemitaines incarnaient la terreur et étaient porteurs de ravages, la danse les ridiculisait, les entraînant dans une ronde désordonnée autour du feu pendant laquelle ils criaient dans un charabia destiné à imiter plusieurs langues européennes différentes, ou marmonnaient une confusion de voyelles comme s'ils étaient en transe.

En dépit de ma récente adoption, j'avais parfaitement conscience d'appartenir par la naissance à la tribu des Boogers. L'un d'eux représentait un Anglais dont le visage était un masque en bois de pavier peint d'un gris crayeux et affublé d'un nez écarlate, de joues rouges, d'une moustache et de sourcils en soies de porc orangées, le tout surmonté d'une houppe en peau d'écureuil ; les fentes ménagées pour les yeux étaient inclinées de façon à exprimer une stupéfaction permanente, tandis que celle de la bouche était encombrée de grosses dents de guingois. Un Allemand à tête de calebasse éructait des mots dénués de sens comme s'il cherchait vainement à cracher quelque chose qui lui obstruait les poumons. Le masque d'un vieux nègre, passé au charbon de bois, avait des grappes de chardons en guise de chevelure et de barbe. L'Espagnol du lot était coiffé d'un casque en métal rouillé à courte visière, surmonté d'une crinière qui faisait penser à une crête de coq, un objet dont Bear

131

était particulièrement fier et qu'il exposait généralement en haut d'un piquet, dans un coin de la salle. D'après lui, il avait appartenu à l'homme qui avait donné son nom à un trou d'eau profond situé à quelques lieues en amont du torrent, que sa tribu appelait «Là où nous avons noyé l'Espagnol».

Le peuple de Bear avait eu affaire à d'autres *conquistadores* depuis un temps plutôt lointain, à commencer par de Soto, Pardo et d'autres criminels de cet acabit. En souvenir supplémentaire de l'*entrada* espagnole, Bear conservait également une petite poupée dont la ressemblance avec la forme humaine était aussi ténue que celle d'une racine de ginseng fourchue – dont elle avait d'ailleurs la même couleur d'un brun sale – et qui avait été fabriquée selon lui avec des lambeaux des sous-vêtements en laine de l'Espagnol noyé. La laine les avait grandement intrigués, en ce temps où ils ne concevaient pas les moutons même en imagination, et à vrai dire leur tissu traditionnel en écorce de mûrier et chanvre était bien plus léger, avec cet avantage de pouvoir le peindre de motifs. La première fois que Bear m'avait montré ces vestiges de l'Espagnol qui avait fini dans le torrent, j'avais opéré un rapide calcul et remarqué à haute voix que sa mort devait remonter à plus de deux siècles. Bear avait répondu que si des calendriers exacts n'étaient pas encore tenus, en ces temps lointains, il était en effet possible de dire que l'Espagnol était mort là-haut à un moment assez reculé dans le passé mais que Grand-Mère Écureuil, la fameuse Granny Squirrel, affirmait avoir assisté à son exécution et s'en souvenir comme si c'était hier, à telle enseigne qu'elle se rappelait où il était enterré et à qui appartenaient les mains qui l'avaient maintenu sous l'eau jusqu'à ce qu'il cesse d'émettre des bulles. Mais elle ne révélerait jamais le nom du tueur, ajoutait-elle, car elle craignait que les Blancs puissent encore trouver un moyen de venger cette très ancienne mort, laquelle avait été pourtant amplement justifiée par les atrocités que l'Espagnol avait commises.

Les croquemitaines tournoyaient et braillaient. Une mince silhouette drapée dans une pièce de drap blanc, ainsi que l'on représente un fantôme, était apparue dans leur sillage. Sa tête était couverte d'un grand piège à guêpes qui avait été évidé, désormais limité à quelques couches de papier gris pâle de l'enveloppe. L'auteur de ce masque avait planté deux branches fourchues sur le front en guise d'andouillers, taillé deux orbites noires en dessous et conservé en guise de bouche le petit trou dans le bas en forme d'entonnoir, là où les insectes étaient jadis entrés. Ainsi, le masque avait la forme d'un visage mais n'en était pas un, se contentant d'évoquer de manière fragmentaire une face humaine et animale à la fois. Le papier du piège, plissé de rides, était sec et flétri comme la peau d'une momie. C'était un faciès pour tout dire étrange, insondable, vague et terrifiant, qui vous brouillait la vue comme si vous le regardiez à travers de l'eau.

Les joueurs de tambour ont accéléré le rythme, jusqu'à ce que le son perde ses angles éphémères. Les Boogers couraient de-ci, de-là dans la salle, aboyaient dans leur jargon, agitaient les bras, se ruaient sur les spectateurs comme s'ils allaient les percuter mais les évitaient toujours à la dernière seconde, repartant dans des tangentes inattendues, tantôt en chancelant, tantôt en sautillant prestement. Le bruit des percussions s'est fait implacable. Le fantôme-piège-à-guêpes virevoltait sur lui-même avec les bras tendus, ses mains sans cesse en mouvement, le drap pris dans un tourbillon sans fin ; soudain, il s'est libéré de sa folle giration pour passer rapidement le long des bancs en scrutant les visages comme s'il était en train de juger, ou de chercher. Quand il est arrivé à moi, il m'a adressé un long regard inquisiteur avant de repartir de l'autre côté du feu, les plis du drap flottant derrière lui.

Bear, qui était l'hôte de la cérémonie, leur criait : « Qui

êtes-vous ? Que faites-vous ici ? Qu'est-ce que vous voulez ? »

Dreadful Water (Eau menaçante), l'homme qui incarnait l'Espagnol et qui était réputé pour sa capacité à lâcher des pets quand il le voulait, ponctuait chaque question de Bear par une réponse tonitruante que les femmes et les enfants assis sur les bancs trouvaient follement drôle. L'Anglais, pour sa part, ne cessait d'écarter les pans de sa chasuble afin de révéler un imposant phallus qui n'était autre que le col arqué d'une grosse courge dont le bout avait été rougi au jus d'herbe à laque. Toutes les fois qu'il l'exhibait en l'agitant par un roulement des hanches, les femmes lançaient des cris apeurés, puis échangeaient des commentaires appréciateurs qui les faisaient redoubler d'hilarité.

Après un long et chaotique moment, les Boogers ont commencé à se calmer, tel un liquide bouillonnant qui reviendrait à l'immobilité. Concluant leurs tournoiements, ils sont tous allés s'asseoir ensemble sur un banc, pressés les uns contre les autres. Venu se camper devant eux, Bear a repris son interrogatoire.

Il a adopté une voix de stentor, pour le bénéfice de toute la salle : « Qui êtes-vous ? Qu'est-ce que vous cherchez ici, visiteurs ? »

Après avoir tant crié, les croquemitaines n'arrivaient maintenant plus qu'à marmonner et à s'exprimer par onomatopées. Ils se sont consultés un instant en chuchotant puis l'Anglais, qui était apparemment leur meneur, a signifié à Bear d'approcher avec un mouvement hautain. Il a fait quelques pas, s'est penché sur le masque. Nous avons tous retenu notre souffle, sans arriver à capter plus qu'un murmure. Quand l'Anglais a fini de lui parler à l'oreille, Bear s'est redressé et, affectant un ton effarouché, a lancé à la cantonade : « Ils disent qu'ils sont venus baiser et batailler ! »

Aussitôt, les femmes et les filles se sont mises à couiner

tandis que les plus jeunes des hommes se levaient d'un bond et adoptaient une posture menaçante. Ouvrant ses mains devant lui, Bear a fait un geste apaisant. Il s'est adressé collectivement aux Boogers : «Vos noms ?»

Encore des conciliabules. Installé tout au bout du banc, l'Espagnol a grommelé quelque chose. Bear est allé à lui, l'a prié de répéter, a écouté encore avant d'annoncer en toute solennité : «Il dit qu'il s'appelle Bite gigantesque.»

Les femmes ont éclaté de rire, certaines avec des reniflements dubitatifs, et l'une des vieilles a lancé : «Bite de fouine, plutôt !» Imperturbable, Bear est passé devant chacun des Boogers, en leur demandant à nouveau de se nommer. Tous les noms avaient à voir avec les parties honteuses, tous plus salaces les uns que les autres, et sans se limiter au seul sexe masculin. Deux mots, un substantif et un qualificatif. Vous pouvez inventer le vôtre ; les combinaisons ne sont pas infinies.

Mais lorsque Bear est parvenu au fantôme à guêpes et qu'il s'est relevé après avoir approché son oreille du terrifiant visage grisâtre, il a prononcé deux mots pleins de consonnes sifflantes que j'ai été incapable de traduire et que personne n'a eu l'air de pouvoir comprendre, car ils ont tous pris une mine étonnée et ont commencé à chuchoter entre eux, l'absence de rire prouvant que le nom manquait singulièrement d'inventivité. C'est l'Anglais qui, se nommant en dernier, a sauvé la mise en produisant une identité tellement ordurière que je n'ose la répéter ici, même en ces temps où la vulgarité est admise. Il s'est taillé un incroyable succès.

Tandis que tambours et hochets repartaient sur une cadence rapide et syncopée, les chanteurs ont entrepris de beugler un chant où le nom du croquemitaine anglais réapparaissait à chaque phrase, ou presque. Tous les Boogers se sont levés et ont commencé à s'agiter à contretemps de la musique, avec les mouvements patauds d'étrangers ignorants qui tenteraient d'imiter une véritable danse. Leurs pas, l'angle de leurs bras, l'inclinaison de leur tête, tout était empreint d'une maladresse piteuse. J'ai ri avec le reste de l'assemblée, certes, mais non sans me dire que si j'étais appelé à me joindre à la sarabande, mon style ne se révélerait guère meilleur que celui de ces idiots de Boogers, rien d'autre qu'un effort dérisoire.

Dès que les rires se sont éteints, les tambours ont adopté le tempo d'un cœur battant à sa vitesse maximale, les croquemitaines se sont lancés dans une course en rond autour du feu puis s'en sont pris aux femmes assises sur les bancs ou par terre. Avec des mouvements lascifs du bassin, ils empoignaient leurs seins et leurs fesses, imitaient sur un registre moqueur les coups de reins désordonnés de sangliers en rut. Le fantôme, quant à lui, semblait se mouvoir sur une autre musique, plus lente, qu'il aurait été le seul à entendre. Il dévisageait chacun de nous avec la même insistance, produisant avec ses petites mains des signes qui étaient peut-être compréhensibles à je ne sais quelle race humaine, mais à personne d'autre. Pendant ce temps, l'Anglais faisait la démonstration des remarquables ressources de son pénis-courge : une vessie de cochon avait été glissée à l'intérieur, qu'il lui suffisait de presser pour que de l'eau jaillisse par un trou percé dans la tige du légume. Bien qu'il ait visé les femmes, il aspergeait surtout les murs et les poutres, et elles riaient de plus belle. Oubliant un instant qu'elle n'était pas censée savoir qui se dissimulait derrière le masque, l'une d'elles a crié que la vraie courge de Red Squirrel (Écureuil rouge) était certainement moins grosse mais ne lâchait que de l'eau, elle aussi, ce qui expliquait qu'il ne puisse avoir d'enfants.

À ce moment, j'ai été tenté de sortir un carnet et un flacon d'encre de ma besace, ainsi que l'une des plumes taillées que j'avais toujours dans la poche de mon manteau, et de fixer toute la soirée sur le papier. Les détails ; mes impressions, du ravissement à la gêne ; ces masques caricaturant des types humains ; la crainte étrangement brouillée que le fantôme-piège-à-guêpes m'inspirait ; la couleur des reflets du feu sur les murs... Mais soudain j'ai imaginé mon oncle et tous les Blancs que j'avais connus dans mon enfance se comporter avec la grossièreté affichée par leurs imitateurs, flatuler, s'agiter comme des bêtes en chaleur, saisir tout ce que leurs mains pouvaient contenir et plus encore. Et j'ai pensé aux Blancs qui vivaient dans ce territoire, à leurs enfants à moitié indiens qu'ils ne reconnaîtraient jamais, et au puissant sentiment de supériorité raciale qu'ils éprouvaient néanmoins vis-à-vis des Indiens.

Je me suis mis à rire comme les autres, si fort que je suis tombé à la renverse du banc, me cognant le dos contre le mur en torchis. Les percussions ont atteint l'apogée de leur crescendo. Avec un dernier rugissement, les Boogers se sont précipités dehors. Toute la maison communale a semblé reprendre souffle et marquer une pause.

Très content d'être débarrassé des monstres et autres spectres, Bear a sorti une demi-jeanne de casse-poitrine et dirigé les ultimes libations de la soirée, qui se déroulait bien avant son énième serment de ne plus jamais toucher à la bouteille.

D'autres danses ont suivi, mais sans la présence des Boogers elles paraissaient toutes un peu falotes : Danse du castor, et de l'ours, et du cercle, cette dernière entraînant toute l'assemblée autour du feu, y compris d'aussi piètres danseurs que votre serviteur. J'étais à un âge où la moindre gaucherie physique semble impardonnable, mais l'une des plus vieilles femmes du groupe m'a forcé à me lever et à me joindre à la ronde ; j'ai fait de mon mieux, ce qui à mon grand étonnement s'est avéré suffisant, bien que ce modeste succès n'ait été dû qu'à leur grande indulgence.

Lorsqu'il n'est resté qu'une heure ou deux avant que

l'aurore grise ne pointe par l'orifice du toit, le moment est venu d'exécuter la Danse du bison avant que chacun ne rentre chez soi. Ils l'ont dansée même si le dernier bison de la région avait été tué trente ans plus tôt et que son grand crâne blanchi, aux cornes d'un brun luisant qui tenaient encore comme des molaires sur l'os alvéolaire, était désormais fixé sur la devanture de la grange d'une veuve âgée, au bord de la rivière du Chien pendu, tandis que sa peau poussiéreuse couvrait le châlit de Bear.

Sans attendre la fin de la danse, celui-ci s'est enroulé dans une couverture et s'est endormi sur un banc. La fête était terminée. Quand nous sommes tous sortis dans la nuit froide et claire, et que nous sommes restés un instant à nous souhaiter un bon sommeil, la vapeur montée de nos corps surchauffés par l'exercice nous a entourés d'un halo collectif dans le clair de lune. J'ai renfilé mon manteau de laine, dont l'ourlet ne traînait plus par terre mais m'arrivait maintenant un peu en dessous du genou.

Tandis qu'ils redescendaient tous vers le fleuve et le village, j'ai quant à moi repris la piste à deux voies qui conduisait au comptoir. La pleine lune était basse à l'ouest, étirant l'ombre des arbres sur la terre battue. J'avais à peine dépassé le premier tournant que le fantôme masqué du piège à guêpes est apparu entre les troncs argentés d'un bosquet de tulipiers. Son visage en forme de bulbe était tourné vers moi, indéchiffrable. Yeux noirs et papier gris comme l'épiderme d'un mort.

Avant de me ressaisir, j'ai dû faire un bond en arrière, pas loin de tourner les talons et de prendre mes jambes à mon cou. Le spectre a gloussé. C'était le rire cristallin et spontané d'une fille.

– Un joli pas que tu viens de faire là ! Il faut croire que tu n'avais pas encore dansé tout ton soûl.

– Qui es-tu et que veux-tu ?

Pris entre la peur et la colère, je n'avais pas du tout eu l'intention de reprendre les questions incantatoires de Bear aux Boogers mais elles contenaient à peu près tout ce que l'on veut savoir de créatures qui surgissent devant vous et vous effraient.

Elle a encore ri, puis elle a dit : « Nous sommes venus baiser et batailler. »

Se penchant en avant, elle a retiré le masque et l'a posé sur le sol. Ses longs cheveux sont tombés sur ses traits. Elle s'est redressée et les a écartés de son avant-bras.

La fille aux bracelets d'argent.

J'ai été stupéfait, bien sûr, mais en ce temps-là le monde était moins peuplé. Il arrivait assez souvent que l'on croise des connaissances. Beaucoup d'espace mais peu d'habitants : exactement le contraire de ce qui est notre lot aujourd'hui.

Je voulais dire tant de choses à la fois, mais surtout pas « Je t'ai gagnée aux cartes ».

— Te souviens-tu de moi ? ai-je demandé. Nous nous sommes croisés.

— Ne sois pas si pressant si vite. Avançons doucement, plutôt.

— C'était... une partie de cartes. De blind-and-straddle.

— Chuuut...

— J'ai eu une bonne main. Plusieurs fois.

— Plus un seul mot à ce sujet ! Je suis sérieuse.

— Comment t'appelles-tu, alors ?

— Claire.

— Où étais-tu, pendant tout ce temps ?

— À la maison en été, à l'école en hiver.

— Où, à l'école ?

— Savannah cette année, Charleston celle d'avant. Il y a eu un petit problème, à Charleston.

J'avais toute une batterie de questions déjà prêtes mais elle a poursuivi :

— Je dois y aller. Ils vont s'inquiéter.

— Qui, « ils » ?

– Des parents à moi, auxquels je rends visite. Il faut que je m'en aille.

Elle s'est baissée pour ramasser le masque.

– Comment te retrouverai-je ? ai-je soufflé.

– Je repars chez moi demain. C'est loin.

– Où ?

Tendant la main vers la poche supérieure de mon manteau, elle en a retiré une des plumes de dinde, dont elle a éprouvé la pointe d'un doigt.

– De l'encre ?

J'ai fouillé en hâte ma besace, sorti l'encrier portable. Je tâtonnais encore à la recherche de mon carnet lorsqu'elle m'a arrêté. Sans me prendre le flacon, elle a dévissé la capsule et plongé la plume dans le goulot étroit. Puis, attrapant fermement ma main dans la sienne, elle a tracé sur son dos la route jusqu'à chez elle. La pointe fendue m'égratignait et me chatouillait.

– C'est cette piste à travers la forêt, a-t-elle annoncé lorsqu'elle a eu terminé.

J'ai levé ma main dans les rayons de lune. Une confusion de lignes déchirées dans la tendre topographie d'une peau adolescente.

– Il n'y a pas une adresse ? me suis-je enquis. Un nom de route, de rue ? Je ne suis pas libre de m'éloigner beaucoup d'ici mais nous pourrions nous écrire, peut-être.

Elle a encore trempé la plume, refermé le flacon qu'elle a replacé dans ma besace. Sur mon autre main, elle a écrit quatre mots. J'ai eu la perception des espaces qu'elle laissait entre eux. Ensuite, elle a remis la plume dans ma poche. Elle a repris le masque et l'a passé sur sa tête.

– Tu es tombé amoureux de moi ou pas encore ?

– Je suis en train de décider.

– Ce n'est pas une chose que l'on décide.

Il y a eu un long silence, qu'elle a fini par rompre :

– Je ne savais pas si tu t'en étais sorti vivant.

– Je suis vivant, comme tu vois. Mais sorti, je ne suis pas sûr.

– Je dois y aller.

Elle s'est retournée et elle est partie dans la pente en courant.

Arrivé au comptoir, j'ai allumé un feu et j'ai retranscrit dans mon carnet ce qu'elle avait tracé sur le dos de mes mains, d'abord la carte puis son adresse, qui était ainsi ordonnée du poignet aux phalanges :

CLAIRE
FEATHERSTONE
VALLEY
RIVER

Même alors, je savais qu'elle était une force fatale entrée de part en part dans ma vie.

Pendant un moment, j'ai écrit à Claire au moins deux fois par mois. Pendant un peu plus de deux interminables années, pour être précis. Ces lettres volumineuses étaient sans doute d'une niaiserie incroyable, un déversement d'émois adolescents. Ma vanité n'est pas le moins du monde blessée que Claire ne les ait pas gardées ; au contraire, je suis content qu'elles aient depuis longtemps cessé d'exister. Je l'imagine les froissant rapidement dans son poing et s'en servir pour démarrer un feu de branches de résineux par un matin de février. Bien entendu, j'ai quant à moi gardé toutes les siennes. Six réponses, au total, six pages que j'ai conservées dans une boîte jusqu'à aujourd'hui. Trois missives par an, toutes extrêmement impersonnelles, à peine plus que de brèves descriptions du temps qu'il avait fait dernièrement, des couleurs des feuilles mortes, ou de l'épaisseur de la couche de neige, ou du froid surprenant pour des soirs

141

de juillet. Elle n'était guère présente dans ces courriers qui ne me mentionnaient jamais, sauf parfois à la faveur d'une formule de politesse finale où elle espérait que ma santé avait été bonne.

J'ignorais comment je pourrais arriver à la revoir. Elle ne paraissait pas vraiment impressionnée par mon désir d'elle, que j'essayais en vain de ne pas exprimer dans ces lettres verbeuses. J'avais cependant cru comprendre, à la fois par la lecture de romans et par l'écho mal défini qu'ils pouvaient éveiller dans mon cœur, que la convoitise masculine était cotée très haut dans l'esprit des femmes, mais de toute évidence la mienne avait été jugée de piètre valeur : pas même de quoi m'ouvrir une ligne de crédit.

6

Soudain, à mes seize ans, tout a changé. Ainsi que je l'ai déjà noté, les vieillards prospères aiment contempler leur ascension et la réinterpréter comme une marque distinctive jadis apposée sur leur front, l'empreinte du doigt de Dieu. En réalité, il arrive souvent que le succès vous tombe dessus sans crier gare. Ou que vous marchiez dedans.

Le propriétaire du comptoir, ce désuet gentleman en braies et souliers à bouts carrés, est mort. Son fils, Junius, s'est empressé de mener l'affaire à la ruine, de sorte que tous les fournisseurs, à Philadelphie comme à Charleston, ont cessé de nous envoyer leurs marchandises, et que je ne recevais plus mes maigres appointements depuis des mois. Junius est apparu un matin sur un chariot Conestoga en forme de navire et chargé plus haut que les sabords de tous ses biens, du moins ceux qui étaient transportables et qu'il n'avait pu vendre ou échanger pour éponger les dettes contractées auprès d'une multitude de créanciers. L'idée de partir à l'ouest pour échapper à son échec et commencer une nouvelle vie l'enfiévrait. Sa destination étant les confins du Mississippi, il aurait pu prendre une tout autre route dans sa fuite et me laisser le bec dans l'eau mais ce n'était pas un malhonnête homme, au fond : juste l'incompétent typique. Il est entré dans la cour du comptoir tassé sur le siège du chariot, les longues rênes noires abandonnées sur l'échine d'une paire de bœufs jaunes qui paraissaient être des jumeaux, un cheval cendré d'assez belle prestance attaché par une longe à l'arrière. La bâche de son équipage était distendue par des bosses à la géométrie diverse, coins et courbes des caisses et des ballots qu'il y avait entassés. Un jeune esclave noir, mieux vêtu que son maître, laissait pendre les jambes par le hayon ouvert.

Descendu de son perchoir, Junius m'a salué avec un embarras très notable : une poignée de main rapide et molle, un bref regard avant de détourner les yeux. Après m'avoir entraîné à l'arrière du chariot et une fois le garçon chassé d'un mot, il m'a dit : « Fouine là-dedans, vois ce que tu peux prendre en échange des salaires que je te dois. »

Grimpant dans la pénombre bâchée, j'ai vite constaté que son bric-à-brac n'avait guère d'intérêt sinon pour quelques caisses de livres de droit. J'aurais été plus content s'il s'était agi de romans, de recueils de poésie ou de théâtre, mais, au moins, c'était de la lecture.

– Je voudrais ceux-là.

– Excellent choix, a approuvé Junius.

Pendant que je portais les caisses à l'entrée du magasin, il s'est assis et s'est mis à griffonner dans un cahier, sa plume crachouillant bruyamment sur le papier.

– Donc nous sommes à jour ? a-t-il lancé après avoir fini ses comptes.

– On ne peut plus à jour.

Je me demandais ce qui allait suivre mais j'ai préféré attendre.

– Combien as-tu en espèces ? a-t-il voulu savoir.

– Pas grand-chose.

– C'est-à-dire ?

– Très peu.

Comme il agitait impatiemment une main pour me faire signe d'être plus spécifique, j'ai poursuivi :

– Une centaine, environ.

– Environ ?

– Peut-être un peu plus. Cent vingt.

– Grand Dieu ! Tu as vécu chichement !

J'ai haussé les épaules. J'avais été économe, certes, mais j'avais aussi mené un petit négoce personnel : comme le commerce du bétail n'entrait pas dans les activités de mon maître, je m'étais dit qu'il n'y aurait aucun mal à me faire quelque argent en achetant des bovins ou des porcs aux conducteurs de bestiaux qui passaient par là en se rendant à la foire de Charleston, et en les revendant. Cela ne regardait pas le propriétaire du comptoir.

– Contre ces cent vingt, a repris Junius, et puis ce cheval que je vois dans ton enclos, tu peux avoir le magasin d'ici et, en prime, celui de Valley River, en pays indien. Dans les deux cas ils n'ont presque plus rien en stock et je n'ai pas le temps de les réapprovisionner pour les mettre en vente. Il faut que je me refasse, tu comprends ?

– Nenni. Je ne me sépare pas de mon cheval.

Il a tourné les yeux dans la direction de l'est, comme si une cavalcade de poursuivants allait s'engouffrer dans le tournant de la piste à tout instant.

– Seulement l'argent, dans ce cas…

– Contre les magasins et le temps qui reste sur mon contrat.

– Mais oui, ça aussi.

Je suis rentré prendre tout mon argent – en pièces et en titres – dans les différentes cachettes où je l'avais dissimulé. Je n'ai pas eu besoin de le compter car je connaissais exactement la somme totale. Je suis revenu sur le perron en le portant dans mes mains en coupe. Ce petit tas représentait d'une certaine manière les quatre dernières années de mon existence, jusqu'à une pièce de vingt dollars or rescapée de mes gains face à Featherstone.

Sans vérifier, lui non plus, Junius s'est empressé de faire couler le modeste pactole dans une bourse en cuir élongée, qui ne contenait guère de pièces sur lesquelles les miennes seraient venues tinter.

– Je n'aurais pas trouvé ça bien, de te laisser en plan…

Son sens moral était très appréciable, d'accord, mais je n'étais pas un imbécile, non plus :

– Vous ne voyez pas d'objection à coucher cette transaction par écrit ?

Il a rédigé un contrat lapidaire que nous avons conclu par des signatures tellement ornées et ampoulées que l'on aurait pu nous croire engagés dans un concours de calligraphie.

Revenu sur son siège, il a fouetté les bœufs. Le garçon a repris sa place à l'arrière d'un bond, la longe s'est tendue entre le chariot et le cheval piaffant. Ils se sont éloignés.

Je suis resté dans la cour, les yeux baissés sur notre accord. Deux dizaines de mots et deux signatures mais soudain le monde paraissait bien plus vaste, maintenant que je n'étais plus une propriété mais un propriétaire. Libre, du moins sur le papier.

Le soir venu, j'ai feuilleté les ouvrages de droit, choisissant des passages dans plusieurs tomes de cette abondante collection. Ce que j'ai découvert, c'est que malgré tous leurs efforts à se révéler incohérents ils étaient finalement moins hermétiques qu'ils ne le semblaient, surtout après mes fréquentes consultations du *Dictionnaire abrégé* de Samuel Johnson. En ce temps-là, il suffisait d'avoir lu ces livres et d'en avoir compris des bribes pour se proclamer avocat. Et aussi avoir une redingote noire, et une chemise à peu près blanche. Sur les terres frontalières, la basoche était tenue pour être une excellente carrière, qui ne demandait qu'une vivacité d'esprit limitée. L'avenir m'est soudain apparu comme un lever de soleil flamboyant, à l'instar de Jake rencontrant le vieux mendiant et sa nappe magique, porteuse de festins éternels. Quant aux affaires, je savais déjà comment le crédit fonctionnait au sein de cette économie fantasque : rien de plus que du papier échangé contre du papier, qu'un assemblage d'espoirs et de calculs, de poignées de main et de vagues promesses, de plans sur la comète et de boniments, confiance et risque s'empilant l'un sur l'autre en couches aussi minces que des cartes de jeu, et il était aussi facile de risquer tous ses avoirs sur un tour de table que sur un marché.

Bientôt, le comptoir a été de nouveau achalandé et j'étais son propriétaire, un homme d'affaires indépendant. J'avais également un employé, maintenant, un garçon plein de ressources qui répondait au nom de Tallent, à peine plus âgé que moi au temps où j'avais gagné les montagnes. Mais Tallent n'était pas un serf, lui : il était payé pour son travail, quoique peu, et surtout en denrées prises du magasin ou en lettres de créance que j'acceptais de mes clients fiables.

Il ne m'a pas fallu longtemps pour apprendre que l'argent n'avait pas grand intérêt en soi, mais beaucoup de manière dérivée, pour tout ce qu'il était capable d'accomplir en votre faveur. À commencer par vous rendre libre et ménager une place pour vous dans le monde. J'ai commencé à entrevoir qu'obtenir ce que l'on voulait, dans ce pays neuf, consistait largement à le réclamer.

C'est dans cet état d'esprit que, confiant la charge du comptoir à Tallent, j'ai mis le cap sur Valley River. Mon objectif était double : procéder à la réouverture du magasin que je possédais désormais là-bas et suivre la carte qui me conduirait à Claire. Vers midi, je suis entré dans une gorge encaissée où le printemps tout juste arrivé verdissait les arbres de feuilles aussi menues que des oreilles d'écureuil et où le torrent bondissait d'une énergie renouvelée, son écume encore plus blanche sur les roches noires. À un moment, j'ai dû franchir la ligne de séparation entre l'Amérique et la Nation, mais il n'y avait ni écriteau, ni tumulus, ni même un piquet fiché en terre pour marquer la frontière.

Nous avions fière allure, Waverley et moi. Je portais le costume sombre qu'un tailleur de Charleston à qui j'avais envoyé mes mensurations avait confectionné, complété d'un gilet élégant retaillé dans la tenue de chasse de mon grand-père maternel écossais, dont les tonalités de vert mat, de gris foncé et de bleu pâle étaient beaucoup plus à mon goût que le rouge criard de l'habit de céré-monie clanique. Quant à Waverley, c'était maintenant un étalon de toute beauté, dont le port et l'amble révé-laient une grande intelligence. Sa robe baie avait viré au noir, presque, de sorte que l'on ne distinguait sa crinière de son poil que dans les rayons directs du soleil. Luisant comme du métal sombre, ses muscles se dessinaient super-bement à chaque mouvement. Et il n'était pas seulement plaisant à l'œil : il avait de l'élan, qualité qu'une monture possède ou ne possédera jamais. Nombre de chevaux perdent un peu d'intensité à chaque enjambée, au point qu'il devient vite impossible de maintenir l'allure sans consacrer beaucoup de temps et d'énergie à leur botter le train. Waverley, lui, ne se souciait pas de l'opinion de son cavalier : il était habité du désir pressant d'avancer, et souvent à une vitesse alarmante. Il valait désormais un bon poids d'argent, sur le marché libre, et l'on pouvait bâtir une maison entière en dépensant moins que ce qu'il aurait coûté, mais j'étais plus disposé à me couper la main gauche et à la vendre au poids, comme des pattes de cochon ou des os à moelle, plutôt que de seulement envisager m'en départir. D'abord, c'était un rare plaisir que de chevaucher un cheval aussi spectaculaire ; ensuite, je l'aimais et j'étais sûr qu'il me le rendait. Ce jour-là, donc, nous formions un si beau groupe que j'aurais aimé avoir été assis sur un banc pour nous regarder passer.

Durant l'essentiel de ma progression en amont, la rive se bornait à un rebord étroit, parfois caillouteux, parfois boueux, sur lequel aucun chariot n'aurait pu s'aventurer pendant plusieurs mois de l'année. Le ravin était tellement encaissé que nous avancions dans une pénombre glaciale que le soleil n'avait pu atteindre qu'à son zénith.

Granny Squirrel vivait quelque part par là, dans son splendide isolement, en haut d'une crique ou d'un promontoire qu'une sente devait gravir tel un escalier en colimaçon. Si les gens voulaient ses remèdes, ils devaient faire le déplacement. On racontait qu'elle avait une boule de cristal de roche grosse comme un œuf de caille, et qu'il suffisait d'une goutte de votre sang déposée sur sa face pour que l'aïeule, l'observant par transparence, vous raconte toute la vie qui vous attendait, ses joies et ses peines, ses triomphes et ses dévastations. Certains ont envie de connaître leur avenir ; d'autres non, parmi lesquels je me range. Est-ce que l'ours ou le loup ont conscience de la mort inévitable qui les attend ? Non. Seraient-ils mieux lotis, s'ils savaient ? J'ai tendance à en douter. Soyons tels que nous sommes, puis entreprenons notre route vers le Pays de la Nuit : voilà ce que je crois. Mais peu importait à Granny Squirrel que l'on veuille apprendre son futur ou pas : elle avait vécu deux ou trois cents ans, vu les générations apparaître et s'éteindre, et à ses yeux l'agitation de la vie n'avait aucune signification particulière.

Dans le ravin, je n'ai croisé ce jour-là qu'un seul autre être humain, un vieil homme à la peau couleur de chanvre qui avait fait halte dans un méandre de la rivière. Bien avant que je ne parvienne à son campement, la surface de l'eau m'a porté l'odeur de son feu. À mon arrivée, il était en train de pêcher et il est revenu sur la rive, son pantalon dégoulinant sur ses pieds nus, dont les orteils étaient pâles et lumineux comme l'intérieur d'une coquille de moule. Il a frit pour moi deux truites saupoudrées de semoule de maïs. Ensuite, j'ai préparé du café et je lui en ai offert une tasse, qu'il a prise comme s'il s'agissait d'une complète nouveauté. Sa surprise a été à peine moins vive lorsqu'il a découvert que je maîtrisais sa langue. Il m'a dit qu'il s'appelait Walter Grey Fox (Walter Renard gris), qu'il avait l'intention de rester tout l'été à pêcher ici, au moins jusqu'aux premières neiges d'automne, et qu'ensuite il passerait l'hiver chez son dernier fils encore en vie, à cinq journées de marche au sud-ouest. Sa longue solitude dans cette gorge caverneuse ne le gênait nullement car le poisson abondait, le torrent produisait une belle musique et les voyageurs qui cheminaient par là de temps en temps étaient toujours contents de déguster une truite ou deux, de quoi rompre la monotonie du voyage. Ainsi, au bout d'une heure, nous nous sommes séparés grands amis, et si nous nous étions croisés vingt plus tard, ce qui n'a pas été le cas, nous aurions échangé une accolade fraternelle.

L'après-midi tirait à sa fin lorsque Waverley et moi avons débouché hors du ravin pour nous engager dans une pente douce qui, sur des lieues et des lieues, nous a fait perdre au bas mot deux mille pieds d'altitude avant de nous conduire à une vallée large et verdoyante. Cet endroit était, et demeure, le plus beau que j'aie jamais vu. Bordée sur trois côtés par des montagnes bleutées et séparée en deux par un fleuve tranquille qui coulait au milieu, elle s'étendait à perte de vue en direction du couchant. La partie basse était couverte de champs et de vergers qui allaient jusqu'aux premiers contreforts des massifs, cédant ensuite la place à de denses forêts et à des ravines s'élançant vers le ciel. Partout, des gens s'activaient dans le maïs récemment planté, les cultures de haricots et de citrouilles. Les cabanes en rondins s'agglutinaient en petites formations communales. Certains sommets de montagne étaient entièrement dépourvus d'arbres, leur calotte chauve seulement verdie par de hautes herbes, et c'était sur l'un d'eux, m'avait mis en garde Bear, qu'un lézard géant aimait prendre le soleil, là où la roche affleurait en pans immenses. Il m'avait aussi prévenu que des sangsues rouges de la taille de bœufs de labour hantaient les portions les plus profondes du cours d'eau.

Le ciel a pris une teinte d'un violet intense, ponctué de raies jaunes entre les nuages noirs qui masquaient le couchant. Quand nous sommes parvenus au comptoir, il faisait presque nuit et une lamelle de lune se tenait à mi-hauteur dans la voûte céleste. Sans prendre la peine d'allumer un feu, j'ai mangé quelques biscuits, bu un peu d'eau, puis j'ai étendu ma couverture sous le porche. La maison était établie sur une colline dominant le fleuve et la vallée au-delà. J'ai contemplé la vue jusqu'à ce que la lumière disparaisse entièrement.

Remontés de la berge d'un torrent, nous avons fusé à travers un bosquet de lauriers dont les longues branches sombres se prenaient dans mes cheveux et se tordaient dans la crinière et la queue de Waverley. Des branches de pin cassées s'agitaient sur ses flancs, prises sous les revers de la selle. Nous étions comme un bloc de broussailles qui se serait violemment libéré de la masse du taillis pour aller se camper au milieu d'une grande clairière ensoleillée. J'ai tiré sur la bride et nous nous sommes arrêtés, laissant la lumière laiteuse glisser sur nous, chaude et liquide, et aller se perdre dans le sol. J'ai tapé sur mes habits avec mon chapeau afin de faire tomber les débris de feuilles et d'épines, avant de sortir un carnet de ma poche et d'étudier pour la dixième fois la carte que j'avais reproduite à la lueur du feu, deux ans auparavant. À un point ou un autre, j'avais dû manquer une bifurcation. J'ai regardé autour de moi, en quête de quelque indication.

Ce que j'ai aperçu dans le lointain, par-delà des champs labourés, était entièrement inattendu : dans une boucle du fleuve, une haute maison de planteur à colonnade s'élevait, dominant plusieurs bâtiments communs, un village d'esclaves, encore d'autres champs où des Africains se déplaçaient en groupes telles des ombres. Si je savais que de tels établissements existaient, je n'en avais encore jamais eu sous les yeux.

Mes bottes, que j'avais lustrées avant de me mettre en route, étaient maintenant couvertes d'une poussière de pollen printanier couleur chartreuse. Après avoir pris une branche de pin encore prisonnière de la selle et épousseté le cuir avec une boule d'aiguilles souples, je suis parti au trot vers la demeure imposante en contournant les parcelles qui venaient d'être plantées et dont les sillons fraîchement tracés recélaient une semence encore indéfinissable.

J'avais à peine posé pied sur l'esplanade en gravier, face au perron, qu'un garçon d'écurie de douze ou treize ans qui avait la teinte d'une aubergine est arrivé en courant. Aussitôt, il a passé la bride par-dessus la tête de Waverley et essayé de l'entraîner avec lui.

– Où vas-tu ?

– Là-bas derrière, sir.

C'était la première fois que l'on me donnait du « sir » et j'en suis resté momentanément interdit. Le garçon a insisté pour l'emmener mais Waverley, qui ne l'entendait pas ainsi, a tendu le cou en l'air et fait quelques pas de côté en roulant des yeux blancs. Comme le petit tenait les rênes par leur extrémité, on aurait cru un enfant essayant de lâcher un immense cerf-volant dans le vent de mars.

– Une minute, l'ai-je repris. Je veux demander mon chemin, rien d'autre.

– Pour aller où ?

– Les Featherstone. Ils ne vivent pas loin, je crois.

Le garçon a montré d'un mouvement de la tête les colonnes blanches de la grande maison.

– Pas loin du tout.

J'ai à nouveau regardé la demeure.

– Je voudrais voir Claire Featherstone.

152

– C'est ce que les visiteurs disent, en général. Mais ils sont dans le parc, derrière. Ils prennent le petit déjeuner.

– « Ils » ?

Waverley s'étant un peu apaisé, le garçon a redoublé d'efforts pour l'obliger à le suivre.

– Je vais lui donner à boire, et de la paille, si cela vous convient.

– Assurément. Ce serait très aimable. Et une poignée d'avoine, si vous en avez.

– De l'avoine, on en a tout plein !

J'ai levé des yeux perplexes vers le soleil, très haut dans le ciel. « Petit déjeuner » ?

J'ai gravi les marches pour aller frapper à la porte. N'obtenant pas de réponse, j'ai contourné la maison, une rangée de buis le long de la façade, un conduit de cheminée en briques. Sous un bouquet de tulipiers, il y avait quelques chaises et une table sur laquelle des assiettes blanches et bleues portaient des restes de pain, de beurre, de confiture, environnées par une théière et des tasses à moitié pleines. Survolant un petit jardin d'herbes aromatiques entouré d'une clôture basse, mon regard est tombé sur Featherstone et Claire à la lisière du sous-bois. Ils riaient gaiement. Brisant un rameau d'arbre de Judée en fleur, Featherstone a tapoté avec le front de la jeune fille, dans un geste qui évoquait une bénédiction. Ils étaient vêtus comme le maître d'une plantation et sa fille, non comme un voleur de chevaux indien et un fantôme à guêpes, ce qui semblait prouver qu'ils pouvaient se déplacer aisément d'un univers à l'autre. Claire s'était merveilleusement épanouie. Jeune et mince beauté qui atteignait maintenant presque ma taille, elle avait les cheveux aux épaules et portait une robe fourreau ceinturée haut qui tombait droit autour d'elle mais n'en soulignait pas moins, là où il fallait, les courbes adorables que sa silhouette avait acquises depuis peu. L'échancrure du cou, d'une hardiesse à vous couper le souffle, exposait un V de chair crémeuse que j'avais du mal à ne pas lorgner avec trop d'insistance. Telle était la mode de l'époque, en tout cas parmi les jeunes femmes stylées.

Claire m'a présenté comme un homme d'affaires dont l'âge n'amoindrissait pas la valeur et qu'elle avait rencontré alors qu'elle rendait visite à des parents lointains de Wayah, quelques années plus tôt. Featherstone n'a pas du tout eu l'air de me reconnaître et je n'ai pas jugé bon de lui rappeler notre joute aux cartes, pas plus qu'il ne paraissait opportun de remettre en mémoire à tous deux, ne fût-ce qu'en badinant et avec un petit rire dégagé, le trophée sans prix que j'avais alors remporté.

Comme un petit déjeuner m'était proposé, j'ai répondu rapidement que j'avais déjà pris le mien sans préciser qu'au moins quatre heures s'étaient écoulées entre-temps. Sans perdre un instant, Featherstone m'a conduit dans la maison afin de m'offrir un tour du propriétaire pendant lequel il n'a pas déguisé sa fierté en me détaillant chacune de ses particularités. Comme George Washington ou Thomas Jefferson, il avait dessiné lui-même les plans de la demeure et choisi tous les matériaux utilisés, depuis la pierre des âtres jusqu'aux poignées en laiton des portes sculptées et aux vis qui les maintenaient, en passant par le lustre de la salle à manger. Chaque colonne, chaque vitrail, chaque pièce du mobilier en acajou avait une histoire qui proclamait son caractère unique. La couleur du sol en marbre du hall d'entrée avait été spécialement retenue afin de s'accorder aux nuances d'un gigantesque tapis de Turquie. Les murs plâtrés étaient régulièrement passés à la chaux et seules quelques traces de suie étaient visibles autour des cheminées. Les soubassements étaient tous traités en carreaux de Delft décorés dans le style «tête de bœuf», généralement, dont certains reproduisaient des bateaux, des fermières, des soldats ou des paysages étonnamment plats et ponctués de moulins à vent, chacun exécuté sur commande de Featherstone, bien qu'à mes yeux l'effet général suggérait plutôt qu'il avait racheté des stocks dépareillés datant du siècle précédent. Parfois, certains éléments semblaient avoir été retenus pour leur ironie sous-jacente plus que pour leur valeur intrinsèque. C'était par exemple le cas d'une série de splendides verres à vin alignés sur une table de chasse, qui venaient de l'île vénitienne de Murano tout comme la pacotille en verre coloré qui, depuis près de deux siècles, avait été troquée avec les Indiens en échange de peaux, de fourrures et de plumes dont les marchés européens réclamaient toujours plus, à des prix toujours plus exorbitants. Ou bien la porcelaine anglaise de Featherstone : il trouvait fort amusant que le fabricant, Wedgwood, soit venu extraire l'argile d'une finesse et d'une pâleur exceptionnelles que l'on trouvait au bord d'un certain ruisseau de montagne un peu à l'est de là où nous nous trouvions, l'ait transportée de l'autre côté de l'Atlantique – de la boue faisant le tour du monde ! – puis se soit échiné à la modeler, la colorer, la peindre, la passer au four, pour finalement réexpédier plusieurs de ces pièces là d'où elles venaient, à lui, Featherstone ! Tout ce labeur, toutes ces distances gigantesques parcourues lui semblaient du plus haut comique.

Si Claire nous accompagnait au cours de cette visite, son visage demeurait sans expression et elle n'écoutait pas vraiment, se contentant de toucher ferronneries ou assiettes d'un doigt dédaigneux. Et son regard ne croisait jamais le mien.

Featherstone a soutenu qu'il était un monde à lui seul, même en mettant de côté toutes ces richesses importées, car ses vastes propriétés répondaient à toutes ses nécessités et à la plupart de ses envies. Tout le bois de construction ayant servi à bâtir la maison et les communs avait été coupé et débité sur place. À part certaines raretés auxquelles il avait pris goût, tels les cristaux de gingembre ou la marmelade d'orange, ses terres donnaient amplement de quoi nourrir tous ceux qui vivaient dessus. Il possédait des troupeaux de bœufs et de porcs, toutes sortes de volailles et un bassin à poissons dans lequel une perche truitée longue comme le bras pouvait être attrapée à l'épuisette à tout moment si c'était ce qui le tentait pour le dîner. Des potagers s'étendaient en immenses parterres géométriques. Il brassait sa bière, distillait une bonne partie de son alcool, même s'il avait renoncé à produire rhum ou vin. Tous ses efforts dans ce dernier cas avaient résulté en une décoction imbuvable et de couleur indéfinissable, qu'il se soit agi de blancs ou de rouges, et chaque cuvée avait transformé de l'excellent raisin en bouillon lamentable, si bien que tout son vin arrivait maintenant de France dans de jolies petites caisses en bois. Une autre de ses déceptions était que le sous-sol ne contenait pas les minéraux dont il aurait pu extraire les pigments lui permettant de peindre sa grange et ses communs dans les tons de blanc qu'il affectionnait. Il était aussi agacé par le fait que l'indigotier ne poussait pas bien dans ces climats, ce qui l'obligeait à payer des pécores incultes de Caroline du Sud pour teindre la tenue de ses esclaves dans un bleu qu'il trouvait particulièrement seyant sur fond de blés mûrs et dorés. Pour contrebalancer ces échecs, il pouvait se targuer de fabriquer ses briques avec sa propre argile, et dans des dimensions qu'il jugeait esthétiquement plus satisfaisantes que celles employées ailleurs. Il forgeait même « ses » clous, crénom !

Claire a fini par s'esquiver dans un couloir alors que nous passions de salons en fumoirs. Il ne m'a pas été facile de continuer à prêter une oreille polie aux explications de son père au lieu de la suivre, mais Featherstone restait intarissable, me désignant tel ou tel objet de ses mains épaisses comme du bois de barrique, terminées par des doigts boudinés et des ongles opaques. Ayant laissé derrière lui les boucles d'oreilles et la crête sculptée de l'époque de notre partie de cartes, il tentait maintenant de se coiffer à la manière d'Andrew Jackson mais cette construction bouffante, chez lui, frisottait comme si ses cheveux grisonnants avaient été brûlés par le fer. Bien que sa peau ait été d'un blanc un peu plus pâle que la mienne, ses pupilles étaient noires comme des mûres, un rappel de son ascendance cherokee. Habillé dans le style alors en vogue à Charleston, il m'a signalé à un moment qu'il avait été l'un des premiers à troquer la culotte de peau contre le pantalon dans son jeune temps, non seulement sur le territoire de la Nation mais dans les trois États limitrophes. En certaines occasions indiennes, cependant, et afin de revendiquer son identité, il complétait son costume européen d'un turban, une habitude prise par des Indiens de plusieurs tribus, des Séminoles aux Hurons. Il était abonné à la *North American Review* et à l'*Allegheny Quarterly*. Des colis de livres lui parvenaient de Boston tous les mois ou presque. Chaque année, il relisait son ouvrage de prédilection, l'*Anatomie de la mélancolie*.

Featherstone n'était pas peu fier de son bureau, qu'il avait gardé pour la fin de la visite guidée. Livres et animaux empaillés, tout ici se déclinait dans des tons de brun. L'art de la taxidermie, m'a-t-il annoncé, occupait beaucoup de son temps libre. Je suis resté à admirer son œuvre tandis que, sur les murs de son exposition, les yeux artificiels de toutes les créatures ayant hanté la vallée et ses montagnes me rendaient mon regard. Daims, ours et loups. Une panthère dans sa phase mélaniste, immobilisée dans un rugissement sans fin. Hiboux, aigles, hérons, et même un campagnol pas plus gros qu'un pouce humain. Dans un coin de la pièce, sur un tronc de hickory entier, un écureuil volant défiait la gravité, retenu à une branche par une seule griffe alors qu'il s'élançait dans le vide, son patagium déployé en guise d'aile, les boules noires de ses yeux intensément fixées sur la cheminée comme s'il avait encore assez de vie en lui pour s'envoler dans le monde à venir. Et à la place d'honneur, au-dessus de l'âtre en briques et du manteau en pin, il y avait la tête massive d'un bison mâle, qui semblait faire irruption dans le mur, venu d'un autre temps, arrière-garde solitaire et chenue d'une armée de ses semblables égarée en territoire ennemi. Sa vieille fourrure pelait à la base du cou, laissant apparaître en dessous une texture animale que je n'aurais pu identifier. Pendant que Featherstone avait la tête tournée, j'ai levé le bras pour toucher cet épiderme antique qui avait sous mes doigts la consistance de la craie ou de la sciure. Puis j'ai posé ma paume sur le museau, aussi grand que ma main, et qui avait la consistance du sable. Sur le bureau de Featherstone, des yeux de verre de formes et de couleurs variées étaient empilés dans une jarre ambrée, telle la collection de billes d'un collégien qui n'aurait pas été intimidé par ces morbides calots. Et entre ces innombrables trophées, assurément plus à mon goût, les livres à dos marron se succédaient sur de multiples étagères.

Comparée à Wayah, Cranshaw, la plantation de Featherstone, était un autre univers. Son maître n'était pas un cas unique, pourtant.

Dans les frontières de la Nation, on ne pouvait pas posséder de terre : elle appartenait à tous. On prenait ce dont on avait besoin, rien de plus. Auparavant, et depuis le commencement des temps, la nécessité avait été entendue comme un lopin assez grand pour accueillir une cabane exiguë, quelques lignes de haricots, de maïs et de courges, quelques arbres fruitiers. La même taille pour tous. Telles étaient les règles que Bear et son clan continuaient à suivre.

Mais ceux que l'on appelait les « Indiens blancs » étaient au contraire dévorés par l'appétit. Au cours des années ayant suivi la Révolution, dans plusieurs régions du pays,

Featherstone et quelques autres de son acabit étaient parvenus sans se consulter au même constat, en vérité très simple : réclamer toute la terre que l'on voulait, pas seulement celle dont on avait besoin. Parce qu'ils comprenaient les bouleversements en cours et la nature de la propriété différemment de leurs lointains cousins indiens, ils ne regrettaient pas l'érosion des anciennes traditions, certes hautes en couleur mais trop contraignantes pour leur individualisme. À leurs yeux, tout le monde n'était pas taillé à la même aune et il n'était pas désirable d'entretenir cette illusion. Les Indiens blancs avaient embrassé les mœurs nouvelles avec la fougue d'un amant des premiers jours. Featherstone, archétype de cette toute petite classe sociale en train de se constituer, s'était arrogé des milliers d'ares de la meilleure terre cultivable de la vallée, sans oublier des pans toujours grandissants de montagne boisée au nord et au sud. Il avait donné à son fief le nom de Cranshaw, qu'il entendait comme un nom d'origine écossaise et dont il ne s'était pas soucié de connaître la signification. Il s'était lancé dans la culture intensive, non seulement pour répondre à ses besoins mais aussi pour écouler ses produits sur les marchés à des lieues à la ronde. Il avait lancé un ferry à péage pour traverser le fleuve, construit un moulin à grains, une forge. Avec l'argent que toutes ces entreprises lui avaient rapporté, il avait acheté des esclaves en Caroline du Sud, en Géorgie, en Alabama, d'abord par deux ou trois puis par dizaines. Il avait résolu d'édifier la maison de planteur dont tout Blanc rêvait désespérément. Et tout comme ses semblables il avait vite acquis la réputation de régner sur son domaine tel un seigneur féodal aux temps bénis du Moyen Âge, c'est-à-dire avec une violence sans borne, la conviction inébranlable d'être dans son bon droit et la résolution de satisfaire tous ses caprices, notamment en traitant avec les gens de peu, une catégorie qui pour lui englobait presque toute l'espèce humaine.

Une histoire circulait à son sujet d'un bout à l'autre de la vallée, que j'allais entendre raconter maintes fois au cours des années suivantes mais que je rapporterai ici avec cette réserve : j'ai vu assez de fariboles racontées sur mon compte dans la presse ou les livres pour appliquer systématiquement une marge d'incrédulité d'au moins vingt-cinq pour cent à toute forme de récit. Une sorte de « facteur boniment » qui, dans le catalogue des réflexes psychologiques, doit être pris en compte au même titre que la malhonnêteté de bas étage et la supercherie sur le contenu. Ni la chronique historique, ni le journalisme, ni la fabrique de saucisses ne sont des activités très reluisantes. Mais voilà donc ce qui se disait à propos de Featherstone, et vous le prendrez comme vous voudrez.

Bien longtemps auparavant, juste après la fondation de Cranshaw, mais avant la mort de sa femme, alors que Featherstone était parti dans une énième équipée de « poney-club » et que son épouse était en visite dans sa famille, son beau-frère lui avait volé une somme d'argent. L'individu en question était un ivrogne sans cervelle qui n'avait pas craint de s'introduire dans la propre chambre à coucher de Featherstone et de farfouiller jusqu'à ce qu'il trouve l'un de ses coffres sous le lit. Une quantité de pièces d'or et d'argent y reposaient ; d'aucuns affirmaient que le larcin s'était élevé à pas moins de quatre mille dollars, un élément qui pourra influer ou non sur votre manière d'apprécier la réaction de Featherstone. Revenu chez lui et découvrant le vol, ce dernier avait terrorisé la domesticité sans que personne ne puisse lui dire ce qui s'était passé. Fou de rage, il avait fini par forcer les mains de l'une des esclaves dans la cuisinière brûlante pour lui arracher le nom du coupable. La malheureuse allait en garder de grosses taches inégales de peau rosée, mais quoi qu'il en soit elle avait dit que le frère de sa femme était venu à la maison en leur absence et lui avait donné cinq dollars en lui certifiant qu'il lui trancherait la gorge si elle soufflait un seul mot de son passage. Offrant à la femme une motte de beurre afin qu'elle soigne ses plaies, Featherstone avait rétorqué : « Cette menace n'a rien d'inquiétant car il ne vivra pas suffisamment pour la mettre à exécution. » Sans perdre un instant, il s'était rendu chez le bonhomme, avait retrouvé l'argent que l'autre n'avait pas encore dépensé, puis l'avait traîné sur le perron et l'avait battu à mort, littéralement. Rien qu'avec ses poings, s'était-il vanté par la suite, parce qu'il avait voulu que l'exécution soit ainsi plus intense, peau contre peau, sans qu'un seul objet ne s'interpose entre lui et son saligaud de beau-frère, pas même le manche en corne d'un couteau de chasse. Maintenant, prenez en considération cet autre élément : Featherstone vouait à sa femme un amour dévorant. C'est un point qu'il ne faut pas oublier. Quand j'ai entendu l'histoire la première fois, je me suis dit qu'elle était alors la seule relation qui restait à Featherstone dans sa vie, à part Claire qui devait être encore dans les langes. Et malgré cela, poursuivant une justice primitive, il n'avait pas hésité à tuer son beau-frère.

Mais le temps avait passé et Featherstone s'était dulcifié, ainsi que les hommes ont tendance à le faire. Ou c'est ce que l'on prétend généralement, car pour ma part j'ai tendance à penser que tout assouplissement du caractère provoqué par l'âge est plus une affaire de perception que de réalité, le résultat de l'indulgence des autres plutôt que d'un véritable changement en nousmêmes. C'est l'un des rares traitements favorables que la vie nous réserve : plus nous vieillissons, plus nous nous voyons pardonner ce que nous avons pu faire quand nous avions vingt-sept ans.

Le fait est que, parvenu au mitan de son existence, au stade où je l'ai connu, Featherstone menait son domaine avec plus de souplesse, et même une certaine distance méprisante. Il était peut-être devenu un autre homme, mais de toute façon les temps avaient changé, eux aussi. Lorsque ses esclaves le contrariaient, il ne condescendait même pas à les fouetter, se contentant de se débarrasser d'eux en les revendant en Alabama ou en Louisiane. Malgré toutes ses richesses, il était radicalement seul. L'unique être qui lui restait sur terre était Claire, qu'il aimait d'un amour féroce mais en grande partie abstrait. Et c'est pourquoi, quand je repense à mon arrivée dans la vallée, il n'est pas étonnant que j'aie vu Claire dans cette haute maison comme une jeune vierge dans une tour, moi-même comme un soupirant sans espoir, un Lancelot à jamais transi. Et Featherstone, dans sa demeure-donjon, à la fois fascinant et effrayant, un jour Arthur, le lendemain Merlin.

En milieu d'après-midi de ma première journée à Cranshaw, Featherstone s'est assis en bout de table. Il m'avait fait prendre place entre Claire et lui. Pour ouvrir ce déjeuner dominical, il a lu un poème de Lord Byron dans un *in-duodecimo*, un petit livre épais à la reliure en cuir tout usée aux coins. Il avait choisi celui qui commence par «Ainsi nous n'irons plus folâtrer», et au ton de sa voix il m'a paru évident que ces vers étaient pour lui l'équivalent d'actions de grâces.

Tandis que nous attaquions les plats de porc rôti et de poulet frit, les bols de haricots, de citrouille et de gombos, les coupelles de chutney et de condiments, Featherstone a entrepris de me mettre sur le gril.

Certaines de ses questions étaient faciles : d'où je venais, qui étaient mes proches, comment j'étais arrivé à Wayah, où j'avais l'intention d'aller à partir de là, aussi bien sur le plan géographique que sur celui de l'existence en général…

J'ai répondu par des vérités approximatives, et dépourvues de toute émotion car les gens se lassent vite des états d'âme d'autrui. J'ai dit que j'étais un orphelin éjecté dans le vaste monde en tant que serf, que j'habitais Wayah depuis longtemps, que la communauté de Bear était ma famille, que j'étais arrivé là où je me trouvais à la force du poignet, que j'avais entamé une carrière d'homme d'affaires et d'avocat, et que j'avais la ferme intention de lire beaucoup de bons livres avant de mourir.

À ce moment, Featherstone m'a pris au dépourvu en demandant :

– Quand vous priez, Will, pour quoi priez-vous ?

– Comment ? Pardon ?

– Un poulain, plus d'argent, un nouveau chapeau, que sais-je ?

– On m'a appris qu'il était mal de prier pour quoi que ce soit ayant trait à son confort matériel.

– Et donc, lorsque vous vous adressez à votre seigneur, vous vous permettez seulement de demander que l'humanité progresse ou que les pluies ne soient pas trop torrentielles en Chine ?

– Ou pour un cœur pur et un esprit libéré du désir.

– Ah ! Dans ce cas, vous priez pour mourir.

– Pardon ?

– Mais oui, puisque ni l'un ni l'autre des états dont vous parlez ne peut être atteint sur terre. Ou bien ne l'avez-vous pas remarqué ?

C'est là que Claire a posé une paume brûlante à l'intérieur de ma cuisse sous la table. En l'attirant fermement dans sa direction. Elle devait avoir voulu que son geste soit réconfortant et cependant ce n'est pas l'apaisement qu'il m'a inspiré, à ce moment. Bien au contraire.

Avant le crépuscule, nous sommes retournés sur la pelouse et nous nous sommes assis tous les trois au pied d'un tulipier, sur des chaises basses à dossier incliné qui étaient disposées face à la vallée, offrant une vue dégagée vers l'ouest bleuissant. Featherstone a ouvert la bouteille de bordeaux qu'il serrait entre ses genoux, extrayant d'un mouvement sûr le bouchon maculé. Il a versé le vin couleur de grenat dans des verres en cristal taillé. Des fleurs de tulipier tombées au sol constellaient d'orange et de blanc crémeux le vert vif de l'herbe nouvelle. Il a parlé de livres qu'il avait lus récemment, expliqué pourquoi il les avait aimés ou pas. Claire a avancé ses commentaires sur les mêmes ouvrages, qui ne correspondaient pas toujours à l'avis de son père. Celui-ci m'ayant proposé de me prêter les trois meilleurs, je me suis bientôt retrouvé avec une petite pile de volumes bruns en équilibre précaire sur mes jambes. Featherstone m'a demandé si je suivais la *North American Review* et j'ai répondu par la négative, tout en me promettant de remédier à cette erreur au plus vite. Il m'a informé qu'il ne traitait presque jamais avec le comptoir puisque le domaine était globalement autosuffisant et que sinon il s'adressait directement à des fournisseurs de Charleston ou de Philadelphie, mais il m'a cependant souhaité bonne chance dans mes projets car les fondations de toute nation reposent sur la pierre de touche du commerce.

J'ai repris la route de la maison tard, éméché au point d'osciller sur la selle. La lune, les planètes et les étoiles donnaient une profondeur au ciel, comme si elles avaient été déployées sur le cône d'un immense entonnoir. Waverley faisait un écart à chaque ombre de frondaison projetée sur la piste. Je me suis soudain dit que les seules et rares fois où j'avais touché aux spiritueux avaient été en présence de Featherstone, et dans les deux cas jusqu'à un excès fort réjouissant.

Après neuf décennies sur le chemin tortueux de la vie et en dépit des ravages du temps, de toutes les nuits où l'insomnie me harcèle jusqu'à ce que les draps moites m'entortillent les chevilles comme des lianes de puéraire, je me souviens encore, dans leurs détails les plus infimes, des étés enchanteurs et funestement paradisiaques au cours desquels j'allais tomber amoureux, sans rémission, des Featherstone.

J'ai pris coutume de retourner à Cranshaw de plus en plus souvent, avec le prétexte de rapporter des livres empruntés et d'en choisir d'autres. À vrai dire, les trésors de la bibliothèque de Featherstone et la perspective de revoir Claire m'étaient montés à la tête. Entre deux visites, je lisais avidement, des nuits entières, afin de pouvoir revenir à la plantation au plus vite. Au demeurant il fallait bien les lire, ces tomes, car ensuite Featherstone m'interrogeait à leur sujet avec une grande minutie. Même si j'avais été un virtuose de l'esbroufe, ce qui n'était pas encore mon cas à l'époque, cela ne m'aurait pas amené très loin car Featherstone, contrairement à tant d'autres nababs, avait lu la plupart des livres qu'il possédait.

Les premiers temps, je gagnais Cranshaw en longeant le fleuve dans la douce lumière d'un après-midi printanier pour ne rentrer au comptoir que sous une lune des fleurs plus ou moins décroissantes. La plupart de ces soirs, Claire me raccompagnait jusqu'à Waverley, que le même garçon d'écurie tenait par la bride. Je connaissais maintenant assez la vie pour lui donner la pièce après avoir repris les rênes, mais une fois qu'il s'était éloigné nous nous contentions de nous effleurer les mains, Claire et moi.

– Viens cette nuit, a dit Claire.

Calant sous son bras le carton de papier à lettres qu'elle venait d'acheter, elle a cherché de la monnaie dans son portefeuille.

– Comment ?

– Sous ma fenêtre. Mais seulement après minuit. Featherstone reste debout tard, à lire. Une ou deux heures du matin seraient bien. Viens à pied. Ne fais pas de bruit. Sois là.

– Je serais là pour quoi ?

– Si tu as besoin de demander, reste chez toi.

– Les nuits sont froides. Saints de glace.

– Aucune nuit n'est trop froide pour un homme qui aime. Si c'est bien ce que tu es.

Au lieu de déposer les pièces dans la main que je lui tendais, elle les a plaquées sur le comptoir comme si elle avait eu un jeu excellent et plaçait une mise qu'elle ne pouvait pas perdre.

La nuit était en effet glaciale en ce dernier retour des froids, et d'un noir d'encre pendant la majeure partie du trajet, la lune des semences – l'une des treize que compte le calendrier cherokee –, alors dans sa phase médiane, ne s'étant levée qu'au moment où j'atteignais Cranshaw. Je me suis d'ailleurs demandé si Claire avait tenu compte de la lunaison pour ourdir ses plans ; avait-elle attendu des jours avant de me convoquer dans le seul but de me faire traverser des forêts obscures jusqu'à un rendez-vous secret au clair de lune, de me mettre dans l'état d'esprit d'un imposteur se glissant furtivement dans les ténèbres ?

De loin, la maison paraissait endormie. Featherstone avait visiblement posé ses revues et soufflé ses chandelles avant d'aller au lit. J'ai attendu que la lune s'élève une heure de plus dans le firmament et projette mon ombre sur le sol comme une tache. Soudain, une lumière s'est allumée à une fenêtre du premier étage, une mince silhouette a ouvert le châssis et Claire s'est penchée dans le clair de lune. Elle tenait dans la main une feuille de papier à lettres qu'elle s'est mise à plier et à replier. Je distinguais chacun de ses mouvements tandis que le feuillet prenait du volume, atteignant finalement la forme simplifiée d'un oiseau dont on reconnaissait pourtant très bien la tête, le bec pointu, les ailes et la queue. Elle l'a lancée dans les airs. L'oiseau en papier est passé en planant au-dessus de ma tête, apparition blanchâtre sur un fond d'étoiles. Je l'ai poursuivi jusqu'à l'orée du bois, où je l'ai ramassé dans un lit d'herbes folles tuées par

166

l'hiver. Quand je me suis retourné, la fenêtre était close et obscure. Je suis retourné chez moi à pied, l'oiseau dans mon manteau.

À la lumière du feu, j'ai vu que la feuille était couverte d'écriture. Je l'ai étalée soigneusement, pli par pli, pour découvrir qu'il ne s'agissait pas d'une lettre d'amour personnellement adressée à moi mais de vers d'un poète alors inconnu qu'elle avait recopiés. Il y était question d'enfance, de sources et de fontaines, de passion, de montagnes, d'automne et d'orages. On aurait cru que l'auteur avait tenté de résumer en moins d'une ving-taine de lignes les traits les plus significatifs de ma vie présente. Au bas du feuillet, et en beaucoup plus petit que le poème, Claire avait tracé toute une notice biblio-graphique, nom de l'écrivain, titre, lieu et date de publi-cation… Après l'avoir relue je ne sais combien de fois, j'ai passé le reste de la nuit à méditer cette poésie et à me demander ce que le geste de Claire pouvait signifier.

Le lendemain matin, j'avais résolu de relever le défi lancé par son oiseau nocturne. Ma conclusion ? Comme témoignage d'amour, on pouvait mieux faire. Si j'avais été à la place de Claire, par exemple, j'aurais mis le feu au papier avant de l'envoyer dans le vide. Et même si j'avais été ému par le poème que l'oiseau recélait, j'aurais plutôt choisi d'en composer un de mon cru. Tels étaient donc les paramètres auxquels je devais réfléchir : envol, feu, poésie.

Dans la rubrique scientifique de l'une des revues tri-mestrielles que j'avais empruntées à la collection de Fea-therstone, j'avais lu un article sur les aérostats, étudié l'illustration représentant l'enveloppe tendue par l'air chaud, la nacelle en osier où des passagers endimanchés faisaient signe à la foule éberluée en contrebas. C'était renversant, oui, mais c'était aussi une invention qui sem-blait pouvoir se prêter à une miniaturisation, puisque tout était une affaire de proportion entre la force élévatrice de la chaleur et le poids à emporter. J'ai eu l'image d'une feuille morte prise dans les volutes brûlantes d'un feu de camp, d'une cendre pâle s'envolant dans le conduit d'une cheminée. En conséquence, j'ai commandé à mon fournisseur de Charleston huit foulards en soie rouge tissée aussi finement que possible, ainsi qu'une bobine de fil de soie, puis j'ai entrepris le plan d'une nacelle tressée et l'ébauche d'un poème digne de l'occasion.

Comme lors des quelques années précédentes, j'ai pris le parti d'ignorer mon dix-septième anniversaire quand celui-ci est arrivé. Sans rien changer à ma routine matinale, j'ai nourri Waverley avant de l'étriller et de le lustrer vigoureusement, si bien qu'à la fin son pelage d'été brillait comme un galet sorti de l'eau. Ensuite, les clients ont été rares. Un peu de troc, ginseng contre tissu de coton, peaux de daims contre fers de charrue, la trop prévisible ronde du commerce… Mais brusquement Claire est arrivée dans la malle-cabriolet de son père, dont la capote repliée faisait penser à des ailes de chauves-souris entassées les unes sur les autres. J'étais alors assis dehors, plongé dans les *Essais sur la législation des contrats et des baux*, de John Joseph Powell.

– Je t'ai préparé un gâteau ! m'a-t-elle crié. Monte !

Je me suis hâté de verrouiller la porte du magasin, de griffonner un mot en anglais et en syllabaire cherokee – « De retour bientôt » – et de l'accrocher au chambranle.

Claire a secoué les rênes et nous sommes partis comme le vent en direction du nord. Après avoir traversé la vallée, nous nous sommes engagés sur la piste qui suivait le torrent et, maintenant réduite à un chemin étroit, montait à l'assaut du sommet chauve où aimait se prélasser le lézard géant. Alors que nous parvenions à sa fin, l'averse quotidienne nous a rejoints, déchaînant des gouttes grosses comme des perles qui descendaient du ciel en sifflant. Mettant pied à terre, je me suis hâté de déployer la capote du cabriolet mais c'était une opération complexe – remettre les supports en place, déplier dessus la toile cirée, rattacher les rideaux latéraux – et le temps de m'en acquitter nous étions tous les deux trempés jusqu'aux os. Le déluge s'était transformé en un lent crachin, le torrent grondait de plus belle, les jeunes feuilles s'épanouissaient sur les arbres. Des fumerolles de brouillard se sont amassées sur le cours d'eau, s'étendant peu à peu dans le sous-bois. C'était un monde de verdure, plus luxuriant que j'en avais jamais vu. Par la suite, j'ai lu nombre de descriptions de l'Amazone ou du Congo mais j'ai du mal à croire que ces jungles puissent être plus vertes que l'une de ces combes de montagne un jour de pluie en juillet…

Dans cette alcôve naturelle, nous avons écouté les branches s'égoutter sur le toit de l'attelage et puis nous nous sommes embrassés un long, très long moment. À un moment, ou une certaine inflexion de l'intensité, Claire a laissé sa tête aller en arrière sur le dossier, accentuant les coutures blanches sur le cuir noir rembourré. Laissant l'air s'échapper de ses poumons, elle a pris sous le siège un panier en jonc couvert d'un linge à carreaux bleus et blancs qu'elle a poussé de côté, faisant apparaître un gâteau au glaçage jaune qui s'était fissuré et affaissé sur les bords dans la chaleur de l'après-midi et les cahots de la route le long du torrent. Après lui avoir redonné une forme cylindrique de ses mains et avoir plus ou moins rectifié la circonférence avec la large lame d'un couteau qui se trouvait aussi dans le panier, elle a taillé deux parts et là, dans la carriole, sur les assiettes blanc-bleu du précieux service de Featherstone, avec nos doigts pour seuls couverts car elle avait oublié d'apporter des fourchettes, nous avons mangé cette délicieuse pâtisserie en débâcle, baignés par la lueur verdâtre de la ramure, accompagnés par le discret tambourinement des gouttes au-dessus de nos têtes.

J'ai pris un dernier fragment de gâteau dans ma main. Ma fête. Au bout d'une minute, peut-être, je lui ai demandé :

– Comment savais-tu que c'était mon anniversaire ?

– Granny Squirrel me l'a dit.

– Comment le savait-elle ?

Les mains de Claire ont accompli une légère rotation, un mouvement spectral venu de la Danse des croquemitaines.

– Pareil que toutes les choses qu'elle sait.

– Tu es allée jusqu'à chez elle ? Une demi-journée à cheval dans le ravin ?

Claire m'a regardé un instant.

– À cette époque de l'année, j'aime bien me promener.

Le mois d'août tirait à sa fin. Au bord de la rivière qui longeait le comptoir de Valley River, les buis et les sumacs rougeoyaient déjà. Sur la galerie, Claire a porté la main dans l'échancrure de son chemisier, entre ses seins, et en a sorti un minuscule flacon attaché à un cordon en cuir qui pendait à son cou. Elle a penché la tête en avant et retenu ses cheveux d'une main pour dégager ce collier. Sa nuque était si blanche que je l'ai maintenue dans cette position afin d'y déposer un baiser. Elle s'est redressée, a rejeté sa chevelure en arrière, m'a tendu le flacon.

– Tu vois ceci ?

– J'aurais du mal autrement, puisque tu me le brandis sous le nez.

– Ceci va t'arrimer à moi.

– Je le suis déjà.

– Tu as dix-sept ans. La première jolie fille qui te sourit est l'amour de ta vie… pour un bref moment, en tout cas.

Je n'ai pas protesté. Claire a extrait de la ceinture de sa jupe une feuille de papier *in-quarto* pliée. Elle l'a ouverte dans le soleil et j'ai aperçu à travers son écriture fantasque et sans élégance, inversée.

Elle a dit : « D'après Granny Squirrel, il faut que je prononce ces mots. »

Les yeux froncés sur la feuille, elle a lu d'une voix forte, comme si elle s'adressait à un auditoire de plus d'une personne :

Perds le sommeil.
Toujours éveillé, pensant à moi.
Me désirant.
Rien que moi.
Change, à l'instant.
Change.
Maintenant je détiens tes pensées.
Je détiens ton souffle.
Je détiens ton cœur.

Elle a replié le papier, l'a glissé à nouveau sous sa ceinture.

— Et ensuite, je dois faire ceci, a-t-elle annoncé.

Décapsulant le flacon, elle a versé une poudre aussi sombre que du café moulu dans sa paume. L'équivalent d'une petite cuillère.

Elle a avancé sa main vers moi : « Aspire par le nez, comme une prise. »

J'ai obéi. La poudre est entrée en moi. Je n'ai rien senti d'autre qu'une démangeaison dans les narines, un début de larmes dans les yeux, l'impression fugace que j'allais éternuer.

Il en restait un peu dans les crevasses de sa main. Elle a considéré ces traces ténues du même air que si je n'avais pas été capable de relever un défi.

Elle a dit : « Il faut lécher, j'imagine. »

La poudre n'avait aucun goût mais la main de Claire était salée.

– Désormais tu es destiné à me vouloir toujours, a-t-elle prononcé.

Je n'avais aucun doute là-dessus, ce jour-là comme aujourd'hui. J'ignore ce que cette poudre pouvait être. Herbes et racines et champignons et lichen séchés et mélangés à de la bile d'ours dans un mortier, peut-être. Je n'ai jamais accordé grand crédit à ses pouvoirs. Mais ce sont ses paroles qui m'ont pénétré, et transformé, et qui continuent à œuvrer en moi. Des mots qui me dévorent et me nourrissent. Et quand je serai mort et enfermé dans la terre si sombre, quand toutes mes âmes auront expiré l'une après l'autre et que je ne serai plus qu'un tas d'os insensibles, il y aura encore une étincelle de désir dans leur moelle, car le désir survit à la chair.

Les foulards en soie rouge que j'avais commandés sont enfin arrivés au début de l'automne. Juste à temps : Claire allait bientôt repartir en pension à Savannah. Après les avoir découpés en triangles, j'ai essayé de les coudre pour former une sphère ouverte à la base, mais le résultat m'a déçu. Au lieu du globe élégant et bien bombé que j'avais imaginé, j'avais obtenu une sorte de sac à farine vermillon. Si je donnais la préséance à l'utilité sur l'esthétique, cependant, il fallait reconnaître que ce piètre travail de couture était aussi léger qu'une toile d'araignée, laissant la lumière du jour filtrer quand je l'ai élevé devant une fenêtre. J'ai porté mon dessin de nacelle au meilleur fabricant de paniers de toute la région, une vieille femme courtaude aux traits burinés par la vieillesse mais qui répondait au nom de Rising Fawn, Petit Faon. Elle a suivi mes instructions à la lettre, employant des copeaux de chêne aussi fins que du papier réunis dans une chaîne et une trame où le vide l'emportait sur la matière. Cette nef qui tenait dans la paume et ne pesait pas plus qu'une feuille de sycomore de taille normale allait cependant emporter un bon paquet de bouts de chandelles pressés les uns contre les autres. Après l'avoir attachée au ballon avec du fil de soie, j'ai allumé le combustible en tenant le globe ouvert au-dessus de la chaleur montante. Sous mes yeux émerveillés, il s'est gonflé et a quitté lentement le sol, exactement comme il avait déjà flotté dans mon imagination. Lorsqu'il a été à hauteur de tête, je l'ai attrapé et j'ai soufflé les bougies. Il ne me restait plus qu'à attendre une nuit sans vent, sans pluie et sans lune.

Il m'avait fallu l'été entier pour composer un poème digne du moment et je dois reconnaître en toute honnêteté que la version finale reprenait plusieurs des thèmes déclinés par les vers que l'oiseau en papier m'avait portés. Le mien était toutefois plus court, et ses images faisaient explicitement allusion à des qualités spécifiques de Claire et à la topographie de la vallée. Je l'ai recopié de mon écriture la plus ténue sur une bande de papier que j'ai enroulée et attachée à un long fil de soie qui pendait de la nacelle. Et puis j'ai attendu.

Un jour que Claire passait au magasin pendant une période de temps clément et de nouvelles lunes, je lui ai dit : « Sois à ta fenêtre. Après minuit. »

Tapi dans l'obscurité devant la maison, j'ai mis feu aux chandelles, soutenu le ballon au-dessus de la chaleur. Il s'est élevé comme l'esprit d'un mort, globe de plasma lumineux dans le ciel noir. Claire s'est penchée par la fenêtre jaune, simple silhouette. Elle n'a pas touché l'aérostat ; elle a juste attrapé le petit rouleau de papier, l'a attiré à elle, coupé le fil de soie avec ses dents et laissé la nef poursuivre son vol.

Il y a eu un souffle de brise, comme un discret soupir de la nuit. Il n'a même pas fait frissonner les feuilles mortes sur le sol mais il a suffi à éloigner le ballon de la façade dans une trajectoire descendante qui l'a entraîné au-dessus d'un champ de maïs, tout près de la terre maintenant, sa lueur mystérieuse passant sur un fond d'arbres obscurs. Et puis il est tombé dans une petite meule de débris de maïs desséchés, la sphère s'est effondrée, la nacelle s'est renversée, et soudain les tiges craquantes se sont embrasées et c'était comme si une balise avait été allumée dans le champ, des flammes de trente pieds de haut qui sifflaient et crépitaient.

J'ai reporté mon regard sur la fenêtre de Claire, qui s'est brusquement éteinte. J'ai couru me cacher dans un buisson de lauriers. Une lumière est apparue au rez-de-chaussée, découpant un Featherstone à peine sorti du lit et pas plus vêtu qu'à son premier jour. Il est sorti calmement sur le perron, un fusil à la main, l'a couché en joue et a déchargé le canon double en direction du champ. Deux déflagrations retentissantes, deux éclairs jaunes qui ont brièvement éclairé le sol devant lui. Je crois que ces coups de feu étaient plus une manifestation d'indépendance que la tentative d'atteindre quelqu'un ou quelque chose. Ensuite, il est retourné dans la maison.

Si j'étais peintre, je ne ménagerais aucun effort pour essayer de rendre cette scène : un ciel noir et ses lambeaux de nuage, une meule en flammes, un homme nu dans un halo d'arme à feu.

7

Comme prévu, Tallent et moi avons échangé nos postes à l'approche de la mauvaise saison et du départ de Claire à Savannah. De retour à Wayah, je n'ai guère vu Bear jusqu'à ce que les grands froids l'obligent à quitter ses montagnes. Cette année-là, dans la maison d'hiver envahie de fumée, avec le vent qui hurlait derrière les murs, j'ai écouté Bear raconter ses chasses pendant les mois où j'avais été absent, une succession d'expéditions solitaires dans les forêts que des forces contraires et malfaisantes avaient fait tourner à une catastrophe presque fatale. Il a divisé son récit en trois parties, abondamment détaillées puisque nous avions tout le temps. Mais moi, je vais résumer.

Dans le vert profond de la mi-été, il avait été mordu par un serpent énorme, bien plus long que lui-même debout, à la tête pratiquement aussi grosse que celle d'un chien et aux crochets de la taille de ses deux majeurs recourbés. Lui qui avait cru que des reptiles aussi gigantesques avaient depuis longtemps disparu de la face de la terre, il s'était bien trompé… Son mollet ayant enflé jusqu'à atteindre la circonférence d'un seau, il n'avait pas pu redescendre de la montagne. Étendu sous une roche plate pendant des jours, sans provisions, il n'avait subsisté qu'en buvant à un filet d'eau qui suintait de la pierre. La peau sur sa jambe avait viré au noir, puis s'était ouverte du genou à la cheville. Deux semaines s'étaient écoulées avant qu'il ne puisse rentrer à la maison en boitant, maigre comme une tige de maïs.

À sa sortie suivante, en plein automne cette fois, il avait abattu par erreur un loup dans la lueur trompeuse du crépuscule, le confondant avec un tout autre animal, une jeune biche ou un sanglier à longues pattes. Il est vrai qu'il avait un peu bu, également. Quoi qu'il en soit, le sacrilège d'avoir tué un loup avait rendu sa carabine inutilisable. Il avait certes essayé de la purifier en glissant dans le canon sept tiges d'oxalis et en la mettant à tremper dans la rivière toute la nuit mais rien à faire, elle n'atteignait plus jamais sa cible et il s'était donc résigné, après avoir retiré le cran de sûreté, à la donner aux enfants du village pour qu'ils jouent avec.

La fois d'après, dans la grisaille tenace du début d'hiver, il avait établi son campement au bord d'une falaise, près du sommet. Son souper s'était résumé à faire infuser sur le maigre feu une plante flétrie par le gel mais nourrissante, dont la consistance ressemblait à celle du champignon ou du lichen et qu'il avait trouvée dans les interstices d'un champ de pierres. À peine la nuit tombée, un froid intense s'était installé. Inexplicablement, et sans qu'il puisse se souvenir d'un précédent, les étoiles avaient pris la taille de torches de résineux dans le ciel. La lune des neiges, alors pleine, était un trou brillant à travers lequel un autre monde devenait en partie visible. C'était une révélation qui commandait une attention sans partage et il était resté étendu sur son perchoir, captivé par cette nuit sidérante et par l'immensité d'un paysage qu'il n'avait encore jamais imaginé. Il n'avait donc pas prêté attention au feu en train de s'éteindre, en avait même oublié de s'envelopper dans sa couverture, et quand une aube argentée s'était levée il avait découvert que ses pieds ne réagissaient plus. Ayant péniblement gagné une petite source qui se trouvait non loin de là, il les avait trempés dans le filet d'eau froide mais n'en avait pas moins perdu un doigt du pied gauche, rongé par les engelures.

– Une série de lunes plus mauvaises les unes que les autres, fichtre ! a-t-il conclu. Jamais eu pire saison de chasse.

C'est alors que j'ai changé de sujet et que j'ai entrepris de raconter mon histoire d'amour de l'été. Je l'ai fait durer un jour ou deux, entre repas et longues périodes de sommeil. J'ai tenté de me montrer distrayant en essayant de tirer le meilleur parti du matériau dont je disposais : les personnalités de Claire et de Featherstone, la beauté de Valley River, la splendeur de Cranshaw, mon désir et mes tourments à propos de Claire.

Lorsque son tour est venu de parler d'amour, Bear a commencé par la déclaration suivante : « J'aurais dû avoir une vieillesse tranquille et respectable, celle de chef de mon peuple, de la voix de la sagesse au sein du conseil, d'un conteur hors pair lors des veillées d'hiver ; à la place, je suis un fou, sujet des racontars et des ricanements de tous. »

Là, je me suis dit que je venais d'être battu à plate couture au concours de la meilleure histoire, et qu'il ne me restait plus qu'à écouter cette nouvelle mésaventure qui lui était arrivée en mon absence.

Bear a déclaré qu'il était tombé gravement amoureux d'une belle et jeune veuve, en grande partie à cause de la sensualité aussi inlassable qu'impitoyable de l'intéressée. Elle avait pour nom Dogwood Leaf (Feuille de Buis), et aussi Sara. Comme il ne pouvait se rassasier d'elle, la ravissante avait édicté que s'il voulait continuer il devrait l'épouser, elle et ses deux sœurs également. Et c'était ce qu'il avait fait, car il s'en tenait toujours aux anciens usages même si les sang-mêlé et les Indiens écossais de la Nation prétendaient que ceux-ci n'avaient plus cours et qu'en conséquence l'union conjugale ne devait s'appliquer qu'à deux personnes, une clause restrictive qui n'avait pas prévalu jusqu'alors.

Ici, je dois noter que Bear avait déjà été marié un nombre de fois qu'il n'était pas désireux ou capable de préciser. Dire qu'il avait une cohorte d'épouses risquerait toutefois de donner une image inexacte de lui, celle d'un pacha trônant sur son harem ou d'un coq entraînant derrière lui un troupeau de poules dans la cour d'une ferme. Il en avait quitté certaines, d'autres l'avaient abandonné, à parts plus ou moins égales. Il ne nourrissait de rancœurs envers aucune d'elles et regrettait encore sa première femme, Wild Hemp, avec une cruelle intensité que près de cinquante ans depuis sa mort n'avaient pas amoindrie. Quand il pensait à elle, il avait à nouveau dix-sept ans comme elle, l'âge qu'elle conserverait à jamais, et beaucoup de l'amour qu'il avait en lui restait pour toujours lié à ce temps.

Mais Sara était assez futée pour ne pas être jalouse d'une morte, ou bien elle ne se souciait guère de la direction que les véritables sentiments de Bear pouvaient prendre. Il avait donc épousé les trois sœurs toutes ensemble, lesquelles amenaient avec elles plusieurs cousines veuves elles aussi ou sans mari, ainsi qu'une mère au tempérament violent et une grand-mère qui proclamait avoir dépassé les cent ans de plusieurs décennies. Bear s'était retrouvé seul et aux abois au milieu de toutes ces femmes qui se liguaient contre lui et contredisaient la plupart de ses décisions, à l'exception de celles concernant les prérogatives traditionnellement masculines, la guerre et la chasse. Sauf que la première appartenait à un passé définitivement révolu et la seconde n'était plus qu'un pâle reflet de ce qu'elle avait été, se limitant en large part à un prétexte donné aux hommes pour prendre un fusil et s'en aller dans la quiétude des forêts.

Si les femmes de Bear acceptaient de le suivre dans le respect des us et coutumes de jadis, c'était pour décréter que les champs, en tant qu'apanage féminin, étaient désormais leur propriété exclusive et aucunement la sienne. Il en était de même pour la cabane, la réserve à grains et bien entendu la hutte de menstruation, qui après des années d'abandon connaissait maintenant une grande fréquentation dès que la pleine lune approchait. Quand Bear s'aventurait parmi les cultures juste pour tailler un brin de conversation avec elles, car il n'avait de toute façon aucune intention de manier la bêche, elles le faisaient déguerpir sans attendre. La plus âgée d'entre elles, appelée Grandmother Maw parce qu'elle avait été mariée au très fameux Hanging Maw (Gueule Pendante)[1], n'avait jamais été très élancée, et les rhumatismes de la vieillesse l'avaient encore pliée en deux, de sorte qu'elle arrivait à peine à la ceinture de Bear, mais cela ne l'avait pas empêchée un jour de le menacer de sa vieille houe en silex tout en glapissant: «Pas d'homme dans mon maïs! Hors de là, maudit bougre!»

Bear en était venu à passer presque toutes ses nuits à la maison communale. Lorsqu'il ne pouvait plus tenir, il se glissait au clair de lune jusqu'à la couche de Sara dans l'espoir improbable qu'elle l'y accueillerait. Et si ses deux autres nouvelles épouses ne lui inspiraient qu'un désir modéré, elles n'en éprouvaient aucun à son égard: l'une paraissait tout bonnement incapable de souffrir sa vue et répliquait par des commentaires acerbes à ses moindres paroles ou à ses moindres actes; l'autre le traitait comme un clown que le Créateur n'avait conçu que pour son exclusif divertissement. Toutes trois avaient d'ailleurs des amants qui se succédaient à vive cadence, des jeunes qui venaient s'asseoir devant la marmite du dîner, s'esquivaient avec elles dans les huttes de couchage une fois la lune levée et avaient disparu au point du jour. Comme ces femmes prenaient des potions qui les préservaient de tomber amoureuses, leur cœur demeurait libre

---

1. Il s'agit là du nom du principal chef de la nation cherokee entre 1780 et 1792.

et léger ; mais elles connaissaient aussi les formules qui rendent les hommes fous de désir et elles avaient donc un terrible pouvoir. Face à elles, le désavantage de Bear était considérable.

Les joutes érotiques avec Sara, qui avaient été quotidiennes et frénétiques avant le mariage, s'étaient brusquement espacées au point qu'il avait maintenant l'impression qu'elles étaient plus rares que les éclipses lunaires. Et quand elle se décidait à l'accepter sur son grabat, il était ensuite l'objet de plaisanteries et de risées des jours durant parce que, comme les autres constructions de Wayah, la hutte où les femmes dormaient était exiguë, et dans cet espace confiné la notion même d'intimité amoureuse demeurait une pure illusion entretenue par la discrétion ou le tact éventuels du reste des occupants, qualités dont la famille de Sara, mère, sœurs et tout particulièrement grand-maman, était dénuée à un point remarquable. Alors, elles s'esclaffaient sur les épanchements de Bear autour de la soupe du petit déjeuner, rivalisant à qui imiterait le mieux ses soupirs, et c'était un concert de grognements de sanglier fouillant le sol de son groin, de sifflements de marmotte, d'éternuements de chevreuil, de croassements de corneille. Finissant par s'enfuir en courant, Bear n'avait plus d'autre choix que de passer la journée à bouder devant le feu de la maison communale ou d'arpenter la berge du fleuve à la recherche de compagnie et de commisération, qu'il pleuve ou qu'il vente. Dans ce dernier cas, il échouait invariablement au comptoir de commerce où il consacrait des heures à s'enivrer, à maudire l'amour sous toutes ses formes et à regretter que je n'aie pas été là pour l'écouter car Tallent faisait un auditoire déprimant, ne savait pas apprécier les bonnes histoires et n'était capable que d'aligner des chiffres et des chiffres dans nos livres de compte.

8

L'été suivant à Valley River ne m'a pas vu m'adonner avec célérité à mes affaires. Ni ouvrir un seul livre de droit. Non, j'étais trop accaparé par le poids subtil d'un sein de Claire dans ma main, l'écho d'un poème nouveau que je venais de découvrir dans le *Congaree Quarterly* ou la *North American Review*, les pastels de nos longs crépuscules, les soupers tardifs dans la maison du planteur illuminée d'une myriade de chandelles de blanc de baleine et ensuite les étoiles qui tournaient dans le ciel tandis que je rentrais chez moi sur Waverley, car je ne passais jamais la nuit à la plantation.

Cette année-là, le vin coulait très généreusement à la table de Featherstone. À ce stade, je connaissais assez bien le marché pour avoir conscience de la valeur considérable de chaque bouteille et constater qu'il n'achetait que les meilleurs crus. Champagne l'après-midi, bordeaux le soir, il servait ses nectars français avec la même libéralité que s'ils avaient été de l'eau de source pure et fraîche qu'il suffisait de puiser à sa guise. L'accès à sa bibliothèque étant tout aussi libre, je me grisais également de lecture : le *Tamerlan* de Poe, les œuvres de Byron et Blake, les romans de Brockden Brown et leur sens de l'absurde saisissant, l'*Arcadie* de Philip Sidney, qui m'a paru d'une si grande pertinence... Rien ne comblait plus Featherstone que de nous voir plongés dans des livres, Claire et moi, soit effondrés sur les chaises longues du jardin quand il faisait beau, soit devant une maigre flambée dans le salon les jours de pluie.

Par les plus belles nuits, Featherstone allumait de véritables brasiers dans le parc, s'asseyait au bord du cercle de lumière vive et buvait du vin en quantité tout en parlant d'astronomie et en nous interrogeant sur nos lectures du moment. Lorsqu'il finissait par aller se coucher d'un pas incertain, Claire et moi descendions au fleuve, nous dépouillant de tous nos vêtements pour faire l'amour immergés jusqu'au cou dans l'eau froide. Nos corps mouillés couinaient en se frottant l'un à l'autre, environnés déjà par le brouillard matinal s'amassant à la surface noire du courant, mes pieds enfoncés entre les pierres arrondies, ses cuisses nouées fermement autour de mes hanches.

L'après-midi, nous parcourions la campagne dans le cabriolet de Featherstone, nous arrêtant à notre guise pour des étreintes passionnées sur les sièges en cuir rembourré, ou sur la rive mousseuse d'un torrent, ou sur une roche plate au milieu du fleuve tandis que l'écume bouillonnait de toutes parts et que la pluie tombant à l'oblique chuintait sur la pierre chaude, ou que le soleil tapait et que le cours d'eau avait le même parfum que si l'averse avait fait infuser toute la vallée, terre, roches et plantes, en une tisane odorante qui se trouvait maintenant mêlée au fleuve. Nous faisions si souvent l'amour en plein air que Claire a eu bientôt les seins et le ventre hâlés, et aussi ses fesses bombées et le dos de ses cuisses au léger duvet, alors qu'au mois de mai encore, toutes ces parties de son corps avaient été d'une blancheur lumineuse, les ridicules conventions vestimentaires imposées à une jeune fille de la société ne permettant au soleil que d'effleurer ses mains quand elle osait enlever ses gants en public, et son visage les rares fois où elle relevait un peu le rebord de son bonnet. Je devais être pareillement bruni, sans doute, mais tout ce que je me rappelle à ce sujet est la nuit que j'avais été forcé de passer sur le ventre tant mon postérieur avait été brûlé par les rayons et le jus de tomates vertes dont je m'étais frictionné en cachette le lendemain matin, remède bien connu à ce genre de désagrément.

Veille du solstice d'été, au matin. Plongeant mes mains dans le panier en copeaux, j'ai remué les racines four-chues et terreuses sans en trouver une seule gâtée. Je les ai versées dans le bol de la balance, j'ai ajusté les poids en les tapotant un petit peu de l'index sur le support cranté jusqu'à atteindre l'équilibre, puis j'ai noté le nombre d'onces et leur valeur du jour en face du nom du client dans mon livre de compte. Flying Squirrel. Écureuil volant.

— Vous voulez des espèces ou du crédit ?

Il regardait ses pieds, hésitant. On aurait cru que nous n'avions pas procédé à cette opération au moins une dizaine de fois, les derniers temps.

— Crédit, s'est-il enfin décidé.

Après avoir inscrit cinquante *cents* sur la ligne du livre, je lui ai rendu son panier. Quand il est sorti, je l'ai suivi dehors. Claire était dans la cour, juchée sur un cheval que je n'ai pas reconnu, deux sacoches rebondies passées derrière la selle.

— Nous allons sur le mont chauve et nous allons y passer trois nuits de la pleine lune, a-t-elle annoncé.

— Vraiment ?

Flying Squirrel, qui assurait pourtant ne pas com-prendre un mot d'anglais, avait dressé l'oreille. Avant de s'en aller, il m'a jeté un drôle de regard. Une fois sur la route, il s'est retourné, nous a observés une seconde et s'est éloigné.

— Ferme ta boutique, prépare Waverley et allons-y, a commandé Claire. Allons !

— Et Featherstone ?

– Parti folâtrer. On ne le reverra pas d'ici une semaine au moins, jusqu'à un mois au plus.

Après avoir rempli mes fontes de randonnée, j'ai passé le cadenas à l'œilleton sur le chambranle de la porte, je l'ai fermé et j'ai laissé un mot : « Bientôt de retour ». On avait une autre notion du temps, à cette époque…

Nous avons rejoint la piste conduisant au mont du lézard. Claire ouvrait la marche. Je n'ai cessé de contempler sa chevelure qui lui tombait dans le dos, d'admirer ses reflets dans la lumière, son balancement au rythme du pas de son cheval sur ce chemin plein d'ornières, souvent envahi de pierres et qui, dans son ascension de la montagne, traversait et retraversait le torrent une douzaine de fois. L'humidité ambiante alourdissait les branches couvertes de feuilles sombres. L'air était chargé d'une odeur de mousse aquatique. Vers midi, le ciel faisait penser à un tissu bleu lavé si souvent qu'il en était devenu presque blanc, sans un seul nuage en vue, mais dans l'après-midi des nuées noires sont apparues et il s'est mis à pleuvoir comme si « on vidait la pisse d'une botte » – expression commune dont je n'ai jamais vraiment compris la substance. Ensuite est venue une brume tellement dense dans le sous-bois que l'on distinguait à peine les oreilles de son cheval. Puis le soleil a commencé à se coucher, déchiquetant peu à peu les cumulus de ses faisceaux rouges et jaunes. À cette saison, le crépuscule durait des heures et des heures, au point que l'on se demandait si la nuit tomberait jamais. C'était la période idéale pour être jeune et parcourir les montagnes.

La lune se levait quand nous sommes parvenus au sommet du mont. Nous avons allumé un feu mais nous avions décidé de limiter notre dîner à quelques crackers, du fromage mou et de la purée de piments que j'avais apportés. La contribution de Claire consistait en quatre pêches à peine mûres que nous avons croquées comme des pommes, sans retirer leur peau veloutée. Et puis nous avons rejoint notre nid de courtepointes dans les herbes hautes et nous avons regardé la lune du maïs vert cheminer lentement sur la courbe nitescente du ciel. Incroyablement plus proche et plus douce que toutes les lunes d'hiver, elle semblait être un astre différent. Les chevaux broutaient à distance, leurs robes assombries par la condensation. Je me souviens de Claire se dégageant des couvertures à un moment avant l'aurore, nue, ses épaules et son dos fuselé d'un bleu lunaire dans un cercle d'herbes argentées lourdes et sinueuses comme des mèches de cheveux de femme. Elle a fait quelques pas pour contempler la vue, est revenue se blottir contre moi, frissonnante, ses jambes mouillées de rosée. Nous nous sommes parlé jusqu'à ce que l'horizon se teinte de ses premières couleurs, puis nous avons dormi une heure ou deux et à notre réveil tout ce qui était à nos pieds s'était mué en un océan de brouillard blanc. Nous avons fait bouillir du café sur l'un des rares îlots de soleil, et quand les vapeurs se sont dispersées dans les vallons, le monde s'est à nouveau épanoui sous nos yeux, à perte de vue.

Nous avons passé trois nuits similaires sur le mont chauve, tels deux anges au-dessus des ondulations de la planète, baignés de toutes les nuances que la lumière inventait d'une aube à l'autre, assez fortunés pour être jeunes à l'apogée de l'été verdoyant. Nous n'avions emporté que quelques provisions, une seule casserole et de quoi faire notre nid douillet, mais nous nous étions munis de beaucoup de livres. Si le temps avait été à la pluie, nous aurions souffert. Cependant les jours étaient azuréens et les nuits cristallines, éclairées par la plus fugace des pleines nuits de l'année qui se réverbérait contre la voûte céleste avec une telle intensité que nous pouvions lire à sa lumière, transportés par les mots, qu'ils aient été déclinés en poèmes ou en récits. Nous faisant réciproquement la lecture, parfois, et d'autres fois absorbés chacun dans la sienne.

Quand ils découvriraient ces clairières de haute montagne bien plus tard, journalistes et auteurs de livres de voyage seraient fascinés par leur attrait mystérieux. Ces sommets, parmi les plus élevés de l'Est américain, émergent au-dessus de la limite atteinte par la jungle tempérée qui couvre la région. Certaines de ces calottes étendent sur des hectares de vastes prairies d'herbe luxuriante et de fleurs sauvages, ménageant soudain des ouvertures spectaculaires sur le ciel par-dessus la sombre frondaison des forêts. Bear soutenait que les monts chauves avaient été l'œuvre d'un gigantesque serpent volant ; malgré tous mes efforts, je ne suis jamais arrivé à une meilleure explication de leur existence.

Durant ces trois jours et trois nuits, j'ai disposé du meilleur que ces deux mondes pouvaient offrir : j'avais Claire avec moi et je me languissais d'elle à la fois. En abaissant le regard dans l'air bleu sur des cascades, des gorges et des massifs lointains, j'avais l'impression d'être le roi de tout ce pays estival.

Des décennies après, déjà engagé très avant dans l'avidité de l'âge adulte, j'ai obtenu des titres de propriété sur la plupart des terres que j'avais alors sous les yeux, jusqu'à l'horizon le plus dégagé. Mais ces piles de papiers proclamant que le pays de l'été était mien n'étaient évidemment rien en comparaison de la félicité de ces trois jours.

Sur notre mont chauve, notre extrême jeunesse nous a conduits parfois à évoquer le mariage en plaisantant. Mais ce badinage tombait à plat, cela dit. Notre âge n'était pas un obstacle : les mariées adolescentes étaient un cas courant, en ce temps-là. Plus encore, une fille particulièrement désirable était souvent destinée à contracter union avec un homme de trente-cinq, quarante ans ou plus, quelqu'un capable de lui assurer une digne place dans le monde. Ces mariages étaient de véritables transactions dans lesquelles la fraîcheur de la jeunesse se voyait échangée contre une certaine sécurité matérielle avant qu'elle ne se fane.

Dans notre situation, l'élément adverse était d'ordre légal. Si l'État dont j'étais citoyen se souciait peu des choix conjugaux des gens de couleur et des sang-mêlé à partir du moment où ils se mariaient entre eux, de sorte que les jeunes dont la peau allait de la nuance de l'aubergine à celle d'un œuf de poule étaient libres comme l'air à cet égard, un Blanc ou une Blanche était au contraire limité par de sévères restrictions à l'heure du choix. La plus infime proportion d'ascendance «colorée», même indiscernable à l'œil, pouvait suffire à séparer deux amants, telle une goutte de sang tombée dans un seau de lait.

Mais l'idée que les autorités nous interdisaient à jamais le lien matrimonial n'était pas sans charme pour Claire et moi : sa seule évocation nous faisait nous sentir comme des hors-la-loi, un statut éminemment attirant dans la fièvre de notre jeunesse. À peine avions-nous suspendu nos baisers, lèvres rougies et gonflées, que Claire déclarait haut et fort que la loi lui convenait très bien : elle n'aurait jamais pour mari qu'un vieux richard de race indéterminée, dont elle dépenserait l'argent sans compter. Quelque propriétaire terrien à la peau couleur de poussière, à peine plus indien qu'elle ne l'était elle-même, en redingote noire dans sa grande maison illuminée de lustres en cristal. Une goutte de sang dans un seau de lait, vraiment, et d'ailleurs leurs enfants seraient si peu colorés que leur seule existence deviendrait un casse-tête pour les législateurs. Lorsqu'elle avait terminé d'évoquer ainsi son avenir, il ne me restait plus qu'à jurer ma fidélité non à elle mais à un sort de célibataire à vie, avec une longue succession d'aventures amoureuses sans lendemain jusqu'au basculement dans une impotente sénilité. Et puis, la minute suivante, nous nous proclamions liés l'un à l'autre pour l'éternité et les contraintes de la loi nous faisaient alors l'effet de cruelles entraves.

– Est-ce que cela concerne aussi les Chinois ? a demandé Claire.

– J'en doute.

– Donc, ils ne t'interdiraient pas une épouse chinoise ?

– Ils n'ont sans doute pas encore pensé à une combinaison pareille.

– Ils y viendront.

– On est qui on « pense » être, ai-je dit gravement.

Elle s'est penchée pour m'embrasser comme si je venais d'énoncer quelque chose de très doux et gentil. Mais quel est le garçon qui voudrait paraître doux et gentil, plutôt que sombre et mystérieux ? Elle a rétorqué :

– Non, ce n'est pas du tout ainsi. La plupart du temps, on est ce que les autres pensent qu'on est.

– Tant que nous rêverons, il y aura toujours la Géorgie, ai-je observé. Ils marieraient n'importe qui, là-bas.

Et c'était la vérité : quelle que soit la proportion de sang mêlé d'un fiancé et de sa promise conjugués, ils étaient libres de franchir la frontière, de s'engager sur les pistes à troupeaux de Géorgie jusqu'à la ville la plus proche et d'y débusquer un pasteur ivre ou un juge à jeun qui les prononcerait mariés en échange de cinq dollars. Terre de tous les possibles, la Géorgie. Et d'ailleurs, au-delà de la souplesse des coutumes géorgiennes, le mariage n'était pas toujours une grande affaire, dans ces contrées de pionniers : parfois, les gens se contentaient d'envoyer les autorités au diable, de se déclarer mariés et de continuer ainsi leur bonhomme de chemin.

– Oui, a-t-elle approuvé, nous nous lèverons peut-être demain matin et nous irons droit en Géorgie. Mais personne d'autre que nous ne doit savoir. Ce serait un engagement secret, disons. Nous reviendrions et nous ferions comme si rien ne s'était passé.

– Sauf que nous, nous saurions…

– Oui, nous saurions.

Mais nous ne sommes pas allés en Géorgie, ni le

lendemain, ni jamais. Et je me demande encore comment ma vie aurait évolué si nous l'avions fait.

En redescendant de la montagne, nous nous sommes engagés dans le ravin. Sur les hauteurs, les lauriers étaient encore en fleur. Dès que la piste était assez large, nous chevauchions côte à côte en laissant nos mains se toucher. Plus tard dans ma vie, un moment conclusif tel que celui-ci m'aurait inévitablement procuré un goût d'échec, la sensation désolante que des journées comme les trois que nous venions de passer étaient à jamais enfuies ; à l'époque, au contraire, j'exultais dans la certitude trompeuse mais exaltante que la vie allait continuer sur cette glorieuse lancée. J'étais comme tous les autres : je croyais que la jeunesse était un pacte privilégié avec Dieu.

Preuve que le bonheur n'avait pas de fin, Claire a arrêté sa monture dans une boucle du torrent, là où des rochers verdis émergeaient d'une eau noire et profonde dans laquelle elle s'est plongée. Je l'ai rejointe. Ensuite, elle s'est étendue de tout son long pour sécher dans une flaque de soleil, nue, redressée sur un coude, crémeuse sur un lit de mousse émeraude, la rosée matinale s'attardant en gouttelettes qui s'harmonisaient à celles laissées par le torrent sur sa peau. Ses tétons étaient tendus, deux promesses couleur cannelle. Elle s'est assise pour tordre ses cheveux mouillés, et même si je trouve généralement que les êtres humains sont parmi les moins réussies des créatures de Dieu – il suffit de nous regarder, puis de contempler un renard, une corneille ou une truite –, Claire était à cet instant aussi belle que notre espèce peut l'être.

– Est-ce qu'il t'arrive d'avoir l'impression d'être une apostrophe ? a-t-elle soudain demandé.

– Pardon ?

– Rien qu'un tout petit signe à la place de quelque chose de plus complet. Juste de quoi occuper un espace. Une convention. Presque du vide.

– Non. Peut-être un tiret, des fois. Ou un trait d'union. Ou une série d'apostrophes, mais rarement.

– Je ne plaisantais pas vraiment, tu sais.

Elle s'est laissée glisser de la pierre moussue. L'eau au menton, elle a rejeté ses cheveux en arrière, révélant ses traits pâles et nus.

– Tu n'es pas heureux, si ? a-t-elle continué.

– Quoi ?

– Seul. Orphelin. Guère d'amis. Seulement des projets. Et les projets, ils vivent à peine plus que les papillons en septembre.

– Je suis heureux tout ce qu'il faut. Et j'ai tous les amis que je veux.

– Ce qui fait combien, trois ? Dont un cheval.

– Les gens… Ils vous laissent toujours tomber.

Dans la vieillesse encore, elle est une récurrence. Je rêve de Claire au moins deux fois par an. N'est-il pas incroyable que le désir, cette force vaporeuse, résiste aussi bien aux ravages du temps, pour ne devenir au pire que le triste rappel des tours incessants que la vie nous joue ? Dans certains rêves, elle n'est qu'une senteur, parfois lavande, parfois girofle et cannelle, mais aussi un autre parfum qui reste cher à mon cœur : au cours de ces deux étés, il lui arrivait souvent d'essuyer sans y penser sa plume sur un pli de ses jupes, qui étaient la plupart du temps d'un bleu foncé si bien que la seule trace de cette habitude était la légère odeur d'encre qui émanait d'elle.

L'été tirait à sa fin. Asters et vernonias. Après-midi chauds et secs, conclus par un soleil qui se couchait chaque jour plus au sud. Un soir qu'il faisait déjà sombre, je me suis rendu à Cranshaw. Ainsi qu'ils en avaient l'habitude depuis toujours à l'approche de l'automne, les villageois brûlaient les broussailles sur les flancs du piémont, pour rendre la chasse meilleure et les déplacements plus aisés.

Tard dans la nuit, des lignes de feu oscillantes montaient lentement à l'assaut du ciel, et la fumée s'attardait dans la vallée.

Il était près de minuit quand je suis arrivé. J'avais pensé trouver la maison plongée dans l'obscurité et Claire m'attendant sous la colonnade mais Featherstone était toujours dehors, assis dans un fauteuil en cuir d'où il surveillait une dinde de taille imposante qu'il avait mise à fumer sur des braises de hickory. Ficelé ventre en l'air sur une broche, le volatile était enveloppé de lanières de bacon qui suaient leur graisse sur la peau dorée. Le maître des lieux lisait, les pieds posés sur une caisse à vin. Une autre, lui servant de table, accueillait une bouteille de bordeaux, un verre en cristal, une lanterne et un pistolet.

Après m'avoir jaugé de haut en bas, il a produit une montre en or Jurgensen grosse comme un biscuit et l'a examinée à la lumière de sa bougie.

– C'est tard, pour une visite.

– J'avais dit à Claire que je passerais cet après-midi.

– Dans ce cas, tu es la ponctualité personnifiée.

– J'étais tout au bout de la vallée. J'ai idée d'acheter un autre comptoir, là-bas. Je suis allé y jeter un coup d'œil et j'ai été retardé.

Soulevant ses bottes de son ottomane improvisée, il l'a poussée vers moi.

– Assieds-toi.

Ayant placé la caisse à un angle favorable par rapport au cercle du feu, j'ai gardé les yeux sur Featherstone. Il s'est penché pour repousser un éclat de bois parmi les braises, des flammes d'un jaune vif se sont aussitôt élevées. Des mèches rousses étaient encore bien apparentes dans sa chevelure grisonnante.

– J'en ai fini avec ce livre, a-t-il annoncé. Tu peux le prendre. Voyons ce que tu en penseras. Je le trouve plutôt bon.

Il me l'a tendu. L'inclinant vers les flammes, j'ai observé

la tranche puis je l'ai ouvert et, après avoir feuilleté quelques pages, je l'ai refermé.

– J'ai entendu parler de ce poème et j'avais l'intention de le lire, ai-je affirmé. *Don Juan.*

J'ai prononcé le titre comme si je savais l'espagnol ou comme les Mexicains le faisaient peut-être.

– Tu le dis autrement, d'après ce que je vois, a noté Featherstone. L'auteur le fait rimer avec « truand », lui.

J'ai répété les mots avec curiosité. Truand, Juan.

– C'est l'histoire d'un bonhomme qui n'arrive pas à garder son braquemart dans sa culotte, a-t-il repris. Et toi, tu avais hâte de le lire… Mais enfin, j'imagine qu'il est représentatif de son espèce.

Il a attrapé un petit seau étamé, d'où le manche d'un pinceau dépassait.

– Tiens, badigeonne-moi cet oiseau et donne-lui un tour.

J'ai porté le récipient à mon nez. Cela sentait le vinaigre et le piment. J'ai entrepris de passer délicatement le pinceau sur la dinde mais Featherstone est intervenu.

– Il y en a beaucoup. Arrose hardiment.

Je me suis exécuté. Le liquide d'un rouge sale a dégouliné sur les flancs de la bête, grésillé une fois tombé dans les braises.

– Et maintenant, tourne !

– Le bacon va tomber, ai-je objecté.

– Il a donné ce qu'il pouvait. Tourne, j'ai dit !

L'extrémité de la broche était courbée en forme de poignée. Quand je l'ai saisie, elle a laissé une bande écarlate dans ma paume et j'ai certainement eu une réaction aussi involontaire que bruyante car Featherstone a pesté :

– Crénom ! Je pensais que tu aurais assez de jugeote pour te servir de ton chapeau, ou de ta manche, de quoi protéger ta main…

Je suis allé jusqu'à la rivière pour y plonger ma main,

sans réussir à éteindre complètement le feu qui la consumait encore.

La dinde prête, nous avons dégusté des tranches arrosées à nouveau de vinaigre poivré et prises entre de gros morceaux de pain blanc. Nous avons bu du vin, les yeux sur les rougeoiements du feu. Ma main me cuisait encore. De temps en temps, je l'ouvrais et j'observais la flétrissure diagonale.

– Tiens, un cadeau ! a soudain lancé Featherstone. Ou plutôt un cadeau qui vient compléter l'offre de ce livre. Je suis d'humeur généreuse, ce soir.

Il me tendait un petit sachet en velours rouge fermé par un ruban en étoffe rose qui avait été noué le plus simplement du monde. La chose ne pesait rien. Dénouant les cordons, je l'ai renversé dans ma main et je l'ai secoué pour en faire tomber le contenu. Trois objets identiques dont j'ai cru reconnaître la fonction. Des fourreaux hideux qui faisaient penser à des peaux de serpent après la mue.

– Très utiles contre la vérole, a commenté Featherstone, mais aussi pour éviter de faire des enfants. Il faut les mettre à tremper avant usage. Et après, ils doivent être nettoyés avec le plus grand soin.

Je les ai remis dans le sachet, que je lui ai rendu. Non, merci, sir.

Featherstone m'a saisi par le poignet avec une brutalité d'abord douloureuse, puis anesthésiante. Ses yeux sur moi étaient ceux d'un rapace ayant repéré un lapin. « Les gentlemen les gardent dans leur gousset », a-t-il chuchoté. Il m'a relâché. J'ai glissé le sachet dans une poche de mon gilet avec la sensation d'avoir été dominé.

Nous sommes restés longtemps sans parler. Featherstone a rempli une nouvelle fois nos verres. « Je trouve que le dernier numéro de la *Chesapeake Review* est en tout point leur meilleur », a-t-il noté. J'en ai convenu. Mais plus je braquais des yeux songeurs sur le feu, plus la scène m'apparaissait comme l'un de ces moments de l'existence que l'on aimerait revivre à son avantage sitôt qu'il s'est passé, et ce jusqu'à la fin de ses jours, un moment qui vous ronge inexorablement une fois que vous avez commis l'erreur et que vous ne pouvez plus revenir en arrière. Celui-ci n'allait cependant pas s'ajouter à la liste interminable de mes manquements : d'un seul geste, j'ai sorti le sachet de mon gilet et je l'ai lancé sur les braises avec son contenu. Après une flambée aussi brusque que celle produite par une poignée d'aiguilles de sapins, la petite bourse en velours n'a plus été que cendres.

Valley River ne parlait que du bal de Cranshaw. La soirée de l'année. J'ai guetté mon invitation au courrier des jours durant. Finalement, Claire est passée me voir.

– Il se méfie. N'y accorde pas d'importance.

– Ce qui veut dire que je ne dois pas venir ?

– Ignore-le, simplement. Quelques heures et rien de plus. N'y accorde pas d'importance.

Les esclaves de Featherstone avaient dû passer la semaine à fabriquer des bougies car toutes les fenêtres de la demeure étaient brillamment éclairées. Dans la pénombre de la galerie, des hommes se tenaient en groupes, silhouettes noires que je distinguais à peine mais dont je voyais les cigares rougeoyer lorsqu'ils tiraient dessus, s'animant ici et là comme des lucioles flottant sous la colonnade. J'entendais aussi le murmure des conversations, de brusques éclats de rire féminins et les notes aigrelettes d'une épinette mal accordée qui égrenait quelque danse démodée. Le bruit de pieds traînant sur le parquet, mais pas de violoneux ou de joueurs de banjo pour le bal de M. Featherstone. Une piste de danse avait été sans doute dégagée, les meubles repoussés, les tapis roulés. J'ai supposé que Claire devait être en train de danser, une main masculine dans le creux de son dos ou peut-être encore plus bas, sur la courbe moelleuse que sa taille faisait en commençant à s'incurver.

Je me sentais comme je m'étais attendu à être en venant ici : banni, morose, un quidam indésirable tapi dans l'ombre. Et pourtant je m'étais déplacé jusqu'à Cranshaw. La route appartenait à tout le monde, n'est-ce pas ? Qui aurait pu m'en empêcher ? Et de toute façon j'avais été d'une humeur noire pendant tous ces jours où j'avais guetté une invitation qui n'était jamais arrivée.

Je suis resté longtemps à bouillir sur la route, une lune bleutée et presque pleine au-dessus de moi, une chanson triste se répétant en boucle dans ma tête.

Soudain, j'ai aperçu Claire dévaler le perron et traverser la pelouse en courant. Sa robe de bal, verte comme la forêt, révélait non sans audace le haut de sa poitrine. Elle est venue tout droit là où j'étais.

– Aide-moi !

J'ai dégagé un étrier en lui tendant la main. Ramassant les plis de sa jupe, elle a élevé son pied chaussé d'une bottine noire pour prendre appui sur l'étrier et j'ai eu sous les yeux sa jambe galbée, puis l'éclat blanc de sa gorge et un aperçu des ombres douces entre ses seins alors qu'elle se projetait sur le cheval derrière moi. Ses bras m'ont entouré. La minceur et la souplesse de la jeunesse nous permettaient de tenir aisément à deux sur la selle si nous nous serrions assez l'un contre l'autre, ce que nous n'avons pas manqué de faire.

J'ai pressé un talon dans le flanc de Waverley en l'entraînant sur la droite avec les rênes que je tenais négligemment dans une main, un demi-tour plein de panache qu'il a exécuté de manière impeccable, ses quatre sabots réunis sur un espace qui ne semblait pas plus grand qu'un couvercle de poêle. Puis je l'ai lancé à bride abattue et il est parti comme une flèche.

Nous avons descendu la route à grande vitesse, en double harmonie avec Waverley dont la crinière flottait dans le vent de la course, longeant le fleuve sinueux et placide. J'ai jeté un coup d'œil en arrière : les cheveux de Claire, qu'elle avait libérés, fouettaient l'air eux aussi, et la traîne de sa jupe faisait comme une queue de comète derrière nous. On aurait cru que ce tourbillon de chevelure et de robe était le seul effet que la résistance du monde pouvait avoir sur nous tandis que nous filions dans la nuit, en un moment d'exaltation qui – mais je ne le savais pas alors – ne se reproduirait plus.

Pour moi, nous aurions pu continuer ainsi à jamais, abandonnés à la jeunesse, à la nuit, à cette liberté sauvage où pas un seul souci ne venait troubler nos pensées, galopant avec la certitude que la vie allait être une succession d'instants comme celui-là, un rêve ininterrompu. Au-delà de l'épuisement ou même de la mortalité des chevaux, et de nous-mêmes. Tout cela existant par la seule vertu de la vitesse.

Waverley est entré dans le guet du fleuve sans ralentir. L'eau noire paraissait s'ouvrir en deux pour nous laisser passer, puis se refermer derrière nous. Claire s'est penchée sur moi, a porté ses lèvres à mon oreille droite : « N'arrête surtout pas », a-t-elle dit.

Rappelez-vous, je vous prie, qu'en ce temps-là il n'y avait rien de plus rapide au monde qu'un cheval racé lancé à plein galop. Aucune machine grossière n'aurait pu le distancer. Là où ils avaient des chemins de fer, on parcourait vingt-cinq lieues en quatre heures, du moins c'est ce qu'affirmait Featherstone sur la foi d'un récent déplacement en Géorgie, mais sur Waverley nous dépassions de loin cette vitesse mécanisée, nous fendions la nuit en deux dans ce qui m'apparaît maintenant comme l'ultime et glorieuse expression d'un monde condamné à disparaître.

Nous avons continué vers l'ouest à travers des tunnels de forêt dense, puis nous avons jailli à découvert dans les champs, sous l'infinité des cieux étoilés. Les pans de montagne défilaient au loin, baignés par le clair de lune à droite et à gauche. L'allonge de Waverley était tellement élevée et puissante que nous ne touchions terre que brièvement.

J'aurais pu continuer, oui, mais bien sûr il a fallu finalement rompre le charme, faire halte et laisser Waverley reprendre souffle avant que son cœur n'éclate dans sa cage thoracique. Je n'avais cependant pas le moindre doute qu'il aurait poursuivi la course jusqu'à la limite de ses forces et jusqu'à la mort, si je le lui avais demandé. Sa brave poitrine palpitait comme un soufflet de forge entre nos jambes et je sentais Claire entièrement pressée contre moi, de son front dans ma nuque au creux de son ventre contre mes hanches. La lune déclinait à l'ouest. C'est triste à dire mais nous avons tourné bride et nous sommes revenus vers l'orient. Au pas, désormais.

«Laisse-moi devant», a dit Claire.

Dans une sorte de pirouette accompagnée d'un bruyant froissement de taffetas mais néanmoins très gracieuse, elle s'est retrouvée entre mes bras, appuyée contre moi, ses mains sur mes jambes pour rétablir son équilibre. J'ai humé l'odeur de lavande de ses cheveux, senti le contour de ses seins sous sa robe alors que je tenais toujours la bride. J'ai eu la perception qu'elle se détendait, laissait aller son poids sur moi en un léger soupir, mais je ne cessais de rectifier ma position sur la selle afin de déguiser de mon mieux l'excitation provoquée par notre nouvelle position.

Nous avons repris le chemin de Cranshaw, remontant en sens inverse ce que je croyais être le cours de nos désirs. Waverley allait d'un pas si lent qu'il semblait parfois ne plus avancer, et pourtant nous avons fini par rejoindre la plantation. Des violons et des banjos avaient été engagés, au bout du compte, et des quadrilles avinés faisaient résonner toute la maison de martèlements de bottes.

Il ne reste plus guère à rapporter de cette nuit sinon que nous avons mis pied à terre et que nous nous sommes embrassés longuement. Claire avait passé de la lanoline sur ses lèvres desséchées, qui étaient maintenant un peu collantes et âpres. De près, elle dégageait une faible odeur de laine. Au bout d'un moment, les invités du bal ont commencé à prendre congé. Dans des attelages, à cheval et à pied, des groupes s'éloignaient en amont ou en aval du fleuve. Avant d'atteindre le premier tournant de la route, un fêtard a tiré un coup de fusil triomphal dans les airs, geyser de feu jaune sur le ciel obscur. Featherstone était debout sur le perron, silhouette solitaire découpée par les fenêtres illuminées, et il a porté un doigt à son front pour me saluer. Après un long baiser de bonne nuit, Claire a traversé la pelouse pour revenir à la maison. Je suis rentré chez moi, ou plutôt au comptoir de Valley River qui était l'un des endroits que j'appelais « chez moi ». Une fois arrivé, j'ai libéré Waverley de son harnachement, je l'ai étrillé avec de la toile de jute, je lui ai donné une ration d'avoine supplémentaire ainsi que deux petites pommes vertes et une grosse carotte qu'il a avalée d'une seule succion, jusqu'à son toupet de verdure. Je n'ai pas pu trouver le sommeil avant l'aube.

Claire est passée me voir quelques jours plus tard, peu avant la tombée de la nuit. La pluie l'avait trempée. Après avoir conduit son cheval dans l'enclos, j'ai activé le feu, empilé des châles et des couvertures sur le sol devant l'âtre. Un orage d'automne avait passé la barrière des montagnes à l'ouest. Des éclairs illuminaient brusquement les fenêtres, projetant dans la pièce des trapèzes de lueur bleue découpés par le petit-bois des vitres. L'averse tambourinait sur les murs. Un désir incandescent nous a projetés l'un contre l'autre dans une étreinte furieuse où toute l'insouciance désespérée de la jeunesse se manifestait.

Après, Claire s'est allongée sur le ventre, le front sur ses avant-bras croisés. J'aurais pu rester une éternité à l'admirer dans la lueur dorée des flammes et à passer ma main sur les douces collines de ses fesses mais elle s'est bien redressée et s'est assise en tailleur, le châle qu'elle avait jeté sur ses épaules ne révélant plus que le bout de ses seins. Elle a chanté du début à la fin une chanson récemment arrivée d'Irlande et qu'elle venait d'apprendre, *Crois-moi, si tous ces charmes délicieux de la jeunesse...* Ensuite, elle est revenue sur les passages qu'elle trouvait particulièrement poétiques, les images qui éveillaient une émotion spéciale en elle, mais aussi les vers qu'elle jugeait d'une mièvrerie cocasse. Elle a continué avec *Le Cavalier*, un air nouveau qui était selon moi encombré d'une intrigue inutilement compliquée : un jeune homme se rend la nuit sous la fenêtre de celle qui gouverne son cœur, découvre une échelle de corde qu'il croit d'abord destinée à lui mais dont elle s'est en réalité servie pour s'enfuir avec un autre, sans que l'on comprenne comment il a pu arriver à cette déduction, et en rentrant chez lui il compose une autre chanson dont le refrain exprime sa ferme conviction que les filles telles que son ex-amante peuvent aller au diable, ou à Hong Kong.

Lorsque nous avons terminé cette séance de critique musicale, nous nous sommes encore une fois livrés à une joute amoureuse après laquelle elle a avoué qu'elle était encline à passer la nuit avec moi.

– Et ton père ? me suis-je étonné.
– Mon père ?
– Featherstone.
– Ce n'est pas mon père.
– Non ? Qu'est-il pour toi, alors ?
– Je suis mariée à lui.

J'ai cru que j'allais tomber raide mort.

– Mariée ?
– C'est compliqué.
– Personne n'en a jamais rien dit !

– Personne n'a jamais dit que non. Et je ne me rappelle pas que tu aies posé la question.

Je suis resté longtemps à réfléchir. J'avais fait certaines suppositions fallacieuses, de toute évidence.

– Et tu… Il t'est arrivé de coucher avec lui ?

– Oui.

– Dans ce cas, le sujet est clos, je crois.

Je me suis levé d'un bond. Il m'a fallu un moment embarrassant pour renfiler mon pantalon, trouver les manches de ma chemise. Je ne savais pas vraiment où aller, puisque nous étions chez moi. Partir dans la nuit, errer à travers cet univers malveillant, courir à toutes jambes dans les ténèbres jusqu'à rencontrer un obstacle résistant et me fendre la tête dessus. Répandre au sol ma cervelle qui, visiblement, ne serait pas suffisante pour tanner ma peau.

– Mais il ne m'a jamais baisée, si c'est ce que tu voulais savoir, a-t-elle déclaré.

M'attrapant par la main, elle m'a attiré à nouveau sur les couvertures bien chaudes et s'est mise à raconter une histoire.

Elle avait échu à Featherstone par un mariage arrangé, un accord conclu selon les règles anciennes et dans lequel elle n'avait été qu'une pièce rapportée. Un jour, en fin d'après-midi, Featherstone était passé à cheval devant leur maison. Il était à moitié ivre, ayant déjà presque vidé une bouteille de rhum des Barbades qu'il n'avait cessé de taquiner pour se distraire de la monotonie de la route entre sa plantation et la nouvelle capitale de la Nation, qui n'était encore pratiquement qu'un champ vide et quelques marques prometteuses sur un plan. Sa dernière épouse en date étant morte depuis peu, il était affamé de compagnie féminine. Au moment où il était parvenu devant leur ferme, la sœur aînée de Claire, Angeline, était assise en haut du perron, occupée à essorer l'eau de ses cheveux qu'elle venait de laver. C'était un beau tableau et Featherstone s'était dit aussitôt : il faut que j'aie cette fille.

Il ne l'avait pas courtisée, ni conquise, mais négociée. Leur mère, une veuve de trente-cinq ans avec si peu de sang indien dans les veines qu'elle avait les yeux bleus, était encore attirante et ne pensait pas que sa vie personnelle était entièrement derrière elle. Elle avait posé ses conditions, les avait défendues d'arrache-pied face aux contre-propositions et aux coups de bluff de Featherstone, qui avait plusieurs fois menacé de quitter la table avant de se résigner à accepter ses termes : en plus du versement d'une somme conséquente, elle avait exigé que son futur gendre prenne avec Angeline la sœur cadette, Claire, alors une fillette de onze ans maigrichonne dont il avait à peine remarqué l'existence, si ce n'est lorsqu'il lui avait tendu distraitement un bonbon couvert de peluche qu'il avait trouvé au fond de l'une de ses poches.

Featherstone n'était pas revenu les chercher, ni même n'avait pris la peine de leur envoyer une calèche. Simplement, un vieil Africain conduisant un chariot attelé à une paire de bœufs s'était arrêté un matin devant la ferme. Une bâche grise et usée pendait aux arceaux articulés. C'était le genre de guimbarde que l'on réservait au transport de sacs de farine de maïs poussiéreux. Le conducteur, dont les lourdes paupières tombaient sur des yeux jaunâtres, ne parlait que des bribes d'anglais avec un fort accent ouest-africain, mais il leur avait fait comprendre qu'il était là de la part de Featherstone.

Angeline n'était guère disposée à se jucher sur ce misérable chariot et à se faire trimbaler comme de la laitue en route pour le marché. Pour elle, l'accord avait été rompu. Ce n'était pas ce qu'elle avait été en droit d'attendre et cela n'augurait rien de bon de sa nouvelle vie. Mais sa mère ne l'entendait pas de cette oreille. Sans doute tous les équipages de Featherstone étaient-ils occupés, ce jour-là. Ses affaires étaient tellement importantes et multiples. Il fallait s'en accommoder, manifester de bonnes dispositions. Pendant que la discussion continuait, Claire se tenait les bras croisés sur sa maigre poitrine encore dépourvue de seins, plus intéressée par une meule de foin près de la grange où deux chatons gris jouaient à chasser, guettant et traquant tout ce qui pouvait bouger dans la paille.

Angeline avait fini par capituler, à court d'arguments. « Allez, montez », avait ordonné leur mère. Les deux filles s'étaient hissées tant bien que mal sur la haute plate-forme. L'Africain avait aiguillonné les bœufs qui, dans l'ombre projetée sur eux par la bâche, avaient relevé la même face pâle et les mêmes yeux laiteux lorsqu'ils s'étaient mis en route.

Une fois cet étrange mariage consommé, Featherstone avait aimé sans réticence la sœur aînée et l'avait traitée comme sa véritable épouse tandis que Claire devenait à ses yeux une sorte de fille adoptive. Deux ans plus tard, cependant, Angeline avait été emportée par la fièvre jaune. Featherstone avait sincèrement pleuré sa mort et n'avait jamais, pas une seule fois, tenté de se glisser dans la chambre de Claire à la faveur de la nuit.

– Mais tu as tout de même couché avec lui, ai-je objecté.

– Je l'ai dit, c'est une relation compliquée.

– Compliquée ?

– Oui.

– Pour moi, c'est ça qui est compliqué !

– Quoi donc ?

Des deux mains, j'ai désigné Claire toujours assise en tailleur et drapée dans le châle. Elle n'a rien répondu à cela, se contentant de me demander quelle heure il était. Je suis allé consulter ma montre, qui n'était pas encore une Jurgensen en or. « Sacrebleu », a-t-elle marmonné quand je le lui ai dit. Elle s'est rhabillée en hâte et elle est partie, sans me permettre de la raccompagner même une moitié du chemin.

Trois jours ont passé et, un matin, Waverley n'a plus été là. Le corral désert avait été forcé, la porte en rondins amovible jetée au sol.

Si l'époque des poney-clubs était presque révolue, il arrivait encore que des jeunes volent des chevaux sur le territoire de la Nation pour les revendre dans les États limitrophes. Et quand ils le faisaient, ils savaient que Featherstone les abriterait toujours pour une nuit ou même puiserait dans sa propre écurie de pur-sang afin qu'ils puissent s'enfuir au cas où ils seraient poursuivis. À ses yeux, c'était un devoir civique qui valait les risques encourus, car il considérait que ces expéditions forgeaient le caractère de la jeunesse. Quand il vous manquait un cheval à Valley River, il était donc logique de commencer par aller voir ce qui se passait à Cranshaw.

Le petit palefrenier habituel n'est pas apparu et tous les autres esclaves devaient être occupés ailleurs. J'en ai vu certains en train de construire un hangar au bout de l'une des pâtures, d'autres affairés dans les vergers de pommiers et de pêchers sur les collines. Je suis donc entré sans escorte dans la cour des écuries où je suis tombé nez à nez avec Featherstone en train de seller une jument. Il était vêtu comme un Blanc adepte d'équitation : veste sombre, grandes bottes noires, culotte grise et panama à larges bords. Un couteau Bowie pendait dans un fourreau à sa ceinture.

Il m'a lancé un regard, puis il a dit : « J'aurai fini dans un instant. »

Il a continué à s'activer sans hâte, consacrant un temps considérable à ajuster le mors dans la bouche de la jument, à resserrer les courroies de la muserolle, à vérifier la tension de la sangle de selle et la hauteur des étriers, qu'il a descendus d'un trou avant de se raviser et de les replacer comme ils étaient. Enfin, ce qui paraissait le fruit d'un long débat intérieur, à en juger par ses sourcils froncés et son expression concentrée, l'a amené à ajouter une martingale. J'ai attendu à ma place. Comme Featherstone se juchait sur sa monture sans l'aide d'un bloc et s'apprêtait visiblement à s'en aller en m'ignorant, j'ai pris la parole :

– Je suis à la recherche de cet étalon qui m'appartient, Waverley. Il a disparu.

– Est-ce que nous n'avons pas déjà eu cette scène ? a dit Featherstone. Il y a des années de cela, à mon camp de chasse. Tu étais après un cheval, là aussi.

– Les chevaux des autres ont tendance à se retrouver souvent dans vos corrals. C'est la raison pour laquelle j'ai commencé par ici. Vous vous souvenez sans doute du mien. Un étalon bai. Vous l'avez vu attaché dans votre cour des centaines de fois.

– Il en passe des dix et des cents, par ici. Je n'y prête guère attention mais pour l'heure il n'y a rien qui corresponde à ta description. Il y en aurait bien un qui ressemble à ce que tu dis, là-bas, dans le troisième enclos… mais c'est un hongre.

Je me suis approché de la barrière. Waverley avait été enfermé avec une douzaine de petits canassons à robe mouchetée et de race indéterminée. Du sang coulait encore entre ses pattes de derrière. Je suis resté immobile une minute, puis j'ai entrepris de tâter mes poches comme si j'allais finir par y trouver un pistolet en insistant bien. Si tel avait été le cas, je n'aurais pas pu m'empêcher d'abattre Featherstone juché sur sa jument. Tout ce que je me rappelle avoir pensé, à ce moment, c'était que j'aurais préféré mourir plutôt que de laisser ce crime impuni. J'en ai fait le serment.

Je suis revenu à Featherstone, dont la monture secouait la tête impatiemment et cherchait à se libérer de la bride qu'il tenait serrée.

– Si vous voulez bien descendre de ce cheval, ai-je prononcé.

– Grand Dieu ! Vas-tu essayer de revendiquer ce hongre aussi ? Je vois qu'il n'y a pratiquement aucune monture entre ici et le Mississippi qui ne risque pas d'être proclamée ta propriété !

– Celui-ci est le seul que je réclame. Et tout le monde ou presque, entre ici et Wayah, confirmera mes dires.

– Sacrebleu, me voilà dans de beaux draps ! Faire face à un homme dont les témoins sont des Indiens dispersés dans les forêts sans fin ! Quel défi ! J'imagine qu'il ne me reste plus d'autre recours que de produire les miens, à mon tour. Je ne devrais pas avoir de difficultés à en trouver une douzaine, de sorte que nous serons à égalité. – Il a posé le dos de la main sur son front comme on le fait avec un enfant pour voir s'il a de la fièvre. – Ah ! Je me sens mieux, déjà…

– La différence, c'est que je n'aurai pas à acheter mes témoins pour qu'ils soutiennent un mensonge.

Il a mis pied à terre. Lorsqu'il a été bien d'aplomb sur ses jambes, les rênes entre les doigts, une expression amusée et intéressée sur les traits alors qu'il attendait de voir la suite, je me suis avancé et je l'ai frappé à la mâchoire de toutes mes forces. Il n'est pas tombé, pourtant, chancelant seulement de quelques pas en arrière avant de retrouver son équilibre. La jument, qu'il avait lâchée, est allée tranquillement vers les autres chevaux dans l'enclos. Le chapeau de Featherstone avait volé par terre.

Il a baissé la main qu'il avait portée à sa bouche et a considéré le sang qui couvrait ses doigts, avec lesquels il a ensuite prudemment tâté ses lèvres et ses dents de devant. Et là, dans un geste si rapide que je l'ai perçu trop tard, il a brandi la grande lame courbe qu'il portait à la ceinture. L'espace de deux battements de cœur, elle a vibré dans l'air comme la fourche d'un diapason.

Résistant à l'impulsion de détaler, j'ai attendu. Je n'étais pas armé, ce que j'ai eu au moins la présence d'esprit de souligner à haute voix. Il a d'abord eu l'air de se soucier comme d'une guigne de ce constat mais il a réfléchi à la question, ensuite. «J'aurai donc à te tuer plus tard pour cela», a-t-il sifflé avant de rengainer son couteau et d'envoyer un crachat sanguinolent sur le sol. Il a arraché une touffe d'herbe dans laquelle il a essuyé ses mains. Il lui a fallu une minute humiliante pour ramasser son panama et rattraper sa jument, qu'il a enfourchée après avoir vissé son chapeau sur sa tête. Il s'est éloigné sans m'adresser un regard. Les phalanges de mon poing avaient déjà enflé, les deux premières fendues comme la peau d'une tomate trop mûre.

Un duel n'est pas sans ressemblance avec la cour que l'on fait à une femme : c'est aussi une cérémonie rigoureusement codifiée dont le but est toutefois de séparer irrévocablement deux vies au lieu de les réunir dans le mariage. Sa consommation vise à canaliser la colère de même que l'union conjugale sert à discipliner la pulsion sexuelle, et dans l'objectif commun de limiter les dégâts aux deux êtres concernés.

De nos jours, le duel appartient au passé et c'est fort bien ainsi. À l'époque dont je parle, il était au contraire furieusement en vogue, à l'instar d'un nouvel et inexplicable engouement pour une forme de chapeau ou une largeur de revers de veston. Les hommes appartenant à la classe des duellistes, c'est-à-dire tous ceux qui étaient des gentlemen ou voulaient être tenus pour tels, cherchaient souvent le prétexte le plus futile dans le but de créer une querelle. Ainsi, Andrew Jackson, quand il n'était encore qu'un jeune et obscur avocat de Jonesboro, de l'autre côté des montagnes, eut l'un de ses nombreux duels avec un quidam qui avait osé dire du mal de son livre de droit favori. Et ce cas n'est pas une rareté, lorsqu'on se penche sur l'absurdité de cette mode. On se battait parce que quelqu'un avait jeté un regard à un autre en le croisant dans la rue, et on se battait parce que quelqu'un avait omis de regarder un autre en le croisant dans la rue. Les hommes portaient leur honneur comme un nid d'oiseau sauvage dans leurs mains en coupe, une construction belle et fragile, telle une coquille d'œuf, prête à se rompre au moindre souffle insultant. Comme chaque coutume ou presque, le duel avait toutefois ses aspects positifs, aussi risible eût-il été par ailleurs. En sa faveur, je remarquerai qu'il a entraîné un progrès remarquable dans la courtoisie de la vie sociale : savoir qu'un grand nombre d'hommes risquaient d'avoir recours à leurs pistolets devant le premier affront, et que parmi eux une petite minorité étaient capables de moucher une bougie à vingt pas avec leur balle, avait en effet tendance à modérer considérablement les humeurs de chacun.

Au cours des quatre décennies qui l'ont suivi, le nombre de gens affirmant avoir assisté au nôtre a augmenté au point que l'on pourrait croire qu'il y avait eu une foule assez dense pour nécessiter la présence de vendeurs de bière et de matrones en train de bouillir des cacahuètes ou de frire des abats de porc, à l'instar de ce que le public attend lors de la pendaison d'un meurtrier célèbre. Beaucoup de ces soi-disant spectateurs ont donné des récits détaillés mais aussi très variés de l'événement, parfois dans les colonnes de la presse, et les années passant j'ai conservé ces différentes versions dans mon journal et dans ma mémoire. Quant à moi, je n'ai jusqu'ici jamais évoqué cette rencontre, ni par écrit ni en paroles, et Featherstone a gardé le même silence à ce sujet, tout comme chacun de nos deux témoins jusqu'à leur mort. Je n'ai pas l'intention de consacrer ici trop de place aux rectifications qui s'imposent, et je me contenterai donc de quelques observations éparses, notamment en ce qui concerne les prodromes du duel.

Featherstone a attendu plusieurs jours – une semaine, au moins – avant de me faire parvenir sa lettre de défi par son témoin, un propriétaire terrien de moindre envergure que lui qui répondait au nom de Bushyhead (Tignasse). Ce laps de temps lui avait sans doute servi à parfaire son éducation en ce qui concernait l'étiquette à suivre dans une affaire d'honneur, dont les règles étaient abondamment publiées, commentées et modifiées. Des jeunes de Camden ou de Charleston avaient dans leur étui de pistolet un exemplaire du code du duel français. Après tout, il n'était pas facile de se souvenir des quatre-vingt-quatre points du règlement à un moment de sa vie dominé par une très compréhensible nervosité.

La missive de Featherstone, que j'ai lue pendant que Bushyhead buvait une tasse de café devant l'âtre du magasin, proclamait une évidence. Il est des outrages assez insupportables pour qu'un homme préfère mourir plutôt que de les laisser sans réponse, écrivait-il. Et puisque je me piquais tant de suivre les us et coutumes de Charleston ou d'autres endroits similaires, continuait-il, il avait décidé de me régler mon compte en gentleman au lieu de m'abattre tel un chien sur le bord de la route, traitement que je méritais pourtant très clairement. Il affirmait qu'il respecterait le code de duel publié que je voudrais bien choisir et lui communiquer, mais qu'après s'être penché sur la question il tenait à recommander les règles irlandaises, y compris les ajouts de Galway. Il avait découvert dans ce code qu'un acte de violence ne pouvait être racheté par des mots, de sorte que des excuses de ma part seraient inutiles, mais que les Irlandais, avec leur bon sens et leur amour de la paix, proposaient un moyen d'éviter un duel à mort : à leurs yeux, l'auteur d'un coup au visage devait non seulement demander pardon en fléchissant le genou – de même qu'un soupirant devant sa dame – mais avait aussi obligation d'offrir ensuite sa canne à la personne offensée. Une correction s'ensuivait, dont le degré de brutalité dépendait entièrement du tempérament et de l'humeur de cette dernière. Je voyais donc, concluait Featherstone, que nous pouvions aisément résoudre cette affaire en l'espace de dix ou quinze minutes, sans avoir à nous rencontrer sur le champ d'honneur et d'égalité. En conséquence, il attendait que je lui indique l'heure et l'endroit où il serait en mesure de me donner la bastonnade avec ma canne. Après quoi nos relations – qui étaient presque celles d'un père et d'un fils, disait-il – retrouveraient la chaleur et la cordialité qui les avaient caractérisées. Adoptant le rôle de conseiller plus âgé, il me suggérait de m'abstenir dans l'avenir d'accorder une importance symbolique aussi exagérée à la castration d'un cheval. Puis venait une grande signature ampoulée, et tout en bas, d'une écriture plus rapide et peut-être plus récente, un post-scriptum : « Que penserais-tu de nous comporter en vrais amis et d'aller prendre un verre ensemble au lieu de nous entre-tuer ? Un cheval n'est rien de plus qu'un cheval, même dans son meilleur jour. »

J'avais entendu parler d'hommes qui acceptaient de relever le gant dans leur salon, encore sous la coupe d'une colère sanguinaire, mais qui sur le terrain de duel se contentaient de tirer en l'air et de rester debout devant leur adversaire, attendant la balle, et qui expliquaient ensuite – quand ils avaient la chance de survivre, bien sûr – qu'ils avaient assez de courage pour mourir mais non pour tuer. C'est une mentalité que je n'ai jamais comprise. De pareils individus ne sont pas faits pour ce monde ; ou bien ils se prennent pour des saints, ou bien ils pensent que le duel est une forme de suicide plus satisfaisante. Quant à moi, à chaque fois que mes yeux se posaient sur la peau boursouflée et amollie de l'entrejambe de Waverley, j'éprouvais une envie de tuer Featherstone presque aussi intense que ce jour-là, dans la cour de ses écuries. Et non seulement l'abattre mais aussi vivre pour m'en vanter des années et des années après. En imagination, je me voyais par une belle journée d'été, trentenaire ou quadragénaire, planté dans l'herbe à hauteur de bottes, la braguette déboutonnée, pissant allègrement sur sa tombe.

Entre ces consolantes rêveries et la certitude que je serais capable de tuer Featherstone, il y avait évidemment une distance notable. Dans toute autre forme de combat, il m'aurait sans doute abattu si vite que je n'aurais pas eu le temps de cligner des yeux, mais un duel au pistolet à silex et à quarante pas rendait la partie considérablement moins inégale. J'étais un bon tireur, à l'époque, car j'avais la main sûre et je m'étais souvent entraîné derrière le magasin de Wayah par les après-midi sans clients. D'ailleurs, Featherstone était plus connu pour sa dextérité avec un couteau que pour son adresse au tir. En conclusion, j'estimais que nos chances seraient équilibrées, voire même légèrement à mon avantage.

Dans une courte réponse, j'ai écrit que j'appréciais toutes ces informations sur les mœurs irlandaises, car il est toujours enrichissant de s'initier aux folklores étrangers, mais que je n'étais pas disposé à présenter des excuses, ni d'ailleurs à recevoir une rossée de sa main.

Cela précisé, j'ai confié mon mot à Bushyhead en lui souhaitant bonne route.

Le lendemain matin, il était de retour avec une lettre de défi en bonne et due forme, rédigée dans les termes d'usage les plus châtiés, avec une politesse peut-être un peu trop exquise qui frisait parfois la parodie. Les mots de « champ d'honneur » revenaient souvent et le subjonctif était omniprésent. Une phrase d'une ampleur et d'une solennité considérables, qui n'était pas sans un parfum du siècle précédent, paraissait ne jamais devoir finir, s'étalant sur plus d'une page avant d'atteindre le degré de complexité syntaxique où il devenait presque impossible, même avec l'attention la plus stricte, de se rappeler quels étaient le sujet et le verbe principaux. La substance, toutefois, c'était que certaines insultes salissent l'honneur d'un gentleman au point que le sang est le seul solvant de nettoyage assez puissant pour le laver. La lettre s'achevait non par un appel au duel mais par une invitation à une «entrevue».

Quand j'ai terminé, Bushyhead m'a demandé si j'accepterais de la lui lire à haute voix ; après la dernière phrase, il a dit que le seul passage qu'il avait compris était «Cher monsieur».

J'ai écrit ma réponse en gardant à l'esprit que je risquais toujours de mourir dans quelques jours même si Featherstone semblait avoir l'intention de tourner la chose en plaisanterie. J'ai envoyé un message à mon employé, Tallent, pour le convier à être mon témoin. Il a aussitôt fermé le comptoir de Wayah, m'a rejoint à Valley River, et c'est lui qui a porté à Featherstone la lettre dans laquelle j'acceptais le duel.

Un intense échange de courrier a débuté le lendemain. Dans l'une de ses missives, Featherstone, qui n'était cependant pas en position de m'imposer le choix des armes puisqu'il était celui qui avait jeté le gant, a exigé que nous nous battions avec des haches de guerre tout en étant liés l'un à l'autre par le poignet gauche. Pour justifier cette bizarre prétention, il a cité le précédent d'un célèbre duel disputé au harpon de baleinier et à dix pas, laissant entendre que sa formule nous permettrait d'écrire une page d'histoire ou en tout cas de faire parler de nous. Comme j'ai ignoré sa requête, sa lettre suivante a été lapidaire : «Sarbacanes à l'aube !», suivi de sa signature la plus fantasque, tracée d'une plume taillée très épaisse.

C'est seulement lorsque je l'ai menacé d'afficher ses élucubrations sur tous les poteaux de la capitale de la Nation, New Echota, et de les envoyer à toutes les gazettes des trois États adjacents, ainsi qu'au *Phoenix*, le journal local, qu'il s'est résigné à l'arme habituelle des duels, deux pistolets de même facture. Il se trouve que j'en possédais justement une paire, souvenir d'un échange de bétail qui s'était compliqué avant d'être conclu.

Cette semaine-là, je les ai montrés à Claire. C'étaient deux très belles pièces tout de bois incurvé et de métal luisant, au canon bien plus long que l'on aurait pu s'y attendre. Couchés dans leur écrin que je tenais ouvert, l'un au-dessus de l'autre sur le velours bleu du rembourrage, les pistolets faisaient penser à deux amants élancés en train de s'accoupler sur un lit à baldaquin.

Quand j'ai fait cette remarque à Claire, elle les a regardés un moment de plus avant de lancer : « Un lit à coquin, oui ! »

Puis elle est allée droit à la porte et elle est sortie. Je l'ai suivie pour la prier de rester mais elle s'est juchée sur son cheval avec une hâte et une maladresse étonnantes de sa part, lançant sa jambe plus haut que nécessaire pour enfourcher sa monture. Avant de partir, elle a dit : « Entre toi et Featherstone, je suis condamnée à n'aimer que des ânes et des idiots. »

La volée de missives suivantes s'attardait sur des détails du code, coupait les cheveux en quatre. Parmi ses multiples objections et atermoiements, il insinuait que la disparité de nos conditions sociales respectives ne correspondait pas aux principes d'un duel en règle. « Même en négligeant notre différence de statut, écrivait-il, le témoin que vous vous êtes choisi me paraît discutable » : Tallent n'étant qu'un simple commis de magasin, s'est-il cru obligé d'insister, sa présence aurait selon lui bafoué l'égalité sociale des deux parties, l'esprit et la lettre du duel. Certes, reconnaissait-il, les temps étaient hélas révolus où celui-ci avait été réservé aux véritables gentlemen appartenant à la classe des propriétaires de plantation ; on était descendu si bas, en fait, que même un apprenti avocat et boutiquier presque encore imberbe mais plein d'ambition s'estimait en droit de défendre un honneur des plus chatouilleux en exigeant de rencontrer sur le champ sacré des adversaires qui le dépassaient en âge, en pouvoir et en influence. Il me concédait toutefois qu'une certaine souplesse était sûrement admissible puisque nous n'étions ni à Charleston ni à La Nouvelle-Orléans. Et qui sait, même ces deux bastions de la chevaleresque institution avaient peut-être dû ouvrir leurs portes aux concessions et aux simplifications, tant notre époque était marquée par la décadence.

Ce raisonnement semblait avoir pour but sous-jacent de me provoquer pour que je lui réponde en lui rappelant que j'étais un Blanc alors qu'il n'était qu'une sorte d'Indien, puisque la pureté du sang blanc prévalait sur tout le reste. Mais je me suis borné à répéter, dans un mot que lui a porté Tallent, l'heure et l'endroit que j'avais déjà spécifiés.

Alors que le jour fatidique approchait, une sorte de lucidité hystérique a pris possession de moi. J'étais capable de pérorer et de faire étalage de mon esprit devant qui voulait m'écouter et, une minute après, de vomir une écume grisâtre de thé et de biscuits sur un tapis d'impatients après avoir dévalé l'escalier à l'arrière du magasin. Claire aurait voulu assister au duel mais Featherstone lui a certifié qu'à la fois son sexe et les règlements concernant les degrés de consanguinité tolérés parmi les spectateurs rendaient sa présence impossible.

Comme je l'ai dit, les récits de la rencontre se sont accumulés au cours des années. Aucun d'eux, malgré leur grande diversité, n'est réellement fiable. Trois éléments reviennent dans presque tous, cependant. Le premier, c'est que Featherstone a été blessé à la jambe ; le deuxième, c'est qu'afin de marquer nos positions de tir respectives, mon second a tracé une ligne sur le sol avec le bout ferré de sa canne tandis que mon adversaire plantait en terre un petit piquet en bois en se servant de la crosse de son pistolet comme d'un marteau, incongruité qu'aucune des parties n'a visiblement contestée, d'après tous ces témoignages, et qui n'a pas eu d'effet particulier sur le déroulement du duel, d'où ma perplexité devant le fait qu'un détail aussi mineur, dont j'avoue d'ailleurs être incapable de confirmer ou de démentir l'exactitude, ait marqué à ce point tous les esprits ; le troisième, enfin, est que chacun s'accorde à rapporter que la rencontre a eu lieu au cours de la première lune d'automne, la lune des noix, quand les pommes restées sur les arbres se ratatinent, que les noisettes, les marrons et les noix couvrent le sol et que les feuilles se colorent. C'est le mois où le monde a été créé et où le temps a commencé à égrener ses heures. Ainsi, la nouvelle année ne survient pas ici au cours de l'hiver gris ou de la verdeur du printemps : tout a commencé par la beauté de la mort approchante.

En ce qui concerne le duel proprement dit, je pense qu'il est préférable de classer ses multiples descriptions en trois catégories.

La version la plus simple, et donc la plus crédible, veut que deux hommes et leurs témoins se soient retrouvés dans une clairière au bord du fleuve alors que le jour pointait à peine, que le brouillard pesait encore sur la vallée et que la pénombre les réduisait à deux ombres occupées à accomplir une mystérieuse gestuelle. Attachés aux arbres près de la route, les chevaux n'étaient que des soupçons de formes. On distinguait aussi l'inévitable chariot bâché qui servirait à emporter morts ou blessés. Dès qu'il avait fait un peu plus clair, les deux duellistes avaient entrepris avec une lenteur et une solennité insoutenables le rituel de charger les pistolets, de mesurer la distance par de grandes foulées, de marquer leur position et d'attendre le signal. Quand celui-ci était enfin venu, un coup de feu avait claqué, assourdi par la brume, à peine plus bruyant qu'une hache fendant en deux une branche de bois mort. Le matin avait dû être encore assez sombre pour que la flamme jaune de la détonation soit bien visible, mais le panache de fumée de poudre avait quant à lui été aussitôt happé par le brouillard. Une courte pause et un deuxième aboiement d'arme. Le résultat de la rencontre, dans ce groupe de récits, était que Featherstone avait entièrement raté sa cible alors que la balle de Will, qui avait eu plus de temps pour viser, avait légèrement éraflé l'intérieur de sa cuisse, à peine plus qu'une brûlure, une ligne rouge qui semblait avoir été cautérisée au fer et n'avait pratiquement pas saigné. La blessure n'avait même pas fait tomber Featherstone, qui avait seulement chancelé d'un pas de côté et avait gâché un beau pantalon gris colombe tout neuf. Là, les deux hommes s'étaient avancés l'un vers l'autre, s'étaient serré la main et avaient déclaré le différend conclu dans l'honneur général. Une addition récurrente à cette version veut que David Crockett se soit trouvé parmi les spectateurs après avoir surgi brusquement le jour précédent, marquant une étape dans un voyage au Tennessee. Selon les témoignages, il aurait déclaré à la suite du duel qu'il n'avait jamais compris la nécessité de s'entourer de toutes ces damnées bonnes manières pour envoyer quelqu'un manger les pissenlits par la racine. Je dirai juste que je suis presque certain de n'avoir connu Crockett qu'au moins un an après ces événements.

Dans la seconde version, reprise elle aussi abondamment mais avec moins d'insistance, le duel s'était déroulé non à l'aurore mais au crépuscule. La raison était qu'ayant entendu les nombreuses rumeurs à ce sujet, une masse d'Indiens curieux d'assister à ce nouveau trait de civilisation s'étaient rassemblés à l'endroit de la rive convenu, y avaient établi un camp et avaient festoyé et dansé toute la nuit précédente, de sorte que les duellistes arrivés dans les frimas du lever du jour étaient tombés sur une foule de gens, certains très éméchés, d'autres engagés dans de bruyants paris sur le vainqueur comme s'ils allaient assister à un jeu de balle. Peu désireux qu'une affaire d'honneur dégénère en spectacle de foire, les parties s'étaient consultées et avaient annoncé que la rencontre était annulée d'un commun accord qui scellait leur réconciliation. Le campement, qui attendait avec impatience de voir le sang couler, avait évidemment été cruellement déçu et c'est sous les récriminations et les ronchonnements que les deux hommes avaient quitté les lieux, sur lesquels ils étaient revenus à la tombée du jour, une fois tout le monde rentré chez soi.

On raconte qu'au moment où les témoins réglaient les derniers détails du duel, Featherstone s'est avancé vers Will et lui a tendu une très grosse balle en plomb, de celles que l'on utilisait dans la chasse au bison – « de la taille d'une pomme reinette » est l'image qui revient le plus souvent. « Mords là-dessus, aurait-il dit, il paraît que cela calme les nerfs. » Will était pâle comme la mort, ou rouge comme une écrevisse, selon les récits, mais il a cependant eu assez d'esprit pour faire rouler la balle dans sa paume, la rendre à Featherstone et répliquer : « Merci, sir, mais vous en aurez peut-être besoin, au cas où vous avaleriez par inadvertance celle que vous avez déjà dans la bouche. » Pendant ce temps, les témoins, qui consultaient fébrilement leurs exemplaires du code d'honneur, y ont trouvé ce dont ils se doutaient, à savoir que les duellistes ne doivent sous aucun prétexte s'adresser la parole. Ils ont donc enjoint les deux hommes à garder le silence, le témoin de Will s'écriant : « Nous insistons pour que vous vous absteniez de toute autre communication ! », tandis qu'il élevait en l'air son code et pointait un doigt furieux sur l'article en question. Celui de Featherstone, le rustique Bushyhead, s'est contenté de marmonner : « On parle pas, rien du tout. » Au signal, Featherstone n'a pas tiré, escomptant que Will prendrait les devants et le raterait dans sa hâte. La balle s'est en effet plantée dans le sol à ses pieds, éclaboussant de boue rougeâtre ses braies gorge-de-pigeon et le devant de sa chemise immaculée. Constatant les dommages subis par ses beaux habits, Featherstone s'est jeté en avant, fou de rage, soit pour tirer sur Will de plus près, soit pour l'attaquer avec la crosse de son pistolet ou avec ses poings. À peine avait-il quitté le cercle réglementaire que l'assistant de Will, le jeune Tallent, a appliqué à la lettre la variante du code qu'ils avaient retenue et, levant son arme, a blessé Featherstone à la cuisse. Après que celui-ci s'est écroulé tel un bœuf sous la masse du boucher, son témoin a feuilleté le très indispensable document pour trouver la formule suggérée dans ce genre de cas, qu'il a lue à haute voix : « J'ai été abusé en venant sur ce terrain dans la compagnie d'un lâche. » Étendu sans cérémonie à l'arrière d'un chariot, Featherstone a été reconduit chez lui.

Selon la troisième version, l'issue de la dispute aurait été arrangée par Claire Featherstone, ce qui contrevenait à tous les principes du duel. Cette semaine-là, on l'avait vue faire la navette chaque jour entre Featherstone et Will, épuisant son cheval dans ces allées et venues diplomatiques. On dit qu'elle avait eu recours à tous les arguments possibles et imaginables pour éviter que les balles ne volent et que, ne parvenant pas à convaincre les deux hommes d'écouter la voix de la raison, elle avait menacé de priver l'un et l'autre de la moindre affection qu'elle aurait pu continuer à éprouver envers eux, aussi réduite eût-elle déjà été à ce stade en raison de leur obstination imbécile. Quelle que soit la victime du duel, son amour se muerait en une haine implacable à l'endroit du vainqueur. Cette stratégie avait fini par porter ses fruits :

les deux adversaires avaient résolu d'oublier leur différend par égard pour la dame, et de se contenter de tirer en l'air lorsqu'ils se rencontreraient sur le terrain. Au signal, toutefois, Featherstone avait tenté un effet de manche aussi gratuit que malencontreux et, au lieu de viser la vaste voûte céleste, il s'était débrouillé pour se tirer dans la jambe. La balle, qui n'avait pas atteint l'os, était ressortie proprement de la chair. Pendant que la blessure était pansée avec des compresses de lichen, Featherstone s'était donné en spectacle, riant à gorge déployée et invitant tous les présents à partager une bouteille de rhum. Puis il s'était remis en selle tout seul et avait regagné son domicile, non sans prendre le temps de complimenter son jeune adversaire pour son courage du haut de sa monture, en des termes d'une ironie sarcastique tellement cinglante, et si soigneusement dosée, qu'ils avaient été à un cheveu de provoquer un deuxième duel, authentique celui-là. L'un des tenants de cette version affirmait que, dans les moments précédant le simulacre, Featherstone s'était plaint ostensiblement de ce que Will ait constitué une cible difficile car il était maigre comme un clou, la taille pas plus épaisse que celle d'une fille, alors que lui-même était bien charpenté, large de coffre et d'épaules et donc facile à atteindre; à quoi Will avait répondu qu'il proposait de tracer sa propre silhouette sur les vêtements de Featherstone, et de considérer nul et non avenu tout impact de balle qui ne se situerait pas à l'intérieur de ces contours…

Aussi vagues mes souvenirs soient-ils, je terminerai en avançant que si aucune de ces approches n'est exacte elles comportent toutes une part de vérité; en conséquence, le lecteur est libre de choisir celle qui lui plaît le plus et de la tenir pour une relation fiable, puisque les circonstances exactes de l'incident se sont à jamais perdues dans le passé et que tous ceux qui y ont pris part, à l'exception de votre serviteur, ne sont plus de ce monde. Quant à l'interprétation que je pourrais en donner, mon grand âge la rend forcément sujette à caution. Il s'est produit quelque chose, c'est un fait, mais au-delà de ce constat on ne saura rien de plus.

Dans les semaines qui ont suivi le duel, je n'ai vu Claire qu'une seule fois, et encore fortuitement. L'hiver était en avance, cette année-là. Un matin, je suis monté à cheval pour une promenade morose à travers un paysage insolite de sol enneigé sous des arbres encore verts. Elle avait eu la même idée ; nous nous sommes retrouvés nez à nez sur une sente étroite. Sans autre préambule que nos mains se touchant et l'intuition d'une communauté d'humeur, nous nous sommes laissés tomber ensemble sur le tapis neigeux. Lorsque nous nous sommes remis debout en époussetant nos vêtements, la forme de nos corps faisait sur la neige comme les anges que les enfants imitent en s'allongeant sur le dos et en battant des bras et des jambes. De gros flocons frais comblaient peu à peu nos traces, que Claire a aussi effacées de quelques coups de pied rageurs, comme si quelqu'un passant par là ensuite aurait pu les lire tel un chasseur sur la piste d'un ours, et visualiser à partir d'elles les moindres détails de notre étreinte. Nous sommes restés longtemps enlacés, son front pressé sous mon manteau. Elle sentait la fumée de bois, comme si elle avait allumé un feu la veille, premier soir glacial de l'automne, et avait jeté des rameaux de cèdre dans les flammes pour que leur encens parfume sa robe en laine noire. C'était un parfum qui allait bien avec la cannelle et le girofle qu'elle aimait tant.

Je lui ai rappelé le jour où elle avait croqué des grains de genièvre, une expérience qui ne s'était pas révélée concluante car elle m'avait demandé de l'embrasser et le goût âpre sur sa langue m'avait fait reculer. Ce qui l'avait conduite à éclater de rire, mais aussi à imaginer d'autres combinaisons d'une amertume mordante, glands de chêne et poivre noir, pommes sauvages et romarin, baies de sumac et sauge…

– Ce sera mon but, à partir de maintenant, avait-elle annoncé : que mes baisers soient comme des piqûres de guêpe.

En quelques jours, le mois d'octobre est redevenu lui-même, ensoleillé et sec, et soudain les hôtes de Cranshaw ont disparu sans que personne dans la vallée ne puisse dire où ils étaient partis, ni pour combien de temps. La maison était fermée mais les travaux des champs se sont poursuivis sur la propriété, sous la supervision d'un contremaître aussi nerveux que si Featherstone s'était dissimulé dans les bois, prêt à lui sauter sur le râble au premier faux pas. Certains domestiques pensaient que Claire était retournée à l'école, un nouvel établissement en Virginie ou en Pennsylvanie, tandis que Featherstone était allé se payer du bon temps à La Nouvelle-Orléans pendant quelques mois, et sillonner le Mississippi à bord de palaces flottants sur lesquels on jouait des sommes effarantes et dont la myriade de lampes à huile restaient allumées toute la nuit. D'autres estimaient qu'ils étaient partis ensemble, projetant de visiter l'Angleterre, la France et l'Italie durant une année ou plus. La seule information que j'ai jugée crédible était qu'ils avaient pris la route avec une quantité de malles suffisante pour aller vivre ailleurs jusqu'à la fin de leurs jours.

J'ai attendu en vain une lettre de Claire. Mon enquête auprès de tous les pensionnats de filles qui s'égrenaient sur la côte est, de la Géorgie au Maine, n'a porté aucun fruit, ce qui est une manière polie de dire que la grande majorité de mes missives sont restées ignorées, et que les rares réponses que j'ai obtenues se bornaient à m'informer avec un empressement malveillant que même dans le cas où une jeune dame du nom de Claire Featherstone aurait en effet fréquenté leur respectable institution, la discrétion administrative la plus élémentaire leur aurait interdit d'en informer un étranger, que ce soit par courrier ou en personne.

Claire s'était tout simplement évanouie dans les airs.

J'ai essayé de me changer les idées en m'absorbant dans la pratique du droit. Je n'étais certes pas le premier jeune homme à peser sur le soc de charrue en avançant sur une terre ingrate, à transformer un chagrin d'amour en regain d'ambition. Et j'étais bien placé pour cela, tant ces contrées frontalières étaient propices aux nouveaux départs.

J'avais débuté ma carrière d'avocat quelque peu en dilettante, occupé comme je l'étais par mon réseau d'affaires commerciales et par mes responsabilités envers Bear et son peuple. J'y étais assez mal préparé, d'ailleurs, n'ayant qu'une connaissance livresque de la loi, que je n'avais même pas vue mise en application dans une salle de tribunal. Et une fois que j'ai commencé à la pratiquer, cela a été comme avec la langue française : pas du tout ce que j'avais imaginé. Mais j'ai toujours appris vite, et puis en ce temps-là mes tarifs étaient des plus abordables, car qui aurait voulu payer des mille et des cents un apprenti avocaillon ? Bientôt, j'ai fréquenté régulièrement la dizaine de salles de justice dispersées à travers le comté, si bien que je passais une bonne partie de mon temps sur la route avec Waverley, avec toujours une redingote noire et une chemise empesée dans mes fontes, prêt à me changer sous un appentis quelques minutes avant de me présenter devant le juge. Relativement aux avocats établis, j'étais à peu près ce qu'un prédicateur itinérant est aux pasteurs titulaires d'une église.

Je ne prenais jamais d'affaires d'homicide, rarement de coups et blessures ou de vol de chevaux. Devenu une sorte de courtier en lopins de terre, je m'occupais principalement d'acquisition et de vente de biens fonciers, avec toutes les complications et discordes qui peuvent en résulter. En réalité, ma carrière a été considérablement aidée par l'inanité de la législation de notre État, qui permettait à n'importe qui de revendiquer un droit de propriété sur une terre pourtant déjà occupée ou acquise par quelqu'un d'autre, de sorte que la plupart des baux finissaient au tribunal. C'était une loi épouvantable pour les citoyens mais excellente pour les professionnels de la basoche.

Ayant remarqué que les plus entreprenants de nos plaideurs avaient une allure et un style personnels qui amusaient ou captivaient les jurés, j'ai essayé de développer des traits originaux, moi aussi. Pendant un moment, j'ai porté les cheveux longs et gominés en arrière. J'arborais volontiers un gilet en soie d'un rouge vif, des bottes à bout pointu impeccablement cirées. J'ai commandé des cigares cubains de la taille la plus spectaculaire possible, barreaux de chaise sur lesquels j'aimais tirer d'un air pensif à certains moments d'un contre-interrogatoire, comme si j'étais en train d'étudier sous toutes ses coutures la réponse d'un témoin et ne pouvais hélas que parvenir à la triste conclusion qu'il avait menti effrontément.

Certaines séances étaient aussi brutales que des combats au couteau. Un refus de reconnaissance de dette, un déni de propriété ou une controverse sur l'origine du troupeau de porcs ayant dévasté le jardin d'un quidam ont l'étonnant pouvoir de susciter les passions les plus violentes, parfois. Quel que soit l'enjeu, personne n'aime perdre. Des menaces de mort s'échangeaient au nez et à la barbe du juge. On pouvait arriver à une audience son pistolet dans la poche et avoir à le brandir en l'air lorsqu'il s'agissait d'en sortir. D'autres jours, pourtant, la justice semblait n'être qu'une vaste partie de rigolade, dont le vainqueur était l'avocat qui avait provoqué le plus de rires dans l'assistance.

Au cours de l'absence inexpliquée de Claire, il m'est arrivé d'écrire quelques poèmes. Le contraire eût été surprenant, de la part d'un jeune homme aussi sensible que moi. Ils ne sont pas restés confinés à la discrétion d'un journal personnel, toutefois. Certains, ceux au romantisme le plus échevelé, ont été publiés. Mais ces lignes éparses, séparées par des blancs dramatiques, n'ont jamais formé de quoi constituer un recueil et c'est pourquoi mes œuvres restent jusqu'à ce jour éparpillées dans d'anciens périodiques qui ont pour la plupart cessé de paraître depuis des lustres, *The Chesapeake Review, The Congaree Quarterly, The Arcadian, The Allegheny Quarterly*, et d'autres encore de moindre importance…

C'est dans le troisième numéro du cinquième tome de l'*Arcadian* que le public a pu découvrir ce que je tiens pour mon meilleur poème, «Pour C…», un mastodonte de plus de cent vers dans lequel je promettais à ma bien-aimée, disparue et sans doute morte, de renoncer à ma fortune – qui ne s'élevait pas à grand-chose, alors –, d'abandonner ma place sur terre – pas très remarquable non plus – et de perdre à peu près tout sinon ma main gauche en échange du privilège ineffable de pouvoir à nouveau «goûter ses lèvres de grenat». Pourquoi «grenat», me demanderez-vous ? Parce que j'avais récemment sorti l'une de ces pierres du ruisseau qui courait derrière le magasin de Valley River, et que j'étais extrêmement fier de cette trouvaille. Entre les courbes semi-précieuses de sa bouche, donc, ses dents brillaient comme des perles, bien entendu. Et sa poitrine était aussi blanche que la lune de juin. Regorgeant de formules archaïques, exsudant la détresse et le mystère, le poème sacrifiait à des clichés aussi risibles, j'en ai peur, que des admonestations dans le genre : «Et maintenant, tombe muette, parle !» Baroque en diable.

J'imagine que les revues littéraires manquaient tellement de matière première, en ces temps reculés, qu'elles étaient prêtes à publier tout ce qu'elles recevaient par la poste, dès lors que cela comportait des rimes. Il suffisait d'acheter un timbre pour avoir la chance de devenir un poète consacré. Bref, d'aucuns diront que mes poèmes ne se forçaient pas un passage dans la citadelle de l'âme, et je ne ferai pas de commentaire à ce sujet sinon pour remarquer qu'ils attirèrent cependant les réactions favorables de certains cercles éclairés. Pour ces quelques lecteurs bien disposés, du moins, que j'aie renoncé à la poésie ne fut pas une bonne nouvelle.

Au plus fort de l'un des hivers de cette époque, alors que j'hibernais avec Bear dans sa retraite, je me rappelle être sorti un jour respirer un peu d'air frais. J'avais dû m'enfoncer dans la neige jusqu'aux genoux pour parvenir à la rivière, prise sous une pellicule de glace grisâtre sous laquelle je voyais tout de même l'eau noire glisser lentement. Quelle désolation, tout autour de moi et dans mon cœur… Saisissant mon couteau, j'avais gravé le nom de Claire sur la glace, suivi de ce que je pensais être la date, même si je me trompais sans doute d'une bonne semaine dans mon évaluation. Et puis l'année avait continué à s'écouler jusqu'à un nouveau commencement privé de joie.

III
Transfert

1

Au milieu de la maison communale, un feu bas couvait, réduit à des braises hérissées de petites flammes sporadiques, bleues et jaunes, qui montaient des débris de bûches de hickory ou de châtaignier. Tous les bancs autour de la pièce étaient occupés et des enfants s'étaient assis sur le sol en terre battue. Des présents, on n'entrevoyait que de vagues contours de visage, des mouvements de main un peu plus pâles que la pénombre. Bear, qui faisait les cent pas autour du brasier, tirait avantage de la lumière comme un acteur entrant et sortant à dessein de la lueur des feux de la rampe, se donnant à voir puis reculant dans l'obscurité.

Il a ouvert la réunion du conseil par une confession : de toute sa longue et quasiment infaillible existence, son plus grand regret était d'avoir laissé jadis de vieilles haines obstinées le fourvoyer au point de combattre sous le commandement d'Andrew Jackson pendant la guerre des Creeks. Même si ces derniers avaient été des ennemis des Cherokees bien avant que le premier homme blanc ne fasse irruption dans le monde, il regrettait d'avoir affronté d'autres Indiens et, plus encore, au fond du cœur, il déplorait de ne pas avoir saisi l'occasion de tuer Jackson à cette époque, alors qu'ils avaient été plus d'une fois à portée de bras l'un de l'autre et que la rapidité avec laquelle Bear pouvait se servir d'un couteau était bien connue. En ce temps-là, il avait vu de ses propres yeux

227

Jackson ordonner qu'un enfant-soldat soit fusillé pour insubordination, le crime du garçon ayant consisté en tout et pour tout à refuser de ramasser quelques os de poulet éparpillés par terre ; ou plutôt, il avait obtempéré, mais seulement après avoir terminé son dîner. Le peloton d'exécution l'avait tué assis sur un tronc d'arbre car la frayeur l'empêchait de se tenir debout. Mais après la bataille de Horseshoe Bend, les hommes de Jackson avaient été libres de tailler des rênes dans la peau du dos des guerriers creeks tombés au combat, et de trancher le nez de chacun afin de procéder au décompte des morts. Leur chef, si sourcilleux en matière d'os de poulet, n'avait fait aucun commentaire particulier devant de tels actes.

Jackson avait déclaré depuis longtemps son intention de « transférer » tous les Indiens à l'ouest. Une date précise avait été fixée, qui arrivait droit sur eux même si elle se situait à plusieurs saisons de là. Certains des Indiens écossais de la Nation prenaient cette perspective à la légère, persuadés comme ils l'étaient qu'ils parviendraient toujours à conclure un accord, mais Bear, qui avait vu « Vieil Opossum » – le surnom de Jackson – à l'œuvre, le savait implacable, et déterminé à précipiter la fin des Indiens.

« Le début de la fin, ça vous joue toujours des tours », a affirmé Bear.

Se retirant de la lumière, il a gagné un coin sombre où sa voix paraissait amplifiée par les murs et projetée dans la profondeur insondable de la voûte au-dessus de lui, où elle prenait des tonalités dramatiques. Il a rappelé à l'assistance la grande comète venue des années auparavant, plus loin que la mémoire de la plupart de ses auditeurs ne pouvait remonter. Sa queue, qui occupait la moitié du ciel, était tombée pendant des nuits et des nuits. Et puis, au cours des deux mois suivants, la terre vieillie et mourante s'était mise à trembler, au point que l'une des parois de l'ancienne maison communale s'était effondrée, entraînant le toit avec elle, que des trous béants s'étaient ouverts dans le sol et s'étaient remplis d'une eau mauvaise, que les poules n'arrivaient plus à tenir sur leur perchoir, et que la cime des arbres s'agitait même quand il n'y avait aucun vent.

Peu après, un ancien de la tribu avait rapporté qu'il se trouvait un après-midi devant le feu dans la cour de sa ferme lorsqu'un être de haute taille était sorti de la forêt. Il était entièrement vêtu de verdure, de grandes feuilles de sycomore et de paulownia assemblées sur lui à la manière d'écailles de serpent, la tête couverte d'un large chapeau en rameaux de laurier luxuriants. Il portait un enfant au creux de son bras et avait proclamé que celui-ci était Dieu, et que Dieu avait résolu de détruire bientôt le monde si les hommes ne retournaient pas aux usages d'antan, ne renonçaient pas aux vêtements tissés, aux armes, aux charrues et à presque tout ce qui était métallique, n'arrêtaient pas de cultiver le maïs jaune pour revenir à celui dont les épis sont de multiples couleurs, ne cessaient pas de moudre leurs grains sous la roue des moulins à eau au lieu de le piler à la main dans les mortiers d'antan, ne se réinstallaient pas dans les villes de jadis et ne reconstruisaient pas les maisons communes sur leur butte, au pied de laquelle ils devraient observer à nouveau toutes les fêtes sacrées et les danses de leurs ancêtres. L'Homme vert avait posé toutes ces conditions, donc, et Dieu n'avait produit aucun commentaire additionnel, se contentant d'agiter ses petits pieds nus en l'air, de tripoter les feuilles de la tunique de celui qui le portait, de regarder partout comme s'il découvrait sa Création pour la première fois, et toute son attitude exprimait une surprise ravie.

Bientôt, un prophète du nom de Dull Hoe (Binette émoussée) était intervenu avec ses propres visions. C'était quelqu'un qui non seulement était capable de visiter le monde des esprits mais qui y résidait presque tout le temps et pour lequel cet univers n'était qu'un rêve confus et dérangeant. Lors de l'une de ses tribulations solitaires dans les montagnes, il avait vu des cavaliers noirs passer dans le ciel sur leurs montures et faire halte sur un sommet, le mont chauve de Tusquitte pour être précis. Leur chef avait battu du tambour, faisant vibrer le monde entier à son rythme insistant. Quand il avait cessé de jouer, il s'était mis à parler, et ses dires confirmaient l'histoire de l'Homme vert et de Dieu. Cessez d'agir comme les Blancs, arrêtez de briser les os du maïs dans des machines à la brutalité repoussante, renoncez à tout métal, habillez-vous de peaux et non de tissu, méfiez-vous de la roue sous toutes ses formes, tenez la charrue pour une ennemie, dansez les danses anciennes… Ou sinon, mourez. Car une grande tempête allait venir, avec de la grêle grosse comme des meules de pierre tombant du ciel obscurci, qui tuerait tous les Blancs et quiconque ne se réfugierait pas sur les plus hautes montagnes. Le monde allait être balayé et ensuite les chevreuils, les élans et les bisons disparus reviendraient de là où ils avaient fui, et les hommes pourraient revenir à l'existence qu'ils avaient jadis connue, et toute la beauté et la force des anciennes coutumes leur seraient rendues.

Ces visions et révélations s'étaient vite répandues, et bientôt les pistes qui montaient vers les pics avaient été envahies de pèlerins. Ils allaient sur les hauteurs chauves, campaient dans l'herbe haute et attendaient. Il n'existait pas de date exacte pour cette apocalypse, comme Jackson en avait fixé une pour la sienne. « Bientôt », c'était tout ce que l'Homme vert, Dieu et le Cavalier noir avaient indiqué.

Mais lorsqu'ils étaient restés là-haut si longtemps que de l'avis général ce « bientôt » avait été dépassé sans aucun signe d'un orage salvateur s'accumulant à l'horizon, ils avaient repris le chemin du monde condamné qu'ils avaient abandonné.

Bear, qui alors comme maintenant passait le plus clair de sa vie dans les montagnes et respectait déjà la plupart des usages ancestraux, ne s'était pas joint aux pèlerins. Il était resté, observant tout cela dans le désespoir. À l'époque, il n'avait pas cru que l'Homme vert et Dieu allaient sauver son peuple, y compris lui-même. Et il ne le croyait pas plus aujourd'hui. Ce qui avait été perdu ne serait pas retrouvé. Un monde oblitéré ne pouvait revenir.

Et la guerre n'était pas une issue, non plus. Les Creeks, en combattant Jackson, avaient perdu la moitié de leurs hommes. Les Choctaws avaient été pareillement décimés. La lutte armée était exclue.

Mais alors, comment survivre ? Comment sauver les débris du monde ? Telles étaient les questions d'urgence. Parmi la Nation, certains avaient conclu que la réponse était d'imiter les Blancs autant que possible. Washington et Jefferson leur avaient assuré que c'était là la seule possibilité de survie, et les Indiens blancs de la Nation l'avaient donc poursuivie tant bien que mal. Ils avaient désormais des lois à eux, un chef principal, une législature à deux chambres qui siégeait dans une grande maison commune, une cour suprême, et même une académie nationale et un musée qui reflétait la culture immémoriale du peuple. Et aussi un journal en syllabaire cherokee, *The Phoenix*. Toutes ces nouveautés se trouvaient dans la capitale, New Echota, dont l'édification avait été entreprise. Et c'était sans doute très bien pour les gens du territoire de la Nation, là-bas, mais cela n'avait rien changé aux intentions du Vieil Opossum.

À Wayah, Bear ne pensait pas que lui et sa tribu pourraient devenir des Blancs, quand bien même ils essaieraient de toutes leurs forces. Et il n'avait pas vraiment l'intention de le tenter. Pouvait-on dire que l'on avait survécu si, au bout du compte, on n'était même pas en mesure de se reconnaître soi-même, ni sa nouvelle vie, ni sa terre natale ? Se diluait-on comme une goutte de sang dans un seau de lait ou durait-on tel un caillou à jamais malmené par les flots d'un torrent ?

L'une des options devant eux était de partir à l'ouest ainsi que Jackson le leur avait ordonné, mais si ces nouveaux territoires étaient aussi accueillants qu'on le disait, l'homme blanc ne tarderait pas à les envahir et à les leur confisquer aussi, car il était dans sa nature de ne jamais se satisfaire de ce qu'il avait.

Du point de vue de Bear, son peuple n'avait que deux éléments en sa faveur. Le premier était leur terre, si belle et si âpre que personne d'autre qu'eux n'en aurait voulu. Elle était presque toute à la verticale, quasiment impossible à cultiver, et même dans ses zones les plus accessibles ouvrir une route praticable demandait un effort considérable. Elle ne recélait pas d'or, restait brumeuse et pluvieuse une grande partie de l'année, mais elle était officiellement à eux, à la fois par héritage et par traité, ou du moins près d'un millier d'ares, ce qui n'était certes pas grand-chose, Bear le reconnaissait. Mais elle présentait le grand avantage de n'appartenir ni à la Nation, ni à un Blanc. Sur le papier, elle était à son nom. Son opinion est qu'ils avaient besoin d'étendre beaucoup plus leur propriété.

Là, il a raconté une autre histoire, celle de son voyage à Charleston et de son initiation aux arcanes de la loi. Comment il avait appris à s'en servir à son avantage, comme d'une hache dont il fallait garder le tranchant détourné de lui-même et de ses désirs. Blossom, la fille qu'il avait arrachée de l'esclavage, faisait partie de l'auditoire. C'était maintenant une femme mûre et robuste, mère d'une demi-douzaine d'enfants dont la plupart avaient atteint l'âge adulte. Ses cheveux séparés par une raie rectiligne étaient traversés de mèches blanches. Prenant la parole, elle a décrit aux autres la salle de tribunal magnifique et terrifiante et comment, malgré tout, Bear et son conseil juridique avaient balayé tous les obstacles et obtenu sa liberté.

Bear a observé la foule en silence un long moment, jusqu'à ce que les présents s'agitent inconfortablement sur les bancs. Et puis il a dit : « Et voici notre deuxième atout. Notre avocat, qui est un des nôtres. Will et moi pouvons nous épargner la catastrophe. »

Tous les yeux se sont braqués sur moi.

J'aurais voulu esquiver la bataille que Bear se proposait de lancer et pourtant je me suis levé et, allant me placer devant le feu à ses côtés, j'ai déclaré que j'allais au moins essayer. Me rendre à Washington et voir ce que je pourrais tenter pour notre défense.

Des journées à cheval pour gagner la première ville à l'est disposant d'un service de diligence, puis d'autres à rouler jusqu'à la tête de station, puis deux jours dans un train qui atteignait parfois la vitesse sidérante de dix lieues à l'heure, puis la capitale de l'État, quelques affaires à régler avant d'embarquer sur un bateau à aubes, puis le port côtier, remonter l'Atlantique sur un voilier, entrer dans le goulet de Chesapeake une fois passé le cap Henry, et enfin un autre bateau fluvial pour l'ultime trajet sur le Potomac...

À ce premier voyage, j'étais tellement fasciné par le chemin de fer que j'ai passé les premières heures à bord de la locomotive, à bavarder avec le conducteur et son mécanicien tout en les aidant à enfourner du bois dans la chaudière. Ils ont partagé leur déjeuner avec moi, du pain épais et des steaks très minces couverts d'une grosse croûte de poivre noir et rouge, passés rapidement dans une poêle à long manche chauffée à blanc au-dessus du feu.

J'ai été enthousiasmé par la diversité des villes traversées pendant ce périple, que j'y aie passé la nuit ou seulement une heure pour me restaurer et souffler un peu. Je me rappelle d'une auberge de montagne où des musiciens irlandais inspirés par le mal du pays ont joué jusqu'à l'aurore. Certains bourgs étaient connus pour leur porc à l'étouffée ; là, on creusait un trou dans le sol, on allumait un feu à l'intérieur jusqu'à obtenir un lit de braises sur lequel on étendait un cochon entier et on rebouchait le trou avec de l'argile rouge ; déterrée le lendemain, la viande était coupée, chiffonnée à la main, saupoudrée de vinaigre et de piments forts et servie avec des boules de farine de maïs frites dans du lard. Chaque endroit avait sa spécialité culinaire. Un village peuplé de Hollandais courts sur pattes proposait les meilleures saucisses que j'aie jamais goûtées, grillées sur un feu de hickory et servies avec du chou mariné et une savoureuse bière brune conservée dans des jarres en terre cuite que la rivière gardait au frais. Ailleurs, c'était une taverne proclamant que le steak américain y avait été inventé, une revendication qui m'a laissé incrédule car cette pièce particulière du bœuf était certainement connue ailleurs depuis belle lurette.

À l'approche de la côte, l'air s'est chargé d'une odeur de poisson et d'eau salée. J'ai fait halte dans un village où les cochons sauvages descendaient sur le rivage à marée basse pour manger de petits crabes rosés qu'ils croquaient comme des fritons. Nettement plus agréable, j'ai trouvé une auberge de bord de mer à Wilmington qui s'enorgueillissait de ses huîtres opalines tout juste pêchées, encore frissonnantes dans leur coquille ouverte et que l'on dégustait avec un vin de France qui avait la couleur de la paille. Mon premier dîner de ces mollusques m'a transporté au point d'embarrasser mes compagnons de table : j'en ai englouti deux douzaines sans reprendre souffle et même quand j'ai été repu je n'ai pu m'empêcher, entre deux gorgées de vin, de porter une coquille vide à mes narines et de humer ce réceptacle nacré juste pour me remémorer l'existence d'un mets aussi délectable et aussi inattendu.

Nouveau dans ces contrées de piémont et de plaine côtière, j'ai voulu être considéré comme un jeune homme avisé et qui savait voyager lorsque j'ai embarqué sur le premier bateau de ma vie, un steamer à roues décati qui aurait eu besoin d'un bon coup de peinture, à vrai dire une déception en regard des imposants palaces flottants du Mississippi qui traversaient depuis longtemps mon imagination.

En montant sur le pont, j'ai été accueilli par un petit steward encore plus blanc-bec que moi.

– J'aimerais votre meilleure cabine, ai-je annoncé avec superbe.

– Meilleure comment ?

– Mais… La plus grande, la plus propre, la plus claire, la plus belle ! Vous voyez bien. La meilleure.

– Elles sont toutes pareilles.

– Mais certaines doivent être supérieures, forcément ! Avec une plus belle vue, par exemple.

– Hublot ?

– Exactement.

– Y en a pas une seule avec hublot. Ça fait rentrer les moustiques. Toutes les cabines qu'on a, vous vous mettez dedans, vous fermez la porte et c'est tout comme si vous fermez les yeux. Mais si je devais choisir, j'vais vous dire, vu comment l'air circule, je prendrais plutôt en proue qu'en poupe. Rapport aux pots de chambre de tout le monde. Ça sent moins, à l'avant. Et c'est déjà difficile d'apprécier le lever de soleil, vu comment le cuistot fait frire son petit déjeuner.

– Donnez-m'en une à l'avant, alors.

– Vous regretterez pas.

Aussi glauque mon embarcation eût-elle été, j'ai apprécié presque chaque minute de ce voyage fluvial vers l'Atlantique. Les aubes qui battaient les flots boueux des rivières, l'amarrage à la nuit tombée sur des pontons perdus, éclairés de torches qui faisaient des globes de lumière jaune sur le ciel noir, les barriques de térében-thine et les balles de coton que des esclaves transportaient sur le pont torse nu, suant abondamment et chantant en chœur des airs diablement rythmés, le soleil qui se levait à travers un brouillard tellement dense que je distinguais à peine la jungle verte dans laquelle nous passions, les vastes champs d'indigo ou de coton dont les sillons hyp-notiques formaient des lignes convergentes jusqu'à un horizon plus plat qu'aucun que j'aie jamais connu… Je fermais à peine l'œil, par peur de manquer quoi que ce soit. Nous avancions sans relâche au milieu de savanes hérissées de pins et de marais couverts de cyprès, ponctués de fossés et de torrents, des torrents qui n'avaient rien à voir avec les courants bondissants du pays d'où je venais, qui n'étaient guère plus que des déplacements de boue noire et d'eau salée puante au gré des marées mais qui avaient pour moi un fort parfum d'exotisme, évocateur d'endroits lointains décrits avec passion par les journaux de voyage que je lisais en feuilleton dans mes revues favorites.

Les cabines n'étaient guère plus grandes que des appentis de ferme et ne sentaient pas meilleur, il faut le dire, avec leurs couchettes imprégnées de tous les fluides que le corps humain est capable de produire, leurs pots de chambre rarement vidés et leur manque de venti-lation. La mienne était si étouffante que les rares nuits où les moustiques nous laissaient un peu de répit je pré-férais dormir sur le pont, où je me balançais dans un hamac tout en regardant la lune faire scintiller le fleuve et les arbres sombres défiler lentement derrière les rives sableuses et encaissées.

Contrairement à ce que le steward m'avait amené à redouter, je trouvais la cuisine à bord excellente, même si le dîner pouvait se résumer à une simple mais goûteuse soupe de poisson dont les yeux de beurre fondu flottaient sur un léger bouillon laiteux, accompagnée de gâteaux de maïs aériens et de petits cornichons d'un vert éclatant, entassés sur des assiettes blanches au fond desquelles le vinaigre de leur saumure s'accumulait peu à peu.

La passerelle des passagers était sortie à chaque escale, ce qui permettait d'aller et venir librement. Dans ces parages, les gens avaient une manière particulière de s'exprimer, avec les lèvres pincées en avant, une mimique qui n'était pas sans me rappeler les coups de tête que donne une poule quand elle vient de poser son œuf. Tous, sans exception, étaient des joueurs invétérés et pouvaient passer des nuits entières dans le petit salon du bateau tandis que l'argent ne cessait de changer de mains. Pour ma part, je jouais peu, et toujours avec circonspection car je ne voulais pas perdre de sommes trop importantes, mais je me joignais volontiers à ces soirées, ayant découvert que les dames du voyage me trouvaient exotique, différent. Un soir, au dîner, l'épouse d'un fabricant d'indigo qui dépassait son mari en âge et en taille – elle avait la trentaine, sans doute, et une bonne tête de plus que lui –, a lancé après avoir écouté le très bref récit de ma vie que je venais de donner à contrecœur : « Imaginez un peu ! Descendu des montagnes lointaines ! Un orphelin adopté par un chef indien ! En intimité avec la Nature ! Et pourtant avocat, et affairiste, et maintenant chef indien lui aussi ! Et qui s'exprime si bien ! Et en route pour Washington afin d'aller plaider la cause de son peuple devant le Congrès et le gouvernement Jackson ! »

« Eh bien, je porte des chaussures, certes, ai-je répliqué, et je suis capable de compter jusqu'à vingt tout chaussé, mais il y a plein de chefs. Ce n'est pas comme être président. Plutôt maire, disons. Et je ne suis chef qu'en matières légales et de transactions. Mon père, Bear, est le véritable chef. »

Plus tard, alors que son mari était encore à la table de jeu, la femme du fabricant d'indigo a tapoté discrètement à la porte de ma cabine et nous avons eu commerce, assez maladroitement, debout et tout habillés pour éviter la couchette nauséabonde. Ensuite, elle a lissé sa robe, m'a souri, a soufflé un baiser sur ma joue avec ses doigts, et elle a dit : « Tu devrais laisser les gens penser qu'un chef indien est tel que ce qu'ils imaginent, sans corriger leurs erreurs. Cela te sera plus utile, tu verras. » Et elle s'est glissée dehors. La chose avait duré trois minutes, pas plus, mais depuis cette nuit-là j'ai raconté ma vie avec un peu plus de volubilité et de romantisme dans les conversations de dîner, et je me suis abstenu de dissuader ceux qui voulaient me voir, en effet, comme un chef.

La ville de Washington était édifiée sur un site sans aucun attrait, une plaine boueuse au bord du fleuve qui atteignait péniblement le niveau de la mer. Les habitations convenues d'une cité du Sud recevaient la notable addition de quelques temples néo-classiques d'énormes proportions mais qui restaient à moitié inachevés, de sorte qu'il était difficile de dire à première vue s'ils étaient en train de s'élever ou de s'effondrer. Les porcs circulaient librement jusqu'aux abords du centre. Bref, cette ville nouvelle et brute n'était pas grand-chose, et peut-être à dessein : ici, toute entreprise menée à bien paraîtrait imposante, privée comme elle l'était de perspectives générales. Dans un tel contexte, le dôme pâle du Capitole ferait figure de mont Blanc au-dessus de ces berges affaissées, et les hommes qui habitaient là seraient autorisés à se voir en Goliaths.

Le Congrès étant alors réuni, la ville était encombrée. La plupart des artères principales étaient pavées et c'était un perpétuel fracas de roues cerclées de fer, tandis qu'à la nuit les fers des chevaux soulevaient des étincelles. En revanche, la route qui montait au Capitole faisait penser à une rivière de bouse sinueuse, tellement impraticable que les cochers préféraient souvent l'ignorer et monter à travers les flancs de la colline, de sorte que celle-ci était striée de traces d'équipages, constellée de marques de pattes de chevaux et de mules, et ce jusqu'au perron du Capitole.

Je suis arrivé comme le blanc-bec que j'étais, plus blanc que la neige. Puisque j'étais là pour représenter les Cherokees, j'avais jugé bon de m'habiller en conséquence, ou plutôt selon l'idée que je me faisais de ce qu'un émissaire des Indiens, un membre du clan, un chef et un diplomate, devrait porter en traitant avec des dignitaires du gouvernement. Je dois dire que cette tenue n'a servi qu'une fois, ce jour-là, lors de ma première visite au bureau du secrétariat à la Guerre, là où toutes les affaires concernant les Indiens commençaient et où la plupart d'entre elles se terminaient. Donc, j'étais coiffé d'un turban en soie selon le style récemment adopté par les Indiens de l'Est américain dans les occasions les plus solennelles. Le mien était violet foncé, et décoré de petits ananas jaunes. Si j'avais passé la redingote de rigueur, j'arborais un gilet assorti au turban, ce qui était aussi le cas de la cravate nouée sur ma chemise blanche amidonnée. Aux pieds, des mocassins en daim ornés de boules de verre et de franges, lacés jusqu'aux genoux. Bref, j'étais splendide, mais les passants ne m'ont guère prêté attention pendant que je me rendais de mon hôtel au département de la Guerre car la ville était pleine de visiteurs exotiques, tout ce que l'on peut imaginer des Creeks aux Turcs.

Dans son bureau particulier, le secrétaire, Lewis Cass, ne m'a pas proposé de m'asseoir. Debout lui aussi, il m'a contemplé un long moment avant de me dire :

– Sir, je ne veux pas vous retenir à cet instant, puisque je vois que vous avez de toute évidence rendez-vous avec des chapeliers et des cordonniers. Vous pourriez éventuellement envisager de revenir ici une fois que vous vous serez acquitté de ces engagements.

– Non, M. Cass. J'ai tout le temps qu'il faut maintenant.

Il m'a encore jaugé pendant d'interminables secondes, puis :

– Permettez-moi d'être direct, dans ce cas. Je tentais d'éviter de dire que vous avez l'air d'un idiot. C'est une chose qui arrive plus d'une fois aux jeunes gens. Ainsi, revenez quand vous serez présentable et je serai heureux de vous recevoir et de vous écouter.

J'ai rougi jusqu'à la racine des cheveux. Après une inclinaison de la tête des plus brèves en guise de salut, j'ai quitté la pièce.

– On les porte avec un bord plus large, dernièrement, et avec la couronne plus arrondie.

J'ai reposé l'exemplaire à petit bord et couronne fendue sur son présentoir.

– Alors un de ceux-là, ai-je convenu.

– Je pourrai l'avoir prêt dans une semaine, a dit le chapelier.

Il a entouré mon crâne d'un cordon à mesurer. «Excellent !» Je me suis demandé, mais seulement en mon for intérieur, en quoi la taille de ma boîte crânienne méritait un pareil compliment. Pour moi, ce jour a marqué le début d'une ère pendant laquelle j'ai rejeté toute tenue vestimentaire où le couvre-chef n'était pas en harmonie avec les habits.

J'avais d'abord pris une chambre dans une pension bon marché mais très déprimante, mal située et surtout fréquentée par des employés administratifs du Congrès débutants ou autres visiteurs sans intérêt. J'ai bientôt déménagé à l'Indian Queen, l'hôtel le plus réputé de Washington, tout en sachant que mes moyens ne me permettraient pas d'y séjourner longtemps. Mais l'établissement était apprécié par les jeunes ambitieux, ainsi que par les délégations creek, cherokee ou séminole venues négocier des traités de paix avec le gouvernement américain. Sam Houston avait été un habitué avant de s'enfuir au Texas et le personnel de l'hôtel parlait encore de lui avec une affection attristée[1]. Rien ne pourrait plus jamais égaler ce temps où le bouillant Houston, en résidence au Queen, tenait sa cour dans le salon souvent jusqu'aux premières lueurs du jour, car il avait du mal à trouver le sommeil quand il faisait sombre et préférait passer la nuit à boire, discourir et écouter les violoneux. Après avoir dormi quelques heures avant midi, il réapparaissait avec le nez rouge, les paupières gonflées, dévorait une énorme pièce de bœuf à déjeuner et recommençait à conspirer. Toutes les femmes de chambre et tous les réceptionnistes s'accordaient à dire que cela avait été l'âge d'or de l'hôtel et que le monde n'avait cessé de décliner depuis.

Dès que j'ai été en mesure de faire oublier mes embarrassants débuts en politique, je suis retourné voir le secrétaire à la Guerre. Entre-temps, j'avais rendu visite à tous les meilleurs tailleurs et chausseurs de la ville et je m'étais constitué une garde-robe aussi somptueuse que ma bourse me le permettait. Même à un œil sourcilleux, mon apparence était irréprochable.

J'estimais que mes arguments étaient à la fois simples et inattaquables. Le peuple de Bear était trop petit et trop isolé pour que l'Amérique s'y intéresse. Bear et moi détenions les titres de propriété sur la terre que nous occupions. Cette région n'était pas la Nation, mais bien l'Amérique et, dans ce pays, posséder sa terre devait signifier quelque chose. Le droit foncier était un principe aussi fort que le sang. Le projet de dissoudre la Nation et d'exiler ses

---

1. Sam Houston (1793-1863), figure politique américaine éminente, avait dû quitter Washington après une altercation avec William Stanbury, un opposant de Jackson, avant de devenir président de l'éphémère République du Texas.

habitants à l'Ouest ne pouvait nous concerner : nous étions légalement maîtres de notre terre.

– Tous des Indiens, là-bas ? s'est enquis le secrétaire.

– Oui.

– Certains diraient que cela seul compte.

– J'invoque le droit de propriété, non le sang.

– Combien d'Indiens représentez-vous ?

– Nous n'avons jamais été plus qu'un millier d'âmes. Un petit village du nom de Wayah. Qui existe en dehors de la Nation depuis des années.

– Mais tous indiens ?

– Oui. Nous tous. De pure race, pour la plupart.

Cass m'a regardé fixement, cherchant sur le moindre morceau de peau laissé visible par mes vêtements la fraction de sang indien qui pourrait couler en moi. Et c'était un expert, car il avait vu passer dans son bureau toutes les variétés de métissage possibles et imaginables.

– Vous êtes blanc, a-t-il asséné sans la moindre nuance interrogative dans sa voix.

– Oui. J'ai été adopté.

– Et ils ne sont rien qu'un millier, dites-vous ?

– Oui, nous sommes moins d'un millier.

– Combien, alors ?

– Cinq cents, environ. Voire moins.

– Quatre cents Indiens, disons. Et pas un seul d'entre eux n'a le droit de vote, bien entendu.

– Je vote, moi.

– Ah ? Un corps électoral d'une personne, donc ? Pourquoi m'en soucierais-je ?

Seulement pourvu de quelques lettres d'introduction, il était possible de rencontrer en une semaine tout ce que Washington comptait d'influent, et ce jusqu'au président. C'était vraiment une petite ville. J'ai entrepris ma tournée, allant de bureau en bureau, des ronds-de-cuir inamovibles aux jeunes députés pleins de fougue et même à quelques sénateurs chenus de la vieille garde, parmi lesquels le très célèbre et très controversé John C. Calhoun[1]. Si j'ai vite compris comment le système fonctionnait, je me suis aussi rendu compte que je n'avais pas les moyens de le faire tourner en ma faveur : j'invitais les gros bonnets à souper ou à boire un verre mais c'était tout ce que je pouvais offrir, en guise de persuasion. Et il en aurait fallu beaucoup. Il ne me restait plus qu'à m'en tenir à ma thèse maîtresse, celle de la sacro-sainte propriété foncière, mais à Washington c'était une idée qui n'avait guère de poids.

J'allais de bureau en bureau, donc, et ceux qui les occupaient m'écoutaient en silence mais je voyais bien les rouages s'enclencher derrière leurs yeux. Bientôt distraits, ils commençaient à se demander si endosser ma cause pourrait être d'un quelconque bénéfice à ceux qui comptaient ici. À eux-mêmes, en particulier. Et tous mes interlocuteurs parvenaient à la conclusion qu'avait tirée le secrétaire à la Guerre : pourquoi s'en soucier ? Je plaidais pour qu'ils m'accordent leur soutien, ils me regardaient avec compassion et prononçaient quelques paroles de réconfort avec toute la sincérité d'un mourant s'adressant à Jésus. Ils étaient des artistes du fourvoiement, aussi habiles et insaisissables qu'un joueur de bonneteau avec ses trois coquilles et son pois chiche flétri.

Mais Calhoun a entrevu quelque opportunité en moi, ou une occasion de se distraire ; il a fait venir du café et nous avons abandonné le terrain des affaires sérieuses pour bavarder de tout ou rien, d'homme expérimenté à impétrant. Alors que je lui résumais ma courte histoire, j'ai mentionné le fait que j'avais appris le français en autodidacte, avec la seule aide d'une grammaire et d'un

1. John C. Calhoun (1782-1850), homme politique de Caroline du Sud qui allait s'opposer à Andrew Jackson et devenir l'un des chefs de file de la faction anti-abolitionniste dans le débat sur l'esclavage en Amérique.

dictionnaire, car il y avait nombre de livres dans cette langue que j'aurais voulu pouvoir lire de moi-même, à commencer par *Les Rêveries du promeneur solitaire* de Rousseau et la *Manon Lescaut* de l'abbé Prévost, l'un et l'autre ouvrage ayant d'ailleurs entièrement mérité la peine que je m'étais donnée, et c'était comme si j'avais eu Voltaire en prime. Mais en arrivant à Washington et en entendant pour la première fois parler le français, quelle n'avait pas été ma déception de constater que je n'y comprenais goutte ! Et j'avais été incapable de me rendre intelligible auprès des jeunes secrétaires de diplomates français avec qui j'avais essayé de pratiquer la langue. Bref, le français ne sonnait pas du tout comme je l'avais cru, ce à quoi Calhoun a répondu que c'était sans aucun doute le jargon le plus désagréable à l'oreille que l'on puisse entendre d'un bout de la planète à l'autre, et que lui-même ne le parlait pour ainsi dire pas, excepté quelques bribes dont il arrivait à se rappeler de ses études à Yale, dans un lointain passé. Mais il voulait bien partager avec moi une ficelle qu'il avait apprise : on ne pouvait pas se tromper de beaucoup en prononçant chaque mot de cette damnée langue comme s'il s'agissait d'un euphémisme puéril désignant les parties honteuses.

Je suis allé à la Maison-Blanche muni d'une lettre de recommandation de Calhoun, qui m'avait cependant prévenu que celle-ci pourrait avoir l'effet opposé puisque Jackson et lui s'étaient éloignés l'un de l'autre depuis qu'ils avaient remporté ensemble les élections de 1828 ; entre-temps, en effet, Calhoun avait démissionné de son poste de vice-président lors de la « Crise de l'annulation », cette controverse au sujet des compétences législatives des autorités fédérales et des États membres, dont Calhoun soutenait farouchement l'autonomie.

Mais Jackson devait bien savoir que son second n'était pas commode, étant donné qu'il avait également claqué la porte au temps où il avait été le vice-président de Quincy Adams. Bien qu'il ne puisse tolérer d'avoir qui que ce soit au-dessus de lui, Calhoun n'était cependant jamais parvenu jusqu'à la magistrature suprême. Le Tout-Washington savait que Jackson et lui, malgré leur âge avancé, restaient aussi agressifs que des coqs de combat et n'auraient pas hésité à s'entre-déchirer. Pour toutes ces raisons, je m'étonnais qu'ils ne se soient jamais retrouvés un matin brumeux au bord du Potomac pour une rencontre au pistolet, ce qui est déplorable car ils auraient certainement ravi à Burr et Hamilton le titre du plus fameux duel de l'histoire politique américaine [1].

La lettre de Calhoun en poche, donc, j'ai contourné le paddock où le cheval de Jackson somnolait en chassant les mouches de sa queue et je suis entré dans une Maison-Blanche déserte. Après avoir erré dans les couloirs à la recherche de quelqu'un à qui me présenter, j'ai fini par ouvrir une porte au hasard et par tomber sur le vieux criminel en personne, dans son bureau, entouré d'une petite bande de larrons qui étaient pour la plupart de mon âge. Affalé sur une chaise longue, il n'interrompait ses péroraisons que pour sucer énergiquement une pastille. Autour de sa bouche, la peau plissée s'ouvrait et se fermait en rythme, comme un soufflet de forge. Il avait l'air plus vieux que sur les portraits officiels et qu'il ne l'était en réalité, c'est-à-dire dans les soixante-cinq ans. De fait, il avait le visage pointu, les petits yeux vides et méchants, les dents acérées d'un opossum. Clignant distraitement des paupières sous sa crinière blanche hérissée, il a enregistré ma présence sans autre forme d'intérêt que d'évaluer la résistance que je pourrais opposer dans un duel au pistolet ou une rixe de bar au couteau, deux situations au

---

1. Référence au célèbre duel ayant opposé l'ancien secrétaire du Trésor Alexander Hamilton au vice-président Aaron Burr en 1804. Ce dernier devait mourir de ses blessures le lendemain.

cours desquelles il s'était souvent battu avec succès au cours de sa jeunesse et de l'âge de raison.

Lorsque je lui ai tendu la lettre et que je suis entré dans le vif du sujet, reprenant mon laïus sur le statut de citoyenneté et de propriété foncière, l'expression qui s'est allumée dans ses pupilles sombres laissait entendre qu'il était encore capable de tuer une ou deux fois dans sa vie. Mais il s'est contenté d'agiter vaguement la main dans ma direction, comme pour me faire taire, et il s'est mis à discourir sur ses nouvelles bottes en langotant sa pastille et en agitant ses pieds pour les montrer à l'assistance. D'après lui, ces bottes étaient probablement les meilleures qu'il ait jamais portées, ce qu'ont confirmé les jeunes sycophantes en s'extasiant sur chacune de leurs remarquables qualités, de la tige au talon. Ces derniers étaient selon moi plus hauts qu'il ne convenait à un homme mais j'ai gardé ce constat pour ma gouverne personnelle, préférant occuper mon esprit pendant que les louanges se poursuivaient à observer la tête de Jackson et à me dire que Calhoun et lui avaient sans conteste les tignasses les plus inquiétantes parmi tous les Blancs que j'avais connus. J'apportais cette précision parce que, dans mon enfance, j'ai vu quelques vieux guerriers indiens qui continuaient à porter des coiffes traditionnelles, par exemple la moitié du crâne épilé avec une coquille de moule en guise de pinces et l'autre laissée à une chevelure luxuriante, certaines mèches nattées et ornées de boules colorées et de goussets en argent, le reste relevé en pointes grâce à de la graisse d'ours. Mais dans un concours à la touffe la plus extravagante chez les Blancs, Jackson et Calhoun se seraient partagé le premier prix. Ils se haïssaient mutuellement et pourtant ils se retrouvaient sur ce point, sur ce besoin d'avoir le crâne surplombé d'un opossum bondissant, ai-je soudain pensé. Certes, venant tous deux de Caroline du Sud, ils étaient enclins aux enthousiasmes les plus surprenants.

Lorsque les dirigeants de la Nation cherokee, le chef Ross et le major Ridge, sont venus à Washington nouer des contacts pour éviter le « transfert » projeté par Jackson, ils ont pris de court les préjugés raciaux des hommes en place. Le premier, principale personnalité de toute la Nation, était aussi blanc que n'importe quel membre du Congrès ; le second, quoique de peau sombre, était vêtu avec plus d'élégance que tous les riches sénateurs pris ensemble, et manifestait une arrogance qui pouvait laisser croire qu'il était d'une intelligence hors du commun. Tous deux étaient à la tête de plantations prospères et partageaient un pouvoir pratiquement égal au sein de la Nation, ce pays neuf et paradoxal constitué au cœur de l'Amérique comme un reflet dans un miroir imparfait. Moi qui m'étais très souvent rendu à New Echota, je n'arrivais toujours pas à décider si l'entité cherokee représentait une expérience passionnante ou un jeu de dupes du plus mauvais goût.

Le chef Ross avait plus de sang écossais que quoi que ce soit d'autre ; sept huitièmes, pour être précis. C'était un petit bonhomme qui parlait si mal la langue cherokee qu'il s'abstenait de le faire en public, et qui était également incapable de lire le syllabaire. Mais il était rusé et déterminé, en affaires comme en politique. Son quant-à-soi l'amenait à se faire une raie juste au-dessus de l'oreille gauche et à plaquer ce qui lui restait de cheveux dans l'autre sens afin de dissimuler l'étendue stérile de sa calvitie ; il se servait d'une gomina parfumée, le peigne laissant sur sa tête des sillons aussi rectilignes que des rangées de haricots.

« Major » Ridge, élevé à ce rang militaire par Jackson au cours de la guerre civile, avait amené deux garçons d'à peu près mon âge avec lui, son fils unique et l'un de ses neveux, Elias Boudinot, qui était né Buck Watie mais avait décidé de prendre un nom plus seyant. Tous deux se piquaient d'être des personnages ténébreux à la Byron, un modèle qui exerçait alors une durable fascination sur un nombre incalculable de jeunes, dont votre serviteur.

Quand je me remémore notre premier contact dans le salon-parloir du Queen, il me semble que nous aurions dû nous entendre et cependant, pour des raisons qui n'appartiennent qu'aux jeunes gens, le courant n'était pas passé. Je connaissais pourtant tout sur leur compte, car ils étaient relativement célèbres. Le major les avait envoyés dans le Connecticut pour leurs humanités, et quand ils avaient été capables de lire en latin et de versifier aisément en anglais, ils étaient revenus sur le territoire de la Nation habillés à la dernière mode, circulant dans des cabriolets aux attelages identiques, mariés à des femmes identiques, tous quatre éperdument jeunes et résolus à se montrer des réformateurs épris de progrès dans tous les secteurs possibles, éducation, pédagogie, gouvernement, littérature, journalisme, gastronomie… À leur arrivée en terre cherokee, les nouvelles mariées yankees avaient été jugées un peu pâles et visiblement étonnées, mais néanmoins prêtes à ce départ dans la vie qu'elles avaient choisi avec leurs exotiques et étincelants maris.

Les gens du Nord sont d'esprit très ouvert, beaucoup plus avancés que nous. Leur seule réaction en apprenant que l'une de ces filles avait l'intention d'épouser un Indien avait été de la brûler en effigie dans la grand-rue et de faire sonner le glas à tous les clochers de la ville à chaque heure de la nuit. Elle n'avait alors que seize ou dix-sept ans. Le lendemain matin, qui était un dimanche, elle s'était levée, avait revêtu ses plus beaux atours, était allée à l'église en passant devant les cendres encore chaudes de son bûcher, s'était assise sur le banc de devant, impassible, en laissant les fidèles la fusiller du regard dans son dos pendant une heure ; l'après-midi, elle avait retrouvé

Boudinot dans les environs et ils avaient été mariés en secret par un ministre compréhensif, avant de prendre la route du Sud avec Ridge et sa jeune mariée, elle aussi dans un état second.

Il leur avait fallu près de deux mois pour atteindre la Nation, car ils avaient fait halte à New York dans le but d'assister à quelques pièces de théâtre, et à Washington où ils avaient fréquenté les réceptions en l'honneur des membres de chaque chambre du Congrès.

J'ignore ce que les filles s'attendaient à trouver sur la terre ancestrale de ces deux gentlemen. Des tipis et des coiffes emplumées, peut-être. Mais elles sont arrivées dans la maison de famille de Ridge, sur une plantation de centaine d'ares où d'innombrables esclaves avançaient à travers les champs de coton et de tabac comme l'ombre de nuages d'orage courant sur le sol. Et le dîner, avec nappe damassée, argenterie et porcelaine, était présidé par un patriarche chevelu que tous appelaient respectueusement «Major» et qui portait une chemise à jabot, un gilet en soie et tout ce qui constituait la tenue de soirée de n'importe quel Blanc aisé en Amérique.

Tout cela pour dire qu'aux yeux du gouvernement, ces Ross et ces Ridge n'étaient pas des Indiens habituels et qu'il ne savait comment les prendre. Avec eux, offrir des babioles en argent et invoquer le Grand Protecteur blanc ne menait nulle part. Quant à nos deux dignitaires, ils partageaient certes l'objectif d'assurer la survie de la Nation mais ils se vouaient une haine réciproque encore plus intense que celle existant entre Calhoun et Jackson. Blotti dans l'imagination de chacun d'eux, il y avait un avenir où le territoire cherokee deviendrait un État comme un autre, une étoile de plus sur la bannière étoilée, et où le gouverneur Ross, ou le gouverneur Ridge, occuperait une résidence officielle flambant neuve.

Lorsque leurs délégations sont parvenues à Washington, je m'attendais à moitié à voir Featherstone en leur sein mais il n'était pas là. L'activité de lobbyiste avait dû lui sembler un peu trop contraignante, même si j'aurais pu facilement le rassurer sur ce point.

Ross comme Ridge me considérant avec la plus grande réticence car je représentais des Indiens vivant en dehors de la Nation, ils m'ont fait comprendre que je devais me débrouiller tout seul quand j'ai suggéré que nous joignions nos forces. Visiblement, ils ne voulaient pas que je vienne fausser leurs cartes avec mes petits problèmes. Il n'empêche que je me suis bien entendu avec Ridge, dès lors que nous n'abordions pas ces sujets, et nous avons passé quelques soirées à boire ensemble au Queen. Ross, pour sa part, n'appréciait pas que je m'exprime en cherokee avec une relative aisance alors qu'il arrivait à peine à parler du temps qu'il faisait, dans cette langue, et même alors ne pouvait commenter que la situation climatique du moment, sa maîtrise de l'idiome du peuple qu'il était censé représenter se limitant au temps présent.

C'est par l'intermédiaire de Calhoun que j'ai rencontré Crockett. Celui-ci était alors au faîte de sa gloire, ou du moins de sa gloire pré-posthume. Quand je l'ai connu, il appartenait encore au folklore; il allait falloir Alamo pour le propulser jusqu'au statut du mythe.

Un entretien avec Crockett était plus difficile à obtenir qu'avec le président lui-même. Pour m'y préparer, j'ai acheté *Sketches and Eccentricities of Colonel David Crockett* et je me suis installé dans un café pour lire. Plus j'avançais, plus le récit devenait invraisemblable. Lorsque je suis parvenu à la phrase : « Ici, les Peaux-Rouges de la forêt allaient libres comme la brise qui faisait flotter leurs mèches aile-de-corbeau », j'ai abandonné l'ouvrage en me disant que je ne devais pas le laisser influencer mon opinion sur l'homme, puisqu'il n'avait pas eu de contrôle sur lui et que les écrivains ont le droit de raconter tous les mensonges qui leur passent par la tête. J'en avais cependant assez appris sur son compte pour savoir qu'il avait été enfant-serf comme moi, bien qu'il ait pour sa part rompu l'engagement pris par son père en échappant à son maître, un conducteur de porcs, dès leur premier convoyage. Le jeune Crockett avait défié deux adultes influents, le maître et le père, de le forcer à respecter le contrat et il avait eu gain de cause, ou en tout cas c'est ce qu'affirmait le livre : à mes yeux il y avait là plus de romantisme que dans toute la poésie de Byron réunie.

Notre première rencontre a eu lieu dans son bureau au Capitole. Bien qu'il fût assez âgé pour être mon père, nous avons d'emblée été sur un pied d'égalité et il a vite pris l'habitude de passer à l'Indian Queen en fin d'après-midi pour prendre un verre et bavarder avec moi. Comme il souffrait alors d'un accès de malaria, il avait le teint cendreux, les yeux cernés et gonflés, et même dans la chaleur du soir il était couvert de sueur. À l'instar de toute personne de goût, il choisissait le meilleur whisky écossais à chaque fois qu'il passait la nuit à boire et dès lors que c'était quelqu'un d'autre qui payait ses consommations. Ainsi, il devenait un peu pesant au bout d'un jour ou deux mais j'appréciais sa compagnie et je me résignais donc à l'écouter nuit après nuit et à fournir une bouteille de Macallan's une fois par semaine, pas plus, ce qui mettait déjà mes finances à rude épreuve. Entre autres enseignements utiles, Crockett m'a appris au cours de ces longues soirées à alterner le whisky et des verres d'eau minérale glacée, notamment celle de Virginie.

À cette époque, il était difficile de s'imposer comme un personnage à Washington, Crockett occupant à lui seul la majeure partie de la scène dans son rôle d'explorateur intrépide. Si je l'aimais beaucoup, je n'avais aucun désir de devenir sa doublure, son faire-valoir, son jeune protégé. Mais je l'ai suffisamment fréquenté pour en venir à me dire qu'il avait une existence plutôt enviable. Il captivait l'attention de tous. Quand il entrait dans une pièce, c'était comme si les flammes des chandelles vacillaient dans le mouvement général des têtes qui se tournaient vers lui. Même dans une salle de bal archicomble, chacun savait exactement où il était et ce qu'il faisait, au point qu'il ne pouvait aller aux toilettes sans que tout le monde soit au courant avant qu'il ait eu le temps de se reboutonner. Ce que j'appréciais vraiment chez lui, c'était de noter, dans ces moments où il était scruté par tous, le poignant contraste entre le sourire qu'il arborait et l'impassibilité tragique de ses yeux, le fait qu'il avait conscience de ce que ce regard absent affectait son image sociale mais qu'il ne pouvait le corriger, sinon en baissant son chapeau sur son front afin de dissimuler ses pupilles lorsqu'il se trouvait dehors.

Un jour que nous buvions au bar du Queen, Crockett a fait allusion à une attaque féroce que l'un des journaux du matin avait publiée contre lui. Je lui ai demandé si cela l'affectait, parce qu'en ce temps-là j'en aurais été outragé, moi. Il a répondu : « Oh, je suis une grosse cible, facile à atteindre, donc il n'y a rien d'honorable à me tirer dessus. N'importe quel scribouillard armé d'une plume et disposant d'une demi-heure à perdre est libre de me coucher en joue et de tenter sa chance. »

J'ai vite découvert que les galeries du public au Sénat étaient un endroit très propice à rencontrer des dames, jeunes ou désireuses de le paraître. C'était Claire que je désirais, certes, mais les belles du balcon étaient tout de même préférables à la solitude du célibataire. Et dans la rue je ne pouvais m'empêcher de dévisager avec insistance les passantes en espérant reconnaître Claire venue visiter la capitale avec Featherstone.

Lors d'une petite réception au domicile d'un sénateur de l'un des États du Nord, un petit râblé qui compensait sa calvitie par un bouc volumineux, j'ai fait la connaissance de Madame Chapman, la célèbre actrice. Originaire de Charleston, elle avait remplacé Fanny Kemble dans le principal rôle féminin de *High, Low, Jack… Game* et la ville ne parlait que d'elle. Où qu'elle aille, piétons et équipages s'arrêtaient pour la contempler. Elle était grande, anguleuse et très belle, comme environnée d'une chaude lumière qui la suivait partout où elle allait mais à laquelle elle semblait vouloir se dérober d'un mouvement timide, confuse de l'attraction qu'elle exerçait. Tous les hommes, et la plupart des femmes, trouvaient cette modestie naturelle tout à fait charmante.

Tandis que les invités bavardaient dans la salle d'à côté, Madame Chapman et moi tournions gauchement autour d'une grande table en acajou couverte de succulentes victuailles. Nos orbites similaires se redoublaient dans la grande glace au mur. Nous lorgnions tous deux les petits pâtés à la viande, les gâteaux au rhum compacts et les tourtes. Mon attention était particulièrement attirée par de minuscules feuilletés à la figue, de la taille d'un dollar or, que Madame Chapman affirmait avoir préparés elle-même. En ayant croqué un, j'ai platement déclaré qu'il était remarquable.

Elle avait entendu dire que j'avais publié de la poésie mais n'en avait hélas lu aucune de moi. Elle a noté qu'elle connaissait un vieil écrivain de Boston formidablement réputé, qui lui avait confié que pour trouver la paix intérieure il ne pouvait laisser passer une journée sans écrire un nombre spécifique de lignes. C'était cela, ou le désespoir. Après une pause, elle a révélé le chiffre qui le préservait de la mélancolie, si élevé qu'il dépassait l'entendement. J'ai imaginé le vieux génie s'activant à sa table aussi frénétiquement qu'un fermier tentant d'éteindre un champ en feu avec un sac en toile de jute mouillé, des mèches blanches volant de toutes parts hors du nimbus de sa crinière et de sa barbe de patriarche, jetant par-dessus son épaule une nouvelle page noircie qui venait tomber sur une pile déjà haute comme une meule de foin. L'idée m'est venue que les onanistes devaient ressentir la même chose : s'ils ne peuvent pratiquer leur art chaque jour, ils sont malheureux. Mais je me suis contenté de dire : « Pour moi, c'est tout l'opposé. »

Elle a hoché poliment la tête et pris un air intéressé, comme si mon commentaire était plus qu'une boutade facile, et cette bonté d'âme a aussitôt encore ajouté à son charme.

L'ayant croisée dans d'autres événements mondains, je me suis d'abord montré plutôt réservé à cause de ce « Madame » qui précédait son nom mais j'ai vite eu la nette impression que le sieur Chapman, quel qu'il eût été, devait avoir rejoint un autre monde depuis longtemps, ou du moins une contrée aussi invraisemblablement lointaine que l'Ohio ou l'Illinois. J'ai également découvert, à mon grand ravissement, qu'elle avait vingt-deux ans. Exactement mon âge. Lors d'un dîner, j'ai osé le constater tout haut : « Nous avons le même âge. » J'ai immédiatement regretté d'avoir ouvert la bouche. Mais elle a répondu : « Nous ne sommes pas les seuls dans ce cas. Décidons cependant que ceci scellera un pacte spécial entre nous. »

Nous en sommes venus à nous voir de plus en plus souvent. Nous avons pris l'habitude de faire des promenades à cheval le dimanche, en général pour aller regarder les digues en pierres sur les canaux du Chesapeake et de l'Ohio, ou bien le fleuve en direction d'Alexandria à partir des hauteurs de George Town, avec le Capitole en contrefond de ce paysage de maisons et de bâtiments officiels épars. Je l'ai aussi emmenée contempler les portraits de dignitaires de différentes nations indiennes exposés dans un salon au département de la Guerre. Nous nous retrouvions à des soirées où la musique et la danse se poursuivaient après minuit, conclues par un souper tardif. À l'une d'entre elles, donnée par un collectionneur d'art réputé, Madame Chapman et moi n'avons pas dansé une minute, trop occupés à aller d'une toile à l'autre. D'un commun accord, nous avons dédaigné les peintres paysagistes, dont je raffolais pourtant, et les natures mortes, car nous n'étions guère intéressés par tous ces bols de raisins et de pommes, préférant nous concentrer sur les portraitistes exclusivement. Nombre de ces visages émergeaient d'une pénombre chaude, baignés d'une lumière onctueuse qui les flattait, braquant sur le monde des yeux liquides et intenses. Nous les avons étudiés un par un et nous nous sommes amusés à les classer dans les deux catégories fondamentales auxquelles ils appartenaient, prêtres ou ivrognes.

Une autre fois, nous avons provoqué un scandale sans conséquence en exécutant toutes les danses sans prendre une seule fois d'autre partenaire qu'elle ou moi. C'était un bal costumé où seuls les sénateurs les plus âgés étaient excusés de se présenter en *habit de ville* [1], expression française que j'ai apprise de Calhoun en l'entendant demander pardon à son hôtesse de n'avoir pu trouver un costume adéquat. Cette année-là, les tenues d'inspiration asiatique étaient à la mode aussi bien chez les hommes que chez les femmes mais cela n'excluait pas l'habituelle multiplication de pirates, de gauchos, de princesses indiennes et de chefs tribaux, de sorte que j'y ai trouvé une occasion inattendue d'employer mon turban violet et mes mocassins.

Madame Chapman occupait une maison avec deux ou trois domestiques pour seule compagnie, et lorsque la fête s'est terminée en pleine nuit, je l'ai reconduite chez elle dans sa calèche ; peu avant l'aube, je suis rentré à pied à l'Indian Queen, la lune du maïs en fleur alors presque pleine et les hordes de chiens à moitié sauvages qui hantaient les rues désertes pour uniques témoins. Et puis,

1. En français dans le texte.

sans crier gare, la pièce dans laquelle elle tenait la vedette s'est terminée, elle a poursuivi sa tournée dans une autre ville et je suis resté livré à moi-même, traînant jour après jour ma morosité sur les berges du fleuve, négligeant ma correspondance avec divers services gouvernementaux et avec Tallent, resté au comptoir. J'ai écrit un poème dont le thème était mon abattement plutôt que Madame Chapman elle-même, et il a été publié par *The Chesapeake Review*.

Lorsque l'affliction s'est dissipée, toutefois, je me suis senti plus à l'aise en présence des membres du Congrès et des lobbyistes de Boston et de New York qui paraissaient briller particulièrement en présence des dames mais dont aucun ou presque, ai-je remarqué avec satisfaction, ne semblait avoir eu l'occasion de fréquenter des femmes de Charleston. De plus, j'ai été encore plus souvent invité à des dîners et à des bals, si bien que j'étais dehors au moins cinq soirs par semaine. La mode de cette année commandait aux jeunes beautés – et même à certaines plus âgées – de porter des robes très ajustées à la poitrine qui révélaient largement leur crémeuse complexion et permettaient d'apprécier leur respiration. À ce sujet, Crockett se montrait plein de philosophie. « Tout change, affirmait-il. On ne peut être sûr de rien : revenez à Washington dans deux ans et elles auront la gorge couverte jusqu'au menton. »

À propos d'un avocat grassouillet de Savannah qui représentait les intérêts des planteurs de riz, l'on murmurait qu'il avait « une vie compliquée ». J'ignorais la signification exacte de cet euphémisme, sinon lorsqu'elle s'appliquait au cas où un quidam s'apercevait qu'une fille qu'il croyait libre était en réalité mariée, mais en côtoyant ce politicien pendant un temps j'ai noté que son valet de chambre noir le suivait partout et s'exprimait avec un accent anglais des plus châtiés qu'il avait adopté aux Bermudes. Il y avait un je-ne-sais-quoi dans ces instants où leurs regards se croisaient, où leurs mains se frôlaient en se passant une tasse de thé, où leurs voix changeaient lorsqu'ils s'adressaient l'un à l'autre… Quelque chose de compliqué, assurément.

La ville regorgeait de bordels et, quand le Congrès siégeait, les maisons closes étaient pleines du crépuscule à l'aurore. Ceux qui en avaient les moyens allaient s'encanailler au moins une ou deux nuits par semaine, ivres et lubriques. Dès que le soleil se couchait, les sénateurs les plus âgés, gras comme des oies pour la plupart, se faisaient amener à pied d'œuvre dans leurs équipages, puis repartaient vivement se coucher dans leur lit, laissant alors la place libre aux représentants du peuple moins chenus qu'eux et à tous les prédateurs, parasites, diplomates, agents et lobbyistes comme moi que les forts effluves de sang, d'argent et de pouvoir dégagés par la capitale attiraient ici.

J'ai joué un soir le rôle du Washingtonien chevronné en offrant une visite guidée à l'assistant d'un nouveau sénateur qui venait de débarquer de sa petite ville d'Alabama, confite dans les bondieuseries et les préjugés. Il était enthousiasmé d'avoir une chambre au fameux Indian Queen, distinction dont il ne revenait toujours pas, et n'a pas cessé de jacasser tandis que nous déambulions dans les rues alourdies par l'odeur entêtante du fleuve et des marais. Chaque lupanar devant lequel nous sommes passés laissait échapper des notes de piano aigrelettes et son propre mélange olfactif de parfum et de sueur. En le regardant à un moment, je me suis aperçu que l'assistant avait des larmes de joie dans les yeux et une expression extasiée sur les traits.

– Nous pourrions peut-être en choisir un où entrer ? a-t-il suggéré d'une voix altérée.

– C'est possible, ai-je convenu, mais un peu plus loin par là.

Bientôt, j'ai eu le plaisir de le présenter à tout un salon de belles de nuit, jeunes ou non. C'était évidemment l'époque où les hommes prenaient la vérole autant au sérieux qu'un rhume de cerveau.

Sitôt après mon retour à Wayah, j'ai eu le nez cassé par un coup de raquette au cours d'une partie qui durait depuis trois heures. À dire vrai, il s'agissait de ma propre raquette, dont le long manche recourbé a rebondi sur le sol alors que j'avais plongé en essayant de rattraper une balle et m'a atteint en plein milieu de l'arête nasale. Un voile de sang est tombé sur ma bouche et mon menton. Je suis allé jusqu'au torrent, j'ai arrêté l'hémorragie avec de l'eau glacée et j'ai recommencé à jouer. Pour moi, cette blessure faisait figure de rétribution : ma punition pour le temps que j'avais passé parmi les Washingtoniens.

Bear était spectateur, ce jour-là. Il s'était installé sur un gros tronc d'arbre mort, au milieu d'un groupe bruyant de vieux qui faisaient circuler une bouteille entre eux. Lorsque la partie s'est terminée au désavantage de mon équipe, il m'a demandé si j'avais gagné ou perdu dans la rencontre autrement plus sérieuse avec les autorités. Tout ce que j'ai pu répondre était que la balle restait en jeu.

Quand je suis allé inspecter le comptoir à Valley River, on m'a appris dès mon arrivée que Claire et Featherstone étaient revenus durant ma longue absence. Une heure plus tard, j'étais sur le perron, Waverley attaché derrière moi. Une femme rondelette et brune, de race indéterminée, a ouvert la porte. J'ai sorti de la poche de ma veste l'une des cartes de visite que je m'étais fait imprimer à grands frais par le papetier de Washington qui allait désormais fabriquer les carnets reliés destinés à mon journal. « Veuillez présenter ceci à Mrs Featherstone », ai-je déclaré. Elle a passé un doigt intrigué sur les lettres en relief, retourné le petit rectangle et considéré le verso blanc avec le même intérêt.

– À qui ?

– Mrs Featherstone. Claire.

– Ah, elle n'a pas besoin de votre bout de carton-là, c'est sûr, mais j'm'en vais lui dire qu'vous êtes ici.

Elle m'a rendu la carte avant de me fermer la porte au nez. Il y avait des chaises sur la galerie mais j'ai préféré m'asseoir sur une marche, le dos tourné à l'entrée. C'était un jour sans vent, je pouvais entendre des voix à l'intérieur. La femme a rouvert et m'a annoncé que Claire ne recevait pas de visites. Lorsque je lui ai demandé à quel moment il serait préférable de revenir, elle a répondu : « À aucun, il faut croire. »

2

Dans les montagnes du Sud, on appelle « enfer » un passage difficile, une étendue de terrain hostile, par exemple un taillis de lauriers tellement dense et vaste qu'on finit par s'y perdre et y mourir. Ailleurs à travers le pays, c'est le secteur de la ville où abondent les bars, les bordels, les gâchettes faciles et les combats au couteau. Pas l'Enfer, juste un enfer.

C'était ainsi que l'avenir semblait devoir se présenter. Et aucune issue en vue, du moins d'après ce que j'entrevoyais. Aucun moyen de s'en extirper le front haut, plein de fierté, ou tout simplement indemne, mais par contre nombre de chances d'émerger de l'épreuve pétri de honte, toute confiance en soi perdue pour le restant de sa vie, porteur d'histoires que l'on ne pourrait raconter même sous l'effet de l'alcool. Mais il n'y avait pas d'autre solution que d'aller dans cette direction : dans son esprit et dans son cœur, Bear s'était résolu à demeurer sur ses montagnes et rien ne l'en dissuaderait, ni décrets officiels ni tracés de nouvelles frontières ou annulations d'anciennes. C'était chez lui, point final. Il affirmait qu'à chaque fois qu'il était descendu dans les plaines il avait eu l'impression de risquer de glisser jusqu'au bord du monde, rien d'assez élevé ne le protégeant de l'attraction du vide. Il disait que vivre loin des sommets était comme voyager sur la plate-forme d'un chariot dépourvu de ridelles.

J'aimais le vieil homme et j'aurais fait n'importe quoi pour lui ; j'étais également convaincu que le peuple de Bear avait autant le droit que quiconque de choisir où vivre. J'aurais peut-être dû plier bagage et aller m'installer à Washington, me servir de mes contacts pour y établir une position, laisser Wayah derrière moi. Nombreux sont ceux qui peuvent se réinventer à tout moment, changer de peau, faire taire leur mémoire, prendre un nouveau départ, mais c'est une aptitude que je n'ai jamais été capable d'acquérir.

Si les soldats envahissaient les montagnes et entreprenaient de déporter à l'ouest tous les membres de la Nation, j'avais du mal à croire que notre farde de lettres restées sans réponse et de documents légaux peu précis les empêcherait de venir jusqu'à Wayah et de vider nos contreforts de ses habitants, titres de propriété ou pas. Cependant j'ai continué à m'activer, sans relâche et sans espoir. À trois reprises au cours de ces années j'ai entrepris le long voyage jusqu'à Washington et retour, avec le pressentiment toujours grandissant que mes efforts resteraient vains. Aucun argument en faveur de la Nation n'était entendu. Le chef Ross et la famille Ridge avaient plaidé et plaidé sans qu'un seul point de leur argument ne soit pris en considération. Des membres du Congrès favorables à cette cause s'agitaient un moment, soulevaient de vertueuses objections face à la politique de Jackson, puis passaient à des affaires plus pressantes. Quand la Cour suprême avait émis un arrêté positif pour les Indiens, Jackson avait répliqué : « Eh bien, qu'ils le mettent donc en application ! », et la Cour, une assemblée de vieillards édentés et corrompus, avait fait machine arrière.

Les Ridge et leurs partisans avaient atermoyé autant qu'ils l'avaient pu mais, sentant le couperet prêt à tomber, ils avaient entrepris un calcul désespéré et presque mathématique de leurs chances de survie personnelle et financière. L'expérience très concrète du vieux major, qui, au siècle précédent, s'était battu à la fois aux côtés des Blancs et contre eux, les avait aidés dans leur décision. Avant l'arrivée de l'homme blanc, les guerres entre Indiens avaient été sanglantes, d'une cruauté parfois inimaginable, mais elles étaient restées de proches parentes du jeu de balle traditionnel, une forme de sport ; les nouveaux venus avaient privé l'activité guerrière de tout son charme : ils s'étaient mis à gagner et à gagner encore, comme si c'était tout ce qui importait. Le major Ridge avait constaté *de visu* l'incroyable suprématie que peut assurer un emploi systématique et sans scrupule de la force, et c'est pourquoi son camp avait fini par choisir de reconnaître sa défaite avant d'aller jusqu'à l'affrontement.

Un soir d'hiver à New Echota, un petit groupe de riches affidés de Ridge, parmi lesquels Featherstone, se sont penchés sur une feuille de papier éclairée aux bougies pour parapher un traité secret par lequel ils vendaient l'entièreté de la Nation à l'Amérique dans les conditions qu'ils pensaient les plus avantageuses pour eux, et acceptaient que tout leur peuple soit transféré sur les nouveaux « territoires indiens » sans jamais être consulté. La dernière signature apposée, l'un des participants a fait la remarque qu'ils venaient sans doute d'approuver leur propre arrêt de mort. Il avait raison, bien entendu.

Le projet de traité comportait une clause qui autorisait les Indiens les plus prospères à demeurer là où ils vivaient, à conserver tous leurs biens – terres, immeubles et esclaves – et à devenir citoyens américains. C'était injuste, certes, mais j'ai entièrement approuvé cette provision car elle signifiait que Claire et Featherstone seraient autorisés à rester à Cranshaw ; la savoir près de moi était une source d'espoir et j'étais encore à un âge où tout semblait possible avec l'aide du temps, y compris le réchauffement d'un cœur qui s'était inexplicablement endurci à mon encontre. Cependant, une fois le texte parvenu à la Maison-Blanche, Jackson a pesté contre la moindre exception :

il voulait voir tous les Indiens partis, quels que soient leur richesse ou leur degré de métissage, et la clause a donc été supprimée dans la version finale.

Ses huit années de pouvoir terminées, le Vieil Opossum s'est mis au vert dans la campagne aux abords de Nashville, jouant aux ermites dans son Ermitage mais n'en savourant pas moins son coup de force territorial à distance. Son successeur, Van Buren, a poursuivi sa politique indienne tel un nageur pris dans un courant irrésistible.

Durant l'année précédant l'arrivée des troupes, les membres du clan Ridge ont commencé à quitter leurs plantations, à abandonner leurs fabriques, leurs ferries, leurs magasins et leurs imprimeries pour gagner l'ouest en emmenant avec eux quelques-uns de leurs domestiques, les autres esclaves devant les rejoindre par la suite. Les plus pâles de ces nababs indiens auraient bien été tentés de s'esquiver hors des limites de la Nation et de se fondre dans la population blanche mais les États voisins, en particulier la Géorgie, étaient prompts à arrêter les fugitifs quel que soit leur degré de métissage et à les déporter à l'ouest dans des conditions habituellement réservées aux criminels de droit commun.

Le major Ridge et son épouse choisirent de gagner le nouveau territoire par voie fluviale, un moyen rapide et sûr. Leur fils et Boudinot, accompagnés de leurs femmes yankees, en firent un voyage d'agrément, dans de beaux équipages traînés par des chevaux puissants, une promenade d'un mois pendant laquelle les deux jeunes couples apprécièrent le temps clément d'un octobre méridional et les superbes variations de couleurs d'automne tandis qu'ils traversaient le Tennessee et franchissaient les monts Ozark. Comme les gentlemen de ce temps se piquaient de naturalisme, Ridge junior et Boudinot décrivirent dans leurs journaux respectifs la flore et la faune qu'ils rencontraient sur leur chemin. Ils prirent même le temps de faire un détour pour rendre visite au

Vieil Opossum dans sa retraite bucolique, une marque de courtoisie qui ne m'a pas paru entièrement requise par l'étiquette lorsqu'elle m'a été rapportée. En fait, plus je réfléchissais à cette rencontre et imaginais leur conversation, plus j'en étais troublé. Mais le vieux grigou avait quelque chose en lui qui depuis toujours attirait les gens comme s'ils étaient poussés dans sa direction par le vent ou la force de gravité.

Resté sur place, le chef Ross, qui avait continué à tempêter et à ferrailler avec l'Amérique devant les tribunaux, a évidemment nié toute légitimité à l'accord conclu par les Ridge, soulignant à juste titre que ces derniers n'avaient aucun droit de vendre ne fût-ce qu'un arpent de territoire de la Nation à des acheteurs qui ne seraient pas indiens, et avaient commis un crime majeur en le faisant. Mais comme sa résistance n'aboutissait à rien, il en est vite venu à conclure ses propres arrangements avec l'Amérique, obtenant que Washington lui verse une somme pour chaque Indien transféré à l'ouest par la route. Bientôt, d'immenses caravanes d'Indiens et d'esclaves encadrées par soldats et missionnaires ont quitté l'ancien périmètre de la Nation pour gagner les nouveaux territoires. Saisissant l'offre piteuse de Ross, l'Amérique allait recevoir ce pour quoi elle avait payé : la « piste des larmes ».

Comme le major Ridge, Featherstone avait préféré gagner la nouvelle Nation non par la fastidieuse voie terrestre mais, pour reprendre ses propres termes, dans le confort d'un bateau où l'on pouvait dîner sur une nappe et déposer sa crotte matinale à travers une lunette en forme de fessier, dans une cabane de poupe surplombant l'eau boueuse du fleuve sans cesse brassée par les aubes du ferry. Bien qu'il eût souhaité le contraire, Claire était restée à Cranshaw afin de superviser le déménagement, les services en argent, les dessertes et les plateaux à pied,

264

les salières minuscules, la vaisselle innombrable, la porcelaine de Wedgwood, les verres en cristal de Murano couchés dans la paille moelleuse, les rayonnages de livres, les liasses épaisses d'habits soigneusement pliés dans des caisses en bois… Son intention était d'en avoir terminé bien avant que les premiers soldats ne fassent leur apparition.

La veille de son départ, dans la nuit, Featherstone avait mis le feu à toute sa collection de taxidermie empilée sur la pelouse de la résidence, un cauchemardesque bûcher dans lequel des animaux de toute taille s'étaient consumés comme du petit bois, leurs faces mortes et poussiéreuses visibles à travers les flammes, remplissant l'air printanier d'une odeur automnale qui faisait penser à celle des soies roussies d'un sanglier en train d'être dépiauté. Le lendemain, Featherstone était parti vers l'ouest sur un cheval sans grand intérêt qu'il comptait vendre une fois arrivé à l'embarcadère du ferry, avec pour seul bagage deux fontes de selle bourrées à craquer de tenues habillées qu'il comptait porter dans les salons du bateau – y compris les gants parfumés à la frangipane – et d'une grande quantité d'argent liquide grâce auquel il comptait entreprendre une nouvelle vie : lorsque les Indiens démunis arriveraient, il serait déjà sur place, prêt à profiter d'eux comme la plupart de ses riches comparses.

Aucun argument n'avait pu secourir les Indiens de la Nation, ainsi que je l'ai dit, pas même ceux empruntés à la logique des Blancs, et je ne m'attendais donc pas à ce que la tribu brune de Bear soit sauvée par quoi que ce soit, mais celui-ci avait placé toute sa foi dans quelques titres de propriété et rien ne pouvait l'ébranler. À ce stade, nous disposions des mille acres dont il était le propriétaire légitime et de mes terres, plus étendues, que je contrôlais essentiellement par une série de reconnaissances de dette et de lettres de créances aussi enchevêtrées, embrouillées et désordonnées qu'un vieux nid de balbuzard. Leur statut légal était tellement embrouillé que l'un de mes terrains, par exemple, était placé sous double hypothèque. Je vivais dans la crainte que le nid tout entier s'effondre si une seule brindille en était retirée, et cependant il continuait à tenir et à s'agrandir.

Bear, qui suivait de près toutes mes tractations, m'a demandé un jour si je savais ce qui nous différenciait l'un de l'autre.

– Non, ai-je répondu.

– M'est avis qu'il existe deux types d'hommes dans ce monde nouveau que les Blancs sont en train d'inventer. Ceux qui vivent à crédit et les autres. Toi, tu es de la première espèce.

Un an avant le Transfert, nous pouvions à nous deux revendiquer sans trop de litige plus de dix mille acres. Si ce n'était qu'une fraction des propriétés que nous allions acquérir par la suite, ce territoire était suffisant pour constituer une déroutante principauté qui subsistait en dehors de la Nation et au sein de l'Amérique, dont les habitants présentaient une citoyenneté ambiguë et tous les degrés de métissage possibles, mais tellement éloignée de la capitale de l'État qu'aucun officiel ne se souciait de comprendre qui nous étions vraiment et ce que nous fabriquions dans nos mornes et âpres contrées.

Rien que pour tester les réactions, j'ai adressé au département concerné une demande de naturalisation pour tout le clan de Bear, rédigée en des termes prudents. La réponse m'est parvenue dans un jargon bureaucratique si raffiné qu'il m'a fallu trois lectures pour la déchiffrer. D'après ce que j'ai pu saisir, ma requête n'avait pas été acceptée mais elle n'avait pas été rejetée, non plus.

Bien que Bear et moi ayons consacré de longues soirées à planifier notre avenir, et ce pendant des années, passant alternativement de l'espoir au scepticisme mais sans jamais abandonner la résolution de nous battre jusqu'au bout, la plupart de ceux qui nous entouraient ne mesuraient pas qu'ils étaient directement menacés de perdre le toit sous lequel ils vivaient. Ce qui arrivait dans le vaste monde, et même la volonté affichée par Jackson de mettre fin à toute présence indienne à l'est du Mississippi, leur paraissait aussi lointain et marginal que les guerres du roi de Siam. La vaste majorité de nos gens n'étaient jamais allés plus loin que le sommet de la plus haute chaîne qu'ils apercevaient de leur maison. Ils étaient comme tout être humain : tout ce qu'ils connaissaient vraiment était contenu et emprisonné dans leur enveloppe physique. La circonférence de leur univers était aussi réduite que celle de nombre de leurs voisins blancs, sa topographie limitée aux combes, aux cimes et aux cours d'eau qu'ils avaient vus de leurs propres yeux, parcourus sur leurs propres jambes. Toute notion géographique plus large que cette réalité appartenait au domaine de la théorie. En conséquence, la distance qui les séparait de l'Ouest, leur probable destinée, demeurait aussi abstraite que le temps qu'il pourrait leur falloir afin de parcourir cet espace qu'ils n'imaginaient pas, et que les dangers qu'ils risquaient de rencontrer en route.

Au cours des mois précédant le Transfert, un intense échange de rapports et d'instructions s'est produit entre Washington et l'avant-garde des forces armées concernées. Dans un sens comme dans l'autre, j'étais toujours en mesure d'avoir accès aux copies des scribes. En voici un exemple révélateur :

Mémoire concernant la Nation cherokee contenue dans les limites de la Caroline du N. et ses environs immédiats,
  Cap. W.G. Williams, US F Grs, Fév. 1838

En préparation d'un Rapport basé sur les données fournies par l'Inspection directe, il appert que vous apprécierez de connaître quelques traits particuliers concernant la région

dans laquelle nous opérons, constatations qui me sont par-
venues sous forme de memoranda adressés à moi par mes
subordonnés et sur la base de mes observations personnelles.
Dans un pays tel qu'icelui et à une saison aussi inappropriée
au travail de reconnaissance, il est naturel de supposer que
nombre de difficultés se sont présentées.

Conformément à mes instructions, je mentionnerai les cir-
constances relatives à l'estimation des ressources des Indiens
de ce secteur, ce dans l'hypothèse où ils prétendraient se sous-
traire aux dispositions du Traité régissant les conditions du
transfert. Préalablement à l'étude de cette question, en terme
de nombre, de force physique, d'attachement à la contrée qu'ils
occupent, des moyens de leur subsistance, etc., je commencerai
par résumer brièvement ce que j'ai pu constater relativement
à la disposition morale des Indiens en la matière.

Pauvres, ignorant l'économie du temps ou des moyens finan-
ciers, cultivant la terre dans le seul but de répondre chichement
à leurs besoins, ils préfèrent la poursuite des chevreuils ou
l'oisiveté de ces derniers à toute occupation plus fructueuse.
Il n'est que naturel de supposer que l'amour du terroir est
un sentiment dominant chez l'Indien, dont la compréhension
générale est trop limitée pour l'encourager à s'engager plus
loin que son habitat immédiat et qui, de plus, reste attaché à
la sépulture de ses ancêtres par une vénération superstitieuse.
Ce besoin instinctif est entretenu par les appels de ceux qui
ont intérêt à les voir s'opposer au transfert et par la représen-
tation défavorable des conséquences d'un tel arrangement. Des
chefs influents et quelques résidents blancs parmi eux, mus par
des calculs sordides et par une inquiétude réelle ou feinte en
ce qui concerne leur sort, encouragent la moindre suggestion
opposée aux propres intérêts des Indiens et aux souhaits du
gouvernement des États-Unis.

Dans ces conditions, la conclusion de mes observations
est que la grande majorité des Indiens de ces conditions est
ouvertement hostile à l'émigration et que, fort regrettablement,
l'espoir de demeurer sur place est maintenu vivant par distorsion

des faits à un degré très surprenant. Il est donc à déplorer que ces illusions et ces faux espoirs ne puissent que s'effondrer dès qu'il sera nécessaire de mettre en œuvre les dispositions dudit traité, et il est à craindre subséquemment que, en conformité avec les traits généraux de la nature humaine, une dangereuse exaltation des esprits naisse de cette déception soudaine et les incite à des actes désespérés. La conviction qu'ils doivent s'en aller eût-elle été pleinement et universellement inculquée, ils se seraient depuis longtemps adaptés à cette perspective et auraient été prêts à accepter leur destin.

Quant à l'environnement des Indiens des contrées montagneuses, il y aurait beaucoup à dire sur son adéquation à leurs tactiques guerrières et aux ressources qu'il offrirait à des fugitifs tentant de s'y dissimuler. Il paraît indiscutable que s'ils parvenaient à se retrancher dans ces forteresses naturelles et à disposer d'armes et de munitions, ils seraient en mesure d'opposer une formidable résistance à toute tentative de les en déloger, car il faut considérer qu'ils ont là à leur disposition non seulement les massifs contenus dans le territoire qu'ils occupent dès à présent, mais aussi une très vaste succession de chaînes montagneuses si peu habitées par les Blancs qu'elle leur offrirait à la fois une solide protection face à une opération de conquête et un terrain fertile pour leurs incursions prédatrices.

En raison de ce contexte naturel, il semble évident que la meilleure façon de réduire les Indiens serait de les obliger à se soumettre sous la pression de l'isolement et des privations. À cet effet, il serait nécessaire de prendre contrôle des vallons dans lesquels leurs fermes sont installées et de saisir derechef les récoltes, le bétail & les porcs qu'ils auraient en leur possession au premier signe d'intentions hostiles de leur part ; conséquemment, l'occupation immédiate de ces déclivités nous placerait dans la position d'exécuter un tel plan avec efficacité. Ils seraient alors repoussés sur les contreforts montagneux, ce qui les rendrait certes presque inaccessibles mais du même coup les priverait de vivres et des ressources nécessaires à une guerre. Ils seraient obligés de se rabattre sur la chasse pour survivre, ne pourraient donc pas se regrouper de manière quelque peu substantielle et seraient ainsi vulnérables à de petits détachements offensifs chaque fois qu'ils émergeraient de leurs cachettes en quête du gibier indispensable à leur subsistance.

Ils sont d'ores et déjà des plus pauvrement équipés en armes et munitions. Il est estimé qu'ils n'ont pas plus de quatre cents fusils à eux tous, pour la plupart en piètre état ou même inutilisables. Ils disposent cependant d'arcs et de flèches, ainsi que d'un dispositif appelé « arme à souffle » (sarbacane), dont ils se servent avec une très grande habileté pour le petit gibier. Ceci est à prendre en considération dans l'évaluation de leurs ressources militaires.

Je joins à la présente un croquis de la région auquel il a été ici fait référence, sur lequel les points stratégiques ont été indiqués avec précision, et très différemment de ce que les cartes antérieures que nous avons pu nous procurer laissaient envisager jusque-là.

Veuillez accepter, Sir,
mes salutations les plus respectueuses.
W.G. Williams, Capt. US Top Ensgn

Les soldats se sont abattus sur notre terre comme un fléau. Arrivés par le fleuve et ayant pris pied en terrain dégagé, ils ont rasé un immense taillis de bambous dans une déflagration qui, l'espace de quelques minutes, a eu de quoi faire croire que la fin du monde était arrivée. Des flammes rouges et des volutes de fumée noire montaient tout en haut du ciel ; pendant deux jours au moins, les serpentins de cendres de bambous ont plané dans les airs avant de retomber en pluie sur toute la vallée. Ensuite, pendant des jours encore, il y a eu le son incessant des haches attaquant les pins. Des couples de bœufs jaunes traînaient les troncs rectilignes hors de la forêt, jusqu'à une pile bientôt assez haute pour construire tout un village en rondins. À la place, les soldats ont creusé une immense tranchée rectangulaire dans laquelle ils ont planté les troncs à la file, en une palissade de géant dont seules les pointes étaient équarries, blanches et pointues comme le bout de crayons bien taillés. À chaque extrémité, deux blocs au toit couvert d'écorces faisaient comme des fortins grossiers à partir desquels on pouvait mettre en joue des assaillants arrivés d'un côté comme de l'autre, avec des meurtrières assez hautes pour laisser penser que les tireurs se tenaient sur une passerelle qui faisait le tour des murs intérieurs et une issue hermétiquement fermée sur le pan du carré qu'ils considéraient comme la façade de ces hideux bâtiments.

Depuis le comptoir perché sur sa colline, la position de l'autre côté du fleuve offrait une géométrie irréelle : un plateau de boue rouge foulée par les hommes et les chevaux, bordé en ligne droite par la face brune et lisse du cours d'eau qui s'incurvait plus loin, les flancs abrupts des montagnes aux quatre points cardinaux et, au milieu, le fort en bois sombre qui formait comme un pâté de cire noire marqué du sceau du destin.

À partir de ce moment, la vie quotidienne du village a radicalement changé. Les rares fois où ils étaient autorisés à sortir de leur base, les conscrits traversaient le fleuve en barques, gravissaient la côte et payaient la somme demandée pour n'importe quelle bouteille de gnôle, pourvu qu'elle leur soit présentée comme un semblant de rhum des Barbades ou de whisky du Tennessee. Les officiers, qui pour leur part semblaient disposer d'une bien plus grande liberté de mouvement, se présentaient chaque jour ou presque à mon magasin, éclusant tous les flacons de Moët et de scotch Macallan's qui ne cessaient d'arriver par chariots entiers de Charleston. Fort logiquement, l'alcool a connu une flambée des prix et messieurs les officiers paraissaient se faire une obligation de déclarer chaque fois qu'ils auraient pu l'avoir moitié moins cher dans le New Jersey, à quoi j'ai instruit le jeune employé qui tenait la caisse de répondre imperturbablement qu'ils avaient peut-être intérêt à retourner dans le New Jersey, dans ce cas. Mais les caisses de vin vides empilées presque jusqu'au plafond autour de la chambre à coucher du comptoir constituaient d'excellentes étagères à livres.

La lune du maïs vert, c'est-à-dire les semaines conduisant au solstice d'été, était depuis longtemps ma saison préférée. Pas cette année-là, pourtant. Chaque matin, je sortais prendre mon café sur la galerie du comptoir et, si la pluie ou le brouillard n'étaient pas trop intenses, j'observais les soldats qui ratissaient les hauteurs depuis l'aube et faisaient sortir les Indiens cabane après cabane. Dans l'après-midi, je les voyais pousser des familles entières et des vieillards dans l'enclos de parcage qu'était devenu le fort. Plus tard, des pinceaux de fumée s'élevaient des feux où ils cuisinaient à dîner et enfin, au crépuscule, les jeunes officiers commençaient à se présenter au magasin pour leurs libations du soir et un bout de conversation.

Beaucoup d'entre eux, mais sans doute pas en plus grande proportion que parmi le reste des mortels, étaient absolument répugnants. Quelques-uns, cependant, ressemblaient à des êtres humains et paraissaient authentiquement ébranlés et affligés par ce qu'ils étaient en train de faire. Dans cette dernière catégorie, il y avait un jeune lieutenant du nom de Smith, un garçon blond et dégingandé qui n'avait pas encore acquis un contrôle complet sur ses grandes mains et ses pieds interminables. Il n'avait que deux ou trois ans de moins que moi mais à notre âge c'est une différence qui paraît importante. Il continuait à parler aussi tard dans la nuit que je voulais bien l'écouter, me narrant sa journée, me rapportant les plus éphémères de ses pensées et de ses impressions.

L'un de ces soirs est resté particulièrement gravé dans

ma mémoire sans que je ne sache très bien pourquoi, puisqu'il ne se distinguait guère de tous les autres. Smith m'a raconté qu'il était parti à cheval peu après le lever du jour pour arrêter des Indiens et les ramener au centre de regroupement, encore somnolent, la bride abandonnée sur le cou de sa monture, les dents serrées sur le tuyau de sa pipe. Il menait une colonne de quatre soldats, si ce terme pouvait s'appliquer à la petite escouade formée par le jeune lieutenant et trois recrues originaires d'Irlande, de Philadelphie et de Charleston. Leur mission était de remonter le fleuve vers le nord et de déloger les Indiens combe après combe. Saluer correctement était à peu près tout ce que Smith avait appris au cours de son entraînement ; quant aux conscrits, leur savoir militaire se limitait à cureter le canon d'un fusil après avoir fait feu.

C'était toujours pareil chaque jour, m'a-t-il expliqué : encercler leurs cahutes, leur donner une demi-heure afin qu'ils réunissent les quelques affaires qu'ils pourraient transporter, puis les escorter sur la piste jusqu'au hameau suivant, où l'opération se répéterait. En fin d'après-midi, ils avaient trente ou quarante pauvres bougres marchant devant eux, chargés de couvertures, de marmites et d'un bric-à-brac dérisoire qui leur rappellerait la vie qu'ils étaient forcés d'abandonner. Tous quittaient leur maison sans savoir ce que l'avenir leur réserverait ; très peu d'entre eux versaient des larmes, d'autres lâchaient des commentaires d'une ironie amère à propos de leur sort, mais la plupart avançaient sans un mot, une expression impénétrable sur leur visage figé en masque, comme s'ils avaient parié gros qu'ils seraient capables de refouler le moindre signe d'émotion ou de préoccupation.

Dans son sillage, le maigre détachement entraînait une nuée de va-nu-pieds, de rebuts de la société et de petits Blancs qui avaient l'insistance de vautours volant en cercle au-dessus d'une charogne. Cette suite nauséabonde s'abattait sur chaque ferme évacuée par les soldats, s'emparant du bétail et de tout ce que ses occupants avaient dû laisser derrière eux. On ne pouvait rien faire contre la racaille qui fondait parfois si vite sur les maisons que leurs occupants pouvaient la voir par-dessus leur épaule enfourcher maladroitement une mule de trait, ou se battre avec un cochon que l'on tentait d'entraîner avec une corde passée au cou, ou courir après de vieilles poules trop grosses qui piaillaient en courant éperdument, leurs ailes inutiles traînant dans la poussière. Il arrivait que ces charognards, dans l'exaltation du pillage, incendient la cabane qu'ils venaient de mettre à sac et, dans les rares cas où la ferme disposait d'un puits plutôt que d'une source, un farceur parmi eux se déculottait pour chier au-dessus de la margelle afin de provoquer l'hilarité générale.

Ce matin-là, le lieutenant Smith avait remonté une ravine luxuriante, leur mission du jour consistant à déloger une femme âgée, une veuve qui vivait seule dans une masure isolée. Des brassées de sauge étaient suspendues à sécher aux montants du porche, des carrés de maïs, de haricots et de potirons restaient soigneusement entretenus derrière la petite barrière, la volaille grattait la terre dans la cour, les abeilles bourdonnaient autour des ruches en paille, des pommiers et des pêchers bien taillés se chargeaient déjà de fruits. Un torrent impétueux coupait droit à travers sa terre, éclaboussant les roches moussues. De toutes parts, les montagnes tombaient du ciel comme des rideaux émeraude.

Cette vieille Indienne, avec ses cheveux gris serrés dans un chignon gros comme le poing, portait un tablier graisseux sur la jupe bleue qu'elle avait drapée autour de ses larges hanches. Comprenant qui ils étaient et la raison de leur venue, elle était rentrée dans la cabane et en était bientôt ressortie avec deux couvertures et une petite marmite noire. Elle les avait étendues sur le sol, placé quelques bouquets de sauge et la marmite au milieu, réuni le tout en un ballot au nœud lâche qu'elle pourrait passer aisément à l'épaule. Et puis elle s'était immobilisée et avait insisté pour nourrir ses poulets avant d'être emmenée.

Smith aurait voulu lui dire de ne pas s'en soucier, car avant la fin de la matinée les volatiles auraient le cou tordu et tourneraient sur la broche de quelque pillard, mais il supposait qu'elle ne comprenait pas un mot d'anglais et puis ce n'était peut-être pas le bien-être des poulets qu'elle avait en tête, plutôt la nécessité de se comporter en fermière avisée jusqu'à la fin. Il s'était donc contenté de s'accroupir avec les autres, de remplir sa pipe et de tirer dessus en silence. L'un des conscrits, le petit Irlandais, avait remarqué tout haut qu'à l'exception de la couleur de peau, cette vieille ressemblait en tout point à sa grand-mère la dernière fois qu'il l'avait vue. Il leur avait raconté que sa famille, partie de Galway afin d'aller embarquer sur un bateau pour l'Amérique, s'était arrêtée à Spiddal en une ultime visite à l'aïeule. Il revoyait encore comment celle-ci avait refusé d'accepter le fait que ce long voyage signifiait qu'elle ne les reverrait plus jamais dans ce monde. À leur départ, elle avait dit : « Allez, maintenant ! » sur le même ton que s'ils devaient revenir une semaine ou deux plus tard. Sur ce, elle avait entrepris de distribuer à sa volaille le grain qu'elle avait versé dans son tablier.

La canaille qui suivait les soldats partout attendait en lisière de forêt.

La vieille femme avait parcouru la cour en répandant des miettes de pain de maïs qu'elle expédiait par terre avec de rapides mouvements du poignet et de la main, comme si elle secouait et jetait des dés. Les poulets de couleur marron s'étaient attroupés, et avec eux des pigeons sauvages. Tous ensemble, ils avaient picoré les miettes, gratté le sol de leurs pattes à trois fourches, et puis les

poulets s'étaient dispersés tandis que les pigeons repre-
naient leur vol dans des battements d'ailes qui faisaient
penser au bruit que produisent les enfants en frappant
leurs mains couvertes de mitaines l'une contre l'autre.
La fermière avait tapé ses paumes dans un claquement
sonore.

Et il s'était avéré qu'elle parlait anglais, puisqu'elle
avait soudain annoncé d'une voix forte et claire : « Je
crache sur mon passé. Partons. »

Lançant son baluchon sur son épaule, elle avait pris le
chemin de l'exil.

Avant qu'elle n'ait atteint le second coude sur la piste,
sa cabane était déjà en flammes et la fumée noire s'était
unie aux nuages bas, mais cela ne changeait rien pour
elle car elle ne s'était pas retournée une seule fois. À
l'issue de telles journées, m'avait confié Smith, il s'en-
dormait avec dans la bouche un goût aussi amer que de
la cendre de charbon de bois.

Mais d'une certaine manière c'était un travail comme
un autre, a-t-il ajouté, et comme tout travail on finissait
par s'y habituer. Six jours par semaine, se lever avant
l'aurore, battre la campagne à la recherche de gens qu'il
fallait dépouiller de tout avant de les pousser quelque
part où ils seraient parqués tels des animaux… Ni lui ni
ces jeunots d'Irlande, de Philadelphie ou de Charleston
ne faisaient jamais preuve de cruauté. Personne n'était
forcé d'avancer avec une baïonnette braquée sur les
fesses. Et qu'importaient les maisons brûlées et le bétail
abattu, demandait-il ? Lui-même notait dans son carnet
de mission toutes les possessions de chacun. Il aurait pu
faire l'inventaire les yeux fermés, d'ailleurs, tant toutes
ces fermettes se ressemblaient : un plancher en bois brut,
une cheminée en torchis, une bûche évidée en guise de
berceau, un ou deux lits de sangles, une table, quelques
chaises paillées, un peu de vaisselle, des bassines, des
cuillères, une louche, une sarclette, une bêche, une hache

à manche court, un loquet et ses fixations, un collier d'attelage et ses courroies… Le gouvernement américain leur rembourserait la valeur de ce qu'ils avaient perdu une fois qu'ils seraient transférés à l'ouest.

À ce point de la nuit, tous les autres officiers étaient redescendus au fort. Il ne restait que le lieutenant Smith avec un doigt de champagne éventé dans sa flûte. Il attendait quelque chose de moi et je craignais que ce ne soit une absolution mais je n'étais pas prêtre, moi, m'étant toujours compté dans les rangs des ivrognes. Le pardon ne faisait partie ni de mes attributions, ni de mes responsabilités.

J'ai pris la parole :

– Si je comprends bien, le fond de votre histoire, c'est que vous vous demandez combien de fois dans vos sorties vous allez remarquer les encoches au couteau sur le chambranle de la porte qui rappellent la taille des enfants à divers stades de leur croissance avant de finir par ne plus trouver ce détail poignant ?

– C'est à peu près cela, oui, a-t-il murmuré.

– Rentrez chez vous, lieutenant. Ou du moins à votre tente. Je ferme le magasin pour aujourd'hui.

J'étais sans cesse en mouvement, sans cesse en selle. Le mouvement perpétuel occupant la place de réels accomplissements, je laissais tout à moitié inachevé, dans les affaires d'argent comme dans celles du cœur. À refaire d'innombrables fois la journée de cheval qui séparait Valley River de Wayah. Les routes pullulaient de soldats fédéraux en uniforme et de mercenaires du Tennessee habillés en bandits que le gouvernement payait seulement pour l'été, le temps d'évincer les Indiens. Accrochées à leur selle, les marmites de ces vauriens tintaient comme des cloches déplaisantes tandis qu'ils dévalaient les grands chemins, harnachés jusqu'au menton de cornets à poudre et de poches à munitions.

Dès que j'ai appris le départ de Featherstone, je me suis précipité à Cranshaw où j'ai trouvé une Claire pleine d'amertume au milieu de débris de caisses de déménagement. Des esclaves désœuvrés erraient à travers les champs de maïs envahis de chiendent, les plants de tomates surchargés de gourmands, les melons et les citrouilles atrophiés et pâles comme des poings de bébé dans l'ombre des colonies de mouron des oiseaux. Que lui dire d'autre, sinon : Aime-moi, aime-moi ! Ne t'en va pas, reste avec moi…

Elle n'a même pas accepté une accolade, se tenant rigide sur le perron, le regard perdu sur le fleuve, les mains étroitement serrées dans son dos.

Au fort, la population des captifs grossissait chaque jour. Je connaissais depuis ma prime jeunesse beaucoup de ces Indiens qui étaient maintenant prostrés par terre, buvant l'eau-de-vie que mon employé apportait sur une charrette à la porte de l'enceinte. Ils buvaient vite, et en grande quantité, afin de parvenir immédiatement à l'hébétude. Pourquoi pas ? Qui étais-je, moi, pour leur refuser un peu de réconfort ? L'hypocrisie, c'était l'apanage de l'armée. Si l'on ne peut pas se soûler quand tout son univers s'effondre autour de soi, dans quel but Dieu aurait-il créé l'alcool, pour commencer ?

À l'extérieur de la Nation, de retour à Wayah, j'ai trouvé Bear éveillé des nuits entières dans la maison communale, complotant l'organisation d'une réplique miniaturisée de l'ancien et vaste monde. Des gouvernorats pas plus grands que des fonds de combe de montagne mais qui recevaient le nom prestigieux des anciennes tribus. Et même pas de toutes : seulement Longs-Cheveux, Peintures, Loups et Chevreuils. Comme Bear était aussi d'humeur pensive et sombre à cause de l'état de sa funeste union avec Sara et ses sœurs acariâtres, ces deux niveaux de préoccupations, politique et amoureuse, finissaient par s'entremêler, l'une et l'autre venant lui confirmer la nécessité de rendre son équilibre à un univers déréglé, de revenir à l'âge d'or qui avait été le sien.

Reprenant la route de Cranshaw, je me sentais désespéré et stupide de ne pas avoir renoncé à tenter d'atteindre Claire. Je n'attendais plus rien, en fait, mais c'est elle qui a couru à moi. Je venais juste de passer les rênes de Waverley autour du poteau qu'elle a dévalé les marches du perron et s'est jetée dans mes bras. Je n'ai pas perdu une seconde à me demander ce que cela pouvait signifier, ni comment je devais l'apprécier : je l'ai juste serrée contre moi en me laissant envahir par le bonheur, l'espoir et la certitude de ne désirer que ce moment, au cas où il serait le seul qui nous fût donné.

Je suis resté trois jours à la plantation, trois jours qui ont été comme le condensé des deux étés de notre jeunesse en fleurs, à la différence que Featherstone n'était plus là et que Cranshaw n'était plus que son ombre avec ses caisses empilées dans les salons vides, ses murs dénudés de leurs tableaux.

Au début, j'ai essayé de me montrer discret devant les domestiques, mais Claire n'avait cure de ce qu'ils pourraient bien raconter une fois partis rejoindre leur maître à l'ouest. Le premier soir, au dîner, elle est venue s'asseoir à califourchon sur moi, sa robe soulevée et étalée autour de nous. Quand une servante est entrée avec un plateau contenant un rôti de porc, des pommes de terre nouvelles rôties et une salade de jeunes laitues hélas brûlées par la graisse de bacon, Claire n'a même pas relevé son visage qu'elle pressait au creux de mon cou et de mon épaule. À partir de là, j'ai cessé de m'inquiéter et je me suis abandonné au désir.

Nous nous étendions sur les grands rochers plats du cours d'eau en plein midi, et comme au bon vieux temps le soleil nous a mis le derrière à vif. Nous buvions le meilleur vin de Featherstone sans mesure. Nous galopions en cabriolet sur les routes de la vallée dès que l'envie nous en prenait, à n'importe quelle heure du jour ou de la nuit. Claire était belle, si belle. Chaque centimètre de sa peau.

Un soir, nous avons allumé un feu dans le vieux cercle noirci du parc. De mémoire, je lui ai récité le poème que j'avais écrit des années plus tôt, « Pour C. », non sans souligner qu'il avait été publié par la respectable revue *The Arcadian*. À chaque vers, nous nous tordions de rire comme des fous, et notre hilarité a été à son comble avec l'image finale des lèvres de grenat. Mes doigts et les siens sur sa bouche, nous avons répété ce mot, « grenat », comme s'il s'agissait du son le plus comique qui ait jamais été produit.

La troisième nuit, la fatigue nous a terrassés tout habillés. Je me suis réveillé dans la pénombre. Claire n'était plus là, sa présence réduite à un creux dans l'oreiller et aux draps rejetés sur le côté. Je suis parti à sa recherche le long des immenses couloirs de l'étage, frôlant d'une main le plâtre des murs pour garder un repère. En descendant le large escalier qui conduisait au salon d'honneur, j'ai deviné sa présence dans la salle obscure. Sans bougie, elle avançait en silence, gardant ses pieds nus au plus près du parquet en chêne, les bras tendus en avant devant elle, tâtant du bout des doigts des embrasures de porte, des coins de table, des bras de fauteuil, des caisses de porcelaine emballée, des malles de vêtements, les contours d'une maisonnée dérangée, désormais étrangère.

Les fenêtres gothiques du salon étaient grises. Une tranche épaisse de lune du maïs mûr était encadrée sur l'horizon occidental. Il y avait assez de lumière pour dessiner l'enchaînement des cimes dans le firmament, pour rappeler que si les montagnes ne sont pas éternelles elles n'en restent pas moins persistantes. Arrivée à la porte d'entrée, Claire est sortie. Elle a traversé la pelouse jusqu'à la rivière. L'eau se mouvait lentement, presque sans bruit.

Resté sur le perron, je l'ai regardée se déshabiller au clair de lune. Même en été, la vêture complète d'une jeune femme de la bonne société accumulait tellement de plis, de ruchés, de couches d'étoffes superposées que c'était comme si on retirait une forme menue et délicate, un objet d'art, d'une série de housses et de gaines protectrices joliment accumulées. Le corps était une merveille qu'il fallait admirer rapidement avant de la rendre à ce cocon. Enfin arrivée à un corset en daim si léger qu'il lui faisait comme une seconde peau, couleur chamois et bordé de satin vert, Claire l'a retiré et l'a jeté sur le tas mousseux de soie crémeuse, de lin blanc et de bombasin. Pâle et mince dans la lueur lunaire, elle a avancé dans l'eau.

Enfoncée jusqu'aux chevilles, elle s'est arrêtée, vacillante. Devant elle la rivière était noire, insondable. Quand on atteint le stade où l'on ne fait plus confiance au monde, on vit dans une peur constante. Elle a continué d'un pas incertain, le creux de ses pieds s'adaptant aux cailloux ronds du lit. Avec l'eau aux épaules maintenant, elle a regardé la trouée de ciel ménagée par le cours d'eau. Les étoiles se succédaient dans un puits vertigineux. Elle a fléchi les genoux et elle a plongé.

Les chariots surchargés s'alignaient en convoi devant Cranshaw, prêts pour le voyage à l'ouest. Claire est restée longtemps assise à l'arrière du dernier de la file, tête baissée, ses cheveux dissimulant son visage. Sa jupe bleue ramassée sur ses genoux dessinait la forme de ses cuisses et formait une vallée ombreuse entre elles. Ses bottines cirées se balançaient dans le vide. Elle s'agrippait avec une telle force à la plate-forme que ses phalanges avaient blanchi. J'ai passé un doigt sur les quatre boules osseuses mais elle a retiré sa main lorsque j'ai voulu la prendre.

Se servant de son avant-bras comme d'un râteau, elle

a rejeté la masse de sa chevelure en arrière tout en se redressant. Les lèvres entrouvertes, elle m'a regardé fixement, m'a tâté la joue.

– Je veux me rappeler ton visage. Un moment, en tout cas.

J'ai posé une main sur mon cœur.

– Envoie des pensées pour remplir ce vide qu'il y a là.

– Quelle bêtise ! Il te suffirait de monter.

– Je ne peux pas. On a besoin de moi, ici. Je me démène depuis si longtemps pour Bear, pour les siens… Les choses sont arrivées à un point où tout peut s'effondrer à tout moment. J'ai des responsabilités.

Claire m'a tendu ses paumes ouvertes.

– Et Featherstone ? ai-je objecté.

– Nous nous en soucierons quand nous serons là-bas. Il n'est peut-être pas exactement comme tu le crois.

Je l'avoue piteusement maintenant : j'ai hésité. C'était un moment à la Lancelot ; ou vous sautez dans ce chariot, ou vous êtes perdu. Qui sait, chaque existence contient peut-être cet instant où tout serait changé si on se décidait à sauter dans un chariot…

Claire a jeté un coup d'œil à la demeure derrière elle.

– Sur un seul mot de toi, j'aurais mis le feu à tout cela.

Le conducteur l'a consultée d'un regard. Elle a incliné la tête dans la direction fatidique. L'ouest. Il a lancé un sifflet perçant et tout le convoi s'est ébranlé. Il a fait claquer les rênes sur le dos de ses mules. Les essieux ont gémi, les roues étroites se sont arrachées à la boue avec un bruit de succion. Claire s'est éloignée telle une prisonnière dans l'ultime trajet jusqu'au gibet, mais c'est moi qui étais le condamné.

À ce moment, je me suis dit que si elle relevait la tête et m'adressait un seul mot j'abandonnerais derrière moi la vie et la situation que je m'étais faites, les êtres qui avaient accepté dans leur sein un enfant-serf exilé et dont personne d'autre ne voulait, et que je la suivrais n'importe où. Mais ses cheveux étaient retombés devant elle, scellant la fin. Le conducteur s'est mis à siffloter l'air de *La fille que j'ai laissée derrière moi*. Ils ont disparu au premier tournant. Il ne m'est resté à contempler que les traces parallèles sur la voie boueuse conduisant à un avenir qui nous avait échappé à tous.

Aujourd'hui, je me demande : qu'aurait-elle pu dire de plus, en vérité ? Il y a si longtemps que je déteste cette tendance naturelle que j'ai à être incapable d'exprimer mes sentiments, et à ne généralement pas les laisser me guider dans mes actes… C'est le genre de choix qui s'imposent sur toute une vie, vous rongent comme des vers de l'intérieur jusqu'à ce que vous ne soyez plus qu'une enveloppe vide, un ballon rempli d'air chaud.

Ce moment me hante depuis toujours. Elle est assise à l'arrière du chariot, elle s'en va, le conducteur presse ses mules, les éléments en bois de l'équipage grincent et craquent tandis que les roues sillonnent la boue. Les cheveux de Claire tombent sur son visage comme si un rideau avait été tiré devant une fenêtre éclairée. Et moi qui ne dis rien, qui ne tente rien… J'étais jeune, alors, mais j'ai eu la certitude que le meilleur de ma vie s'était enfui.

3

Je suis retourné à Wayah par la ravine lugubre avec la sensation que l'univers entier était en train de s'écrouler autour de moi. Dès mon arrivée, Bill Axe (Bill La Cognée) est venu me trouver. C'était un sang-mêlé qui vivait aux confins de nos terres. Il était pressé de me raconter la visite qu'un petit groupe de voyageurs avait rendue à sa ferme. Nous nous sommes assis devant le feu au magasin et j'ai écouté son histoire.

Ils étaient arrivés chez lui avant la tombée de la nuit. Toutes les odeurs de leur voyage encore sur leurs habits et leur peau, dans leurs cheveux : gouttes de rosée matinale glissant des feuilles d'arbres, poussière de la piste, déjections animales, sueur, fumée des feux de bois. Ils étaient partis de leur établissement sur la Nantayale et avaient suivi la rivière le long de la gorge encaissée où elle bouillonnait en torrent, entre ses parois tellement escarpées que le soleil n'y brillait qu'à midi. Parvenus dans la vallée, ils avaient vu les grandes montagnes bleues au nord qui formaient comme un mur délimitant le monde. À un moment de leur marche vers l'est, ils avaient franchi la frontière invisible qui séparait la Nation de l'Amérique et, en rentrant sur le territoire américain, ils étaient devenus des fugitifs.

Ils étaient une douzaine, hommes, femmes, enfants. Trois générations de la famille de Charley. Le plus jeune des garçons, appelé Wasseton en l'honneur du premier président des États-Unis dont le nom avait été quelque peu déformé par ces oreilles indiennes, tirait par la bride un petit cheval chétif qu'ils avaient surchargé d'un tas de vivres, de marmites et de couvertures, de quoi survivre dans les régions montagneuses pendant un temps. Une chienne les accompagnait, d'origine tellement archaïque qu'elle pouvait fort bien être une transfuge de la tribu des loups rouges, lesquels avaient pratiquement été exterminés par les Blancs, qui ne pouvaient souffrir leur vue mais aussi, récemment, par des Indiens oublieux de l'antique serment de ne jamais les tuer, au nom de la parenté de sang entre le loup et l'homme. Elle avançait avec sa tête triangulaire presque contre le sol, suivant souvent son museau dans le sous-bois où il venait de détecter quelque trace fascinante.

La cabane de Bill Axe était située dans une clairière de tulipiers, au-dessus de la rive septentrionale de la rivière. Un feu de cèdre rouge brûlait dehors, chargeant l'air d'une fumée onctueuse comme de l'encens. La lumière de l'après-midi passait en rayons obliques à travers les frondaisons jaunies et les troncs droits. Axe s'était endormi sur une chaise tirée devant les flammes, les mains croisées dans son giron, le menton enfoncé dans la poitrine. Tous s'étaient arrêtés à couvert, sauf Charley qui s'était dirigé péniblement vers lui sur ses jambes arquées comme celles d'un cavalier chevronné alors qu'il n'avait pourtant enfourché un cheval que rarement.

Charley avait touché l'épaule d'Axe avec deux doigts avant de se reculer d'un pas. Le fermier avait ouvert les yeux, s'était frotté le visage des deux mains pour se réveiller. Charley avait la couleur du bois de cerisier poli. Ses traits étaient creusés de rides assez profondes pour que des perles de rivière s'y perdent, horizontales sur le front, verticales sur les joues et dans le cou. Il n'était pas grand mais large d'épaules, le coffre puissant, la tête ronde, les mains longues et fortes. Il portait un foulard rouge, une chemise en calicot bleu, une culotte en lin brun et des mocassins en cuir sale dépourvus de tout ornement. Ses cheveux, qui grisonnaient, étaient coupés grossièrement sous les oreilles, œuvre de sa femme, Nancy, qui les égalisait chaque mois en les prenant dans son poing et en éliminant ce qui en dépassait d'un seul coup de son couteau d'équarrissage. Bien que n'ayant que la soixantaine, il paraissait vingt ans de plus et il était déjà plusieurs fois grand-père.

Axe a remarqué :

– Vous prenez la mauvaise direction. Les soldats n'arrêtent pas de monter et de descendre le long de la rivière à la recherche de fuyards.

– Je n'irai pas, a répliqué Charley. Tout ce que je reconnais, ce sont les anciens tracés.

– Ils ont été effacés. Il n'y a plus de frontière. Plus de Nation.

– Je n'irai pas.

– L'homme ne peut pas vivre dans les bois. Ils se sont vidés. Il n'y a plus rien. Le chevreuil, l'ours et la dinde sont sur la voie que le bison et l'élan ont déjà empruntée. Loin, très loin. Là où tu vas, toi aussi.

Axe lui a remontré que toute cette chaîne de montagnes, les flancs sud, les passages par lesquels les torrents se jettent dans les fleuves, les plateaux arides s'alignant comme des côtes jusqu'à l'échine des sommets, constituaient certes une vaste et complexe étendue, mais qu'elle-même avait ses limites, et que l'on ne pouvait pas simplement se glisser sous un rocher et disparaître. Encore moins quand on était toute une famille, trois générations depuis Charley jusqu'aux bambins non encore sevrés et mal assurés sur leurs jambes. Et ils n'allaient pas non plus tous se transformer en guerriers et hors-la-loi.

– Je n'irai pas, a répété Charley.

Pendant la journée de marche, le petit Wasseton avait tué plusieurs écureuils, les atteignant dans les châtaigniers avec une sarbacane qui était plus grande que lui. Il affirmait être capable de les repérer à l'odeur, surtout par temps humide. À une distance de dix pieds, et d'un seul souffle, il leur avait transpercé le crâne de ses longues fléchettes en bois dur. Quelques-unes des femmes les ont alors éviscérés et dépiautés aussi prestement que si elles effeuillaient des épis de maïs, les ont transpercés de la bouche au cul avec des branches de bouleau et les ont mis à rôtir sur les braises du feu. Nancy a pilé des haricots rouges, y a mélangé de la farine de maïs et des cendres, a pétri le mélange entre ses mains, en a fait de petits pâtés qu'elle a enveloppés dans des feuilles ébouillantées, puis noués avec de fines bandes végétales, et mis à bouillir dans une marmite en fer. La femme de Bill Axe a placé des tranches de courge jaune au bord du brasier pour qu'elles y ramollissent.

À la fin de ces préparatifs, les écureuils paraissaient minuscules mais leur chair avait pris une belle teinte brune et luisait de graisse fondue. Leur bouche grimaçante exposait des dents jaunâtres et acérées. Les gens de Charley, Axe et son épouse, tous se sont assis autour des flammes pour dîner sur des rondelles de bois, avec des tiges de canne à sucre pour couverts. Charley avait une technique à lui, quand il s'agissait d'écureuil rôti : le gardant sur la broche, il commençait par l'arrière, dévorait d'abord les deux cuisses puis se mettait à ronger le corps comme s'il s'agissait d'un épi de maïs ; arrivé à la tête, il la détachait d'un coup sec, la mettait dans sa bouche et la mastiquait un moment ainsi qu'il l'aurait fait d'une chique de tabac, et enfin il ressortait le petit crâne blanc sur un doigt, le posait dans sa paume et le montrait à la ronde avec la même fierté que s'il s'était agi de son œuvre, d'un exploit digne d'éloges.

Aucun mot ou presque n'avait été échangé pendant le repas mais ensuite, quand la famille de Charley avait établi son camp dans la clairière et s'était endormie, Axe et sa femme, étendus sur leur lit dans le noir, avaient discuté à voix basse de la façon la plus honorable de se débarrasser d'hôtes aussi compromettants.

Axe ayant terminé son récit, je me suis demandé, moi aussi, quelle variété de calamités Charley risquait d'attirer sur nos têtes lorsque l'armée découvrirait sa présence sur notre territoire. Je le connaissais un peu depuis des années et j'étais plus désorienté que jamais dans un monde où un modeste fermier et ses proches pouvaient se muer en dangereux fugitifs.

Par différents biais, des fragments de correspondance militaire continuaient à arriver sur ma table.

Du lieutenant H.C. Smith au colonel Haden

Votre honorée du 24 août comprenant vos ordres de localiser et « mettre en mouvement » vers les Territoires indiens les fuyards supposément retranchés dans cette région m'est bien parvenue et j'ai fait tout mon possible pour répondre à vos souhaits, mais je crains que mes efforts ne se soient soldés que par de maigres résultats.

Si vous mentionnez la rumeur selon laquelle les fuyards recevraient l'aide des quelques mauvais éléments de race blanche dispersés dans ces montagnes, je n'ai eu sous les yeux aucune preuve de cela. Dans chaque hameau blanc composé de cinq cabanes de colon en rondins et d'une église en bois, les habitants se rassemblent pour nous signaler que de grandes quantités d'Indiens se cachent sur les plus hautes montagnes. Ils les redoutent et souhaitent ardemment que nous les chassions d'ici. Mais nous ne pouvons vérifier l'exactitude de leurs dires qui, j'en ai la certitude, ne sont que des racontars.

Nous avons inspecté les deux rives du Tennessee mineur et environ cinq lieues le long de la Tuckasegee, au cours de dures journées de marche pendant lesquelles nous avons vérifié les moindres indices et fouillé les moindres recoins. C'est là une contrée incroyablement rude, et dans les bois de lauriers cinq cents hommes pourraient échapper à mille autres sur une superficie extrêmement réduite. Nous avons remonté la Nantahala, puis nous avons passé au peigne fin Snowbird, Buffalo, Hanging Dog et Beaverdam, des jours et des jours sur un terrain où nos chevaux n'arrivaient pas toujours à avancer, ce qui nous obligeait à mettre pied à terre et à les guider, et ceci avec pour seul résultat de découvrir quelques anciennes huttes de chasse en chaume et un Indien dont la vue était si mauvaise qu'il ne pouvait voyager, et pendant tout ce temps une pluie drue tombait du ciel assombri, et les feuilles d'automne rouges et jaunes sur les arbres rendaient le sol glissant. Il y a beaucoup de faine, notamment des châtaignes, mais peu ou pas de gibier car il a été chassé jusqu'à quasi-extinction, les bisons et les élans disparus depuis trente ans, les chevreuils en rapide déclin, de sorte que nous avons dû nous contenter de nos provisions séchées plusieurs soirs durant. Je ne vois pas comment cette région pourrait abriter un seul homme vivant à l'état de nature, et encore moins une population importante de fugitifs.

Le moral des soldats a été exécrable, leur santé affectée. Ils toussent beaucoup, leurs tenues et leurs couchages sont constamment trempés et au bivouac ils les tendent sur des branches devant le feu mais la rosée, la brume et l'averse matinales les imprègnent à nouveau. En route, les hommes s'effraient mutuellement de dangers chimériques qu'ils s'imaginent les guetter dans la forêt. Comme ils ne peuvent rien distinguer à dix pieds de la piste, chaque tronc couché et chaque cri d'oiseau se transforment en embuscade et il m'a fallu menacer de sévères punitions tous ceux qui s'aviseraient de faire usage de leur arme sans raison.

En toute franchise, sir, je ne puis comprendre que nous continuions à nous occuper de ce pays et de ses habitants, fussent-ils blancs ou rouges. Les Indiens sont ignorants à un point qui dépasse l'imagination et les Blancs itou, pour l'essentiel rebuts de l'Écosse et de l'Irlande venus échouer ici en

désespoir de cause. La région n'est qu'une jungle de montagnes
impraticables percées de combes encaissées et de défilés pro-
fonds, en général des falaises abruptes tombant dans des cours
d'eau hérissés de pierres et impossibles à naviguer. Les rives
étroites sont envahies de buissons d'azalées et de lauriers dans
lesquels seuls un chevreuil ou un Indien pourraient trouver
leur chemin, et encore à condition de s'y traîner à genoux.
Son unique intérêt pour les colons blancs est l'espace dispo-
nible pour le bétail mais il faudrait qu'il soit bien plus peuplé
avant de pouvoir occuper cette fonction, et si entre-temps le
petit nombre de récalcitrants indiens qui s'y trouvent suppo-
sément n'est pas inquiété, le pire dommage que leur présence
éventuelle pourrait provoquer aux Blancs du voisinage serait
la perte de quelques porcs et de quelques boisseaux de maïs,
toutes choses qui, je dois le souligner, ont été achetées à ces
mêmes Indiens par les colons de notre race.

L'estacade était maintenant remplie d'internés. Trop
de gens dans un espace trop réduit. Les familles reven-
diquaient futilement un périmètre de vie en étalant des
couvertures sur le sol. On s'asseyait par petits groupes
pour passer le temps en bavardant tandis que d'autres se
pelotonnaient dans un coin, genoux contre la poitrine,
et essayaient de dormir. Des enfants erraient, désœuvrés
et les yeux vides. Des vêtements et des ustensiles étaient
éparpillés sur le sol. On se serait cru sur les lieux d'un
accident de train. La puanteur venue des latrines me
faisait monter les larmes aux yeux. Adossé à la palissade,
juché sur une caisse de vin vide, un pasteur arborait un
air stupéfait qui prouvait qu'il ne s'était jamais attendu
à être emprisonné. Il y en avait tant comme lui, parmi la
Nation, à croire qu'ils trouveraient le salut en devenant
aussi blancs que possible, en adoptant l'apparence des
Blancs, la tenue des Blancs, le comportement des Blancs,
la pensée des Blancs. Il avait des esclaves noirs et quelques
Indiens chrétiens se pressaient avec obséquiosité autour

de lui, écoutant ses recommandations divines quant à la manière dont il faudrait répondre à cette situation. Les ordres de Dieu étaient comme toujours particulièrement favorables aux puissants. La peau du pasteur était aussi blanche que le papier pelure de la Bible ouverte sur ses genoux. En redingote noire poussiéreuse et chemise amidonnée, il était devenu une célébrité locale pour avoir en poche un diplôme de théologie de Princeton. Le peu d'Indien qu'il avait encore en lui était une grand-mère métisse, mais cela suffisait. S'il avait été nègre, cette seule aïeule aurait fait de lui un octavon. La classification raciale allait d'ailleurs jusqu'à des pourcentages de métissage encore plus ténus, au point que dans certains États le fait d'avoir un trente-deuxième de «sang noir» dans les veines suffisait à vous priver des multiples avantages conférés par la condition de Blanc. Mais dans le cas du pasteur le facteur discriminant principal était le suivant: il était citoyen de la Nation, non d'Amérique, et il devait donc s'en aller.

Tout en me faufilant à travers la foule sur l'esplanade et en captant quelques bribes de son sermon, je me suis fait la réflexion que les esclaves devaient être doublement estomaqués en voyant leurs maîtres indiens soudain privés de leur pouvoir et dépouillés de presque tous leurs biens à l'exception d'eux-mêmes.

C'était une belle journée ensoleillée mais tout au bout du camp, dans la pièce aux volets fermés où je suis entré, la pénombre régnait. Le colonel Haden avait l'apparence d'un gros cochon. Des miettes de biscuit étaient prises dans ses favoris, des taches de jus de rôti maculaient le haut de sa chemise. Bien qu'il ait été près de midi, la table devant lui était couverte des restes d'un copieux petit déjeuner. Des assiettes blanches étaient salies de traînées orangées, là où le jaune d'œufs au plat s'était écoulé et coagulé; une tasse de café au lait figé avoisinait une rondelle de beurre en train de s'effondrer lentement

291

dans sa coupelle. Improvisant à voix haute, le colonel était en train de dicter une lettre à un jeune officier d'ordonnance qui, assis à un coin de la table, griffonnait éperdument sur une feuille de papier en essayant de suivre ce flot de paroles impétueux.

J'ai attendu debout. Au bout d'une minute, le colonel a perdu le fil de ses pensées et s'est tu. Il paraissait avoir besoin d'une sieste, ou d'un cordial. Il a saisi la tasse, a fait tourner son contenu un instant, l'a reposée. Le scribe a profité de ce répit pour corriger une erreur en haut de la page ; après avoir gratté quelques mots avec son couteau de poche, il a saupoudré la ligne de poudre de craie, l'a frottée avec une agate et a réécrit une version adéquate des sentiments du colonel. Entre-temps, celui-ci avait perdu tout intérêt pour la missive et avait allumé une pipe. Il m'a observé à travers un nuage de fumée :

– C'est vous, l'avocat ?

– Des fois.

– Eh bien que ce soit votre fois ou pas j'aimerais que vous écoutiez ceci et que vous me disiez ce que vous avez à répondre.

Farfouillant dans les papiers épars, il a saisi plusieurs feuilles qu'il a étudiées un moment avant de les tendre à son secrétaire :

– Résumez les points essentiels, je vous prie.

Le scribe a lu en silence les multiples feuillets, puis il s'est concentré, les yeux sur la fenêtre aveugle, et il s'est mis à parler sur un débit rapide. Pendant la période de détention, a-t-il déclaré, le sieur Cooper a vendu aux Indiens du tord-boyaux au tarif où un Blanc pourrait se procurer le meilleur whisky du Tennessee. Ses employés sont venus mener commerce jusque dans l'enceinte du fort, où la charrette servant à leurs activités a fini par être confisquée. Suite à cette mesure, ils ont continué à vendre des bouteilles de spiritueux qu'ils dissimulaient dans leurs poches de manteau ou dans des besaces. Le sieur

Cooper, dit-on, est le genre d'individu qui est capable de prêcher la tempérance tout en trafiquant de l'alcool, et ce sans voir la moindre contradiction dans ses actes. Ces Indiens n'étaient déjà pas dans un état formidable et cependant il leur a procuré toute la boisson qu'ils étaient capables d'acheter, et en toutes quantités, de la dame-jeanne au simple gobelet. Avec son aide, ils se sont soûlés comme des grives, si bien que la moitié d'entre eux passaient leur temps à ricaner et l'autre effondrés par terre, couverture sur la tête, à ronfler ou à pleurer. Une nouvelle fois sommé de mettre fin à ces agissements, il a non seulement continué mais aussi remué ciel et terre pour contester notre autorité à restreindre ses mouvements. En conséquence, il a été interdit d'accès à l'estacade jusqu'au départ du premier convoi. Malheureusement, ledit Cooper est également un avocat agressif, depuis longtemps sous l'influence d'un vieux chef local ; à eux deux, ils règnent en maîtres sur leur portion d'Indiens. Quand il n'est pas ici à n'en faire qu'à sa tête, indianisé jusqu'à s'exprimer dans leur langue et à suivre leurs coutumes, y compris leur jeu de balle d'une brutalité inouïe, il est à Washington pour fréquenter les bals les plus huppés et lécher les bottes de tous les intrigants de l'administration, et c'est la raison pour laquelle sa bande d'Indiens a ample loisir de rester tranquillement chez elle alors que tous leurs semblables sont pourchassés à travers les bois tels les sangliers à l'automne. Il a adressé une foison de lettres d'avocaillon à ses amis de Washington pour clamer que nous n'avions pas le droit de porter atteinte à ses activités commerciales et même revendiquer d'exorbitantes compensations pour des frais imaginaires, certains relatifs aux vivres et à d'autres biens de première nécessité qu'il prétend avoir dû distribuer aux Indiens parce que nous n'aurions pas pourvu à leurs besoins. En conclusion, qu'allons-nous faire de ce trublion ?

Le scribe s'est arrêté. Le colonel tirait sur sa pipe.

Il a repris la longue missive et l'a jetée sur le tas de papiers.

– Auriez-vous une idée de qui pourrait avoir écrit cela ? s'est-il enquis.

– Ce n'est apparemment pas quelqu'un qui m'a en sympathie, ai-je répliqué. Peut-être quelque jeune lieutenant inexpérimenté et ignorant des faits ?

– Major Cotton, a-t-il annoncé.

Il s'est encore emparé de la lettre et, lisant la signature à haute voix, il a répété : « Major Cotton ».

– Je suis navré qu'un officiel d'un pareil rang soit si mal informé.

Le colonel est resté silencieux, fasciné par les volutes de fumée produites par sa pipe. Après une pause impeccablement calculée, il a déclaré qu'il n'avait pas l'intention de chercher la confrontation, et qu'il n'accéderait en aucun cas à mon extravagante demande de remboursement, mais qu'il avait une contre-proposition à me faire : mes services en tant que guide et traducteur, fonction que j'étais le seul à pouvoir remplir ici.

– Nous attendons de vous que vous nous aidiez à mettre la main sur les fuyards.

Le lendemain matin, du haut de ma colline, j'ai regardé le fort se vider en une triste parade de soldats à cheval, de chariots bâchés remplis de provisions et d'Indiens qui suivaient à pied, hommes, femmes et enfants, certains avec leurs esclaves, d'autres avec un nourrisson dans les bras. Un tableau dans les tons de brun : les gens, leurs habits, les attelages et même la piste boueuse.

Et ceci n'était pas un spectacle isolé. Partout à travers l'ancienne Nation, d'autres centres de regroupement dégorgeaient leurs mornes processions en direction de l'ouest. L'espace d'un seul été, un pays entier venait d'être dépouillé de ses habitants.

Deux jours plus tard, je me trouvais avec Bear dans la pénombre continuelle de la maison communale de Wayah.

– Tu as parlé à ce colonel, alors ?

– Haden, oui. Une truie répugnante. Il a eu le nez fourré si longtemps dans le derche de Jackson qu'il ne pourrait plus sentir un tombereau de roses. Il mériterait d'être saigné comme le cochon qu'il est. J'en ai été à moitié tenté. Lui ouvrir l'échine avec le Bowie que j'avais à la ceinture. – Les traits de Bear sont restés impassibles. – Non ?

– Ce genre de choses, ce n'est plus possible, de nos jours.

Il a émis le constat d'un ton affligé, comme si le monde avait été irrémédiablement altéré.

– Le colonel a requis notre aide, ai-je poursuivi. Il n'ose pas s'approcher d'ici à trois journées de distance, sous aucun prétexte. Trop escarpé, trop dangereux, et aucun d'eux n'a la moindre notion de ce pays. Je vais leur servir de guide. J'ai conclu un accord avec lui.

– À propos de quoi ?

– De certains éléments concernant notre situation. Il m'a assuré que l'on nous laissera tranquilles, que nos titres de propriété seront respectés et qu'il ne sera pas tenu compte des incertitudes quant à notre citoyenneté.

Il n'y a pas vraiment eu d'automne, cette année-là. À la fin d'un été très sec, des orages violents ont franchi la barre des montagnes les uns après les autres, et fin septembre les arbres étaient pratiquement nus, les rivières grosses d'une eau rougeâtre. Le mois avait été si nuageux que la lune des noix est restée invisible. Cette période de l'année, habituellement la moins pluvieuse de toutes, était comme une nouvelle saison venue troubler la ronde des jours, chaude et humide mais hérissée de la vue insolite des branches dénudées se découpant comme du verre

brisé sur le ciel gris, et toute la floraison automnale transformée en gâchis boueux sur le sol. Pas une touche de
couleur sinon quelques citrouilles malades attardées dans
les champs et les pommes rouges les plus tenaces encore
retenues aux vergers squelettiques. La lune des moissons
est arrivée sans signe de changement majeur.

C'est sous cet étrange climat que j'ai parcouru les
combes silencieuses, traquant les fugitifs en compagnie
du lieutenant Smith et de ses soldats. Ces derniers étaient
dix gamins, tous venus de grandes villes, aucun d'eux
n'ayant dépassé les vingt ans, ni jamais tiré un coup de
fusil autrement qu'à l'exercice, ou pour se distraire, ou
dans de très maladroites tentatives de jouer les chasseurs.
Ils étaient déroutés et apeurés par ces forêts épaisses et
détrempées, ces montagnes qui n'en finissaient pas et qui
recelaient plus de surprises, de pièges et de dangers qu'un
labyrinthe hanté de minotaures. En plus des Indiens, on
racontait qu'ours, loups et couguars continuaient à rôder
dans ces parages ; que ces garçons n'aient rien vu de plus
gros qu'une marmotte jusque-là ne suffisait pas à dissiper leur inquiétude. La nuit, sous un ciel couvert, des
voix se faisaient entendre dans le murmure des torrents,
chaque bruit suspect pouvait annoncer la mort, et donc
ils dormaient à peine, se réveillant presque chaque jour
à l'aube, perclus de froid, transpercés par la pluie, sans
avoir pris de repos. Et ensuite, c'était de longues heures
à fouiller les replis montagneux, les défilés, les grottes,
les rives de cours d'eau aux noms tellement impossibles
à épeler que le lieutenant, quand il écrivait son rapport
quotidien à la lueur d'une bougie pendant le bivouac
du soir, jurait bruyamment chaque fois qu'il tentait de
transcrire la toponymie indienne dans une version pho-
nétique approximative.

En deux semaines de cette quête épuisante, nous n'avons
trouvé qu'un vieillard presque aveugle, solitaire, qui nous
a dit s'appeler Hog Meat (Viande de sanglier) et avoir

près de cent ans. Ils l'ont aisément cru, car il avait en effet l'air d'un Mathusalem, et je me suis porté garant de ce qu'il était effectivement inoffensif. Il était venu sur le seuil de sa cabane, retenant d'une main la peau de chevreuil tannée qui faisait office de porte, l'autre en visière au-dessus de ses yeux opaques qui cherchaient péniblement à nous distinguer à travers la pluie. Sans même prendre la peine de descendre de son cheval, le lieutenant a dit : « Ce vieux-là ne passera pas l'hiver. Nous devrions sans doute le laisser à son sort et lui donner un peu de farine de maïs. » Alors nous avons fouillé nos fontes de selle à la recherche de quelques vivres et nous l'avons effectivement abandonné à son sort de viande de sanglier. Tandis que nous nous éloignions, je me suis fait la réflexion qu'un homme est décidément dans une mauvaise passe lorsque des blancs-becs qui pourraient être ses petits-fils ont le pouvoir de décider ce qu'il adviendra de lui.

Et puis un matin, par le plus grand des hasards, nous sommes tombés sur seize fugitifs qui avaient établi leur campement sur un terrain à découvert au bord de la rivière, sans aucune intention apparente de se dissimuler. Des vieux et des enfants. Ils étaient affamés, et sans autres armes qu'une pétoire toute rouillée et dépourvue de munitions, un arc avec seulement trois flèches et une sarbacane qu'accompagnaient quelques longues pointes en bois de marronnier, hérissées d'épines de chardon à un bout. Le jeune conscrit irlandais a confisqué l'arc et les flèches, dont l'empennage était tout déplumé, le garçon de Philadelphie a cassé la sarbacane en trois morceaux qu'il a jetés dans le feu de camp. Après avoir englouti les haricots et le pain de maïs froid que nous leur avions donnés, les captifs nous ont dit où une autre douzaine de fuyards se cachaient à deux ou trois jours de marche de là, près d'une fourche que faisait la rivière, et le lieutenant a donc résolu de diviser ses forces en deux. Le premier groupe allait ramener ces nouveaux prisonniers au fort, si bien que nous ne serions plus que cinq pour retrouver Charley et sa famille.

Nous avons campé au bord d'un torrent impétueux qui filait entre des roches couvertes de mousse. La forêt obscure nous environnait de toutes parts. Ayant terminé leur avoine, les chevaux entravés piétinaient nerveusement dans l'ombre, à l'écart du petit feu qui perçait à peine la nuit et autour duquel je m'étais installé avec les trois soldats. Assis un peu plus loin, le lieutenant achevait la rédaction de son rapport de la journée à la lueur d'une lanterne.

Les garçons avaient improvisé un dîner de pommes de terre, de bacon et de chou, ragoût grisâtre qui frémissait faiblement dans la marmite posée sur un tripode. À la périphérie du foyer, des châtaignes cuisaient dans la cendre. Toujours en uniforme et gabardine, les trois recrues étaient allongées sur des bâches en tissu que la cire rendait imperméables. Ils avaient placé leurs bottes trempées avec l'embouchure face aux flammes dans le vain espoir d'avoir les pieds au sec en commençant leur journée le lendemain, ne fût-ce qu'un moment. La vapeur montait de leurs pieds gainés de chaussettes en laine mouillées, qu'ils approchaient autant que possible de la modeste flambée.

— Ah, triple foutre ! s'est exclamé Perry, le petit Irlandais.

Il venait de retirer de sa sacoche le tuyau en bois et les débris du fourneau en argile jaune de sa pipe, qu'il a recueillis dans sa paume incurvée.

— Encore une de foutue ! Et c'était ma dernière…

Il a lancé les éclats d'argile à la volée dans l'obscurité et glissé le tuyau dans la poche de sa veste en prévision du jour où il pourrait s'acheter un nouveau fourneau, ou du moins s'en tailler un de fortune dans un épi de maïs. Ses deux compagnons, quant à eux, fumaient avec application, le regard fixé sur les flammes dansantes.

– Il y a un prêteur, par ici ? a demandé Perry.

Personne ne lui ayant répondu, il s'est rallongé sur sa bâche. Le soldat le plus proche lui a tendu sa pipe sans un mot. Perry a essuyé le bout du tuyau avec son poignet, a tiré deux bouffées et la lui a rendue. L'autre l'a examinée d'un air méfiant et l'a ostensiblement secouée au-dessus du feu afin d'en retirer la salive.

– J'ai entendu dire que ce sera la Floride pour nous quand on en aura terminé ici, a dit Perry.

– Moi, j'ai entendu le Canada, a corrigé le garçon de Philadelphie. La frontière, en tout cas.

– L'un ou l'autre, faut croire, a concédé Perry. Mais je suis preneur de la Floride. Il paraît qu'il y fait chaud tout l'hiver et qu'il y a plein de poissons à frire.

– Là où je donnerais cher pour être à cette heure, c'est Charleston, a affirmé le conscrit originaire de cette ville. À me promener Dock Street.

Le jeune de Philadelphie a indiqué qu'il n'aurait rien aimé de plus que flâner South Street, et quand le tour de Perry est venu il a évoqué Quay Street à Galway, le front de mer au crépuscule, la lumière quittant Inishmore de l'autre côté de la baie. C'était une vue qu'il avait admirée quand il avait neuf ans, la dernière fois, et il n'escomptait pas l'avoir à nouveau sous les yeux tant qu'il serait de ce monde.

Pour ma part, je lisais un livre de Washington Irving sur la Prairie à l'aide d'une bougie reflétée par un boîtier à facettes.

Son labeur achevé, Smith s'est approché. « Peut-être que l'un d'entre vous pourrait touiller cette marmite », a-t-il suggéré. Il avait la curieuse habitude d'inclure un « peut-être » dans presque tous les ordres qu'il donnait. « Peut-être que vous pourriez fendre encore quelques bûches avant la tombée de la nuit, soldat Perry. » C'était une pose qui ne lui venait pas de l'Académie militaire mais était de son propre cru, soit parce qu'il trouvait cette formule hypothétique très élégante, soit par désir de rendre le commandement moins tranchant et donc de se rendre plus populaire auprès de ses hommes en entretenant l'illusion qu'il restait à leur guise de lui obéir ou non. J'avais remarqué que les jeunes recrues avaient repris ce tic et l'utilisaient fréquemment dès que leur supérieur ne pouvait les entendre, toujours avec une évidente ironie. «Peut-être que tu pourrais essayer de ne pas réduire ce bout de bacon en cendres, soldat Perry», ou «Peut-être que la prochaine fois tu devrais t'éloigner un brin plus du bivouac pour caguer»…

Plongeant la cuillère dans la mélasse grise, Perry a remué le fond de la marmite, qui avait tourné au noir de suie. Ces garçons n'étaient pas de fins cuisiniers, c'était entendu. Plusieurs fois, le souper s'était résumé pour eux à enrouler quelques tranches de lard autour d'une branche et à tenter de les rissoler au-dessus des flammes sans qu'elles ne prennent feu. Au contraire, j'aimais faire la cuisine quand j'étais en voyage. Je me déplaçais même avec un moulin à café et des grains que je mettais à rôtir dans une poêle à sec jusqu'à ce qu'ils virent du vert au noir et suintent légèrement. Ce soir-là, j'ai dit aux jeunots d'aller jeter leur chou calciné dans un buisson et je leur ai préparé les meilleures cailles qu'aucun d'eux n'ait jamais goûtées. Par la plus grande chance, j'en avais tiré quatre dans la journée alors qu'elles avaient jailli d'un champ de maïs abandonné et envahi par les mauvaises herbes. Je les ai farcies de pommes et d'oignons hachés, j'ai glissé des bribes de bacon entre la peau et la chair, je les ai saupoudrées de sel, de poivre rouge et de feuilles de sauge séchées que j'ai frottées dans mes mains, et je les ai patiemment rôties sur des piques, au-dessus d'un lit de braises. Et comme elles méritaient un accompagnement, j'ai entassé dans une poêle des rondelles de pommes de terre en une pyramide aplatie que j'ai arrosée de beurre, corsée d'autres filaments de lard et mise à cuire lentement sous un couvercle. Il ne me restait plus qu'à découper la tourte que j'ai ainsi obtenue, et que j'ai servie en tranches dont les bords étaient croustillants et brunis, le cœur fondant. J'aurais préféré avoir tué un oiseau par tête, certes, mais ce n'était déjà pas si mal.

Les soldats ont mangé dans un silence religieux. Quand il n'est plus resté dans les assiettes que des os ténus comme des aiguilles et les billes grises de la grenaille, Perry s'est essuyé la bouche du revers de la manche, a soupiré «Grand Dieu…», et tous les présents ont abondé dans son sens.

– À chaque fois que j'essaie de cuire un poulet, a soupiré l'Irlandais, il finit avec les pattes comme du charbon, les cuisses saignantes aux jointures et presque tout le reste pas du tout comme il faudrait !

– Il faudrait que tu voies ce que je peux faire avec un filet de bœuf, ai-je dit.

Le lendemain après-midi, nous avons établi notre bivouac sous une averse, pour changer.

– On ne peut pas se plaindre de la sécheresse, ici, a remarqué Smith.

La pluie n'avait pas cessé depuis l'aurore, un rideau blanc sur le vert profond de la forêt.

– Nous sommes réputés pour notre humidité.

Si le lieutenant et les garçons étaient à bout de patience, j'avais passé assez de temps dans ces contrées bruineuses pour savoir comment m'y prendre : j'avais toujours, à l'abri dans un sac en toile cirée, une tenue de rechange que je passais chaque soir après m'être dépouillé de mes vêtements trempés et les avoir lavés dans la rivière ; le matin venu, je les renfilais encore humides et froids mais rapidement réchauffés par la température de mon corps, et cela m'épargnait un inconfort permanent. Aussi, je ne craignais pas de passer pour excentrique en emportant un parapluie dont je me servais par les journées les plus arrosées. Lorsque je n'étais pas à cheval, je coinçais son manche entre mon sac et mon dos, ce qui me permettait de garder les mains libres mais, je veux bien l'admettre, devait certainement constituer une apparition saisissante sur une piste forestière.

Dépouillé de tous ses vêtements et allongé sur le côté, Perry frissonnait sous sa grosse couverture grise qui le couvrait du sommet du crâne jusqu'à ses mollets livides. La soulevant d'une main, il s'est exposé aux flammes, le dos tourné au reste de l'escouade.

— Si tu veux bien te couvrir avant de te retourner, je t'en serai reconnaissant, a dit le garçon de Charleston.

Si je n'avais pas connu ceux qui concevaient la politique de ce pays, j'aurais pu trouver étrange que ces malheureux jouvenceaux en représentent le fer de lance.

Je suis allé voir Smith, qui s'était fait son propre feu et s'était assis sur une couverture en sous-vêtements, jambes croisées, sa capote d'officier jetée sur les épaules comme une cape, ses bottes délacées encore aux pieds. Ayant terminé sa pipe, il l'a vidée en la tapotant contre son talon. Son uniforme pendait sur un triangle de branches qu'il avait édifié en face des flammes, il avait retiré son chapeau et il passait de temps à autre une main dans ses cheveux blonds qui pointaient en tous sens, comme pour les dompter. Sa petite moustache, déjà des plus discrètes en plein jour, était invisible dans la vive lueur du brasier. Encerclé par les grands arbres sombres, il donnait une apparence de solitude et de fragilité. J'avais pris avec moi une bouteille de bon whisky et, d'humeur conviviale, je lui ai proposé une rasade.

— C'est du solide, a-t-il estimé après avoir bu un verre cul sec.

— Un goût de fumée très surprenant. La tourbe, je suppose. D'après ce que j'ai compris, c'est une sorte de mousse que les Écossais et les Irlandais font sécher et utilisent en tant que combustible. Tout pareil que les colons de la Prairie avec la bouse de bison. Une cordée de bon bois sec transporterait ces gens au septième ciel, sans doute. Mais pour en revenir à votre remarque, oui, c'est un whisky très acceptable.

Comme il faisait mine de prendre sa gourde, je l'ai arrêté d'un geste. Il y avait des limites à établir, tout de même.

– Buvez ou ne buvez pas, à votre guise, mais si c'est pour le couper, autant vous contenter du pissat d'âne que Welch sert à sa taverne.

Se rendant à mes recommandations, Smith a commencé à déguster le breuvage par petites gorgées prudentes. Ce goût trouble et puissant devait incliner à l'introspection car après deux rasades il s'est mis à raconter sa vie, du moins son enfance et sa jeunesse puisqu'il n'avait rien de plus à relater. Son père, un ancien combattant de 1812; sa mère, plus jeune mais déjà disparue; un passage pénible par l'école militaire… Au quatrième verre, il a avoué que chaque jour dans ces montagnes et ces forêts impénétrables le remplissait de terreur. Il ne comprenait rien à ce pays et ne cherchait pas à savoir : tout ce qu'il désirait, c'était rentrer chez lui. Son rêve était d'ouvrir une boutique de mode, des vêtements pour hommes et pour femmes.

– Alors allez-y, l'ai-je encouragé. Et faites.

– Je dois d'abord avancer dans cette voie qui est présentement la mienne. Avoir une carrière.

– Qui le dit ?

– Mon père. Tous les gens de ma ville.

Un enfant-serf, ai-je pensé en moi-même, et du diable si je ne l'ai pas répété à haute voix, incapable de tenir ma langue.

Il a fait mine de se récrier mais, se ravisant, il a observé :

– Je suis censé revenir à la maison avec les honneurs, un jour. Mais il n'y a pas d'honneur dont on puisse se couvrir, ici. Sans doute tout cela serait-il plus supportable s'ils nous opposaient résistance. Tout ce que je les ai vus faire, jusqu'ici, c'est pleurer. Dans les camps, certaines femmes se sont donné la mort. Où est l'honneur, ici ?

– On leur a fait perdre le goût de se battre depuis un bon moment, déjà.

– Est-ce qu'ils étaient bons à cela ?

– À quoi ? À se battre ?

– Oui.

– De temps à autre, sans doute. Ils étaient résolus et farouches, jadis, mais les défaites successives ont fini par éteindre leur flamme.

– Pourriez-vous aller le dire aux garçons ? a murmuré Smith.

Comme il était fatigué, le whisky avait eu un effet rapide sur lui. Je suis retourné près des soldats et je leur ai dit : « Ceci n'est pas votre pays, jeunes gens, et j'imagine que vous ne vous y sentez pas à votre aise, mais c'est le mien ! Le colonel Haden a beau se plaire à appeler les gens qui se cachent dans ces montagnes des "guerriers fugitifs", je connais Charley et je sais qu'il n'a rien d'un guerrier. C'est un fermier. Un vieux paysan. Tout se passera bien demain. Vous n'avez aucune raison de vous agiter sans trouver le sommeil. Prenez tout le repos que vous pouvez et rêvez à vos chéries. »

Au matin, devant le feu ravivé, le pot de café brûlant et le porc salé en train de grésiller dans la poêle, Smith avait retrouvé son quant-à-soi et m'a déclaré d'un ton guindé : « Je me blâme d'avoir été d'une franchise excessive, hier soir. » J'aurais voulu lui rabattre son caquet par quelques phrases bien senties. La grammaire et le vocabulaire peuvent être des armes efficaces. Mais dans quel monde vivrions-nous si nous saisissions la moindre occasion d'attaquer les faibles ? Je me suis borné à répondre : « C'était l'esprit de la soirée et de ce whisky écossais. N'y pensez plus. »

Et Smith a eu au moins le bon sens de dire : « Je vous remercie. »

Après avoir laissé les chevaux à une demi-lieue en aval, nous avons remonté le long de la rivière aussi silencieusement que possible sur le tapis de feuilles mortes gelées. Arrêté derrière un tronc de hickory à moitié abattu, Smith a étudié le campement à la longue-vue. Restés en arrière dans le sous-bois, les trois garçons s'étaient assis par terre, leur mousquet posé à portée de main. Deux d'entre eux ont entrepris de bourrer leur pipe, tassant le tabac avec leur pouce comme s'ils bouchaient un trou dans un mur. J'ai observé les dernières feuilles encore accrochées aux branches afin de déterminer la direction du vent. J'ai regardé Smith qui, sa lunette toujours sur l'œil, ne faisait pas mine d'empêcher les jeunots d'allumer leur bouffarde et c'est moi qui, d'un mouvement pressant des deux mains, leur ai fait signe de laisser leur pipe éteinte.

Charley et ses gens s'étaient installés sur un bout de terrain au confluent de deux cours d'eau, une disposition topographique qui avait toujours plu aux Cherokees et à leurs prédécesseurs. Dans l'ancien temps, c'était sur de telles langues de terre prises entre deux rivières qu'ils aimaient établir leurs maisons communales et leurs villages, à la fois pour des raisons stratégiques et agricoles mais aussi parce qu'ils avaient assez de terrain plat pour leurs jeux de balle et leurs danses, et encore parce que l'eau courante avait une importance mystique particulière dans leurs traditions. J'ai toujours vu la preuve de leur grande générosité dans le fait qu'ils accordent une valeur symbolique à l'eau alors qu'ils habitaient une région tellement humide que celle-ci était plus souvent une calamité qu'une bénédiction.

Un tsuga vénérable se dressait sur la partie la plus élevée de la prairie, son tronc massif encore large de six pieds à hauteur de tête, le sol à sa base rendu d'une douceur inouïe par les couches d'aiguilles qui s'y accumulaient depuis des siècles et se transformaient peu à peu en un humus noir et souple. C'est sous cet arbre que Charley et sa famille avaient construit deux abris de fortune, une modeste tonnelle et un auvent couverts de branches de pin et de feuilles, fragiles structures qui s'effondreraient et retourneraient à la terre en quelques saisons. Un feu en train de mourir faisait monter sa fumée blanche dans le ciel. Smith a chuchoté qu'il voyait des fusils posés contre la souche du tsuga. Le soleil était levé depuis une heure déjà mais ils semblaient tous encore dormir.

Cela chiffonnait Smith, car il pensait qu'il s'agissait d'une ruse. À voix basse, il s'est mis à disserter sur la probabilité d'une embuscade et sur ses plans pour l'esquiver, tous plus irréalistes et impraticables les uns que les autres, et tous fondés sur la certitude que ces pauvres hères, qui n'arrivaient toujours pas à croire que leur pays se soit dissous comme par magie pour se reformer dans une lointaine contrée à l'occident, étaient disposés à se battre. Sans un mot, je suis sorti à découvert et je me suis dirigé vers leur campement. Dans mon dos, Smith a émis un chuchotement pressant qui avait la tonalité d'un ordre, mais quand je me suis retourné un instant il n'est sorti de sa bouche qu'un brusque nuage de vapeur.

Me plaçant entre l'abri et les armes, j'ai saisi les deux mousquets posés contre l'arbre, de vieux tromblons fatigués qui étaient chargés. J'ai retiré les amorces, baissé les chiens, et je les ai emportés près de l'un des feux, devant lequel je me suis assis. Puisant dans le tas de bois, j'ai ranimé le foyer avant de faire signe à Smith et aux garçons de me rejoindre.

Ils sont arrivés d'un pas si pesant que tous les occupants des deux abris, qui dormaient tout habillés, se sont réveillés et se sont levés. Charley est venu vers nous, s'arrêtant à mi-chemin.

– Salut à toi, Charley, ai-je lancé. Viens t'asseoir par ici, il fait chaud.

Quand ses yeux se sont posés sur les mousquets, il a souri largement.

– Salut, Will.

Il s'est installé à mes côtés.

– Je ne pense pas que nous allons avoir de problèmes ici, aujourd'hui, ai-je avancé.

– Pas de problèmes.

Les trois soldats étaient déployés, debout, leurs fusils plus ou moins tournés en direction du groupe de Charley. Je ne les connaissais pas tous par leur nom : seulement lui, sa femme Nancy, leurs deux fils les plus âgés, Nantayale Jake et Lowan, et puis le petit Wasseton, leur fille mariée, Ancih, et encore quelques femmes. Plusieurs enfants encore ensommeillés pleurnichaient, le ventre creux. Les femmes les ont attirés à elles et ils se penchaient en avant pour regarder la scène, réfugiés derrière la barrière de leurs jupes en calicot rendu mince et pâle par l'usure. Smith est allé inspecter les lieux sous les auvents, à la recherche d'armes qu'il n'a pas trouvées. Revenu près de nous, il a envoyé l'un des conscrits chercher nos chevaux.

N'apercevant pas le mari d'Ancih, j'ai interrogé Charley à son sujet.

– George est parti chasser, m'a-t-il expliqué. Depuis deux jours.

– Tout seul ?

– Peut-être tout seul, peut-être avec quelques-uns.

Comme j'avais traduit cette réponse à Smith, il a dit :

– Nous allons attendre pour voir s'il en vient d'autres.

– Ils ne s'approcheront sans doute pas s'ils se rendent compte que nous sommes là, ai-je objecté.

– Nous verrons. Nous allons passer la journée ici et nous les emmènerons tous demain matin. Et à ce propos, ne vous avisez pas d'ignorer mes ordres encore une fois.

Ses manières soudain péremptoires et sa présomption d'une quelconque autorité sur moi au sein de notre petite escouade m'ont plongé dans la fureur. J'ai failli répliquer que je n'étais pas sous son commandement, que ma contribution ne m'avait pas valu un dollar des autorités et que j'étais donc libre de faire tout ce qui me plairait, mais je me suis contenu tout en me jurant que s'il se permettait un mot déplacé de plus, je sauterais sur mon cheval et je les laisserais trouver leur route hors de ce labyrinthe montagneux. Ils pourraient aussi communiquer par signes avec leurs prisonniers, si cela les tentait.

Mais Smith avait l'air épuisé, sous le coup de la tension permanente à laquelle le soumettait cette mission dans une région qui le perturbait et l'effrayait. Sa fatigue le faisait paraître peut-être encore plus jeune qu'il ne l'était et je me suis rappelé qu'il s'était écoulé si peu de temps depuis qu'il avait quitté les bancs de l'école qu'il gardait encore en mémoire certaines phrases de grec. J'ai repensé aux semaines de voyage précédentes, au mal qu'il avait à trouver le sommeil alors que le bruissement d'une feuille morte ou les grattements furtifs d'un opossum le faisaient sursauter, à ses réveils tout emberlificoté dans sa couverture, encore plus exténué que la veille. J'avais été semblable à lui, un jour. Un adolescent seul au monde qui ne parvenait à s'endormir qu'une fois que l'aube grise commençait à dissiper la peur amassée dans les ténèbres. Depuis, la forêt était devenue un narcotique. Plus elle était sombre et animée de bruits, mieux je m'y sentais. L'enseignement primordial de Bear sur la suppression de la frayeur ainsi que mes expérimentations personnelles quand je marchais seul dans la nuit, étaient à l'origine de cette mue.

Résolu à me montrer indulgent envers Smith et sa nervosité, j'ai remarqué qu'une journée à cuisiner, à manger et à paresser devant le feu ne pourrait certes que nous faire du bien. Puis, du ton dégagé sur lequel on souhaite le bonjour à un inconnu croisé au détour d'un chemin, j'ai ajouté : « N'ayez point peur de l'univers, mon jeune lieutenant. »

Smith n'avait rien à répondre. Quand les conscrits sont revenus en tirant nos chevaux derrière eux, j'ai consacré mon entière attention à la préparation d'un petit déjeuner digne de ce nom. Smith et ses garçons n'avaient avec eux que les sempiternelles pommes de terre, l'inévitable bacon, un demi-sac de farine dans lequel s'activaient des tribolions jaunâtres et quelques choux noircis. Peu attiré par l'ordinaire de la soldatesque, je voyageais quant à moi avec une panière pleine de denrées venues de mes magasins, jambon fumé, lard, beurre salé, farine de maïs, haricots séchés, gruau, pommes et pêches séchées, flocons d'avoine, sucre roux, cannelle, thé noir, café en grains et le petit moulin auquel ils étaient destinés, sans oublier une boîte de gingembre confit, une bouteille de cet excellent whisky du Tennessee et des cigares de La Havane soigneusement emballés dans de la toile cirée.

J'ai nommé Perry aide-cuisinier pendant que ses deux compagnons nous regardaient et que Smith fixait les flammes de ses yeux inquiets. Retourné sous ses abris, le clan bavardait à mi-voix mais bientôt Charley, Lowan et Jake sont venus s'accroupir près du feu. Tout en mettant les grains de café à rôtir, j'ai dirigé Perry dans la préparation d'une grosse marmite de porridge aromatisé de morceaux de pêches séchées, d'une bonne dose de cannelle, de cassonade et de beurre fondu. Les enfants ont ouvert de grands yeux en découvrant le goût délicieux qu'il avait et ma petite compagnie, Smith y compris, a paru presque autant émerveillée. J'en ai pris seulement un fond de tasse, laissant les autres s'en goberger, et j'ai siroté du café en contemplant ces agapes. Le moment était agréable, malgré les circonstances. J'ai discuté avec Charley pendant que Smith nous écoutait de toutes ses oreilles, comme s'il s'attendait à comprendre un mot de-ci de-là.

– Où nous allons ? a demandé Charley.

– Là où va la Nation. Ta vie est avec la Nation.

– Je ne reconnais que les anciens tracés.

– Il faut que tu cesses de penser ainsi.

– Où nous allons, alors ?

– À l'ouest. Loin d'ici.

Charley a exhalé longuement entre ses dents et sa langue, une succession de « f » qui n'en finissait pas.

Plus tard, les gamins-soldats se sont installés par terre pour jouer quelques pennies au morpion après avoir tracé des grilles à la pointe d'un couteau. Perry, qui n'avait pas vraiment saisi la logique du jeu, l'abordait comme si l'issue était aussi hasardeuse que de lancer des dés ou de parier à pile ou face. Alors que chaque partie aurait dû se terminer sur un match nul, il perdait bien sûr constamment et semblait persuadé que ses deux adversaires avaient une chance de pendus. Au bout d'un moment, je me suis approché. « Mets tes pions où je te dirai, mon gars », lui ai-je glissé. Après quelques échanges pendant lesquels je chuchotais « en haut à gauche », « centre bas » et autres instructions, il a enfin entrevu ce qui lui avait échappé jusque-là. « Crénom ! s'est-il exclamé. C'est facile comme tout ! »

Le jeunot de Charleston m'a lancé un regard noir et, effaçant la dernière grille avec sa paume, il a maugréé : « Bon sang, j'aurais pu lui gagner de quoi me payer mon tabac pendant belle lurette si vous n'étiez pas venu tout embrouiller ! »

Fidèle à lui-même, Smith voulait établir un tour de garde pour la nuit mais je lui ai remontré qu'il ne devait pas redouter qu'un seul membre du clan de Charley essaie de créer la moindre difficulté, et que par ailleurs je préférais encore avoir la gorge tranchée par Lowan ou Jake plutôt que de rester éveillé pendant les longues heures entre minuit et le lever du jour. En conséquence, il m'a assigné la première surveillance, du crépuscule au moment du coucher, comme si cela avait été son intention depuis le début et que mes objections n'avaient eu aucun impact sur lui. Et il s'est arrogé le dernier tour, de quatre heures du matin à l'aube, laissant ainsi aux novices la pire portion de la nuit. Il a insisté pour qu'ils restent éveillés par paire, le troisième pouvant dormir pendant que les autres se relayaient toutes les deux heures.

Nous avons eu un dîner de haricots au bacon et de farine de maïs frite dans la graisse de porc. La plupart des gens de Charley ont emporté leur part sous leur tonnelle et, peut-être juste parce que c'était soudain bombance, ils ont paru remarquablement joyeux, conversant et riant comme s'ils étaient capables de mettre un instant de côté les nuées funestes qui pesaient sur eux, comme s'ils étaient heureux de remettre à plus tard le temps de l'anxiété. Je les encourageais par des signes de tête à s'échanger contes et historiettes. À un moment, George est revenu discrètement au campement, résolu à partager le même sort que sa femme et ses enfants. J'ai distribué des cigares aux hommes et nous nous sommes passé une branchette en feu pour les allumer, puis la bouteille de whisky a circulé parmi nous.

Charley, qui parlait plus que tous les autres, nous a donné un récit de chasse remontant à l'époque des bisons et des élans, animaux mythiques qu'il était le seul de l'assemblée à avoir vu de ses propres yeux. Dans sa bouche, ils devenaient des créatures épiques, les habitants d'un monde meilleur qui n'existerait plus jamais.

Ensuite, il a parlé de sa ferme au village traditionnel de Cowee, qu'il avait perdue quand l'un des nombreux et désastreux traités signés avec le gouvernement l'avait obligé à se réinstaller plus à l'ouest, à Nantayale. Là-bas, à Cowee, il avait été connu pour les pommiers qu'il avait plantés à la place d'anciennes remises, des arbres magnifiques qui donnaient des fruits que l'on n'aurait pu imaginer en rêve. Sa cabane était très vieille, construite au temps où l'on enterrait ses parents morts dans le sol en terre battue de la salle commune, mais Charley ne se rappelait plus à qui appartenaient les ossements enfouis sous la banquette basse où il dormait. Sans transition, il nous a décrit la manière dont Nancy lui taillait ses pantalons, en ce temps-là. Elle le faisait s'allonger sur le dos par terre devant leur maison, traçait les contours de son corps avec une branche comme les enfants s'amusent à dessiner leur main dans la poussière ; lorsqu'elle avait terminé, Charley se relevait avec précaution et Nancy ajoutait des lignes représentant sa taille et le bas des jambes, puis elle étendait une pièce de laine ou de lin qu'elle avait elle-même tissée, découpait deux morceaux qui correspondaient à la forme sur le sol et les cousait ensemble. Au ton de Charley, on avait l'impression qu'il s'agissait d'une sorte de miracle après lequel il se retrouvait brusquement avec un pantalon neuf.

Il est ensuite passé à une anecdote récente, une autre histoire de chasse survenue le mois précédent. C'était au nord de là où nous nous trouvions, dans une combe tellement encaissée qu'il devait parfois avancer dans le ruisseau comme sur une piste, les falaises de chaque côté ne lui laissant pas plus d'espace. Il avait une besace en osier passée sur les épaules, telle une panière de pêcheur à rabat. Parvenu à un endroit plus large où des plantes aux tiges desséchées et aux feuilles brûlées par le gel végétaient sombrement, il s'était mis à genoux et avait creusé la terre noire, d'abord avec un bâton puis de ses doigts aussi plats que des spatules, et dont les phalanges saillaient telles des galles sur les lianes des ronces. Il ne s'était servi ni de son couteau, ni de sa hachette accrochée à sa ceinture, qui auraient certes rendu la tâche plus facile mais dont il ne voulait pas émousser la lame parfaitement effilée.

Ayant ainsi creusé jusqu'au coude, il avait extrait une

grosse racine, de même qu'un pêcheur sort de l'eau brunâtre un poisson-chat lourd et rétif. Sa prise avait rejoint d'autres bulbes dans la panière et il avait refermé le rabat dessus comme s'il craignait qu'elles puissent s'échapper. Certaines racines serviraient à des repas, d'autres à des infusions, d'autres encore à des remèdes.

Vers midi, il avait construit un petit feu d'aiguilles de pin et de branchettes de chêne, mis de l'eau du ruisseau à bouillir dans une casserole et coupé quelques rondelles de la racine de ginseng. Il avait bu l'infusion dans la tasse en fer-blanc qu'il portait attachée à sa ceinture par un cordon. Cela avait été son déjeuner.

Charley était resté longtemps devant les flammèches. Il pensait à la nourriture. Les arbres étaient presque nus, les glands et les noix déjà ramassés, bouillis, rôtis, pilés en galettes, ou bien emportés par les rongeurs. Les chênes, seuls, gardaient quelques feuilles jaunies qui frissonnaient dans le vent. Avec sa sarbacane, Wasseton avait tué tous les écureuils aux alentours de leur campement. Dans la fosse du feu, là-bas, il ne restait plus que leurs os fins mêlés aux cendres blanches, ainsi que les côtes recourbées d'un serpent à sonnettes que le petit avait atteint en pleine tête alors qu'il se dressait sur sa queue avant de l'achever à coups de pierre. On ne voyait guère de dindes dans ces bois, ni de cailles, ni même de merles. Pas de lièvres, pas de ragondins. Leurs deux chevaux n'étaient plus là depuis longtemps, échangés à Bill Axe contre des vivres, le premier à la fin de l'été, le deuxième au début de l'automne. Ils n'avaient retiré de ce troc qu'une quantité étonnamment malingre de farine de maïs et de haricots, quelques citrouilles, quelques choux.

À cette époque de l'année, les pigeons migrateurs en route vers le sud s'abattaient normalement en flots incessants dans les arbres, formant comme un brouillard de viande volante, et Wasseton les tuait avec sa longue sarbacane jusqu'à ce qu'il ait le larynx et l'estomac douloureux d'avoir soufflé, réutilisant si souvent ses six fléchettes en bois de hickory qu'elles étaient imprégnées de sang, noircies jusqu'à l'empenne. Il faisait mouche à tous les coups, ou presque. Cet automne-là, cependant, les pigeons ne s'étaient présentés que par couples, ou isolés, et leur passage s'était brusquement arrêté au bout de quelques jours, de sorte que Wasseton n'avait pu offrir à la famille qu'un seul et modeste festin d'oiseaux rôtis : une petite cuisse dodue par enfant, les blancs et la chair du dos pour les autres, et le lendemain il n'y avait plus eu qu'un maigre bouillon de pattes, de cous et de gésiers. La forêt refusait de les nourrir. Un jour, le clan entier avait dû se contenter de l'eau dans laquelle un unique petit poisson avait bouilli, lui donnant à peine plus de saveur que si l'on avait léché un caillou sorti du ruisseau.

Bien que Lowan, Jake et George continuent à chasser tous les jours, un mois s'était écoulé depuis qu'ils avaient rapporté leur dernier chevreuil. En guise de viande, ils n'avaient plus que des fragments de sa chair séchée, qui ne pouvaient servir qu'à relever un peu une marmite de purée de maïs. Charley se souvenait encore de cette bête, un gros mâle dont ils avaient mangé la moitié de la viande encore fraîche, et mis l'autre à fumer en longues bandes au-dessus du feu. Une nuit qu'il était allé uriner dans les bois, il avait cru un instant que ces minces pièces de chair éclairées par les flammes étaient des rideaux de tissu ensanglanté. Trois matins plus tôt, avant le lever du soleil, Lowan avait abattu un opossum dont la poche contenait plusieurs bébés. Ils avaient fait un ragoût de la mère et rôti ses enfants sur des branches affilées, ces derniers n'étant guère plus qu'une bouchée de viande. Et pareil repas pour douze personnes… Privés d'énergie, les femmes et les petits parlaient à peine. Ils passaient le plus clair de la journée à dormir dans les buissons ou à rester assis devant le feu sans échanger un mot. L'hiver arrivait rapidement, ils allaient avoir besoin d'un abri, et s'ils étaient déjà affamés à la saison des feuilles mortes qu'adviendrait-il d'eux à la lune des os ? Sinon chercher une grotte quelconque, Charley n'avait pas de plans pour l'hiver. Les journées étaient devenues trop courtes et trop incertaines pour lui permettre de réfléchir à l'avenir, qui d'ailleurs ne contenait plus d'espoir. Et il avait même perdu la capacité d'avoir peur. Il en était réduit à maintenir une attitude de résignation silencieuse.

Son feu n'était pas plus grand que ses deux mains réunies. Quand il a commencé à décliner, Charley l'a recouvert de terre car éteindre des flammes avec de l'eau est un acte impropre, qui porte malheur. Il a entrepris de gravir la pente escarpée, voulant parvenir au ravin d'un autre cours d'eau qui, croyait-il, le ramènerait à leur bivouac sur la rive. Il traînait les pieds dans les feuilles mortes, juste pour que le bruit lui tienne compagnie. Ayant perdu leur épais feuillage, les tulipiers étaient réduits à des lignes simples sur fond de flancs de montagne brunis. Évitant un éboulis de roches, il est arrivé sur la crête pour dévaler aussitôt dans la combe suivante. Il a trouvé une joie soudaine dans cette descente rapide, comme si la terre se retrouvait brusquement en résonance avec ses besoins. Il n'a même pas remarqué que le ciel se refermait au-dessus de lui en une masse de mouillure grise.

La pluie est tombée d'un seul coup, forte et compacte. On aurait cru que l'air s'était transformé en eau. Charley a dû se réfugier sous un rhododendron, sa couverture sur la tête, et attendre. Les feuilles luisantes l'ont protégé un moment mais elles ont brusquement capitulé sous l'averse et les rigoles, suintant sous la frondaison, ont bientôt formé une mare à ses pieds. Ses vêtements et sa couverture étaient lourds, trempés. Alors que l'humidité atteignait sa peau, la pluie s'est soudain calmée, devenant à peine plus qu'un brouillard aqueux. Il s'est levé, s'est ébroué, a repris sa descente. Il avançait vite, au point de se retrouver bientôt sur la rive du nouveau ruisseau, qu'il a suivi en aval. Ce n'était pas son pays et il ne connaissait pas encore parfaitement la région mais il a supposé qu'il serait au campement et devant un bon feu avant la venue de la nuit.

Dans le brouillard, la forêt est un endroit hanté où les faibles lueurs arrivant de tous côtés modifient chaque forme, où chaque son, à la fois étouffé et amplifié, vous plonge dans la perplexité ou l'appréhension. Tout en marchant, Charley a commencé à ressentir une présence non loin de lui. L'impression d'être surveillé à travers la brume opaque. Pivotant sur les talons, il a cru apercevoir, dans la limite de son champ de vision, une silhouette confuse qui aurait pu être celle d'un ours. Si tel était le cas, l'animal était arrêté et tournait la tête dans sa direction, sans bouger. Ce pouvait aussi bien être une grosse souche ou un rocher mouillé.

Il a continué. Plus il descendait, plus le brouillard s'épaississait. À moitié aveuglé, Charley ne discernait le tronc des arbres massifs qu'en arrivant sur eux, et le torrent n'était qu'un murmure étouffé à sa gauche, un ruban d'eau sombre dont il ne pouvait même pas distinguer l'autre rive. Toutes les couleurs étaient réduites à des nuances de gris. La sente qu'il suivait étant glissante, imprévisible, il s'est dit que la meilleure solution était de suivre le bruit du courant sur sa gauche et de ne s'engager dans aucune montée à droite ; ainsi, même un aveugle arriverait à rejoindre la rivière.

Il a dépassé une cascade mousseuse, une retenue d'eau profonde et noire. Il ne pouvait s'enlever une idée de l'esprit : comme un bout de viande d'ours lui ferait du bien, ici et maintenant... Trois pouces de bonne graisse jaune sur les muscles rouges, accumulée dans un long automne passé à se gaver de châtaignes, de noix de hickory, de glands et de baies. La chair aurait le goût sombre et suave de la forêt. Et elle leur durerait jusqu'à la prochaine lune. Il y aurait de la graisse à cuire pour tout l'hiver, une épaisse fourrure sous laquelle les petits pourraient dormir quand la neige commencerait à tomber, des griffes luisantes comme de l'anthracite que ses petits-enfants perceraient d'un trou et enfileraient sur des lanières, des colliers qui seraient un souvenir de Charley, des preuves de son passage sur terre longtemps après son départ. Il les voyait montrer ces reliques à leurs propres descendants et leur raconter le jour où leur aïeul avait surgi au bivouac avec du sang jusqu'aux coudes, cassé en deux par son fardeau, une énorme cuisse d'ours dans un ballot noir qu'il avait taillé dans sa peau, comment les femmes s'étaient aussitôt mises à cuisiner tandis que les hommes suivaient Charley dans la montagne pour dépecer le reste de la bête, comment ils étaient tous restés autour du feu des jours durant, à manger jusqu'à ce que leur ventre distendu leur fasse mal.

Charley a pilé sur place, s'est retourné encore une fois. Une forme carrée et immobile, un bloc d'obscurité dans le flot lumineux du brouillard. Empoignant son couteau et sa hachette, il les a soupesés dans ses mains, a inspecté à nouveau leur tranche aiguisée sur une pierre plate de la rivière et lustrée à la salive. Oui, ces instruments pourraient suffire pour tuer un ours. D'autres que lui l'avaient fait, ou du moins les gens racontaient-ils souvent des histoires de corps à corps avec un ours qui finissaient par la mort de l'animal. Lui-même n'en avait jamais vu de ses propres yeux, et puis dans tous ces récits les hommes avaient toujours d'abord blessé l'animal avec une flèche ou une balle de fusil, le laissant saigner un moment afin qu'il s'affaiblisse.

Le fameux Bear-Drowning-Him (Ours-qui-le-noie), de nos jours appelé simplement Bear, avait selon la légende reçu ce nom quand, encore tout jeune garçon, il avait tué le plus puissant mâle de ces contrées, d'abord en le blessant au poumon d'une flèche, puis en l'affrontant

317

avec un couteau jusqu'à ce qu'ils soient l'un et l'autre en sang. Au cours de leur bataille, ils avaient dévalé d'un promontoire sur la berge de cette même rivière, puis étaient tombés dans l'eau, trébuchant maladroitement sur les cailloux glissants. Alors que le gamin avait réussi à enfoncer sa lame dans l'un des organes vitaux de l'ours, celui-ci s'était jeté sur lui et avait pesé de tout son poids sur son ennemi submergé. On ne voyait plus que son échine musclée émergeant dans les tourbillons furieux de la rivière. Au moment où le dernier souffle de vie allait quitter Bear-Drowning-Him, l'ours s'était affaissé sur le côté, mort. Il était resté sur le lit de la crique, sa masse fendant l'eau en deux sillons de plus en plus apaisés. Le garçon avait émergé en secouant sa chevelure mouillée. Il n'avait pas lâché son couteau, dont la lame lavée par le courant brillait plus que jamais.

On disait que cet ours avait été aussi large au niveau des fesses que deux bras d'homme écartés, et même en retranchant plusieurs décennies d'exagération cela faisait encore une bête imposante. De nos jours encore, lorsque Bear voulait épater les enfants, il leur montrait les stries parallèles que les griffes de l'ours avaient laissées à jamais dans son dos et sur ses côtes lors de leur ultime accolade. Et il avait raconté son histoire aux fils de Charley plusieurs années auparavant, une fois où il avait passé une nuit pluvieuse chez eux alors qu'il traversait leur région à la faveur d'une expédition de chasse. Penché sur eux de toute sa taille surnaturelle, il avait décrit la lutte en détail pendant que les garçons l'écoutaient et le regardaient dans un silence religieux. Au moment le plus dramatique, il s'était tourné de côté et avait soulevé sa tunique de chasseur ; si la chair sur sa cage thoracique et ses reins n'avait plus la fermeté de la jeunesse, les cicatrices s'étendaient encore comme des cordons d'argent poli, témoignages d'un haut fait digne de le suivre dans la tombe, et peut-être même au-delà.

La brise a légèrement tourné, portant jusqu'à Charley une odeur de chien mouillé. Il a commencé à marcher vers la forme immobile. Il lui parlait à voix basse. « Viens à moi, disait-il, viens à moi. » Puis il a chanté un couplet de la chanson du chasseur d'ours : « Je veux les voir étendus sur le sol, sur le sol étendus... »

Il s'est dit que dans le temps les hommes jeûnaient avant de partir à la chasse, et qu'avec seulement une infusion sans miel dans le ventre depuis la veille il avait presque suivi le même rite. La hachette dans la main droite et le couteau dans la gauche, le tranchant en l'air pour mieux déchirer après s'être planté loin dans la chair. « Viens à moi », a-t-il répété. Et ensuite, l'ultime prière avant de tuer l'animal : « Que les feuilles mortes se couvrent de sang figé, et qu'il en soit toujours ainsi. »

Maintenant, il distinguait dans la brume les oreilles et le museau marron de l'ours. Celui-ci a fait un mouvement brusque, comme s'il était prêt à bondir en avant, et Charley y a vu le signe qu'il voulait se battre. Sans trop réfléchir, il s'est élancé de deux pas et il a projeté la hachette, toute la force demeurée dans son vieux corps râblé s'exprimant dans un mouvement conçu pour que l'arme accomplisse deux tours complets dans les airs avant de se planter dans sa cible.

Il y a eu un son mat et sourd. Il l'avait touché, sans aucun doute, mais il n'arrivait pas à voir où. L'ours ne l'a pas chargé, se contentant de pousser une sorte de soupir indigné. Soudain, il a pivoté et s'est mis à remonter la pente à une vitesse renversante, fendant bruyamment un taillis de lauriers avant de disparaître dans le brouillard. Charley a écouté les branches se briser tout en imaginant les cuisses et les palerons massifs s'activer dans la course, tous ces gros muscles qui auraient été si bons à manger... Il a rengainé son couteau, est allé ramasser la hachette tombée par terre, et s'est lancé à sa poursuite.

Charley ressemblait à l'ours, en fait. Trapu et puissant,

toute son énergie ramassée dans son derrière et ses cuissots, il courait sans grâce mais rapidement, et ses courtes jambes étaient un avantage dans l'ascension. Pendant un moment, il a pu déterminer la direction à suivre en s'arrêtant de temps en temps pour écouter l'animal s'agiter dans les feuilles mortes plus haut ; mais il a fini par perdre son souffle, il a dû ralentir, puis marcher, et l'ours l'a bientôt distancé, de sorte qu'il n'arrivait plus à capter le bruit de sa course, même quand il ouvrait la bouche en grand pour renforcer sa perception auditive. Il avait cependant encore la possibilité de suivre la trace sanglante dans les feuilles dérangées et à travers les branches cassées, et quand il n'y avait aucun indice il se laissait guider par son instinct, devinant comment l'ours réagirait devant la configuration du terrain, les obstacles mais aussi les cachettes que la forêt lui présentait. À intervalles réguliers, il découvrait une grosse tache de sang sur le sol du sous-bois, ou une trace sombre sur un tronc d'arbre qui confirmaient que son imagination ne le trompait pas.

Il a pourchassé l'ours jusqu'au soir, grimpant et grimpant encore. Le sang devenait plus rare, soit que l'ours ait perdu tout le sien, soit que sa blessure se soit refermée. Les taches se sont transformées en gouttes, elles-mêmes aussi rares que des pierres de grenat dissimulées dans le tapis de feuilles mortes. À chaque pas, ses empreintes se faisaient plus légères, comme si l'ours allait bientôt s'envoler dans les airs.

Charley s'est mis à trotter, courbé en deux afin de suivre ces indices toujours plus rares. Il a atteint des hauteurs où les fougères et les ronces, exubérantes pendant tout l'été, étaient maintenant agonisantes à perte de vue, puis des crêtes desséchées, puis le paysage inquiétant des forêts de sapins qui s'accrochaient aux sommets de granit les plus élevés, un monde de silence et d'ombre où même le son de ses pas disparaissait dans l'épaisse couche d'aiguilles mortes tombées à terre. Il espérait seulement qu'il n'aurait pas à franchir la frontière invisible qui gardait ces pics, car la seule fois où cela lui était arrivé, un hibou géant était passé en planant juste au-dessus de sa tête, dans cette pénombre éternelle qui régnait ici, même à midi. L'oiseau avait une face aussi grande que la sienne, et plus pâle que la lune. Cela avait été un mauvais signe, pas du tout le message que l'on aimerait recevoir quand on se retrouve seul au plus près des sommets noirs.

Charley ne s'est pas arrêté, pourtant. Les gouttes de sang avaient entièrement disparu. Il a continué au jugé, a rebroussé chemin après avoir convenu qu'il se fourvoyait, est revenu à l'ultime trace sanglante, autour de laquelle il a effectué des cercles concentriques de plus en plus larges, sans succès. Il regardait les branches des arbres et le ciel au-delà, aussi, car c'était comme s'il était venu des ailes à cet ours et qu'il s'était envolé. Il a suivi un mince filet d'eau jusqu'à sa source, parce qu'il est bien connu que certaines sources permettent d'entrer dans le monde qui s'étend au-dessous du monde et qui peut être un refuge. Pourtant, il n'y avait aucune trace de l'ours le long du ru. Il a poursuivi sa traque jusqu'à ce qu'il fasse si sombre qu'il devienne incapable de distinguer de quelle famille d'arbres venaient les feuilles mortes sur le sol. Il s'est assis, adossé contre un tronc, les yeux sur les cimes à travers les bois déjà clairsemés par le froid, et il a adressé une prière à l'ours, à l'ours et à tous ses frères du règne animal, sa voix vibrant tantôt de joie, tantôt de désespoir. Pour proclamer que depuis le commencement des temps ses frères les animaux avaient volontairement sacrifié leur vie aux nécessités de l'homme, nous avaient offert leur douleur et leur sang en plus de leur graisse et de leur viande. Alors continuez, s'il vous plaît, n'arrêtez pas maintenant…

Sous le même arbre, il a attendu jusqu'à l'aube pour voir si sa prière serait exaucée. Couteau dans une main, hachette dans l'autre, au cas où une forme sombre se détacherait des ténèbres et viendrait à lui avec sa vie en offrande.

Lorsqu'il est rentré au campement le lendemain, il n'avait ni trophée de chasse sur le dos, ni récit héroïque à partager. Seulement sa panière de racines rabougries. Sans un mot, il s'est mis à les peler, à les couper en tranches et à préparer dans une casserole une infusion qui avait la couleur d'une urine chargée.

En conclusion de son histoire, Charley nous a déclaré que jusqu'à cet instant, dans la fumée des cigares et la chaleur conjuguée du whisky et du feu, il n'avait fait aucune mention de l'ours manqué à aucun de ses descendants. Mais la nuit de son retour, alors qu'il reposait avec elle sur leur couche en rameaux de tsuga, il avait relaté cette étrange poursuite à l'oreille de Nancy, et à la fin elle l'avait serré contre elle, avait essuyé les joues du vieil homme de ses doigts robustes et lui avait dit qu'il avait essayé mais échoué, et que parfois c'était la seule victoire qui nous soit accordée.

4

Les événements survenus le jour suivant ont fait l'objet de maintes suppositions, aussi bien dans la presse qu'au travers de la rumeur publique. D'aucuns ont soutenu que je ne m'étais pas joint aux soldats et à leurs captifs lorsqu'ils s'étaient remis en route parce que les Indiens m'avaient prévenu qu'il risquait de se passer quelque chose. D'autres ont émis l'hypothèse que, assailli par la culpabilité, j'étais resté sous le grand tsuga entre les deux bras de rivière afin de méditer dans la solitude sur mes plus récents méfaits. Bien que cela ne soit en aucun cas à mon avantage, je rapporterai ici ce qui s'est réellement passé. D'après mes souvenirs, je commençais à aspirer sérieusement à quelque compagnie féminine, ayant eu plus que mon soûl de camaraderie masculine après toutes ces semaines à camper dans les bois avec des conscrits. J'ai donc calculé que la taverne de Welch ne se trouvait qu'à une demi-journée à cheval, du moins pour quelqu'un qui connaissait les raccourcis et savait mener une bonne monture ; comme la petite colonne de Smith irait à pied, j'aurais tout le temps de les rattraper en chemin après avoir passé une soirée avec les très accueillantes employées de Welch. C'est ce qui explique – toujours en me fiant aux ressources de ma mémoire – que les prisonniers, encadrés par les soldats montés, soient partis peu après le lever du jour derrière un lieutenant Smith consultant nerveusement la carte sommaire que je lui avais tracée, et aussi que je ne sois arrivé sur les lieux du massacre que le lendemain matin, réduit à reconstituer les faits à partir des traces laissées sur le sol.

La clairière où j'ai trouvé les garçons taillés en pièces n'était pas plus grande qu'une scène de théâtre, un demi-cercle irrégulier venu interrompre brièvement le moutonnement infini des arbres. Après avoir recommandé leur âme au dieu dans lequel ils avaient jugé bon de croire, je me suis mis à arpenter ce périmètre de mort à la recherche d'indices. Ils étaient tombés assez loin les uns des autres, et le terrain portait assez de marques pour que j'arrive, en y combinant l'attitude des défunts et la manière dont leurs affaires étaient éparpillées, à discerner le scénario le plus plausible de l'échauffourée.

« Échauffourée » est certes un mot à la connotation plutôt frivole, que l'on verrait bien apparenté à des termes tels que « cotillon » ou « promenade », et pourtant les hommes qui perdent leur vie dans ces rencontres soudaines et anodines sont au final tout aussi morts que ceux tombés sur les grands champs de bataille de Hastings, Culloden ou Sharpsburg. Un quart de siècle après cet instant sanglant gravé sur le sol, désormais parvenu à l'âge de raison, il m'est arrivé plus d'une fois de me retrouver dans de semblables escarmouches et de les juger invariablement d'une laideur désespérée avec leurs décharges désordonnées d'armes à feu, leurs brusques jurons et cris de douleur, leurs silences incertains entre deux accès de brutalité. Et lorsque la mêlée est finie, des êtres humains sont morts ou mourants, hébétés, sanguinolents, livides, tandis que d'autres poursuivent calmement leur chemin. Ceux-ci sont les vainqueurs ; les perdants, eux, abandonnent leurs pertes et s'enfuient, pris d'une panique abjecte.

Au cours de cette vilaine petite bagarre dont j'avais les traces à mes pieds, il était clair que l'un des captifs, disons Lowan, avait porté un premier coup inattendu et vigoureux, fendant la tête de Perry du front jusqu'aux dents. Le jeune Irlandais s'était écroulé en avant. Quelqu'un qui n'a jamais vu un homme mourir serait tenté d'employer l'expression convenue et de dire qu'il était mort avant d'avoir touché le sol mais cela ne se passe pas toujours ainsi, non, même quand vous avez le visage ouvert en deux, et je me contenterai de cette remarque sans entrer plus avant dans les détails. À l'instant où Lowan avait attaqué, ou quelques secondes après, un autre prisonnier, peut-être George, avait tournoyé sur lui-même en tenant sa hachette des deux mains et l'avait plantée à la jointure du cou et de l'épaule du garçon de Philadelphie. La lame s'était enfoncée loin dans les os, comme dans une bûche bien sèche, et George avait vainement tenté de la dégager en tirant sur le manche. Philadelphie voulait tomber, il s'était affaissé sur les genoux mais George ne cessait de le redresser dans ses efforts pour ressortir son arme. Philadelphie avait agrippé le manche juste après le fer et ils se l'étaient disputé âprement sans que toute cette agitation n'arrive à la déloger de la clavicule fracassée. Philadelphie s'était effondré pour agoniser sur le sol, à moitié relevé par le manche coincé entre lui et la terre qu'il griffait éperdument de ses doigts. Simultanément, Jake avait atteint Charleston au crâne, d'un coup qu'il aurait voulu fatal mais qui n'avait pu que peler un morceau de scalp au-dessus de son oreille et étourdir le soldat. Se rapprochant, Jake avait frappé à nouveau et c'était le plat plutôt que le tranchant de la hache qui avait porté. Ses genoux cédant sous lui, Charleston s'était affaissé là où il se tenait, tel un manteau vide, et n'avait plus bougé.

Si l'identité des tueurs restait une simple hypothèse, les morts et leurs blessures constituaient une certitude aussi indéniable que le fait que cette tuerie s'était produite sur notre territoire, en dehors de la juridiction de la Nation. Bien que n'ayant jamais été très fort pour les oraisons, ce jour-là, les yeux sur ces gamins trucidés, j'ai prié pour qu'à l'avenir ce soit les Jackson et autres crapules qui connaissent un pareil sort, non de pauvres garçons envoyés à la mort avec à peine deux pennies en poche pour satisfaire les caprices insensés de vieillards cupides. Puis j'ai entendu les chevaux s'agiter dans le sous-bois, je suis allé les chercher et je les ai attachés tous les trois en file derrière le mien pour continuer mon voyage.

J'ai atteint le fort le lendemain, après une rude journée de route. Smith était seul dans sa tente en forme de pyramide, assis à une petite table pliante devant le brouillon de son rapport, le sol autour de lui couvert de feuilles de papier roulées en boule. Dans une bouteille de whisky et un verre à moitié pleins, le liquide d'un brun chaleureux s'agitait à chaque mot sorti de sa plume hésitante. Il a levé les yeux et ma vue n'a pas paru le combler d'aise. Je me suis assis sur une chaise en cuir, attendant une explication de sa part.

Il a soudain été très affairé à écrire. Après avoir affûté une nouvelle plume avec son couteau de poche, il l'a trempée dans l'encrier et s'est mis à griffonner rapidement l'équivalent de quelques phrases, tout cela pour aussitôt froisser la feuille dans son poing et la jeter par terre avec le même dédain que si le papier poussait tout seul sur les arbres. Il est allé prendre un verre dans une malle, l'a rempli pour moi et s'est rassis, tenant le sien des deux mains entre ses genoux. Lorsqu'il a relevé la tête, des larmes avaient perlé sur les bords de ses paupières.

– Ces saletés de montagnes, a-t-il murmuré d'une voix rauque. Je voudrais n'y avoir jamais mis les pieds.

J'ai posé la question qui s'imposait :

– Qu'est-il arrivé ?

Il m'a dit que tout s'était passé si vite qu'il n'était pas certain du déroulement des faits, de qui avait fait quoi. Tout avait commencé lorsque Nancy, la femme de Charley, s'était sentie fatiguée par la marche. Elle avait traîné un moment à l'arrière de la colonne, puis s'était arrêtée. Mettant pied à terre, l'un des garçons était allé voir ce qu'elle avait. Comme il y avait eu des éclats de voix, une sorte d'altercation, les deux autres étaient eux aussi descendus de selle. À partir de là, la petite explosion de violence s'était produite le temps de quelques battements de cils. Des hachettes cachées sous les ponchos étaient apparues, leurs bords tranchants jetant des éclairs dans le soleil. Toujours sur son cheval, Smith avait cherché à sortir son pistolet de son étui mais ses doigts n'arrivaient pas à dégager le bouton de sa fente et il avait vu les trois gamins se faire tuer alors qu'il se battait encore avec le fourreau à sa ceinture. La bile était montée dans sa gorge, sa langue s'était collée à son palais desséché. Il était incapable de distinguer qui avait commis ces meurtres.

Les femmes et les enfants avaient assisté à la scène sans un geste, entièrement impassibles, groupés dans une symétrie presque parfaite, un portrait de famille macabre qui s'était gravé à jamais dans sa mémoire. Perry et Charleston étaient immobiles ; Philadelphie, qui saignait terriblement, agitait ses mains comme s'il voulait se raccrocher à la planète. Il y avait du sang partout sur les feuilles mortes. Les hommes armés de hachettes s'étaient tournés vers Smith. Il n'avait pas réfléchi, non. Ce n'était pas un moment qui appelait la réflexion. Ses talons étaient partis en arrière tout seuls, les molettes de ses éperons déchirant cruellement les flancs de sa monture, et ses mains avaient relâché la bride. Après s'être cabré, le cheval s'était jeté dans la pente et l'avait emporté au galop, les coudes de Smith battant l'air comme s'il cherchait à s'envoler.

– C'est ainsi que je pense que cela s'est passé, a-t-il conclu d'une voix altérée ; je crois, en tout cas.

– Ou bien c'est que votre bête a fait un écart et s'est enfuie quand vous cherchiez à dégainer votre pistolet. À ce stade, de toute façon, il n'y avait plus que vous à sauver.

– C'est possible. Je… je ne sais pas. Peut-être.

– Et peut-être que si j'avais été avec vous j'aurais pu dire quelque chose qui aurait pesé.

– Il n'y aurait pas eu le temps de dire quoi que ce soit. Tout est arrivé trop tôt.

Nous avons rempli une nouvelle fois nos verres et bu en silence, aucun de nous ne croyant vraiment à la version indulgente que chacun avait offerte à l'autre. Sans même la politesse de toussoter pour annoncer son arrivée, le petit aide de camp hirsute du colonel est apparu sous la tente de Smith. « Vous deux, tout de suite ! »

Alors que nous approchions de la porte du bureau de Haden, Smith a ralenti le pas pour faire son entrée derrière moi. Le colonel était à sa table, les reliefs d'un déjeuner de bœuf bouilli devant lui, son assiette couverte d'un jus grisâtre sur lequel flottaient des perles de graisse congelée. Deux chandelles de blanc de baleine brûlaient dans des bougeoirs en étain. Haden a fixé longuement sur moi des yeux qui avaient la même teinte que le gras de bœuf, puis :

– Comment ai-je pu avoir l'idée de vous envoyer en mission ensemble, vous deux ?

– Ce sont des paysans. Vous en avez déplacé des milliers sans le moindre incident. Comment aurions-nous pu savoir que ceux-là allaient provoquer du grabuge ?

– Espèce de petite vermine puante, a-t-il sifflé entre ses dents.

– Vous les avez dépouillés de tout ce qu'ils avaient. Quand on pousse les gens à bout, ils perdent la tête.

Le colonel a passé son index dans le jus graisseux, mis la première phalange à la bouche et, sa dégustation terminée, essuyé le reste avec son pouce tout en contemplant ce frottement appliqué avec la plus grande fascination.

– À propos de dépouiller, vous aussi, vous risquez de perdre quelque chose. Terre, amis, tout ! Si c'est ce qu'il faut pour retrouver les tueurs, j'enverrai toutes les troupes nécessaires pour chasser jusqu'au dernier Indien d'ici, et je me moque des propriétés qu'ils pourront revendiquer. Les vôtres y compris.

Je me suis tourné vers Smith. Il était toujours derrière moi et regardait ailleurs. Aucun soutien à attendre de ce côté-là.

– Et notre accord préalable ? me suis-je enquis.

– Tout change.

J'ai eu l'impression que mon univers s'effondrait. Bear, et tous ceux qui m'avaient accueilli parmi eux, s'en iraient à l'ouest. Claire était déjà partie. Mon visage devait sans doute ressembler à une carte à moitié effacée, à ce moment. Le colonel patientait sans me quitter des yeux. Finalement, il a dit :

– S'il y avait une solution plus aisée, je serais prêt à étudier les propositions.

– Que vous faut-il ?

– Les meurtriers. Tous, jusqu'au dernier, livrés à la justice.

– Dans quel but ?

– Je crois me rappeler que vous êtes avocat. La terminologie du droit ne doit pas vous être étrangère, donc. Ils ont commis un crime capital. Quelle issue cela suppose-t-il, d'après vous ?

– Et nos gens ?

– Ils ne posent aucun problème, si j'ai les assassins.

– Et les autres fugitifs qui pourraient encore se cacher dans les montagnes ?

– Ils peuvent rester ou s'en aller. Tout ce que je veux, ce sont les tueurs.

J'ai voulu prendre le temps d'y penser avant de me rendre compte que la situation ne me laissait guère de choix.

– Très bien. Je vous les ramènerai.

Le colonel a repoussé l'assiette loin de lui. Elle a laissé sur la table une trace brillante, comme le sillage d'une limace.

– Je suppose que vous allez maintenant demander d'être payé pour vos services ? a-t-il demandé.

J'ai répliqué que ce qu'il attendait de moi risquait fort de me coûter la vie et que toutes les réserves fédérales qu'il avait à sa disposition n'auraient pas suffi à me compenser de cette perte ; de plus, si je devais mourir, je n'avais pas l'intention de descendre dans ma tombe avec l'étiquette d'un mercenaire. C'était en homme libre que j'allais agir, et contrairement à ce que lui et ses semblables yankees semblaient croire, l'argent et l'appât du gain n'étaient pas la force qui faisait mouvoir les étoiles à travers le ciel nocturne. Souriant de ma naïveté et de mes piètres talents de négociateur, le colonel a repris :

– Quoi, rien du tout ?

– Non.

– Je pense que nous sommes parvenus à un nouvel accord, alors. Vous disposez d'un mois à compter d'aujourd'hui. Ramenez-les-moi et nous serons quittes. Et sans tarder, n'est-ce pas ? Un jour de trop et je vous expédie dans les territoires, tous autant que vous êtes !

– Vous ne verrez pas d'objection à coucher les termes de notre compromis sur le papier, j'imagine…

Le colonel a éclaté d'un rire aussi tonitruant que si je venais de raconter l'histoire d'Old Blue, le chien chasseur de ratons laveurs. Il a agité les deux mains devant lui pour me signifier de vider les lieux. Dans ma précipitation, je suis entré en collision avec Smith et nous avons manqué de peu nous étaler tous les deux sur le sol. Lorsque nous sommes arrivés à la porte, le colonel et son scribe chuchotaient déjà comme des conspirateurs, puis ce dernier s'est assis à la table, a enfoncé sa plume dans l'encrier et s'est mis à écrire.

Revenu à Wayah, j'ai conté à Bear mon plus récent passé dans tous ses détails, l'expédition avec les soldats, la capture de Charley, la tuerie. En conclusion, je lui ai montré et traduit la lettre du colonel dans laquelle celui-ci garantissait que nous, ainsi que tous les fugitifs innocents qui se trouvaient présentement sur nos terres, serions laissés en paix si nous capturions Charley et ses gens avant un mois révolu, sans compter la journée qu'il m'avait fallu pour venir de Valley River. Dans le cas contraire, nous serions sans doute expulsés sans ménagement vers les nouveaux territoires indiens.

Bear m'a paru très vieilli. À part ses gros doigts osseux, tout avait rapetissé en lui. Il est resté un long moment sans parler, fumant sa pipe en argile jusqu'à ce qu'elle ne contienne plus que des cendres, puis il a dit que l'on pouvait songer à notre situation pendant tout un mois et parvenir au même résultat car le dilemme que nous avions devant nous était très simple, en vérité : deux choix également mauvais. Mais cela n'avait rien d'exceptionnel puisque très souvent, dans cette vie, la Création ne nous offre comme option que de nous enfoncer dans la merde ou de devenir aveugles. Pour résumer, le clan de Charley nous avait mis en danger ; nous n'avions tué personne, excepté dans nos rêves, mais au nom de l'identité raciale nous risquions d'être punis tout autant. Pour la même raison, sa première femme, Wild Hemp, avait péri à la fin de la Révolution, au siècle précédent. À cause de sa peau rouge. Elle n'avait pas levé le petit doigt contre les Américains ou les Anglais, qu'elle aurait été incapable de distinguer les uns des autres et dont elle ne comprenait même pas le but qu'ils poursuivaient en s'entre-tuant ; en réalité, ils se ressemblaient bien plus que nous n'avions de points communs avec les Creeks ou n'importe quel peuple connu. Et cependant elle avait été abattue par les Américains, juste parce que les Indiens avaient pris le parti des Anglais et que ces derniers avaient perdu. Wild Hemp avait été la victime de forces qu'elle ne mesurait pas, dont elle n'avait même pas conscience. Morte dans la boue, elle, la plus belle créature qui avait jamais vu le jour. Il n'y avait plus de justice dans ce monde. Tout ce qui vous restait à faire, c'était de continuer à vivre, à garder le souvenir vivant aussi longtemps que possible en une sorte de vengeance passive. Car dès que Bear mourrait, lui, la mémoire de Wild Hemp serait entièrement effacée de l'univers et ne pourrait plus être rappelée. Comme si elle n'avait jamais existé.

L'aboutissement de son raisonnement, c'était que Charley avait fait un choix qui nous impliquait tous mais avec lequel il était en désaccord, lui, et qui donc ne le liait en aucune manière.

– Livrons-le, a-t-il tranché.

Des chasseurs lui avaient rapporté que des gens se cachaient quelque part sur les plus hauts sommets de la région, affamés, frigorifiés, malades. Le clan de Lichen. Quelques douzaines de fugitifs représentant au moins trois générations. «Nous commencerons par traquer Charley à partir de là », a édicté Bear.

– Tu vas monter là-haut, trouver Lichen et ramener ici ses gens pour qu'ils nous aident. Il faut que tu le fasses avant que Charley n'entre en contact avec eux.

– Pour qu'ils ne s'unissent pas à lui ?

– Le moins nombreux ceux que nous chassons, le mieux pour nous.

Des jours et des jours pendant cet étrange automne, j'ai gravi ces parages escarpés, inspectant chaque combe et chaque gorge de torrent, jusqu'à débusquer la bande de Lichen dans une grotte au pied des cimes les plus élevées. Je ne raconterai pas par le menu cette quête solitaire, ni toutes les pensées affligeantes qui m'ont assailli au long de ces nuits sans sommeil, alors que je reposais sur le dos, suivant des yeux le cheminement des étoiles derrière les branches dépouillées, me demandant si Claire était parvenue saine et sauve à l'ouest, me morfondant à l'idée que non… Une page fort lugubre de ma vie, cette traque pénible qui semblait ne jamais devoir finir. Mais qu'il me suffise de dire que j'ai réussi à les trouver dans leur cachette, en ajoutant peut-être que chaque pas de mon ascension s'était accompagné de l'idée que peut-être ils me tueraient dès que je les rencontrerais, et laisseraient ma dépouille dans la forêt pour que les loups s'en repaissent.

Montée du feu bas, une fumée pâle s'accumulait comme de la meringue contre la voûte de pierre, prisonnière de la caverne. Un chien efflanqué s'est levé d'un bond, a étiré ses pattes engourdies et s'est rapproché prudemment du brasier qui surchauffait la grotte. Assis loin des flammes, les fugitifs n'étaient que des ombres dont je ne distinguais pas les traits mais que je reconnaissais à leur voix, pour ceux que j'avais connus dans ma prime jeunesse. Des générations de désespoir absolu étaient réunies ici, des cris perçants des enfançons aux vieillards à la toux rocailleuse. C'était une bande d'êtres en sursis, soumis constamment à la faim et à l'angoisse mais soudés par le sort et le sang. Moi, je n'avais à leur offrir que cinq livres de haricots séchés, et un troc répugnant mais nécessaire, et de toute façon inévitable. Je ne savais par où commencer pour plaider ma cause devant eux, qui avaient survécu à la peur et atteint une absence glaciale, mortifère.

J'ai débuté par une tirade contre le monde moderne, dont le poids accablant menaçait de s'abattre sur eux et de tout emporter avec lui, telle une vague marine indifférente à toute souffrance humaine. J'ai eu recours à chaque élément de rhétorique que j'avais appris de Bear, de tous les auteurs anglais disparus que je chérissais et de toutes les heures passées dans une salle de tribunal à ratiociner sur le tracé d'un champ ou sur la responsabilité légale du propriétaire d'une vache qui aurait abattu la barrière du voisin. Ces diverses expériences m'ont été d'un assez grand secours pour parvenir à un premier résultat : convaincre Lichen et son clan de ne pas me trucider.

En conclusion de cet exposé liminaire, j'ai avancé la proposition suivante : Redescendez, aidez-nous à mettre la main sur les meurtriers et soyez les bienvenus au sein du peuple de Bear. Trouvez la paix. Comment pourriez-vous objecter à la paix ?

– La paix ! a relevé Lichen d'un ton dégoûté. Les Blancs se torchent le derrière avec tous les matins ! Ne viens pas me faire des discours sur la paix avec ton visage pâle. Vous autres, vous crachez sur la paix.

– Pas nous tous, non, ai-je répondu. Moi, je ne crache pas dessus.

J'ai ajouté que s'il voulait me traiter de Blanc, c'était son droit, mais que pour ma part j'avais à cœur de rester fidèle à mon peuple. J'obéissais aux anciennes traditions, qui voulaient que l'on soit Indien dès lors que l'on appartenait à un clan. Quant à la paix, j'avais passé le plus clair des dernières années à chercher un moyen de l'atteindre, mais puisque le cours du monde nouveau allait entièrement dans le sens inverse il était honorable de le combattre, et j'avais fait de mon mieux pour devenir un guerrier.

Ce n'était pas moi qui étais en cause, a rétorqué Lichen. Il lui était impossible de penser à la paix parce que les soldats l'avaient poursuivi comme du gibier. Encore un an plus tôt, il avait eu femme et enfant, une épouse qu'il aimait et un garçon intrépide aux yeux pleins de vie. Et comme ils refusaient de devenir esclaves et de vivre là où d'autres l'avaient décidé pour eux, ils avaient été conduits à mourir de faim dans la montagne. Il avait porté en terre son fils, puis sa femme peu après. Et c'était ici son pays ! Comment était-ce possible ? Traqués tels des animaux sur leurs propres terres ! Tous ceux qui l'accompagnaient avaient des expériences similaires à invoquer. Et donc il n'accepterait ni de quitter les sommets, ni de se joindre à la meute contre Charley. Ils étaient en bons termes depuis l'enfance. On n'avait jamais entendu parler de cela, chasser ses alliés et amis comme des chevreuils !

Bear, qui avait prévu que Lichen refuserait ma proposition, m'avait conseillé d'attendre le moment opportun pour raconter l'histoire de l'ogresse U'tlanta. Assis près du feu, j'ai donc repris ce récit que tous connaissaient mais que j'ai enrichi de détails et rafraîchi en tirant tout le parti possible des ressources de notre langue. U'tlanta avait été des nôtres, une vieille femme aimée et respectée de tous jusqu'à ce qu'elle devienne mauvaise, se mette à changer d'apparence et se couvre d'écailles aussi dures que des plaques de schiste, sur lesquelles tous les couteaux et toutes les flèches se seraient brisés. Son index s'était transformé en une lance acérée qu'elle enfonçait dans le cœur de tous ceux qui croisaient son chemin, hommes, femmes ou enfants. Ensuite, elle leur ouvrait le ventre et dévorait leur foie. Elle avait semé le désordre et le danger parmi son peuple. Il ne l'avait pas cherché : c'était elle qui l'avait choisi. Elle allait à travers la montagne en chantant une chanson qui semblait très jolie si l'on n'écoutait pas attentivement les paroles, car il y était seulement question d'arracher leur foie aux passants et de le manger. Ainsi, elle avait contraint les gens à se liguer contre elle pour trouver un moyen de la tuer. Ils l'avaient chassée sur les hauteurs, et avaient creusé une fosse dans laquelle ils l'avaient prise au piège. Un oiseau leur avait dit où viser avec leurs arcs, le défaut de sa carapace de pierre par lequel ils pourraient l'atteindre au cœur. Sa mort avait été une amère victoire, car U'tlanta avait jadis été une des leurs, mais elle ne leur avait pas laissé d'autre choix.

Ma narration achevée, j'ai marqué une pause, le temps de cinq battements de cœur dramatiques que j'ai comptés dans mes poignets et mes tempes. Et puis j'ai dit qu'en tuant ces soldats, Charley et ses proches avaient eux aussi apporté une menace de destruction sur tout notre peuple et que, tout comme dans l'épisode de l'ogresse, ils nous avaient réduits à une seule et unique alternative.

En fin de compte, le clan de Lichen est redescendu à Wayah avec moi. En chemin, nous avons rallié à nous encore quelques fuyards isolés. Après deux ou trois jours à puiser sans relâche dans les marmites de la maison communale, les hommes de Lichen ont accepté de se joindre à nous pour attraper Charley. Nous sommes partis à travers bois et ravins telle une meute de chiens après un renard. Charley et sa famille fuyaient devant nous. On aurait cru une compagnie de chevreuils ou une volée de cailles que les rabatteurs effraient jusqu'à ce qu'ils se retrouvent face à la gueule des fusils.

5

Pour autant que j'eusse aimé donner des accents épiques et tragiques au dénouement de l'histoire de Charley, l'épopée et la tragédie ne sont presque jamais présentes dans la vie telle qu'elle arrive ; sur le moment, en tout cas au niveau personnel, toute destinée reste presque exclusivement pathétique. On souffre, on meurt dans l'ignorance et la déception.

L'automne tirait à sa fin sous les quartiers décroissants de la lune des chasseurs quand j'ai reconstitué la suite de ses aventures à partir des récits que m'ont faits Nancy, Lowan, George et Jake, mais aussi grâce à une autre longue nuit passée avec lui devant un feu de camp. J'ai jugé important de tous leur permettre d'apporter leur propre témoignage et de recueillir ainsi cinq versions qui présentaient des discordances, certes, mais qui je crois m'ont permis d'approcher ce qui s'est réellement passé, tout au moins en partie. Et ce modeste résultat est plus satisfaisant que ce que nous apprenons généralement de l'Histoire avec un grand H.

La tuerie n'avait pas été préméditée ou planifiée. Lorsque le lieutenant Smith avait été incapable de découvrir les hachettes en inspectant les abris du campement, les hommes de Charley s'étaient dit qu'ils n'avaient aucune raison d'attirer son attention sur elles. Et le lendemain matin, alors que les soldats se préparaient à les escorter jusqu'à leur lieu de détention, ils avaient eu le réflexe de les dissimuler sous leurs habits, avec la simple idée que des objets coupants pourraient toujours leur être utiles en chemin. Ils n'avaient pas ourdi entre eux une révolte sanglante : simplement, ils s'étaient dit qu'il valait mieux voyager armés que sans aucun recours. Qui plus est, une hachette répondait à divers besoins pratiques, de même qu'un couteau, et d'après ce qu'ils savaient l'armée américaine autorisait ses prisonniers à garder l'une et l'autre sur eux.

Le seul point sur lequel tous ces récits s'accordaient, c'était que ce jour-là, quand la fatigue avait fait prendre du retard sur le reste du groupe à Nancy, l'un des soldats l'avait forcée à avancer soit avec le canon de son mousquet, selon certains, soit à la pointe de la baïonnette, selon d'autres. Les hommes, justement indignés, avaient alors sorti leurs hachettes.

Après les meurtres, les chevaux affolés avaient galopé dans la forêt, s'étaient arrêtés et étaient revenus sur leurs pas, pressés les uns contre les autres, hennissant, se prenant les pattes dans les rênes. Charley et ses proches avaient décidé que les prendre avec eux ne ferait que les retarder dans leur ascension des sommets dépourvus de pistes et ils les avaient donc laissés là où ils étaient, piétinant nerveusement à distance des trois cadavres.

Les femmes avaient réuni les quelques affaires qui leur seraient utiles dans leur fuite : armes, sacs en cuir, fontes de selle, marmites en fer-blanc, vêtements sales. Ensuite, ils s'étaient hâtés de gagner les montagnes. Même à ce moment critique, pourtant, ils savaient qu'aucune ne serait assez haute pour leur offrir un refuge fiable.

Alors qu'ils grimpaient depuis des heures, Charley s'est arrêté pour reprendre son souffle, les yeux posés sur la vieille Nancy, sur les femmes encombrées de bébés, les enfants en bas âge et les hommes plus jeunes qui peinaient à atteindre le haut plateau devant lui, empêtrés dans la couche de feuilles mortes qui arrivait au-dessus des genoux des plus petits. Les nourrissons pleuraient, bien que la seule épreuve qu'ils aient eue à endurer fût de rester dans les bras de leur mère, pressés contre des seins moelleux qui s'étaient taris de leur lait. Loin derrière, les poursuivants gravissaient les combes et se rapprochaient d'eux jour après jour.

Si un fugitif solitaire constitue une image des plus romantiques, l'expérience se réduit à une terreur sans espoir dès lors que des nouveau-nés, de jeunes mères épuisées et des vieillards perclus de fatigue l'accompagnent. Ce n'est plus une course vers la liberté mais un morne piétinement, la traversée pénible de contrées transformées en obstacles formidables, d'un monde dont on adorait la beauté et qui devient soudain hérissé de dangers et de menaces.

Ouvrant grand la bouche et inclinant la tête de côté, Charley a essayé de capter les sons venus des chasseurs d'hommes, mais sa troupe était tellement bruyante qu'il n'arrivait pas à évaluer à quelle distance les autres pouvaient se trouver. Ce qui était certain, c'est que leur nombre ne cessait de grandir. Fuir encore, ou se cacher, ou se rendre ? Quelqu'un devait prendre des décisions aussi graves et il était revenu à Charley de les assumer pour eux tous. C'était un poids que seul l'âge avait placé sur ses épaules car il se rendait compte qu'il ne pouvait plus revendiquer une sagesse particulière. L'ancienneté, et aussi la fermeté suffisante pour accepter cette responsabilité forcée vis-à-vis de tous ces êtres en train d'ahaner devant lui. Parce que aucun d'eux n'aurait eu à venir s'épuiser et mourir de faim ici si lui, Charley, n'avait jadis été poussé par le désir vers le corps de Nancy.

À vingt ans, nous sommes tous les jouets de nos folles passions, et c'est pourquoi nous provoquons le malheur longtemps après, mais ensuite il nous appartient de faire face à nos anciennes folies, si nous ne sommes pas des lâches, et de tenter d'en réparer les conséquences.

Les derniers petits-enfants de Charley, fillettes et garçonnets qui tous offraient un reflet de son image dans leurs cheveux, leur nez, leurs mains ou la forme de leurs yeux, traînaient en arrière, leurs courtes jambes se battant contre la force de gravité de la montagne. Il entendait leur respiration oppressée, leurs pieds menus dans les feuilles mortes, la boue noire, les lamiers dont les tiges pâles se brisaient sous leurs pas. Ils voulaient vivre et donc ils montaient, et montaient encore.

Charley s'est demandé pourquoi son clan restait animé d'une volonté aussi déraisonnable. Vivre, c'est souffrir, et à cet instant même ils en éprouvaient pleinement la dure vérité. S'il avait été capable de balayer la surface de la terre du revers de la main et d'effacer leur passage dans ce monde, il l'aurait fait sans aucune hésitation.

Mais la vie continue, indifférente.

Charley s'est appuyé des deux mains sur ses genoux, à l'articulation du fémur. Il a levé un pied, l'a avancé, son corps tout entier protestant contre la raideur de la pente. Au prix d'un terrible effort, il a entrepris de les rejoindre pour les pousser encore en avant. Leur berger, toujours.

L'histoire de Charley s'est poursuivie très longtemps. Il a parlé presque toute la nuit, tandis que nous buvions. Le moment entre la tombée de la nuit et l'aurore est propice aux anecdotes les plus variées mais j'avancerai dans son récit jusqu'à un point dont je me souviens très précisément. Charley a dit que le tas de couvertures dans ses bras n'était pas plus lourd qu'une brassée de feuilles de maïs séchées. C'était comme si la mort avait réduit le garçon à presque rien. Un vent du nord-ouest projetait les premières rafales de neige de l'hiver en hurlant. Charley avançait seul entre les grands arbres dont les feuilles retenaient ces flocons poudreux qui tombaient ensuite au sol comme des poignées de sel. Il était monté encore, parvenant à une formation de sapins sombres qui montaient la garde devant une falaise déchirée, dont la face parsemée de plaques de lichen orangé était striée d'une eau suintante qui s'était figée en rubans de glace terminés par des stalactites. Arrachées du visage de pierre, des roches de toutes tailles et de toutes formes étaient éparpillées sur le sol. La piste traversant cette hauteur contournait l'obstacle avant de se poursuivre à perte de vue vers le nord, une ligne ténue et sinueuse qui avait servi au commerce et à la guerre depuis aussi longtemps qu'il y avait eu des êtres humains pour l'emprunter.

Charley s'est accroupi, ses genoux ankylosés produisant un crépitement de bois sec. Écartant les couvertures, il en a retiré le garçon léger comme une plume et l'a étendu sur la terre glacée. Le petit était mort depuis moins d'un jour mais sa peau avait déjà viré à un gris cendreux et une étrange poussière pâle semblait saupoudrer ses longs cheveux noirs. Il était nu et les femmes lui avaient déjà donné la forme compacte d'un fœtus. Nu, parce que les autres enfants avaient besoin de ses habits. La plante de ses pieds était d'un blanc livide que Charley n'avait encore jamais vu, même chez les Blancs, ses bras et ses jambes d'une minceur pathétique qui faisait paraître énormes les coudes et les genoux. Charley a pris son mollet dans le rond de son index et de son pouce et il y restait encore de la place. Son petit-fils avait vécu cinq années.

Puisqu'il n'avait aucun outil pour creuser, la sépulture serait un simple tas de pierres funéraire. Charley s'est relevé, encore dans ce bruit de branches craquantes. Il a entrepris d'empiler des roches sur le petit, en commençant par les plus grosses alentour, s'efforçant de ne pas penser à leur poids mais seulement à la manière dont elles s'emboîteraient les unes aux autres. Elles étaient froides comme des blocs de glace et il a bientôt eu les mains engourdies, les doigts couverts de fines coupures. Il a continué à s'activer jusqu'à ce que la sueur transperce ses vêtements et qu'une douleur apparue dans ses reins l'empêche de se tenir droit. Entassant les pierres sans s'arrêter, un monticule qui arrivait à hauteur de poitrine tiendrait les loups à distance, peut-être même les ours, et sa masse solennelle inviterait chaque voyageur passant par là à ajouter un morceau de rocher en signe de déférence.

Quand il a eu terminé, la neige granuleuse s'est remise à tomber, fouettant les sapins. Il s'est approché de la falaise, a brisé l'un des pitons de glace et l'a mis à fondre dans sa bouche. L'eau avait le goût minéral de la montagne par laquelle elle était revenue au jour. Après avoir noué autour de ses épaules les couvertures qui avaient accueilli son petit-fils, il a commencé à redescendre la piste.

Tout allait de mal en pis. Comment aurait-il pu en être autrement ?

Après des jours et des jours de traque le long des torrents, à travers les plateaux, de combe en combe, leurs poursuivants étaient maintenant sur leurs talons dans les bois dépouillés. Ils s'étaient déployés et se rapprochaient inexorablement, sans leur laisser le moindre répit. Charley conduisait sa famille vers un « enfer » qu'il connaissait, un immense taillis de lauriers touffu et tortueux comme une caverne aux multiples goulets. Mais ils en étaient encore loin.

Les femmes les plus jeunes, les enfants et Nancy se sont assis dans les feuilles mortes, incapables de faire un pas de plus. Les petits ne pleuraient plus, ils n'en avaient plus la force. On n'entendait d'eux que leur respiration oppressée. Derrière eux, les chasseurs produisaient le bruit d'une bourrasque en train de se lever. Nancy a enjoint les hommes de continuer. Charley, Lowan, George, Jake, mais pas Wasseton, qu'elle voulait garder avec elle. Les éclaireurs indiens ne s'en prendraient sans doute pas à des femmes et des enfants, a-t-elle plaidé, et peut-être convaincraient-ils les soldats de les épargner. Les hommes avaient plus de chances de s'échapper en poursuivant tout seuls.

Charley a consulté Lowan, George et Jake du regard, mais ils ne semblaient pas avoir d'avis sur la question. Leurs yeux étaient morts, lourds et inertes comme les cailloux d'une rivière. Wasseton s'est mis à protester qu'il n'était plus un gamin, qu'il devait suivre les hommes; sans se lever, Nancy s'est tournée sur le côté et lui a allongé deux gifles sonores, d'abord du revers de la main puis de la paume. Wasseton a refoulé ses larmes et s'est tu.

En bas de la combe, un rire sardonique a éclaté, qui faisait penser aux aboiements d'un chiot. Charley a adressé un signe de tête à Nancy. Avec ses fils et son gendre, il a repris l'ascension de la pente.

– Pas ensemble! a soufflé Nancy.

Charley s'est retourné, a encore hoché le chef. Tous trois se sont dispersés tandis qu'il continuait à monter droit devant lui.

La nuit venue, à l'abri de buissons épais, Charley a allumé un petit feu et dormi au chaud. Au matin, il ne s'est même pas levé. Il a passé la journée étendu sur le sol devant les cendres refroidies. Son unique souhait était de mourir ici et de n'être jamais découvert. Un tas d'os que les porcs-épics rongeraient jusqu'à ce qu'ils soient tout blancs. Il ne savait pas ce qui arriverait à ses proches. Il préférait penser que Nancy allait bien, que ni les éclaireurs ni les soldats ne s'en prendraient à des femmes et des enfants, mais comment savoir? Lui, il pourrait atteindre la plus haute cordillère et la suivre en direction du nord-est jusqu'à semer les chasseurs. Et ensuite, quoi? On disait qu'il n'y avait plus que des Blancs, là-bas…

Il avait tout perdu. D'abord sa maison, ses bêtes, ses récoltes et ses voisins, puis sa famille. Et maintenant des voix d'Indiens et des voix de Blancs s'appelaient derrière lui, résolues à le trouver. Des hommes de son peuple le traquaient dans les bois comme un vieil ours.

Si vous restez seul dans la montagne pendant un temps – plusieurs jours, au minimum, et si possible sans provisions –, la forêt finit par se lasser de se montrer hostile envers vous ; elle reprend le cours de sa vie intérieure et vous autorise à la voir. Au crépuscule, les visages sur l'écorce des arbres cessent de se cacher pour vous observer ouvertement, certains accueillants, d'autres hostiles, tous d'une curiosité sans fard. Dans la nuit autour du feu de camp, vous captez distinctement un mot venu des voix chuchotantes du torrent, un autre, parfois une phrase entière qui résonne longuement. Les spectres d'animaux vous apparaissent, votre condition d'humain ne les effarouchant plus, et vous les regardez s'éloigner devant vous sur la piste que vous suivez, formes gracieuses et tristes.

Charley avait atteint ce stade lorsqu'il s'est endormi sur un sommet chauve, blotti dans sa couverture. Il s'est réveillé sous une lune des chasseurs aux trois quarts pleine, l'herbe teintée d'argent par le givre, les gorges des chutes d'eau à ses pieds figées dans une lumière bleutée. Ce coin était envahi de cochons sauvages. Des dizaines d'entre eux, qui fouillaient le sol de leurs museaux palpitants et de leurs défenses courbées, savourant les glands ou quelques rongeurs minuscules. Tête courbée, les sangliers avançaient, labourant la terre de leurs crocs, des dagues qui auraient pu vous éventrer d'un seul coup. Leur masse était dominée par les gros muscles de leur échine et de leurs épaules, un effet encore renforcé par les soies rouges qui se hérissaient comme des épines de porc-épic le long de leur dos, à partir de la nuque. Leurs cuisses massives s'effilaient en des pattes aussi minces et agiles que celles d'un lévrier.

Charley était trop épuisé pour caresser l'espoir d'en tuer un avec le seul recours de sa hachette. L'esprit vacant, il était allé parmi les sangliers, et leurs ombres bleues, sur le terrain dénudé, s'étaient mêlées à la sienne. Il avait passé ses mains sur leurs soies rousses, leur avait parlé, les avait assurés qu'il n'attendait rien d'eux et ne leur souhaitait que le succès dans toutes leurs entreprises. Aucunement effrayés par ses caresses, ils avaient bombé un peu l'échine tels des chats appréciant d'être câlinés. Après avoir effleuré chacun d'entre eux, il leur avait souhaité bonne nuit et était retourné dormir sous sa couverture.

Au moment où il allait basculer dans le sommeil, cependant, il avait rêvé qu'il tombait. Un cri bref lui avait échappé. Alarmés, les cochons sauvages s'étaient enfuis, lui passant dessus dans la débandade. Il s'était retrouvé soudain sous un tourbillon de grognements et de piaulements, une éruption de nature brute. Leurs sabots tranchants l'avaient laissé en sang, comme si l'on s'était acharné sur lui avec une masse de guerrier. Les bêtes disparues, il était resté là, sanglant, tuméfié, mais sans un seul os cassé.

C'était un mauvais moment de l'année pour survivre en fuyant. Charley retournait les pierres des torrents afin d'y trouver des écrevisses dont il arrachait la tête moustachue et les pinces antérieures en les saisissant entre le pouce et l'index, puis dévorait la queue charnue alors qu'elle s'agitait encore dans une lutte désespérée pour lui échapper. Il ne prenait même pas la peine de les dépouiller de leur molle carapace, qu'il broyait sous ses molaires. Il déterrait des racines, les époussetait sommairement et les croquait comme des pommes. Et il restait encore quelques glands véreux au pied des arbres nus.

Un jour, ayant réussi à harponner une truite avec une branche de hickory, il s'était risqué à allumer un feu, si petit qu'il aurait pu tenir au creux de ses mains, pour la rôtir. Après avoir avalé le corps, il avait sucé la tête dans sa bouche jusqu'à ce qu'elle n'ait plus d'autre goût que celui de sa salive.

Ce régime mettait ses entrailles à rude épreuve. Accroupi sous les rhododendrons, il avait l'impression qu'une main mauvaise tordait ses tripes comme un chiffon sale.

Il rêvait qu'il avait un fusil à double canon aussi grand que lui, avec lequel il tuait tous ceux qu'il pouvait avant de céder sous leur nombre.

Rives gelées d'un ruisseau, mousse roussie par le givre, soleil froid déclinant dans un ciel métallique. Un terrain escarpé, boisé, sans un seul espace horizontal assez grand pour s'allonger et dormir sinon un banc de gravier humide un peu en surplomb du cours d'eau. Les nuages étaient si bas et denses que l'on ne pouvait suivre la progression du jour.

Le dos contre un gros châtaignier, Charley s'est endormi assis, le front contre les genoux, sa couverture serrée autour de lui. Au matin, il est resté un long moment à la même place après son réveil, tentant de recouvrer ses esprits, et c'est alors qu'il a soudain entendu les chasseurs approcher. Comme il n'avait pas le temps de se cacher, il est demeuré immobile, pressé contre l'arbre, les yeux braqués sur le sol entre ses pieds car c'est d'abord par le regard que le prédateur identifie sa proie. Surgis du brouillard en courant, ses poursuivants sont passés devant lui sans s'arrêter, si près qu'il aurait pu les atteindre avec un bâton. Quand le silence est revenu, il s'est levé et il a repris sa fuite.

Pas un seul oiseau dans le ciel blanc. Charley a observé le sud à perte de vue, les montagnes grises qui se pressaient et moutonnaient jusqu'aux confins du monde. Il était à l'orée du taillis de lauriers. L'air froid et lourd qui tombait des sommets ne troublait même pas les feuilles coriaces qui s'entremêlaient, formant un mur de végétation devant lui, mais Charley le sentait se glisser sous ses habits et dans ses articulations, et les lauriers aussi, qui rétractaient leurs branches exsangues jusqu'à ce qu'elles ne ressemblent plus qu'à de longues bandes de venaison séchée. Une fois entré sous les frondaisons qui formaient comme une immense toile de tente, il n'aurait plus rien d'autre à manger que les châtaignes et les glands de hickory dont il avait rempli ses poches la veille. Pinçant le dernier soupçon de graisse sur son ventre, Charley s'est dit qu'il ne pourrait pas subsister encore longtemps ainsi, rien qu'avec de l'eau et des glands. Il a secoué sa gourde pour s'assurer qu'elle était encore pleine. Il a écarté les premiers rameaux qui lui faisaient face et qui se sont refermés aussitôt derrière lui comme des portes chuintantes.

C'était comme s'il avait fait un pas dans une grotte. La faible lumière du jour s'est aussitôt transformée en crépuscule teinté de vert, dans lequel il s'est mis à avancer plié en deux, comme s'il se traînait au fond d'une rivière ralentie par la vase. Sous ses mains et ses genoux, les feuilles de laurier mortes étaient aussi dures que des coquilles de noix, aussi bruyantes et acérées que des débris de terre cuite.

Il a continué sans relâche, se redressant un peu lorsqu'il le pouvait mais le plus souvent à quatre pattes sous le canevas de branches et de troncs. L'obscurité venue, il a décidé de démarrer un foyer pas plus grand que l'ouverture d'un seau, impossible à détecter dans ce fouillis végétal. Il s'est demandé où Nancy passait cette nuit, avec tous les enfants. Au mieux, ils étaient devenus des captifs qu'il n'aurait jamais le pouvoir de libérer. Il s'est approché des courtes flammes, aussi près que de la viande mise à fumer, en essayant d'incorporer leur maigre chaleur.

Quand il s'est réveillé avant le matin, le feu était mort. Il a agité ses mains devant son visage, sans arriver à les discerner.

Il les a entendus approcher. Ils suivaient la trace qu'il avait laissée sur le tapis de feuilles mortes, aussi visible que le sillage d'une charrue. C'était une poursuite qui convenait à un vieil homme tel que lui : très lente, passée à ramper plutôt qu'à courir. Il se déplaçait avec la brusquerie imprévisible d'une écrevisse, tapi sur un sol cendreux, environné de branches vieillies qui pointaient tels des ossements brunis, des fragments de squelettes.

Lorsqu'il marquait une pause, il les écoutait avancer. Ils devaient sans doute l'entendre, lui aussi, et donc il essayait de rester simplement assis à couvert, avec les yeux qui erraient vaguement dans la lueur verdâtre des lauriers. Après un silence interminable, ses poursuivants se sont remis en marche. Ils étaient nombreux, et avaient formé un cercle autour de lui. Ils ne tentaient même plus d'être discrets, désormais, de sorte que le craquement des branches et le froissement des feuilles sèches lui parvenaient de toutes parts. C'était comme si le taillis tout entier se resserrait sur lui, lançant ses bras innombrables en avant, mettant de l'ordre dans leur fouillis exubérant jusqu'à former une roue aux multiples rayons dont il serait le centre.

Le premier chasseur à l'approcher était à peine plus âgé que Wasseton. Il est apparu en rampant dans la pénombre, un couteau coincé entre les dents, son mousquet passé en bandoulière sur son dos s'accrochant à toutes les branches basses. Immobile, Charley a pris sa respiration et salué simplement le garçon. Après l'avoir mieux regardé, il a continué :

– Tu me rappelles quelqu'un que j'ai connu jadis. On l'appelait Dull Hoe, et aussi John, parfois.

Le gamin s'est assis, a retiré de sa bouche la lame qu'il a essuyée sur son pantalon.

– C'était mon grand-père, a-t-il annoncé.

Il a sorti deux bouts de chevreuil séché de sa musette, les a tendus à Charley.

– Ils vont vouloir tes armes.

Charley lui a remis sa hachette sans un mot.

– Nous avons pris les autres il y a quelques jours, a continué le garçon.

Et puis il s'est incliné devant Charley, une sorte de révérence maladroite puisqu'ils étaient tous deux assis par terre, un hommage à sa volonté de rester en vie.

La neige couvrait légèrement les pics de granit, maintenant, une bande brillante entre la grisaille des sommets et le ciel sombre qui n'a commencé à fondre que vers midi. Une courbe de la rivière embrassait une bande de terre herbeuse seulement ponctuée de quelques vieux bouleaux et de gros rochers épars. Le cours d'eau était enflé, rouge de toute l'argile qu'il charriait. En haut d'une colline dominant la rive, je suivais la scène de loin, les petites silhouettes s'agitant comme les acteurs silencieux d'une pièce qui se déroulait hors de portée de voix. Je n'avais pas dormi depuis deux jours.

De l'autre côté de la rivière, j'ai aperçu le rond du feu autour duquel Charley et moi avions parlé toute la nuit.

Des gardes se tenaient autour des prisonniers assis sur un tronc de bouleau, leurs mains entravées entre les jambes, impassibles. Les plus jeunes – Lowan, George, Jake et Wasseton – portaient des bonnets de feutre ; le vieux Charley avait la tête ceinte d'une pièce de tissu blanc. Ils étaient tous en mocassins, culottes de peau, chemises en lin ou en calicot aux couleurs passées. Sur le côté, les femmes et les enfants étaient debout en groupe, surveillés par deux soldats.

Le lieutenant Smith et un autre officier se sont longuement entretenus à voix basse, penchés l'un sur l'autre, et puis une controverse a semblé éclater entre eux, Smith faisant de grands gestes des bras comme s'il prenait à témoin tous les alentours, son interlocuteur répondant par de petits mouvements agressifs de son poing droit serré, son autre main enfoncée dans la poche de son manteau. Au sein du clan de Lichen réuni un peu plus loin, les désaccords paraissaient également aller bon train. De brusques éclats de voix flottaient dans les airs, suivis d'échanges plus discrets, sans que je ne puisse distinguer de quoi il était question. Deux Indiens qui gesticulaient depuis un moment se sont soudain jetés l'un sur l'autre et ont roulé sur le sol jusqu'à ce que des conscrits les empoignent au collet et les séparent sans ménagement. Deux autres sont allés à l'un des rochers, ont posé leur mousquet contre lui, crosse sur le sol, et se sont engagés dans le sous-bois sans que personne ne fasse mine de les retenir. Ils ne sont pas revenus.

Plusieurs des chasseurs de Lichen s'affairaient maintenant sur leur fusil, tripotaient leur cornet à poudre, véri-fiaient les chiens et les canons. Smith les a contemplés un moment, puis il a sorti une flasque de sa sacoche de selle ; après avoir bu une longue gorgée, il a remis le bouchon et l'a rangée à sa place pour s'en emparer quelques instants plus tard, boire encore et cette fois la garder à la main.

Les soldats ont fait se lever Charley et ses proches. Ils les ont conduits sur la berge où ils sont restés un moment, visiblement perplexes. Les éclaireurs indiens, parmi lesquels Lichen en personne, se sont approchés d'eux. Un échange s'est produit, puis Charley a été le seul à parler, tentant d'accompagner son discours de mouve-ments de ses mains liées. Les chasseurs ont reculé de quelques pas, porté leur mousquet à l'épaule. Il y avait deux tireurs pour chaque prisonnier, disposés de telle manière que l'un d'eux visait la tête et l'autre le cœur. Smith s'est avancé, a sorti Wasseton du groupe et l'a conduit jusqu'aux femmes.

J'ai vu la poudre prendre feu dans un éclair sous l'amorce, les panaches de fumée grise s'élever soudain sur fond d'arbres sombres. Une grande fleur rouge s'est ouverte sur le turban immaculé de Charley. C'est seulement lorsque les quatre hommes ont commencé à s'affaisser, leurs genoux se dérobant sous eux, que l'écho des détonations est parvenu jusqu'à l'endroit où je me tenais. Il a franchi la rivière et grimpé la colline comme un coup de vent brutal et cependant en retard sur ce que mes yeux m'avaient déjà appris. Lorsque la rapide succession de déflagrations m'a atteint, à peine plus sonore que huit branches sèches que l'on aurait cassées en deux, elle m'a semblé symboliser toute l'absurde brièveté de la vie, s'apparenter au souffle éphémère que nous produisons quand nous tombons dans l'abîme du temps, happés toujours plus vite par ses ténèbres.

IV
Au pays de la nuit

1

Une fois la Nation effacée de la carte, la terre désertée n'a même pas eu le temps de reprendre son souffle. Déjà, des géomètres officiels l'arpentaient et la mesuraient en prévision de la gigantesque vente aux enchères qui aurait lieu au printemps suivant. Dans un bureau de la capitale de l'État, quelqu'un mettait la dernière main au plan cadastral du chef-lieu de comté qui devrait éclore tout près du fort abandonné, là où le sol portait encore la trace du piétinement des captifs attendant d'être déportés à l'ouest. Occupants sans titre et partisans du fait accompli avaient commencé à se glisser sur cette carte encore vierge et ils m'avaient bien entendu trouvé sur place, moi et mon chapelet de comptoirs prêts à leur vendre tout ce dont ils avaient besoin et même ce qui leur était superflu à des prix exorbitants, justifiés par la distance que les marchandises devaient parcourir jusqu'ici mais aussi par l'absence de toute concurrence. Ayant agrandi tous mes postes de commerce, que j'appelais désormais «magasins généraux», je les ai pourvus de stocks les plus variés, conscient de ce que les temps n'étaient décidément plus au simple troc de peaux et de ginseng contre des fers de hache ou des coudées de coton bon marché. Parallèlement, j'avais entrepris d'acheter des terres comme si Dieu n'en créerait plus jamais de nouvelles, ce qui était en effet le cas puisque, autrement, nous n'aurions pas été forcés d'expulser autrui afin d'avoir un endroit à nous.

L'hiver qui a suivi le Transfert a été rude, avec beaucoup de neige qui bloquait souvent la porte de la maison d'hiver pendant des jours, tandis que le vent du nord hurlait sans relâche. Dans notre abri, Bear et moi étions cependant aussi au chaud que des pains mis à cuire sous la voûte d'un four en argile. Au cours de presque toutes nos conversations cette année-là, il n'a été question que de deuil, de terre et d'amour. Peut-être aurions-nous choisi d'autres sujets si nous avions su qu'il ne nous restait guère de lunes des glaces à passer ensemble à hiberner autour du feu. Le sens profond de l'existence humaine, la nature véritable de Dieu, ou que sais-je encore… Ou peut-être que non. Nous étions meurtris, et quand on se sent ainsi il est difficile de s'intéresser à quoi que ce soit d'autre. Nous étions encore sous le coup de ce qui était arrivé à Charley et à ses garçons, et du rôle que nous avions joué dans ce drame, un sujet si pénible que nous avions toujours du mal à l'aborder. Alors que je restais déchiré par l'absence de Claire, Bear continuait à brûler en vain pour Sara, claquemurée dans la cabane des femmes à seulement quelques pas de là. Je lui avais certes remontré que je remportais aisément la palme du plus malheureux des deux, puisque son aimée était si proche et la mienne si lointaine, mais il avait rétorqué que la distance physique n'avait aucune signification, que l'obstacle opposé par le temps et l'espace n'était rien comparé à celui d'un cœur sourd à toute supplique. De plus, il fallait ajouter à la somme de ses infortunes le fait que Sara avait récemment mis au monde un bébé dont il ne pouvait guère être le père, puisque le nourrisson avait la peau blanche et une touffe de cheveux roux. Très vite, le charmant bambin avait vu ses gencives roses s'orner de quatre dents pointues qu'il plantait avec la violence d'une tortue hargneuse dans la moindre extrémité se trouvant à portée de bouche même si, contrairement à l'implacable reptile, il était possible de lui faire lâcher prise en lui donnant une légère tape sur le sommet du crâne plutôt que d'avoir à attendre un coup de tonnerre saisissant.

Pendant ces tempêtes de neige, nous avons fait des rêves très marquants que nous nous sommes ensuite racontés en détail. Dans les miens, Claire n'apparaissait jamais en tant que telle : elle était une force qui, comme la gravitation ou le magnétisme d'un aimant, m'attirait à elle à travers des paysages variés, ou des couloirs qui n'étaient pas sans rappeler ceux de l'hôtel Indian Queen et du Capitole à Washington, une promesse que je cherchais sans jamais trouver. Les songes de Bear, au contraire, s'achevaient toujours dans un commerce charnel épanouissant et il se vantait, sans la moindre gêne, d'émissions séminales nocturnes aussi copieuses que celles d'un garçon de quatorze ans.

Il soutenait que si vous voulez savoir qui rêve de vous, il vous suffit de vous souvenir de ceux qui peuplent votre univers onirique, puisque le flot des rêves finit toujours par se réunir. Je ne demandais qu'à croire qu'il ait eu raison et que là-bas, dans cet Ouest inimaginable, Claire se réveillait presque chaque matin en serrant son oreiller entre ses bras, sa chemise de nuit trempée, et qu'elle passait ensuite la journée dans une nostalgie hantée qui ne la quittait pas jusqu'à l'heure du dîner.

Lorsque le thème de l'amour transi nous laissait épuisés, nous passions à celui de la terre. Dès que la perspective de la grande vente aux enchères avait été annoncée, Bear s'était penché sur la question et sur nos chances. Dans le silence de la maison d'hiver, j'ai voulu lui montrer la carte officielle de la région dans la version imprimée que je possédais. Si les cours d'eau y étaient aussi sinueux que dans la réalité, tout le reste apparaissait en rectangles et en carrés trop parfaits pour correspondre à cette géographie tortueuse et souvent verticale. Après l'avoir considérée une minute, Bear l'a enroulée à nouveau sur elle-même et s'est mis à tracer sa version sur le sol en terre qu'il a d'abord aplani de ses grandes paumes ; assis sur les talons, armé d'une pointe en bois taillée avec son couteau de chasse, il a longuement composé un entrelacs de rivières, de torrents et de chaînes montagneuses, en convoquant tous les souvenirs accumulés pendant une vie entière à parcourir ces contrées. Il procédait en partant du plus grand au plus petit, d'un fleuve à ses affluents puis aux plus modestes ruisseaux de montagne, avant d'arriver à la source. Des lignes épaisses ou minces, continues ou tronquées. Des endroits réels et des lieux mythiques comme la rivière aux sangsues démesurées ou le sommet du lézard géant… À la fin, presque tout le sol de la cabane était couvert de son essai géographique, qu'il a contemplé très longtemps avant de retourner prudemment devant le feu en prenant garde de ne pas marcher sur quelque donnée importante. Il a préparé du thé, rajouté quelques bûches, étudié encore son œuvre. Et ensuite, il a établi à haute voix le catalogue de tous les terrains qu'il voulait acquérir.

– Veille bien à ne pas laisser échapper cette ravine, ici, le Pas du Castor, a-t-il édicté en désignant quelques marques dans la poussière. C'est de la bonne terre. Et là, plus haut, le Saut du Merle. Et aussi le Torrent aux Élans, là, avec les rives de chaque côté jusqu'à ces premiers pics. Et encore tout ça, oui, les flancs de montagne autour du Chien pendu. Et les abords du Bassin des Bisons, également…

Et ainsi de suite. Quand il s'est arrêté, il avait défini un pays digne de ce nom, une patrie à l'image du monde de sa jeunesse, cet univers que nous habitons tous dans notre imagination. Une bonne étendue de terre arable, bien arrosée, et un grand territoire de chasse sur des hauteurs que les Blancs considéraient sans valeur. Combes, défilés et plateaux, zones escarpées et boisées qui, aux yeux de la plupart des hommes, n'ont d'autre utilité que de maintenir le monde en place. Le plan de Bear était d'effacer tout ce qu'il pouvait de l'œuvre du passé récent et de réunir à nouveau son peuple dans des collectivités. Les lendemains hostiles de la Révolution avaient éparpillé les siens dans les montagnes, les avaient essaimés le long de vallons isolés, ce qui n'était pas une vie normale, du moins pour des Indiens car les émigrés écossais semblaient pour leur part se satisfaire de cette existence d'ermites. Son nouvel univers serait évidemment de taille beaucoup plus réduite que l'ancien, puisque nous étions clairement incapables d'acheter trois ou quatre millions d'acres de terrain. Comme nous, Bear était prêt à se satisfaire de bien moins que ce qu'il aurait désiré car c'était toujours mieux que rien. La carte qu'il venait de tracer était son droit de propriété sur un modeste fragment de planète. Une revendication non pas personnelle, mais avancée au nom de son peuple.

Dans son esprit, le plus difficile était d'imaginer cette patrie rénovée, en faire l'acquisition ne constituant qu'une petite formalité dont il voulait bien me déléguer la charge. À croire qu'il lui suffisait de la concevoir pour que je puisse la faire exister.

Le commissaire-priseur était une poule de basse-cour dont le jabot et la bedaine formaient une sorte de proue surmontée par une toute petite tête, des yeux fixes et perçants et un grand nez taillé en bec. Si l'on peut dire que la volaille chante, il chantonnait les chiffres sur un rythme rapide tandis que nous enchérissions tous par des mouvements infimes de la main, du menton ou des paupières, ma technique consistant à tapoter ma joue de mon index à deux reprises. Ces signaux étaient tellement discrets et décisifs à la fois que la moitié des ivrognes présents se sont réveillés en sursaut et se sont demandé s'ils étaient ou non l'acheteur quand le maillet s'est abattu sur la table pour sceller la vente de la parcelle qui m'importait, huit cents acres de forêt pratiquement inaccessibles. Toute la salle a soupiré d'aise, car il s'agissait de la dernière terre mise aux enchères. Je suis monté sur l'estrade, j'ai signé les papiers correspondants et j'ai quitté la maison de justice.

J'ai descendu la rue principale à pas lents. Dans la lumière déclinante de l'après-midi, les bâtiments couverts de bardeaux, la chaussée boueuse et les trottoirs en planches paraissaient vieux de plusieurs décennies et pourtant cette petite ville de montagne était habitée depuis si peu de temps que son cimetière ne contenait qu'une poignée de pierres tombales émergeant de guingois de l'herbe haute, comme si la mort était un concept qui n'avait pas eu le temps de s'installer ici et ne s'était imposé jusque-là qu'à de rares malchanceux. L'artère déclinait jusqu'à la rivière, laissant les yeux se porter sur une ancienne maison communale indienne surélevée, dont les intempéries et les années avaient rogné la forme pyramidale pour ne laisser qu'une masse arrondie. Le village indien qui s'était étendu sur la berge n'était plus là depuis longtemps, brûlé de fond en comble par l'armée au temps de la Révolution. Un grand champ de maïs s'étendait à sa place, dont les jeunes pousses n'étaient guère plus qu'une brume verte au-dessus des sillons. Des années auparavant, lorsque j'étais passé par cette vallée pour la première fois, la maison communale était encore tenue par un vieil homme chargé d'y entretenir le feu. Je me rappelais avoir bu une infusion d'herbes avec lui devant le foyer, et mangé des pêches à peine mûres dont nous avions craché le noyau dans le trou laissé béant par l'un des piliers qui avait pourri et s'était effondré.

À l'hôtel, le bar était envahi par une foule de buveurs venus fêter la fin de l'interminable vente aux enchères. Il avait fallu près de deux mois pour disperser la partie de la Nation qui se trouvait sur le territoire de notre État. J'avais acheté tout ce que j'avais les moyens de payer, et même plus encore.

J'ai payé au comptoir une tasse de café et un petit verre de whisky écossais que j'ai emportés à une vaste table ronde entourée d'acheteurs. Dans un tapage de conversations croisées, ils étaient tous à dresser la liste de leurs acquisitions, à décrire leurs succès et leurs déconvenues dans cette compétition pour les meilleures terres, ne s'interrompant que pour vider de nouvelles tournées. Des rayons de lumière filtraient par les rideaux tirés, formant des échelles de Jacob dans la fumée épaisse des pipes et des cigares. Fatigué par la longue séance d'adjudication, je n'écoutais qu'à moitié. Lorsque chacun s'est lassé de se vanter de ses prouesses, l'un des présents a lancé :

— Mais nous n'avons pas eu un seul mot de Will, quand c'est tout de même lui qui a acheté plus que nous tous réunis !

— En superficie, certes, a rétorqué un autre, mais surtout ce dont personne ne voulait.

— Oui, beaucoup de piémont si raide que même un sanglier ne pourrait y tenir debout ! a persiflé un troisième.

— Combien avez-vous acquis, alors ?

— Exactement, je ne sais pas, ai-je répondu. J'ai eu ce qu'il me fallait.

— Mais combien ?

— En acres ?

— Bien entendu ! En quoi d'autre devrait-on mesurer ? On ne vend pas encore la terre au gallon, que je sache !

— C'est qu'il est terriblement cultivé, voyez-vous. Il boit le vin des Français et lit leurs livres, sans doute mesure-t-il ses terres en arpents... Ou bien il a tellement acheté que cela ne se compte qu'en lieues carrées !

— J'ai dit que je n'étais pas certain. Je n'ai pas encore fait le total.

— Hé, voilà quelqu'un qui a tant de terres qu'il ne prend plus la peine de les mesurer !

— Moi, je sais que c'est un sacré lopin qu'il a eu ! Là-bas, dans la vieille Europe, ils ont établi des pays sur moins que cela !

— Des duchés, en tout cas.

— Des principautés !

Quelqu'un m'a porté un toast moqueur : « Au Prince des fichus Indiens ! » Et un deuxième : « Au Duc de la Rocaille ! »

Les verres ont tinté. Tout le monde s'est joint à la libation, sauf un quidam qui observait la scène d'un air renfrogné et qui a dit : « Jackson a consacré toute sa vie à se débarrasser des Indiens et de leur damnée Nation, et voilà que Will essaie de la remettre en place ! Je ne boirai certainement pas à ça ! »

La tablée avait atteint le stade d'ébriété où il suffisait d'un rien pour que les pistolets ne surgissent de leurs étuis. C'était le moment où les hommes risquent de devenir dangereux si l'on ne les aiguille pas dans la bonne direction. À mon tour, j'ai proposé un toast, ni à l'ancienne Nation ni à la nouvelle, mais à l'inviolabilité de la propriété privée, une notion unanimement révérée et qui a reçu l'approbation générale.

Plus tard dans la soirée, j'ai regagné ma chambre et je me suis assis devant ma pile de documents. En recensant mes derniers achats et en les ajoutant à ce que je possédais déjà, j'ai découvert, non sans stupéfaction, que la somme s'établissait non pas en milliers, ni même en dizaines de milliers, mais en centaines de milliers d'hectares.

Des terrains des plus variés. Non pas tout ce que Bear avait voulu, mais néanmoins une immense étendue de chaînes montagneuses, de plateaux, de cours d'eau entiers avec leurs rives escarpées. L'argent que j'avais gagné à la faveur de mes activités commerciales et de mon office d'avocat y était parti jusqu'à la dernière pièce, et pourtant seule une faible partie de ces transactions étaient des ventes fermes, la plupart s'appuyant sur des lettres de crédit, des emprunts qui en couvraient d'autres, des chèques en blanc, des reconnaissances de dette endossées par des personnages peu fiables. Tout cela paraissait irréel, basé sur des montages financiers parfois tellement complexes que je n'en saisissais moi-même pas les détails tortueux. Mais n'empêche : lorsque j'ai quitté la ville le lendemain, les sacoches de mon cheval étaient bourrées de baux, de titres et de paperasserie foncière en tout genre. J'avais transformé la carte que Bear avait rêvée à voix haute en une cascade de promesses et d'engagements matérialisés dans tous ces feuillets griffonnés, qui eux-mêmes représentaient une réalité : une grande portion de montagnes dont la réalité, elle, n'était pas en cause.

Trois jours après la fin de la vente aux enchères, Bear et moi avons remonté le raidillon boueux qui menait à la cabane de Granny Squirrel. En contrebas, le torrent grossi par les pluies printanières éclaboussait les roches vertes. Bear avait revêtu sa plus belle chemise en daim, décorée à l'ancienne manière de franges et de perles rouges et blanches. Contredisant cette loi de la nature qui veut que le grand âge nous voûte et nous rapetisse, il demeurait droit, grand, mince, avançant en d'amples enjambées qui m'obligeaient à presser le pas pour rester à sa hauteur, de sorte que j'en étais tout essoufflé. Ses cheveux longs et raides flottaient librement sur ses épaules, à l'exception de quelques mèches qu'il avait réunies dans une tresse terminée par une boule d'ambre. Le fusil effilé qu'il portait négligemment sur l'avant-bras gauche était plus un accessoire qu'une arme, un détail qui ajoutait à sa prestance et qui le faisait se sentir encore jeune. Et il était important qu'il se voie ainsi, car nous étions venus ici au nom de l'amour.

Le gîte de Granny Squirrel n'était pas plus spacieux qu'un box de poulain, son toit aussi moussu que les pierres du ruisseau. Il était encastré au fond de la combe comme une tique logée loin dans les plis compliqués d'une oreille d'épagneul. Une formation de poulets mouchetés est passée en courant devant l'entrée. Des chapelets de piments rouges étaient pendus aux chevrons du porche, Granny Squirrel aimant sa soupe tellement épicée et relevée de sauge que personne d'autre ne pouvait l'avaler ; c'était d'ailleurs l'unique secret de sa longévité qu'elle acceptait de partager avec les autres.

Arrêté à un jet de pierre de la cabane, Bear a crié ses salutations. La vieille femme est sortie sur le perron, une main en visière sur ses yeux pour mieux voir qui étaient ses visiteurs. Elle nous a fait signe d'entrer en repliant vivement son index et son majeur.

Elle était en train de cuire des galettes de haricots, de sorte que la petite pièce sentait bon le feu de bois et la nourriture bientôt prête. Nous nous sommes assis devant l'âtre, les yeux sur les braises rougeoyantes. Le silence a régné pendant un long moment. Comme nombre de guérisseurs, Granny Squirrel avait l'habitude de se montrer distante, imprévisible, fière du savoir magique qui n'appartenait qu'à elle.

Les galettes prêtes, nous nous sommes hâtés de les retirer de leur enveloppe de paille humide, nous brûlant le palais dans notre précipitation. Après quelques rapides bouchées, Bear lui a exposé les raisons de notre visite. Il savait qu'elle pouvait écrire dans le syllabaire de Sequoyah et qu'elle tenait à jour une liste de ses formules dans un petit calepin dont elle avait fait l'emplette à mon comptoir. Plusieurs de ceux qui l'avaient consultée racontaient l'avoir vue en feuilleter les pages tout en se concentrant. Bear, qui n'avait jamais été une seule fois malade, se souciait peu de la partie médicale de ces recettes – moi non plus, car je continuais alors de jouir d'une excellente santé –, et donc nous n'attendions pas qu'elle nous divulgue certaines de ses notations intitulées «Quand le pissat ressemble à du lait», ou «Quand quelque chose amène quelque chose à le manger », ou « Quand une dent va tomber, comment la sortir »…

En revanche, nous étions prêts à payer tout ce qu'elle demanderait pour ses formules consacrées au mal d'amour. « Comment faire pour qu'une femme se languisse », « Se protéger des apparences trompeuses », « Les ramener à soi lorsqu'elles tournent le dos », etc. Nous avions besoin d'aide. Le cœur en peine, nous souffrions constamment, une douleur incessante, complète, inépuisable. Nous étions mutilés et nous attendions un remède. Bear avait le malheur d'aimer une femme intraitable ; pour ma part, il fallait qu'une force quelconque me ramène mon amour lointain, ou me libère du regret obsédant de l'avoir perdu.

– S'y prendre de cette façon vous reviendrait trop cher, a annoncé Granny Squirrel. Je n'aime pas beaucoup écrire, moi, et donc je demande beaucoup quand je le fais. Très, très cher. Mais je peux accomplir les formules sans que vous ayez à acheter mon carnet. Comment s'appellent-elles, ces femmes ?

Dès que j'ai balbutié le nom de Claire, la guérisseuse s'est gratté énergiquement la tête.

– C'est moi qui ai jeté le sort sur toi, pour commencer, et les miens sont du genre dont on ne se libère pas facilement. Je ne dis pas que tu es perdu, mais tu ne dois pas nourrir trop d'espoir.

Quand son tour est venu, Bear n'a même pas pris la peine de nommer la raison de ses tourments. Il a dit : « Ce travail ne sera pas facile. Et il va durer, durer. Je n'ai pas prévu de monter ici chaque semaine et de te payer pour chaque tentative. Mon point de vue, c'est que je peux embaucher quelqu'un pour labourer mon champ de maïs tous les printemps, ou bien acheter un nouveau lopin tous les ans. C'est ce que j'ai l'intention de faire. »

Attrapant une vieille besace à amorces, il en a sorti une grosse poignée de pièces en argent qu'il a étalées sur la table du bout d'un doigt en un arc-en-ciel scintillant. Puis il m'a décoché un coup de coude et j'ai à mon tour posé sur la table d'autres espèces sonnantes et trébuchantes, ainsi qu'une épaisse liasse de billets de banque.

– Pas de papier, a prévenu la grand-mère ; je m'en passe, du papier.

Mais sa main courbée a vite balayé les pièces jusqu'au coin de la table, les faisant tomber en pluie dans son giron. Elle a poursuivi :

– Vous comprenez que cela revient peut-être à acheter une serrure sans sa clé, n'est-ce pas ? Des fois, les mots ne suffisent pas, même quand ils sont écrits.

Nous avons redescendu la ravine. Je portais le fusil, maintenant, tandis que Bear tenait le petit carnet dans sa main comme si c'était un charbon ardent qu'il venait de sortir du foyer.

Les formules qui le concernaient occupaient plusieurs pages. Je les lui ai lues une par une et il les a répétées après moi. « Qu'elle soit seule parmi les solitaires », « Puisse-t-elle être triste », « Avec moi personne ne se sent seul », « Je ne serai jamais triste », etc. Ensuite, il a accompli les rites qui étaient censés les accompagner, l'un d'eux nécessitant des échardes prélevées sur un tsuga frappé par la foudre. Le plus renversant, c'est que ces sortilèges ont eu un effet presque immédiat : revenue vers lui, Sara a bientôt recommencé à lui accorder ses faveurs, fréquemment et avec passion. Cela a duré ainsi tout le printemps, et l'été, et l'automne. Il ne dormait plus à la maison communale, n'y venant que pendant la journée pour s'y reposer et reprendre des forces avant de réitérer ses prouesses sexuelles, passant l'après-midi devant le feu à siroter de la tisane de ginseng, son raisonnement étant que si cette décoction pouvait opérer des merveilles sur un braquemart chinois, elle devrait aussi convenir au sien. Tout le temps que les feuilles ont vécu, des bourgeons pâles du printemps aux tourbillons bruns s'envolant dans le bleu profond d'un ciel d'octobre, il ne s'est pas éloigné du village, fatigué mais comblé, jusqu'à ce que la première neige de l'année marque la fin du désir chez Sara. Leur relation a retrouvé sa froideur glaciale d'antan. Finis pour lui, les festins d'amour.

Il a essayé de l'attendrir par de petits présents, fagots de branches de pin odorantes, colliers en perles de pacotille, boucles d'oreilles en argent, un cuissot de chevreuil… Elle ne lui a rien donné en retour.

Et quand il a cherché à mettre à nouveau en application les formules de Granny Squirrel, elles ont toutes échoué.

Un jour de novembre, alors que nous étions assis autour d'une bonne flambée, il s'est longuement plaint d'être privé des plaisirs infinis que Sara était capable de dispenser, évoquant avec nostalgie leurs nuits inoubliables de l'automne.

« Été indien », ai-je remarqué en croyant être drôle, mais il ne connaissait pas l'expression et même quand je la lui ai expliquée, il n'a pas vraiment apprécié le jeu de mots. L'ironie n'a jamais été son fort, à ce cher vieux Bear.

Quant à moi, ma vie érotique au cours des mois suivant la visite à la devineresse s'est bornée exclusivement à des exercices de télépathie unilatérale qui selon Granny Squirrel donnaient parfois des résultats satisfaisants, et parfois non. Triste, mais vrai. Je ne pouvais pas vraiment savoir, n'est-ce pas ? C'était comme tant de choses dans la vie : pratiquement sans espoir, et pourtant il faut continuer à essayer…

Ce travail de volonté consistait à projeter mes pensées en direction de l'ouest, envoyant ainsi à Claire des messages simples et brefs : Viens à moi ; viens à moi ; m'entends-tu ? Est-ce que tu m'entends ? Ressasser ces mots en moi-même tout au long de la journée jusqu'à ce qu'ils s'expriment d'eux-mêmes, que j'aie été éveillé ou endormi, tel un bourdonnement d'oreilles incessant, un appel confus qui franchirait la distance incompréhensible et peuplée de fantômes qui s'étendait désormais entre nous. Viens à moi.

Mais Claire n'est pas venue, malgré tous mes appels, et j'ai fini par tellement désespérer que je suis retourné voir Granny Squirrel. Elle a prescrit diverses potions d'herbe, des immersions dans la rivière et des frictions de la poitrine et des bras avec des plumes de dinde effilées jusqu'à ce que le sang coule. J'ai appliqué ces remèdes les uns après les autres, puis tous à la fois. Claire n'est toujours pas apparue, et je restais prisonnier de mon désir pour elle. En dernier recours, peu avant l'arrivée de l'hiver, la vieille guérisseuse m'a recommandé de chercher entre les roches d'un cours d'eau l'un de ces amas de fétus de paille, de feuilles déchiquetées et d'insectes morts que le courant modèle comme un nid d'oiseau, de le mettre à bouillir dans une marmite et de boire cette décoction quatre jours durant, à l'exclusion de toute autre boisson et de tout aliment. Le seul résultat a été que je me suis vidé par le haut et par le bas en des spasmes affreusement douloureux. Devant ce nouvel échec, elle a estimé que je devrais peut-être en venir à jeter un sort, moi aussi, un apprenti sorcier, et travailler sans relâche dans mes propres intérêts. Mais lorsqu'elle a pris deux boules de verre entre ses doigts et les a laissées rouler l'une contre l'autre, leur giration a clairement indiqué que je n'avais pas les aptitudes ou qualifications requises pour cela. Elle n'a pas précisé de quels attributs il s'agissait : j'en étais privé, voilà tout. Elle m'a conseillé de me préparer mentalement à l'échec.

Deux jours plus tard, la diligence est arrivée chez nous, ses rideaux presque raidis par la glace fondue qui venait de se mettre à tomber, les rayons de ses roues étroites maculés de boue rouge. Je suis sorti dans la rue. Le conducteur m'a remis une lettre de Claire salie par des mois sur la route, qu'il a sortie d'un recoin humide en la tenant dans ses gants mouillés. J'ai fait sauter le sceau en restant sous la pluie. Elle était datée des environs de l'équinoxe mais ne m'était parvenue que maintenant, au solstice d'hiver. Je l'ai parcourue tandis que les gouttes tombaient sur la feuille. Elle ressemblait aux rares lettres que j'avais reçues d'elle depuis le temps du Transfert, neutre et distante comme si je n'avais été qu'une vague connaissance. «Comment allez-vous? Moi très bien.» Le nouveau territoire de la Nation était moins plat qu'elle ne l'avait pensé; la maison de planteur, bâtie exactement selon les mêmes plans que la précédente, était presque terminée et Featherstone voulait absolument l'appeler aussi Cranshaw. Et ainsi de suite. Pas une seule évocation d'un souvenir sacré, pas une seule mention que je lui manquais.

Après, il y a eu une lettre tous les mois, à peu près, puis une par saison, toujours plus évasives et succinctes, au point que j'ai fini par redouter leur arrivée. Dans mon dernier courrier, je lui suggérais que si elle tenait tant à s'éloigner de moi, elle pourrait peut-être se mettre à écrire en caractères de plus en plus petits, jusqu'au point où je ne serais plus en mesure de déchiffrer ses mots, même avec l'aide d'une loupe, et où elle aurait alors disparu.

2

Le premier des nombreux journalistes à nous fondre dessus est apparu l'été suivant. C'était un grand Yankee maigrelet à la tête couverte d'une tignasse sombre et bouclée, dont le costume noir était usé aux coudes, aux poignets et aux fesses. Il n'avait même pas de lettres de recommandation. Il écrivait un reportage sur les montagnes du Sud pour une revue dont je n'avais jamais entendu parler ; mensuelle ou trimestrielle, je ne sais plus. À ses yeux, nous n'étions rien de plus qu'une halte d'une journée dans son périple et peut-être quelques paragraphes dans son article à venir, et c'était tant mieux pour nous – par « nous », j'entends Bear et moi – car nous n'étions aucunement prêts à répondre à des questions concernant Charley, les circonstances de sa mort ou les raisons pour lesquelles nous avions pu continuer à vivre sur nos terres au lieu d'être transférés à l'ouest.

Je lui ai raconté comment les riches Indiens de la Nation avaient considéré Bear et ses gens comme des animaux dotés de noms et comment, par une série de démarches légales, de traités et d'événements trop compliquée et trop dominée par l'ironie du hasard pour être facilement expliquée, la communauté de Bear, de tous les clans à avoir survécu, était celle qui avait gardé la plus grande pureté de sang et les attaches les plus solides aux anciennes traditions, des gens pour lesquels la notion de propriété privée n'avait pas de sens et qui étaient restés sourds aux prêches de toutes les sectes de missionnaires aventurées dans ces parages, baptistes, quakers ou autres, puisqu'ils n'avaient même pas de mots dans leur langue qui correspondent aux concepts de péché, de repentir, de grâce, de paradis et d'enfer, de damnation et de salut, comment ces gens, donc, en étaient arrivés à habiter en dehors du territoire de la Nation et sur des terres qu'ils possédaient légalement. Bear avait créé un monde à sa façon dans ce petit recoin de terre, blotti contre une majestueuse chaîne de montagnes trop sauvages pour appartenir à quiconque. Les ressortissants de la Nation n'avaient pas besoin de titres de propriété, eux, puisque les coutumes et les lois nouvelles voulaient que la terre reste communale. Mais Bear avait tous ces papiers, lui, et n'eût été l'importance que les Blancs leur accordaient, il les tenait pour si peu qu'il s'en serait volontiers servi pour allumer son feu ou se torcher le derrière… Bref, je l'ai étourdi de paroles dans l'espoir de laisser l'affaire de Charley dans l'ombre, car sa mort brutale continuait à me troubler grandement, de même qu'elle assombrissait toujours les pensées de Bear. Et je me suis réfugié derrière les difficultés de traduction pour détourner les questions qui lui étaient directement posées à ce sujet.

Après le départ du journaliste venu du Nord, cependant, Bear et moi avons convenu que les atermoiements et les sornettes ne pourraient pas servir indéfiniment, surtout lorsqu'il rejoindrait le Pays de la Nuit et que je resterais seul face à tous, une perspective à laquelle il fallait se préparer vu son âge avancé. Et c'est ainsi que nous avons passé une nuit entière à décider comment raconter Charley aux générations à venir. Non l'histoire de cet homme mais « une » histoire, puisque c'était à cela que le drame finirait par se résumer avec ou sans notre aide, à un récit flattant les imaginations. J'avais déjà vu comment un tel processus se développait en fréquentant Crockett, en constatant à quel point il était devenu un personnage à peine reconnaissable dans les écrits qui lui étaient consacrés, tantôt idéalisé, tantôt vilipendé. De la même façon, les dernières heures de Charley allaient acquérir un sens et une résonance, au lieu de rester cantonnées à la confusion habituelle de l'existence humaine, cette succession de mauvais coups du sort qui finit par devenir indéchiffrable. Et c'est pourquoi nous avons conclu qu'il valait mieux prendre les devants en racontant sa geste, plutôt que de laisser ce soin à quelqu'un d'autre. Grâce à mes lectures et à mes résumés de Thucydide, Hérodote ou César, et grâce aussi à son expérience personnelle avec le Vieil Opossum, Bear avait suffisamment appris sur la manière dont l'histoire s'écrit pour conclure que ce sont généralement les vainqueurs qui ont le privilège de forger les récits, et qu'ils disposent de plus d'une grande latitude en ce qui concerne le respect des faits réels, leur interprétation, voire même leur grossière distorsion.

Autour du feu de la maison commune, donc, nous sommes restés éveillés toute la nuit, moi buvant un peu et Bear pas du tout car il traversait alors l'une de ses phases de tempérance. Nous nous sommes conté différentes versions de la fin de Charley pour voir à quel point elles paraissaient plausibles. J'avais tendance à trop broder, à encombrer le récit d'un fatras de considérations politiques et de machinations imaginaires. En tant que narrateur, j'étais encore trop préoccupé par le «pourquoi» derrière les actes de chacun, alors que c'est avant tout le «comment» qui compte. Et donc c'est Bear, évidemment, qui a eu la brillante idée de laisser les faits tels qu'ils s'étaient déroulés, de suivre l'histoire point par point mais de la renverser tête en bas dans sa conclusion: ce serait Charley qui allait se sacrifier pour le bien de son peuple, non le contraire. Rien d'autre n'avait besoin d'être modifié. Charley avait choisi de capituler en échange de la promesse que le reste d'entre nous serait autorisé à demeurer là où nous vivions. Le récit n'en devenait que meilleur et c'était mieux pour la mémoire de Charley, également.

– Il sera comme votre Jésus, a observé Bear.

Un peu avant l'aube, il a raconté sa version de Charley du début à la fin, en polissant avec maestria les aspects les plus héroïques et tragiques. C'était tellement parfait que le seul ajout auquel j'ai pu penser était une touche discrète de «*Toi aussi, Brutus ?*» au moment précédant la fusillade, une contribution certes modeste mais dont je reste très fier et que les journalistes ont par la suite gobée avec délectation. Le regard fixé sur Lichen, le chef du peloton d'exécution, Charley s'exclame : «Nous avons toujours été comme deux frères et cependant tu me traites ainsi ?» Lichen se contente de hocher la tête, puis la scène continue sans autre fioriture littéraire, on bande les yeux des condamnés, les coups de feu éclatent... *The End*.

Lorsque nous avons expérimenté le récit sur le principal intéressé, Lichen l'a apprécié au point qu'il s'est presque convaincu que tout s'était passé de cette façon. «Comme des frères, nous l'étions», a-t-il répété gravement.

Pendant toute cette période, nos journées étaient entièrement occupées à recréer un monde enfui dans les limites de notre territoire en pleine expansion. L'ancienne organisation clanique n'était plus que l'ombre d'elle-même, c'est-à-dire que la plupart des gens auraient pu se rappeler à quel clan ils avaient appartenu si cette identité avait eu encore quelque signification, et c'est donc avec le plus grand enthousiasme qu'ils ont accueilli la proposition de Bear de nous organiser en communautés portant le nom des tribus de jadis, chacune dotée de sa petite maison communale où les questions relatives à la vie sociale seraient réglées au consensus plutôt que selon le système majoritaire, lequel avait ma préférence. Celle précédemment construite par Bear serait agrandie et accueillerait des délibérations à plus vaste échelle.

Bear était persuadé que remettre le monde en ordre

autour de nous aurait pour conséquence naturelle d'entraîner chacun de nous à s'améliorer, et qu'au final, dans un avenir lointain mais radieux, nous évoluerions tous dans un univers peuplé par des saints. Qui aurait eu le front d'affirmer qu'il avait tort ? Certainement pas moi, du moins pas à haute voix. Tout en procédant à la rénovation et à l'extension de la maison communale, j'ai suggéré que l'ajout d'une école et d'une église ne pourrait nous faire du mal, contribuant utilement à nos relations avec le reste du monde. Ces nouveaux bâtiments passés à la chaux étaient en tous points identiques, sinon que l'église était coiffée à l'un de ses pignons d'une timide tentative de clocher. Je me suis empressé de faire venir un instituteur et un prêtre, deux garçons de Baltimore qui se ressemblaient comme deux gouttes d'eau et n'avaient rien trouvé de mieux que d'échouer dans ce trou du cul de la Création où ils ne seraient guère plus que nourris et logés, ou plutôt forcés de cohabiter dans une cabane en rondins si petite qu'ils devraient partager le même lit de sangles. Comme ils étaient pratiquement de la même taille, ils avaient aussi leur garde-robe en commun, trois complets noirs qui ne se distinguaient que par leur degré d'usure.

Les feux de cuisine étant une triste constante de la vie quotidienne, Bear et moi avons également constitué un corps de pompiers volontaires dans le village principal. Mais il était hors de question pour lui d'imaginer des policiers parmi nous, parce qu'il disait avoir une trop haute opinion de son peuple pour penser que des forces de l'ordre seraient nécessaires. C'est aussi à moi, entièrement, que revient l'idée d'avoir transformé toute une étagère de livres dans mon magasin en premier fonds d'une bibliothèque de prêt où chacun pouvait emprunter gratuitement un ouvrage jusqu'à la pleine lune suivante. La vision de Bear exigeant des revenus non négligeables, nous avons lancé plusieurs activités lucratives, parmi lesquelles un moulin à grains, une forge, une sellerie, un atelier de fabrication de roues et de barriques, et ce jusqu'à une armurerie ou une boutique proposant de belles pièces d'artisanat dues aux femmes du village, paniers, vêtements tissés et autres. En l'espace d'un an, nous avons édifié une ville entière fondée sur une abstraction de l'essentiel, un chapelet de bâtisses en bois ou en torchis de part et d'autre de l'artère que j'ai pompeusement baptisée «Grand-Rue».

Tout se déroulait selon nos plans. Réunions de conseil et danses sacrées se succédaient dans les maisons communales. Les enfants apprenaient à lire et à tracer les cryptogrammes. Certains villageois allaient écouter les sermons et entonner des hymnes méthodistes avec ferveur, certes, mais souvent en ne connaissant les textes que phonétiquement. Grâce à nos nouvelles entreprises, la communauté avait maintenant plus d'argent, ce qui est presque toujours positif. Chacun recevait sa part, moi y compris. Par infimes paliers successifs, notre existence s'améliorait.

Ainsi que nous nous y étions attendus, Bear et moi, les échotiers et les auteurs ont continué à surgir chez nous. Nous représentions une histoire trop atypique pour qu'ils s'en lassent. Dans leurs articles et leurs livres, ils évoquaient les derniers vestiges d'une tradition exotique, l'extension affolante de nos terres, la résolution d'un vieux chef indien et de son fils blanc à se dresser face aux forces du progrès et aux souhaits du gouvernement. Si les premiers écrivains-voyageurs avaient été une distraction bienvenue, ils avaient vite perdu de leur attrait pour devenir ni plus ni moins qu'une tracasserie, et avec le cinquième ou sixième j'avais fini par ne plus leur accorder le moindre crédit, me bornant à inventer des réponses à leurs questions suivant mon humeur du moment. Quant à Bear, il se comportait exactement comme le chat de la maison qui disparaît à l'arrivée de visiteurs pour sortir de sa cachette dès qu'ils sont repartis.

À l'un de ces écrivaillons, j'ai certifié le plus sérieusement du monde que nos champs étaient tellement pentus que nous plantions notre maïs en tirant les graines à la carabine et que nous avions dû développer une nouvelle race de mules dont les pattes étaient plus courtes d'un côté afin de pouvoir tirer une charrue sans perdre l'équilibre. Quand il m'a demandé comment nous descendions nos récoltes de ces pentes quasi verticales, j'ai répondu : « Dans des cruches. » Comme il semblait me croire, j'ai poursuivi en soutenant que toutes les églises de cette région, à part notre communauté indienne, conduisaient leurs offices de bout en bout dans le « parler en langues nouvelles », ou bien en « saisissant des serpents » ainsi que l'avait recommandé Jésus. Je dois dire que mon interlocuteur et moi-même avions quelque peu forcé sur le scotch, à ce stade, mais il n'empêche que ces déclarations ont été publiées telles quelles dans un périodique national réputé, au milieu des descriptions incontournables de la mystérieuse beauté et de la sauvagerie de nos montagnes.

De nombreux ministres-officiants du comté voisin ont été bien entendu indignés en lisant l'article, toutes sectes confondues, et le prêtre épiscopalien est allé jusqu'à m'apostropher du haut de son pupitre. Dans une lettre ouverte adressée à moi, le rédacteur en chef d'une gazette locale m'a accusé d'avoir attiré la honte sur toutes nos contrées et non seulement sur leurs hommes de Dieu. Bref, c'était à qui pousserait les cris les plus outragés mais cela ne m'a guère impressionné, d'abord parce que certains prédicateurs semblent ne jamais vouloir décolérer, ensuite parce que le journal en question soutenait le parti opposé au mien ; et en ce qui concernait le pasteur épiscopalien, j'avais toujours estimé qu'il est plus convenable de prier debout qu'à genoux, puisque Dieu attend visiblement de nous que nous gardions l'échine droite et un maintien assuré dans tous les autres aspects de l'existence. Sans tarder, j'ai rédigé une réponse cinglante à la fameuse lettre ouverte, constatant qu'il était regrettable et cependant indéniable que d'aucuns, en majorité des nouveaux venus dans notre beau pays, soient dans l'incapacité d'apprécier la subtilité de notre humour, et que ce manque de goût ne suffisait pas à me convaincre de la nécessité de présenter des excuses.

Pour preuve que cette levée de boucliers ne m'avait pas du tout intimidé, j'ai certifié au premier scribouillard apparu peu après que Hog Bite (Morsure de sanglier), que nous venions de voir percer la terre de son jardin avec un bâton afin d'y installer des plants de potiron alors que nous passions devant chez lui, était en réalité occupé à accomplir un rite secret capable d'affecter le climat de la planète entière. Chaque trou qu'il creusait, chaque marque qu'il laissait avec son pieu magique avait d'énormes conséquences, et s'il se produisait un typhon à Calcutta, ou si la sécheresse ravageait l'Italie, c'était au dénommé Hog Bite qu'il fallait s'en prendre. Ces fariboles ont été à leur tour immortalisées dans les colonnes de l'un de nos mensuels les plus prestigieux, puis reprises par un journaliste d'une revue trimestrielle presque aussi respectée. Et c'est ainsi que Hog Bite, devenu pour un temps célèbre, du moins pour nos visiteurs les plus cultivés, s'est mis à exiger jusqu'à des vingt *cents* pour répéter devant eux la cérémonie des bouleversements climatiques.

Il y avait évidemment des auteurs que je prenais au sérieux : ceux qui pouvaient nous être utiles, et ceux qui étaient trop malins pour se laisser abuser. Je n'en donnerai qu'un exemple bien représentatif, un certain Langham, qui s'était spécialisé dans les récits de voyages en montagne et avait rapporté de l'une de ses expéditions en

Europe un livre intitulé *À pied dans les hauteurs, les Alpes et les Pyrénées avec un havresac et un bâton de marche*, ouvrage ayant rencontré un certain succès et que j'avais même peut-être lu. Mais plusieurs années s'étaient écoulées depuis sa parution et il avait dû reprendre le chemin des alpages même s'il avait perdu le goût de ces équipées éprouvantes. Arrivé de Charleston à cheval, il avait l'intention de suivre la chaîne de montagnes aussi loin au nord qu'il le pourrait. Il se déplaçait seul, sans guide mais avec toute une liasse de lettres d'introduction, dont une de Calhoun.

Le lendemain matin, donc, j'ai sellé Waverley afin d'accompagner Langham dans un petit tour de la région. C'était quelques années après la période sombre du Transfert ; Waverley était devenu un digne et vieux cheval presque sourd, des poils argentés sur son museau et dans sa crinière, les os des hanches anguleux sous la peau, mais il restait vif et toujours désireux de bondir en avant, de sorte que j'ai dû lui raccourcir la bride lorsque nous avons entrepris notre promenade. Après un passage à l'ancien comptoir de commerce, berceau de mon expérience et source première de toute notre prospérité, nous sommes allés à Wayah où j'ai montré nos nouvelles activités à mon hôte, des Indiens assemblant des douelles, fendant des bardeaux, tannant des peaux, voire même, pour les plus experts d'entre eux, forgeant des socs de charrue ou des mécanismes de fusil très complexes. Les forgerons abattaient en rythme leur marteau sur le fer rouge, l'atelier de bijouterie produisait des boucles d'oreilles et des pendentifs en argent d'assez bonne qualité, celui de tissage proposait des vêtements solides en laine venue de nos petits moutons de montagne, passée au fuseau et tissée à la main. Et il y avait aussi les femmes aux doigts agiles qui entrelaçaient des lanières d'écorce de chêne jusqu'à former des paniers de toute taille et de toute forme. Comme nous avions trouvé un marché à tous ces produits dans les villes avoisinantes mais aussi à Charleston et même à Philadelphie, le village était devenu le principal centre d'artisanat et de commerce à l'ouest des massifs montagneux, ce que j'ai souligné à l'intention de Langham tout en me rappelant qu'à chacun de mes voyages j'étais tombé sur un magasin, une taverne ou un hôtel qui s'enorgueillissaient d'être « sans égal entre Washington et La Nouvelle-Orléans ». Bien entendu, je lui ai également fait visiter l'école et l'église, et j'ai mentionné la société de tempérance que Bear avait fondée lorsqu'il en était venu à redouter que « l'eau de feu » ne réduise les êtres de toute race et de toute origine à un état d'abjecte dégradation et de violence aveugle.

Pour ce qui était de Bear lui-même, je me suis borné à lui faire exécuter une apparition aussi théâtrale que brève. Il était entré dans sa phase de déclin.

Le lendemain, une partie de jeu de balle a été organisée en l'honneur du visiteur, à laquelle j'ai pris part pendant un moment et dont la description dans le livre qu'il allait publier par la suite, *Les Alleghenies à cheval*, devait s'avérer plutôt pertinente. Les joueurs étaient pratiquement nus, ayant seulement revêtu un pagne en peau graisseuse tellement court qu'il aurait à peine couvert une couvée d'œufs. Certains d'entre eux avaient certes un bandeau ou un foulard sur la tête, ce qui était idiot car ils donnaient ainsi prise à leurs adversaires. Les règles du jeu étaient des plus simples : il s'agissait d'abord de prendre possession de la petite balle en cuir de chevreuil avec son bâton, soit en l'attrapant dans le filet, soit en la soulevant du sol ; une fois saisie, on devait lâcher le bâton – ou le jeter à la tête du poursuivant le plus proche – et détaler à toutes jambes en direction de l'un des buts avant d'être plaqué à terre avec une brutalité sans borne, car toutes les formes de violence étaient autorisées à l'exception de griffer, ce qui n'était pas vraiment interdit mais jugé peu viril et donc méprisé ; quant à faire tomber l'attaquant en l'agrippant par son pagne et en exposant ainsi son anatomie la plus intime, c'était un excès qui n'était pas encouragé et qui cependant provoquait à chaque fois la plus vive hilarité parmi les spectateurs et les joueurs.

Les équipes se sont avancées l'une vers l'autre sur le terrain en se traitant mutuellement d'eunuques et de lièvres à la couardise sans précédent. Lançant des cris de guerre, ils ont tous brandi leur crosse comme s'ils se disposaient à s'entre-tuer avec, et c'est en effet l'impression qu'ils ont donnée dès que la balle a été jetée en l'air et qu'ils ont tous tenté de la dévier de sa course. Tombée au sol, elle a été l'enjeu d'une lutte aussi farouche que désordonnée. Une balle à peine plus grosse qu'une noix entourée d'une mêlée d'hommes et de bâtons : il n'était pas étonnant que le public ne puisse rien voir à ce qui se passait jusqu'à ce qu'un joueur se libère soudain du maelström, son trophée sous le bras.

Il y a eu des collisions en pleine course, des chutes monumentales, le son des épidermes claquant l'un contre l'autre et, plus profond, celui de masses de chair, d'os et d'organes se rencontrant brutalement. Ils s'entassaient par terre, continuaient à se bagarrer alors que la balle était déjà passée à un autre attaquant qui était à son tour plaqué de tout son long, si bien que trois ou quatre de ces rixes confuses pouvaient se mener simultanément sur le terrain sans que le but ultime de marquer un point ne garde la moindre importance à leurs yeux. La balle était tellement petite que l'on pouvait la fourrer dans sa bouche et c'était ce que certains faisaient avant de se précipiter au but et de l'extirper avec leurs doigts, levant bien haut la boule luisante de salive sous les acclamations de leurs supporters.

C'était un sport où les arbitres étaient munis de longues baguettes avec lesquelles ils cinglaient volontiers les joueurs qui semblaient le mériter, couvrant de stries rouges deux adversaires qui s'étaient trop attardés à lutter au sol ou tapant aveuglément dans le tas lorsque les deux équipes ne formaient plus qu'une pyramide gla-pissante dont la base devait seulement espérer qu'elle ne finisse pas étouffée.

Nos visiteurs écrivains trouvaient invariablement ce spectacle charmant et Langham n'a pas fait exception. Ce jour-là, j'ai plutôt bien tenu mon rôle, déployant une incontestable dextérité avec mon bâton même si je ne pouvais pas rivaliser de vitesse avec les joueurs plus jeunes quand il fallait courir après la balle. À la fin de la partie, j'avais quelques plaies mineures aux mollets et aux avant-bras, ainsi qu'une balafre qui courait de ma tempe à mon menton. Nul doute que je souriais béa-tement, aussi, encore sous le coup de l'excitation du jeu bien que mon équipe ait perdu.

Le jour suivant étant un dimanche, j'ai emmené Langham à l'église, où nous avons tous chanté les louanges du Rédempteur avec la solennité de diacres. Comme tout l'office a eu lieu en langue cherokee, j'ai servi de traducteur à mon hôte, penché sur son ombre dans la travée pour lui chuchoter à l'oreille les paroles des hymnes et le contenu des sermons. Il a été fort impressionné par les talents oratoires et poétiques déployés dans la petite nef.

Nous nous sommes séparés en amis et quand son livre a été publié je me rappelle avoir été agréablement surpris par le chapitre consacré à Wayah, écrit d'une plume empreinte de bienveillance. Il y répétait l'histoire de Charley exactement telle que je la lui avais rapportée, décrivait le village et ses cultures sous l'angle d'une expé-rimentation sociale riche d'enseignements, présentait Bear comme une figure d'un autre temps, digne d'avoir un jour son buste coulé dans le bronze. Il notait – avec raison – que j'étais occupé à accroître nos biens fonciers à une cadence frénétique, notamment dans les zones qui avaient jadis appartenu au territoire de la Nation. D'où venait l'argent, il n'aurait su le dire, mais il était clair que mes propriétés étaient déjà considérables et que je n'avais pas l'air de vouloir mettre un frein à cette expansion.

Mais il allait plus loin dans ses réflexions, malheureusement. Ma vie jusqu'à ce point, écrivait-il, était l'exact opposé d'un récit de captivité classique. Alors qu'au siècle précédent Mary Rowlandson et bien d'autres encore avaient été enlevés par les Indiens, leurs familles décimées et eux-mêmes entraînés au sein d'une nature sauvage et terrifiante, j'avais été pour ma part expulsé du monde civilisé par mes proches, alors que mes parents étaient déjà morts et que j'avais expérimenté la terreur depuis bien longtemps. Et au lieu de souhaiter être délivré un jour et rendu à mon existence antérieure, j'avais décidé de faire de cet environnement hostile et inconnu mon nouveau foyer.

Vers la fin du chapitre, Langham mentionnait une remarque de Calhoun à mon propos. Apparemment, celui-ci lui avait confié que même si j'avais les moyens financiers de vivre où je voulais, je ne me sentais pas à mon aise loin de nos montagnes et je n'étais capable que de mener des incursions de courte durée dans le vaste monde, quelques mois tout au plus après lesquels je commençais à être saisi d'accès d'angoisse et de panique qui ne se dissipaient qu'une fois de retour à l'isolement de ma vigie dans les vastes forêts.

Les dernières lignes du chapitre sont à peu près les suivantes, car je cite de mémoire :

« Et cependant, en le voyant évoluer dans ce contexte qu'il a fait sien, on serait en peine de dire ce qu'il représente pour ces gens qui l'entourent. Sans doute affirment-ils le tenir pour un conseiller, un guide, un gardien de leurs intérêts, un protecteur juridique, un ami, mais il semble exister "parmi" eux plutôt qu'être l'un des leurs. Bien que ce soit avec eux qu'il ait atteint l'âge adulte, on ressent en lui une solitude poignante, l'impression qu'il n'est de nulle part, ni d'ici, ni d'ailleurs. »

3

Plusieurs années durant, l'argent est entré à flots qui semblaient ne devoir jamais se tarir. Les magasins généraux se multipliaient, et les transactions immobilières, et les investissements. Je continuais à pratiquer le droit, aussi, mais uniquement dans des affaires de droit foncier.

Je me suis construit une belle maison, non dans le style de la grandiose résidence de Featherstone à Cranshaw mais plutôt dans celui de la retraite bucolique de Thomas Jefferson en Virginie, Poplar Forest, que j'avais visitée lors de l'un de mes voyages à Washington. Le vieux génie disparu depuis plusieurs années, la jolie petite maison d'été était occupée par une famille qui consacrait tout son temps à se plaindre de son inconfort et avait entrepris de murer l'une après l'autre ses hautes fenêtres, de sorte qu'elle commençait à ressembler à un fortin. Ouvertement influencée par celle du grand homme, ma demeure devait être un peu plus vaste, construite en roche de rivière, non en briques, avec des huisseries et des galeries certes plus pratiques. J'en ai dessiné les plans moi-même puis, pendant une année entière, une escouade d'ouvriers se sont appliqués à tailler et à rapporter des pierres dans un périmètre de dix lieues à la ronde, à édifier des barrières en bois d'acacia et à fendre les bardeaux de toit. Des pâtures ont été défrichées, des souches d'arbre arrachées à la terre par des bœufs attelés comme s'il s'agissait d'énormes molaires, l'humus de l'ancien sous-bois semé de gazon. Une écurie a été édifiée pour Waverley et les beaux chevaux de selle que je comptais abriter dans sa douzaine de stalles, ainsi qu'un chenil destiné à ma petite meute d'excellents chiens de chasse. Un potager aux carrés de légumes, d'herbes aromatiques et de fleurs artistiquement alternés s'est bientôt étendu non loin d'un bassin que j'ai peuplé de truites et de perches, afin d'avoir toujours sous la main de quoi préparer une bonne friture. Un tailleur de pierre a consacré toute une semaine à creuser un abreuvoir dans un beau bloc de granit, alimenté par une longue canalisation en troncs de tulipiers évidés qui captait le cours d'une source de montagne des environs pour que Waverley puisse toujours s'abreuver de l'eau la plus fraîche.

Quand tout a été terminé – il ne restait plus qu'à suspendre les lustres que j'avais commandés à Charleston et qui n'étaient pas encore arrivés –, je me suis installé dans cette confortable maison en me disant que j'avais enfin établi un véritable foyer et que je le quitterais seulement le jour où six solides gaillards porteraient mon cercueil jusqu'à la prairie de haute montagne que j'avais déjà choisie pour y reposer aux côtés de Waverley, Waverley qui pour l'heure passait ses journées à l'ombre d'un cornouiller, partant parfois dans un bref galop, la queue en panache comme au bon vieux temps et ses sabots soulevant des mottes d'herbe nouvelle derrière lui. Je puis maintenant l'avouer : je caressais alors le rêve chimérique que Claire viendrait un jour vivre avec nous et reposerait elle aussi un jour dans cette prairie, comme si notre galopade nocturne de jadis devait durer à jamais.

La maison a été achevée en mai. Le mois de juin tout entier a été exceptionnellement pluvieux, avec un temps tellement gris et froid que je gardais un feu allumé dans le salon jour et nuit. Mais j'allais souvent m'asseoir sur la galerie, enveloppé d'un plaid, et je lisais Ovide, William Gilmore Simms ou d'autres qui ne m'ont pas assez marqué pour rester dans ma mémoire. Absorbant l'humidité ambiante, les pages mollissaient sous mes doigts, les reliures se gonflaient et gondolaient. Quand j'étais fatigué de lire, je restais à regarder la pluie tomber sur la surface sombre du fleuve, ou les vaches rousses moroses dans les pâturages d'un vert tout neuf, toutes tournées dans la même direction, le dos fouetté par les averses, des stalactites de boue gouttant de leur ventre enflé. Par les journées les plus maussades, le brouillard demeurait si dense que l'on ne pouvait distinguer les tulipiers qui bordaient les berges, mais le bruit du courant sur les rochers était perceptible dans toute la vallée ; puis le vent le repoussait vers les premières hauteurs et la pluie se remettait à tomber, drue et oblique, maillant l'air d'un filet grisâtre.

Un nombre atterrant de gens s'activaient chez moi. Certains habitaient la maison, d'autres les communs. J'ai remarqué qu'ils menaient tous leur vie sans que je n'aie vraiment d'impact sur elle et je me suis fait la réflexion que j'aurais aussi bien pu ne pas être présent, du moment qu'ils continuaient à travailler ici.

À la fin de ce mois, j'ai chargé de deux grosses sacoches l'un de mes nouveaux chevaux, une jument grise, et je me suis mis en route. Waverley nous a suivis d'un trot arthritique de l'autre côté de la barrière, la tête dressée et les oreilles couchées en arrière, tout indigné d'être laissé à son sort. Tout ce que j'ai pu faire pour le consoler a été de lui lancer qu'il était un bon et brave compagnon et que nous irions galoper dans le ravin cher à notre souvenir dès que je serais de retour.

J'ai vécu les quelques années suivantes en transit, si je puis dire, passant mes nuits dans des relais, des pensions, des hôtels, ou encore au domicile de relations d'affaires et d'alliés politiques. Mon courrier suivait à mes arrêts les plus fréquents, principalement des lettres

385

de l'irremplaçable Tallent, qui continuait à superviser les jeunes gens auxquels j'avais confié mes multiples magasins et autres activités, tous des garçons intelligents et débrouillards, qui avaient entre quatorze et dix-sept ans. Tous libres et maîtres de leur sort, également, ils recevaient un salaire et pouvaient renoncer à leur position s'ils le décidaient.

Cela a été une époque de voyages incessants : Charleston, Wilmington, Washington, New York, Philadelphie, et nombre d'étapes moins notables entre ces grandes villes. Ma carte du pays a bientôt été couverte d'un fouillis de lignes tracées à l'encre qui matérialisaient mes divers itinéraires et ont fini par faire penser à des formules griffonnées dans quelque langue imaginaire. Je me déplaçais à cheval, en diligence, en train, en bateau à vapeur, dormant à la belle étoile lorsqu'il n'y avait aucune autre ressource en vue. Chaque soir, quand les ombres commençaient à s'allonger, je ressentais la solitude de celui qui n'a pas de maison, la mélancolie de l'errance. L'essentiel de ces déplacements n'avaient aucun but concret mais la même urgence désespérée que si je fuyais pour de bon des ennemis lancés à ma poursuite. C'était très romantique, j'imagine, surtout quand c'est à quelqu'un d'autre que cela arrive.

Dans le vaste monde, je me comportais comme la plupart de mes semblables, ces hommes du Sud plus tout à fait jeunes mais pas encore vieux qui avaient atteint la richesse et la liberté avant la guerre. Nous chassions, nous jouions aux cartes, nous nous rendions à des dîners ou à des bals et, durant le peu de temps qui nous restait, nous faisions office d'avocats ou de politiciens, pour ceux d'entre nous qui avaient été élus à une charge publique, des activités qui nous laissaient une grande liberté. Les chevaux étaient notre passion, notre religion ; nous étions capables d'en parler pendant des heures – et même à nos voisines de dîner, pour les plus rustauds d'entre nous –, de détailler inlassablement leurs particularités, leurs prouesses, vanter l'allonge de notre monture préférée ou décrire avec une précision horripilante comment celle-ci se comportait à l'approche d'un obstacle. Nous étions prêts à marcher une lieue pour parcourir cent pas sur un cheval. Nous les échangions entre nous avec la même obstination que des hommes sans ressources troquent des couteaux de poche.

Ma vie à Washington se limitait essentiellement à de froides négociations menées au nom des intérêts de Bear et des siens, ainsi que de mes propres intérêts et, je crois, en faveur de la justice et de l'équité. J'avais appris par quels canaux le pouvoir circulait dans cette ville, ses grands courants et ses modestes affluents sur lesquels je parvenais à naviguer grâce à l'aide des amis que je m'étais faits au cours des années, même si Crockett me manquait et si la vue de Calhoun déclinant, vieilli et quelque peu gâteux désormais, m'attristait.

À cette époque, gagner ou perdre ces petites escarmouches de coulisses n'était plus la question : l'important était de rester en jeu, de maintenir ses pièces sur l'échiquier washingtonien. Je savais à présent comment garder des dossiers ouverts pendant des années, en s'appuyant sur diverses tactiques qui ne manquaient pas de clinquant. Afin de remporter la victoire essentielle, je pouvais mener de front cinquante obscures et trompeuses batailles sur différents terrains, sans jamais baisser les bras. Ainsi, alors que le Département de la guerre entendait toujours nous expulser dans les nouveaux territoires indiens, je continuais à distraire le gouvernement avec l'argument qu'il était entièrement juste que la tribu de Bear reçoive sa part dans le démembrement de l'ancienne Nation. Pourquoi non ? Qu'ils aient légalement possédé leur terre auparavant et ne se soient pas trouvés dans le périmètre de la Nation au moment du Transfert n'était que secondaire : si l'Amérique ne défendait pas le droit à la propriété, quels autres principes fondaient son existence ? La terre de la Nation était notre héritage : patrie ancestrale, espaces sacrés, etc. Tout cela perdu à jamais. Et d'ailleurs, quelle terre n'est pas sacrée ? Elle l'est, partout et toujours, ou bien elle ne vaut pas plus que d'être chiée dessus ! Allez répliquer à un tel argument, mais essayez aussi de respecter sa stricte logique…

De plus, continuais-je dans ma démonstration, les gens de Bear méritaient les mêmes dédommagements que ceux reçus par tous les autres Indiens afin de couvrir leurs frais de transfert vers les nouveaux territoires : 53,33 dollars par tête, exactement, plus six pour cent d'intérêts annuels. Le fait que Bear et ses protégés n'aient jamais eu à faire la route ne me troublait pas une minute. Cela n'avait aucune incidence sur la pertinence de mon objection. Et j'insistais particulièrement sur le point des intérêts, car depuis le Transfert les années passaient et s'accumulaient.

Lorsque je n'étais pas en rendez-vous avec quelqu'un susceptible de soutenir notre cause, je m'installais à la table de ma chambre à l'Indian Queen et, tout en buvant tasse sur tasse de café noir, je rédigeais sans relâche des lettres destinées à des membres du Congrès, à des hauts fonctionnaires de tel ou tel département, à des sous-secrétaires, en une coulée d'encre inépuisable qui invoquait inlassablement le passé et revendiquait un avenir, souvenirs et espoirs se succédant feuillet après feuillet. À un œil superficiel, cette masse de papier noirci aurait pu paraître une complète abstraction, seul le papier-monnaie pouvant à la rigueur exprimer une réalité tangible. Mais ce qu'elle poursuivait était des plus concrets, et des plus essentiels : la terre. Le sol, et avec lui toute la vie, végétale, animale et humaine qui en jaillit. C'était cela, le but ultime, et je ne laissais jamais mon esprit oublier cette vérité.

Au cours de mes séjours à Washington, je ne gagnais

pas vraiment, je ne perdais pas vraiment. Ainsi que je l'ai remarqué plus haut, ce n'était pas le problème. Je gardais notre balle en jeu, et pendant ce temps notre territoire s'étendait toujours plus loin, et gagnait une relative autonomie, en tout cas dans la mesure de ce que le monde moderne était prêt à tolérer.

Pendant cette phase d'errance, je me suis retrouvé certain samedi soir à Charleston, à la recherche de distraction. Dans les rues grouillant de monde, les choix étaient multiples, certains d'une fraîche simplicité, d'autres moins. J'ai décliné l'offre d'entrer sous la tente d'un cirque de puces qui s'était paraît-il produit devant le pénultième roi d'Angleterre. J'ai eu la vision d'un vieillard gras et niais, un gourdiflot à perruque voûté sur une petite table où tout est minuscule, trapèzes, cordes de funambule, manèges, roues et bascules, un œil plissé, l'autre grand ouvert derrière une loupe qui le rendait énorme, gros comme un œuf de dinde, l'iris bleuté flottant dans un jaune de suif strié de veines rouges qui zigzaguent en éclairs baveux ; et toutes ces puces épatantes, qui avaient eu le privilège d'être scrutées par une royale prunelle, étaient mortes assurément car même les puces exceptionnellement douées n'ont qu'une existence éphémère… À quoi bon, alors ?

Plus loin dans la même rue, je me suis fait extorquer cinquante *cents* pour entrer dans un petit théâtre où le public s'agitait impatiemment sur des chaises en bois qui crissaient sur le parquet ciré. Un homme jeune auquel une vareuse en coton bleu rehaussée de galons et de boutons dorés conférait une allure vaguement martiale est apparu sur la scène. Il a augmenté les flammes de la rangée de becs de gaz dont les pans en métal poli renvoyaient la lumière sur les rideaux toujours fermés et décorés d'une vue marine, un trois-mâts avançant au près serré sur un océan bleu haché de crêtes blanches. La salle était maintenant plongée dans la pénombre et l'on n'entendait plus que le sifflement du gaz en train de brûler. Un duo de cordes, violon et banjo, s'est installé à un bout de la scène ; à l'autre, le récitant, qui portait un complet de couleur claire et une grosse cravate noire, est venu se placer devant un pupitre. Les rideaux se sont ouverts, révélant une grande toile tendue entre deux rouleaux, plus haute qu'un homme de bonne taille. D'énormes lettres, ombrées afin de leur donner du relief et environnées dans des lignes courbes qui évoquaient les rides d'un ancien parchemin, annonçaient : PANTOSCOPE DU FLEUVE MISSISSIPPI, PAR BRAVARD. Les musiciens ont commencé à jouer un air solennel, un levier a été abaissé en coulisses et, dans un léger bruit de mécanique invisible, la toile a commencé à se dévider lentement du rouleau plein à celui qui ne l'était pas. Selon le prospectus que j'avais reçu à l'entrée, elle faisait plus d'une lieue de long et il lui faudrait toute la soirée pour défiler.

« Voyez, voyez le Mississippi formidable ! » a beuglé le récitant.

Sur les premières peintures, il y avait un bateau à vapeur aux ponts-promenades et aux salons peuplés de passagers très bien rendus, les habits et le maintien de chacun d'entre eux permettant aisément d'identifier leur classe sociale et leur profession. Ferrailleurs, souffleurs de verre, ventriloques, joueurs de cartes, tire-bourse, dentistes, marchands et courtiers en tout genre avoisinaient de riches planteurs, des dames voyageant avec leur soubrette, des chasseurs de dot et des actrices à peine plus vertueuses que des catins, à en juger par leur décolleté. Nous, les spectateurs, étions invités à nous imaginer parmi cette foule bigarrée de pèlerins en train de descendre le fleuve, exposés constamment aux dangers et aux tentations du voyage.

Les rouleaux ont continué à tourner, les berges à passer devant nos yeux. Bientôt, nous avons croisé d'autres bateaux ; l'un d'eux, échoué sur des bas-fonds, était en flammes, et peu après nous avons vu deux aubes brisées dériver sur l'eau au milieu d'un amas de vestiges d'une récente collision. Chaque nouvelle ville était dépeinte avec une fidélité totale à la réalité, nous a dit le narrateur qui citait leur nom au passage : clochers d'église, maisons blanches, quais à marchandises ou à passagers, bassins pour entreposer le bois de flottaison. Il nous annonçait aussi leurs particularités au fur et à mesure, même si elles se résumaient à ce qu'elles étaient connues pour leur fabrique de fromage ou l'honnêteté de leurs citoyens.

Tant que le navire avançait majestueusement sur les flots, la musique a gardé une cadence placide, mais voici qu'un campement de tipis indiens s'est profilé sur une hauteur dominant la rive et aussitôt le joueur de banjo a sorti un petit tambour sur lequel il a frappé une simple mesure à quatre temps, avec des ruptures volontairement exa-gérées. Plus tard, lorsque nous avons aperçu une grange ouverte sous laquelle se tenait un bal, le violoneux a attaqué une gigue et, encore plus loin, devant un village nègre où les esclaves dansaient devant leurs cahutes, le banjo s'est lancé dans un solo endiablé.

J'ai trouvé les ciels particulièrement réussis. Lunes rousses pointant à travers des nuages violacés, levers de soleil dans les brumes du fleuve, bleu et gris des jours se succédant à un rythme qui rappelait celui de la réalité, orages noirs soudain zébrés d'éclairs, chaque tableau rendu encore plus convaincant par de savantes manipu-lations de lampes, de filtres colorés, d'écrans en tissu et de réflecteurs. Aux moments pertinents, de la fumée était dispersée sur la surface de la scène, imitant comme un brouillard vespéral.

Le fleuve continuait, identique et toujours différent. Cela vous donnait envie de voyager, vous aussi, d'aller vers l'inconnu, de dépasser des villes innombrables, parfois à peine distinctes dans le lointain, de rencontrer des gens qui rendraient votre traversée plus agréable ou plus fastidieuse, de prendre le temps de goûter les changements de temps, de sentir le continent s'incurver doucement sous la proue. Le paysage était sans cesse renouvelé mais reconnaissable dans ses multiples expressions. Et bien sûr il y avait la notion de Claire là-bas dans les territoires en deçà du Mississippi, ce qui rendait le spectacle encore plus captivant.

Lorsque le pantoscope a tourné vers sa conclusion avec une vue générale de La Nouvelle-Orléans, mon approbation n'a plus connu de bornes : je me suis levé d'un bond et j'ai applaudi jusqu'à ce que mes paumes s'engourdissent.

Je suis parti vers l'ouest le lendemain matin. J'ai traversé des dunes de sable, des forêts de pins, des bancs d'ajoncs et des plaines hérissées de palmettos, puis sont apparus des marécages et des bois de cyprès, un pays plat et humide où les arbres portaient une barbe de mousse grisâtre à chaque branche, un pays qui éveillait les peurs nocturnes et les pensées moroses. Les rares bandes de terrain sec sous les frondaisons portaient les traces précipitées de chevaux sauvages, de sangliers et de loups rouges. La saison étant toujours plus propice aux moustiques, je tentais vainement à chaque bivouac de repousser les suceurs de sang en jetant dans le feu de la bouse de vache, des morceaux d'écorce et des lianes de kudzu. Et puis j'ai rencontré une famille de Melungeons seminomades qui m'ont appris à confectionner une pâte sombre et très odorante, à base de graisse de porc, d'herbes et de viscères de poisson, qui tenait les voraces insectes à distance. Même si j'ai pu dormir un peu mieux grâce à cet onguent, je suis souvent resté éveillé toute la nuit dans les marais, mon fusil sur les genoux, environné d'alligators, d'ours et de cobras qui grognaient, toussaient ou s'ébrouaient dans l'eau, et parfois, quand ils s'approchaient de la flambée que j'avais allumée, leurs yeux brillaient dans les ténèbres comme des braises.

Lorsque j'ai enfin quitté cette région morne et presque déserte, j'ai eu devant moi, à perte de vue, des champs de coton et d'indigo, troués çà et là d'une rizière. Des régiments d'esclaves y travaillaient, surveillés par des Blancs à cheval qui ne les quittaient pas de leur regard mauvais.

Après quelques semaines à travers ce pays d'esclavage, je suis entré dans un territoire de sapinières ponctuées de clairières, où de petites villes, endormies sous la poussière, poussaient leurs deux rangées de maisons de chaque côté de la piste. Je ne m'y arrêtais presque jamais, ne cherchant même pas à apprendre leurs noms. J'en ai traversé une sans voir âme qui vive, le silence surnaturel seulement troublé par les sabots de ma monture s'enfonçant dans la terre sableuse. Soudain, un corbillard laqué de noir a surgi devant moi, la tête de ses quatre chevaux ornée de plumes d'autruche délavées. Bien que légèrement embarrassé par une telle mise en scène pour un événement aussi banal que la mort, je me suis rangé sur le côté et j'ai enlevé mon chapeau. En passant, le conducteur m'a adressé un signe de tête et j'ai aperçu un cercueil ouvert derrière les carreaux : un éclair de peau livide, le profil anguleux d'une jeune femme, et déjà la vision s'était éloignée.

Je reprenais la route à l'aube, dormais vers midi, tirais des perdreaux ou des écureuils pour le dîner, puis continuais tant qu'il faisait jour. J'entretenais une correspondance irrégulière avec le fidèle Tallent, lui indiquant dans quelles banques des principales agglomérations m'envoyer des fonds et me faire suivre mon courrier.

Par ici, les gens m'accueillaient parfois chez eux pour la nuit. J'ai ainsi dormi dans des demeures de plantation comme dans des huttes de trappeur, et apparemment les propriétaires des unes et des autres étaient tout aussi ignorants : peu ou pas de livres, rien que des brochures religieuses mal imprimées sur du papier à peine plus solide que du crêpe. Plus j'avançais, moins les humains me semblaient dignes d'intérêt mais j'étais fasciné par la diversité des paysages, l'influence de l'eau et du climat sur leurs contours, la faune et la flore qu'ils pouvaient accueillir, ou dont ils assuraient du moins la survie.

Dans mon journal, je notais les pancartes qui indiquaient la prochaine ville et la distance jusqu'à elle. Je relevais avec un soin particulier le nombre variable d'impacts de balles dont tous ces panneaux étaient souvent troués, comme s'il pouvait indiquer quelque chose sur la mentalité des habitants de ces parages. Fallait-il se tenir sur ses gardes lorsque l'on comptait douze trous au lieu de trois ? Et s'il n'y en avait aucun, était-ce le signe annonciateur d'une ville peuplée d'anges ? Et un panneau complètement déchiqueté signifiait-il l'approche d'un enfer de sang et de fusillade ? Plus j'allais de l'avant, plus je me sentais capable de trouver des corrélations cachées mais qui ne demandaient qu'à se révéler.

Le Sud-Ouest m'a paru inculte et violent, la moindre bourgade ayant sa fosse remplie de sciure ensanglantée où les parieurs faisaient se battre entre eux des poulets, des chiens ou des hommes. J'ai donc obliqué au nord, coupant à travers un coin du Mississippi, une terre désespérément plate et morne à laquelle je n'ai pas prêté plus d'attention qu'elle n'en méritait.

C'est ainsi que, sans l'avoir calculé, je me suis retrouvé à Memphis. Arrivé dans la nuit, j'ai découvert une ville éclairée et fiévreuse comme au jour du Jugement dernier, aux rues grouillantes de monde jusqu'aux berges du fleuve. J'ai été assez déconcerté par l'ampleur de la foule, l'idée d'une population si dense en pleine désolation de l'Ouest n'étant pas forcément rassurante, et en tout cas inattendue. Des accords de banjo, de violon, de guitare et de piano s'échappaient des saloons et des bordels, et le bar dans lequel je suis entré prendre un verre était rempli de femmes quasi nues, ayant sur la peau à peine assez de tissu pour nettoyer un canon de fusil, et qui faisaient toutes comprendre au premier venu qu'elles étaient prêtes à ouvrir les jambes pour un verre d'alcool ou un billet de n'importe quelle monnaie ayant cours dans les multiples États, même celui de Géorgie. Ni Washington ni Charleston ne m'avaient tout à fait préparé à un endroit pareil.

J'ai pris une chambre dans un hôtel. Très vite, j'ai compris que dans une ville comme Memphis les gens pensaient que chaque jour était une fête. Ils se contentaient de se déplacer en grand nombre, de boire, de courir la gueuse et d'écouter de la musique. La nuit venue, les énormes steamers-casinos brillaient de mille lumières qui se reflétaient loin sur la surface noire du fleuve.

L'argent qui devait m'être viré n'étant pas arrivé, j'ai attendu des jours et des jours. L'après-midi, je descendais à une sorte de buvette au bord de l'eau, un simple auvent couvrant un sol en terre battue, je m'asseyais à une table avec l'exemplaire du *Werther* que je conservais de mon adolescence, je buvais de la bière tiède et je regardais les grands bateaux à aubes blancs baratter lentement l'eau à contre-courant pour remonter à Saint Louis, ou au contraire filer à toute vapeur vers La Nouvelle-Orléans en aval, la fumée noire que vomissaient leurs cheminées s'attardant en nuages lourds sur le fleuve. J'en étais venu à penser qu'au-delà du Mississippi il n'existait qu'un paysage vide et Claire.

De petites grenouilles brunes habitaient la vase de la rive, sur lesquelles les busards à cou rose fondaient du ciel à des angles aussi improbables que les zigzags d'un ivrogne. Elles tentaient de leur échapper, et parfois leurs petites explications aboutissaient juste sous ma table. Je restais là jusqu'à ce que la surface du fleuve, d'un rouge terne, ne renvoie plus assez de lumière pour que je puisse continuer à lire. D'ailleurs je l'avais ouvert si souvent, ce livre, que les volutes dorées de sa reliure avaient disparu et que j'en connaissais chaque ligne par cœur. Ses marges étaient remplies de notations au crayon qui remontaient à ma prime jeunesse et me paraissaient maintenant presque toutes intolérablement puériles.

Le vaste fleuve ouvrait le pays en deux comme un coup de couteau dans une pièce de viande. L'immensité vacante qui commençait sur sa berge occidentale semblait exercer l'effrayante attraction d'un précipice. Une partie de moi aurait voulu tourner bride et rentrer à la maison, une autre désirait ardemment traverser d'une manière ou d'une autre, s'engager sur cette terre inconnue et voir au jour le jour ce qu'elle apporterait en découvertes ou en menaces jusqu'à ce que je rencontre ma mort, ou le Pacifique une fois parvenu en territoire de Californie.

Un après-midi où j'étais plutôt ivre, après avoir placé une feuille d'ajonc dans mon livre en guise de marque-page, je suis allé au bord de l'eau, je me suis déshabillé en ne gardant que mes sous-vêtements et je suis parti à la nage. Je n'étais pas sous l'emprise de l'illusion que j'allais ainsi vers Claire. L'idée aurait été d'un romantisme aussi échevelé que lamentable : me laisser pousser par le désir à travers tout un pan du continent, puis m'apercevoir à la fin de l'odyssée que ma venue n'était pas souhaitée…

Non, je voulais simplement rejoindre l'autre rive en nageant, accomplir ma propre version de la traversée byronienne de l'Hellespont. Un haut fait dont je pourrais me vanter encore cinquante ans après, même s'il était peu probable qu'il me laisserait des marques aussi profondes et indélébiles que les griffures dans le dos de Bear. Tout est allé assez bien jusqu'à la moitié de la distance, environ, quand le fleuve a imposé sa force et m'a entraîné dans son courant. Je n'ai jamais été un nageur exceptionnel, d'ailleurs. Je m'obstinais vers l'ouest mais l'eau me poussait dans la direction qu'elle suivait, au sud. Lorsque je suis arrivé à regagner péniblement la rive orientale, j'ai touché terre loin en aval de mon point de départ et il m'a fallu patauger longtemps dans les bancs de vase avant de rejoindre la buvette. Le patron m'a apporté une bière chaude et trouble. Je me suis assis, j'ai bu et je suis resté à me sécher au soleil. Quand la boue craquelée a formé des dessins géométriques sur mes bras et mes jambes, j'ai réussi à l'enlever en me frottant avec des feuilles de palmier.

Le lendemain, l'ordre de paiement bancaire est arrivé. L'argent, qui aplanit presque tous les obstacles.

Deux semaines plus tard, je descendais la rue principale de Tahlequah, la capitale encore en chantier de la nouvelle Nation. Croyant pouvoir retrouver Claire sur-le-champ, je dévisageais chaque femme qui passait à pied ou à cheval. Un jeune homme qui venait de sortir d'un magasin général s'est arrêté brusquement en me voyant et m'a suivi des yeux tandis que je continuais. Sans me retourner, j'ai noté qu'il se glissait le long des façades dans mon sillage. Il avait un pistolet à la ceinture.

À mon arrivée à l'hôtel, il était toujours derrière moi. Je me suis arrangé pour mettre pied à terre de telle manière que ma jument s'interposait entre lui et moi. Dès que j'ai été fermement sur le sol, j'ai porté la main à la crosse de mon arme dans son étui. Le jeune inconnu est venu droit vers ma monture. Nos regards se sont croisés par-dessus le pommeau de la selle.

– Je vous connais, a-t-il dit d'une voix sourde.

Eh bien ce n'était pas mon cas ! J'avais devant moi un Indien de petite taille, la peau tannée par le vent de la prairie qui lui avait donné la teinte du cuir lustré, un long manteau noir poussiéreux sur un pantalon en denim, une chemise blanche sans col d'une propreté très relative, et de gros brodequins marron. On aurait cru un fermier qui avait un peu soigné sa tenue pour venir en ville.

– Vous avez cet avantage sur moi, sir, ai-je répondu poliment.

– On a passé un moment ensemble. À Deep Creek.

– Vraiment ?

– Vous avez préparé du bon porridge.

– De la bouillie d'avoine ?

– Et nous nous sommes vus aussi dans la vallée, près du fleuve. Un terrain plat. Idéal pour un peloton d'exécution.

– Wasseton !

Il a contourné la jument pour me faire face entièrement. Le battant droit de son manteau était relevé derrière son holster. Plus du tout un petit garçon, Wasseton…

Que fait-on dans pareille situation ? Je lui ai tendu la main. Il l'a considérée un instant et, ne trouvant aucune autre réaction possible, l'a serrée rapidement. Quand mes doigts se sont refermés sur sa paume calleuse, j'ai eu l'impression d'agripper une corne de vache.

Après avoir échangé une poignée de main avec quelqu'un qui était prêt à dégainer son pistolet contre vous, qu'êtes-vous censé dire ?

Wasseton a baissé les yeux.

– Vous auriez pu le sauver, a-t-il soufflé.

– Cela ne dépendait pas de moi, ai-je argumenté. Vous vous souvenez peut-être que cet été et cet automne-là, il y avait toute une armée de soldats et des hordes de mercenaires du Tennessee qui faisaient la loi.

– Vous auriez pu essayer… quelque chose.

– Nous avons sauvé tout ce qu'il était possible de sauver.

Il a laissé ses yeux errer sur la rue. Il réfléchissait. J'avais suffisamment d'expérience pour ne pas suivre son regard, ni même le regarder en face. Quand un coup de feu peut éclater à tout moment, on surveille le poing sur la crosse du pistolet.

– Ça fait longtemps que je voulais te tuer, a-t-il annoncé à voix basse.

Si j'avais été à sa place, je l'aurais voulu également, et donc je n'ai pas été heurté par cette affirmation.

– Il y a un point que tu dois prendre en compte dans ton jugement, ai-je objecté calmement : ni moi, ni Bear, ni aucun d'entre nous n'avions massacré de soldats. Vous nous avez tous mis en danger, vous autres. Vous ne nous avez pas laissé d'autre choix que de nous en sortir de cette façon. Nous étions au pied du mur, à cause de vous.

– Ce n'était pas juste, ce que vous avez fait !

– Qu'auriez-vous fait de différent ?

– Ce que vous avez fait, ce n'est pas juste.

Comme il avait toujours les yeux ailleurs, je lui ai commandé :

– Regarde-moi.

Il a obéi. Nous étions les yeux dans les yeux, à présent.

– J'en conviens avec toi, ai-je poursuivi : ce qui s'est passé n'était pas bien. Tout s'est mal enclenché depuis le début. Mais quelle autre issue y avait-il ? Je ne dis pas cela comme une excuse. S'il y avait une autre option qui nous a échappé, je veux la connaître.

– Je… Je ne sais pas.

– Moi non plus. Et ce n'est pas faute d'y avoir réfléchi…

Wasseton a de nouveau détourné la tête, hésitant sur ce qu'il devait faire maintenant.

J'ai dit : « S'il y a un bar dans cette ville, pourquoi ne pas ranger ce pistolet sous ton manteau et venir avec moi prendre un verre ? Nous pourrons encore nous entre-tuer demain. »

C'était un garçon sensé. Il l'avait toujours été. Il a accepté ma proposition et m'a demandé de l'appeler Washington. Les temps avaient changé, décidément.

Comme c'était moi qui invitais, nous avons commandé le meilleur whisky qu'ils avaient. Du Tennessee, moins bien que celui d'Écosse mais tout de même très correct, ce qui n'est pas une coïncidence mais s'explique par

399

une descendance directe. Au cours des trois ou quatre premières tournées, nous avons parlé de notre patrie montagneuse, des souvenirs que nous en avions et des changements qu'elle avait connus depuis que Washington en était parti. Une camaraderie de comptoir désormais établie entre nous, nous nous sommes livrés à une compétition amicale visant à nommer toutes les couleurs que nos montagnes et leur végétation pouvaient prendre au cours de l'année, toutes les teintes possibles entre le noir et le blanc, sans prendre la peine de nous pencher sur le vert, dont chaque nuance connue de l'homme était évidemment présente dans nos contrées. Commençant par le rouge, nous avons convenu que la moindre de ses variantes, du rose le plus pâle au carmin sombre du sang séché, était notable sur les feuilles de tel arbre, les fleurs de telle plante, ou dans un crépuscule d'automne. Tous les violets ont été considérés, jusqu'à celui dit lie-de-vin ; en ce qui concerne les jaunes, j'ai dû lui expliquer ce qu'était la couleur chrome mais il a aussitôt cité une fleur et une feuille d'automne qui répondaient à ma description. Les bleus, plus complexes, ont été déclinés du cérulé à l'indigo en passant par la teinte, impossible à nommer, que prennent les plus hautes cimes juste avant la tombée de la nuit à la fin de l'été. Nous avons bu encore un verre à notre match nul.

Washington m'a confié qu'il ne s'était jamais habitué aux immenses étendues de la Prairie et qu'il avait l'impression, en regardant le vide plat qui s'étendait à l'infini vers l'ouest, d'être pris par un trou d'eau dans un fleuve – celui des Sangsues géantes, par exemple –, un néant destructeur, alors que les montagnes de sa jeunesse formaient un écrin protecteur dans lequel on se sentait à l'abri, comme pris entre les mains en coupe du Sauveur.

– Elles t'ont sauvé, donc ?

– Un peu. La plupart du temps. Ah, tu me donnes envie de retourner…

– Reviens chez toi, ai-je proposé. Ne tarde pas. Quand tu seras prêt, saute en selle et reviens. Nous te ferons une place.

Dans la rue, nous nous sommes serré la main. Au moment où j'allais prendre congé, j'ai soudain déclaré que j'étais là pour retrouver Claire Featherstone.

– À la sortie de la ville, par là. Une grande, grande maison en briques. On ne peut pas la rater.

Non, on ne pouvait pas. Surtout moi. Sa silhouette était gravée dans ma mémoire. Cranshaw ressuscité. Un bloc de briques massif, précédé d'une rangée de colonnes peintes en blanc.

J'ai frappé à la porte. J'ai donné ma carte de visite à la même femme, seulement plus tassée et grisonnante, qui m'avait annoncé chez eux plusieurs années auparavant. Elle m'a fait entrer dans un petit salon où j'ai attendu un long moment, écoutant le balancier d'une grande horloge égrener le passage de la vie.

Claire est entrée d'un pas vif. Elle avait un peu changé. C'était une vraie femme, maintenant. À peine avait-elle franchi le seuil qu'elle a lancé :

– Qu'est-ce qui t'amène ici ?

J'avais voyagé des jours et des jours en quête de ce moment, égaré au point d'imaginer que ces retrouvailles nous verraient tomber dans les bras l'un de l'autre, nos dents se heurtant dans la hâte d'un baiser passionné, comme jadis…

J'ai secoué la tête, écarté les mains d'un air évasif. Toute mon attitude exprimait la perplexité et la déconfiture.

– Je… Je voulais te revoir.

– Tu aurais pu écrire, annoncer ta venue.

– Je suis parti sur un coup de tête, j'avoue.

– Depuis quand es-tu en route ?

– J'ai quitté Charleston au printemps.

Elle a calculé en silence les mois qui s'étaient écoulés, puis a répété, cette fois d'un ton moins sec :

– Tu aurais pu écrire.

– Je n'étais pas certain d'arriver au bout. J'ai pris des détours.

Nous nous sommes assis, du thé a été servi, nous avons conversé poliment. Souvenirs, etc. L'âge d'or de la jeunesse, le char ailé du temps, ce genre de choses. Le tout très élégant, très convenable. Pas de mention de fesses brûlées par le soleil ou d'accouplements nocturnes dans une rivière.

Puis une autre Noire, plus jeune et plus sombre que celle qui m'avait ouvert la porte, est arrivée en portant un bébé vociférant, enveloppé dans de minuscules couvertures blanches. On ne voyait de lui qu'un petit visage de hibou, rond, plat, livide et féroce comme celui de tous les nourrissons. S'ils en avaient la force physique, ils vous tueraient sans la moindre hésitation afin de satisfaire leurs désirs les plus immédiats. Tout pareil que les chats, qui daignent accepter notre existence uniquement lorsqu'ils ont besoin de nous.

La domestique a remis l'enfançon à Claire, qui s'est détournée de moi et a modifié l'arrangement de ses vêtements sur sa poitrine. Qui pouvait avoir le courage – l'inconscience ? – de presser un être aussi furieusement prédateur contre son sein ? C'est parce qu'il avait appris une vérité fondamentale sur le caractère de ses créatures que Dieu a omis de donner des dents et des griffes aux petits d'homme.

Par-dessus son épaule, Claire m'a déclaré :

– Featherstone est sorti. Il part à cheval des heures entières tous les jours, qu'il pleuve ou qu'il vente. Il ne sera pas de retour avant la nuit tombée. Il va être triste de t'avoir manqué.

– Tu lui diras que c'est tout aussi vrai pour moi. Je n'ai jamais été aussi bon tireur que je l'aurais souhaité.

Nous étions urbains à un point écœurant. J'ai commencé à réciter les formules qui annoncent que l'on va prendre congé. Claire s'est penchée et m'a déposé un rapide bécot sur la joue, le hibou au creux de son bras s'interposant entre nous avec hostilité. Après une inclinaison de la tête, je suis parti sans un mot de plus, car je voulais croire qu'il me restait un peu de fierté. Pas de «Écris-moi», ni rien de la sorte. J'étais certain que son chaste baiser était le dernier contact que j'aurais jamais avec Claire.

Au moment où je quittais le parc, Featherstone a surgi. Il était plus mince qu'avant, notablement vieilli et toujours aussi vaniteux dans ses atours, portant ce jour-là une tenue d'équitation à la dernière mode et une paire de lunettes rondes fumées. Sans chapeau, il avait des cheveux encore fournis, bien que coupés court et entièrement argentés, comme un casque d'acier neuf. Il n'a pas du tout eu l'air surpris de me découvrir dans son allée. Sautant au sol, il a posé la bride sur le cou de sa monture avant de venir à moi.

Je lui ai tendu la main mais il a ouvert les bras et m'a saisi dans une accolade fraternelle.

– Tu m'as manqué à un point fou ! s'est-il exclamé après m'avoir relâché.

Il a tenu à ce que nous marchions un moment ensemble, car il avait à me dire quelque chose que je n'allais pas réussir à croire, pensait-il.

Nous sommes donc partis à pied en direction de l'ouest, un horizon morne et vide où rien ne retenait l'œil. Le genre d'endroit où les gens ont du «là-bas» à revendre.

Finalement, je me suis arrêté et je lui ai demandé de me raconter son histoire, ajoutant : «Nous verrons alors si je la crois ou pas.»

En résumé, il était en train de vivre une deuxième vie après avoir connu une mort qui n'avait pas répondu à son attente. Cela s'était passé quelques années plus tôt, au cours de la sombre période ayant suivi le Transfert. La même nuit, Ridge et Boudinot avaient été égorgés par les hommes de main de Ross sur la pelouse de leur maison respective, avec femme et enfants aux fenêtres pour assister au spectacle. Le vieux major Ridge, lui, avait été abattu dans une embuscade alors qu'il conduisait l'un de ses jeunes esclaves chez un médecin de la ville. Quelques mois plus tard, les survivants du clan Ridge allaient lancer un assaut sanglant contre les partisans de Ross. Featherstone, qui se joignait parfois à ces expéditions nocturnes du côté des premiers, avait l'impression d'être rendu à sa glorieuse jeunesse, au temps héroïque des « poney-clubs », des coups de pistolet trouant l'obscurité, des cavalcades. Le danger, le sang qui coulait à flots, la magie des clairs de lune… Par une nuit particulièrement froide et pluvieuse, pourtant, il avait préféré rester à la maison, se sentant sur le point de succomber à un mauvais rhume, son organisme vieillissant et ses articulations douloureuses de moins en moins fiables au fur et à mesure que les années passaient. Après un dîner de gelinotte rôtie accompagnée de patates douces et de chou bouillis, il s'était retiré dans son bureau afin de relire, pour la énième fois, quelques passages particulièrement brillants du *Don Juan*, l'ambre mordoré d'un demi-verre de whisky d'Islay captant la lumière sur le guéridon à côté de lui. Il était allongé dans un fauteuil, ses bottes d'équitation posées sur une chauffeuse devant une petite flambée dont les bûches grises se fendaient lentement, parvenues au stade où elles sifflaient plus qu'elles ne craquaient. Soudain, il avait éprouvé une douleur inconnue à la tempe droite. Le livre s'était échappé de sa main. Il s'était endormi et c'est dans ce sommeil qu'il était mort comme un saint, sans même reprendre suffisamment conscience pour constater qu'il quittait ce monde. Le genre de mort bénigne et imprévisible que Dieu ne réserve qu'à certains de ses élus.

Mais tellement décevante, aussi… Toute sa vie, il avait voulu pousser son dernier soupir en fondant au galop sur l'ennemi, dans les détonations de pistolet, des panaches de fumée de poudre marquant sa chevauchée furieuse vers l'au-delà.

Je n'aurais pas apprécié une mort trop facile, moi non plus, et je le lui ai dit. Cette fin exceptionnellement clémente lui convenait d'autant moins qu'il aurait mérité une partie des tourments que Dieu ou les hommes eussent été en droit de lui infliger. Dans le décès qu'il décrivait, il n'y avait pas une once de rétribution, de justice enfin rendue. Pour nous tous, le châtiment commence avant même la mort, dans les affres et les souffrances qui accompagnent l'agonie, mais aussi dans l'espoir tenace de vivre encore, qui est une part non négligeable de notre punition. Pourquoi tout cela aurait-il été épargné à Featherstone, et surtout à lui ?

– Exactement ce que j'ai ressenti ! a-t-il approuvé. Et c'est justement pour cette raison que j'ai été ramené à la vie cette nuit-là, ce me semble. Pour que la prochaine fois soit plus dure. Je me suis réveillé le lendemain, à l'aube, avec une migraine atroce, une certaine faiblesse dans ma main droite et ma paupière du même côté très visiblement affaissée. Des gages de la mort qui nous sont bien connus, n'est-ce pas ? Mais je me suis également levé avec la farouche détermination de mieux faire dans ma seconde vie. De réparer certains manquements. Et c'est Claire qui a été le tout premier sujet de cette résolution. Jusque-là, je ne l'avais pas entièrement traitée comme il se doit. En tant qu'épouse, si je puis dire.

– Dieu du ciel !

– Et envers toi aussi, je veux rectifier les choses.

– Si vous vous effondriez à cet instant, sir, la plus élémentaire justice résiderait dans le fait que les deux seules cicatrices notables que votre couenne emportera dans la tombe seront celle laissée par les dents de Bite, et celle que la balle de mon pistolet y a tracée.

– Et voilà, c'est là que tu te trompes ! a répliqué

Featherstone. Tu commets l'erreur typique d'un jeune impulsif. Il faut que tu laisses ta colère s'éteindre, car elle ne te mènera nullement où tu veux aller. Elle est un poison terrible mais elle s'échappera de toi telle la fumée d'un brasier si tu la laisses s'en aller. Et puis, laisse-moi te dire que la colère ne sied pas à un homme parvenu à la force de l'âge.

Il a tendu la main pour me prendre par l'épaule. «Laisse-la s'en aller, a-t-il répété; reste ici avec nous un moment.»

Je n'ai pu que me dégager d'un mouvement brusque et dire : «C'est un peu trop de bonheur conjugal à déployer devant un célibataire comme moi.» Juché d'un bond sur ma jument, j'ai tourné bride et je suis parti.

J'ai mis le cap à l'ouest. La direction du Pays de la Nuit mais aussi, dans la mythologie des ancêtres de ma mère, la voie qui conduit aux nouveaux départs, à cet espace étrange où l'espoir est toujours possible, même quand la vie est devenue un incompréhensible gâchis. Au salut de la dernière chance. Quand j'ai eu le soleil en plein visage, j'ai décidé d'établir mon campement pour la nuit.

Couché sur le dos, je me suis réveillé à plusieurs reprises, les yeux ouverts sur l'immensité de la voûte céleste. C'était une nuit très sombre, sans aucune lune mais aussi sans nuages, les étoiles telles des pointes infimes dans l'air sec, en bien plus grand nombre que je ne me rappelais les avoir jamais vues. Et c'était aussi une nuit de météorites, ainsi que je l'ai brusquement constaté. Des averses et des éclairs de lumière, à la fois larges et ténus, fusaient en arc au-dessus de moi. Alors j'ai sorti ma lunette de son étui en cuir, j'ai déployé son trépied et, toujours étendu sur ma couverture, je me suis mis à observer l'univers, des heures durant, comme si je contemplais le fond d'un puits dans l'objectif. Le plus loin ma vue portait, le plus profond je croyais aller. La Création tout entière prenait la forme d'un entonnoir, d'un maelström, d'une lucarne étroite mais vertigineuse n'existant que pour nous avaler tous par sa gorge resserrée.

Soudain, les herbes hautes ont bruissé et un jeune loup gris est passé tout près de moi sur ses pattes élancées. Par-dessus son museau étiré, il m'a jeté un seul regard rapide, nos yeux se sont croisés et puis il a continué son chemin sans changer d'allure, sans émettre le moindre jugement ni même exprimer la moindre opinion sur ma présence inattendue dans ces parages.

L'aurore venue, une épaisse rosée imprégnait toutes choses et jusqu'aux bords de ma couverture. Quand le soleil a pointé sous une forme encore indécise, je me suis levé d'un bond, je me suis secoué vigoureusement et de grosses gouttes ont fusé tout autour de moi, convoquant des couleurs d'arc-en-ciel dans la lueur du matin. J'ai sellé ma jument et j'ai rebroussé chemin vers l'est. De retour en Amérique, à travers le Tennessee, et jusqu'à chez moi.

Lorsque je suis parvenu au dernier défilé dans la montagne, c'était l'automne. Une bruine et un brouillard tellement épais que je voyais à peine au-delà des oreilles de ma monture. Par temps clair, j'aurais eu devant moi le paysage familier et tumultueux des ravins de torrents convergeant pour former le fleuve qui arrosait Wayah. L'air humide avait l'odeur des feuilles encore vertes et de celles qui pourrissaient déjà sur le sol. Perché dans les branchages d'un sapin de Fraser, un faucon à queue rouge m'a observé un moment, s'est ébroué pour faire glisser la pluie de ses plumes engorgées. Déployant ses ailes, il m'a adressé un salut, ou était-ce une menace ? Au regard qu'il fixait sur moi, j'étais certain qu'il me reconnaissait, d'une manière ou d'une autre, et donc j'ai levé un bras très haut pour le saluer à mon tour, car je sentais qu'il était le représentant des montagnes tout entières, un ambassadeur qu'elles avaient envoyé m'accueillir à mon retour en leur sein.

4

De retour à la ferme, j'ai constaté que pendant ma longue absence la maison avait été colonisée par ma tribu toujours grandissante de chiens de chasse à la tête effilée et à la robe mouchetée de bleu. Sur le perron, deux d'entre eux, endormis dans une flaque de soleil, ont accueilli mon arrivée par un vague grognement, sans prendre la peine de bouger, les mèches sur leurs pattes et au bord de leurs oreilles tout emmêlées, pleines de bourre et de poux. Dans le salon, un autre couple de chiens occupaient le canapé en cuir fauve, que leurs griffes pointues avaient égratigné impitoyablement, de même que le parquet en pin foncé. Des touffes de poils bleutés et argentés s'amassaient dans les coins, s'accrochaient aux pieds des meubles, formaient une pellicule brumeuse sur les tables, les globes de lampe et les tapis turcs. À l'étage, d'autres chiens se vautraient sur les lits. Partout, les carreaux inférieurs des fenêtres étaient brouillés par d'innombrables traces de museau.

Ces animaux avaient estimé que puisque personne ne venait imposer l'ordre, il leur appartenait de prendre possession des lieux et d'y régner en maîtres. Effrayés par la meute, les domestiques s'étaient gardés d'intervenir, évitant tout conflit, et le soir venu les mères interdisaient aux jeunes enfants de quitter leurs quartiers. Quels que soient le temps et l'heure, la porte d'entrée de la maison était restée ouverte, permettant aux chiens d'aller et venir à leur guise. Ils avaient fini par oublier tout le langage humain qu'ils avaient pu connaître, ne prêtant désormais pas plus d'attention à ce que l'on pouvait leur dire qu'au murmure incessant de la rivière. Ils avaient cessé depuis longtemps de se plier à la discipline de la chasse. Avant, le simple mot de «Couché!» les envoyait au sol, la tête blottie entre leurs pattes de devant, la queue frappant le sol en attente de l'ordre suivant; maintenant, ils portaient sur le monde des hommes un regard indifférent et rebelle.

Il a donc fallu que je rétablisse le régime d'antan. Dans la soupente à bois, j'ai pris une branche de pin que j'ai gardée dans une main et, un pistolet dans l'autre, j'ai chassé les chiens de ma demeure. Après s'être dispersés dans le jardin, ils sont revenus se tapir sous la galerie. J'ai annoncé à toute la population humaine de la ferme que j'allais bivouaquer sur la berge, préparer mon dîner et mon petit déjeuner avec les provisions que j'avais encore dans mes sacoches de selle, mais qu'après un délai de vingt-quatre heures j'entendais que la maison ait été nettoyée de fond en comble, et des biscuits mis à cuire dans le four.

Les jours suivants, j'ai habitué à nouveau les chiens à recevoir des ordres. Lorsqu'ils refusaient d'obéir, ou pire encore répondaient en grondant, je les attrapais par les épais plis de chair sur leur cou et je les secouais sans ménagement, de même que leur mère l'avait fait au temps où ils n'étaient que des chiots. L'un des jeunes mâles ayant eu l'impudence de se retourner et de me mordre au bras, je lui ai rendu la pareille, plantant mes dents dans son épaule. Lorsqu'ils ont enfin reconnu mon ascendant sur eux, je les ai récompensés avec des abats de caille, des tronçons d'intestin de porc. J'ai parcouru la maison rendue à ma souveraineté, me demandant qui allait l'occuper dans cet avenir inimaginable où les chiens bleus et moi-même aurions été couchés en terre.

J'avais donc repris mes droits sur mon coin de planète, non sans avoir à lutter contre la tristesse accablante qui avait pour cause ce que je pensais être la perte irrémédiable de Claire mais aussi la mort de Waverley, survenue durant mes mois d'errance. Pour faire mon deuil, j'ai installé un banc sous le cornouiller favori de mon fidèle compagnon, tout près de sa tombe, allant m'y asseoir l'après-midi avec un livre. Il arrive un moment inévitable dans la vie où l'on n'a d'autre ressource que cela : constater les disparitions autour de soi, qui sont les conséquences directes de l'existence.

Je crois bien que cette année-là a été la dernière où Bear et moi avons utilisé sa maison d'hiver, et encore seulement pour quelques jours nostalgiques au plus fort des blizzards. Il était devenu aussi fragile qu'une flûte à champagne, sa peau noisette avait viré peu à peu à un terne sépia, cependant il n'avait pas perdu un seul de ses longs cheveux, qu'il continuait à porter aux épaules, avec une seule tresse dans la nuque, et qui conservaient quelques mèches noires dans leur masse argentée.

Au cours de cette brève retraite, il a beaucoup parlé de nouvelles idées qu'il avait conçues pendant mon absence, l'une d'elles étant que plus nous vieillissons, plus nous accordons de la valeur à la saison d'automne. Pour un jeune, il est facile d'être ému par la grande charge symbolique de pêches flétries sur la branche ou de plants de févier se parant de pourpre ; avec l'âge, toutefois, le déclin automnal devient une réalité tangible, non un état d'esprit. Une triste vérité. C'était pourquoi l'automne était devenu son époque de l'année préférée, remplaçant les premières semaines de l'été dans son cœur. Il avait désormais hâte de retrouver ces plaisirs nouveaux que les différentes phases de la saison lui procuraient, la subtile coloration des fragiles frondaisons de sumac, de gainier et de cornouiller, suivie par celle des érables et des tulipiers, la soudaine déclaration d'une mort annoncée qu'était la première nuit de gel, au cours de laquelle toutes les herbes folles périssaient sur pied, et enfin la résistance héroïque des chênes, dont les feuilles s'accrochaient obstinément aux branches malgré les bises les plus glaciales de l'hiver, ne tombant au sol que sous la pression du nouveau feuillage au printemps. Par-dessus tout, Bear était fasciné par le cycle synodique des multiples lunes d'automne, « lune de la fin des fruits », « lune des noix », « lune des moissons », « lune des chasseurs », leur trajectoire toujours modifiée à travers le ciel, leur constante mutation, depuis l'astre gigantesque et laiteux de la fin d'été, jusqu'au petit cercle brillant comme du phosphore au milieu des étoiles infimes d'une nuit glaciale d'hiver.

Quelle que fût leur taille ou l'époque, il avait remarqué durant les dernières années que les lunes avaient accéléré leur course dans le bol en graphite du firmament. C'était réellement inquiétant, la manière dont toutes les roues qui entraînaient l'univers – la succession des jours et des nuits, les treize lunes, les quatre saisons et la ronde majestueuse de l'année elle-même – se mettaient à tourner de plus en plus vite au fur et à mesure que le départ au Pays de la Nuit approchait. C'est une perspective qui nous aimante, nous attire, et plus nous nous affaiblissons, plus son attraction se renforce.

Pour preuve de cette accélération du temps, Bear m'a décrit le héron apprivoisé qu'il avait eu avec lui quand il était un tout jeune garçon. S'intégrant à la vie du village, l'oiseau sauvage s'était habitué à picorer des grains de maïs dans sa paume et avait même renoncé à s'envoler vers le sud à l'approche de l'hiver. Il se promenait sur la rive enneigée, laissant derrière lui ses empreintes fourchues, et la couleur de son plumage s'harmonisait à la lueur bleutée des jours de neige. Presque aussi grand qu'un homme adulte, et donc dominant Bear de plusieurs

411

têtes, il le suivait partout, l'accompagnait dans ses occupations quotidiennes ; quand le gamin pêchait avec un arc et des flèches, le héron harponnait lui aussi des poissons de son immense bec gris. Ce qu'il voulait dire par ce récit, c'est que le temps s'écoulait différemment, jadis, que les journées semblaient devoir toujours durer et ne passaient pas en un éclair comme maintenant.

Quant à moi, je lui racontais d'innombrables anecdotes de mon funeste voyage. L'aspect des plaines de l'occident, les animaux et les êtres singuliers qui les peuplaient, les climats que j'avais endurés, les flots imposants du fleuve Mississippi, et ma rencontre avec Claire. Bear n'était cependant pas enclin à parler d'amour, cet hiver-là, sinon pour constater que le désir charnel ne subsistait guère en lui. Il aimait toujours Sara, certes, mais sans attendre grand-chose d'elle, et le résultat était que leur relation s'était nettement améliorée : Sara en était venue à le traiter avec un respect non dénué d'affection, un peu comme un père longtemps perdu de vue et revenu à la maison après un long séjour dans une contrée lointaine. Bear a dit qu'ils avaient établi ensemble un nouveau terrain sur lequel ils pourraient se tenir côte à côte. Le bébé roux aux dents de carnassier était devenu un garçon que Bear considérait comme son petit-fils. Il m'a confié que tout allait bien avec Sara tant qu'il arrivait à ne pas penser aux nombreuses nuits passionnées qu'ils avaient connues.

Néanmoins le changement de disposition de la belle n'avait eu aucune influence sur les autres femmes de son clan, qui continuaient à mépriser joyeusement Bear. La doyenne d'entre elles, la veuve toujours plus bossue et ratatinée de Hanging Maw, était encore en vie même si, plus que centenaire sans doute, elle ressemblait plus à une souche de vieux chêne à l'écorce ridée qu'à un être humain. Il n'empêche qu'elle continuait à sarcler les rangs de maïs en plein été, non sans avoir à raccourcir chaque année le manche de sa houe tant elle rapetissait inexorablement. Bear m'a dit qu'elle ne le saluait jamais lorsqu'ils se croisaient en vaquant à leurs activités quotidiennes, sinon pour grommeler dans sa gorge envahie de flegme son admonestation de toujours : « Hors de là, maudits bougres ! »

Mes négociations avec les autorités, en particulier le département de la Guerre, s'éternisaient à un point au-delà du ridicule. Après des années de controverse, ils ont finalement plus ou moins cédé à l'une de mes offensives les plus tonitruantes en dépêchant chez nous un vague officiel – secrétaire ou sous-secrétaire ou je ne sais quoi – chargé de recenser les Cherokees de notre région et de préparer ainsi un possible remboursement des frais de déplacement et de subsistance entraînés par le Transfert de la Nation, dépenses que nous n'avions évidemment pas eues à engager puisque nous étions restés à notre place. Ils n'étaient bien sûr pas disposés à payer le total que je revendiquais mais seulement les six pour cent d'intérêts annuels sur la somme, restée magiquement inchangée, de 53,33 dollars par tête. N'est-il pas amusant qu'un assemblage de quatre chiffres séparés par le signe des décimales finisse ainsi par acquérir une existence autonome ? En tout cas, ce maigre pourcentage n'était pas aussi dérisoire qu'il en avait l'air, en regard de toutes les années qui s'étaient écoulées depuis le Transfert et de toutes celles qui ne manqueraient pas de passer encore, compte tenu des lenteurs administratives de Washington et du fait que nous n'avions aucune intention de rejoindre un jour ou l'autre les nouveaux territoires indiens. Et puisque ces intérêts devaient être calculés *per capita*, la simple logique voulait que plus nombreux seraient les Cherokees recensés, plus l'issue nous serait favorable. En restant dans les limites du vraisemblable, bien entendu.

L'identité n'est toutefois pas une réalité facile à cerner, surtout en des temps de mélange. Comment distinguer un épagneul d'un retriever quand tous les chiens sont devenus de la même couleur brune et de la même taille moyenne ? Devions-nous procéder en suivant des critères raciaux tellement arbitraires que, par exemple, il suffisait d'une moitié de sang indien pour être considéré comme tel, alors que quarante-neuf pour cent vous transformaient en quelque chose d'autre ? Pas en Blanc, en tout cas, du moins pas selon les lois alors en vigueur dans notre État et presque partout ailleurs. Ou fallait-il s'en tenir aux coutumes de jadis, prendre en compte les clans et les mères exclusivement, en envoyant au diable toutes ces histoires de sang ? Ou était-il plus pertinent de se demander en quelle langue un quidam rêvait, priait, jurait, ou s'il se nourrissait de galettes de haricot, se souvenait des contes traditionnels à la veillée et descendait s'immerger dans la rivière dès qu'il était souffrant ? Mais que dire si celui qui faisait tout cela avait également une tignasse blonde et la tête carrée d'un Viking ? Ou bien suffisait-il de tenir une feuille morte de chêne contre sa joue et de décider si sa peau était plus claire ou plus sombre qu'elle ?

Et, pour en venir à un plan qui me concernait très personnellement, est-ce qu'un enfant blanc adopté devait être compté parmi les Cherokees ?

En résumé, toutes ces ratiocinations se résumaient à une double question : qui était indien, qui ne l'était pas ? Et comment s'y prendre pour que la première catégorie apparaisse aussi nombreuse que possible ?

À cet égard, j'ai trouvé un allié inattendu en la personne du fonctionnaire envoyé par Washington, John Mullay, qui s'est présenté un beau jour à Wayah avec toutes les caractéristiques d'une tuberculose avancée, l'éprouvant voyage n'ayant évidemment rien fait pour améliorer son état de santé. Ses yeux étaient perdus dans leur orbite, son teint plus livide que du suif, son visage emperlé d'une sueur d'agonisant. Pour ajouter à son infortune, Mullay appartenait au parti démocrate alors que de toute évidence les whigs s'apprêtaient à triompher au mois de novembre suivant grâce à leur candidat, Zachary Taylor. Mullay, qui ne devait son poste qu'à des protections en haut lieu, allait sans nul doute le perdre dès le lendemain de l'intronisation du nouveau président conservateur. Et c'est là que le hasard me tendait une perche bienvenue : ayant fait la connaissance de Taylor lors de l'un de mes tout premiers séjours à Washington, quand il était jeune et moi encore plus, nous avions découvert que nous étions probablement de lointains cousins, liés par la famille de nos pères respectifs. C'était le genre de relation tellement distendue qu'elle se perdait dans les arcanes de la généalogie mais le principal était que nous nous étions mutuellement reconnus apparentés, et cela suffisait. Sans lui donner d'espoir trop précis, j'ai donc fait comprendre à Mullay que je serais bientôt en mesure de l'aider à conserver sa place si les élections se déroulaient comme prévu, selon des circonstances et pour des raisons qu'il était inutile de préciser.

Je ne voudrais cependant pas paraître ici un froid calculateur dépourvu de tout sentiment. J'en étais venu à apprécier Mullay, qui m'inspirait une sorte d'élan protecteur à son égard. Il avait accepté cette mission au sud dans l'espoir que l'altitude et l'air des montagnes accompliraient un miracle sur ses poumons malades, car il en était déjà au stade où l'on crache furtivement dans son mouchoir que l'on replie bien vite afin de dissimuler les traces rouges à ses proches et à soi-même. Je me suis persuadé que je pourrais l'aider à combattre son mal par des manifestations de jovialité. Oui, rien de tel que le bon air et les sorties en pleine nature dans la fraîcheur revigorante de l'automne…

C'est pourquoi j'ai insisté pour que nous menions le

recensement en battant la campagne nous-mêmes, sans confier ce soin à quiconque. Ensemble, nous avons parcouru des distances considérables à cheval ; exactement cent quatre-vingt-quatre lieues, selon nos notes de frais, par les routes commerciales comme le long de sentes perdues. Je lui ai procuré de grands moments, aidé en cela par un temps particulièrement clément. Notre équipée a duré toutes les phases de la lune des moissons, sous un ciel d'automne du bleu le plus pur que les tulipiers rehaussaient de jaune et les érables de rouge. Parcourant les combes pendant la journée à la recherche d'Indiens à décompter, nous passions la nuit dans des auberges où nous commandions leurs meilleurs vins de France et où nous montions dans nos chambres assez tôt pour lire à la lumière d'une bougie, échangeant nos impressions de lecture le lendemain. Réchauffés par la flasque de whisky écossais que nous nous passions tout en avançant au pas tranquille de nos montures, nous nous arrêtions devant des fermes isolées, des gens sortaient sur le perron, je les saluais de loin, ils répondaient par un « Hé, Will ! », puis regagnaient l'intérieur et alors je disais à Mullay : « Ceux-là sont des Indiens, aucun doute là-dessus », et sans même mettre pied à terre celui-ci rajoutait des noms dans son carnet de recensement.

Les deux derniers jours de notre tournée, une nuée de perroquets vert et orangé s'est abattue sur la région. Des milliers d'oiseaux aussi gros que des corneilles, qui menaient grand tapage avec leurs conversations incessantes avant de s'abattre sur les pommes encore aux arbres pour les déchirer et avaler leurs pépins. Quand il n'y a plus eu un seul fruit intact, ils sont partis ailleurs, laissant Mullay abasourdi et émerveillé comme un enfant d'avoir vu notre forêt vierge se peupler de perroquets.

À notre retour, nous avions sur le papier plus de Cherokees certifiés que personne ne l'aurait imaginé. Un nombre effarant, pour tout dire, et cela malgré l'hostilité ouverte de la communauté des Longs-Cheveux, qui avaient refusé d'adresser la parole à Mullay et *a fortiori* de lui donner leurs noms, persuadés comme ils l'étaient que sa véritable mission était de préparer un deuxième Transfert.

Bref, cela avait été une campagne de recensement aussi originale que stimulante, que j'ai encore étoffée par plusieurs lettres faisant état de nouveaux Indiens apparus ici et là lorsque Mullay est retourné à Washington, un autre homme dois-je ajouter, les joues roses, remplumé et le sourire revenu sur ses lèvres plus colorées. Même si certains esprits chagrins ont assuré par la suite que nos résultats n'étaient pas sans ressemblance avec ces villages dont la moitié du cimetière recouvre soudain la capacité de voter lors d'une élection serrée, il est indéniable que nous avions procédé selon des critères précis, à la fois stricts et souples, que Mullay et moi avions mis au point au cours de nos journées à cheval. Fondamentalement, nous avions convenu que l'identité était tout autant ce que vous estimez être que la manière dont le reste du monde vous considère, et dans cette logique j'ai bien évidemment été compté au sein de la peuplade cherokee. Supercherie, ont clamé d'aucuns, mais j'étais – et je reste – prêt à descendre sur le champ d'honneur pistolet à la main pour défendre ma présence sur cette liste.

Plus tard, pendant la deuxième et ultime année à la Maison-Blanche de mon vague cousin Zachary Taylor, Mullay est revenu parmi nous, miraculeusement épargné par le changement d'administration, afin de retoucher quelque peu notre recensement que deux organes de presse avaient entre-temps qualifié de « chimère » et d'« élucubration ». Sa santé s'était à nouveau dégradée, malheureusement, au point qu'il n'a pu parcourir le pays à cheval, cette fois, et que j'ai pris place à ses côtés dans un chariot. À l'ombre de la bâche, son visage était bleuâtre comme la peau du lait, et quand il devait marcher il était contraint

417

d'utiliser deux cannes. Pendant cette seconde inspection, notre liste de noms s'est encore allongée. Le jour de son retour à Washington, il m'a tendu la main pour me dire au revoir mais je l'ai enlacé par les épaules et je l'ai serré contre moi ; je savais que je ne le reverrais plus jamais dans ce monde.

Peu après son départ, une somme a été arrêtée : six pour cent de 53,33 multipliés par beaucoup, beaucoup de têtes. Le chèque qui m'est parvenu en guise de remboursement collectif était colossal mais il ne constituait même pas un paiement final, puisque les intérêts continueraient à courir tant que nous, nos héritiers et leurs descendants maintiendrons notre refus d'abandonner nos terres pour rejoindre les territoires.

Mullay est mort quelques mois plus tard. La nouvelle de son décès m'a plongé dans un abattement qui a duré plus longtemps que je n'aurais pu le justifier.

Il me faut maintenant mentionner un aspect de ma vie que j'aurais voulu passer sous silence, mais qui demeure incontournable : au faîte de mon succès, j'ai été propriétaire de plus de quatre douzaines d'esclaves noirs. Un minimum d'honnêteté m'amènerait à dire ceci : quand on atteint un âge où l'on n'a plus rien d'autre à faire, il est extrêmement facile de considérer certains agissements de sa vie et d'en éprouver un remords pratiquement inoffensif, désincarné, un sentiment aussi décoloré que la poussière dans le vent. Puisqu'il est trop tard pour y remédier, de toute façon, on s'abandonne soudain à l'idée que l'on a pu se fourvoyer, certes, mais que cela s'est produit entièrement à son insu. C'est un constat agréablement mélancolique, un pas facile bien que trompeur en direction de l'auto-absolution. Peut-être est-ce également un élément inévitable du vieillissement, à l'instar de l'arthrose ou de la presbytie. Si nous vivons assez longtemps, nous en souffrons tous.

Bear n'était pas épargné par ce genre de regrets complaisants. Dans ses dernières années, il repensait souvent à toutes les bêtes qu'il avait tuées, disant qu'il ne se reprochait pas un seul animal abattu pour calmer la faim mais qu'il ne se pardonnait pas d'avoir chassé par cupidité. Lorsque le monde était encore jeune, les hommes avaient eu des prières pour les habitants des forêts dont ils étaient forcés de verser le sang pour survivre, notamment les ours et les chevreuils. Car ils saignaient abondamment, à un point embarrassant, autant que les humains, des flots rouges qui se répandaient partout et pour lesquels il avait fallu inventer des rites. Au lieu de le laisser se perdre dans les feuilles mortes, on nourrissait les rivières du sang des ours et des chevreuils, là encore en prononçant une prière, et ce faisant on était quitte avec la Création. Mais c'était au temps où les femmes cultivaient la terre et les hommes chassaient, complémentaires dans un équilibre qu'ils n'auraient jamais pu atteindre les uns sans les autres ; et la cérémonie du mariage elle-même symbolisait cet accord, cet échange équitable entre les sexes, maïs contre peaux de bêtes. Et puis soudain, dans un temps assez proche, tuer était devenu un moyen de s'enrichir, au point que le cuir de chevreuil était devenu une monnaie d'échange plus courante encore que le dollar. Des peaux hâtivement tannées s'entassaient sur des mules attachées l'une à l'autre. Beaucoup d'argent. Beaucoup de « mitraille », comme on disait alors.

Devant cette promesse de prospérité aisément atteignable, les hommes avaient réagi comme ils le font toujours : ils avaient oublié toute retenue. Les prières avaient disparu et bientôt, avec elles, les ours et les chevreuils. C'était toujours ainsi que Bear parlait de ces bêtes : elles avaient « disparu », elles étaient « parties ». Jamais la vérité nue, qui était que les humains avaient traqué jusqu'au dernier tous les animaux qu'ils pouvaient vendre ou échanger dans les comptoirs de commerce. Jamais l'aveu que les bisons et les élans ne s'étaient pas enfuis dans des contrées inconnues, non, mais avaient été massacrés en masse. Par une ironie tout involontaire, on était certain de trouver un « Torrent du Bison » ou une « Ravine de l'Élan » dans chaque coin du pays où le dernier en mémoire avait été tué, quand ce n'était pas sa peau mangée aux vers clouée au mur d'une grange.

Bear m'a raconté à nouveau la fois où il s'était approché d'un daim effondré au sol, trop faible pour bouger. L'une de ses pattes arrière cassée par une balle et repliée sous lui, un sang noir coulant de son ventre percé par une autre, tandis qu'une troisième avait arraché du crâne l'un de ses bois. Il se rappellerait à jamais son regard quand il était venu à lui pour lui trancher la gorge et vendre sa peau un dollar.

– Il n'y a pas de prière pour une chose pareille, disait-il à la fin.

Cette histoire, qu'il m'avait rapportée à au moins dix reprises, le laissait toujours attristé, et pourtant ce n'était pas ainsi qu'il s'était livré à la chasse pour le profit. Pas de mélancolie, alors. Chaque dollar comptait, et il en avait désiré des piles et des piles.

Quant à moi, je n'avais pas voulu labourer mes champs, ni couper mon bois, ni traire mes vaches, et c'était pourquoi j'avais fini par posséder des hommes, des femmes et leurs enfants. Et s'il existe une prière pour réparer cela, j'aimerais qu'on me l'apprenne avant qu'il ne soit trop tard.

Bear était l'un des hommes les plus droits qu'il m'ait été donné de connaître, peut-être le plus honnête de tous, envers les autres comme vis-à-vis de lui-même. Je compte donc comme l'un des résultats de son enseignement le fait que je n'ai aucune intention de quémander la sympathie ou la compréhension de quiconque, pas plus que je ne suis enclin à implorer le pardon pour le bénéfice de qui que ce soit, à commencer par le mien.

Puisqu'il est question d'honnêteté, je dois indiquer ici que Bear fut lui aussi un propriétaire d'esclaves, à la faveur d'une expérience aussi brève que singulière. Durant les années entre le Transfert et sa mort, il s'est retrouvé le maître d'un certain Cudjo, un authentique Africain arrivé en Amérique sur l'un des derniers navires de la traite des Noirs, et qui était son égal en âge et en infirmité. Je n'ai jamais compris quel arrangement commercial avait présidé à cette étrange acquisition, excepté qu'y étaient mêlés une vieille dette à propos de ginseng et de trois ou quatre chevaux, ainsi qu'une bonne dose de ressentiment envers son ancien débiteur.

Bien que Bear ait parfaitement compris le principe de l'esclavage, il avait un remarquable dédain pour cette institution, du moins de son point de vue. Aussitôt après avoir reçu Cudjo en paiement, il l'avait informé qu'il était le bienvenu s'il voulait rester chez lui mais qu'il n'était pas question qu'il appelle Bear « maître », ni aucune de ces absurdités, et qu'en retour il ne devait attendre de lui rien de plus que ce qu'il pouvait offrir à n'importe quel membre de la communauté villageoise, c'est-à-dire un bol offert de bon cœur s'il y avait quelque chose en train de mitonner dans la marmite. Un seul bol, pour être précis, car telles étaient les règles de la bienséance dans ces contrées. Et si Cudjo trouvait cela insatisfaisant, il avait sans doute intérêt à aller voir ailleurs.

Très vite, cependant, les deux vieillards étaient devenus des amis inséparables. Cudjo, qui avait certainement un talent exceptionnel pour les langues, avait assimilé en un clin d'œil jusqu'à l'accablante abondance des temps dans la conjugaison cherokee, et dès qu'ils avaient été en mesure de communiquer ils s'étaient rendu compte que leurs enfances respectives présentaient maintes similarités. Sang, honneur, bravoure, armes étaient des termes qui résonnaient avec la même force dans leur passé.

Cudjo ayant raconté une histoire de jeunesse à propos d'un tête-à-tête avec un lion qui avait profondément impressionné Bear, ils s'étaient montré leurs vieilles cicatrices, les marques de griffes laissées par des temps meilleurs, et ils avaient vite convenu de se tenir réciproquement pour des chasseurs et des guerriers de même valeur, des archétypes d'un ordre ancien qui ne reviendrait plus jamais inspirer les humains.

Bientôt, ils s'étaient mis à partager de petites farces destinées à abuser gentiment les crédules. Devant des tiers qui ignoraient leurs relations, et notamment s'il s'agissait de Blancs, Cudjo commençait à donner du « Maître » à Bear, lequel baissait les yeux au sol, secouait la tête d'un air navré puis, un index arthritique sentencieusement levé, déclarait qu'être le maître d'un pareil individu était une épreuve qu'il n'aurait pas assumée même contre un tas de pièces d'argent. D'or non plus, d'ailleurs. Plus d'un homme avait commis l'erreur de devenir l'esclave de ses possessions, n'est-ce pas ? Cudjo était une responsabilité trop lourde à assumer, décidément, et c'était pourquoi il pouvait garder ses « Maître » et tout le reste, merci beaucoup.

À ce moment, Cudjo objectait : « N'empêche que ce vieux Bear est quand même mon maître, maintenant. Il a mes papiers. »

Ils éclataient de rire ensemble, tel un couple de jacasses, après quoi Bear menaçait de vendre son compère à quelque plantation de coton du Mississippi où le fouet allait bon train, sauf qu'il était si décrépit que personne n'en voudrait, hélas, alors à quoi bon essayer ? Sur ce, il se levait et plantait là son auditoire.

Quand ils étaient d'humeur plus sérieuse, ou lorsqu'ils avaient bu, ils proclamaient qu'ils étaient frères et, d'un seul geste, se retournaient en soulevant leur chemise pour exhiber leurs cicatrices, cinq traces de griffes qui faisaient des paraboles argentées sur leur peau sombre.

Pendant le court moment qu'ils devaient partager, ils avaient tous deux vécu à la maison communale, dormant l'un contre l'autre sur le banc le plus proche du feu durant les nuits froides de ce printemps et de cet automne, mais s'ils partageaient la même couverture ils tenaient à garder chacun leur literie personnelle.

Cudjo était mort peu avant le Noël de cette année-là. Par un matin de grésil, il s'était affaissé d'un coup alors qu'il remontait la route. Bear avait tenu à ce qu'il soit enterré comme s'il était un natif de ces montagnes et avait appartenu à l'un des clans indiens ; il avait lui-même entassé les pierres sur sa tombe, alors que son grand âge aurait pu le dispenser de ce pénible hommage rendu au disparu.

Après avoir achevé le monticule, il s'était borné à un très simple éloge funèbre. On ne peut jamais savoir quand quelqu'un va vous appeler à lui ou à elle, avait-il dit avant de rentrer chez lui en longeant la rivière.

C'était à l'époque où je débordais d'énergie et d'esprit d'entreprise. J'en avais fini de me tourmenter au sujet de Claire, en tout cas avec la douloureuse intensité des années précédentes. Elle était partie, voilà tout. J'avais désormais une succession de magasins généraux éparpillés le long de ce qui avait été la frontière orientale de la Nation, à environ une journée de cheval les uns des autres. Et puis il y avait mon office d'avocat qui m'appelait fréquemment aux audiences d'une demi-douzaine de tribunaux à travers les comtés du piémont. Et je continuais à m'occuper des affaires de Wayah. Bref, je passais une grande partie de ma vie sur une selle.

Rien ne m'échappait, en ce temps-là ; j'avais des antennes pointées dans toutes les directions. Sans crier gare, nos législateurs avaient concocté une loi obscure destinée à encourager la production locale de la soie. Ce n'était pas absurde, après tout, car notre État était plein de mûriers, dont les feuilles sont la seule nourriture qui tente les vers à soie. Le décret offrait diverses subventions et nombre de facilités, notamment en matière de création de coopérative, ce qui à l'époque n'était ni fréquent ni encouragé par la législation en vigueur. Même si ailleurs, dans les plaines, cette tentative de stimuler l'industrie de la soie est restée largement négligée, il m'a suffi de lire une seule fois le décret pour comprendre quelle prolifique vache à lait on nous offrait là. Les juteuses perspectives que j'ai alors discernées n'avaient cependant pas grand-chose à voir avec le tableau bucolique d'Indiens occupés à relever les cocons, à enrouler les fils sur des bobines et à vendre le résultat sur les marchés de Charleston ou de Philadelphie.

Afin de préserver les apparences, je suis bel et bien allé jusqu'à commander une livraison d'œufs de vers à soie, après avoir sollicité un chèque des autorités pour la payer. Et ensuite, j'ai entrepris d'organiser les Indiens en coopérative. Du jour au lendemain, ils sont tous devenus actionnaires de la Cherokee Company, dont les objectifs ne se limitaient pas à la production de la soie mais embrassaient aussi toutes les activités que je jugeais intéressantes. En particulier, la nouvelle entité a manifesté le désir de se rendre propriétaire des terres que Bear et moi avions accumulées année après année, un domaine immense fondé sur des paroles, des promesses et, de-ci de-là, quelques chèques en bois. Les statuts ont été rédigés de telle sorte que les actionnaires, tout en pouvant devenir individuellement propriétaires de terrains, n'étaient autorisés à les revendre qu'au sein de la coopérative. Peu importait comment les gens de Bear se voyaient, peuple, tribu, communauté : aux yeux de l'État dont ils dépendaient, ils formaient désormais une entité légale.

Avant même que je n'aie mis la dernière main à la constitution juridique de la coopérative, les œufs avaient éclos en larves noirâtres qui ont grossi, mué de peau et, sans avoir eu le temps de produire un brin de fil, dépéri jusqu'à se ratatiner et mourir l'une après l'autre. C'était la fin de l'aventure des soyeux montagnards, et je n'en ai pas été plus chagriné que cela. Comme disait Bear, toute entreprise qui ne dépendait que de vilains petits insectes était un poison pour l'âme, la seule et unique exception étant évidemment sa fameuse soupe de guêpes.

Les vers étaient morts, mais la Cherokee Company restait bien vivante.

Certains de mes détracteurs ont soutenu que des montages tels que celui-ci ne servaient que mes intérêts personnels, rien de plus qu'un moyen de vendre plus facilement aux Indiens mes terres escarpées et sans valeur. D'autres observateurs ont opiné que je ne faisais que réaliser le vieux rêve de Bear, recréer une patrie indienne en dépit des efforts du gouvernement pour les écarter de cette région et laisser la voie libre au progrès ; ils ont dit que Bear était un rebelle, peut-être même un révolutionnaire, qu'il avait juré depuis des lustres de ne jamais vivre en paix avec les Blancs, qu'il m'avait ensorcelé pour me pousser dans cette direction erronée et que, à nous deux, nous avions réussi là où des chefs comme Tecumseh et Osceola avaient échoué, en constituant notre propre territoire et en défiant la volonté des autorités élues. D'autres encore ont prétendu que mon seul but était de créer un royaume au milieu des forêts sur lequel je régnerais tel un patriarche biblique et, d'une voix sombre, ils ajoutaient qu'il était encore impossible de savoir si ma domination allait être débonnaire ou despotique.

La logique naturelle voulait qu'à un moment ou un autre j'en vienne à briguer l'approbation des électeurs. Mon premier mandat a été celui de sénateur de l'État, ce qui n'impliquait guère plus que d'aller passer deux mois tous les deux ans à la capitale et d'y retrouver mes pairs pour légiférer, lever le coude et se payer une pinte de bon sang. En ce temps-là, les exigences de la fonction restaient limitées. De mon premier mandat, je me rappelle surtout l'acoustique remarquable de la grande salle ronde du Capitole. Sous son dôme, les croassements d'un corbeau seraient passés pour une harmonieuse mélodie. La plupart des lundis soir, entre le dîner et les libations nocturnes, quelques représentants du peuple se retrouvaient là pour entonner de vieilles complaintes sentimentales. Une fois, un jeune membre de l'assemblée, un riche dandy élu dans une circonscription de la côte, a interprété l'un des poignants *lieder* du *Winterreise* de Schubert et ensuite, entre deux pintes de bière à la Sir Walter Tavern, il en a traduit les paroles avant d'en résumer plusieurs autres pour moi. Ces ballades sont les chapitres de l'histoire d'un voyageur errant rendu inconsolable par un chagrin d'amour. Dans l'un d'eux, l'amoureux transi écrit le nom de sa bien-aimée sur la surface gelée d'un ruisseau. Non sans fierté, j'ai appris à notre tablée que j'avais eu la même tragique et futile idée des années auparavant, et que longtemps après j'avais eu le cœur déchiré par l'image de la débâcle printanière emportant au loin les six lettres sacrées que j'avais tracées sur l'eau alors solide et qui bondissait depuis de cascade en cascade, se jetait dans le Mississippi et aboutissait enfin au golfe salé dans lequel elle se mêlerait à tous les océans du monde. C'est ainsi que l'on voit les choses, à un certain âge. Du moins quelques-uns d'entre nous.

5

Je me dis soudain qu'à me lire on pourrait penser que j'ai vécu ces années après Claire comme un moine. Que je continuais à l'attendre, voué à la chasteté telle une héroïne de roman. En réalité, c'est une option qui ne m'est jamais venue à l'esprit, en partie parce qu'elle me semblait vaine, Featherstone étant très susceptible de vivre aussi vieux que Granny Squirrel. Le temps passait sans que je puisse savoir si Claire m'aimait ou me haïssait, si même il lui arrivait de penser à moi. Eût-elle été entièrement mienne depuis le jour de ma jeunesse où je l'avais gagnée aux cartes, je suis certain que je lui aurais été d'une fidélité absolue. Aucun doute là-dessus, pour moi. Et même dans les circonstances que le sort m'a imparties, je crois que je l'ai été, d'une certaine manière. Des preuves ? Primo, je ne me suis jamais marié ; secundo, je n'ai jamais gardé une femme près de moi très longtemps. Aucune de ces deux preuves n'étant entièrement de mon fait, il faut le reconnaître, et quoique je n'aie pas une seule fois refusé une aventure… Alors le moment est sans doute venu d'ouvrir ici une rapide parenthèse afin d'évoquer la vie sentimentale tumultueuse de ma maturité.

Pendant des années, j'ai joué avec le rêve de rencontrer une femme qui serait « mienne » dans un sens encore plus profond que Claire ne l'avait été. Ma promise, ma femme, *la* femme… Et comme je ne me serais pas satisfait d'attendre que le hasard la fasse croiser mon chemin, j'ai voulu me jeter en travers du sien. Au Sénat de Washington, j'ai redécouvert toutes les occasions de faire la connaissance d'un certain genre de dames que les travées pentues des galeries réservées aux visiteurs pouvaient offrir. Des femmes qui étaient un « bon parti », très conscientes de leur valeur et cependant prêtes à n'importe quel sacrifice pour se retrouver en contact avec la gent masculine, car autrement quelle aurait été leur motivation de supporter la logomachie des dignes sénateurs ? Et si j'étais en mesure de leur proposer de m'accompagner à une soirée d'ambassade ou à une réception à la Maison-Blanche, c'était encore mieux. Aucune d'elles n'était l'*alter ego* parfait, mais nombre d'entre elles offraient une agréable compagnie pour un moment. Je me souviens de l'une d'elles assise avec moi sur la pelouse de la résidence présidentielle lors d'un pique-nique de la fête nationale du 4 juillet. La vingtaine, jolie mais sans plus, elle portait une robe légère qui l'entourait comme un glaçage de pâtisserie dans la lumière déclinante de cette longue journée d'été. Quand un feu d'artifice a explosé dans le ciel, tirant des « oooh » et des « aaaah » extasiés parmi la foule d'invités, son visage levé vers la voûte céleste et éclairé par les bouquets de couleurs a soudain acquis une beauté poignante. Vers la fin, des boules de feu aussi grosses que des lunes sont retombées sur terre en tuant deux ou trois spectateurs, et le choc provoqué par ce macabre accident nous a rapprochés l'un de l'autre. Fragilité de la vie humaine, et ainsi de suite… En revenant à son hôtel dans l'intimité et la sécurité de mon attelage, nous avons plus que flirté. Je me rappelle que son collier de perles s'est brisé et que les petites boules opalines ont roulé partout, sur le siège et à nos pieds.

Et puis il y avait les amours qui m'attendaient à tel ou tel point des routes que j'empruntais régulièrement dans mes tribulations. À une journée au nord de la station ferroviaire la plus proche de Wayah, une femme adorable habitait une minuscule bourgade blottie juste au pied d'une grande montagne arrondie. Je l'aimais tendrement, au point d'avoir fait le détour pour aller la voir des années durant, au cours de mes nombreux voyages d'ordre politique à Washington. C'était une maîtresse d'école restée célibataire, bien plus haute de taille que les hommes n'apprécient généralement de voir les femmes à leurs côtés. À propos de son âge, elle m'avait seulement dit un jour qu'elle était plus proche de la quarantaine que de la trentaine. Elle avait de très beaux cheveux, souples et soyeux, couleur gorge-de-pigeon, des yeux verts, de longues jambes crémeuses qui se terminaient malheureusement par des pieds trop grands et trop minces, mais aussi un derrière dont les courbes avaient de quoi vous couper le souffle, ou du moins était-ce l'effet qu'elles me faisaient. Certaines fois je rallongeais mon chemin de cinquante lieues à cheval pour avoir une nuit avec elle. Elle avait passé les dix dernières années à s'occuper de son père, qui avait perdu la vue lorsqu'elle était encore enfant, blessé au visage par une ruade du cheval qu'il était allé couvrir d'une couverture dans le paddock pendant une tempête de neige. Ainsi, nous pouvions faire à peu près tout ce qui nous venait à l'idée au cours de mes visites, à condition de rester vraiment silencieux. Un temps, j'ai presque été persuadé qu'elle était celle que j'attendais. Je ne le sais toujours pas, car je n'ai jamais eu l'occasion de le vérifier : son père a été emporté par un arrêt cardiaque et elle, presque tout de suite après, par la tuberculose. Pendant quelques semaines, elle a eu la beauté diaphane des victimes de la consomption, puis s'en est allée dans un flot de sang vermillon.

À l'autre extrémité d'une échelle des valeurs dont je ne suis pas entièrement partisan, on trouvait toutes les joyeuses et rafraîchissantes catins de l'auberge de Welch, que je rangerai dans la même spacieuse catégorie que les dames du Sénat. Sans aucun préjugé discriminant, j'aurais volontiers pris l'une d'elles pour épouse si mon cœur me l'avait commandé mais, pour des raisons mystérieuses qui lui appartiennent, il ne l'a jamais fait. Parmi ces prostituées, pourtant, une femme déjà d'un certain âge m'est restée en mémoire jusqu'à ce jour parce qu'à notre première entrevue elle a saisi mon membre rigide dans son poing et elle a déclaré : « Où que j'aille après ma mort, j'espère bien ne plus jamais avoir à supporter la vue d'un seul de ces damnés engins ! » Si cette annonce liminaire n'augurait rien de bon pour la soirée, elle s'est cependant mise au travail avec entrain et m'a chevauché comme si elle était emportée par une passion sans limites. Quatre fois, cette nuit-là, si j'en crois mon vieux journal intime.

Bien après avoir dépassé le milieu de ma vie, je me suis mis en tête de courtiser la très jolie fille d'une excellente famille du comté. Son grand-père avait été l'un des fondateurs de la ville aux lendemains de la Révolution, lorsqu'un nouveau traité avait déplacé d'un cheveu vers le nord la frontière entre l'Amérique et l'ancienne Nation, et qu'il s'était hâté de rafler les meilleures terres disponibles, devenant ainsi un notable local. La très mignonne, qui avait à peine la moitié de mes années et un tempérament réservé, avait néanmoins développé un engouement romantique pour les Indiens et le bien qu'elle pensait pouvoir faire chez eux. Flanquée d'une tante veuve et revêche, elle était venue à Wayah pour une visite d'information au cours de laquelle je lui avais présenté toutes mes réalisations, du comptoir à la forge, du moulin à grain aux ateliers d'artisanat, l'école, l'église, ma ferme avec ses esclaves et ses travailleurs indiens libres, et même les roues de chariot que notre village avait produites. L'ambiance de la tournée n'était pas sans rappeler un entretien avec un banquier auquel on a fait part de son intention de contracter un emprunt considérable. Nous étions tous les trois sur la banquette de ma

meilleure carriole, la tante-chaperon sombrement ins-
tallée entre nous. Cette dernière avait à peu près mon âge,
constatation que j'ai trouvée plutôt déprimante.

Partout où nous allions, les gens s'approchaient de l'attelage pour demander une faveur, se plaindre de leurs
voisins, décrire longuement des conflits sur lesquels je
n'avais aucun pouvoir mais qu'ils attendaient tous que
je départage. La jolie fille ne pipait mot, les yeux perdus
au loin. Quand la longue visite s'est achevée vers trois
heures de l'après-midi, sa tante s'est exclamée : « Mais
dites-moi, Will, êtes-vous le roi, dans ces parages ? » À
quoi j'ai répondu : « Non, chère madame. Pas de rois,
ici. Plus de nos jours. »

La très mignonne et moi sommes allés si loin sur la
voie d'un mariage prévisible que le principal quotidien
de la capitale a observé dans sa colonne de potins mondains que les rumeurs concernant les noces prochaines du
digne sénateur et de sa belle et jeune dulcinée devraient
redonner de l'espoir à tous les célibataires d'âge mûr. Et
puis, brusquement, elle a épousé un jeune lieutenant de
l'armée. Dans une hâte extrême, dois-je ajouter, l'union
ayant été célébrée de sorte que l'arrivée de leur premier
enfant se produise dans un laps de temps acceptable, une
sorte de « délai de grâce » social, même en admettant que
le bébé puisse être horriblement prématuré. Tout ce que
j'en ai retiré a été une lettre tachée de larmes.

Enfin, je dois ajouter les amourettes accumulées pendant
toutes ces années, idylles estivales nouées dans des hôtels
de montagne où, le temps passant, j'ai cessé d'entraîner
des filles cherchant à se distraire de la routine d'un séjour
avec leurs parents pour y attirer plutôt leurs tantes non
mariées et encore presque jeunes, et encore après cela
des veuves pâlies, des épouses mal mariées, voire parfois
une nounou prête à se jeter au cou de n'importe qui.

Dans cette dernière rubrique, je me rappelle avoir été
poussé par un désir obsédant, un soir bien après minuit,

à me faufiler à l'étage des domestiques, dans les combles du Warm Springs Hotel, afin d'y retrouver la belle gouvernante aux yeux languides de trois garnements insupportables, la descendance grassouillette et inepte d'un propriétaire terrien des environs de Cheraw. Si elle me tentait à ce point, c'était à la fois à cause de la joliesse de ses lèvres minces et parce qu'elle avait à la main un exemplaire du *Werther* le premier jour où je l'avais aperçue sur la pelouse de cet établissement thermal, un livre qu'elle n'avait d'ailleurs pu ouvrir tant elle était occupée à empêcher ces stupides enfants de tomber dans la rivière et d'être emportés jusqu'au Tennessee.

J'avais outrageusement flirté avec elle. Et, deux nuits plus tard, je me faufilais donc dans l'étroit couloir sous les toits en me disant que l'amour peut décidément nous conduire aux endroits les plus inattendus. La bougie que je tenais à la main trouait à peine l'obscurité, se reflétant faiblement sur le parquet passé au brou de noix et sur les murs jaunes. J'ai essayé de distinguer les numéros sur les portes, arrivant finalement à la vingt-trois, sur laquelle j'ai tapoté discrètement d'un doigt. Elle a ouvert. La pièce était à peine plus longue que le lit, deux couchettes superposées comme celles des wagons-lits et protégées par des rideaux en lin fatigués suspendus à une tringle, et juste assez large pour avoir la place de s'habiller debout.

Et elle avait une compagne de chambre, en plus ! Car lorsque j'ai grimpé sur la couchette supérieure et que je me suis laissé tomber sur le mince matelas avec ma nounou, un gloussement amusé est venu d'en bas.

« Je ne crois pas que je puisse faire cela, ai-je chuchoté, allons dans ma chambre, d'accord ? » Mais elle a refusé catégoriquement, restant sourde à toutes mes supplications.

Pour elle, c'était une question d'identité : si je la désirais, je devais l'accepter telle qu'elle était, dans l'inconfort et la promiscuité que sa condition supposait. Je me suis donc résigné à faire de mon mieux, aussi silencieusement que possible. Elle m'a saisi dans ses bras et ses jambes comme si j'étais sa seule chance de salut, m'agrippant avec une force farouche que je n'aurais jamais suspectée dans ces membres fragiles. Le lendemain, j'avais les côtes en charpie ; au petit déjeuner, je me suis tâté discrètement le torse sans déceler toutefois la présence de fractures.

Tout au long d'un mois d'août orageux et pluvieux, j'ai répété plusieurs fois cette délectable incursion dans les combles obscurs, et puis la famille qui l'employait a plié bagage sans préavis, la ramenant dans leurs lointains pénates. Debout sur la galerie, j'ai regardé leur calèche s'en aller, suivie par un chariot rempli de malles et de sacs. Elle a évité de tourner les yeux dans ma direction tandis que les horribles mouflets s'agitaient autour d'elle sur la banquette arrière.

L'automne et l'hiver suivants, je lui ai adressé des lettres fébriles, m'imaginant la libérer de sa triste existence et l'épouser. Encore aujourd'hui, je crois que je serais allé jusqu'à cet extrême si elle m'avait donné le plus petit signe d'encouragement, que je me serais passé la corde au cou pour elle.

Je lui envoyais des colis de livres, des parfums, des écharpes en soie, des bracelets en argent, témoignages impudents de ma flamme. Mais comme à l'approche de Noël elle ne m'avait pas répondu une seule fois il a bien fallu que j'admette ma défaite.

J'avais une caissette en bois pleine de souvenirs, le musée de mes amours déçues : une perle échappée d'un collier cassé, un mouchoir taché de sang, un billet d'un dollar périmé, une lettre dont l'encre bleue était brouillée à trois endroits sur le papier couleur crème, une édition de poche du *Werther*.

J'avais besoin d'aide. Ma vie était en désordre. J'avais voulu tout faire moi-même, tout superviser, tenir la comptabilité de chacune de mes entreprises réparties sur quatre comtés, et cela en plus de ma charge de sénateur.

Je reconnais que je n'y avais pas apporté le soin le plus méticuleux ; ainsi, mes livres de compte me servaient souvent de journal, au point que mes notations personnelles prenaient parfois la place des colonnes de chiffres. J'aimais la texture de ces grands cahiers vierges, la régularité rassurante des lignes noires sur leurs pages, leur élégante reliure en cuir spécialement réalisée pour moi à Washington et dont les dimensions étaient parfaitement adaptées à la taille de mes fontes de selle, puisque je passais le plus clair de mon temps sur la route. Je notais presque tout, mais dans un ordre capricieux. Un tableau comparatif des dettes en souffrance et de celles remboursées pouvait avoisiner une liste de fournitures destinées à l'une ou l'autre de mes affaires, un récapitulatif des derniers terrains vendus ou achetés, de mes débiteurs et créanciers, tout cela mêlé à quelque observation sur l'apparence de la lune, la manière dont le brouillard avait soudain quitté une combe, ou la description facétieuse de la tenue de mes collègues à une séance de tribunal. Et puis, en langage codé, une note à propos de telle ou telle femme dont j'étais brièvement tombé amoureux dans un relais de poste.

Tallent a scruté les pages les unes après les autres. À son air, j'ai vu qu'il trouvait tout cela d'une grande confusion.

– Si vous voulez étendre encore mes responsabilités, a-t-il fini par annoncer, je pourrais y mettre un peu d'ordre, mais il y a des choses qui doivent changer.

– Quelles choses ?

– Ceci, par exemple, a-t-il dit en revenant en arrière pour lire à haute voix le passage suivant :

*Aujourd'hui, mon anniversaire. 40. Pas de gâteau. Éclipse
totale de la lune du maïs mûr. En fin d'après-midi, allé chez
Welch. Il faisait nuit sur une partie de la route. B... é H.D.
deux fois.*

– Oui ? Il y a un problème ?
– Eh bien, à qui croyez-vous que la dernière mention
pourrait échapper ? Ou qui y trouverait le moindre
intérêt ?
Il ne me restait plus qu'à lui donner carte blanche pour
qu'il reprenne mes livres en main.
Il m'a remercié de ma confiance, tout en glissant au
passage qu'il était fermement convaincu que les documents comptables devaient se limiter aux mouvements
de trésorerie et ne comporter en aucun cas de références
aux phases lunaires ou aux parties de jambes en l'air.
– C'est un point de départ convaincant, ai-je admis.
J'en déduis que je devrais tenir deux journaux séparés,
au lieu d'un seul.

Bear est mort à la lune des semences, pendant sa phase
ascendante. Aucune circonstance dramatique n'a présidé
à son décès, ni affrontement homérique avec la Nature,
ni soudain conflit l'ayant opposé aux humains. Il était
vieux et épuisé, simplement. À la maison communale,
nous avons empilé couvertures et pelisses sur lui et nourri
sans cesse un feu vif, car il frissonnait tout le temps.
Il avait toujours su comment se comporter avec les
mourants, lui-même. Il leur prenait la main, les regardait
bien en face, n'essayait pas de leur mentir. Tu vas mal,
disait-il. Très mal. Pas du tout bien, pas vrai ? Et cela
les réconfortait. Ils avaient l'impression qu'il était le
seul à comprendre ce qu'ils enduraient. Dans une telle
situation, j'étais au contraire sans ressources. Je restais
maladroitement debout, les mains dans les poches, silencieux tant je craignais de lâcher par inadvertance une

remarque qui confirmerait la présence de l'ombre de la mort dans la pièce, à croire que nous pourrions tous lui échapper si aucun de nous ne s'avisait de prononcer l'un de ses terribles noms.

Durant ses derniers jours, Bear n'a guère parlé mais il a passé de longs moments à étudier ses mains qu'il tendait devant les flammes, les tournant d'un côté et de l'autre, les ouvrant et les refermant en un poing serré, écartant et resserrant ses doigts noueux. Je me suis demandé à quoi il pouvait penser. Était-il en train d'imaginer se saisir de quelque chose ? Un manche de couteau, une crosse de fusil, la courbe pleine d'un sein ? C'était peut-être l'ultime expression de la pulsion de posséder, du besoin de retenir… Depuis, j'ai compris qu'il observait seulement ses phalanges déformées, ses larges ongles aussi lumineux que l'intérieur d'une coquille de moule, la surface polie de ses paumes, parcourue par tout un réseau de rivières, de routes et de frontières qui formaient la carte d'un territoire inconnu. Il songeait qu'au final ses mains ressemblaient trait pour trait à celles de son père.

Et là, en gardant les miennes devant l'ampoule électrique, je m'abandonne aux mêmes pensées. Cette lumière nouvelle et brutale, dont le passé ignorait l'existence, n'est pas flatteuse. Pas du tout. Elle envoie des reflets impitoyables, oblige les pupilles à se rétracter devant elle. L'avenir ne sera pas aimable avec les vieilles personnes. Nous, nous avons besoin d'ombres. L'éclairage qui nous convient est celui d'une chandelle, des rayons de lune, des braises.

Étonnamment, les femmes apparentées à Sara, oubliant leur dureté de jadis, ont pleuré Bear comme un grand homme et un mari adoré. Elles ont toutes pleuré sans retenue, et sans aucune trace de sarcasme. Même la grand-mère Maw, dont les larmes roulaient dans les sillons accusés de ses rides, répétait que Bear avait été probablement l'homme le plus respectable qu'il lui ait été donné de connaître au cours de sa longue, très longue existence, à l'exception de feu son mari, bien entendu, le célèbre Hanging Maw, qui avait cependant vécu dans un monde encore épargné par l'écrasante suprématie des Blancs et où il était donc peut-être plus facile d'atteindre la quasi-perfection. Bref, toutes ces générations successives de femmes ont pleuré la disparition de Bear et je reste persuadé jusqu'à ce jour que chaque larme versée était sincère.

Il a été affirmé plus d'une fois dans la presse et ailleurs que le lieu de sa sépulture était resté secret. Faux. C'est juste que sa tombe n'existe plus. Bear avait choisi un étroit promontoire au bord de la rivière. J'ai aidé à entasser des pierres arrondies par le cours d'eau sur son corps enveloppé dans une couverture mais le monticule funéraire n'a tenu que quelques années, effacé par les crues printanières qui ont dispersé les pierres et emporté les ossements. Ainsi a-t-il quitté entièrement le monde tangible qu'il avait aimé d'un amour si vibrant.

Je m'arrêterai là, sur ce sujet. Le deuil n'est pas une expérience que l'on peut partager avec un public. La douleur la plus intense reste confinée en nous. Pour conclure, je ne dirai que ceci : avec Bear, c'est tout un âge du monde qui est mort ; et j'espère qu'en arrivant au Pays de la Nuit il a trouvé la paix, et Wild Hemp.

Peu après le décès de Bear, le gouvernement des États-Unis a brusquement accentué ses tentatives de nous convaincre d'abandonner enfin nos terres et de rejoindre nos frères cherokees sur les mornes territoires indiens à l'ouest. Le moment semblait bien choisi pour se débarrasser de nous une bonne fois pour toutes, car je me demandais si nous allions pouvoir continuer à tenir, maintenant que Bear n'était plus là. Mais j'étais décidé à faire de mon mieux, étant désormais le seul chef qui nous restait.

Un envoyé officiel du nom de Hindman est arrivé sur place avec le mandat de rencontrer toutes les communautés villageoises, d'organiser des réunions avec les habitants et de les convaincre de vendre leurs biens et de s'en aller. Comme il ne comprenait goutte à la langue, évidemment, et qu'il ne se fiait pas une seconde à l'impartialité de mes traductions, il a réclamé un interprète indépendant. Je n'essaierai même pas de me rappeler au prix de quelles contorsions j'y suis parvenu ; le fait est que les autorités se sont laissé convaincre d'engager nul autre que Tallent en guise d'intermédiaire linguistique entre Hindman et nous, sans noter qu'il était mon employé et ami depuis des années, mais aussi que malgré son long séjour parmi les Indiens, la multiplicité des temps verbaux cherokees – dont il faut reconnaître l'extrême subtilité – demeurait un mystère impénétrable pour lui. Bien qu'écossais à cent pour cent, d'après ce que je connaissais de son histoire personnelle, au point de pouvoir décrire en détail les couleurs des kilts que son clan avait portés sur les champs de bataille, il était aux yeux de l'administration un « propriétaire foncier métis ».

L'odyssée de Hindman a commencé lorsque nous l'avons retrouvé après le café du matin dans la rue principale de la ville qui venait d'éclore à l'ouest de Valley River. C'était le premier jour d'un mois de décembre glacial, et dire que nous allions devoir dévaler des pistes gelées et camper certaines nuits dans la neige ou le grésil ! Comme aucun de nous ne voulait être le premier à mettre pied à terre par déférence, je lui ai serré la main encore à cheval. Pour le décrire, je me contenterai de dire que c'était un avocat de Philadelphie et qu'il en avait tout l'air. Tandis que nos montures piétinaient bruyamment dans la boue, nous avons échangé quelques banalités au sujet du mauvais temps et de l'état des routes, puis il a très gravement et très pompeusement instruit Tallent de ne rien ajouter ou retrancher à ce qu'il allait devoir traduire. Et mon protégé de jurer qu'il en serait ainsi, en posant sa main sur son cœur…

À ce moment, je crains d'avoir lâché quelque remarque dans le style de «Crénom de Dieu!» d'une voix plus forte que je ne l'aurais voulu.

La tournée s'annonçait donc plutôt mal, ce qui n'était pas étonnant puisque bien avant de nous rencontrer en chair et en os, et d'échanger des menaces de mort en pleine nature, Hindman et moi en étions venus à nous détester cordialement par le truchement de lettres pleines de jargon juridique. C'était d'ailleurs le cœur du problème, que nous ayons été avocats l'un et l'autre. C'est un corps de métier qui, par nature, cherche constamment la bagarre. Et je ne me prétends pas exempt de ce travers.

Nous avons quitté la ville en longeant le fleuve, en route vers le premier conseil d'anciens sur notre liste, celui de la communauté des Longs-Cheveux. À perte de vue, des champs en jachère n'offraient que le brun terne de la terre nue et le gris des fanes, seulement ponctués de-ci de-là par les touffes vertes de cresson logées dans les anciens sillons. De part et d'autre, les arbres dénudés des flancs de montagne n'étaient plus que des squelettes de troncs et de branches. La vallée, ce paysage porteur de tant de souvenirs pour moi, me plongeait dans une nostalgie morose.

J'avançais en silence, en queue de notre petite colonne, sans doute un peu boudeur; Hindman, lui, bavardait comme une pie, confiant à Tallent qu'il n'avait jamais vu une contrée aussi désolée, des villages aussi dispersés et coupés de tout, laissant clairement entendre qu'il craignait d'avoir échoué au bout du monde. À mi-chemin du village où nous nous rendions, et alors que nous n'étions pas encore entrés sur mes terres, Cranshaw est apparu derrière les frondaisons dénudées, non pas en ruines mais visiblement en plein déclin, une forme aux contours désormais mal définis, les angles des briques émoussés, la peinture blanche des fenêtres écaillée. Interrompant ses jérémiades, Hindman s'est retourné pour me demander, de sa voix qui montait dans les aigus horripilants de l'élocution yankee, si je regrettais de ne pas être propriétaire de toutes les étendues que nous avions sous les yeux, en plus de celles que nous allions atteindre quelques heures plus tard. Je n'ai rien répondu. Renfermé en moi-même, je me contentais d'attendre.

Il me soupçonnait d'être un accapareur, notamment de terrains, et il était parvenu à en persuader quelques officiels à Washington. De toute évidence, rien ne lui aurait plus fait plaisir que de découvrir des éléments accablants qui pourraient fonder un acte d'accusation solide contre moi. Son rêve le plus excitant était de me voir derrière les barreaux d'une prison. Quelle tristesse, une imagination aussi pauvre… Mais quand bien même j'aurais profité des Indiens il n'avait aucun moyen de le prouver, ce qui l'enrageait mais ne devait certainement pas venir troubler le fil de mes souvenirs. Là-bas, fendant en deux les flots sombres du fleuve, j'apercevais la grande roche plate sur laquelle Claire et moi nous étions installés par un après-midi humide après un orage de juillet, assis en tailleur face à face, dégustant de la purée de piments rouges sur des crackers, accompagnée d'un excellent vin italien venu des caves de Featherstone. Si le nom du vignoble m'échappe à cet instant – encore que je pourrais le retrouver en me creusant un peu la mémoire –, je me rappelle nos caresses très appuyées, et la discussion que nous avions eue à propos des faiblesses de versification dans certaines stances du *Don Juan* de Byron.

Mais Hindman avait du mal à supporter mon silence et, après avoir écouté un instant le bruit de succion que faisaient les sabots de nos chevaux en se détachant de la boue visqueuse, il a recommencé à japper.

– Je comprends que les gens de ces régions se soient habitués à compter vos propriétés en lieues carrées plutôt qu'en acres, a-t-il persiflé, mais leur vastitude n'en reste pas moins confondante.

— Peu importe la mesure retenue, acres, perches ou toises carrées, ai-je répondu d'un ton neutre. Encore que l'arpent aurait ma préférence.

— Plaît-il ?

J'ai patienté, chantonnant un vieil air dans ma tête. Au bout d'une minute, il a répété :

— Arpent, dites-vous ?

— C'est une unité de surface. D'origine française.

— « Française » ?

Il y avait une nuance très critique dans sa voix.

— Est-ce uniquement la dimension qui vous interpelle ? Le fait que je possède un bon bout de ce pays ?

— Surtout les méthodes utilisées pour parvenir à ce résultat.

— La plupart de ces terres, je les ai payées de ma poche. Et le reste appartient au peuple de Bear.

— Ce vieux fauteur de troubles ! Vous et votre chef, vous avez consacré des années à tenir cette région loin du progrès et à accumuler des immensités de rocaille. Et à bâtir votre petit empire sur un fragile écheveau de dettes, j'ajouterais. Je ne suis pas sans savoir que les lettres de créance s'amoncellent sur votre tête.

— Il n'y a aucune loi qui l'interdise. J'ai le plus grand respect pour ces lettres, moi. Sans elles, n'importe quel pays s'en irait en miettes. Qu'est-ce qu'une nation, en réalité ? Du papier timbré ! Autrement, cela se résumerait à de la terre laissée à elle-même.

Nous avons continué à nous prendre ainsi le bec pendant quelques lieues, la controverse devenant de plus en plus personnelle. À un certain stade, dans ma barbe mais assez fort pour qu'il l'entende, j'ai dû répliquer à l'un de ses arguments spécieux qu'il pouvait aussi bien se le carrer dans le fondement.

Poussant son cheval en travers du chemin, Hindman

a dit qu'il pouvait entrevoir que sa présence ici provoque en moi un certain ressentiment, mais que puisque nous étions contraints de voyager ensemble à travers ces contrées sauvages, nous devions au moins respecter la courtoisie la plus élémentaire entre nous.

J'ai observé les alentours, en prenant tout mon temps. Mon regard est tombé sur des champs cultivés, des cabanes dont la cheminée en torchis était couronnée d'un panache de fumée, sur des vaches, des moutons, un paysan qui marchait sur la berge avec une hache calée sur l'épaule. Tout cela me paraissait fort civilisé, pour ma part, mais aux yeux de ce visiteur de Philadelphie l'endroit était apparemment plus intimidant que la Virginie ou le Massachusetts au temps des premiers explorateurs...

– « Sauvages » ? ai-je répété.

– Oui, en ce qu'il n'y a là rien de plus qu'une réserve de coutumes primitives tenue loin des bienfaits de la civilisation, et que vous en possédiez d'immenses portions ne fait que renforcer son caractère obsolète !

C'en était trop, décidément, et je n'étais plus capable de m'en tenir à mon silence. Faiblesse de caractère, sans doute. J'ai répliqué qu'il devait préférer de loin ce qui se passait dans les parties civilisées du pays, là où des ouvriers parfois à peine débarqués du bateau qui les avait charriés jusqu'ici, jactant des langues qui n'avaient aucune raison d'être sous ces latitudes, et aussi ignorants et perdus que s'ils venaient d'être propulsés du XIIe siècle à notre époque, trimaient comme des bœufs dans des fabriques aussi sombres et cruelles que les mines de Bolivie ; où même les enfants, à peine sortis du berceau, étaient forcés à s'abrutir pareillement au nom de l'admirable liberté d'entreprise et du tout-puissant capital, c'est-à-dire de ce que les individus de son espèce appelaient doctement « civilisation ». Mais les opinions comme celles qu'il venait d'exposer étaient encore plus dérisoires que ce papier qu'il méprisait : rien que des mots tombés en

442

rafale de la bouche tel du crottin de cheval, et qui contrairement à ce dernier n'avaient même pas l'avantage de pouvoir servir d'engrais dans son potager.

Sa réaction a été de proclamer qu'il ne tolérerait pas de s'entendre dicter ce qu'il devait penser par quelqu'un qui ne valait guère plus qu'un détrousseur de diligence.

J'ai poussé ma monture vers lui, si près que nos éperons respectifs ont cliqueté l'un contre l'autre et que le fond de la bouilloire accrochée à l'arrière de ma selle a laissé une trace de suie sur la hanche de son hongre gris. Les yeux dans les yeux, nous ne cédions pas un pouce de terrain et les chevaux, surpris par cette proximité menaçante, importunés par les rênes que nous tenions au plus court, ont dansé sur place en soufflant des jets de vapeur par leurs naseaux. Ils ont tourné lentement sur eux-mêmes, flanc contre flanc, comme fixés sur un axe visible d'eux seuls et auquel ils avaient promis allégeance.

Et tout cela sans que nous ne cessions de nous défier du regard. Rouge de colère, Hindman avait un rictus méprisant. C'était typiquement le genre de situation qui finit par des pistolets dégainés.

Tallent, qui s'était tenu en retrait, a soudain trotté jusqu'à nous. « Nous devrions tous souffler un peu, non ? » a-t-il proposé.

Sans lui laisser le temps de terminer sa phrase, j'avais glissé la main droite sous mon manteau d'un geste vif. Hindman a tressailli comme s'il attendait une détonation d'une seconde à l'autre. Mais ce que j'avais sorti était un étui à cigares en cuir que je lui ai tendu en lui demandant sur le ton le plus amène :

– En voulez-vous un ?

Il en a oublié un instant de respirer, puis il a sifflé entre ses dents :

– Certainement pas, sale fils de chienne !

Des duellistes se sont rencontrés armes au poing pour des affronts autrement moins graves que cette réponse, néanmoins mon expérience en ce domaine m'avait appris à ne pas verser le sang en vain et à respecter une certaine mesure, de sorte que je me suis contenté de me tourner vers Tallent et de commenter : « Voilà donc ce qu'il appelle la courtoisie ! Mais on ne peut lui en tenir rigueur, car c'est ainsi qu'ils procèdent, là d'où il vient. Ils n'ont jamais rien vu d'autre. Quant à moi, je ne traverserais pas la rue pour pisser sur un homme pareil même s'il était en flammes... »

Dégageant mon cheval, je l'ai aiguillonné légèrement d'un éperon et il est parti au galop. Fou de rage, Hindman m'a regardé m'éloigner sur la route, suivi par les giclées de boue que les sabots de ma monture soulevaient à chaque foulée.

Tallent ayant déduit que son rôle d'interprète officiel l'obligeait à accompagner Hindman, celui-ci a passé le reste de la route – qu'ils ont parcouru avec la lenteur de conspirateurs – à tenter de lui soutirer des informations qu'il pourrait utiliser contre moi. Lorsqu'ils ont enfin franchi la dernière crête avant le village, il faisait déjà nuit et j'étais sur place depuis plus de deux heures, une avance dont j'avais évidemment tiré parti.

Les villageois étaient maintenant dans un état d'agitation considérable. Mais les Longs-Cheveux n'avaient pas attendu mes encouragements pour manifester leur légendaire obstination et leur rejet de toute influence extérieure : même les missionnaires baptistes gallois, pourtant connus pour avoir la peau dure, n'étaient pas parvenus à vraiment les civiliser. Le clan était dirigé par un nommé John Owl (John Le Hibou), qui avait revêtu pour l'occasion un deux-pièces de gentleman blanc et son turban de cérémonie. À son attitude, il devait sauter aux yeux que lui et moi étions comme cul et chemise. Avant même de commencer sa mission, Hindman n'avait pas une chance.

La maison communale était bourrée de monde, surchauffée et enfumée par un grand feu de bûches de hickory, source de lumière unique mais très suffisante. Une forte odeur de graisse d'ours et de bois brûlé flottait dans l'air. Hindman s'est mis à discourir tout en tournant autour des flammes afin de faire face successivement à toute l'assistance. Il s'exprimait sans hâte, à la cadence d'une plaidoirie, en ménageant des pauses savamment étudiées pour laisser à Tallent le temps de traduire. Et celui-ci s'acquittait de sa tâche avec une grande méticulosité, sans jamais orienter la version cherokee en ma faveur, à telle enseigne que je me suis demandé s'il avait pris au sérieux son ridicule serment du matin, main sur le cœur et ainsi de suite.

Hindman a avancé un à un tous les arguments qu'il pensait pouvoir les convaincre d'abandonner foyer et habitudes pour partir dans des contrées lointaines qu'ils n'arrivaient même pas à imaginer. Il a expliqué que la Nation s'étendait sur une terre si fertile et si meuble qu'une étrille aurait pu faire office de herse. Et pas de montagnes difficilement franchissables, rien que des douces collines. Il a continué en vantant le climat paradisiaque de l'Ouest, bien loin de ces combes où il régnait une chaleur de jungle en été et où l'hiver obligeait à patauger dans la boue durant des lunes. Non, là-bas le temps était plaisant, sec mais point trop. Et le principal avantage d'aller vivre dans ce pays de cocagne était bien sûr de se retrouver parmi les siens, au lieu d'être entourés de gens qui vous étaient hostiles comme ici. Quant à la chasse, elle restait très bonne là-bas, contrairement à ces pentes escarpées où tout le gibier avait été tué. Et les écoles, les églises, les cours de justice… L'ordre et la paix régnaient sur la nouvelle Nation, où ils avaient même leurs propres juges ! Et puis chaque chef de famille recevrait du gouvernement la somme considérable de 53,33 dollars afin de couvrir les frais de déplacement. Tous les terrains qu'ils abandonneraient ici seraient amplement compensés par ce qu'ils trouveraient à l'ouest, car tel était l'un des grands principes de l'Amérique : l'effort se voyait toujours récompensé.

Il a continué ainsi un bon moment devant un auditoire qui demeurait impassible. Parfois, il jetait un coup d'œil dans le coin de la salle où Owl et moi étions installés côte à côte, chuchotant entre nous, et il a conclu par une vibrante proclamation de sa confiance en ce peuple si avisé et en son dirigeant si énergique.

Puis, d'un ton qui laissait penser que seule sa grandeur d'âme me permettrait de m'exprimer, il a observé qu'il était naturel que je sois autorisé à prendre la parole avant qu'une décision ne soit adoptée, et il est allé se poster près de la porte, Tallent tourné vers lui afin de lui traduire ce que j'allais dire. Quand je les ai vus marmonner l'un à l'oreille de l'autre, un seul mot m'est venu à l'esprit : « Traîtrise ».

Je n'avais pas préparé d'intervention, persuadé que cela portait malchance. Au tribunal, c'était pareil : si je prenais des notes à l'avance, je devenais nerveux. L'impulsion du moment, voilà ce qu'il fallait. Et me servir des ombres et du silence ainsi que Bear me l'avait si bien montré.

Sans me lever du banc plongé dans la pénombre, je me suis penché vers la lueur du brasier avec les avant-bras sur les cuisses, les doigts réunis au bout en une forme qui faisait penser à une cage d'os. Sentant la chaleur des flammes sur mon visage et mes mains, je savais ainsi que c'était les seules choses que le public assis autour de la salle distinguait de moi. Et je ne pouvais guère le voir, moi non plus, mais j'ai fait comme si j'en étais capable. Les yeux passant lentement du feu à l'obscurité, j'ai commencé d'une voix assez basse pour que chacun ait à tendre l'oreille. Dans un cherokee simple et sans faute, j'ai dit : « Eh bien, je crois que cette assemblée est en mesure de décider sans avoir besoin d'un autre interminable discours.

Tout ce que j'ai voulu, depuis toujours, c'est que notre peuple puisse choisir librement où il se sentait chez lui, comme n'importe qui d'autre dans ce monde. Vivez là où vous le voulez. Partez, ou restez. »

Je me suis reculé dans l'ombre, signe que j'avais terminé. Mon visage et mes mains ont été happés par le noir. Au tour de John Owl, maintenant. Son sens de la mise en scène était fort différent du mien. Allant se planter devant le feu, il a pris une expression douloureusement réfléchie et s'est mis à faire les cent pas pour que tous puissent le voir lutter avec ses pensées avant qu'il n'arrive à les exprimer. Enfin, il a dit : « Je ne connais pas d'autre endroit qu'ici. Et vous non plus. Tous les hommes qui veulent aller ailleurs, qu'ils prennent cette porte et qu'ils s'en aillent. Sans regarder en arrière. »

La foule s'est agitée sur les bancs, lâchant des exclamations étouffées, mais personne ne s'est levé pour sortir. Au bout d'une minute, Owl s'est tourné vers Hindman : « On dirait que nous allons rester. » Et c'est en anglais qu'il a énoncé ce constat.

Les participants au conseil étaient trop polis pour le regarder afin de juger de sa réaction mais je ne m'en suis pas privé, moi : il était fou de rage. Il s'est précipité sur moi, Tallent le suivant de près, et m'a jeté à la figure : « Je ne vous laisserai plus jamais me devancer sur la route ! Et j'exige un vote ! Tous ces imbéciles devront assumer un par un, individuellement, le choix stupide qu'ils vont faire ! »

Pour le bénéfice de toute l'assistance, Tallent a rendu cette tirade dans un cherokee impeccable, mot pour mot, et cette fois, lorsqu'il a terminé, tous les yeux étaient braqués sur Hindman. Lequel regardait son interprète, lui, et a grondé : « Âne bâté ! C'était une conversation privée ! » Moi aussi, je contemplais Tallent, mais avec un grand sourire ravi. Puis j'ai dit à Owl : « Au diable ! Qu'ils votent, si ça leur chante… »

Le même scénario s'est reproduit – avec quelques variantes – tous les soirs suivants. De village en village, voire dans de simples hameaux qui disposaient d'une salle de réunion, j'ai gagné et Hindman a perdu. Il a fini par en être tout abattu ; il n'avait pas l'habitude de concéder la victoire à autrui, surtout à quelque obscur avocaillon qui ne pouvait représenter que des Indiens pauvres comme Job.

Mais les voyages, qu'ils aient été sublimes ou exécrables, parviennent toujours à une fin. La journée où nous sommes rentrés à Wayah pour notre ultime bataille était encore plus froide que les précédentes. En passant la plus haute crête, nous avons été pris dans une tempête de grésil alors que nous dérapions sur la neige grise et durcie de la piste. Hindman et moi ne nous adressions guère plus la parole, ce qui semblait soulager Tallent. Nous étions tous les trois enveloppés dans des couvertures sur nos chevaux. C'était parmi les jours les plus courts de l'année, nous nous étions mis en route assez tard, puis ce mauvais temps qui nous retardait… Bref, nous avons été contraints de camper sur ce sommet glacial. Un feu, une tente montée dans le noir, un souper de bouillie de maïs relevée d'un peu de lard dont Tallent a rempli nos bols en fer-blanc, et enfin un sommeil accablé sous un ciel désespérément vide d'étoiles.

À mon réveil le lendemain, le foyer était éteint, la bâche de la tente raidie par le gel, les chevaux frissonnaient, avec des glaçons pris dans leur queue et leur crinière, et Hindman était recroquevillé contre moi. Nous, les deux ennemis mortels, blottis sous un amas de couvertures comme des jeunes mariés dans leur lit de noces ! Quand Tallent a lancé une bonne flambée et mis le café à bouillir, cependant, nous nous sommes assis, les cheveux hérissés par le froid, plus livides que des morts, et nous avons siroté les tasses brûlantes que Tallent nous avait apportées. Nous ne nous regardions pas. Il n'y a pas de vue plus déprimante que des hommes adultes au petit matin.

Ensuite, toute l'affaire s'est conclue rapidement. Le conseil de Wayah s'est déroulé comme les autres. Après avoir passé toute la lune des neiges à battre la campagne, Hindman n'avait réussi à convaincre qu'une poignée de mécontents chroniques et une demi-douzaine de chasseurs qui s'étaient laissé persuader qu'ils trouveraient du chevreuil en abondance dans les nouveaux territoires de l'Ouest, là où le bison et l'élan n'avaient pas été exterminés au temps où leurs grands-parents étaient encore de jeunes garçons. Rien de plus : à peine une vingtaine de convertis, malgré tout son prêchi-prêcha... Lorsque nous sommes rentrés à la maison, Tallent et moi, l'idée nous est venue que Bear aurait grandement approuvé notre œuvre du dernier mois.

6

Sur mon rôle durant la guerre, je n'ai pas grand-chose à dire. Toute cette période semble d'un ennui affligeant, avec le recul. J'ai le plus grand mal à tolérer la stupidité, surtout quand elle est de mon fait. Il n'empêche qu'en ce temps-là, juste après Sumter[1], la perspective d'un conflit armé me remplissait d'un enthousiasme comme seuls les politiciens peuvent en éprouver dans ce genre de situation. Bien entendu, je sous-estimais la gravité de l'animosité entre le Nord et le Sud, persuadé en 1862 que la cassure en deux de l'Union ne serait pas plus sanglante que celle des Méthodistes dix-huit ans auparavant[2].

Quelques jours après le bombardement de Fort Sumter, j'avais promis à la tribune du Sénat que nous autres montagnards et Indiens livrerions les ultimes et épiques batailles de cette guerre dans nos passes et sur nos crêtes transformées en forteresses. Tel que je m'en souviens, je l'avais pratiquement hurlée, cette proclamation.

Idiot, certes, mais éloquent.

1. L'attaque de Fort Sumter, en Caroline du Sud, au cours de laquelle il est dit que le premier coup de feu de la guerre de Sécession fut tiré. C'était le 12 avril 1861, à quatre heures et demie du matin.
2. L'Église méthodiste épiscopalienne avait connu une scission en 1844, qui n'allait être surmontée qu'en 1939 et avait été provoquée, là encore, par la question de l'esclavage et les clivages Nord-Sud à l'origine de la guerre de Sécession.

Les années passant, toutefois, j'avais été toujours plus attristé en repensant à cette creuse rhétorique, car il s'avérait que j'avais vu juste en disant que je participerais au dernier affrontement de la guerre, mais il n'allait être ni sanglant, ni glorieux : perdue d'avance, une résistance dérisoire qui s'envolerait avec le vent.

J'avais célébré le lancement du conflit en me donnant un nouveau genre : une grosse moustache terminée aux deux bouts par ces petits triangles de poils martiaux, un style que certains officiers de cavalerie en étaient venus à affecter et que l'on appelait « à l'impériale » en référence à un récent et inepte empereur de France. La mienne présentait aussi des touches de gris, puisque la jeunesse était déjà derrière moi, à ce stade.

De nos jours, on rencontre tellement de vieillards dans le Sud qui se targuent d'avoir été colonels que l'on en viendrait à penser que l'armée confédérée n'avait qu'un seul autre rang, à part celui de général. N'importe quelle petite bourgade en a deux ou trois qui passent leurs journées sur un banc à tailler des bouts de bois, s'échanger des couteaux de poche et cracher par terre ; dans certains chefs-lieux de comté, ils peuvent être une bonne douzaine. Quant à moi, j'ai vraiment été colonel, et ce, même si personne ne m'a jamais pris pour un soldat. Jusqu'en 1862, je n'avais eu aucune expérience ni entraînement militaires, ni revêtu une seule fois l'uniforme, ni même tiré au mousquet très souvent puisque je n'avais guère besoin de chasser, mes clients indiens au comptoir me payant volontiers en longes de chevreuil et en cuissots d'ours. Je n'étais cependant pas complètement inexpérimenté en matière d'armes à feu : en plus de mon aisance à manier le pistolet de duel, que j'ai évoquée plus haut, j'étais capable d'empoigner une carabine – et je le reste, s'il le faut – avec autant d'enthousiasme que d'efficacité, au point d'être devenu célèbre pour mon tir à l'épaulé sur les cailles ou les faisans, les succulents rôtis qui s'ensuivaient m'intéressant d'ailleurs bien plus que la chasse elle-même. En fait, ma seule et unique approche de la vie militaire était d'ouvrir les bouteilles de champagne comme Napoléon, d'un coup de sabre spectaculaire au col.

Mais en ces temps troublés, il suffisait de financer de sa poche un corps de volontaires pour être libre de choisir son grade et celui de tous ses subordonnés. Je me suis donc immédiatement promu colonel et comme j'avais besoin d'officiers sous mon autorité, Tallent, mon comptable en chef et fidèle bras droit, s'est vu propulsé sergent-major, les lieutenants étant représentés par les garçons les plus brillants qui travaillaient dans mes diverses affaires. En réalité, c'est une division d'avocats, de comptables et de commis de magasin que j'ai eue sous mes ordres, la seule différence que la guerre ait apportée dans leur dévouement à ma personne étant que les Yankees nous tiraient parfois dessus, lorsque nous ne pouvions l'éviter.

J'étais très sourcilleux quant à notre appellation. Nous n'étions pas un régiment, n'est-ce pas ? « Une division, m'empressais-je de corriger ceux qui ne comprenaient pas, une légion comme aux temps héroïques ! »

Au début, je voulais la dénommer « les Zouaves de Drowning Bear », en référence au fameux chef cherokee et parce que je voulais avoir l'unité la plus outrageusement exotique de toute l'armée. Comme s'il ne suffisait pas que la majorité d'entre nous soit des Indiens, avec quelques montagnards d'origine écossaise dans le tas, et que certains se promènent avec une lance plutôt qu'un mousquet, je m'étais mis en tête de nous affubler de la tenue des tirailleurs africains. Que dire pour expliquer cet engouement ridicule, sinon qu'à l'époque je n'étais pas le seul à être momentanément séduit par les pantalons bouffants et les fez à pompon ? Il y a eu ainsi plusieurs régiments habillés en zouaves dans les premiers mois du conflit, alors que les deux camps se livraient à

452

des pitreries dignes d'ivrognes sur le point de basculer dans une rixe de bar. Heureusement, plusieurs de mes hommes, y compris Tallent, sont allés jusqu'à brandir la menace d'une mutinerie si je les contraignais à s'habiller comme des danseuses de harem – c'était ainsi qu'ils voyaient les choses, en tout cas –, et mes projets en sont restés là.

N'oublions pas que j'avais déjà atteint l'âge où des douleurs que l'on n'avait jamais expérimentées se réveillent soudainement, et je ne parle pas seulement de courbatures ou d'articulations rouillées. Bien sûr, la vieillesse n'est que relative et je donnerais tout aujourd'hui pour revenir à l'état physique dans lequel je me trouvais alors, mais je crois que l'unique raison pour laquelle j'ai passé ces quatre années de campagne éprouvante à chevaucher des jours entiers et à bivouaquer sous la pluie ou dans une chaleur étouffante, était d'empêcher que les Indiens de Bear ne soient dispersés entre différents régiments où je n'aurais pas de pouvoir sur leurs conditions d'existence ni sur leur exposition au danger, où je ne serais pas en mesure de les protéger.

Le problème auquel je faisais face était que nombre d'entre eux se sentaient prêts à en découdre et n'auraient écouté aucun argument les dissuadant de s'enrôler. Ils voyaient dans cette guerre une occasion inespérée de régler de vieux comptes avec le pouvoir américain, de prendre leur revanche sur une longue histoire d'injustices et de brutalités qui remontait aussi loin qu'à l'expédition sanguinaire du général Rutherford à travers leurs montagnes au siècle précédent et, encore auparavant, à ces Espagnols sans pitié dont les chapeaux de fer étaient hérissés comme des crêtes de coq.

Tout ce que je pouvais faire, donc, c'était de les tenir à distance des Yankees, ma conception de la guerre revenant à conduire ma division dans les contreforts montagneux les plus désertiques, au plus haut des pentes que nous ne pouvions même pas gravir à cheval, en suivant les pistes anciennes laissées par le gros gibier. L'amener là où nous monterions la garde en prévision de ces fameuses « ultimes batailles ».

Nous avons passé l'été 1863 dans un grand isolement, sur une cordillère perdue où, ai-je soutenu dans mes lettres à Richmond – devenue la capitale des Confédérés –, nous étions occupés à exploiter un gisement de salpêtre que Bear avait découvert dans ces hauteurs quand il était jeune. Il était évident que notre nouveau pays avait le plus grand besoin de cet oxydant, composante indispensable de la poudre à canon. La vérité, c'est que nous n'en avons retiré du sol qu'une quantité infime pendant tous ces mois, même pas de quoi alimenter une pièce d'artillerie durant une journée de pilonnage. Mais nous étions tranquilles, là-haut, et toujours bien au sec sous la corniche supérieure qui formait ce que les Indiens appelaient une grotte. La majeure partie d'entre nous s'absorbant dans la chasse, nous mangions très convenablement, cochons sauvages, chevreuils, voire parfois une dinde. Nous restions tard autour du feu, à fumer, bavarder ou lire, car j'avais emporté avec moi une sacoche de livres – les contes d'Arthur, l'*Odyssée*, l'*Énéide*… – dont j'improvisais une traduction à voix haute pour mes compagnons. Fascinés par ces récits venus d'un temps très ancien, ils me rendaient la politesse en me racontant leurs histoires à eux, à propos de mystérieux petits êtres aux yeux en forme de lune qui cohabitent avec nous dans ce monde, de monstres qui habitent le ciel, l'eau ou la terre et des animaux réels, dont l'intelligence n'est que très peu différente de la nôtre. Même si je les avais entendues des centaines de fois dans la maison d'hiver de Bear, je prenais toujours plaisir à les écouter, certain de découvrir à chaque fois une résonance inédite, un enseignement inattendu. Les journées et les nuits s'écoulaient ainsi, calmes et placides : un peu de travail, un peu de chasse, de longues heures à cuisiner et à parler devant les flammes… Notre réserve d'alcool a vite été épuisée mais c'était le genre d'endroit et de moment où l'on n'en avait pas vraiment besoin. Après avoir tant vagabondé dans ma jeunesse, je goûtais le calme de notre retraite élevée, loin de l'agitation de la guerre ou même de la vie en général. Dans la fraîcheur de ce promontoire au-dessus des arbres, il n'était pas facile de se rappeler que les combats faisaient rage tout près, en Virginie.

Peu après cette heureuse parenthèse, cependant, j'ai commencé à avoir l'impression que mes nerfs étaient étrangement à vif. Autour de moi, on s'étonnait de mes brusques sautes d'humeur et j'avais conscience des nuées turbulentes qui s'accumulaient dans mon esprit. Au cours de ces années de guerre, la colère m'accompagnait comme une ombre. Je m'irritais de simples détails, je développais des idées fixes. Ainsi, je me suis longuement préoccupé de la meilleure manière d'imperméabiliser les vêtements des soldats, ce qui devait garantir leur hygiène, les mettre à l'abri du froid et donc empêcher les maladies infectieuses de s'étendre. Je me suis rendu insupportable à nos dirigeants, Jefferson Davis et Robert E. Lee, en les harcelant de missives à ce sujet, et afin de démontrer la justesse de mes vues je portais souvent des habits imprégnés de cire d'abeille et d'une décoction d'aiguilles de pin, ce qui me gardait au sec dans les pires averses mais formait une sorte de carapace qui émettait des craquements à chacun de mes mouvements et dégageait une odeur de bâche de tente oubliée dans la forêt. Imaginez une armée entière ainsi attifée ! Et pourtant il faut souligner que les maladies ont fait bien plus de morts parmi nous que les balles et les boulets yankees ; pour le reste, on jugera comme on voudra mon entêtement.

Il est arrivé que mon irritation m'entraîne dans l'inconséquence. Dans un engagement que nous n'avions pu éviter, le fils d'un célèbre guerrier indien a été tué par les Yankees. C'était une escarmouche stupide que je n'aurais jamais dû laisser se produire. Alors que nous avions pour mission de garder un pont que personne n'avait approché pendant des jours, nous avions décidé de nous distraire par un jeu de balle, mais ne voilà-t-il pas qu'une colonne ennemie a surgi en plein milieu de la partie, nous prenant au dépourvu? Nous avons remporté le combat, certes, mais au prix de plusieurs morts, dont ce fils de guerrier, et à la fin les Indiens ont pris leur revanche en scalpant tous les Yankees encore sur place, vivants ou morts. Deux jours après, mes jeunes officiers ont été consternés en voyant un journaliste débarquer parmi nous, humant le parfum de scandale. Tallent et ses lieutenants, qui voyaient déjà les gros titres des journaux du Nord – DES INDIENS MUTILENT LES DÉFENSEURS SACRÉS DE L'UNION. DES SAUVAGES SUDISTES S'ACHARNENT SUR LES OUVRIERS-SOLDATS TOMBÉS AU CHAMP D'HONNEUR –, sont venus me consulter en groupe.

J'ai insisté pour m'entretenir moi-même avec le gazetier, puisque j'étais le seul à avoir l'expérience de cette engeance. C'était un petit bonhomme courtaud en costume marron informe aux poches déformées, les doigts tout tachés d'encre. En une minute, j'ai compris qu'il était trop malin pour se laisser amadouer par des sornettes et je me rappelle seulement lui avoir crié, emporté par la fureur: «Vous voulez votre accroche? La voici: "Des Yankees scalpés! Ils l'ont bien cherché"… »

À cause de cet incident, et d'une bonne douzaine d'autres similaires, mon comportement a provoqué maints froncements de sourcils au sein de la direction confédérée à Richmond, où j'ai fini par être tenu pour un importun et un déséquilibré. J'ai été menacé de la cour martiale à deux ou trois reprises, pour des peccadilles assurément, ce qui n'a conduit à rien d'autre qu'à une abondante correspondance et un vague ressentiment.

Ainsi harcelé, je ne pouvais évidemment qu'accorder la

plus grande importance aux marques d'estime et de loyauté qu'il m'arrivait de recevoir. C'est pourquoi j'ai accueilli avec une grande joie le dénouement d'une embuscade au cours de laquelle cinq combattants cherokees avaient été capturés, puis retenus prisonniers des semaines durant. Les officiers yankees, prouvant leur ignorance méprisante des Indiens, avaient fait des promesses mirobolantes – la liberté et pas moins de cinq mille dollars or ! – pour le cas où, une fois relâchés, ils reviendraient avec le scalp de leur brute de colonel. Après avoir feint de délibérer solennellement dans leur langue, les captifs avaient accepté l'offre, s'engageant à livrer leur trophée avant la fin de la lune du maïs mûr, puis ils étaient repartis dans les montagnes en trottant plaisamment et sans cesser de s'esclaffer en chemin. Quatre jours plus tard, assis autour de mon feu de camp, nous avons bien ri de la crédulité atterrante des Nordistes, persuadés que l'argent était l'une des roues qui fait tourner le monde. Pour célébrer leur libération, je me rappelle qu'une quantité respectable de whisky a coulé, que des contes et des histoires ont été échangés et que j'ai préparé une échine de sanglier rôtie sur des braises de hickory, puis braisée dans du vin de Toscane relevé de baies de genièvre. Pas mal du tout, pour un bivouac de campagne…

Notre dernière rencontre avec les Yankees devait avoir lieu plusieurs semaines après Appomattox [1], et nombre d'historiens soutiennent que notre division fut celle qui subit les dernières pertes de la guerre. Voilà pourquoi j'ai remarqué plus haut que mon discours belliqueux sur notre rôle final dans ce conflit s'est avéré tristement prémonitoire, bien que le triomphe évoqué par mon imagination survoltée n'ait pas été au rendez-vous.

1. C'est à l'issue de la bataille d'Appomattox, en Virginie, que Robert E. Lee avait présenté la capitulation des Confédérés au général Ulysses Grant, le 9 avril 1865.

Venus du Tennessee, les Yankees avaient franchi les crêtes et occupé une petite ville de montagne, celle-là même où j'avais remporté nombre de victoires juridiques à mes débuts d'avocat. Revenir ici, à la tête de ce qui restait de mes troupes, avait donc une grande signification pour moi.

Depuis les hauteurs entourant l'agglomération, nous avons observé l'ennemi à la lunette. Les heures passant, mon indignation n'a cessé de croître, sans doute stimulée par la boisson. J'ai juré de tous les tuer, ou de périr sous leurs balles, plutôt que de les laisser se pavaner dans notre ville. Mais je n'avais guère les moyens correspondant à mon courroux, puisque nous étions maintenant réduits à la taille d'un régiment, au plus, bien que notre réputation ait continué à inspirer la crainte dans les rangs ennemis, notamment grâce à cette amusante histoire de scalpage. Dans ces conditions, nous ne pouvions avoir d'autre stratégie que de harceler les flancs des positions yankees en des accrochages dérisoires au cours desquels nous avons perdu un homme et eu plusieurs blessés. Au bout de quelques jours, je me suis lassé et j'ai dispersé les Indiens sur les crêtes en les instruisant d'allumer de nombreux feux à la tombée de la nuit. Ils devraient exécuter des danses de guerre jusqu'à l'aube, crier, bref, faire croire à l'ennemi qu'ils se trouvaient là en grand nombre. Certains avaient des tambours, et quelques-uns de nos Écossais avaient gardé des cornemuses et des violons. Toute la nuit, donc, ils ont fait résonner la vallée de cette musique belliqueuse.

Le lendemain, j'ai attendu l'heure du déjeuner pour envoyer en ville l'un des derniers Indiens de pure race, un grand gaillard au nez busqué. Il avait retenu par cœur, phonétiquement, le message suivant : « Le colonel Will dit que nous vous entourons entièrement. Rendez-vous, s'il vous plaît. Maintenant ! Sinon, vos scalps sanglants orneront le pommeau de nos selles. »

Hélas, les Yankees n'ont pas cédé. À la place, ils nous ont informés dans un message écrit de plusieurs pages que Lee avait accepté de se rendre un mois plus tôt, à Appomattox. J'ignorais tout de cette dernière information mais il ne m'a fallu que quelques secondes pour en saisir les conséquences et, regardant mes officiers réunis devant moi, j'ai lâché : « Eh bien, gentlemen, si Lee est rentré chez lui, m'est avis que nous devons en faire autant. Quatre années foutues, sacredieu ! »

J'ai demandé à quelques volontaires, Indiens et Blancs, de rejoindre Wayah avec presque tous nos chevaux, que les Fédéraux se disposaient certainement à confisquer car ils étaient devenus précieux, les combats en ayant décimé presque autant que les hommes.

Ma reddition a pris la tournure d'un spectacle que toute la petite ville est sortie contempler. Je suis descendu de la montagne à pied, flanqué de Tallent et de ma garde personnelle formée de nos plus grands Indiens. Changé pour l'occasion, je portais des jambières en daim graisseux sur une culotte de toile et des mocassins lacés haut sur les mollets avec des crins de cheval teints en bleu et en rouge passés dans des empennes de plumes d'oiseau servant d'œillets, torse nu, perles et plumes fixées dans ma chevelure, avec au cou une lanière en cuir qui retenait une griffe d'ours noir en pendentif. Comme nous vivions à la dure depuis un moment, je n'avais pu me raser et une barbe grise me mangeait les joues. La peau couverte de peintures traditionnelles tracées à l'ocre et à la suie, j'avais une carabine accrochée sur les épaules. Quatre années passées dans les bois m'avaient notablement aminci, de sorte que tous les os de ma cage thoracique se dessinaient sous l'épiderme. Moi, un avocat, un colonel, un chef, un sénateur, un homme qui avait conversé avec des présidents, entrant dans cette bourgade telle une apparition du passé devant laquelle le présent restait bouche bée…

Mais dès que nous avons commencé à négocier les

termes de la capitulation, l'homme de loi a repris le pas sur le reste et malgré ma dégaine pittoresque j'ai retrouvé toute la froideur de mon esprit logique. Ainsi, j'ai déclaré que les Indiens encore avec moi devaient être considérés non comme des soldats mais comme mes employés – des gardes du corps, si l'on voulait – et que de ce fait il ne fallait pas attendre d'eux qu'ils déposent leurs armes ainsi que Lee s'y était imprudemment engagé dans l'accord qu'il avait signé.

J'ai moi-même été surpris que cette objection aussi tirée par les cheveux soit acceptée, pourtant les Yankees se sont penchés sur leur document pour l'amender consciencieusement. Ensuite, j'ai exigé que nous y apposions tous nos initiales, ce qui a donné lieu à maints grincements de plume et pâtés d'encre. Et puis, lorsque le moment est venu de signer au bas de la page, je ne sais ce qui m'a pris : je me suis soudain levé et, très agité, j'ai déclaré qu'il y avait encore des centaines d'Indiens sur les crêtes, tous montés, que j'étais leur chef ainsi que leur colonel et qu'à un signe convenu ils descendraient et scalperaient tous les hommes de leur camp à moins que je change d'avis. Certes, ai-je ajouté, il y avait des cas où des gens scalpés avaient survécu, mais ce n'était pas un sort très enviable, d'avoir tout le crâne rouge et gonflé comme une vilaine cicatrice, une vue que les dames, dans leur immense majorité, n'appréciaient que très modérément…

Le colonel yankee a paru décontenancé. Un long moment, il a tiré sur son petit cigare qui sentait aussi fort que le « tabac des lapins » – le nom que nous donnons ici au cannabis –, observant le bout incandescent, puis il a tourné les yeux vers Tallent, ou plutôt le sergent-major Tallent. Avec un signe de tête à peine perceptible, celui-ci lui a fait comprendre qu'il avait saisi le message ; me prenant doucement par mon épaule peinturlurée, il m'a reconduit à la table, il a plongé la plume dans l'encrier et me l'a tendue pour que je trace ma signature la plus solennelle et ornée.

J'ai regardé le colonel des Fédéraux. Si cela n'avait pas été pour ces Indiens, lui ai-je dit, je n'aurais jamais prêté attention à cette maudite guerre. Puis, accompagné par ma garde prétorienne et par le fidèle Tallent, j'ai quitté la pièce sans un mot de plus. Nous avions tous gardé nos armes. Ce brave vieux Lee aurait eu besoin d'un meilleur avocat, lorsqu'il avait capitulé.

En dépit de cette victoire à la Pyrrhus – et ô combien modeste ! –, je crois aujourd'hui qu'avoir laissé les Indiens s'engager dans la guerre a été la plus grave de mes erreurs, ou du moins l'une des plus tragiques parmi beaucoup d'autres. Ils n'avaient rien à voir avec ce conflit. Ils auraient dû rester chez eux. Nous tous, d'ailleurs. Et cette prise de conscience tardive a été sombrement confirmée quand, quelques jours seulement après la fin des hostilités, nous avons été frappés par une épidémie de petite vérole. L'opinion quasi générale était que deux de nos guerriers avaient rapporté la maladie au village après qu'un officier yankee avait tenu à les amener dans sa tente pour leur montrer un vase en verre où un bizarre poisson rouge aux yeux tristes et globuleux nageait en rond dans une eau toute souillée par ses déjections. Toute la vie qui lui restait était contenue dans une circonférence à peine plus grande que le rond formé par un majeur et un pouce, un monde tellement étriqué qu'il en devenait repoussant, cruel à un point inimaginable. Vous pouvez y voir le symbole que vous voudrez ; en ce qui me concerne, ce bol et ce poisson résumaient l'idée que les Yankees se faisaient de la vie.

Toujours est-il que sitôt rentrés au pays ces deux malheureux qui avaient été forcés d'assister à l'infortune du petit poisson rouge s'étaient sentis horriblement mal, que leur peau s'était couverte de pustules et qu'ils étaient morts. Bientôt, le dixième des nôtres les avait suivis.

Ce fut une période terrible, la pire que je conserve en mémoire. L'espace d'une demi-lune, l'épidémie s'était propagée par vagues dont les signes avant-coureurs étaient immanquablement des aphtes dans la bouche, des maux de tête et des vomissements. Toujours dans cet ordre. Puis venaient les éruptions, la chair des avant-bras qui enflait comme une terre labourée, les abcès sur le visage qui finissaient par bloquer les paupières. Dans les cas les plus extrêmes, l'éruption s'étendait sur le corps tout entier, de la tête aux pieds.

Et il n'y avait pas de remède, rien d'autre que des infusions d'asclépiade qui laissaient un goût ignoble dans la bouche mais que certains croyaient efficaces – les racines ou les feuilles, je ne me souviens plus – pour la seule et douteuse raison que la sève de la plante parvenue à maturité ressemble à du pus. D'autres, avec des arguments encore plus douteux, ne juraient que par les tisanes de racine de raisin d'Amérique. Dans le monde loin de nos montagnes, plusieurs vaccinations avaient déjà été tentées depuis aussi longtemps que ce vieux fou de Cotton Mather y avait été initié par son esclave Onesimus, cependant elles présentaient encore des risques mortels et personne parmi nous ne les avait essayées. Avec le recul, je me suis dit que j'aurais sans doute dû insister dans ce sens mais il est vrai aussi qu'à l'époque même Lincoln n'avait pas été inoculé, puisqu'il avait souffert d'une forme bénigne de la maladie un an seulement avant notre terrible épidémie.

Que l'on ait habité Wayah ou New York, de toute façon, il n'y avait que deux issues : ou bien on mourait, ou bien on se couvrait de croûtes et on se rétablissait. Ceux qui en réchappaient étaient trop heureux d'en porter les stigmates pour le restant de la vie, ces crevasses blanchâtres sur le visage, la poitrine et le dos. Des cicatrices bien plus voyantes que les marques de griffes chez Bear et Cudjo, mais beaucoup moins agréables à exhiber dans son vieil âge…

J'allais de cabane en cabane pour visiter les malades, encore plus inutile qu'un prêtre ou un apprenti-guérisseur. Ces mourants qui hoquetaient, hagards, parfois à deux ou trois dans la même pièce. Jeunes et vieux, prostrés, purulents, devenus incapables de se traîner jusqu'au fleuve et de s'immerger dans l'eau froide et brune d'une fin de printemps avec l'espoir qu'elle leur serait salutaire, qu'elle leur rendrait non pas toute la vie, mais leur accorderait au moins un sursis. Et moi sans rien à leur offrir en guise de soulagement, que ce fût sur le plan physique ou spirituel.

Ceux qui restaient en bonne santé vivaient dans la hantise de sentir le premier abcès sur leur palais en se réveillant un matin. Ensuite, toute la journée, nous passions constamment notre langue dessus, guettant la fatalité.

Après trois assauts mortels, l'épidémie a paru perdre en intensité. L'un des derniers à être emportés fut Tallent.

Fiévreux, il n'a plus quitté son lit moite, baigné de sueur aigre jusqu'au crin du matelas. L'éruption rougissait ses joues et ses bras, les pustules suppuraient. Un seau à portée de main pour vomir, il n'avait toute sa conscience que par intermittence.

Assis à son chevet, je lui essuyais le front avec un chiffon trempé dans l'eau glacée, je lui tenais la main. Ses cheveux collés aux tempes par la transpiration étaient devenus presque aussi grisonnants que les miens. Petit frère, ça ne va pas du tout mieux, hein ? lui disais-je. Pas mieux du tout. Mal, très mal.

Je l'ai inhumé sur une colline, près d'un bosquet de marronniers. On y avait une belle vue sur le fleuve. Que d'enterrements, ces semaines-là… Nous n'avions plus de mots pour des éloges funèbres. Nous nous contentions de pelleter la terre et de rentrer chez nous, en gardant dans notre cœur les sentiments que nous inspiraient les morts. Je n'irai pas plus loin, sinon pour constater que le monde s'assombrit un peu plus chaque année et que tout s'en va, toujours, sans arrêt.

7

Plus rien n'a été pareil, après la guerre. Le Sud tout entier était en crise. Le flot du commerce et des échanges monétaires s'est tari. Les Yankees, qui essayaient de tout contrôler, étaient déterminés à nous écraser avec la paix aussi durement que dans les combats. Ceux d'entre nous qui avaient été les acteurs essentiels de la vie politique moins de dix ans plus tôt n'avaient plus voix au chapitre, notamment parce que les conquérants nous refusaient l'accès à n'importe quel poste public. Je ne sais quels chants les profiteurs du Nord et leurs laquais sudistes entonnaient sous le dôme de notre ancien capitole et sa flatteuse acoustique mais ce n'était pas du Schubert, je parie.

Au plan national, l'administration était corrompue de haut en bas, et jusqu'aux vieux pleutres de la Cour suprême. Mais comment dénier aux vainqueurs le droit de s'emparer de tous les rouages de l'État ? Nous, les grands hommes d'un passé encore si proche, avions misérablement échoué dans notre rôle de guides et de dirigeants. Nous méritions bien tous les coups qui nous étaient portés. Non que le Sud ait été la seule cible des Yankees, d'ailleurs. Il suffisait de voir ce qu'ils faisaient à l'ouest : aussitôt après nous avoir réglé notre compte, ils avaient lancé leurs armées vers le soleil couchant, s'en prenant aux Sioux, aux Cheyennes, aux Apaches, à tous ceux qui se trouvaient sur leur chemin. Au cours des décennies suivantes, les Yankees allaient gagner sans cesse, et tous les autres perdre. Quand des politiciens disposent de ressources militaires importantes, il est pratiquement impossible de les empêcher de fomenter des conflits.

Mais tout n'était pas dévasté, non. La nature restait magnifique sous toutes les lunes. Les belles maisons à colonnade des planteurs sudistes, pillées et peu à peu envahies par les ronces, devenaient aussi pittoresques que les abbayes abandonnées peintes par Wordsworth. Plus que jamais pendant cette période de ma vie, la route était d'un grand réconfort pour moi parce qu'elle restait libre et ouverte. Quoi de mieux que d'errer sur un bon cheval en observant le passage des saisons, les phases lunaires qui accompagnaient le printemps et ses couleurs pastel, le vert profond de l'été, le jaune mélancolique de l'automne, ce spectacle du temps qui me paraissait encore plus chérissable désormais que j'avais plus d'années derrière moi que devant, même dans mes calculs les plus optimistes. Quelle meilleure façon de tester sa résistance que d'aller ainsi sur les chemins, jour après jour, surtout lorsque tout effort devient un défi avec l'âge ?

Pour toutes ces raisons – ou ces excuses, comme on voudra –, je n'étais pas souvent chez moi. En plus de m'aider à ce que mes amis appelaient, fort ironiquement, l'enrichissement de ma vie intérieure, cette existence de nomade présentait également l'avantage certain d'échapper plus facilement à tous ceux qui auraient voulu me rappeler des dettes, m'apporter du papier timbré ou me demander un service.

Inutile de dire que, dans ces conditions, je ne pouvais que négliger la gestion quotidienne de mes affaires, les abandonnant pour la plupart aux soins de mes jeunes employés placés sous la supervision de Conley, l'un des lieutenants de notre légion dispersée. Celui-ci n'avait pas l'étoffe de Tallent, toutefois, et ne se sentait pas souvent capable de régler les problèmes en mon absence, de sorte qu'à mon retour les piles de paperasserie en souffrance s'élevaient à hauteur de ceinture autour de mon bureau, et jusqu'à l'épaule le long des murs. Des feuilles trop longtemps entassées s'échappaient du premier tiroir que j'ouvrais, se déversaient des chaises tels des torrents livides, s'accumulaient dans des caisses à vin entre lesquelles je devais me faufiler pour parvenir jusqu'à ma table. Mais je ne veux pas rendre mes garçons responsables de tout, ni même de quoi que ce soit, et je me permettrai ici une digression afin de remarquer que la grande majorité d'entre eux ont mené par la suite d'excellentes carrières juridiques ou commerciales, et que plusieurs d'entre eux ont été élus à la législature de notre État. J'en resterai là dans cette manifestation de fierté quasi paternelle.

Non, le vrai problème, c'était moi, moi qui négligeais de tenir à jour ma correspondance, qui oubliais de remplir des chèques ou d'en encaisser certains, perdus dans le fouillis qui grandissait toujours plus sur mon bureau, dans ces tas de papiers devenus des spectres malfaisants auxquels j'avais rarement le courage de faire face lorsque je passais un moment à la maison. Ils en étaient venus à hanter avec un tel acharnement ma demeure jeffersonienne, elle aussi vieillissante, que j'étais tenté de gratter une allumette et de m'en aller en laissant derrière moi un joli brasier aux flammes claires. Et dès que je me trouvais dans mes meubles, il me fallait écouter des gens venus me réclamer de l'argent ou des décisions, toutes choses que j'étais peu disposé à distribuer.

Par un bel après-midi d'été finissant, je suis revenu d'une expédition sans but précis le long de la Passe de Cumberland. Mon intention était de m'arrêter brièvement chez moi avant de repartir pour un autre voyage incertain, peut-être en suivant la New River jusqu'en Virginie. L'herbe devant la maison arrivait aux genoux, le plancher du perron peint en gris était piqueté de noir par la moisissure. À l'intérieur, tables et commodes dormaient sous des draps blancs, les pendants en cristal taillé des lustres étaient ternis par la poussière au bout de leurs petits crochets en fer rouillé, tout avait une odeur de renfermé et de vieilles cendres âcres qui s'étaient dispersées hors des cheminées.

Conley est arrivé en hâte, l'air soucieux.

– Will! Nous ne savions pas que vous alliez rentrer.

– C'est clair.

– Vous auriez pu envoyer un mot. Nous aurions déhoussé les meubles, fauché la pelouse…

– Je pensais qu'elle devait être entretenue, que je sois là ou non.

– L'herbe pousse tellement vite, voyez-vous, on n'arrive pas à la maîtriser.

– Elle est haute de deux foutus pieds!

– L'été a été très pluvieux. Des averses sans arrêt, sans arrêt…

Des bruits de pas à l'étage. Dans ma chambre. Une porte fermée, puis le grincement des marches en bois de l'escalier. Je suis allé dans le hall d'entrée. Une jolie fille à la peau couleur noisette descendait prestement, les cheveux en désordre, le visage ensommeillé. Elle nous a adressé un sourire un peu contrit et s'est esquivée par le couloir opposé.

« Vous m'excuserez une minute », a bredouillé Conley avant de courir derrière elle. Je suis resté à ma place et j'ai attendu avec une patience qui m'a moi-même étonné. À son retour, j'ai dit : « Comment vous expliquez ça ? » « Pardon », a-t-il chuchoté. Et moi : « Certains d'entre vous vont me faucher cette herbe, et m'enlever ces housses, et balayer le sol, et ouvrir les fenêtres. Et juste ciel, chargez quelqu'un de changer les draps de mon lit! »

Tandis qu'ils se mettaient tous à l'ouvrage, j'ai pris une bouteille de bordeaux ainsi qu'un livre de la bibliothèque et je suis allé m'asseoir sur le banc du cornouiller, près de Waverley. J'ai lu jusqu'à l'approche du crépuscule.

Le lendemain matin, Conley m'attendait au pied de l'escalier. Il s'est installé devant moi à la table du petit déjeuner, avec un carnet de notes, et je n'avais pas eu le temps de me verser ma première tasse de café qu'il s'est lancé dans une liste de questions que je devais régler. Apparemment, mes affaires avaient atteint un désordre indescriptible.

Pour commencer, une grosse poignée de factures en souffrance, puis des actions en justice qui attendaient mon approbation, puis une décision urgente : les terres du Saut du Castor, de part et d'autre du torrent, pourraient couvrir les dettes accumulées et un acheteur potentiel avait fait une offre.

– Vous vendez ? s'est-il enquis.

– Non.

Ensuite, c'était une vendetta épistolaire qui nécessitait ma médiation au plus vite car elle menaçait de dégénérer en bataille rangée. L'histoire était la suivante : depuis qu'ils avaient appris à écrire, Big Dirt (Champ immense, ou Grosse Saleté) et Dreadful Water (Eau effrayante) s'étaient lancés dans un échange de lettres empoisonnées destinées à ranimer un très ancien contentieux à propos du partage d'une dépouille d'élan au cours d'une partie de chasse qui remontait presque au siècle précédent, dans leur prime jeunesse. Le sujet de friction étant de déterminer qui avait tiré la balle de mousquet décisive, ils en faisaient tous deux un point d'honneur justifiant les allégations les plus catégoriques et toute une série d'insultes, et ce, même si leurs épouses respectives étaient parentes – elles appartenaient toutes deux au clan de l'Oiseau – et très amies.

– Adressez-vous aux femmes, ai-je suggéré.

Mais c'est ce qu'il avait déjà tenté, et ces deux petites dames rondelettes n'avaient rien fait pour apaiser la dispute car elles considéraient leurs hommes comme de complets incapables, dont le seul but sur terre était de leur donner des raisons de se moquer d'eux. J'ai feuilleté rapidement la liasse de missives que Conley m'avait remise, lisant une phrase ici ou là. L'alphabétisation était-elle un bienfait ou une malédiction ? Pour finir, j'ai tout jeté au feu :

– Allez dire à ces deux-là qu'à part la paix, tous les chemins du monde conduisent aux huit formes de solitude.

– C'est… C'est tout ?

– Oui. C'est un excellent conseil, et je regrette de ne pas l'avoir plus suivi. Présentez-le de manière convaincante.

Point numéro trois : l'église et l'école, construites simultanément vingt-cinq ans plus tôt, et en suivant les mêmes plans si l'on exceptait le clocher, étaient en train de se délabrer à un rythme similaire ; fallait-il remplacer les toits en bardeaux très endommagés, ou juste les réparer ?

Réponse : les réparer.

Et les murs dont la peinture s'en allait sur les deux bâtiments en écailles grosses comme la main ? Devait-on les repeindre ou les laisser « naturels » ?

Réponse : la seconde option.

Point numéro quatre : depuis des décennies, c'était moi qui avais eu la charge de percer et d'entretenir les routes de toute la région. Sur laquelle d'entre elles l'équipe de voirie devait-elle se mettre au travail ?

– Celle en pire état.

– Ce serait la piste à chariots nord, dans ce cas. À chaque orage, elle est dévastée. À deux reprises ces derniers temps, des équipages ont fini dans le ravin, bœufs, conducteurs et chariots.

Mais c'était un chantier d'ampleur. Est-ce que je voulais superviser les travaux, ou fallait-il qu'il s'en charge ?

Réponse : changer le statut de cet axe. Désormais, ce

serait une piste pour cavaliers, uniquement. Prévenir la population par voie de presse.

Et ainsi de suite.

Conley est parvenu à la deuxième douzaine de ses demandes, si je comptais bien. Avec la fin de l'été et l'approche des frimas, notre nouveau prêtre voulait savoir à partir de quelle épaisseur de neige il serait autorisé à annuler les offices. Et le maître d'école avait la même question.

– Nous ne sommes même pas arrivés à l'équinoxe ! ai-je protesté.

– Ils demandent quand même, a insisté Conley en haussant les épaules.

C'était entièrement de ma poche que je payais le salaire de l'un et de l'autre, ainsi que leur subsistance. En conséquence, j'ai répondu : « Deux foutus pieds, *minimum minimorum.* »

Obligations et responsabilités. Je passais des heures à ma table, buvant du café et piochant dans les amoncellements de papiers, assis tellement longtemps que mes fesses étaient prises de spasmes. Lorsque je promenais mon regard dans la pièce de temps à autre et que mes yeux revenaient se poser sur les tas, c'était comme s'ils n'avaient pas diminué d'un cheveu.

Et quand je sortais prendre l'air, les gens que je croisais m'appelaient parfois Will, parfois « Colonel », parfois « Sénateur », tandis que d'autres encore, moins nombreux et toujours avec un soupçon d'ironie dans la voix, me donnaient du « Chef ».

S'ils avaient besoin de moi, cependant, ils me tenaient tous pour l'arbitre suprême. J'étais la loi incarnée, le shérif absolu, l'autorité reconnue par les Indiens comme par les Blancs sur mes terres immenses mais écornées et sur les étendues de montagnes sauvages qui nous séparaient du premier chef-lieu de comté. Ainsi, les gens venaient frapper à ma porte à toute heure du jour et de la nuit pour dénoncer forfaits ou crimes, lesquels étaient en nette augmentation au cours des années difficiles qui suivirent la guerre. Les meurtres, notamment. J'en donnerai ici un seul exemple.

À la fin d'un printemps, un misérable petit cirque avait fait halte dans un hameau d'une quinzaine de familles, quelques cabanes sombres blotties au bord d'un torrent. Une tente rapiécée avait été élevée sur le terrain de jeu de balle et, le soir même, une représentation unique avait été donnée à la lumière des lampes-tempête. Il y avait un jongleur, un funambule et une jeune fille audacieusement peu vêtue renversée sur un trapèze, ses cheveux flottant en pointe vers le sol. L'attraction principale était un vieil éléphant aux yeux fatigués qui avait encore la force de caler son derrière sur un grand tabouret à trois pieds, de se servir de sa trompe pour hisser sa dompteuse sur son cou et la promener une minute autour de la piste avant de se rasseoir en soufflant. Il pouvait aussi, quand on le lui ordonnait, asperger d'eau les spectateurs avec la même trompe, en produisant un meuglement de bugle, ou agiter ses immenses oreilles striées de veines et toutes déchirées sur les bords comme un tablier de forgeron en cuir.

Une mémorable soirée, donc, mais le lendemain matin, alors que la troupe était déjà repartie, on avait découvert que l'un des musiciens, un joueur de banjo qui savait comme personne se grimer en Éthiopien en se passant un bouchon de liège brûlé sur le visage, avait été tué. La tête ouverte, il gisait au milieu du flot du torrent guidé sur la roue du moulin, arrêté contre la trappe de régulation. Son maquillage lavé par l'eau bondissante, il levait des yeux pleins d'espoir et paraissait d'une blancheur surnaturelle, tandis que le haut de son crâne était une bouillie rougeâtre qui avait la couleur et la texture d'une membrane de fœtus.

Personne ne l'avait touché jusqu'à mon arrivée. Pendant des heures, hommes et garçons s'étaient succédé en marchant en équilibre sur les deux rebords du goulet, ainsi que j'allais le faire moi aussi, pour arriver au-dessus du cadavre coincé dans le courant qui faisait flotter sa redingote et ses longs cheveux noirs comme une brise opiniâtre.

Au lieu de répondre à mes questions d'enquêteur, chacun s'est mis à me raconter le merveilleux spectacle de la veille, détaillant ses plus surprenants moments et notamment les prouesses de l'éléphant. Sur le crime lui-même, en revanche, on n'avait rien à dire, sinon de vagues références emberlificotées à l'épouse de quelqu'un. Qui était ce quelqu'un, impossible de savoir, et par ailleurs que pouvait-on connaître des rancœurs et des passions accumulées parmi les dresseurs de fauves, les clowns, les contorsionnistes et les jongleurs qui étaient maintenant déjà loin ?

Après avoir fait retirer le mort de la trappe et l'avoir fait enterrer derrière l'église, j'ai financé de mes propres deniers une simple stèle en pierre sur laquelle était gravée une épitaphe de mon cru :

UN BALADIN
? – 1867
J'ÉTAIS VENU DE LOIN À LA RECHERCHE DU SUCCÈS,
MAIS JE N'AI RENCONTRÉ QUE LA MORT AUX AGUETS.

Cet incident tragique nous a du moins permis d'enrichir un vocabulaire cherokee toujours en développement. Jusque-là, évidemment, la nécessité d'un mot désignant l'éléphant ne s'était jamais fait sentir, mais longtemps après son départ les gens n'avaient cessé de s'extasier sur cette renversante apparition, ces oreilles incroyables. Et un terme était né de toutes ces conversations : kamama utana, « grand papillon »…

De retour à la maison, j'ai dû constater que malgré mes conseils de sagesse Big Dirt et Dreadful Water avaient poursuivi leur venimeuse correspondance et que, les mots écrits ne suffisant plus, le second avait infligé au premier une grande blessure à la poitrine, un coup de couteau qui était arrivé jusqu'aux os. Big Dirt était chez lui, où il se remettait difficilement. Et quand je suis allé m'expliquer avec son agresseur, je l'ai trouvé indigné plutôt que pétri de remords.

– Moi et Big Dirt, on était les plus grands amis, dans le temps, m'a-t-il déclaré. Tout ça est de sa faute !

Deux hommes âgés, des vieillards presque, qui se chamaillaient pour un détail dont ils n'arrivaient même pas à se souvenir… Et leurs petites bonnes femmes étaient maintenant ennemies, elles aussi, chacune ayant pris religieusement le parti de son mari.

Je suis allé de l'un à l'autre dans ce quatuor en répétant la même admonestation : « Cesse ces embrouilles de merde ! À ton âge, même quelqu'un qui aurait un passé moins riche que le tien constitue un trésor sans prix. Aime-les, pardonne-leur ces folies et espère seulement qu'ils te pardonneront les tiennes. »

J'ai supporté ce fardeau de responsabilités pendant trois saisons entières, jusqu'au début de l'été suivant, et puis j'en ai eu plus que mon compte. Je me suis enfui. Cette fois, j'ai pris la route de Warm Springs, les sources chaudes dans la montagne.

8

Au fond de sa ravine perdue à quatre jours de route de la voie ferrée la plus proche, le Warm Springs Hotel était un havre de paix. Une destination estivale, surtout, mais que j'avais visitée en toute saison au cours des deux plus récentes décennies, avant et après la guerre. En hiver, quand l'établissement était presque désert, la grande salle de bal plongée dans la pénombre était traversée de courants d'air glacial et la pelouse du parc prise sous une couverture de neige seulement ponctuée par la piste étroite sur laquelle les pensionnaires les plus téméraires s'aventuraient pour aller se plonger dans l'eau brûlante des bassins naturels.

Même au cœur de la basse saison, il y avait toujours des sommes à gagner le soir autour des tables de jeu, et des femmes en quête d'aventure à courtiser. Jeunes veuves fortunées que des cousines célibataires accompagnaient en voyage, épouses frustrées de vieux magnats qui s'assoupissaient devant la cheminée pour une sieste, les mains croisées sur leur bedaine, et couraient se mettre au lit après avoir abusé du cochon rôti au dîner, sans parler bien sûr des jolies gouvernantes cultivées, fragiles et déçues par la vie...

Plusieurs sources amenaient les eaux thermales du tréfonds de la terre, chargées de minéraux, bouillonnantes et denses au point que l'on aurait sans doute pu jeter un nourrisson dans l'un de ces bassins et le voir remonter aussitôt à la surface. La température était toujours agréable, dans les trente-huit degrés, sauf après de fortes pluies qui, pour une raison inexplicable, les rendaient encore plus chaudes. Elles dégageaient une faible odeur de soufre, juste assez pour leur donner un relent médicinal.

Les visiteurs étant invités à boire sans retenue ces eaux réputées à la fois pour leur pouvoir diurétique et laxatif, les domestiques sillonnaient jour et nuit les couloirs avec des pots de chambre en porcelaine dont le contenu ballottait sous les couvercles arrondis. Les quantités ainsi consommées étaient l'objet d'une compétition entre les pensionnaires. Je me souviens ainsi d'une solide matrone que j'avais croisée ici avant la guerre ; toujours habillée en brun foncé afin de proclamer sa disponibilité de veuve parvenue aux tout derniers stades de l'habit de deuil obligatoire, une épaisse couche de poudre n'arrivant pas à couvrir les rides de son visage, elle se targuait de pouvoir ingurgiter deux gallons de cette eau miraculeuse sans aucun désagrément, mais aussi sans effet sur les douleurs névralgiques à sa hanche droite qui continuaient à la torturer. D'autres habitués des thermes certifiaient trouver dans ces sources un remède aux rhumatismes, aux migraines, au psoriasis et à certains cancers.

Pour ma part, je ne leur trouvais pas de meilleur usage que de m'y plonger jusqu'au menton en pleine nuit et de contempler la roue du ciel tournant au-dessus de moi. Orion, dont l'épée se balançait à la ceinture en hiver ; les Pléiades, d'abord distinctes mais qui finissaient par se brouiller en une masse de lumière singulière sur le firmament noir ; Jupiter, Mars et Saturne, dont la place parmi les étoiles variait selon l'époque de l'année ; les lunes toujours en mutation, obéissant à des changements de forme et d'orbite dictés par des règles immuables… Le merveilleux agencement de l'espace, avec ses constellations, ses planètes et ses astres, offrant assez de récurrence pour nous convaincre que l'univers continuera tel qu'il est et cependant toujours surprenant au cours des moments limités où nous lui consacrons notre attention.

Nous allions à Warm Springs pour ses eaux magiques, pour l'air frais des montagnes, pour la distraction, pour les rencontres, pour une éventuelle guérison. L'hôtel, qui pouvait accueillir plus de trois cents pensionnaires, offrait un agrément illimité aussi longtemps que l'on avait les moyens financiers d'y rester, ce qui pour la plupart d'entre nous voulait dire l'été entier. À la saison chaude, il était plein de riches planteurs et de leurs familles, qui fuyaient la touffeur squalide des plaines et venaient soigner leurs entrailles surmenées dans ce qu'ils pensaient être le fin fond des montagnes sauvages.

Beaucoup d'entre nous embrassaient avec ferveur des régimes stricts et supposés revigorants. Les plus extrémistes affirmaient ne vivre que de l'air pur et de l'eau de source. Cédant moi-même à ces modes diététiques en vogue à Warm Springs, j'ai passé quasiment tout un été là-bas en m'interdisant de toucher à la viande. Pendant des semaines, il n'y a eu pour moi que des salades, des tomates en tranches et du vin rouge, mais le moment est venu où j'ai dû reconnaître qu'une existence sans rouleaux à la saucisse ne valait pas la peine d'être vécue ; mon premier repas carné a consisté en cuisses de poulet marinées dans le vinaigre et la poudre de piment, puis braisées vivement sur un feu de hickory, et quand l'assiette m'a été apportée à l'une des tables communes de la salle à manger j'ai eu du mal à me retenir d'y plonger mon nez comme un chien dans sa gamelle.

Les soirs d'août où le brouillard tombait et où le froid devenait assez pénétrant pour qu'un feu soit allumé dans la grande cheminée, le ravissement des planteurs venus du plat pays était à son comble. Comment, une flambée en plein été devant laquelle on avait plaisir à se tenir ? Tous ceux qui avaient séjourné ne serait-ce qu'une fois à l'hôtel mémorisaient au moins deux données factuelles à son sujet : la salle de bal avait deux cent trente-trois pieds de long, et la galerie qui courait au pied de la façade trente-cinq colonnes doriques ventrues.

J'aimais particulièrement cette dernière, que certains appelaient « véranda » et d'autres encore, plus rarement, « balcon-promenade ». Une rangée impressionnante de chaises longues – trois par colonne, pour être très précis – faisait face à la pelouse et au-delà à la rivière, puis à la chaîne de montagnes dominant l'horizon occidental. De-ci de-là, de vieux chênes et de grands pins élevaient leurs troncs massifs, passés à la chaux aussi haut que les jardiniers pouvaient élever leurs pinceaux surchargés.

L'un de ces soirs – cette fois encore avant la guerre –, alors que je me balançais sur un rocking-chair en observant à travers la fumée de mon cigare la dernière ligne des cimes encore visible dans la lumière crépusculaire, un membre de notre groupe de fumeurs et de buveurs de whisky, qui se piquait d'être un voyageur averti, a affirmé que quiconque doué d'un tant soit peu de goût penserait que Warm Springs était à Saratoga ce qu'un torrent de montagne est à l'eau boueuse d'un caniveau.

Durant les quelque vingt années où je suis venu passer des séjours ici, quelle que soit la saison, les serveurs n'ont jamais oublié de m'apporter une tasse de café et un verre de calvados sur la galerie au lever du soleil. Comme pratiquement tous les pensionnaires dormaient jusqu'à l'heure où le petit déjeuner commençait à être servi dans la salle à manger, je pouvais tranquillement me balancer en lisant ou en regardant le brouillard quitter peu à peu la surface de la rivière. J'aurais pu évidemment faire tout cela aussi bien chez moi, mais j'aurais alors constitué une cible facile.

J'ai accompli la dernière partie du voyage vers Warm Springs de la mi-journée à la nuit noire. Le ferry qui permettait de franchir le fleuve en amont d'Alexander avait eu un retard inexpliqué mais au moins les routes étaient sèches et la lune pleine, même si sa lumière bleue filtrée par l'épais feuillage des arbres éclairait à peine plus qu'à deux ou trois pas devant ma monture. La rivière, très large et arrivant parfois presque au niveau de la piste, avait pris la teinte de l'étain poli.

Je ne suis arrivé à l'hôtel qu'après minuit. Dehors, un garçon d'écurie encore éveillé s'est chargé de mon cheval. Sur la galerie, quelques rares noctambules continuaient à fumer et à boire dans des rocking-chairs. À la réception, j'ai demandé que la malle d'effets personnels que je laissais toujours à la garde de l'hôtel soit montée dans ma chambre, pris le courrier qui avait suivi jusqu'ici et jeté un coup d'œil circulaire dans le hall d'entrée. Les grandes portes de la salle à manger étaient fermées, la flamme des lampes baissée n'éclairait guère plus que des bougies, et dans un coin une partie de cartes se poursuivait silencieusement à une table. Un homme et une femme d'une trentaine d'années, à l'air énamouré d'un couple non marié, se sont mis à fredonner ensemble une nouvelle chanson à la mode. S'étant levés, ils ont commencé à danser, oublieux de tout le reste, serrés étroitement l'un contre l'autre, puis elle s'est dégagée en riant, a tendu à son cavalier une main qu'il a embrassée d'abord sur le bout des doigts et les phalanges avant de la retourner et de déposer un baiser dans la paume gantée puis un autre au-dessus du bouton du gant, sur son poignet nu et veiné. Après avoir contemplé cette partie de son anatomie comme si elle la découvrait seulement à cet instant, la femme a tourné les talons dans un joli envol de jupons et s'est dirigée rapidement vers l'escalier qui conduisait aux chambres, suivie d'un regard insistant par son galant et par moi-même. Habituée des lieux, la Tsigane diseuse de bonne aventure était encore devant sa petite table, soutenant de ses deux mains celle, grand ouverte, d'un pensionnaire d'une soixantaine d'années. Son index a suivi avec une lenteur obsédante les lignes de chance et d'amour sur la paume de son client, plongeant celui-ci dans une expectative frissonnante qui valait à elle seule le prix de la séance. Quand je me suis rendu au bar, elle a levé brièvement les yeux sur moi et j'ai saisi quelques mots de ce qu'elle était en train de dire : «... un long voyage qui se terminera par la tranquillité définitive.»

Une prédiction vraiment trop facile, me suis-je dit : n'est-ce pas là notre sort à tous ? Et aucun de nous n'y échappe.

Au comptoir, trois consommateurs grisonnants étaient voûtés au-dessus du dernier verre de la soirée. Ils avaient gardé plusieurs tabourets entre chacun d'eux, suivant l'étiquette observée par les hommes quand ils utilisent des urinoirs, et j'ai moi aussi pris place sur un siège qui correspondait au mieux à ce besoin d'isolement.

J'ai commandé un sandwich au jambon et un gin Tanqueray avec du jus de citron vert et du sucre, qui dans mes intentions serait mon unique libation avant de me mettre au lit. Et une lampe, aussi, que le barman est allé chercher à l'autre bout du bar. Après avoir remonté la mèche, j'ai entrepris de trier mon courrier. Rien de très personnel. Un grand nombre de lettres désespérées d'avocats qui expliquaient soit pourquoi je devais rembourser leur client au plus vite, soit pour quelle raison celui-ci était dans l'impossibilité de me payer. Plusieurs revues et périodiques, dont le dernier numéro de l'*Appleton's Journal* et un exemplaire du *Cornhill Magazine* vieux de plusieurs mois. Tout en mangeant, j'ai lu en diagonale un article de l'*Appleton* sur l'état de la création romanesque dans notre pays, que le critique trouvait déplorable. En cette époque d'exaltation virile, d'harmonie et de joie, pourquoi tant de livres étalaient toute cette morosité gratuite ? Nous n'avions pas besoin de soupirs et de pleurnicheries ; tous, nous cherchions à atteindre le bonheur en nous enrichissant ou en nous distinguant, et nous avions donc le droit de refuser que l'on nous impose des pensées lugubres sous couvert de fiction, nous avions raison de ne pas vouloir être attristés par ce que nous lisions...

Je me suis dit que toute cette philosophie appelait quelques verres de plus.

L'inconnu qui avait baisé le poignet de sa cavalière est soudain apparu. Il s'est assis juste à côté de moi, me frôlant de son coude et de sa hanche quand il s'est assis. Il continuait à chantonner les dernières mesures de leur air favori, dont la mélodie comme les paroles avaient un net parfum de désir et de jeunesse.

– Agréable hôtel, a-t-il déclaré après avoir terminé le dernier couplet.

– En effet.

– Et les clients aussi.

– Les clients aussi.

Il s'est présenté. En lui serrant la main, je me suis nommé à mon tour.

– Pas le fameux colonel, si ?

– Cette guerre-là est finie.

– Eh bien, si j'aurais cru ! Enchanté de faire votre connaissance !

Il a tenu à échanger une nouvelle poignée de main. Attirés par son enthousiasme excessif, les consommateurs solitaires se sont approchés, en apportant leur verre avec eux, et bientôt nous avons formé un groupe à la conversation animée. Une bande de vieux amis, aurait-on pu penser. Nous avons discuté des occupations essentielles des pensionnaires du Springs, les repas, les bains, les équipées à cheval, les soirées trop arrosées, les bals, les jeux de cartes, la vue que l'on avait depuis un certain promontoire rocheux, les flirts et leurs dangers, les commérages incessants...

Les derniers temps, m'ont-ils appris, le sujet des potins les plus insistants avait été « la femme en noir », une veuve toujours en tenue de grand deuil même si, d'après ceux qui se croyaient les mieux informés, le délai traditionnel d'un an et un jour après le décès du conjoint était depuis longtemps dépassé. Bien qu'apparemment venue aux sources afin de se refaire une santé, elle semblait plutôt disposée à la ruiner pour de bon. D'humeur toujours dolente, elle prenait la plupart de ses collations dans sa chambre, ne se montrait jamais dans la salle de bal et passait le plus clair de ses journées à marcher seule le long de la rivière. Les hôtes l'apercevaient seulement quand elle traversait d'un pas lugubre le hall d'entrée pour remonter à son étage, l'ourlet de sa robe tantôt poussiéreux, tantôt festonné de boue selon qu'il avait plu ou fait soleil. L'un des piliers de bar a cité l'opinion de son épouse selon laquelle les montres s'étaient arrêtées pour « la femme en noir » à la mort de son mari et ne se remettraient plus jamais en marche.

Comme j'émettais l'hypothèse qu'elle finirait probablement par mourir de chagrin, un autre buveur a lâché un rire sec. Ses semblables – tous encore plus avancés en âge que moi, et avec des panses rebondies sous leurs coûteux gilets aux couleurs vives –, mais aussi le jeune romantique, se sont ligués contre moi pour certifier d'un ton navré qu'aucune femme n'avait jamais fini ainsi, que depuis l'origine de l'histoire c'était les hommes, et eux seuls, qu'une peine de cœur avait pu terrasser. Le sexe faible meurt de vieillesse exclusivement, et c'est pourquoi nous précédons toujours les filles d'Ève dans la tombe. Il suffit d'étudier les rubriques nécrologiques des journaux pour s'en convaincre.

J'ai proposé un toast aux peines de cœur et, après un moment d'hésitation, ils ont eux aussi levé leur verre. Peu après, ils ont vidé ce qui restait au fond et décidé qu'il était temps d'aller s'étendre, tandis que le barman essuyait ostensiblement son comptoir et rangeait des bouteilles pour faire comprendre à chacun que l'heure de la fermeture était venue. Je lui ai commandé un dernier gin – double – que j'ai emporté dehors, sur la galerie. La lune était suspendue à l'aplomb des cimes, anneau de lumière dans une brume laiteuse. Dans la nuit froide et humide, les vallons commençaient à s'emplir de brouillard. J'ai renfilé mon manteau de voyage, fourré mes lettres dans l'une des vastes poches, et je suis descendu à la rivière.

Après l'avoir franchie sur un pont en bois, je l'ai suivie un moment avant de m'engager dans un raidillon grimpant jusqu'à une falaise. En haut, la vue était impressionnante, les jeunes clients aimaient y monter en groupes pour flirter en regardant le coucher du soleil, avant de dégringoler en bas et de rentrer passer leurs habits de soirée en perspective du bal, tant la jeunesse saisit avec empressement chaque prétexte à changer d'atours.

En montant la pente, j'ai pris soin de tenir mon verre parallèle au plan de gravité et non au terrain accidenté, soucieux de ne pas perdre une goutte de gin. En arrivant au sommet de ce grand bloc de pierre érodée, qui formait un angle brusque dans le ciel face à l'ouest lointain, j'étais tout essoufflé. J'ai porté mon verre à la bouche, je l'ai vidé d'un trait et je l'ai lancé vers la lune.

Sans succès, bien sûr, ainsi que l'a prouvé le bruit allègre du cristal fracassé en contrebas.

Brusquement, à ma droite, quelqu'un a toussoté poliment. Cela venait d'une gorge de femme. J'ai supposé que j'avais troublé un rendez-vous amoureux.

– Pardonnez-moi.

J'ai regardé dans cette direction, m'attendant à découvrir un couple, deux corps enlacés s'écartant l'un de l'autre avec embarras.

Mais je n'ai vu qu'une seule silhouette noire et solitaire assise au bord de la falaise, les jambes dans le vide.

– Je vous demande encore pardon de cette interruption, ai-je dit à voix basse.

Revenu à l'hôtel, j'ai gravi les escaliers jusqu'à un salon privé circulaire qui donnait accès aux meilleures chambres de l'établissement, réparties sur trois niveaux. Deux hommes étaient installés sur des chaises en rotin peint dans un rouge profond. Vêtus de costumes luxueux, l'un gris, l'autre noir, ils avaient tous deux des cols et des cravates à la toute dernière mode. Le plus jeune, bien charpenté, feuilletait vaguement une revue. Il avait gardé son chapeau sur la tête, mais repoussé très loin en arrière, comme pour indiquer ainsi qu'il n'ignorait pas que l'on devait se découvrir la tête à l'intérieur d'un immeuble ; une mince bande de son front moins bronzée que son visage luisait dans la lumière de la lampe à ses côtés. L'autre, considérablement plus âgé, était mince et chauve ; assis tout au bord de son siège, il faisait tourner petit à petit son haut-de-forme dans ses doigts qui le retenaient délicatement par le rebord, et il était manifestement fasciné par cette patiente rotation.

Comme ils relevaient tous deux la tête à mon passage, je les ai salués d'un bref «Gentlemen…» et j'ai continué jusqu'à ma chambre. J'avais à peine retiré mon manteau qu'on a frappé à la porte. J'ai soulevé le loquet. Le costume noir et le gris étaient devant moi, épaule contre épaule. Ils m'ont repoussé dans la pièce avant de refermer derrière eux.

– Je devrais demander la raison de cette intrusion, ai-je remarqué, mais à quoi bon ?

Je suis allé à l'autre bout de la chambre où je me suis adossé au mur, bras croisés. Le plus vieux des deux a jeté son chapeau sur le lit, puis s'est assis tout près de lui. Il paraissait épuisé. Son regard m'évitait. Resté devant la porte, le jeune me fixait de tous ses yeux, lui, et d'un air peu commode.

– C'est à propos d'argent, pour sûr, a-t-il dit. C'est tout ce qui nous empêche de nous estimer mutuellement.

– Et de qui parlons-nous, au juste ?

– De Williams ! Qui d'autre vous refusez de rembourser ?

Une longue liste de noms a défilé dans mon esprit. C'était peut-être Sloane, ou Slagle. La majorité de mes autres créanciers auraient été assez civilisés pour envoyer le shérif me remettre une citation à comparaître. Certains d'entre eux étaient de si bons chrétiens qu'ils auraient juste demandé à un pasteur baptiste d'aller me remettre dans le droit chemin.

– J'imagine que ce qui vient ensuite est une raclée ? ai-je observé.

Serrant ses gros poings, le jeune a étudié un instant ses phalanges saillantes.

– Frapper les gens, ce n'est pas ma manière de procéder.

– Je suis bien résolu à payer ce que je dois à Williams. Ou à Slagle, ou à quiconque est ici concerné.

Le vieux maigrichon s'est penché en avant et a repris son manège avec son couvre-chef comme s'il n'était en aucun cas concerné par la conversation.

– Alors payez ! s'est exclamé le grand gaillard. C'est tout simple, non ? Voilà un an que la dette devait être épongée. Soyez chic, quoi ! Donnez-nous l'argent. Si ce n'est pas trop lourd, nous le porterons à la diligence nous-mêmes et l'affaire sera oubliée.

Il a annoncé une somme qui avait de quoi vous couper le souffle une bonne seconde.

– Il n'y a pas d'argent ici, ai-je répliqué.

– Mais vous y êtes, ici ! a objecté le jeune. J'ai demandé le prix des chambres à la réception, en bas. Pas donnée, l'auberge !

J'ai écarté les bras, mains ouvertes.

Il s'est tourné vers son compère, toujours assis au bord du lit :

– Il y a des jours où je me dis qu'ils ne pourront jamais imprimer les billets de banque assez vite pour me convaincre de continuer ce travail longtemps.

L'autre n'a pas relevé les yeux, ni même interrompu la giration mécanique de son chapeau.

– Écoutez, suis-je intervenu : tout ce que j'ai, c'est de la terre. Beaucoup, mais qui ne rapportera pas immédiatement. Le gouvernement doit bientôt me rembourser de tous mes frais. Cela prendra un peu de temps, quoique.

– Le temps, c'est exactement le problème ! Tout irait comme sur des roulettes, sans lui. Mais nous sommes venus précisément pour vous rappeler ces désagréables contingences de temps. Notre employeur est fatigué d'attendre. Il veut son dû. L'affaire se résume à cela.

– Il y a plus que cela, au contraire. Williams et moi sommes amis. Une amitié qui remonte à bien avant la guerre.

– Sûr que vous êtes amis ! Tant que l'argent rentre…

– J'ai eu les moyens de lui faire gagner plein d'argent, quand j'étais sénateur. Construction de routes, chemins de fer, etc.

– Mais récemment non, vous ne lui avez rien fait gagner. Et c'est ce qui est le plus important, la régularité des échanges. Tenez, je vais vous expliquer comment cela fonctionne. Quand Williams a besoin que vous lui rendiez un service, vous êtes amis. Gratitude, loyauté et tout le tremblement. Et quand vous avez besoin de Williams, les affaires sont les affaires. Vous lisez vos contrats jusqu'à la dernière ligne. Je ne devrais pas avoir à vous dire tout cela.

– Non, vous ne devriez pas.

– Et donc, cet argent ?

– Je ne l'ai pas. Je pourrais vous montrer les papiers. Ma correspondance avec Washington. Il serait facile d'obtenir des copies. C'est une question qui remonte à loin, je vous assure. À six pour cent de 53,33 dollars. Des intérêts qui courent depuis plus de trente ans.

– C'est tout ce que vous avez à offrir ? Des papelards et des histoires ?

– Des « papelards » qui se transformeront bientôt en beaucoup, beaucoup d'argent.

– Si je vous engageais pour me construire une maison, vous arriveriez des années après pour dérouler vos plans et attendre d'être payé ?

– Vous n'auriez qu'à les montrer à Williams. Cela va se régler très prochainement.

– Après trente ans ?

– D'un jour à l'autre, oui.

Le jeune intrus a lancé un regard à son comparse, qui m'a paru hocher très légèrement la tête, le menton enfoncé dans la poitrine, son chapeau toujours entre les doigts. Il était plus d'une heure du matin et il avait l'air prêt à succomber à la fatigue. Des poils gris commençaient à apparaître sous son nez et sur la peau flétrie de ses joues. Il s'est ébroué, luttant pour rester éveillé.

– Si nous restons trop longtemps, il va essayer de nous refiler un chèque en bois, lui a dit le jeunot vindicatif.

Le vieux n'a trahi aucune réaction, ni dans un sens, ni dans un autre. L'autre m'a regardé un moment, puis :

– Eh bien, allez vous faire foutre, vous et les gens de votre acabit. Mauvais payeurs de merde. Le fléau de toute ma vie.

Il a quitté la pièce en voulant claquer la porte derrière lui mais celle-ci a buté contre le talon de sa chaussure et elle est restée entrebâillée.

Le vieil homme épuisé s'est levé. Il a étudié son reflet dans la glace de la coiffeuse, passé ses mains sur son visage pour le recomposer, pressé avec deux doigts les poches livides de ses cernes comme s'il cherchait à leur redonner la fermeté de la jeunesse. Il a remis son chapeau sur la tête en ajustant soigneusement le bord à l'angle

487

désiré, un peu penché de côté. Satisfait, il s'est avancé vers moi et, pour la première fois, m'a regardé dans les yeux. Son bras a eu un mouvement infime, à peine plus qu'un frisson, et un rasoir au manche en écaille est soudain apparu dans sa paume.

D'un seul geste, il a ouvert la lame en un éclair, l'a tendue en avant et m'a lacéré la jambe droite à travers mon pantalon, de bas en haut. Un peu plus haut que le genou jusqu'au creux de l'aine en suivant l'intérieur de la cuisse.

Le temps de m'incliner et de plaquer mes mains sur la blessure, le rasoir avait été replié et rangé dans la poche de son veston.

– J'avais noté que vous portiez à gauche, a-t-il dit. Vous pouvez me remercier d'être aussi attentif aux détails, si cela vous chante.

Le sang jaillissait entre mes doigts, dégoulinait le long du tibia, s'infiltrait dans ma chaussette et mon soulier.

Une demi-heure plus tard, j'étais affalé sur le bord du lit, seulement vêtu d'un bout de drap qui dissimulait pudiquement mon bas-ventre, et la cartomancienne tsigane était accroupie au sol entre mes jambes. Elle parcourait la plaie sur ma cuisse avec une boule de coton imbibée d'eau oxygénée qui laissait dans sa traînée une mousse blanchâtre.

– Ce n'est pas bien pire que des coupures qu'il m'est arrivé de me faire en me rasant, a-t-elle déclaré. Longue, c'est certain, mais c'est à peine entré dans la chair.

– On ne penserait pas, avec tout le sang que j'ai perdu.

– Faut croire que c'est un endroit qui saigne facilement, alors. Mais j'ai comme l'impression que tu vas devoir vivre encore un bon moment.

Elle s'est courbée pour déposer un baiser sur le flanc

de mon genou, généreusement complété d'un petit coup d'une langue râpeuse comme celle d'une chatte.

Son déguisement de bohémienne – foulard vert, jupe rouge, large ceinture jaune et corsage de paysanne crème – gisait en un tas bigarré près de la porte. Elle ne portait que mon peignoir de bain en coton blanc, qui bâillait assez pour laisser voir l'ombre élongée entre ses seins. Ses cheveux bruns mouillés étaient rejetés en arrière, plaqués par des coups de peigne dont on voyait encore la trace parallèle des dents qui allaient du front à leur extrémité tombant sur ses épaules.

Les yeux levés vers moi, avec son rouge à lèvres et son khôl qui avaient bavé, elle était telle qu'elle-même, une femme modérément jolie de Valdosta, dont les paupières et la commissure des lèvres commençaient à se rider.

– Étends-toi, ne bouge pas et je vais être gentille avec toi, a-t-elle dit.

Réveillé par les premières lueurs d'une aube grise, j'ai ouvert les yeux sur la Tsigane en train de se servir dans mon portefeuille. Elle s'est retournée et, voyant que je l'avais surprise, a disposé les quelques billets dans sa main comme des cartes en éventail, les a approchés de la fenêtre pour les étudier avec une attention affectée. De sa voix de bonimenteuse la plus solennelle, elle a prédit : « En échange de beaucoup de plaisir, tu vas connaître une perte financière sans importance. » Ensuite, elle a sorti de son jeu un billet de vingt dollars et a remis les autres – de dix, cinq et un – à leur place.

Vingt dollars, ai-je pensé. Une acre de bonne terre, douze de montagne incultivable.

– Et maintenant, ta main ! a-t-elle ordonné. Et c'est gratuit.

S'asseyant sur le lit, elle a allumé la chandelle sur la table de nuit, approché ma paume de la flamme et froncé les sourcils. Elle semblait perdue, soudain. Privée de ses repères habituels. Elle a suivi du bout d'un doigt la vieille cicatrice laissée par la broche de Featherstone, une bande blanche qui courait en diagonale de la base de mon index jusqu'à la bosse précédant le poignet.

– Ça brouille tout ! a-t-elle constaté. Elle coupe la ligne de vie et celle de l'amour, toutes les deux. Enfin, c'est le destin que tu as reçu en partage, pour ce qu'il vaut…

Elle m'a embrassé sur le front, a soufflé la petite larme jaune de la bougie. Une seconde après, elle avait refermé la porte derrière elle.

Retombant sur les oreillers, j'ai basculé dans un demi-sommeil dont j'ai vite émergé en pleine lucidité, marqué et défait par la longue succession d'événements de cette nuit. Il faisait maintenant jour, de l'autre côté de la fenêtre. Je me suis habillé et je suis descendu. Traversé le hall désert, puis la pelouse scintillante de rosée. Mes chaussettes et mes souliers étaient trempés. J'ai eu beau fixer la surface de la rivière, elle ne m'a rien appris. Je suis pourtant resté près d'elle, sur un banc, jusqu'à ce que le service du petit déjeuner commence. Je suis rentré m'asseoir devant un pot de café et un œuf à la coque affreusement mal cuit, qui bavait son mucus tremblotant dans la coupelle de son petit piédestal en cristal.

9

L'après-midi, le cerveau encore embrumé par l'alcool, je suis sorti faire un tour sur la route longeant la rivière. J'ai attelé mon cheval à un sulky que je gardais dans l'une des remises de l'hôtel. Les rayons des deux roues étaient peints en jaune, le siège capitonné de cuir rouge, la caisse laquée d'un noir brillant. J'avais une petite flasque en argent dans une poche, et un pistolet Remington presque aussi plat qu'elle dans l'autre, pour le cas où l'homme au rasoir réapparaîtrait.

D'humeur maussade, je filais à grande vitesse mais sans but sur la piste qui épousait chaque méandre du cours d'eau.

Alors que j'avais rebroussé chemin en direction de Warm Springs, la roue gauche a commencé à vibrer, puis à se déporter sur son axe et à tourner de guingois. Je me suis arrêté. Remettre en place le moyeu sans un seul outil sous la main était peine perdue.

Soudain, l'un de ces grands montagnards à la fière démarche que l'on rencontre souvent dans nos contrées a surgi sur la route. M'ayant gratifié du plus bref des coups d'œil, il aurait continué sans s'arrêter si je ne l'avais pas hélé en lui demandant de me réparer ma roue.

Le ton que j'avais employé était peut-être déplacé.

Il a dit : « Descendez de votre carriole et venez un peu par ici. »

À peine avais-je posé un pied au sol qu'il m'a frappé à

trois reprises en plein visage. Les deux derniers coups de poing révélaient une indéniable habileté car il les a placés alors que j'étais déjà en train de tomber. Le cheval a fait un pas en arrière dans les brancards, s'est immobilisé. Affalé sur la piste, j'ai regardé l'homme s'en aller. Me relevant sur un coude, j'ai crié : «J'avais l'intention de vous payer, sir.» Il ne s'est même pas retourné. Quand il a disparu dans le tournant, je me suis redressé et j'ai tenté de cracher, à la fois pour exprimer mon dégoût et me nettoyer la bouche. Au lieu du viril glaviot que j'avais en tête, cependant, mes lèvres tuméfiées n'ont produit qu'un nuage de sang qui s'est vaporisé sur les revers de mon paletot d'équitation, de couleur claire comme la mode le voulait.

Nous nous sommes rencontrés alors que je rentrais à l'hôtel avec une roue voilée, la bouche enflée et fendue en deux endroits, la jambe droite de mon pantalon maculée par le sang perlant de ma blessure à la cuisse, qui s'était rouverte au cours de ma chute. Une silhouette sombre marchait devant moi, abritée par une ombrelle noire dont la bordure en crêpe palpitait telle une aile de chauve-souris. Du bonnet aux bottines, les couches superposées d'une tenue féminine de grand deuil retombaient lourdement. En passant, j'ai soulevé mon chapeau dont les larges bords oscillaient eux aussi dans le vent et j'ai incliné rapidement la tête en guise de salut. La veuve m'a regardé derrière son voile noir, qui m'a empêché de m'apercevoir sur-le-champ que c'était Claire.

Mais elle m'avait reconnu, elle. Abaissant son ombrelle, elle a soulevé son voile d'une main gantée de daim noir. «Will ?»

Les rayons de soleil filtrés par les frondaisons sont tombés sur son visage. J'ai sursauté. La surprise était immense, de part et d'autre. Pour elle, je devais sans doute porter un masque qui ne ressemblait que vaguement aux traits qu'elle avait connus et – peut-être – aimés jadis ; mais à mes yeux elle était toujours la Claire de mes souvenirs, et mon cœur s'est arrêté.

Le deuil lui allait bien, rehaussait la pâleur délicate de son visage. Assis dans mon sulky, je me suis rappelé le serment que j'avais prêté devant elle des lustres auparavant, sur le mont du lézard : quand bien même la vie devrait nous séparer dans un avenir inimaginable, je devrais la serrer contre moi dès que nous nous reverrions. Quel que soit le contexte. J'avais mis toute la passion de ma jeunesse dans cette promesse. Et pourtant je l'avais rompue le jour funeste où je l'avais revue à son nouveau Cranshaw, et cette fois encore je n'ai pas eu la force d'accomplir mon vœu. Comment pouvais-je enlacer « la femme en noir » ?

À la place, je suis descendu gauchement, je suis allé à elle et j'ai bredouillé : « Tu vas bien ? »

Imbécile que j'étais. Elle était plus blanche que du coton. Non, elle n'allait pas bien. Pas bien du tout.

Mais si nous ne sommes pas tombés dans les bras l'un de l'autre notre rencontre n'a pas manqué de chaleur. De tristes sourires ont été échangés. Comme elle refusait de monter à côté de moi jusqu'à l'hôtel, je lui ai emboîté le pas lorsqu'elle a repris sa marche le long de la rivière, tirant derrière moi par les rênes mon cheval et mon attelage de dandy. L'ourlet de la jupe noire de Claire traînait sur la route, moucheté de boue.

Au fil des années depuis notre dernière rencontre, elle avait beaucoup perdu. Le bébé à face de hibou avait un peu grandi et puis il était mort de fièvre et de congestion pulmonaire, se vidant de son sang par les deux bouts. Et Featherstone avait finalement rejoint le Pays de la Nuit, sa deuxième mort guère plus satisfaisante que la première, sans doute, puisqu'il n'était pas parti dans la cavalcade et les coups de feu de ses chers poney-clubs. Non, il avait été désarçonné par un jeune étalon qui s'était cabré et l'avait envoyé tête la première contre un poteau de barrière. Ses vieux os réduits en poudre par le choc, il avait perdu conscience un moment, était revenu à lui, avait essuyé le sang sur son front et demandé à être porté au salon. Installé dans son fauteuil d'agonie, il avait réclamé un verre de scotch et une compresse froide. Il avait bu, s'était encore éponge, et il avait sombré dans le sommeil. Il était mort exactement comme la première fois, en face du feu de bois, mais cette mort avait été définitive.

Ainsi Claire était rentrée au pays. Où serait-elle allée, elle qui n'avait plus personne ? Mais elle n'était pas entièrement abandonnée, car la vente des biens de Featherstone l'avait rendue riche.

– Il était horriblement vieux, ai-je offert en guise de consolation.

Juste ce qu'il ne fallait pas dire, évidemment. Mais je suis doué pour ce genre d'impair.

Claire a produit un son qui était à moitié une protestation étranglée, à moitié un rire qu'elle aurait réprimé en soupir.

Emporté par l'embarrassant besoin de m'apitoyer sur moi-même, incapable de contenir mes geignements, j'ai continué en proclamant que Featherstone était le plus grand fils de putain que la terre ait porté mais que je devais admettre, après avoir appris son départ au Pays de la Nuit, que je l'avais aimé malgré moi. Quel saligaud, et pourtant le monde était désormais un peu moins beau, sans lui… Et il y avait toujours une partie de moi qui aurait voulu que la balle avec laquelle je l'avais blessé à la cuisse lui ait plutôt traversé la tête.

Posant une main sur mon bras, Claire a dit : « Il me manque bien, à moi aussi. » Un silence, puis : « Il n'y a pas longtemps, j'ai rêvé de toi et tu avais le même âge que lorsque vous aviez eu ce duel imbécile. Tu étais jeune homme. »

Elle semblait déçue de voir que j'avais subi le passage

du temps, comme si les marques qu'il avait laissées sur moi prouvaient un manque de caractère, ou de goût. Pourtant, nombre de femmes de son âge, ou bien plus jeunes encore, m'avaient assuré que mon apparence demeurait remarquablement juvénile et séduisante. Mes concessions à l'odieux et inévitable vieillissement étaient rares. Même s'ils étaient de plus en plus gris, mes cheveux ne lui avaient presque pas cédé de terrain sur mon crâne, et aucune bedaine ne m'était venue : mon torse s'était juste un peu étoffé, acquérant une densité des plus viriles. Mais on ne peut rien contre les rêves, n'est-ce pas ? Leurs critères sont aussi stricts qu'indiscutables.

– Je parie que tu as une flasque sur toi, non ? a avancé Claire.

– Tanqueray et jus de citron vert. Il en reste.

Elle a tendu la main. J'ai sorti la flasque de ma poche, enlevé le bouchon et essuyé soigneusement l'ouverture avec mon mouchoir immaculé.

– Toujours aussi gentleman, a-t-elle dit.

Elle a pris une bonne gorgée de gin avant d'exhiber à son tour son mouchoir, en batiste bordée de noir, et de le passer avec une insistance parodique là où ses lèvres avaient touché le métal.

– On dirait que tu as eu une rude journée, a-t-elle observé.

Après avoir effleuré ma bouche tuméfiée, j'ai consulté ma montre et je me suis livré à un rapide calcul.

– Les dernières dix-sept heures ont été rudes, en effet.

– Il y a beaucoup de ragots qui circulent à ton sujet, par ici. Sénateur, colonel, chef indien blanc… mais accablé par les créanciers, les rancunes et les procès.

– Quoi, ils ont encore le temps de parler de moi ? Je croyais que tu monopolisais toute leur attention. « La femme en noir ». Tragique et sépulcrale.

Elle a de nouveau avancé sa main gantée de noir et j'y

ai placé la flasque. Inclinant la tête en arrière, elle l'a vidée et me l'a rendue.

– Oui, mais Dieu du ciel, Will ! Une Tsigane de station thermale ? Grandeur et décadence. J'aurais préféré un mélodrame moins ordinaire.

– Moi aussi. Si cela peut te rassurer, toutefois, j'ai la ferme intention de changer entièrement de vie très bientôt.

– Ah, ce devrait être amusant à regarder !

J'ai écarté les bras, paumes ouvertes.

– Toujours à ton service.

Elle s'est tue un moment. La rivière était pleine, calme et brune. En passant, nous avons remarqué au milieu du courant paresseux une grande roche plate sur laquelle quelqu'un avait planté un drapeau des rebelles, dont l'étoffe maladroitement cousue et décolorée par le soleil pendait au bout d'un bâton grossièrement taillé. Il y avait là un message qui évoquait l'identité et la défaite, ai-je senti, mais dont je n'ai pu décider le sens précis. Trop de possibilités différentes.

Claire a repris la parole :

– Featherstone regrettait amèrement d'être trop âgé pour combattre les Yankees mais il a été transporté de joie lorsque Stand Watie [1] et ses cavaliers cherokees se sont emparés de ce bateau des Fédéraux, t'en souviens-tu ? Il a dit que c'était sans précédent dans toute l'histoire militaire.

– Sur quel fleuve, ce bateau ?

– Je ne connais pas le nom.

– Il ne devait pas être bien grand, alors.

1. Stand Watie (1806-1871), leader de la Nation cherokee, commandait la cavalerie indienne qui combattit dans le camp sudiste au cours de la guerre de Sécession. Il était le neveu du major Ridge, autre personnalité cherokee évoquée plus haut. Il fut l'un des deux seuls officiers « indigènes » – avec l'Iroquois Ely S. Parker – à parvenir au grade de général de brigade.

– Est-ce que cela a été dur, pour toi ?

– Quoi donc ?

– La guerre.

– Quand nous n'étions pas obligés de scalper les gens, c'était assez tranquille. Comme une très longue expédition en pleine nature. Mais tout compte fait, cela a aussi été la deuxième des erreurs les plus stupides que j'aie jamais commises.

– La deuxième ?

– Juste après celle de t'avoir laissée partir dans ce chariot, ce jour-là.

Elle m'a regardé.

– Tu ne sais pas combien de temps j'en ai souffert.

– J'en souffre encore.

– Je te rappelle que ceci n'est pas une compétition, et que je parlais de moi. Nous ne parlerons plus de cette époque, de toute façon.

J'ai eu assez de bon sens pour me calmer et poser une main apaisante sur son épaule endeuillée, sentant sous mes doigts la forme des os qui restait inscrite au plus profond de ma mémoire. Je lui ai raconté comment j'avais rêvé d'elle dans la maison d'hiver de Bear, ces rêves qui revenaient encore me hanter au moins deux fois par an et dans lesquels elle m'échappait toujours, se dissipait entre mes bras comme de la fumée lorsque je tentais de l'étreindre.

– Depuis que j'ai treize ans, cela a été toi ou personne, ai-je soufflé.

– Tu demandes trop.

– C'est un don que j'ai.

Lorsque nous sommes parvenus à trois ou quatre méandres de l'hôtel, Claire m'a commandé :

– Pars devant avec ton équipage. Ne leur offrons pas plus de sujets de commérages pour aujourd'hui.

Avant que je ne m'exécute, elle a levé la main et, tapotant avec deux doigts le creux sous ma lèvre inférieure :

– Tu devrais peut-être te laisser pousser une de ces moustaches, tu sais, une impériale…

– J'en avais une. Mais je l'ai rasée après la capitulation.

Théoriquement, les installations thermales fermaient une heure avant le dîner mais il était toujours possible, moyennant un joli pourboire, d'obtenir la clé de l'un des employés. Et donc, à trois heures du matin, Claire et moi dans l'un des bassins avec de l'eau jusqu'au cou, emperlés par le clair de lune, l'air si froid et humide qu'une vapeur épaisse s'accumulait à la surface de la source et que les contours de l'astre nocturne et des étoiles étaient tout troublés. Claire était près de moi et cependant je distinguais à peine sa forme. Derrière nous, la rivière coulait dans un soupir continu. Toutes les lampes de la galerie avaient été éteintes depuis longtemps, ses trente-cinq colonnes luisant doucement dans la pénombre ; dans toute l'imposante façade de l'hôtel, il n'y avait qu'un point de lumière jaune, la fenêtre de quelque client insomniaque. La pelouse était déjà teintée d'argent par la rosée, les troncs d'arbre passés à la chaux se succédaient tels des spectres jusqu'à la berge.

Bien que j'eusse plaidé le contraire avec ferveur, Claire avait tenu à ce que nous passions des costumes de bain. Nous bougions dans l'eau lourde tels deux paquets de linge noir.

– Grand Dieu ! ai-je protesté. Nous nous sommes vus sous toutes les coutures, toi et moi. D'où vient cette soudaine pudeur ?

– Soudaine ? Ce dont tu parles était il y a très longtemps. Un autre temps, un autre monde. Nous sommes bien au-delà du délai de prescription, pour ce type de souvenirs.

– Pas pour moi, non. Ils ne sont pas touchés par la prescription, à mes yeux, mais relèvent de la même catégorie que les crimes capitaux. Impardonnables, inoubliables. Je pourrais citer des exemples concrets.

– Il y a des éléments de ta personnalité qui ne s'accommoderont jamais de ce monde, je crois.

– « Oh, si seulement quelque Force nous accordait le don de nous représenter ainsi que les autres nous voient ! »

– Oui, Robert Burns a raison. C'est exactement le genre de pouvoir que nous devrions être plus à même de développer.

– Je m'y emploie, pour ma part. Jour après jour.

Nous flottions côte à côte dans cette eau sombre qui sentait le soufre. Maintenant mouillés, les cheveux de Claire bouclaient sur ses tempes et sa nuque comme quand elle avait seize ans. Alors, j'avais pensé qu'elle était ce qu'il y avait de plus joli au monde. Et à dix-sept ans aussi, et à dix-huit, et à vingt-trois, et à trente. Mais là, après toutes ces années, elle n'était plus qu'une partie de l'être dont je me souvenais. Je n'aurais jamais imaginé qu'elle se transformerait ainsi : pas seulement adorable mais d'une beauté qui dépassait l'entendement. Pleine, complète, même si le peu de rationalité qui demeurait en moi objectait que personne, ni homme ni femme, ne peut parvenir à une totale plénitude. Nous avançons tous avec le fardeau de savoir que nous ne sommes que les fragments ébréchés de véritables personnalités. C'est la vengeance impitoyable que la Création prend sur nous pour nous laisser en vie.

Quoi qu'il en soit, je répète que là, dans la vapeur et le clair de lune, elle était belle à tomber.

J'ai sorti ma main de l'eau pour caresser sa chevelure humide, sévèrement tirée et enroulée et crantée ainsi que le voulait la mode de l'époque.

– J'aimerais tant que tu les portes comme avant, ai-je murmuré.

– Je ne me rappelle pas.

– Une grosse natte sur la nuque. Quand tu la dénouais et que tu passais tes doigts dans tes cheveux, ils tombaient sur les épaules et dans le dos, libres, ondulés, indomptables.

– Tu t'en souviens si bien que cela ?

– Je corrige. Une fois ta natte dénouée, ils étaient ondulés au bout, et plissés sur la tête.

En deux brasses, je me suis approché d'elle parderrière. J'ai entrepris de lui retirer les nombreuses épingles et barrettes qui les emprisonnaient mais elle s'est dégagée. Troublée par les remous, la vapeur est montée vers la lune du maïs vert.

– Ce n'est pas facile pour moi, a-t-elle chuchoté. Comment faut-il vieillir ?

– Aller dans l'eau est un bon commencement, ai-je répondu. On dit que c'est excellent pour la santé.

Éparpillée à travers ma chambre, une abondante lingerie de veuve. Chatoyante et fragile comme une peau de serpent après la mue. Claire a ramassé une pièce, l'a élevée dans la lumière et elle était aussi vibrante et dénuée de couleur que le cœur de la flamme d'une bougie qui brille entre sa base bleutée et le jaune intense de la pointe oscillante. Je n'aurais su dire à quelle partie du corps elle correspondait. Quand elle l'a laissée retomber sur le sol, elle est descendue lentement dans l'air comme si elle n'avait pas de poids, non plus.

Claire ne faisait pas semblant d'être sobre comme tant d'autres femmes ayant recours à des avatars d'aspect médicinal mais qui, sous leur présentation respectable, contiennent de l'alcool et du laudanum en quantité. Elle buvait surtout du gin de Londres, pur, et elle en avait eu plus d'un verre au cours de la soirée. Vers quatre heures du matin, elle est allée à la fenêtre ouverte, a eu quelques haut-le-cœur dans la nuit noire, puis s'est plantée devant le bassinet de toilette, a généreusement saupoudré son doigt mouillé de poudre dentifrice et s'est frictionné les gencives.

– Là ! a-t-elle soufflé.

Elle a souri mais ses yeux étaient humides et un peu rouges dans la lueur de la lampe.

Quand nous avons essayé de nous embrasser, j'ai découvert que, contrairement à mon attente, nous étions plus maladroits qu'au temps de notre premier baiser. Un savoir-faire non pas accru mais diminué par l'âge. À seize ans, notre inhabileté était avant tout due à notre hâte de nous fondre l'un dans l'autre. Non, « fondre » n'était sans doute pas le bon terme : nous étions entrés en collision, avec l'espoir informulé que les débris issus du choc formeraient ensuite un motif agréable. Et maintenant c'était le contraire qui faisait problème, la crainte de cette même collision, le besoin de nous rencogner dans les individualités bien délimitées que nous nous étions chacun forgées durant des années.

Après cette tentative décevante, nous avons voulu nous contenter de nous serrer l'un contre l'autre. C'était mieux mais encore inconfortable, les courbes et les angles de nos corps ne s'imbriquant pas aussi spontanément que jadis. J'ai tout de même remarqué à voix haute qu'au moins nous étions restés assez minces tous les deux pour que les os de nos hanches continuent à entrer en contact dans un bruit sec. C'était rassurant, car à nos âges combien d'expériences d'un lointain passé était-il encore possible de répéter ? Et d'ailleurs, lorsque les gens parlent du « midi de l'existence » à propos de la cinquantaine, ne font-ils pas preuve d'un optimisme outrancier qui voudrait leur faire croire que la même durée les attend de l'autre côté du zénith ?

Je me suis rendu compte que je parlais trop.

– Comment se fait-il que je sois encore amoureux de toi ? ai-je médité tout haut.

– Un mystère parmi d'autres.

Trois soirs plus tard, je me tenais au fond de la salle de bal. Dans la lumière tamisée des lampes, l'orchestre exécutait toutes les valses en vogue et quelques-uns des airs les plus populaires du moment. Le flot des danseurs se déplaçait sur la piste comme des remous particulièrement disgracieux sur une eau placide. J'attendais. Au bout de ce qui m'a paru des heures, à l'autre extrémité des deux cent trente-trois pieds de parquet ciré, Claire est enfin entrée par les larges portes-fenêtres. Toutes les têtes se sont tournées vers elle. Elle portait une robe de soirée en soie émeraude scintillante, bien prise à la taille puis s'évasant en corolle. Ses cheveux étaient relevés en un chignon beaucoup moins strict que la mode de ce temps-là ne l'aurait voulu, qui laissait échapper des mèches bouclées autour de son visage et sur ses épaules. Une bande de crêpe noir pas plus large que mon doigt ceinturait l'un de ses bras. Je suis allé à elle et je lui ai tendu ma main. Nous sommes entrés sur la piste de danse en valsant.

Presque personne ne s'est montré scandalisé, curieusement, et après la première valse quelques applaudissements étouffés par les gants de cérémonie nous ont même été adressés. Je mettrai cette discrétion au crédit de l'esprit de liberté et de tolérance du Springs. Quelque chose dans ces eaux de source, probablement.

Nous avons été ensemble et proches du summum de l'été jusqu'à l'équinoxe. L'épanouissement et le déclin des fleurs des champs dans les fossés, les phases de la lune : c'était tout le calendrier dont j'avais besoin. Nous passions nos journées à parcourir la campagne dans mon sulky bigarré ; après le dîner, nous montions sur la falaise admirer les couchers de soleil, puis valser jusque tard dans la nuit, beaucoup de vin et d'autres spiritueux, et minuit passé nous trouvait enlacés dans son lit ou dans le mien.

Un soir, nous sommes entrés pieds nus dans la rivière pour atteindre la roche surmontée du drapeau rebelle. Claire avec ses jupes remontées au-dessus du genou, moi avec le pantalon roulé sur mes mollets pâles, une bouteille de champagne à moitié entamée glougloutant dans ma main. Quand le crépuscule est tombé sur la ravine, j'ai allumé un feu avec quelques branches mortes prises dans les recoins des pierres, alimenté par des reliefs d'arbres que le courant avait rejetés sur la rive. Tandis que nous regardions les flammes danser, j'ai décrit à Claire la potion que Granny Squirrel m'avait prescrit de préparer avec les mêmes ingrédients, ces débris lentement transformés en nids tourmentés, mes journées de jeûne à boire l'amère décoction dans le but improbable de l'oublier, ou de la ramener à moi.

– Les philtres de Granny Squirrel manquent rarement leur but, a-t-elle observé. Peut-être que celui-ci demandait plus de temps.

– Peut-être. J'ai toujours essayé de vivre avec l'idée que le bonheur déforme notre perception du monde.

– Est-ce qu'elle est morte, finalement ?

– C'est possible. Une année à la saison des baies, elle est partie à la cueillette et elle n'est jamais revenue. Nous avons cherché, cherché partout. Nous n'avons trouvé que son panier, à moitié plein. Personne ne sait ce qui est vraiment arrivé. Qui sait si elle a continué son chemin plus loin, simplement…

– Quel âge avait-elle, au juste ?

– Cent, deux cents… Ou plus.

L'été s'est achevé abruptement, trop vite emporté par la roue du temps. L'espace d'une nuit, les champs de maïs abandonnés se sont peuplés d'asters violacés aussi hauts que des hommes, dont les reflets aveuglants induisaient des mirages. L'automne ne m'a jamais été la saison la plus propice.

Des lettres me parvenaient chaque jour de Conley et d'autres. Dettes, exigences et responsabilités. Tout se délitait. Chaque matin, des calèches emportaient des estivants retournant aux plaines. Nous avions atteint cette triste période de l'année où la salle de bal n'ouvrait plus que les vendredis et samedis soir et où les deux étages supérieurs de l'hôtel étaient désertés. Cornouillers et sumacs consumés par leurs feuilles rouges, tulipiers jaunissants… L'heure était au départ.

Pas une fois nous n'avions parlé d'avenir, Claire et moi. Nous ne l'avions jamais fait. Dans notre jeunesse, nous avions toujours supposé que toute la vie accessible ou désirable était là, entre nos mains, et qu'il aurait donc été vain de se préoccuper du futur, si pitoyablement dénué de réalité ; mais il nous avait attendus au tournant, en embuscade, et désormais il pesait sur nous de tout son poids.

Une nuit peu avant l'équinoxe, je lui ai demandé de m'épouser. Nous étions immergés dans l'eau de source fumante dont une pluie fine n'arrivait pas à percer la surface compacte. Mêlant mes doigts aux siens, je l'ai attirée à moi et je lui ai confié tout ce que j'avais dans mon cœur, l'attente, le désir et le désespoir pendant si longtemps, les miracles que les nouveaux départs pouvaient accomplir. Pendant que je parlais, les yeux de Claire se sont emplis de larmes, ce que j'ai pris pour un signe encourageant. Mais quand je me suis tu, elle a fait non de la tête, non.

– Pas encore, a-t-elle murmuré.
– Mais quand, alors ?
– J'ai besoin de temps pour y penser.
– Le temps. C'est exactement le problème.

Claire a remis ses vêtements de deuil le lendemain. Toutes ces strates d'obscurité mortifère. L'été verdoyant s'était enfui, laissant à nouveau la place aux cœurs en peine. Elle est venue à ma chambre dans sa gravité retrouvée. Sur le pas de la porte, je l'ai serrée contre moi, la femme en noir. Une silhouette raide et sombre. Je l'ai regardée dans les yeux et j'ai répété tous les arguments dérisoires que mon désespoir d'homme vieillissant avait à opposer à son affliction. Qu'aucun de nous n'était assez fort pour survivre à un chagrin sans fin, mais que la vie, étant une litanie de douleurs, il fallait saisir la moindre chance de bonheur, aussi fugace fût-elle. Que cette saison passée ensemble avait été une exception dans le cortège de malheurs qui constitue l'existence humaine tout comme, dans un lointain passé, nos deux étés bénis l'avaient été. Que refuser le peu de joie qui nous était donnée était assurément un péché. Qu'il fallait savoir se laisser illuminer par un instant de bonheur, refuser de souffrir à jamais. Que telles étaient les règles sévères et contradictoires que la Création avait fixées au jeu que nous étions forcés de jouer.

Claire est sur moi, les draps amassés en plis cassants autour de ses hanches. Derrière la fenêtre, un fin croissant de lune de la fin des fruits descend au-dessus des cimes déchiquetées dans le ciel laiteux. La prochaine phase de l'astre marquera la nouvelle année. Surprenant début, marqué par la mort de l'été et des feuilles. Les mouvements de Claire appartiennent à une abstraction qui m'échappe. Si elle éprouve du plaisir, je n'en suis pas directement la cause. Elle n'a que son voile de veuve sur elle, rien d'autre. Sa tenue de deuil est une mare sombre au pied du lit. Son visage est brouillé par la maille du tissu et c'est seulement quand elle se déporte sur la gauche en tournant la tête selon un certain angle que la lumière venue de la bougie par-dessus son épaule me permet de distinguer ses traits, figés par une sauvage détermination. Ses lèvres charnues légèrement entrouvertes sont la seule indication d'une passion solitaire.

Elle repousse la main que j'avais levée pour écarter son

voile pris sous son menton, la replace fermement au seul endroit qui nous unit. Des ailes de phalènes chuintent dans la flamme de la chandelle. Elle termine d'un coup de reins violent et c'est alors seulement qu'elle relève son voile, d'un geste du poignet et de l'avant-bras qui me ramène à notre jeunesse. Elle s'écroule sur mon torse.

Je somnole un moment en la tenant dans mes bras, puis je suis réveillé par le bruit de boutons-pression refermés sur une bottine. Elle est assise au bord du lit. Encore ensommeillé, je tends un bras pour l'enlacer et la convaincre de rester mais elle est déjà debout, observe sa lugubre tenue dans le miroir, se penche pour rectifier un volant de crêpe froissé.

– Il faut que je parte demain.

– Comment ?

Elle abaisse son voile sur son visage, se plie en deux pour m'embrasser au coin de la bouche. Le tissu rêche s'interpose entre nos lèvres.

– Partir ? Où ? – Pas de réponse. – Où ?

– Ailleurs.

– Alors nous ne serons que des épaves. Toi et moi.

Sourd à ses protestations, j'ai insisté pour la conduire à la gare. Pas question de musarder pour profiter du climat somptueux, et très peu de conversation. Le trajet prenait quatre jours, nous l'avons accompli en deux, nous privant de la première étape habituelle à l'accueillante auberge d'Alexander pour avancer sans relâche et parvenir bien après l'heure du dîner à l'hôtel de l'Aigle, le cheval fourbu et fumant dans l'air froid de la nuit. J'en ai loué un autre pour la deuxième journée de voyage, entreprise dès l'aube. Nous avons dévalé de la montagne comme une pierre jetée dans un précipice et nous sommes arrivés à la station à minuit. Un train en partance pour l'est était à quai, toutes ses lampes allumées, la locomotive haletante. Prêt au départ. Des porteurs ont monté ses bagages en hâte, Claire m'a soufflé un baiser distrait sur la main et a grimpé les deux marches du wagon. Je suis resté dans la calèche, tenant vaguement les rênes pendant que je regardais la lanterne de queue de convoi disparaître dans la première courbe. Toutes les étoiles automnales étaient présentes dans le ciel. La rosée s'accumulait peu à peu dans l'herbe.

Au crépuscule quatre jours plus tard, je suis sorti sur la galerie de l'hôtel avec un verre de whisky à la main et qu'y ai-je trouvé en train de se balancer tranquillement dans un rocking-chair, un petit cigare à la bouche ? L'homme au rasoir. Il portait le même costume noir qu'en été. J'ai jeté un coup d'œil à la ronde, m'attendant à voir son jeune complice, mais il n'était pas là.

— Asseyez-vous, m'a-t-il dit en tapotant le bras du siège le plus proche de lui, qui s'est mis à osciller sans hâte.

Je me suis installé dans la chaise à bascule suivante. J'ai sorti le Remington de mon gilet. Peu impressionnant, à vrai dire : en simulant un pistolet avec deux doigts tendus et le pouce recourbé, on obtenait une arme plus imposante. Mais à six pieds de distance il était d'une précision très convenable, bien suffisante pour percer un crâne d'une oreille à l'autre d'une seule balle. Je l'ai posé dans mon giron et j'ai siroté mon verre.

— Joli petit flingot, a remarqué l'artiste du rasoir. Vous auriez dû le prendre chromé, quoique. On l'aurait pris pour une pièce d'orfèvrerie. Une broche, disons.

J'étais trop âgé pour croire encore que le type d'arme que je portais pourrait révéler quelque aspect secret de ma personnalité.

— Mon expérience dans tous les domaines de la vie m'a appris que ce qui est joli est souvent plus mortel que ce qui ne l'est pas, ai-je rétorqué.

— Comment va votre cuisse ?

— Ma cuisse ?

Il a laissé échapper une bouffée de fumée avec un claquement de langue exaspéré.

– Ah, je vois que ma générosité reste encore à être reconnue ! Mais enfin, ne dit-on pas : « Fais le bien et ne te soucie pas du reste » ?

– Nous n'allons pas passer la nuit ici, l'ai-je coupé. Que voulez-vous ?

– Moi ? Mais rien, diable, rien du tout ! En ce qui me concerne, vous pouvez faire ce qui vous chante. Je m'en soucie comme d'une guigne.

– Vous êtes là, pourtant.

Cette dernière remarque lui a arraché un sourire.

– Toujours la même vieille histoire, voyez-vous. L'argent. Il n'y a que cela. L'argent, le rouage qui entraîne le monde entier.

– Qui vous envoie ? Williams ?

– Plus seulement Williams, maintenant. Je suis ici en tant que représentant d'une sorte de, disons, consortium.

– Ils se sont ligués contre moi ?

– Eh oui. Une ligue de gens qui exigent l'argent que vous leur devez. Et en l'absence de liquidités, ils veulent vos terres. En totalité.

– « Toutes mes terres » ? Encore faudrait-il pouvoir définir ce concept. Il y a les terrains à mon nom, et ceux que nos gens possèdent à leurs noms, et ceux qu'ils possèdent mais qui restent à mon nom depuis le temps où on ne leur donnait pas le droit d'être propriétaires. Cela fait beaucoup.

– C'est simple comme bonjour. Ils veulent tout ce qui est à votre nom.

Dans ma tête, je me suis livré à une estimation approximative. Cela ne laisserait pas assez d'espace vital. Les lopins de maïs se chevaucheraient, les cabanes seraient tête contre cul, les pêcheurs s'entre-tueraient au bord de la rivière, et les bois désertés par le gibier seraient pleins de chasseurs aux abois.

– Et les autres ? Les habitants de ces parages ?

– C'est la raison d'être des territoires indiens, non ? L'Ouest.

– Non.

– « Non » ? a-t-il répété. C'est un mot que l'on a la liberté d'employer quand on peut avoir le dernier mot. Ce n'est pas votre cas.

– Que nous reste-t-il, alors ? Un duel ?

Il a lâché un rire sec avant de se détourner pour cracher un brin de tabac pris sur sa langue.

– Un duel ? Je me contrefous de ces antiquités. Je tue les gens quand ils ont besoin d'être tués, voilà tout.

– À moins qu'ils ne vous abattent d'abord.

Il a retiré son chapeau de son crâne chauve avant de me fixer de ses yeux cernés et rouges de fatigue.

– Vraiment ? Je suis vieux comme Mathusalem, sacré nom ! Mille ans ou plus. Prenez votre tour, dans le cas où vous voudriez essayer de me refroidir avec votre ridicule pistolet. Si mon travail avait été de vous tuer, vous seriez mort depuis trois mois.

Il a aspiré une longue goulée de tabac et j'ai bu une rasade de mon verre. Nous avons tourné ensemble notre regard vers la rivière. Aucun d'entre nous n'a plus rien dit. C'était comme si nous jouions à celui qui serait capable de rester silencieux le plus longtemps.

J'ai gagné, finalement, car il a soudain repris :

– Le seul point pertinent est celui-ci : au nom de votre ancienne amitié, Williams veut juste vous donner un conseil. Rentrez chez vous, remettez vos affaires en ordre et ne laissez pas l'amour gouverner votre vie.

– C'est tout ?

– Rentrez chez vous, a-t-il dit. Vous n'imaginez pas toute la merde qui va vous tomber dessus dès que vous serez de retour.

10

Ce qui a suivi est une période de ma vie où il ne me restait rien, pas même de quoi rêver. Il faudrait que quelqu'un compose une chanson triste sur ce thème. En mode mineur, évidemment. Le gémissement des violoneux, un chœur de vieilles femmes gémissant des paroles où reviendraient souvent les mots « ruiné », « brisé », « anéanti » et « raté ».

Bear l'avait bien dit, j'étais quelqu'un « avec des dettes ». Mais ce n'était pas faute de vouloir les honorer. Je n'étais pas un mauvais payeur dans l'âme. Le fond du problème était les liquidités censées couvrir mes torrents de papier. Depuis la fin de la guerre, les chèques de l'administration n'arrivaient plus de façon fiable, qu'il s'agisse du paiement final sans cesse retardé ou même des intérêts annuels sur les fameux 53,33 dollars. Et puisque mes débiteurs n'arrivaient plus à me rembourser – certains prenant la peine de répondre à mes courriers en s'excusant –, nombre de prêts demeuraient en souffrance, depuis des transactions strictement commerciales jusqu'à, par exemple, l'argent que j'avais avancé à un ami afin qu'il puisse envoyer ses deux fils étudier à Harvard, un accord scellé par une simple poignée de main que ledit ami avait oublié puisque désormais il ne m'adressait même plus la parole… On était en pleine « Reconstruction », clamaient-ils tous pour expliquer leur insolvabilité, un intitulé hautement paradoxal pour une politique officielle dont le but paraissait être de nous démolir tous sur son passage plutôt que de rebâtir quoi que ce soit. L'argent frais manquait, etc. Comme si on avait besoin de me le dire ! Assis à mon bureau, je lisais ces lettres en me demandant quels taux d'intérêt l'homme au rasoir exigerait, ou s'il consentirait à un rabais en cas de transaction globale.

Il y avait certainement une tangente à prendre, un montage ingénieux que j'aurais tout de suite essayé, dans ma jeunesse, mais dont je n'arrivais même pas à imaginer le début, maintenant. Parfois, le poids des tracas pesait si fort que je passais mes journées au lit, avec une bouteille de bordeaux et des romans d'avant-guerre, les *Mémoires de Carwin le ventriloque,* les *Aventures d'Arthur Gordon Pym*, et d'autres encore.

Les convocations judiciaires pleuvaient. Des procès approchaient. De nouveaux risques d'effritement apparaissaient chaque jour.

Mais l'argent n'était pas en tête de la liste, à mes yeux : la perte la plus dramatique serait de voir la terre m'échapper. Notre territoire n'était pas un bloc bien tracé ; au-delà d'une base aux frontières assez régulières centrée autour de Wayah, près de la moitié de nos possessions foncières étaient dispersées en lopins de tailles diverses, parfois situées à deux journées de trajet à cheval. Suivant la vision grandiose de Bear, nous avions commencé à acheter des terres afin de garantir les limites extrêmes de la patrie qu'il imaginait, puis il m'avait laissé le soin de remplir l'intérieur de ce vaste périmètre par des acquisitions successives. Pour toute une série de raisons, cependant, cela ne s'était pas passé ainsi.

En conséquence, les terrains les plus isolés devaient être les premiers à s'en aller. J'ai terriblement souffert lorsque j'ai été contraint de signer la vente des terres proches du fleuve sur lesquelles se trouvait la crique de l'Ours-qui-le-noie, là où Bear avait livré le combat qui lui avait valu son nom. Mais un acheteur voulait planter du maïs sur les berges plates et exploiter les chênes et châtaigniers qui couvraient les pentes abruptes ; et il était prêt à payer comptant.

À ce stade, j'avais perdu la motivation et l'énergie mentale nécessaires pour manipuler les journalistes de passage à ma convenance. Comme ils continuaient à venir, toutefois, j'ai délégué ce soin à Conley, un choix qui s'est vite révélé désastreux : face à son premier et unique adversaire venu de la tribu des écrivaillons, un échotier du *Lippincott's Magazine*, il a subi une défaite retentissante. Inutile de dire qu'une bataille perdue contre le journalisme a cette particularité qu'elle demeure imprimée sur le papier jusqu'à la fin des temps, à la vue de tous, de même que la déroute des Celtes devant les Romains à Télamon.

Pendant deux jours, Conley lui a servi la visite guidée de rigueur. L'école et l'église, maintenant toutes grises et décaties ; quelques hurluberlus de notre communauté en guise de couleur locale ; un jeu de balle disputé à contrecœur, sans blessures spectaculaires ni paris passionnés ; une poignée de potiers et de vanniers travaillant mollement sous un auvent à moitié effondré… Quelques mois après, il a reçu une copie du *Lippincott's* à peine sortie des presses, qui contenait le reportage en question. Comme s'il avait de quoi être fier d'y avoir contribué…

Conley n'a même pas tenté de me cacher l'existence de l'article. Il savait que je lisais toujours énormément et que cette parution ne pourrait m'échapper longtemps. Alors il est venu m'apporter la revue tout tremblant, s'attendant sans doute à ce que j'explose de rage en lisant.

Le papier commençait pourtant assez plaisamment, de même que la plupart de ceux qui avaient été écrits avant lui des années durant. Les montagnes du Sud sont propices à l'oubli ; dès le premier col passé, on laisse derrière soi chemins de fer et télégraphes, anxiété du travail et du rythme citadin. Un paragraphe entier était consacré à la majesté de ce paysage que l'homme avait laissé largement intact.

Jusque-là, très bien.

Mais on passait ensuite à un catalogue de rumeurs locales et d'élucubrations à mon sujet. J'étais présenté comme un être profondément mystérieux, une énigme que seul le distingué auteur de l'article avait été à même de résoudre. Puisqu'il avait eu le plus grand mal à tirer les vers du nez aux indigènes de la montagne, ce qu'il avait pu glaner d'eux devenait automatiquement des faits plus ou moins avérés, qu'il ordonnait dans des scénarios exposés par ordre de probabilité.

Première version : les Indiens vivant sur l'immense territoire constitué par le colonel étaient des chrétiens qui vivaient dans la paix et la prospérité depuis des décennies. Il avait été leur sachem bienveillant, leur chef blanc qui avait peu à peu édifié pour eux un espace presque aussi étendu qu'un petit État européen – aucun exemple spécifique de cette comparaison transatlantique n'était donné, même si l'on pouvait supposer qu'il avait peut-être à l'esprit une principauté inconfortablement coincée entre la France et l'un de ses voisins. Malheureusement, ce sanctuaire chèrement gagné rétrécissait chaque jour à cause de la situation économique difficile que le Sud connaissait temporairement. Nous étions tous en danger, là-bas.

Seconde version : depuis des lustres, ces Indiens n'avaient guère été mieux traités que des esclaves par l'imprévisible et ténébreux colonel, qui les saignait à blanc – si l'on osait dire –, les maltraitait et régnait sur ces contrées sauvages tel un pharaon moderne. Le despote avait détourné à son profit, et dilapidé, les sommes considérables que le Congrès avait eu la bonté de dégager en guise de compensation depuis l'époque du Transfert. Et désormais son royaume s'en allait à vau-l'eau, ruiné par son manque de discernement et sa vilainie naturelle.

Troisième version : les Indiens étaient des hérétiques sans foi ni loi, jouets de leurs appétits animaux, et le colonel avait non seulement approuvé cette licence scandaleuse mais s'était aussi activement rallié à leurs rites païens et à leurs coutumes lubriques, au point qu'il était possible de remarquer sur son domaine un nombre révoltant d'enfants en bas âge et d'adultes présentant un nez qui ressemblait étonnamment au sien. Il n'encourageait ses vassaux à se comporter en chrétiens que dans le but d'induire en erreur les visiteurs, généralement abusés de leur bonne foi lorsqu'ils voyaient les natifs embrasser dévotement une Bible ou invoquer Jésus avec déférence. Dès qu'ils étaient repartis, pourtant, le colonel se satisfaisait pleinement que ses gens prient pour l'âme des animaux sauvages qu'ils venaient de tuer, ou croient dur comme fer aux balivernes débitées par ceux qu'ils tenaient pour des sorciers, des guérisseurs ou des chamans. Une citoyenne de race blanche résidant dans la région et demeurée anonyme affirmait que si le colonel n'avait rien fait pour amener les indigènes sur la voie de la décence chrétienne, c'était surtout parce qu'il craignait que cela ne compromette les relations qu'il entretenait avec nombre de leurs femmes. Une autre source non identifiée avait déclaré qu'il y avait « assez de mouflets qui l'appelaient "papa" pour que, rien qu'avec les garçons, l'on puisse constituer deux équipes de base-ball entières ».

L'ultime suggestion était que les Indiens formaient un triste résidu des âges les plus primitifs de l'humanité, une masse corrompue, affamée et coupée du monde, tandis que le colonel, un dangereux maniaque, était enchaîné au sol dans son effrayant manoir.

Et cela seulement dans les deux premières pages, illustrées d'une belle gravure sur laquelle de minuscules humains habillés à la dernière mode se tenaient au bord d'un torrent bouillonnant et levaient des yeux ébahis sur les sommets inatteignables et les défilés vertigineux qui les dominaient de toutes parts… À partir de là, la plume du journaliste devenait encore plus venimeuse, si c'était possible.

Ma lecture terminée, j'ai refermé la revue et je l'ai posée sur la petite table à côté de mon fauteuil tiré en face du feu. Conley était en train de se demander comment il allait devoir gagner sa vie, désormais. Scribe, laboureur ? À son expression, on devinait que l'avenir qu'il était en train de s'imaginer était des plus noirs.

J'ai dit : « N'importe quel scribouillard armé d'une plume et disposant d'une demi-heure à perdre est libre de te coucher en joue et de tenter sa chance. Ta seule défense, c'est de toujours leur présenter une cible mouvante. »

Et j'ai exécuté un rapide mouvement de la tête et des épaules, une feinte de joueur de balle indienne.

– Oui, sir.

Reprenant la revue, je suis revenu à la page de titre pour l'étudier plus en détail, cherchant particulièrement la mention de l'auteur.

– Tiens, Rebecca ! Charmant prénom.

Conley a regardé ailleurs.

– Jolie ? ai-je insisté.

– Je n'ai pas fait attention.

Comme je le fixais avec insistance, il a concédé :

– Oui, assez jolie.

– Terriblement jolie, plutôt, et très, très maligne, non ? Battant des cils devant de grands yeux gris, avec des mèches de cheveux frisottées qui s'échappaient d'un chapeau à la mode et cependant inhabituel ?

– À peu près cela, oui.

– Et tout ce que tu as pu dire pendant tout le temps qu'elle a été là, quelles qu'aient été ses questions, c'est : « Oui, m'dame » ?

– C'est la réponse que j'aurais faite si elle m'avait demandé de renier notre Sauveur.

– Et cette histoire que je serais enchaîné par terre, chez moi ?

– J'ai simplement confirmé que c'était en effet une rumeur qui courait.

– C'est ce qui se raconte, vraiment ?

– On ne vous voit guère dehors, tous ces derniers temps. Les gens finissent par jaser…

Il s'est tu un long moment puis, d'un ton soudain passionné :

– Mais pour ça oui, diablement jolie, qu'elle était !

– D'accord, d'accord. Verse-nous à boire, que nous puissions nous lamenter ensemble sur les femmes et le cœur dur qu'elles ont.

Le plus difficile avait été d'avancer jusqu'au bord du précipice. Une fois que je me suis jeté en avant et que je suis parti en chute libre, tout a été simple et facile.

Le gouvernement a envoyé un émissaire. «F.A. Dony, agent spécial, bureau des Affaires indiennes.» Il m'a escorté jusqu'à la cour de justice la plus proche. Nous avons été en tête-à-tête pendant les trois jours de route.

La dernière nuit du trajet, nous avons campé au bord d'une rivière. Le dîner terminé, nous nous sommes assis sur nos couvertures devant le feu. Flammèches jaunes courant sur les bûches, fumée odorante, et ainsi de suite… Dony est resté longtemps à couvrir d'une écriture dense de grandes feuilles de papier à lettres.

– Lisez-moi le début de ce que vous venez d'écrire, ai-je fini par proposer.

– Il s'agit d'une correspondance privée avec mon supérieur hiérarchique au Bureau. Une sorte de rapport. Une formalité administrative.

– La dernière fois que je me suis intéressé à la question, c'était le département de la Guerre qui s'occupait des Indiens. Et la seule chose qu'il avait en tête, c'était de nous repousser à l'ouest.

– Tout change.

– Lisez-moi juste les deux premières lignes. Nous voyageons ensemble au milieu de nulle part. Faites preuve d'un peu d'esprit de camaraderie.

– Vous risquez de ne pas aimer.

– Citez-moi une seule chose que j'aime, ces derniers temps.

– Très bien. Le texte commence ainsi :

Je viens juste d'achever le voyage jusqu'au tribunal le plus proche à travers des contrées désertes, au cours duquel il y a notamment eu un très mémorable bivouac au sommet du mont Soco, sans autre compagnie que le célèbre colonel Cooper. Contrairement à ce que j'appréhendais, il s'est montré non seulement un guide digne de confiance mais aussi un homme charmant et attentionné, dès lors que l'on est disposé à tolérer avec patience ses petites manies.

– Ce qui est le cas avec tous ceux que j'ai pu connaître, ai-je relevé. Tous sans exception, les damnés bougres ! C'est donc une fort bonne et fort honnête introduction, hormis le fait que notre équipée n'est pas terminée. Nous sommes encore loin de la civilisation, ici. Mais mettons ce détail sur le compte de la licence poétique et poursuivons. Je suis fasciné par votre style.

– Entendu.

Je m'étais attendu à trouver ici un escroc agressif ; ce que j'ai découvert, c'est un homme aux abois, assiégé de toutes parts. Il a été attaqué en justice par toutes ses connaissances et par un bon nombre de personnes qui lui sont étrangères. Des créanciers d'une douzaine de comtés dans quatre États différents veulent s'emparer de la terre qu'il possède en règlement de ses dettes. Et les Indiens qui habitent le territoire en question et parmi lesquels il a vécu pendant près d'un demi-siècle, sont également en procès avec celui qui fut leur Chef blanc, soutenant qu'un pourcentage important de ces terrains fut acheté en leur nom. Comme la plupart des pièces concernant ces diverses transactions n'ont jamais été dûment certifiées et notariées, ils ont été contraints à ce recours en justice car ils risquent autrement d'être tenus entièrement à l'écart de la solution qui pourrait être trouvée aux différents litiges. Entre eux et lui, cependant, les relations restent généralement très cordiales. Ainsi, parallèlement à leur requête, les Indiens ont publié une proclamation dans laquelle ils font de tous les descendants de Cooper des membres à part entière de la tribu, et ce, à perpétuité. D'après ce que j'ai compris, toutefois, il s'agit d'un geste avant tout symbolique et sans signification concrète puisqu'il n'a jamais été marié et n'a pas d'héritiers légitimes.

Contre toute raison, le sénateur semble déterminé à témoigner contre lui-même devant la Cour. Hier, alors que nous gravissions une piste de montagne escarpée, je lui ai demandé pourquoi il tenait autant à suivre une ligne aussi autodestructrice. Il m'a répondu que ces Indiens l'avaient recueilli quand il n'était qu'un jeune garçon rejeté par les siens, que depuis ils avaient représenté une famille pour lui et que cette terre était la seule où il puisse se sentir chez lui. Il a ajouté qu'un homme n'est véritablement ruiné que lorsqu'il ne lui reste plus aucune cause pour laquelle se battre.

Nonobstant, ces gens se trouvent maintenant dans une situation des plus précaires, susceptibles d'expulsion au cas où les ennemis du sénateur seraient victorieux au tribunal. L'enjeu est un patrimoine de grande ampleur ; cependant les titres de propriété n'ont pas été enregistrés durant des années, des emprunts de toutes sortes n'ont pas été honorés mais seulement couverts par des chèques provenant d'une tierce partie ou des reconnaissances de dettes passées entre de si nombreuses mains que le papier en est tout froissé et usé, et les signatures surajoutées aussi indéchiffrables que de vieux grimoires. Les nantissements consistent parfois en mules, en avoirs sur la production de grains de maïs ou de pêches de l'année

suivante. Par la faute de ces méthodes commerciales, le droit
de propriété sur de grandes étendues de terrain montagneux
est devenu un sujet de controverses embrouillées devant les
juges. Les nombreux adversaires du sénateur essaient donc de
s'emparer de ses terres, d'en évincer les Indiens, puis de les
reparcelliser et de les vendre à leur profit.

Dony s'est arrêté.

– C'est là où j'en étais, a-t-il annoncé.

– Vraiment très bon, ai-je dit. Pas un seul point de désaccord majeur entre nous. Je ne vais pas nier que c'est moi qui ai contraint ces malheureux à me traîner en justice dans le seul but d'empêcher mes ennemis de nous extorquer toute la terre que j'ai réunie depuis cinquante ans, à partir des quatre cents acres que Bear possédait initialement. Après le Transfert, nous avons acheté les terrains dans une telle hâte, et avec une confiance si totale entre nous, que nous ne nous sommes jamais souciés que les titres de propriété soient signés par celui-ci ou celui-là. Nous savions ce que nous avions à faire : nous doter d'un territoire à nous, dont les limites s'étendraient aussi loin que nous pourrions les tracer. Pas aussi vaste que Bear l'avait conçu dans son esprit, néanmoins. Une façon de considérer toute l'entreprise est donc de dire que nous étions voués à l'échec depuis le début.

– Peut-être, a objecté Dony, mais tout ce dont vous parlez remonte à des années, et il va falloir que vous alliez à la barre pour en rendre compte.

– Oui, oui, mais il va s'écouler des jours avant que les témoins ne soient appelés. On verra bien comment se présente l'avenir. Et dites-moi, vous avez d'autres feuillets encore dans votre main, je vois…

– Ils ne font pas partie de mon rapport. Ce serait plutôt… eh bien, mon journal intime.

– C'est une explication, non une excuse. Allez, lisez !

– C'est personnel, je vous le répète.

– Bon Dieu ! Il y a eu un lointain passé où je publiais des poèmes écrits avec mon sang ! Chaque vers était une douleur secrète et pourtant je les ai exposés à la vue du public. Lisez !

– C'est… Cela a rapport avec la nuit dernière.

Quand Dony a recommencé à lire, sa voix a légèrement changé.

Le campement que le sénateur a choisi était son préféré, selon ses dires. Sur un plateau dominant une grande dépression entre les montagnes, il y avait un cercle de pierres rempli de vieilles cendres. La vue sur les sommets à l'ouest était entièrement dégagée. Après avoir délesté et nourri les chevaux, puis allumé un feu dans le cercle, nous nous sommes assis en tailleur pour admirer le paysage. Il faisait déjà nuit quand il s'est enfin décidé à préparer notre souper et je dois avouer que j'étais au bord de l'évanouissement, tant j'avais faim. Depuis l'aube, nous n'avions pris que du thé et quelques biscuits, mais il s'est lancé dans une recette complexe qui lui a demandé des heures. Le résultat était un ragoût dont la composition incluait deux oiseaux sauvages de taille moyenne que je n'aurais su nommer, des cubes de bacon, des oignons hachés, une bouteille de vin entière et de grands discours à propos de la meilleure manière de lier une sauce ou de rôtir des patates. Le secret de ce plat, m'a-t-il confié, était dans la longue et lente osmose entre la chair du gibier, le feu et le vin.

Très longue, en vérité, de sorte que nous avons eu amplement le temps de faire bouillir du café et de le boire, ce qui s'est révélé indispensable si je ne voulais pas m'endormir avant que le dîner ne fût prêt.

Pendant cet interlude, Cooper s'est mis à discourir sur la littérature du temps présent et la politique des temps révolus. Il entretient une persistante animosité à l'encontre de Jackson et continue à déplorer la mort prématurée de Crockett. Ce qui l'intéresse particulièrement dans cette époque – qui lui semble si proche quand elle est pour moi de l'histoire ancienne –, c'est d'essayer d'établir le moment exact à partir duquel l'Amérique s'est engagée dans la mauvaise direction. En ce qui concerne la littérature, en revanche, il a manifesté un esprit des plus ouverts, une générosité sans borne. Tout ce qu'il lit, antique et contemporain, rencontre manifestement sa pleine approbation, ce que j'ai interprété comme un signe de son grand isolement, un homme solitaire se contentant simplement, et sans la juger, de la compagnie d'une autre voix humaine.

J'ai eu l'impression qu'il était minuit passé lorsque le sénateur a estimé que le festin était cuit à point. Il a ouvert une autre bouteille de vin, nous a servis dans des tinettes. Nous avons cessé de parler pour nous concentrer entièrement sur le fruit de ses interminables préparatifs, qui était tout bonnement succulent. Je crains d'avoir dévoré ma part en oubliant les bonnes manières. Affamé et épuisé par notre équipée, installé dans un cercle de chaude lumière dorée au milieu du noir, du froid et de la désolation, je me suis dit que c'était là le meilleur repas de toute ma vie. Et le vin, ce même bourgogne dont il avait fait si abondamment usage dans sa casserole, était remarquable. Quand je le lui ai dit, il ne m'a pas remercié de mon approbation enthousiaste mais s'est au contraire blâmé d'avoir choisi un cépage qui n'exprimait pas suffisamment la tristesse automnale que le contexte aurait nécessitée. Les oignons, qui selon lui n'avaient pas été assez roussis, ont eu droit eux aussi à ses critiques. Pour en revenir au vin, il a poursuivi en disant qu'il fallait bien le boire, quelle que fût la saison, car autrement ses ennemis allaient bientôt s'en emparer et l'écluser comme les béotiens qu'ils étaient, avec une platée de haricots à la couenne de porc pour accompagnement.

Bref, il s'est montré généralement déçu par le dîner, qui n'approchait pas, même de très loin, son idée du mets qui unirait à la perfection vin et gibier. Mais enfin, il avait fait du mieux qu'il avait pu, avec les moyens du bord et compte tenu du peu de temps qui lui avait été accordé... Quelle entreprise humaine est-elle épargnée par ces deux incontournables limitations, ai-je interrogé doctement, tout en me permettant de ne pas partager sa sévérité à propos de ce délectable souper.

Ensuite, nous avons bu encore du café en regardant le feu. Il m'a décrit la méthode extraordinaire que les autochtones des Andes emploient pour distinguer les constellations, en observant non pas les étoiles une par une mais la forme des parties obscures du ciel. Il a parlé des fantômes indigènes à ces montagnes que nous traversions, et parmi eux d'un spectre femelle connu pour être capable d'embrocher un homme de bas en haut sur l'ongle effilé de son index.

Il s'est assoupi quelque peu, s'est réveillé en disant : « Argh, vous entendez les loups ? », et puis il a sombré brusquement dans le sommeil. Quant à moi, j'avais le cerveau en ébullition après toutes ces tasses de café et je suis resté jusqu'à l'aube étendu les yeux ouverts, étudiant le ciel à travers les branches et nommant à ma façon les formes sombres qui dérivaient au-dessus de moi : « L'exhalaison suprême », « Les seize points incohérents », « La Grande et la Petite Pintade »…

Au matin, le tintement d'une cuillère en fer dans une poêle m'a réveillé en sursaut. Du café frais embaumait, le sénateur s'affairait au-dessus d'œufs frits au bacon. J'avais une migraine terrible.

Lorsque Dony a terminé, j'ai dit :

– Cela commence plutôt bien. Vous continuerez à travailler dessus demain.

Nous sommes enfin arrivés au tribunal. Ce qui a suivi n'a été qu'une mauvaise représentation. Ennuyeuse à mourir. Dans le passé, mon intérêt pour les procès avait été artificiellement stimulé par les honoraires que je percevais en m'y produisant dans le rôle de l'avocat. Puisque j'ai pris part à ce dernier spectacle sans être payé, je ne m'attarderai guère dessus.

Il ne m'avait été laissé d'autre choix honorable que de dire la vérité contre moi. C'était douloureux, parfois, autant que l'un des traitements préconisés par Granny Squirrel qui consistait à se racler le corps de haut en bas, langue et parties génitales comprises, avec un grattoir dont les sept dents étaient formées par les os les plus pointus de sept animaux différents, et de répéter la même opération, mais cette fois de droite à gauche et au moyen d'une brosse constituée d'épines de sept plantes. Et il fallait gratter jusqu'au sang.

Avec le recul, toutefois, j'estime que nous devrions tous avoir à témoigner contre nous-mêmes à un certain stade de notre vie d'adulte. Exposer nos méfaits et nos erreurs tandis qu'un greffier les coucherait à jamais sur le papier. C'est une expérience qui stimule et tempère à la fois, ce que j'ai plutôt bien perçu durant mon temps passé à la barre des témoins.

L'essentiel de l'affaire, c'est que Dony est intervenu alors que j'approchais de l'annihilation complète : il a proposé tout l'argent que le Trésor fédéral m'avait dénié pendant des lustres afin de rendre le cœur de notre territoire libre de dettes. Un fragment de ce que Bear avait voulu, certes, mais suffisamment pour survivre. C'était mieux que rien, même si ce n'était pas un cadeau : il n'y aurait pas un dollar de plus que ce à quoi nous avions eu droit depuis des années, principal et intérêts additionnés. Au moins notre peuple pourrait-il avoir encore une place sûre pour l'avenir.

En ce qui me concernait, le compromis était très comparable à la peine capitale appliquée à moitié. Je me retrouvais dépouillé de tout, sinon de ma maison et de quelques acres autour d'elle. Brouet clair et patates bouillies jusqu'à la fin de mes jours, tels étaient les projets qu'ils avaient pour moi. Au cours des négociations, j'ai néanmoins réussi à m'accrocher à la grande pâture qui montait en pente douce jusqu'au cornouiller sous lequel Waverley reposait.

Voilà, c'est à peu près tout. Dony est retourné à

Washington, moi à mon domaine qui n'en était plus un. D'une certaine manière, j'avais l'impression de ne plus appartenir à ce monde. Et cela ne me chagrinait pas, dès lors que les autres pouvaient continuer plus ou moins la même existence qu'ils avaient connue jusqu'alors. Si c'était ce qu'ils voulaient : galettes de haricots tous les jours, viande de chevreuil quand ils peuvent en avoir ; danse des Boogers en hiver, danse du maïs vert en été ; un certain Ayun'ini (le Nageur) distribuant potions et sortilèges à la place de Granny Squirrel disparue. Et les treize lunes qui croissent et décroissent dans la ronde interminable de l'année.

V
Lune des os

C'est une erreur que de vivre trop longtemps mais c'est ainsi, je suis là. Retiré et cependant encore sur scène, si je puis dire. Être foudroyé en chemin m'aurait mieux convenu que de m'enfoncer toujours plus dans l'épuisement de la vieillesse. Je n'ai jamais envisagé la mort que Featherstone souhaitait, verser le sang jusqu'au bout, éclairer sa marche vers le Pays de la Nuit par des éclairs de pistolet. Non, j'ai seulement voulu m'activer, avancer dans ce monde sans me laisser intimider, résister à l'attraction du néant comme Bear a pu le faire jusqu'au bout.

La question qu'il m'avait jadis posée – «Si tu devais mourir demain, passerais-tu les moments qui te restent à louer la Création ou à maudire Dieu?» – semble maintenant bien moins abstraite qu'à l'époque, dans sa maison d'hiver.

Dans l'ancien temps que la mémoire de Granny Squirrel pouvait encore embrasser, avant l'arrivée des Espagnols et de leurs chapeaux en fer, la longévité était une tout autre affaire. Peu de changements intervenaient au cours d'une existence, de la naissance à la mort. Des individus naissaient ou disparaissaient, évidemment, mais telle est malheureusement notre nature éphémère. En revanche, le monde physique autour d'eux demeurait plus ou moins immuable du début à la fin. À part quelque événement réellement apocalyptique, rien ne venait troubler le paysage qu'un être humain avait sous les yeux au cours de son bref passage sur terre. Les animaux étaient les mêmes : pas de cochons ni d'éléphants surgissant brusquement dans son monde et y semant la confusion. La nourriture était immuable, les vêtements aussi. Les innovations dérisoires en matière de couvre-chef n'étaient pas encore intervenues. Tout ce que l'on apprenait au cours de son enfance restait globalement valide tout au long de la vie et lorsque l'heure de la mort approchait ce n'était pas un univers méconnaissable que l'on quittait, car nous n'avions pas encore appris à le démonter et à le transformer. Tout ce qui changeait en l'espace d'une vie humaine, c'était que certains arbres très âgés tombaient au sol et que nombre d'autres commençaient à pousser à leur place. Tout se résumait au diamètre du tronc, assurément, que l'on soit capable de le mesurer entre le pouce et le majeur ou entre ses deux bras arrondis.

Est-ce que ces conditions apaisaient ou au contraire aiguisaient la tristesse à abandonner ce monde ? Est-ce que le changement radical, la destruction de tout ce que l'on a connu auparavant, décuple l'intensité des souvenirs ? Est-ce que ce qui s'est enfui à jamais devient plus chérissable ? Est-ce que cela conduit à relâcher son emprise sur le passé, ou au contraire à s'y cramponner encore plus ?

Tout ce que je puis dire, c'est que nous commettons une grave erreur en creusant dans l'histoire une tranchée si profonde que le savoir de nos anciens devient obsolète au point de ne plus valoir la peine d'être transmis à leurs petits-enfants.

En toute justice, il serait convenable que je vive dans la pauvreté et non dans cette maison confortable où l'adorable May veille sur moi, mais depuis quand la justice déterminerait-elle notre sort ? Mieux vaut ne pas trop se demander si chacun reçoit en partage ce qu'il mérite :

cela conduirait à de trop complexes interrogations sur les attributs de Dieu.

Justement ou injustement, donc, j'ai amassé une deuxième fortune, moins considérable que la première mais plus que satisfaisante. Et sans peine. Quelques années après que j'ai tout perdu, le chemin de fer s'est mis à attaquer les montagnes. Des tunnels ont été percés à la dynamite dans la roche, des ponts à chevalets ont été jetés par-dessus les ravins, routine prévisible de la construction rendue toutefois épique par les plus hauts sommets et les pentes les plus abruptes à l'est des Rockies. Je suis sûr que toute cette activité a dû susciter notre John Henry à nous, figure légendaire du blues et de la tragédie de l'homme face à la machine, et aussi notre version de cette très parfaite chanson où il est question de sapins, d'une tête prise dans la roue d'entraînement et d'un corps gisant sur la voie, et le héros se lamentant pour savoir où sa bien-aimée a passé la nuit dernière… Dans des contrées comme la nôtre, on ne perce pas une ligne de train sans laisser beaucoup de sang sur les rails. C'est ce qui explique les récentes rumeurs à propos d'un ingénieur décapité que l'on aurait vu dans la montée de Swannanoa après la tombée du jour, balançant sa lanterne à bout de bras et cherchant ce dont il a été privé : un esprit hanté par la voie ferrée, et la hantant à son tour.

Dans le passé confus qui a précédé la guerre, alors que je venais d'accompagner Calhoun dans sa prospection d'un passage possible à travers les montagnes, j'avais placé quelque argent dans la compagnie ferroviaire et ce petit investissement, que j'avais entre-temps oublié, a échappé à la faillite. Ce dont je me suis toujours souvenu, par contre, c'est ce que cette équipée avait eu d'agréable. Payés par la compagnie, nous avions voyagé dans les meilleures conditions : pas de modestes bivouacs pour le sénateur Calhoun, non, toujours les meilleures auberges.

Il s'était montré un compagnon de route intéressant, à la fois avisé, effrayant et fou. J'ai appris bien des choses à son contact, et si on me le demandait je pourrais encore dire aujourd'hui le temps qu'il a fait chaque jour de notre expédition, ou nommer tel air qu'un violoneux a joué un certain soir dans un relais de poste au bord de la Saluda River. Mais je digresse. Là où je voulais en venir, c'est qu'une liasse de vieux papiers abandonnés dans un tiroir ont soudain acquis la qualité du mendiant rencontré par Jack dans le conte que j'ai déjà évoqué, du bol s'emplissant de nourriture à la demande, «remplis-toi, bol, remplis-toi», et que les billets de banque se sont à nouveau mis à affluer, de quoi m'assurer la bonne vie et même un tour d'Europe en grand style. La conséquence, néanmoins, c'est que désormais les trains passent entre mon perron et le fleuve. Il n'y a pas d'ingénieur sans tête sur cette section de voie, certes, mais il n'empêche que les fantômes n'y manquent pas.

Les appels téléphoniques continuent à se produire, chaque semaine ou presque. Je descends le couloir, je saisis l'écouteur au bout de son cordon tressé, j'entends les parasites grésiller et crépiter comme une fusillade lointaine. Une voix qui n'est sans doute qu'un spectre répète sans cesse une syllabe unique qui est peut-être mon nom, «Will? Will?», à peine plus audible qu'un souffle d'air.

– Présent, ai-je l'habitude de répondre. Je suis toujours là.

Et puis je dis : «Claire? Claire?»

Est-elle seulement encore en vie? Les probabilités sont contre nous, sur ce point, puisque pratiquement tous les êtres que j'ai connus dans ma vie sont morts.

– Parle plus fort, je t'en prie. Je t'en prie.

Rien d'autre que ce bruit qui fait penser à du jambon en train de frire.

Les appels de Claire sont des plaies ouvertes dans la chair de la mémoire ; douloureuses, mais hypothétiques.

Après, je vais toujours m'asseoir sur le banc au sommet de la colline, à l'ombre des cornouillers, puis je vais rendre visite à Waverley un moment. Sans trop d'effort, je convoque des images du visage de Claire à douze, dix-sept, vingt-trois, trente ou cinquante-deux ans. Mes souvenirs sont-ils précis, ou bien un pur acte de création ? Dans un cas comme dans l'autre, je n'ai rien à quoi les comparer, car je crois que Claire ne s'est jamais laissé prendre en photo – en ce qui concerne Bear, c'est une certitude.

J'ai entendu dire que Crazy Horse (Cheval fou), célèbre Sioux des temps récents, a toujours réussi à se tenir loin du regard désobligeant de l'objectif. Un choix judicieux de sa part, et que Crockett aurait approuvé : s'esquiver de la scène de l'histoire en n'y laissant qu'une cible mouvante, un mystère.

Dans ma jeunesse, la photographie n'était guère plus qu'une idée et même ensuite, dans nos territoires reculés, nous avions rarement l'occasion de nous faire tirer le portrait. Pourtant, je me rappelle avec une grande clarté le passage d'un photographe ambulant dans son chariot bâché qui laissait une traînée de puanteur chimique derrière lui au temps où je n'étais qu'un orphelin, des années avant le Déplacement. C'était une sorte de bateleur de foire, avec une masse de longs cheveux sombres gominés en arrière, des favoris et une moustache exubérante. En compagnie de son petit assistant chinois, il s'était lamentablement égaré sur sa route de Charleston à Washington. Ayant fait halte au comptoir à la recherche d'indications, ils m'avaient demandé l'autorisation de monter boutique dans la cour pour une journée ou deux, histoire de se refaire un peu d'argent pour leur voyage. Sous la bâche, ils avaient un poney empaillé qui, selon ce que m'a expliqué l'itinérant, attirait toujours les enfants et leurs mères dans toutes les villes où ils passaient, et alors que je remarquais que nous ne manquions pas de vrais poneys dans la région il a réitéré sa conviction que le sien, même inanimé, exerçait une attraction particulière sur la clientèle. Après l'avoir descendu du plateau, l'assistant l'a installé au milieu de la cour. L'animal était si vieux qu'il semblait dater de l'époque des Phéniciens, avec des yeux en verre ternes, noirs et figés comme deux boules de graisse à essieux et un pelage rougeâtre tout usé qui révélait des plaques de peau desséchée au garrot, sur le museau et aux genoux.

Ils ne sont restés que deux journées pluvieuses. Le soir, ils venaient au magasin, buvaient du café, et tandis que le photographe sombrait dans le sommeil, l'assistant et moi parlions livres des heures durant. Bien que je leur aie proposé de passer la nuit à l'intérieur, ou même sur la galerie, ils retournaient chaque fois dormir à l'arrière du chariot et le troisième matin ils sont partis avant l'aube, sans même se préparer un petit déjeuner. Ce dont je suis sûr, c'est que Claire n'a pu venir se faire immortaliser sur le poney décati parce qu'elle était alors à Valley River et que les photographes n'ont pas eu d'autre client que moi. J'ai payé mon portrait un dollar.

Je m'en souviens comme d'hier et j'en ai encore la preuve aujourd'hui. Si vous ouvrez mon coffret, vous verrez, couché sur du velours bleu fané, la plaque d'argent passée à la vapeur d'iode d'un garçon du temps jadis, une expression volontaire sur les traits, fixant l'objectif de tous ses yeux pleins d'espoir, un bras passé autour du cou pelé d'un poney mort, lui-même un peu affaissé sur le côté et les pupilles à jamais écarquillées dans l'infini. Il serre la bête contre lui, sans sourire mais d'un air qui dit oui à tout ce que l'avenir lui réservera.

Le problème, ici, est d'ordre chronologique. Le calcul des années est en contradiction avec l'histoire de la photographie. Si ma mémoire ne me trompe pas et si c'est bien moi sur ce cliché, le daguerréotype n'existait pas encore, à l'époque ; et sinon, qui est ce garçon pressé de faire son chemin dans le monde ?

Est-ce que le vagabond aux cheveux graisseux et son génie d'assistant avaient devancé Daguerre et tous les autres de plusieurs années, mettant au point une invention qui leur servait à gagner une misère avec un appareil photographique et un cadavre de poney parmi les Indiens et les péquenots ? J'en doute, mais qui peut dire ?

Je l'ai toujours, ce portrait, et il me ressemble diablement.

Tout compte fait, je ne suis pas mécontent de manquer d'un souvenir visuel de Claire à cet âge. Une photographie aurait pu la saisir dans une lumière défavorable, l'affliger d'ombres disgracieuses, de paupières plissées, de lèvres serrées comme une entaille de hache. Sa beauté tout amoindrie par les imperfections de la mécanique et de la chimie ? Je préfère encore ne rien avoir qui vienne contredire ma mémoire, laquelle a la clarté d'une gemme à mille facettes dès qu'il s'agit d'elle. Et lorsque j'oublie l'une de celles-ci, j'arrive toujours à lui inventer un remplacement.

Avec Bear, c'est pareil. Il n'y a pas eu de photographies de lui, j'en suis certain. On aurait pu lui donner la bastonnade sans le convaincre de se soumettre à l'œil de cyclope de l'appareil. Mais son frère cadet a été photographié plus tard, lui, et il existe assez de ressemblances entre eux pour que cela constitue un efficace aide-mémoire : même pommettes hautes, même nez busqué, même tignasse coupée droit sur les épaules. Je n'en demande pas plus. Mes souvenirs fonctionnent assez bien sans d'autre stimulant.

Je suis heureux que Claire et Bear aient réussi à échapper à l'objectif photographique. Je vois dans cette réussite une forme de résistance exemplaire face la modernité.

Quand tout devient accessible immédiatement et repro-
ductible à l'infini, rien n'a plus de valeur. Comment
en serait-il autrement ? Combien de fois la beauté, le
chagrin ou l'amour peuvent-ils être copiés sans perdre
de leur signification ? Cela revient à passer son âme à la
banche. Reproduire, c'est dévaluer. Claire et Bear restent
à jamais singuliers.

Si je suis passionnément convaincu de ce que je viens
d'écrire, il n'en demeure pas moins qu'à cet instant
je donnerais très cher pour avoir entre mes mains un
modeste daguerréotype d'elle ou de lui, la plaque d'argent
imprégnée de corrosion poudreuse, un visage flou et à
peine plus grand que le bout de mon petit doigt.

J'ai néanmoins en ma possession une copie de la seule
et unique photographie de Featherstone. Déjà âgé, il est ici
tout pareil au Vieil Opossum : une explosion de cheveux
blancs, des yeux minuscules de marsupial qui surveillent
le monde avec une fixité farouche. Quant à moi, j'ai posé
pour des photographes un grand nombre de fois depuis
mon Moyen Âge jusqu'à mon Antiquité, et le résultat a
été abondamment publié dans les journaux et les revues.
Les légendes me présentent comme chef blanc, sénateur,
colonel, je ne sais quoi encore. Ce sont des photos qui
datent de la période où mon succès était abondamment
salué mais aussi du temps où j'étais attaqué de toutes
parts. Pour moi, elles ne sont pas sans ressembler à des
souvenirs de victimes du choléra enfermées dans des cer-
cueils ou aux images de hors-la-loi tués par balles que
les gazettes du Far West publiaient fréquemment.

De la galerie de ma maison, ma vue porte au-delà des
rails scintillants et du fleuve jusqu'aux grandes montagnes bleues qui s'élèvent dans le ciel tels des vérités
incarnées, des êtres parfaits que la peur ou le désir ne
peuvent affecter. Aujourd'hui, elles ne sont qu'une ombre
légère, plus sombre que le firmament. Des câbles gros

comme le bras ont été tendus d'un haut promontoire bleuté à un autre, au-dessus d'une gorge profondément creusée par un torrent jadis aussi clair que du verre et qui a maintenant la couleur de la merde. Un moteur à vapeur entraîne de grandes roues, les câbles se tendent et d'énormes troncs d'arbre, sapins, tsugas, chênes et marronniers, tous de vénérables géants, témoins d'un monde plus jeune et meilleur, s'élèvent lentement de l'abîme du ravin. Ils volent à travers les airs. Oui, à cette distance je ne peux distinguer les filins d'acier, même avec mes lunettes, et donc les cylindres de ces vieux arbres morts paraissent monter dans le ciel en une sorte de lévitation majestueuse et pleine de grâce. C'est là, dans ces gorges et jusqu'aux plus hauts sommets, que Charley et ses gens se sont enfuis et ont été rattrapés. Dans les replis de la montagne. Les arbres volants finissent dans une clairière en contrebas, avant d'être hissés sur les wagons.

Chaque matin, entre dix heures quarante-huit et dix heures cinquante-cinq, le train de passagers passe devant chez moi. Après le petit déjeuner, j'attends sur la galerie. Incliné en arrière sur une chaise droite, je relis Lucrèce pour la deuxième fois de l'année. Je jette un coup d'œil à ma montre. Mon Parker calibre douze est posé debout contre la balustrade, qui avec le temps s'est légèrement affaissée, perdant quelques degrés par rapport à l'horizontale à partir de la porte d'entrée, dans la direction des escaliers conduisant au jardin. Par égard pour mon âge, j'ai enveloppé la crosse du fusil d'une gaine de cuir rembourrée de caoutchouc. L'ensemble me satisfait, esthétiquement parlant : le cuir sombre et lustré, le bois de noyer patiné, l'acier dont l'éclat a été atténué par un si long usage. L'arme se loge dans ma main exactement à la diagonale de la cicatrice argentée qui barre ma paume.

Ce chemin de fer que j'ai voulu avec tant d'obstination, je l'ai, maintenant.

Qu'a-t-il apporté ? Les ravages du tourisme et de la déforestation.

Et qu'a-t-il emporté ? Tout le reste.

Chaque après-midi, le convoi de bois s'en va lourdement à l'est, chargé de troncs encore tellement frais que je capte l'odeur de sève qui flotte comme de l'encens à leur passage. Grâce à elle, je suis capable de dire si la cargaison se constitue surtout de chênes et de marronniers, ou de pins et de tsugas, et ainsi je sais quelle partie de la montagne vient d'être attaquée. Les affreuses locomotives noires crachent de la fumée de charbon, projettent des cendres alentour et font trembler le sol. Ce sont des machines bruyantes et destructrices totalement détachées de la nature ou du passé.

Comme je ne puis me résoudre à tirer sur les arbres morts, je vise plutôt les touristes. Mon oreille décèle leur approche plus ou moins à l'avance. Par des matins sans brise comme celui-ci, quand le brouillard flotte encore sur le fleuve, j'ai tout le temps de me préparer. Je regarde ma montre. Dix heures et demie. J'attends en lisant.

Ce que j'ai toujours admiré chez les auteurs antiques, c'est leur aisance à clarifier les évidences, à l'instar de cartographes entrant pour la première fois en territoire vierge. Lucrèce, ainsi, soutient l'opinion raisonnable et patente que rien ne pourrait arriver sans espace, car il n'y aurait pas de place pour le mouvement dans l'amas général des choses. L'univers serait un tas informe, immobilisé dans sa confusion. Mon grenier est une bonne illustration de cette thèse, envahi comme il est de tous les vestiges de mon existence. Caisses en bois remplies de vieux carnets et livres de compte, piles de revues littéraires aux pages jaunies, ou cette boîte de flûtes à champagne en verre de Murano terni, dans l'une desquelles David Crockett but un jour du Moët… Il y a aussi un coffret en bois dans lequel le garçon que j'ai été conservait ses petits trésors, une pointe indienne parfaitement découpée dans de l'obsidienne, aux bords aussi coupants qu'un éclat de verre, quelques cailloux aux formes étonnantes dont la nature – ou les artisans de quelque peuplade bien antérieure à l'arche de Noé – a parsemé la terre pour que nous les découvrions avec ravissement, un bol en argile préhistorique dont la forme évoque un homme et une femme en train de forniquer, si emmêlés l'un à l'autre que l'on ne distingue que des fessiers, des coudes et des parties honteuses, un mince bracelet de cheveux de Claire qu'elle m'avait tissé pour qu'il m'aide à ne jamais l'oublier dans cet autre monde où je l'ai connue, et que j'ai porté à mon poignet jusqu'à ce qu'il menace de se rompre. Et puis, à quelque strate plus profonde de cet amoncellement, une carte faite à la main tout effilochée, une clé rouillée et un manteau en laine rongé par les mites qui conserve peut-être un très léger parfum de lavande si l'on y plonge son nez assez longtemps, allez savoir…

Lorsqu'il m'arrive de gravir les marches raides qui conduisent à la pénombre du grenier, maintenant, je ne retrouve jamais ni cette carte, ni cette clé, ni ce manteau. Je parviens à peine à entrer dans ce bric-à-brac accumulé pendant une vie de près d'un siècle. Partout de la matière, plus d'espace pour avancer et se mouvoir. D'après Lucrèce, le temps a la même fonction : sans lui, tout se produirait au même instant, une explosion à la fois magnifique et hideuse d'événements simultanés, une brévissime fré- nésie aussitôt suivie d'un néant sans fin. Comme l'espace, donc, le temps est évidemment une nécessité, mais aussi un sale tour puisqu'il consume le feu de chaque élément d'une existence, joie et peine, jeunesse et vieillesse, amour et haine, frayeur et quiétude, en une fumée flot- tante, vite dispersée par la brise.

Jeunes, nous sommes tous persuadés que nous vivrons éternellement ; ensuite, à un certain stade, nous nous contentons d'espérer une longue vie, mais une fois obtenu cet avantage terminal, le simple fait de survivre devient un tracas. Tous les êtres et toutes les choses que l'on aimait s'en vont, et cependant le sort veut que l'on soit encore là. On se retrouve exilé dans un monde changé, peuplé d'inconnus. Égaré dans des endroits que l'on a pourtant connus comme sa main. Les cours d'eau et les lignes de montagnes immuables sont les seuls amis qui restent. C'est le point à partir duquel vivre plus long-temps devient franchement grotesque, où il n'y a plus qu'à s'éteindre et à suivre tout le reste de la Création à travers les portes de la mort, au Pays de la Nuit.

On ne dispose plus de rien d'autre que ses humeurs et sa mémoire, ces instruments puissants et dérisoires.

Tête penchée, je tends l'oreille, guettant le premier grondement venu d'amont. Je pose mon livre et je saisis le Parker.

À ce moment, les employés de la Pullman en veste blanche commencent à passer dans les couloirs ainsi qu'ils le font à l'approche des tunnels interminables qui transpercent la montagne. Dans ce cas, ils élèvent leur bougie sur la mèche noircie des lampes à pétrole qui se balancent au plafond tout en prévenant les voyageurs de ne pas s'inquiéter de l'obscurité soudaine dans laquelle ils vont plonger. À l'approche de ma résidence, leur mission est de parcourir les wagons pour remonter les fenêtres de mon côté et annoncer aux touristes que le bruit d'une détonation ne devra pas les alarmer.

C'est l'accord que j'ai conclu : j'ai promis de ne jamais mettre plus que du petit plomb dans mon fusil, tandis que la direction de la compagnie ferroviaire et le shérif d'ici ont promis de faire comme si de rien n'était.

Je me lève et je me place devant la balustrade avec le Parker. Plus près maintenant, le conducteur de la loco-motive fait siffler la machine et agite un bras. Les bielles des roues motrices vont et viennent, infatigables. Je porte la crosse rembourrée à mon épaule. Sans viser un point particulier, je presse la première détente. Le coup me fait partir en arrière, je rétablis ma position et je décharge le deuxième canon.

Les pitoyables échos de la détonation sont presque noyés par le fracas du convoi. Si la grenaille parvient jusqu'à la voie, elle ne fera que crépiter sur les vitres comme quelques grosses gouttes annonçant un orage. C'est mon chemin de fer, après tout, et le petit plomb reste sans effet sur le métal et le verre. Après avoir lancé deux sifflements amicaux, la locomotive s'engage dans la courbe. Bientôt, ne résonne plus qu'un grondement sourd le long du fleuve. Un nuage de fumée noire bloque toute la vue un instant et puis les montagnes réapparaissent peu à peu, hachurées, abîmées, éternelles.

Note de l'auteur

Je voudrais rappeler aux lecteurs qui connaissent bien les montagnes appalachiennes du Sud que ce livre est une œuvre de fiction. La géographie et l'histoire contenues dans ces pages ont été passées au filtre de mon imagination. Par exemple, on ne trouvera le village de Wayah sur aucune carte, et ma Valley River ne doit pas être confondue avec les communautés de Valley Town qui existèrent jadis sur le territoire de la nation cherokee. Tous les personnages et les endroits historiques sont utilisés dans une perspective romanesque, parfois en changeant leurs noms, parfois en les conservant. Bien qu'ils aient quelques éléments d'ADN en commun, Will Cooper n'est pas William Holland Thomas [1]. Si la capture et l'exécution de Tsali restent un point d'histoire sujet à controverse et à interprétation, elles n'ont de toute façon qu'un rapport lointain avec ce qui arrive à Charley dans le présent ouvrage. Bref, tous ceux qui sont à la recherche de notions historiques ou géographiques précises doivent aller puiser ailleurs. Ils pourraient à mon sens commencer par les livres suivants :

Barbara R. Duncan, *Living Stories of the Cherokee*, Chapel Hill, University of North Carolina Press, 1998.

Barbara R. Duncan et Brett Riggs, *Cherokee Heritage Trails*

---

1. William Holland Thomas (1805-1893), dit Will Thomas, un Blanc lui aussi adopté par les Cherokees dans sa prime jeunesse, a été un chef connu de la Nation et un héros de l'armée confédérée avant d'être emporté par la démence sénile.

Guidebook, Chapel Hill, University of North Carolina Press, 2003.

John Ehle, *Trail of Tears*, New York, Anchor Books, 1988.

John R. Finger, *The Eastern Band of Cherokees, 1819-1900*, Knoxville, University of Tennessee Press, 1984.

Stanley E. Godbold Junior, et Mattie U. Russell, *Confederate Colonel and Cherokee Chief: The Life of William Holland Thomas*, Knoxville, University of Tennessee Press, 1990.

William Bernard McCarthy (éditeur), *Jack in Two Worlds: Contemporary North American Tales and Their Tellers*, Chapel Hill, University of North Carolina Press, 1994.

Theda Perdue, *Cherokee Women, Gender and Culture Change, 1700-1835*, Lincoln, University of Nebraska Press, 1998.

Frank G. Speck et Leonard Broom (en collaboration avec Will West Long), *Cherokee Dance and Drama*, Norman, University of Oklahoma Press, 1951.

Pour l'aide qu'ils m'ont apportée, j'aimerais remercier Barbara Duncan, directrice de l'enseignement au Museum of the Cherokee Indian, George Frizzell, directeur des collections spéciales à la bibliothèque Hunter de Western Carolina University, et Wanda Stalcup, directrice du Cherokee County Historical Museum. J'espère qu'aucun d'eux ne sera gêné par les libertés et les détours que j'ai pris avec les faits vers lesquels ils m'ont guidé aussi précisément. Je voudrais également exprimer ma reconnaissance au personnel des bibliothèques de l'Appalachian State University, de Duke University, de Florida Atlantic University, du campus de North Carolina University à Chapel Hill et de Western Carolina University.

COMPOSITION : PAO EDITIONS DU SEUIL

Cet ouvrage a été imprimé en France par
CPI Bussière
à Saint-Amand-Montrond (Cher)
en mars 2009.
N° d'édition : 99499. - N° d'impression : 90417.
Dépôt légal : avril 2009.